W9-AVK-342

АЛЕКСАНДРА МАРИНИНА

Читайте все романы Александры МАРИНИНОЙ:

Александра Маринина

Соавторы

ЭКСМО

Москва 2004

УДК 882
ББК 84(2Рос-Рус)6-4
М 26

Оформление художника *А. Рыбакова*

Маринина А. Б.
М 26 Соавторы: Роман. — М.: Изд-во Эксмо, 2004. — 448 с.

ISBN 5-699-05579-7

Какая связь между тремя преуспевающими соавторами популярных романов и молодой женщиной, убитой в собственной квартире? На первый взгляд никакой, они даже не были знакомы. Но Анастасия Каменская знает, что людские судьбы порой сплетаются самым причудливым образом. И главная работа Насти — выявить эти связи, сделать тайное явным, невидимое — зримым. А это она умеет. И лишь после этой работы становится понятно, почему одного из соавторов ударили ножом, почему убили молодую женщину... А если понятно это, то нетрудно вычислить и преступников. Действительно, это уже несложно, это умеют многие...

УДК 882
ББК 84 (2Рос-Рус)6-4

ISBN 5-699-05579-7

Глава 1

Им не было нужды скрывать свои встречи, все трое были давно знакомы, более того, их связывали в прошлом не только служба и общие дела, но и общие неприятности, а в настоящем — взаимная поддержка в непростом деле преодоления последствий тех самых неприятностей. Так что беседа нынешняя происходила не в конспиративной обстановке на какой-нибудь хитрой нейтральной территории, а на самой обычной даче одного из собеседников, в самое обычное для пребывания за городом время — в субботу, около пяти вечера, на свежем воздухе, возле дымящего мангала, установленного метрах в десяти от крыльца.

— Надеюсь, вы не забыли того журналиста, молитвами которого мы поимели столько проблем на наши головы? — как бы между прочим спросил хозяин дачи, вальяжного вида полный мужчина с массивной головой, гладкими щеками и блестящими выпуклыми глазами, похожий скорее на преуспевающего ученого мужа, нежели на бывшего начальника, под которым некоторое время назад с треском развалилось руководящее кресло.

— Забудешь его, как же, — сквозь зубы отозвался худощавый, очень высокий мужчина, ловко переворачивая над углями тонкие шампуры с нанизанными на них маленькими кусочками баранины.

Третьей в этой вполне заурядной компании была женщина лет пятидесяти с улыбчивым, но отчего-то казавшимся злым лицом, стройная и очень холеная. Она выглядела бы лет как минимум на восемь моложе, если бы не обильная незакрашенная седина в волосах. Она стояла, засунув руки в карманы легкой дорогой куртки, слегка покачиваясь с пяток на носки и разглядывая верхушки сосен, во множестве растущих на дачном участке. Казалось, она даже и не слышала произнесенных вполголоса реплик, однако это было не так.

— Но ведь он же... того... — равнодушно заметила она, не отрывая взгляда от едва колышущихся темно-зеленых мохнатых веток.

— Вот именно, — веско подтвердил Вальяжный. — Журналист-то того, а материалы его где?

— Опубликованы, — по-прежнему равнодушно произнесла Женщина.

— Только при его жизни, — возразил Вальяжный. — После его гибели ничего больше не публиковалось. И шума никакого не было. Какой из этого вывод?

— Значит, он больше ничего ни на кого не накопал, — подал голос Худощавый. — Что накопал — то напечатали. А потом все. К чему этот разговор-то? Нам ведь без разницы, что он там на кого еще нарыл, главное, что нас с вами он успел обгадить. Своя рубашка, как известно, к телу поближе, а чужие караваи мне лично без надобности. Если кто-то еще погорит после его смерти, так и пусть.

— Не стратег ты, друг мой, не стратег и даже не тактик, — покачал головой Вальяжный. — А если я вам скажу, что после гибели этого щелкопера осталась целая куча материалов, которые он не успел обработать и тиснуть в своей газетенке?

— Да и пусть. — Худощавый сделал неосторожное движение, обжег пальцы о раскаленную часть шампура и болезненно сморщил красивое тонкое лицо. — Нам-то что с того?

— Откуда известно про материалы? — В голосе Женщины послышался проснувшийся интерес. Она, в отличие от мужа, была и тактиком, и стратегом и невысказанную мысль Вальяжного уловила почти сразу. — И насколько эта информация достоверна?

— Суди сама.

Жестом фокусника Вальяжный достал из глубокого кармана просторного кожаного жилета, накинутого поверх светлой рубашки с короткими рукавами, книжку карманного формата в мягком переплете и показал Женщине обложку.

— Тебе это ни о чем не говорит?

— Абсолютно, — она пожала плечами. — Я такое не читаю.

— Я тоже не читаю, — усмехнулся Вальяжный. — А вот моя жена очень даже читает. И знаешь, что она мне сказала пару дней назад? Что в этой книжонке описан наш с вами общий знакомый из соседней области. Она его прекрасно помнит и узнала безошибочно. Имя, конечно, другое, а вот должность, описание внешности, привычки, манера говорить и даже некоторые его прегрешения — все совпадает в точности. Я не поверил, она мне закладочку сделала, чтобы я на ночь сам прочел.

— Ну? — поднял на Вальяжного встревоженные глаза Худощавый. — И что там?

— А то там! Я как дурак всю ночь книжку читал, куски информации сопоставлял, карандашом на полях пометки делал, с утра водителя послал в магазин, велел все книжки этой серии скупить и еще два дня, пока вы там жизнью наслаждались, просидел не разгибаясь, тексты смотрел. Осталась после этого сукина сына информация! Осталась! Только где она? Если бы ее нашли во время обыска у него дома или в редакции, мы бы уже знали об этом, шуму было бы выше крыши. А так — тишина. По версии мести за публикации нас с вами дернули по разику, и все заглохло. Следующим шагом должна была стать отработка версии предупреждения готовящихся публикаций, то есть начали бы месить всех тех, на кого он собрал материал, но еще не сдал в печать. И если бы следствие эту версию отрабатывало, то дело бы расследовалось до сих пор, потому что фигурантов — море. А следствие закрыто. Приостановлено. Я узнавал, это точно. И что самое любопытное, приостановлено уже давно, почти год назад.

— Почему приостановлено? — прищурилась Женщина. — Они что, не верят, что это был несчастный случай? Почему дело не прекращено за отсутствием состава?

— Видать, не верят. В несчастные случаи с журналистами никто почему-то верить не хочет, — снова недобро усмехнулся Вальяжный. — Несчастный случай может произойти с кем угодно — с дворником дядей Ваней, с олимпийским чемпионом, даже с разведчиком. Только не с журналистом. Если журналист умирает не своей смертью от продолжительной болезни, то непременно оттого, что боролся за правду, а его злые негодяи вроде нас с вами пытались остановить. Стереотип мышления, который сами же журналисты и насаждают. Дескать, такие они особенные, что, в отличие от нас всех, умирают исключительно на боевом посту. Ладно, это все пустое, друзья мои. Важно одно: версия о несчастном случае не прошла, а никаких других версий у следствия нет, все, что смогли придумать, проверили, больше проверять пока нечего, поэтому дело приостановлено. А раз они так быстро покончили с делом, всего за шесть месяцев, значит, собранные журналистом материалы пропали. Нет их у следствия. А у этих писак художественных — есть. И хотелось бы их получить.

— Зачем? — удивился Худощавый. — Для чего тебе?

— Не тебе, а нам. Всем нам, — спокойно осадила мужа Женщина. — Идея отличная, надо четко продумать план ее реализации. Скоро там у тебя? Не сгорит мясо?

— Еще пару минут. Можно накрывать на стол, — сообщил слегка обиженным тоном Худощавый, опытным взглядом окидывая шампуры с бараниной.

— Вот и славно, — кивнула она. — Поедим молча, подумаем, а потом обсудим, что делать дальше.

Она снова закинула голову, устремляя глаза к успокаивающей темной зелени хвои, но успела перехватить брошенный на нее одобрительно-восхищенный взгляд Вальяжного. Этот взгляд она «прочла» совершенно безошибочно и привычно подавила удовлетворенную улыбку.

«Вот на ком мне надо было бы жениться. Ну да теперь уж поздно, у друзей отбивать жен негоже. Эх, не были бы мы с ним связаны давними отношениями, я бы...» — подумал Вальяжный.

Как многие мужчины в подобные моменты, он подумал в первую очередь о невозможности предательства мужской дружбы. Мысль о предательстве своих отношений с женой ему даже в голову не пришла.

* * *

— ...Таким образом, можно полагать, что статистическая модель личности преступников, совершающих кражи, не является достоверной. Это и приводит к тому, что мероприятия по предупреждению указанных преступлений, а также по их раскрытию оказываются малоэффективными. Проще говоря, наши знания неполны и мы на самом деле не знаем, кого ловить.

Настя перевела дыхание и уставилась глазами в царапинку на краю полированного стола. На этой стороне стола она была одна. Совсем одна, со всеми своими на первый взгляд спорными, но выстраданными многолетней работой в уголовном розыске взглядами. Напротив нее восседала комиссия по приему кандидатского экзамена по уголовному праву и криминологии. Вопрос по праву она оттарабанила без сучка и задоринки, в нем не было спорных моментов, все теоретические дискуссии закончились давным-давно, еще в шестидесятых годах, когда принималась новая концепция уголовного права. А вот с вопросом по криминологии дело обстояло не так гладко. Можно было бы, конечно, пересказать все то, что написано в учебниках и монографиях, но у Насти Каменской была своя точка зрения на все те выводы, которые основывались на анализе статистики. И если в учебнике, к примеру, утверждалось, что среди лиц, совершающих преступления, рецидивисты составляют двадцать пять процентов, она не могла, ну просто не могла заставить себя тупо повторить эту цифру, потому что цифра казалась ей более чем сомнительной. Сомнения эти распространялись не только на показатели рецидива, но и на многое другое, да что там на многое — практически на все. Единственным пригодным для анализа показателем в статистике Настя считала количество выявленных преступников, эту цифру нельзя было трактовать двояко, уж сколько поймали — столько и поймали, ни прибавить, ни убавить. Все остальные показатели имели отношение только к этим самым пойманным преступникам и вполне корректно их описывали. Ну и что? А что мы знаем о тех, кого не поймали? Может, среди них вообще все сплошь рецидивисты. Или наоборот... И вполне вероятно, что все они женщины, хотя официальная статистика уверяет, что женщин среди преступников всего-то процентов пятнадцать. И несовершеннолетних примерно столько же. За полтора десятка лет работы на Петровке Настя убедилась, что раскрытое преступление — совсем не то же самое, что преступление нераскрытое. Если преступление не смогли раскрыть, значит, оно чем-то отличается от того, которое раскрыть все-таки сумели. А поскольку любое действие, любой поступок несет на себе отпечаток личности, то логично предполагать, что все различия коренятся именно в личности преступника. Исполнитель преступления принципиально другой, поэтому и само преступление не раскрывается.

Она пыталась в лаконичной форме донести свою мысль до членов комиссии, но, по-видимому, не преуспела, поскольку на лицах докторов и кандидатов наук (числом шесть) читалось недоумение в равных пропорциях со скепсисом и благородным негодованием.

— Правильно ли я вас понял, Анастасия... м-м-м... — председатель комиссии полистал документы, — Павловна, что вы подвергаете сомнению все то, что написано за последние тридцать лет в учебниках криминологии? Не слишком ли смело?

Ну конечно, ничего иного она и не ждала. Сейчас ее попрут отсюда рваными грязными тряпками и с грохотом захлопнут перед ней дверь в науку. Довыпендривалась. Но, с другой стороны, ей обязательно нужно было озвучить свои соображения, потому что именно они должны будут лечь в основу ее диссертации, если, конечно, до диссертации дело дойдет. А ежели она не сдаст специальность, то может и не дойти.

— Я не подвергаю сомнению все, я говорю только о том, что основывается на анализе данных о раскрытых преступлениях и выявленных преступниках, — угрюмо ответила Настя, не отрывая глаз от царапинки на столешнице. — Если бы раскрываемость преступлений приближалась к ста процентам, у меня сомнений не было бы. И то только в том случае, если бы не существовало латентных преступлений. А они есть, и исследования показывают, что граждане не заявляют в милицию примерно о каждом третьем преступлении. Из каждых ста совершенных краж милиции становится известно только о семидесяти. Раскрываемость краж — не выше пятидесяти процентов, то есть раскрыли мы только тридцать пять эпизодов из ста реально совершенных. Это в самом лучшем случае. И имеем данные о ворах, совершивших только эти тридцать пять краж. А остальные шестьдесят пять? Что мы о них знаем? Ничего. Какие у нас основания полагать, что шестьдесят пять непойманных воров — точно такие же, как те тридцать пять, которых мы поймали? Никаких.

— Но тридцать пять из ста — вполне представительная выборка, — подал голос сидевший с краю молодой доктор наук, как раз тот самый, в работах которого Настя и вычитала данные о латентных преступлениях. — По тридцати пяти процентам мы имеем право судить о характеристиках всего массива. Вы, вероятно, не знакомы с основами социологии и статистического анализа.

Настя поняла, что дело совсем плохо, ей явно собираются ставить «неуд» и уличают в отсутствии элементарных знаний. Ну и ладно, сейчас она будет биться до последнего, а если уж не сдаст экзамен — что ж, не конец света, будет сдавать на следующий год. Напишет новый рапорт с просьбой прикрепить ее соискателем для сдачи экзамена и предпримет новую попытку. Жаль, конечно, ведь два других экзамена — по иностранному языку и философии — она уже сдала на «отлично».

— Выборка в тридцать пять процентов может устроить тех, кого устраивает большая погрешность. Если при исчислении среднестатистических показателей возраста преступника меня устроит погрешность в десять лет, то можно опираться и на тридцать пять процентов. Если же я хочу, чтобы погрешность была меньше одного года, то выборка должна составлять от пятидесяти до шестидесяти процентов всего массива. Примерно, — на всякий случай добавила она. — Но это не главное. Главное в том, что выборка должна быть случайной, только в этом случае она может считаться репрезентативной. А я считаю, что эти злополучные тридцать пять процентов, если мы говорим о кражах, не являются случайной выборкой. Эти тридцать пять процентов — закономерность, понимаете? Мы ловим только тех, кого можем поймать. Только тех, на кого у нас хватает знаний и интеллекта. А оставшиеся шестьдесят пять процентов воров — они совсем другие. Конечно, по другим видам преступлений и цифры совсем иные, там иная латентность и иная раскрываемость, но общая идея остается. По статистическим данным мы можем судить только о выявленных преступниках и не имеем права распространять полученные выводы на весь массив.

В кабинете начальника кафедры уголовного права, где заседала комиссия, повисла пауза, правда, недолгая, но и не добрая.

— Можете быть свободны, — сухо произнес профессор-председатель. — Подождите в коридоре. Вы, кажется, последняя? Больше никого нет?

— Нет. Спасибо, — пробормотала Настя и выскользнула за дверь.

Их было четверо — один следователь, два работника центрального аппарата министерства и она, Настя Каменская, — четверо соискателей, которые сдавали сегодня кандидатский экзамен по уголовному праву и криминологии. Трое «отстрелявшихся» раньше дружно вскинули на нее глаза: дескать, ну как, порядок? Она молча покачала головой.

— Что, совсем хреново? — сочувственно спросил молодой парень в кителе с петлицами следователя. — Ни на один вопрос не ответила?

— Ответила, — вздохнула Настя. — Но им мои ответы не понравились.

— Да брось ты, — ободряюще заговорил один из министерских аппаратчиков, — знаешь, как говорится, нравится — не нравится, спи, моя красавица. Главное, что ты отвечала. А если они не согласны, так это их проблемы, ты имеешь право на собственную позицию. Помнишь, как в одном кино говорили: ляпай уверенно, тогда это называется точкой зрения. Ты говорила-то уверенно или мямлила?

— Не знаю... Кажется, мямлила. Себя же не слышишь со стороны.

— Если мямлила, тогда плохо, — вступил второй аппаратчик. — По собственному опыту знаю: если докладываешь уверенным тоном, то начальству любую туфту можно втереть. А если интеллигентничаешь, то самая правильная идея не проходит. Ну-ка я послушаю, чего они там обсуждают.

Он легко отстранил Настю, отодвинув ее к противоположной стене коридора, и прильнул ухом к двери. Через несколько секунд он, не поворачивая головы, махнул рукой в сторону своего коллеги из министерства и растопырил четыре пальца.

— Мне «хорошо» поставили, — радостно улыбнулся тот. — Пронесло. В праве я еще так-сяк, ориентируюсь, а в криминологии ни бум-бум.

Следующим жестом, выразившимся в хлопанье себя по груди и растопыривании тех же четырех пальцев, любитель подслушивать возвестил о своей оценке. Через несколько минут соискатели узнали, что молодой следователь получил «отлично». А дальше дело застопорилось... Аппаратчик хмурил брови, потирал затекшую в неудобном положении шею, шевелил губами, но руку с растопыренными пальцами все не поднимал. Наконец он отлип от заветной двери и подошел поближе к остальным.

— Чего ты им наговорила? — с любопытством разглядывая Настю, спросил он. — Какую крамолу?

— Почему крамолу? — растерялась она.

— А они там базарят насчет того, что тебя нельзя в аудиторию выпускать и что, дескать, если ты защитишься и пойдешь преподавать, то будет полная катастрофа. И еще насчет отца что-то. Что, мол, только из уважения к нему, и все такое. Ты что, дочка чья-то?

— Нет, — резко произнесла Настя, закусывая губу, — я сама по себе. Они меня с кем-то путают. Про оценку что-нибудь говорили?

— Мечутся между «удовлетворительно» и «неудом».

Тот очкастый, с тонким голосом, очень хочет тебя завалить, сильно ты ему не понравилась со своей крамолой, а председатель его папашей пугает. Остальных я по голосам не различаю. Но кто-то из них брякнул, что со статистическим анализом ты их все-таки умыла и за одно это тебе можно поставить «хорошо», еще он что-то про математику говорил, вроде как ты ее почему-то знаешь и это само по себе неплохо, а они на него сразу зашикали. Мол, не уважаешь труды основоположников и считаешь себя самой умной.

Значит, двойка. Или тройка, что одинаково противно, потому что оба предмета — и право, и криминологию — Настя знала хорошо. И еще противнее, что папу приплели. Ей сорок три года, она уже лет двадцать как перестала быть «дочкой Леонида Петровича», став сначала просто Настей Каменской из учетной группы, потом Каменской из отдела «того самого Гордеева», а к сорока годам превратившись в «ту самую Каменскую». У нее есть репутация, заработанная собственным горбом, собственными мозгами и собственным здоровьем. Она уже давно носит звание подполковника милиции, ее имя стоит в десятках приказов на премирование за раскрытие особо тяжких преступлений. И вот вам пожалуйста, ей готовы поставить «удовлетворительно» на экзамене только из уважения к папе, который на самом деле приходится ей не родным отцом, а отчимом. Нет уж, спасибо вам большое, господа профессора, ставьте лучше двойку, только папу не вспоминайте.

Она отвернулась к окну и тупо смотрела на капли дождя, стекающие по стеклу. Текут себе, текут и горя не знают...

* * *

Как завороженный, он смотрел на стекающие по стеклу дождевые капли. Вот оно, материальное олицетворение неожиданной идеи, пришедшей ему в голову. Конечно, это была не полностью его идея, он сам такого никогда не придумал бы, он вычитал ее в некоторых книгах, случайно попавших к нему в руки. Ведь что такое дождевая капля на стекле? Существует круговорот воды в природе, это он еще в школе проходил на уроках природоведения, или как там этот предмет назывался? Есть на планете некая масса воды, часть ее испаряется, конденсируется, выпадает в виде осадков, потом снова испаряется... В общем, никуда не девается и окончательно не пропадает. Но когда эта вода проходит период своего существования в виде осадков, то вариантов может быть множество. Снежинка может упасть в сугроб и слиться с общей массой, полежать на холоде до весны в виде снега, потом растаять, испариться и подняться вверх. А может упасть на чью-то ладонь, дать кому-то в течение нескольких секунд насладиться своей красотой, изяществом и неповторимостью и превратиться в капельку холодной водички. Капельку сотрут носовым платком или салфеткой, потом салфетка высохнет, вода испарится и все начнется сначала. И что ждет ее на следующем витке? Неизвестно. Может быть, она станет дождем, может быть, снова снегом, а может, росой, может, упадет на крышу дома, и тогда ее таяние и испарение — всего лишь вопрос смены сезонов, а может упасть в океан, и тогда ей еще много-много десятилетий или веков придется ожидать свой шанс, покоясь в многокилометровой толще воды. Она будет спокойно плавать, вспоминать, как была потрясающе красивой снежинкой, как лежала капелькой росы на лепестке ромашки, как на нее наступила бродячая собака, бежавшая через грязную лужу на окраине провинциального города. Потом собака тряхнула лапой, капелька воды отлетела и попала на разогретый солнцем камень... Может, ей и хотелось бы еще пожить в виде дождевой воды в луже, мимо люди ходят, звуки всякие, интересно, но тут уж, на горячем-то камешке, пришлось испаряться и начинать весь путь заново. А теперь вот она в океане живет. А что? Тоже интересно, в океане ей бывать еще не приходилось, тут растений много, рыбки разные плавают... Во всем есть своя прелесть и свой интерес.

Дождевая капля ползет по стеклу. Миллионы точно таких же капелек падают с неба, но лишь части из них удается попасть на твердую поверхность, на оконное стекло, например, и стать видимыми для человеческого глаза. Окно не очень высокое, бывает метра полтора, даже и два, а бывает и совсем крохотулечное, и путь от места попадания на стекло до нижней рамы не так уж длинен. А дальше уж как повезет, либо скатываешься вниз и сливаешься с общей массой воды и ждешь своей очереди на испарение и начало нового витка, либо высыхаешь, обгоняя других на пути к новым приключениям. Но в любом случае ты не исчезаешь окончательно, вопрос только в том, как долго тебе придется пребывать в той или иной форме и как долго тебя смогут видеть люди. Форму можно уничтожить, а твою суть — никогда.

А разве человеческая жизнь — не то же самое? Плоть тленна, душа бессмертна...

Мысль пока неясная, нечетко оформившаяся, но все равно он будет ее продвигать, он от нее не откажется. И тогда они все узнают. И поймут. И оценят наконец.

* * *

Дверь открылась, в коридор выглянула секретарь комиссии.

— Товарищи офицеры, можете войти.

Объявление оценок шло быстро. Капитан Хромченко — «отлично», подполковник Татаринов — «хорошо», майор Суладзе — «хорошо», подполковник Каменская — «удовлетворительно». Стало быть, все-таки папа... Нет, так не пойдет.

— Я прошу вас поставить мне «неудовлетворительно», — спокойно произнесла Настя, понимая, что терять все равно нечего.

Объявлявший оценки председатель комиссии тяжело вздохнул, всем своим видом говоря, что вот если бабе господь ума не дал, то это проявляется абсолютно во всем. И ответы у нее дурацкие, и поведение такое же.

— Почему, позвольте спросить? — устало произнес он.

— Потому что я знаю криминологию лучше, чем удовлетворительно. И мои ответы произвели на вас неблагоприятное впечатление не потому, что я не знаю предмета, а потому, что я не сумела подготовиться и продумать убедительные аргументы, чтобы довести до вас свою точку зрения. Я прошу вас дать мне возможность пересдать экзамен, я еще раз продумаю свои логические построения, чтобы в следующий раз члены комиссии поняли ход моих рассуждений.

— Вы считаете нашу комиссию недостаточно научно подготовленной и рассчитываете, что в следующий раз вам повезет больше? — насмешливо поддел ее один из членов комиссии. — То есть мы тут все тупые, а в другой комиссии вас будут ждать гении, чье интеллектуальное развитие соответствует вашему? Довольно смелое заявление, должен вам заметить.

— Я считаю свой ответ абсолютно правильным, но недостаточно аргументированным и плохо сформулированным, — твердо ответила она.

— Странная у вас логика, — пожал плечами председатель.

— Она не странная, она просто не такая, как у вас. Именно поэтому мужчинам-сыщикам легче и проще ловить мужчин-преступников. Логику женщин-преступниц они не понимают, поэтому не могут их поймать. Кстати, именно поэтому я не могу доверять статистическим данным о соотношении женщин и мужчин среди преступников. На самом деле женщин-преступниц намного больше, чем нам кажется.

Настя чувствовала, как острый локоть майора Суладзе впивается ей в бок, слышала его слова, выдавленные шепотом сквозь зубы: «Ты что, спятила? Заткнись немедленно!», но ничего не могла с собой поделать. Злость на себя за неумение внятно изложить свою точку зрения, злость на членов комиссии, поставивших ей трояк из уважения к отчиму, и стыд за то, что она эту злость испытывает, и недовольство собой за то, что ей стыдно, — все эти эмоции смешались в один невообразимый клубок и заставляли ее делать вещи, в общем-то, ей несвойственные. Настя Каменская никогда не была борцом, особенно за свои права.

Стены кабинета сотрясались от хохота. Первым засмеялся тот, кто писал научные труды о латентной преступности. Следом за ним прыснул и зашелся смехом председатель. Через пару минут хохотали все, кроме Насти, которая понуро ждала своей участи.

— Вот так бы и сказали с самого начала, — отсмеявшись, одобрительно сказал председатель. — Такие аргументы просты и понятны. Запомните, товарищ подполковник, самые сложные идеи в науке — те, которые можно объяснить самыми простыми словами. Если простыми словами не получается, значит, идея ущербна. Вы молодец, что не растерялись и сумели в последний момент собраться. Это вам очень пригодится на защите диссертации, если вы собираетесь в ней отстаивать эти свои убеждения. На ученом совете вам придется нелегко, так что я вам заранее сочувствую. И вам повезло, что я еще не проставил оценки в ведомость. Полагаю, члены комиссии не будут возражать, если мы поставим вам «хорошо».

Члены комиссии не возражали. Но Насте отчего-то стало еще более противно. Как будто она выклянчила эту оценку или получила обманным путем.

— Ну чего ты киснешь? — тормошил ее неунывающий Суладзе. — Хорошую же оценку получила, а вид у тебя такой, словно все умерли. Поехали с нами, посидим, отметим, а?

Настя согласилась было, но в последний момент передумала и поехала домой. Ребята, с которыми она сдавала экзамен, ее настроения не понимали, но Лешка-то поймет непременно.

И он действительно понял.

— Асенька, ты же помнишь замечательное выражение твоего папы: нет плохой погоды, погода всегда хорошая, если правильно одеться. Нет плохих оценок, оценка всегда хорошая, надо только правильно к ней относиться. Ты не была готова к тому, чтобы излагать свои неординарные идеи группе ученых. Ты не подготовилась, твои идеи казались тебе самоочевидными, и ты не проработала систему аргументации, чтобы рассказывать о них доходчиво, убедительно и в то же время деликатно. Деликатно, Асенька! Потому что ни один ученый, даже очень продвинутый и демократичный, не потерпит, когда приходит вот такая девочка с улицы, не имеющая ни одной публикации и не прожившая в науке ни одного дня, и начинает ниспровергать основы и учить его жить. Ты проявила, мягко говоря, отсутствие ума, предусмотрительности и деликатности, девочка моя, но даже в этих обстоятельствах ты ухитрилась заработать положительную оценку. А это о чем говорит?

— О чем? — послушно переспросила Настя, слушавшая мужа как завороженная.

Леша произносил именно те слова, которые так были ей нужны. Он называл вещи своими именами, не пытаясь спрятать ее недостатки и выпятить достоинства, он говорил в равной мере о тех и о других и поэтому выглядел объективным и убедительным. Настю же захлестывали эмоции, и, ругая себя последними словами за те оплошности, о которых упоминал Леша, она забывала о положительной стороне дела, а пытаясь утешить себя и думать только о положительном, тут же бранила себя за слепоту и необъективность.

— Это говорит о том, что идеи твои могут быть восприняты научной общественностью, что они не бредовые, что за ними стоит мысль, гипотеза, оригинальная и правдоподобная. Ведь члены комиссии тебя поняли в конце концов! Когда ты привела простой и внятный пример, все тебя прекрасно поняли. А пока ты умничала и играла наукообразными словами, ты вызывала у них только раздражение. Потому что любой человек, проработавший в науке больше пяти лет, отлично знает, что наукообразие в девяноста процентах случаев используется для маскировки отсутствия мысли. Или для маскировки собственного страха показаться слишком простым и не очень ученым. Ты прекрасно знаешь криминологию, и, если бы ты не допустила тактическую ошибку, если бы позаботилась заранее о том, чтобы продумать свои ответы и придать им приемлемую и понятную форму, ты бы сегодня получила «отлично». За огромную ошибку ты расплатилась всего лишь одним баллом, а ведь за такие ошибки люди, случается, платят куда дороже, и ученой степенью, и неизданными монографиями, и потерей должности. Так что ты легко отделалась. Ну, я тебя успокоил?

— Успокоил, — она потерлась щекой о мягкую пушистую шерсть Лешкиного свитера. — Но на работе меня все равно с опилками смешают. Все ведь думают, что я такой крутой специалист... Засмеют.

— Ася! Ну я что тут, напрасно разорялся битый час?

Ты меня внимательно слушала, даже вон цветную капусту всю сверетенила на нервной почве, пока я тебе объяснял, как надо относиться к твоей оценке, и где результат? Ты что, не поняла ничего?

— Ой, Леш, да все я поняла. Ты прав кругом и на триста шестьдесят процентов. Но мне все равно неловко перед ребятами за эту четверку. Что они обо мне подумают?

— Они подумают, что ты получила четверку. Больше они не подумают ничего. Не надо, Асенька, думать за других людей и заранее бояться того, что они подумают. Вон Зарубин твой никак Гулю на себе не женит. Ты что по этому поводу думаешь?

— Что он не может уговорить ее выйти замуж, — засмеялась Настя. — Больше ничего не думаю. Что мне, думать не о чем?

— Вот и им есть о чем подумать, кроме твоего экзамена. Выбрасывай глупости из головы и вставай к раковине, мой посуду, вытирай ее и расставляй по местам. Сделай для семейной жизни что-нибудь полезное. Потом еще можешь погладить, у нас уже два месяца до утюга руки не доходят, все, что машина настирала, кучей валяется. Давай-давай, займись делом.

Гладить ей не хотелось. Мытье посуды она уж как-нибудь переживет, но от вида утюга и гладильной доски Настю охватывал ужас. Ничего, однако, не поделаешь, придется заниматься бельем. Может, продолжить Лешкину мысль и перенести ее с погоды и оценок на нудную работу? Не бывает тягостной домашней работы, домашняя работа всегда приятна, если правильно к ней относиться. А правильно — это как?

Цепь рассуждений увлекла ее, и хотя Настя так и не придумала формулу, при помощи которой можно было бы страстно полюбить процедуру глажения пересохшего белья, однако к концу активной мыслительной работы она с удивлением обнаружила, что все перегладила.

* * *

Началось все с борща. В этом восьмидесятитрехлетняя Глафира Митрофановна была совершенно уверена. Ну, почти совершенно... Потому что до борща был еще мальчик, попавший под машину. А может, и правда все началось именно с мальчика, а борщ — это уже продолжение. Хотя каким образом эти два события могут быть связаны, Глафира Митрофановна не представляла, как ни напрягала воображение. С одной стороны, вроде бы погибший под колесами автомобиля мальчик к ней лично никакого отношения не имеет, а борщ — имеет, и самое непосредственное, потому как она самолично его готовила в тот день прямо с утра, и то, что произошло потом, покрыло ее, как она полагает, несмываемым позором.

Но с другой стороны, может, с борщом все так и получилось из-за этого мальчика? Кто его разберет...

Поднялась она, как обычно, в пять утра. Всю жизнь свою долгую Глафира Митрофановна позже пяти в кровати не валялась, даже и в выходные. Привыкла. Наверное, когда у мамки в деревне жила, так годиков до трехчетырех спала сколько хотела, но этого она не помнила. А вот то, что с пяти лет вставала вместе со старшими братьями и сестрами, помнила отчетливо. Воду носить из колодца тогда еще не могла, а скотину выгнать, курам задать и полы намыть во всей хате — это на ней. Когда Глаше исполнилось тринадцать, отправили ее в город к дальней родне, и даже не их это была родня, а бабы-Дусина, что через две хаты живет. Каким-то людям в Москве нянька понадобилась за ребенком смотреть, вот баба Дуся и присоветовала им работящую сметливую соседскую девчонку, которая к своим тринадцати не только полной помощницей по дому стала, а еще и четверых младшеньких подняла, так что по части обращения с младенцами понимание имела.

Определили ее в семью медицинского профессора с женой и двухлетним сыном. Сам-то профессор, понятное дело, к домашним делам не приспособленный, из бывших, видать, барин, одним словом, а жена у него хорошая была, с первого взгляда Глаше понравилась, красивая, чернявая не по-славянски, нос с горбинкой, глазищи огромные, яркие, а сама-то тонюсенькая — талию ладонями обхватить можно, даже и непонятно, она ли этого ребеночка рожала, одним словом, неземная красавица. И не чванливая, не капризная, ты, говорит, Глашенька, только за маленьким смотри, потому как я дома сидеть не могу, мне отлучаться часто надо, я ведь актриса, в театре служу, днем репетиции, вечером спектакли, а то и гастроли случаются, а с уборкой-готовкой я как-нибудь сама справлюсь. Уж как там хозяйка собиралась сама справляться при такой-то работе, Глаша не понимала, и вскоре выяснилось, что была в своем непонимании абсолютно права. Только три денечка и побыла Глафира «чисто нянькой при младенчике», а потом быстро и сноровисто взяла в руки все хозяйство.

Так она и ведет это хозяйство до сих пор. Семьдесят лет подряд. Хозяин-профессор в Отечественную погиб, оперировал где-то в полевом госпитале, их и разбомбило. Хозяйка-красавица, народная артистка, дольше прожила, померла уже при Брежневе, в семьдесят девятом. А сынок ихний Глебушка сколько ни женился, сколько детей ни заводил, а все одно продолжает в той же квартире жить под ее, Глашиным, крылом. И не глядит она, что Глебушке самому-то уже семьдесят два, и что знаменитый он, и богатый, и привычки у него отцовские, барские. Для Глафиры Митрофановны известный на всю страну писатель Богданов, лауреат и все такое прочее, — все тот же Глебушка неразумный да непослушный, которого она вынянчила, вырастила, выпестовала и будет опекать, покуда ноги носят. А носить ноги-то ее будут, дай бог, еще долго, здоровья ей не занимать, и сил покамест предостаточно.

Конечно, многое за те семьдесят лет переменилось, если первые лет пятнадцать она при семье жила, то в сорок восьмом, уже после войны, народная артистка Богданова, вдова геройски погибшего профессора-хирурга, ей жилье отдельное выхлопотала — комнату в малонаселенной коммуналке. Не дело это, говорит, Глашенька, чтобы ты всю жизнь в чужих людях жила, Глебушка большой уже, ему семнадцать стукнуло, в институт поступать будет, а тебе своя семья нужна, муж, дети. Глаша тогда перепугалась насмерть, подумала: не угодила чем-то, вот и гонит ее хозяйка. Но ошиблась. Земфира Эльхановна вовсе не собиралась отказываться от услуг домработницы, просто хотела устроить ее получше. Всякое в жизни Глафиры происходило с тех пор, но одно не менялось: жила на два дома. Свою комнатку в коммунальной квартире обустроила, обуютила, ночевала то там, то в хозяйском доме, благо комнат в нем несчитано, при Сталине профессоров уважали и жильем обеспечивали как положено. Мужья у нее были, даже двое, а детей вот бог не послал, да и мужья-то оказались какими-то никудышными, пьющими, до работы неохочими. Одного она выгнала, другой сам помер от водки. Так что никакой другой семьи, кроме хозяйской, у нее в Москве, считай, и не было.

Ну так вот, в тот распроклятый день поднялась Глафира Митрофановна в пять утра, за окном темень, осень ведь как-никак, и принялась за привычную работу. Ночевала она в тот день у хозяев (она так и мысленно по привычке говорила: «у хозяев», хотя хозяин теперь уж был только один — Глебушка, Глеб Борисович Богданов), так что старалась особо не шуметь, чтобы сон писательский ненароком не потревожить. Сегодня среда, стало быть, в двенадцать часов явятся Катерина и Васечка, среда и суббота — их дни. Случается, что и в другие дни они собираются, если Глебушка потребует или для дела надо, но уж в среду и субботу — непременно, так с самого начала повелось. Значит, обед надо на троих готовить.

Глебушка спит допоздна, потом уходит на прогулку, здоровье бережет, и правильно, а то сидит целыми днями, над рукописями своими корпит, так и болезнь какую-нибудь зловредную высидеть недолго. И то сказать, сердечный недуг-то он себе заработал, все переживал, переживал, страдал, бедняжечка, вот и сердце теперь больное. А от сердца, уж всем известно, одно лечение: покой да пешие прогулки. Ну, покоя Глебушке не видать, так хоть прогулками свое берет. Каждый божий день встает, завтракает и два часа гуляет, хоть дождь, хоть снег, хоть что. Глафира Митрофановна такой порядок одобряет, она смолоду приучена к режиму, чтобы всё всегда происходило в одно и то же время и одинаковым порядком. Если что-то меняется или происходит не так, как обычно, она нервничает и беспокоится, как-то неуютно ей делается, будто земля из-под ног уходит. Но случается такое редко, Глебушка сам сторонник твердых правил и неожиданностей не любит.

Обед Глафира Митрофановна, стало быть, сготовила

с утречка пораньше, Глебушку завтраком накормила, гулять его отправила и сама за покупками собралась. Вот ведь память-то дырявая стала, ведь с вечера еще подумала, что среда, что Васечка с Катериной придут, и надо бы Васечкины любимые слойки с яблоками сделать, да и пампушки к борщу полагается испечь, а дрожжи-то и не проверила. Кинулась утром тесто ставить и обнаружила, что дрожжей нет. Закончились еще в тот раз, когда она кулебяку с мясом пекла. Спустилась в магазин, который в том же доме, маленький такой магазин, выбор не особо богатый, но была надежда, что там дрожжи будут. Надежда не оправдалась. В двух продуктовых магазинах побольше — один на соседней улице, другой в противоположной стороне, рядом с метро — их тоже не нашлось. Глафира Митрофановна закручинилась было, отказываться от своих задумок она не любила, раз уж решила Васечку слойками побаловать, то не отступит. И поехала к себе домой. Она точно помнила, что дома в холодильнике лежит палочка дрожжей, буквально два дня назад ей на глаза попадалась. Беспокоило только, что не успеет обернуться к возвращению Глебушки с прогулки, а он привык, как войдет, сразу кофе пить и газеты читать, которые с прогулки приносит. И если Глаша кофе не подаст, он будет недоволен.

Но она успела. Буквально на пять минут раньше хозяина вернулась, так что все обошлось.

Глебушка пришел в хорошем настроении, бодрый, посвежевший на прохладном осеннем воздухе, и Глафира Митрофановна привычно и упоенно залюбовалась своим питомцем: какой же он красивый, ее мальчик, ее Глеб, статью в отца пошел, а лицом — в мать-азербайджанку, нос, глаза, брови, изящно изогнутый рот, ну вылитая Земфира-покойница, она-то знатная была красавица, недаром же народная артистка. Земфиру Эльхановну старая Глафира всегда вспоминала с теплотой и нежностью, а вот мужа ее, профессора-хирурга, и не вспоминала почти. Да и какие уж там особые у нее могут остаться воспоминания о человеке, который с тридцать третьего года, когда Глаша в Москву приехала, и до самой Отечественной дома только ночевал, и то не каждый раз, приходил усталый и молчаливый, уходил чуть свет, подолгу жил на даче в Серебряном Бору, когда остальная семья в городе, и, наоборот, частенько оставался в Москве, когда семья выезжала на дачу. Неладно у него было с женой, Глаша это чувствовала, но в хозяйские дела не влезала. А уж как Отечественная началась, так Глашу с Земфирой и Глебушкой сразу в эвакуацию отправили, вместе с театром, и больше она хирурга того не видала.

Она сварила кофе, размолов зерна в ручной мельнице, как Глебушка любит, подала булочки со взбитыми сливками, бросила взгляд на большие настенные часы: без двадцати двенадцать, скоро Васечка придет, а за ним и Катерина, она никогда не приходит вовремя, вечно опаздывает, хоть на несколько минут — а опоздает. Глебушку только нервирует своей непунктуальностью. Глафира очень гордилась тем, что выучилась когда-то без запинки и к месту произносить это длинное и корявое слово. Снова бросила украдкой взгляд на часы: хорошо бы Васечка пришел чуток пораньше, ну хоть бы без десяти, пока Глебушка еще кофе пьет, кофейник и булочки на столе стоят, тогда Васю непременно угостят, Глебушка вежливый, хорошо воспитанный, не станет один лакомиться, когда гость в доме. У Глебушки все по минутам расписано, и ровно в двенадцать стол будет девственно чист, а сам он готов к работе. Васечка, деточка, вечно голодный ходит, некому его кормить, один-одинешенек при живых-то родителях. А все Катерина виновата. Из-за нее все вышло.

Хитрость с угощением раньше времени прибывшего Васи не удалась, молодой человек явился в три минуты первого, Глаша уже собралась было прямо в передней тайком сунуть ему булочку со сливками, но тут и Катерина подоспела. Теперь до самого обеда жужжать будут у Глебушки в кабинете. Одно слово: проект. И чего там мудрить-то? Писал Глебушка всю жизнь свои книжки, и деньги были, и почет, и слава. Вот и писал бы, как прежде. Зачем ему Вася с Катериной? Одна только морока с ним, с проектом этим.

Дверь в кабинет Глеб Борисович почти никогда не закрывал, у него потребности к уединению не было, зато была нервозная неприязнь к скученности, и, когда в его кабинете находился, кроме него самого, еще хотя бы один человек, ему начинало казаться, что тесно и нечем дышать. Глафира тихонько сновала по квартире, занимаясь повседневными делами и стараясь не шуметь. С одной стороны, Глебушке не помешать бы, но с другой — любопытно послушать, чего они на этот раз обсуждают.

— Я придумал совершенно гениальную фишку, — это Васечка говорит, любимчик ее. — Вот послушайте. Маленький мальчик попадает под машину, умирает, и его душа разговаривает с богом. Боженька спрашивает, чего, мол, так рано, пожил бы еще, погулял, а мальчик отвечает, что ему стало скучно, что жизнь сына этих конкретно родителей он уже испытал...

— Стоп, стоп, стоп! — Голос у Глебушки недовольный, брезгливый даже. — Это еще что за байки? Какое это имеет отношение...

— К сюжету — никакого. Но у нас же есть герой, который пишет пьесы, вот пусть он и пишет про мальчика и его душу. Вы только послушайте, там все совершенно дивно складывается, просто потрясающая фишка...

Глафира аж вздрогнула. Ну как это такое может быть, чтобы маленький мальчик попал под машину и умер и чтобы после этого что-то там дивно складывалось? Не дело Васечка говорит, не дело, хоть и любит она его, и жалеет, и подкормить старается лишний раз, но одно дело опекать и жалеть, и совсем другое — на безбожные глупости глаза закрывать.

— Глеб Борисович, ну какая вам разница, о чем будет новая пьеса этого персонажа? Все равно у нас с вами по плану убийство режиссера, который ставит пьесу, мы заложили в сюжет как минимум пять эпизодов театральных репетиций, значит, все равно придется описывать, что это за пьеса и о чем она, и еще... — Глафира услышала, как зашелестели страницы. — Вот еще, три сцены, когда режиссер обсуждает ход работы над новым спектаклем: один раз с женой, один раз с любовницей, и еще эпизод с завтруппой.

— Мы уже решили, что режиссер у нас ставит Шекспира, — перебил Богданов. — И три главы написаны именно об этом.

— Ну так перепишем, большое дело, — возразил Вася. — Хотите, я сам перепишу?

— Ну да, ты перепишешь, — язва-Катерина не могла не вмешаться, — таким стилем, что читать невозможно.

— У вас, дорогая Катрин, стиль не лучше, — огрызнулся Вася.

— Согласна. Я тоже стилем не блещу, именно поэтому тексты у нас пишет Глеб Борисович. И вообще, Васенька, мальчика, попадающего под колеса автомобиля, редактор не пропустит. Ты что, забыл, что у нас в контракте записано? В наших романах не должно быть никакого избыточного насилия и неоправданной жестокости, и особенно это касается гибели детей. Сто раз уже обсуждали, мог бы усвоить.

— Ну ладно, — неожиданно легко согласился Василий, — не хотите — как хотите. Давайте ставить Шекспира.

— Ты домашнее задание выполнил? — строго спросил Глеб Борисович. — В общежитии студентов театрального вуза побывал?

— Выполнил. Побывал. Прикажете отчитаться?

Глафира Митрофановна на какое-то время выпала из процесса подслушивания: распереживалась. Да как же так? Мыслимое ли дело — дите малое под колеса бросать? Да еще про разговоры с боженькой... Разве Васечка может про это придумывать? Чего он в божеском понимает-то? В церкви небось ни разу не был, Святое Писание не читал, молитвы ни одной не знает. Сама Глафира особой набожностью не отличалась, все-таки с тринадцати лет в городе жила, где бога не признавали и не чтили, и в церковь не ходила, и посты не соблюдала — у Богдановых не принято было, и праздники все перезабыла уже, только Рождество да Пасху помнила. Однако же то, что успела впитать в родительской семье, частично сохранилось в ее душе в виде представления о том, что ежели не веруешь истинно, так и не смей о божественном рассуждать. Не знаешь, не понимаешь — и молчи тихонечко.

Внезапно она ощутила какую-то... не то обиду на любимца Васечку, не то досаду, что ли. Ведь это же надо, она к нему со всей душой, жалеет, сочувствует, а он, оказывается, вон какой... Ничего более внятного она сама для себя сформулировать не смогла, но остался в душе мутный нехороший осадок и от того, что услышала, и от того, что почувствовала.

В три часа, как и положено, подала обед. Сперва закуски — салат и заливное из судака, потом борщ с чесночными пампушками. От мыслей о погибшем мальчике и разговорах его души с богом она так и не отошла, посему пребывала в глубокой задумчивости и делала все автоматически, не глядя.

Васечка первым схватил горячую пампушку, жадно впился в нее зубами, зачерпнул ложкой дымящийся борщ, отправил в рот...

— Баба Глаша, что-то у вас сегодня с супом не то, — озадаченно произнес он. — Прокис, что ли?

— Да как прокис, когда с утра варила? — возмутилась Глафира Митрофановна. — Чего ты выдумал?

В этот момент Катерина тоже съела первую ложку и задумчиво покачала головой.

— Правда, Глафира Митрофановна, вкус какой-то странный. Может, вы по новому рецепту готовили?

— Ничего не по новому, как всю жизнь варила, так и сегодня. Может, сметана слишком кислая? Я пожирней брала, сорок процентов, она кислой не бывает, но, может, порченую подсунули. Глебушка, ну-ка ты скажи, ты еще сметану не клал, — обратилась она к Богданову.

Тот долго не решался попробовать, сперва принюхивался, поднеся ложку к самому носу, потом сделал маленький глоточек.

— Ты, Глаша, сама попробуй. — По его тону ничего понять невозможно, то ли вкусно ему, то ли нет. — Но мне кажется, с супом действительно не все в порядке.

Кипя от негодования, Глафира выскочила из комнаты, прошла в кухню, зачерпнула половником из кастрюли и сделала основательный глоток горячей жидкости. Но прежде чем вкусовые рецепторы донесли информацию до мозга, наметанный глаз ее заметил крохотные пузырьки на поверхности разогретого борща — верный признак того, что варево действительно прокисло. Но как же это может быть? Ведь варила только сегодня... Помидоры — они, конечно, кислоту дают, и ежели б кастрюлю на ночь на плите оставили, то за сутки борщ мог и прокиснуть, не обязательно, но мог. Но чтобы за несколько часов, да осенью, а не в летнюю жару... Сроду такого не бывало.

— Ну что, Глафира Митрофановна? — послышался совсем рядом голос Катерины, которая появилась в кухне с подносом в руках. На подносе — три полные тарелки с борщом. — Убедились?

— Сама не пойму, — растерянно пробормотала старуха, — никогда в жизни у меня такого не было. Позор-то какой!

— Да что вы, ну какой в этом позор! Со всеми бывает. Ничего страшного.

— Почему же он прокис-то?! — в отчаянии выкрикнула Глафира.

— В кастрюлю грязь могла попасть, вот и прокис. Не переживайте вы так.

— Так откуда же грязь-то возьмется, Катерина? У меня тут все стерильно, ты ж посмотри сама, все сверкает, нигде ни пылиночки, пол языком можно лизать, по нескольку раз в день влажной тряпкой протираю.

— А овощи, Глафира Митрофановна? Вы в борщ картошку положили, свеклу, лук, капусту, они же с рынка, а не из стерилизатора, может, недоглядели где-то, грязь и попала.

— Я недоглядела?! — взвизгнула Глафира. — Это я-то недоглядела?! Ты что ж, намекаешь, что я слепая стала, никудышная? Да у меня зрение получше твоего будет! И руки не дрожат, и глаза не подводят. Не моя вина, что борщ испортился!

— Ну хорошо, хорошо, не ваша, — примирительно улыбнулась Катерина. — Не надо так волноваться. Не ваша вина.

Глафира согласно покивала головой и внезапно уставилась на собеседницу в некотором недоумении.

— А чья ж тогда? Не моя — это точно. Но если не моя, то чья?

И стремглав выскочила из кухни.

* * *

— ...Глебушка, позвони немедленно в милицию, пусть отправят борщ на экспертизу!

— На какую экспертизу, Глаша, опомнись...

— Вы, баба Глаша, слишком детективами увлекаетесь. Ну прокис суп — делов-то!

— Не может быть, чтоб моя вина была! Меня почти два часа дома не было, пока ты гулял, я по магазинам ходила! Мало ли кто мог заявиться и отраву в кастрюлю кинуть!

— Глаша, возьми себя в руки, что ты несешь? Ну кто мог заявиться? Кому надо кидать отраву в борщ? Ты же не хочешь сказать, что меня, или тебя, или Васю, или Катерину кто-то хочет отравить?

— Ты сам знаешь, что я хочу сказать!

— Глаша! Прекрати немедленно. Вылей борщ в сортир, и чтобы я больше ни слова об этом не слышал!

— Ну правда, Глафира Митрофановна, не нужно из мухи слона делать. Обычная бытовая неурядица, при чем тут милиция?

— А при том, что не мог борщ ни с того ни с сего прокиснуть! Я в этом доме семьдесят лет готовлю, и ни разу у меня ничего не портилось. Неспроста это все. И ты, Глебушка, не смотри на меня так, я знаю, что говорю. И ты знаешь.

— Ладно, все, обсуждение закрыто. Глаша, подавай второе. Я с тобой потом отдельно поговорю...

* * *

— Фу-ты, господи, сколько шума они развели из-за борща, — поморщился мужчина, сидящий в машине неподалеку от дома, где жил Глеб Борисович Богданов, отодвигая в сторону наушник. — И ни слова о том, что нас интересует.

— Подожди, вот они пообедают и снова начнут обсуждать книгу. — Женщина ласково погладила его по плечу. — Не нервничай, Слава, мы только первый день их слушаем.

— Ты забыла, что мы не можем слушать их каждый день, — раздраженно отозвался тот. — Они собираются для обсуждений два раза в неделю, и если сегодня мы ничего не узнаем, придется ждать до субботы. А потом снова до среды. Время идет...

— Славик, но у нас есть шанс... Если это сам Богданов,

то он может что-нибудь сказать в телефонном разговоре. Или к нему придет кто-нибудь. Понимаешь? Надо слушать его квартиру постоянно.

— Шанс, шанс... — проворчал Слава. — Тридцать три процента — не такой уж большой шанс.

— Но и не такой уж маленький. Мы ведь только начали, не надо раньше времени впадать в отчаяние.

— Не успокаивай меня, пожалуйста, Лиза. Они начали в двенадцать и в три прервались на обед. И что они делали три часа? Сначала обсуждали какую-то бредятину про мальчика и бога, потом слушали подробный доклад о порядках и нравах в общежитии студентов Щукинского училища. И все. Ни одного полезного слова. И совершенно неизвестно, когда они дойдут до собственно расследования убийства, они, кажется, даже еще не придумали, как именно убьют этого своего режиссера.

— Кстати, насчет погибшего мальчика, — задумчиво проговорила Лиза. — Я уже где-то нечто подобное читала... Не могу вспомнить где. Что-то переводное, кажется, с английского... Этот юный гений — банальный плагиатор, пользуется тем, что люди такого склада, как его соавторы, подобную литературу не очень-то читают, у них воспитание атеистическое, вот он и заимствует идеи из модной эзотерической литературы.

— Да фиг с ним, — махнул рукой Слава, — какая нам разница, у кого он идеи ворует? Нам другое важно.

— Ты не прав, — тихо возразила его жена.

— Почему это?

— Потому что если он в принципе ворует чужие идеи, то это стиль поведения. Понимаешь? А это и есть то, что нам важно. Ну, что там у них?

— Едят. Вернее, уже пьют чай.

— А разговаривают о чем?

— О чем, о чем... О борще, о чем же еще, будь он неладен, — проворчал он. — Старуха совсем сбрендила, только о милиции и твердит. Неужели правда этого Богданова кто-то может хотеть отравить? Кому он нужен, старый пень?

* * *

Они вышли на улицу вместе, как обычно. Катерина двинулась к своей машине, Василий замешкался у самых дверей подъезда, словно решая, в какую сторону идти.

— Где твой драндулет? — спросила она, окинув взглядом улицу и не обнаружив знакомых желтых «Жигулей».

— Так ведь драндулет же, — пожал плечами Вася. — Где ему и быть, как не в очередном ремонте.

— Вась, ну почему ты не купишь нормальную машину, а? Тебе что, денег не хватает?

Он промолчал, снова пожав плечами.

— И куда только ты их деваешь? — вздохнула Катерина.

— Можно подумать, мне платят бешеные бабки, — огрызнулся Василий.

— Вася, не забывай, что по основной профессии я все-таки бухгалтер и деньги считать умею. Уж на машину-то приличную их всяко должно было хватить. Ты что, в казино играешь?

— Да ну вас, Кэт, выдумаете тоже. И вообще, это что, бухгалтерская привычка считать чужие деньги?

Она остановилась возле машины, достала ключи.

— Давай я тебя подвезу хотя бы до метро.

Он кивнул и сел на переднее сиденье. Вообще-то до ближайшей станции метро было совсем недалеко, всего пять минут пешком, и Катерина, как всегда в подобных случаях, довезет его не до этой ближней станции, а до «Менделеевской», ей по пути, а ему останется проехать всего восемь остановок без пересадок.

— У тебя еда дома есть? — спросила она.

— Куплю. Не проблема.

— Вась, не сиди голодным, ладно? Отец переживает, боится, что ты язву себе наголодаешь. Питаешься ведь черт знает как. Лень самому приготовить — ходи в кафе или в ресторан.

— Откуда у вас эти барские замашки, уважаемая Китри?

Катрин, Кэт, Китри. А еще Китти, Катарина и Кэто. Так повелось с самого начала, когда десять лет назад она выходила замуж за Васиного отца. Василию тогда было восемнадцать, ей — тридцать два.

— Называть вас тетей Катей — смешно, а Екатериной

Сергеевной — напыщенно, — заявил тогда юноша. — Надеюсь, у вас хватит чувства юмора на восприятие моих собственных вариаций вашего имени.

— Хватит, хватит, — заверила его она...

Прошло десять лет. Из утыканного иглами сопротивления окружающему миру паренька Василий превратился в странноватого молодого человека, прошедшего армейскую службу, не получившего никакого законченного образования и уверенного в собственной гениальности. После развода родителей он почти сразу ушел в армию, потом немножко пожил с матерью, всего пару месяцев, и, убедившись, что та ведет интенсивную личную жизнь, легко уговорил ее и отца давать ему деньги на аренду квартиры. Начав получать гонорары за участие в проекте, он оплачивал эту квартиру самостоятельно. По подсчетам Катерины, он вполне мог бы купить не только подержанную иномарку, но и недорогую квартирку, не в центре Москвы, конечно, но приличную и, главное, собственную. Однако Вася продолжал ездить на старой отцовской машине, жить в дешевой съемной квартире где-то в самом конце Алтуфьевского шоссе и одеваться отнюдь не в бутиках. Куда он девает деньги? Копит? Тратит на женщин? Или на азартные игры? Или на наркотики?

Она остановила машину возле кафе, где меню было маленьким, но изысканным.

— Давай зайдем выпьем кофе, — предложила Катерина.

Это было уловкой, Вася понимал, что вторая жена отца просто хочет ненавязчиво подкормить его, а Катерина точно знала, что он это понимает, но старается сохранить лицо.

— У вас что, дома кофе нет? — ехидно спросил он, соблюдая правила игры.

— Кофе есть, а вот такие салаты, как здесь подают, мне дома не приготовить, я даже не знаю, где такие продукты купить. И потом, я люблю морепродукты, а у твоего отца на них страшная аллергия, он даже запаха креветок и мидий не выносит, так что я не могу их в дом принести. Ну что, пойдем?

— Ну пошли, — со вздохом согласился он, изображая покорность.

Они сели за столик, сделали заказ, Катерина взяла

только кофе и пирожное (как будто не она десять минут назад пела романсы об экзотических салатах, без которых жить не может), Василий попросил принести два салата и горячее.

— Расскажи мне историю про мальчика, — попросила она. — С самого начала и до конца.

— Зачем? Вы же ее отвергли как непригодную.

— Для нашей книги она действительно не годится, ей там не место. Но мне любопытно. Ты меня заинтриговал.

— Да ну? Ладно, слушайте. Мэтру такие истории, конечно, не по зубам, он человек ортодоксальный, но вы, Катрин, может, и поймете что-нибудь. Значит, попадает маленький мальчик под машину, его душа отлетает и разговаривает с богом...

... — Почему ты не захотела больше жить в той семье? У тебя были прекрасные родители, они дали бы тебе хорошее воспитание и достойное образование, ты могла бы сделать блестящую карьеру, стать богатым и благополучным мужчиной. Да, у них были некоторые... м-м-м... трудности интимного плана, дело чуть было не дошло до развода, когда тебе было пять лет, но теперь-то все наладилось. В чем же дело?

— Да ну, скучно это все. Сыном благополучных родителей я уже четыре раза была, — отвечает Душа ребенка, — два раза мальчиком и два раза девочкой. Я про эту жизнь уже все знаю. Я этих последних родителей специально выбирала, чтобы пережить опыт пятилетнего ребенка, родители которого стоят на грани развода. Ссоры там всякие, скандалы, подозрения и все такое. Что я хотела, то и получила, а дальше мне неинтересно, дальше я и так все знаю. Теперь выберу себе родителей, у которых я буду девочкой, а после меня родится еще один ребенок, который окажется тяжело больным, ну там инвалидом, или дауном, или еще что-нибудь в том же роде. Я хочу пережить опыт старшей сестры, которая была единственной и любимой, а потом сразу потеряла роль дочери и превратилась в бесплатную помощницу-прислугу, которую замечают постольку, поскольку она обслуживает второго ребенка, который приковывает к себе все внимание родителей и забирает всю их нежность и любовь. Представляешь, какая это травма для девочки? И как она с этим справится? Я хочу пережить этот опыт.

— Я понимаю тебя, дитя мое. Но подумала ли ты о тех своих родителях, которых только что покинула? Ведь они сейчас плачут, ты причинила им огромное горе. Книга судеб давно написана, и мы с тобой знаем, что у них больше не будет детей, и отныне до самой своей смерти они будут оплакивать тебя и ходить на твою могилу. За что ты их так наказала?

— Отец мой, ты сам сказал, что Книга судеб давно написана. Души моих родителей сами выбрали ту жизнь, которую сейчас проживают. Много лет назад они захотели пережить опыт людей, потерявших единственного сына. Между прочим, я такой опыт уже пережила, и не один раз. Ты помнишь, я где-то в Средней Азии была матерью, у которой во время пожара погибли трое детей, и я была мужчиной на Ближнем Востоке, у которого во время террористического акта погибли жена и дочь, и еще я была женщиной, потерявшей в результате авиакатастрофы всю семью: мужа, детей и родителей, которые летели все вместе.

— Да, я помню твою историю, дитя мое. И все-таки я спрошу тебя: разве тебе не было жаль своих родителей? Разве ты не понимала, какую боль причиняешь им?

— Конечно, нет! Пока я была в теле мальчика, я была душой семилетнего ребенка, который хочет только играть и радоваться жизни. В тот момент, когда тело столкнулось с машиной, я вспомнила, что я не просто душа семилетнего мальчика, а Вечная и Бессмертная Душа, которая проживает множество жизней и переживает разнообразный опыт по собственному выбору. В тот момент мне предстояло сделать выбор: остаться в теле мальчика и продолжать приобретать этот опыт или покинуть тело, освободиться и выбрать себе новую жизнь и новые приключения. В тот самый момент, Отец мой, я руководствовалась не земными чувствами, каковыми являются жалость и сочувствие, а Вечной Мудростью и Знанием. Я знала, что мальчик должен погибнуть, потому что Души моих родителей знали об этом еще раньше и именно это хотели пережить.

— Разумно. Что ж, дитя мое, благословляю тебя на новую жизнь...

... Катерина слушала внимательно, боясь пропустить хоть слово. Ей казалось, что история будет длинной, что после разговора с богом начнут происходить какие-то события, наглядно иллюстрирующие некую законченную идею, но Василий внезапно умолк.

— Продолжай, — нетерпеливо попросила она.

— Так чего продолжать-то? — удивился он. — Все, сказочке конец. Больше я пока ничего не придумал.

— Но я ничего не поняла. Ты мне пересказал занятный диалог, но за ним же должна стоять какая-то теория, продуманная идея, а у тебя здесь идея совсем сырая, поверхностная, нет концепции.

— Это вы у отца таких слов нахватались? — усмехнулся Вася. — Теория, концепция... Классно быть женой профессора, а, миссис Кэт?

— Быть сыном профессора тоже неплохо, — сухо парировала она. — По крайней мере есть шанс усвоить, что любая теория должна быть стройной и внутренне непротиворечивой. Ты, судя по всему, этим шансом не воспользовался. Я-то думала, ты действительно придумал что-то стоящее. А оказалось — просто набор непродуманных ощущений.

— Ощущения — это, между прочим, тоже вещь. Вы, дорогая Катрин, даже ощущениями похвастаться не можете, — вяло огрызнулся Василий. — Ваша продукция состоит из сплошных фактов, за которыми нет ни идей, ни ощущений.

Катерина смягчилась. Она никогда не обижалась на него, потому что сам Вася был на удивление необидчив и незлопамятен. Сама-то она старалась без особой нужды не делать ему замечаний и не критиковать, поскольку испытывала до сих пор чувство вины перед ним за развод родителей, а вот Глеб Борисович — тот в выражениях не стеснялся и Васиным потугам творить самостоятельно давал обычно оценки резкие, нелицеприятные, а порой и откровенно грубые. И хоть бы раз мальчик обиделся всерьез! Сидит себе, улыбается, а то и похохатывает, как будто это не его критикуют, не его называют (пусть и в скрытой форме) бесталанным ничтожеством.

С него любая критика как с гуся вода. Вот ведь счастливый характер!

— Васенька, давай поговорим серьезно. Если у тебя есть оригинальная идея, надо постараться ее продвинуть. Но у нее должна быть приемлемая форма, которая, во-первых, сделает эту идею понятной и, во-вторых, не будет отвергнута ни редактором и издателем, ни Глебом. Если ты можешь внятно и доступно изложить мне идею, я могу попробовать придумать под нее историю.

— То есть вы, мадам Катрин, собираетесь мне помочь, так, что ли?

Он уже все съел и теперь курил и улыбался сыто, самодовольно и иронично. Любому другому Катерина такую улыбку не простила бы. Раньше не прощала, было время... Хотя и вспоминать об этом не хочется, но порой приходится.

— Знаешь, Васенька, сколько раз я видела на лицах такое выражение, как у тебя сейчас? — Голос ее звучал обманчиво-ласково, и он хорошо знал эту интонацию, поэтому мерзкую улыбочку с лица все-таки согнал, принял вид наигранной заинтересованности.

— Это где же вы видели?

— Да там, где ты и подумал. И хватит об этом. Я предлагаю помощь. Если она тебе не нужна, просто скажи, и мы закроем тему. Ты беспокоишься насчет своего авторства, именно поэтому не хочешь со мной делиться?

— Да ну, Кэт, глупости все это, — он весело махнул рукой. — Идея есть, но она не моя, я ее у другого писателя вычитал. Но книжка у него не художественная, ее мало кто читал, только узкий круг любителей, я и решил донести эту идею до массового читателя в собственной обработке. Правда, пока я обдумывал чужую идею, у меня появилась своя собственная. Сказать?

— Конечно.

— Только она пока не продуманная, так, на уровне ощущений.

— Говори-говори, — подбодрила его Катерина.

— Ну... в общем, жизнь — это игра. Понимаете?

— Нет.

— Вот смотрите. Дети играют... ну, например, в казаки-разбойники. Одни казаки, другие — разбойники. Играют всерьез, совершенно забывая о том, что на самом деле они Миши, Гриши и Пети. Игра закончилась с каким-то там результатом, неважно с каким. И они из казаков и разбойников превращаются снова в Гриш, Миш и Петь. И то, как они ведут себя вне игры, совершенно не зависит от того, что происходило между ними, пока они играли, кто там кого убил или взял в плен. Им не придет в голову сказать: я не поделюсь с тобой пирожком, потому что тебя же нет, я тебя убил. Они игру прожили и забыли. А когда через три дня они снова начнут играть, никому из них не придет в голову особо изощренно пытать пленного только за то, что он накануне не дал списать задачку по математике. То есть пока они играют, они забывают о своих отношениях по поводу реальных жизненных событий, а когда не играют, забывают о том, что происходило во время игры. И наши души ведут себя точно так же. Есть их существование в чистом, так сказать, виде. А есть что-то вроде игры, когда они вселяются в тело и проживают определенную жизнь. При этом, пока они в человеческом теле, они не помнят о своем существовании в «чистом виде», они играют в эту игру увлеченно и искренне. Как играют дети. Или как спортсмены играют. Ведь понятно же, что от результата футбольного матча ничего в этой жизни не изменится, больные дети не выздоровеют, бедные не разбогатеют, войны не прекратятся, экология не улучшится, к покинутым женам не вернутся мужья. Никакой разницы, кто выиграл и кто проиграл и вообще был ли этот матч. А сколько переживаний? Тысячи болельщиков, не говоря уже об игроках и тренерах, с ума сходят, как будто что-то существенное может измениться. Понимаете?

— Понимаю, — кивнула Катерина. — Ты хочешь сказать, что не имеет никакого значения, была или не была конкретная человеческая жизнь? И если была, то совершенно неважно, какой она была и как закончилась? Ты это имеешь в виду?

— Ну... в общем... почти. Да, почти. Жизнь — это просто очередное приключение Бессмертной Души. Не главное приключение, не единственное, а именно очередное. Одно из великого множества. В этом суть. Очередная игра. Очередной матч. Все, Катрин, я больше не хочу говорить об этом. Либо у вас хватило интеллекта, чтобы меня понять, либо нет, и тогда дальнейшее обсуждение бессмысленно. Спасибо за ужин.

Василий встал, не дожидаясь, пока ей принесут счет.

— До метро дойду пешком, здесь уже недалеко.

— Как хочешь, — обескураженно пробормотала Катерина, не ожидавшая столь резкого прощания.

— Отцу пламенный привет. Можете поделиться с ним моей идеей, ему, как профессору и крупному теоретику, будет легче ее переварить. Он привык размышлять об абстрактном. Вам как бухгалтеру проще иметь дело с конкретикой, голые абстракции вам не по зубам.

Она уже справилась с растерянностью и снова держала себя в руках.

— Ну разумеется, сам ты не рискнешь ничего отцу рассказывать, потому что в моем изложении твоя идея будет звучать куда более связно. Я умею не только придумывать истории, но и увязывать концы с концами, а тебе это вообще не дано.

Это была вовсе не ссора, а привычный обмен репликами. Именно так они общаются вот уже десять лет за исключением того времени, когда Вася служил в армии. Говорят друг другу колкости и при этом улыбаются, иногда притворно, но чаще — искренне. Между ними нет недоговоренностей, и каждый из них довольно точно представляет, как к нему относится другой. Катерина знала, что Вася ее не любит, и это вполне естественно. Новая жена отца ничего не отняла у Василия, напротив, развод родителей послужил толчком к тому, что его все оставили в покое и позволили жить одному, чего он, собственно, и добивался. Если бы отец не развелся и не женился на Катерине, жить бы Васеньке до сих пор с мамой-папой, плясать под их дудку и считать копейки. А скорее всего он женился бы на ком попало, на первой встречной, не хромой и не горбатой, но с квартирой, только для того, чтобы получить возможность жить отдельно от предков. И мучился бы сейчас с нелюбимой женой и ненужными ему пока детьми, гулял бы от нее направо и налево, изоврался бы вконец и измучился в беспрерывных семейных сценах. Появление Катерины избавило его от такой приятной перспективы, и Василий это ценил. Но все равно не любил ее. Потому что еще до проекта она сумела сделать то, чего не сумел он сам. И потом... Он ее боялся. Когда он вернулся из армии, пройдя хорошую школу «дедовщины», то среди своих неслуживших приятелей выглядел по меньшей мере крутым авторитетом. Но то, что пережила Катерина, не шло с армией ни в какое сравнение, и перед женой отца Вася пасовал. Она умела так сказать, так посмотреть и так улыбнуться, что молодому человеку становилось холодно до озноба и страшно до судорог.

В общем, не любил Вася Катерину, но как-то так, спокойно не любил, без ярости и гнева. Просто как была она ему чужой, так и осталась. Чужой и загадочной. И загадка эта, оказавшаяся для Василия непосильной, таилась вовсе не в ее женственности, вот как раз никакой особой женственности он в ней и не примечал, не считал красивой, не чувствовал обаяния и вообще не понимал, чем она лучше его матери. Моложе, что ли? Так не намного, когда отец развелся с мамой и женился на тридцатидвухлетней Катерине, матери было всего сорок, не так уж и велика разница. Нет, не женская тайна ставила Васю в тупик, а совсем другая. Он до сих пор не мог понять, как ей это удалось. Ей, экономисту по образованию, бухгалтеру по профессии, воровке, которая отсидела четыре года и которую из-за этого бросил муж, легко, как будто между делом, между пеленками, носками, кастрюлями и пылесосом удалось то, что до сих пор не удавалось Васе, который вот уже много лет посвящал этому все свое время, отдавал всю душу, всего себя. Ну почему? Почему?

Он не понимал и от этого злился. И не любил Катерину.

И она его не любила. Потому что редко встретятся люди, которые искренне любят тех, перед кем чувствуют себя виноватыми.

Глава 2

Рабочий день был в разгаре, и, когда позвонил Чистяков, Настя Каменская сидела на совещании в кабинете следователя, возглавлявшего бригаду по раскрытию нашумевшего убийства крупного предпринимателя. Почувствовав, как вибрирует в кармане пиджака мобильный телефон, Настя жестом попросила разрешения выйти в коридор.

— Леш, я не могу сейчас разговаривать, — скороговоркой пробормотала она, притворив за собой дверь кабинета.

— Я быстро. Ты не забыла, что нам сегодня нужно к Сашке на квартиру подъехать? Когда и где встречаемся?

— Они же только завтра прилетают, — удивилась она. — Зачем сегодня ехать?

— Квартиру расконсервировать. Пыль вытереть, проветрить, продукты купить. Там целый год никто не жил. Как ты себе это представляешь?

— Леша, я не знаю... Не могу сказать точно, когда освобожусь. Я позвоню, ладно? Как только будет ясность, сразу и позвоню.

— Хорошо бы, чтобы это случилось все-таки не завтра, а хотя бы сегодня, — проворчал муж.

Вернувшись в кабинет, Настя моментально выбросила из головы проблему брата, его квартиры и его возвращения из-за границы, где он с семьей прожил без малого год: маленький сынишка нуждался в лечении в условиях чистого альпийского воздуха. Следователь, с которым ей приходилось работать по делу об убийстве предпринимателя, был строгим и требовательным, и никакие личные дела его не интересовали. Если бы он только заметил, что Каменская отвлеклась от обсуждения и не может попасть в русло беседы, нотации было бы не миновать. Этот следователь — не Костя Ольшанский, к сожалению, и даже не Гмыря, отношения с которыми сложились давно и носили характер не столько служебный, сколько братско-сестринско-дружеский.

После совещания она съездила по двум адресам, поговорила с возможными свидетелями и только около восьми вечера вспомнила о муже и о брате. Лешка прав, маленький Санечка — астматик, да еще и аллергией страдает, нельзя его запускать в пропыленную квартиру. Конечно, его там, в Австрии, лечили, и Даша уверяла, что успешно, что мальчик уже почти совсем здоровенький, но ведь почти, а не окончательно. Чувствуя себя виноватой, она вытащила из кармана телефон и позвонила Чистякову.

— Я свободна, — радостно сообщила она. — Назначай место встречи. Ты сейчас где?

— Я уже давно у Сашки, пылесосом орудую, — сообщил муж. — Приезжай сюда, по дороге купи продукты.

— Какие? — глупо спросила Настя.

— Ну знаешь, подруга, не испытывай мое терпение. Какие увидишь, такие и покупай. Хлеб, масло, сахар, чай, кофе — это обязательно, остальное на твое усмотрение. Тебя что, и этому учить нужно?

— Ладно, Леш, не злись, — примирительно произнесла она. — Скоро приеду.

В магазине она набила едой три объемистых пакета, догадываясь, что наверняка купила много лишнего, и браня себя за то, что не может сосредоточиться и подойти к решению задачи, как выразился бы Лешка, «системно». Вот, к примеру, взять хоть молочные продукты. Что выбрать: кефир, простоквашу или йогурт? Кто знает, что любит Саша, что ест его жена и что можно племяннику? На всякий случай Настя бросила в корзину и то, и другое, и третье. И только расплатившись и распихивая содержимое корзины по пакетам, сообразила, что можно же было прямо из магазина позвонить Дашеньке на мобильник и все спросить. И почему она такая тупая? На работе ее хвалят, говорят, Каменская — умница, а на самом деле? До такой простой вещи не додумалась. И экзамен чуть не завалила. Может, не такая уж она и умница? Или была когда-то умницей, а теперь... Стареет, что ли? Мозги уже не те? С возрастом утратила способность быстро переключаться, как начала с утра думать о работе, так остановиться не может?

Ей стало грустно. И немного страшно. Ей сорок три года. Это «уже» или «еще»?

В квартире брата царил арктический холод — Чистяков открыл все окна, чтобы изгнать застоявшийся воздух, который отчего-то казался протухшим, хотя по законам химии так быть не могло.

— Лешик, я, кажется, что-то не то сделала, — виновато сказала Настя, выкладывая покупки на стол в кухне. — Ты только не ругайся, ладно? Я сегодня немножко не в себе.

— Ты и вчера была немножко не в себе, и позавчера тоже, — ехидно заметил муж, критически оглядывая довольно странный набор съестного. — Это у тебя перманентное состояние. Асенька, это вот что такое?

Он ткнул пальцем в красивую яркую упаковку с изображением пальмы.

— Это? Финики.

— И зачем?

— Вкусно... Они сладкие, с чаем хорошо... Леш, не надо, пожалуйста, я и так сейчас расплачусь.

Ее голос задрожал, и набежавшие на глаза слезы удалось удержать с большим трудом. Да что с ней такое? С чего это она решила рыдать на ровном месте?

— Леш, со мной что-то не так, — тихо сказала она, утыкаясь лбом в плечо мужа. — Может, я болею чем-нибудь? Соображаю плохо, плакать все время хочется. И усталость страшная, как будто я сто лет пахала и ни одного дня не отдыхала.

— Ну что ты, Асенька, что ты, — Чистяков ласково погладил ее по голове. — Ты присядь, давай я сейчас чаю сделаю с бутербродом. Ты ведь голодная?

Она кивнула, села на уютный мягкий диванчик и почувствовала, как мешают ей закаменевшие плечи. Подняла руки и привычным движением начала разминать твердые, словно деревянные мышцы. Она смотрела, как Леша ловко разворачивает упаковки, нарезает хлеб и сыр, делает бутерброды, заваривает чай, и чувствовала, что снова вот-вот расплачется.

— Леша, может, это у меня нервы? — спросила она, украдкой стирая со щеки все-таки прорвавшуюся сквозь заслоны слезинку.

— Асенька, у тебя не нервы, а банальный кризис среднего возраста, — спокойно ответил Алексей, ни на секунду не задумавшись. И по этому спокойствию, и по тому, как быстро он нашел ответ, Настя поняла, что муж давно все заметил и не только заметил, но и обдумал.

— Ты намекаешь на климакс, что ли?

— И на него тоже, и не намекаю, а говорю прямо.

— То есть ты хочешь сказать, что я превращаюсь в старуху?

Это была наглая провокация, но Чистяков не был бы Чистяковым, если бы его можно было сбить с толку такими дешевыми приемами.

— Я хочу сказать, что есть физиологические законы, которые ты не можешь отменить и которые нет смысла игнорировать. Ты не старуха, ты женщина среднего возраста, но, поскольку ты не рожала, климакс у тебя может наступить раньше. И что в этом страшного? Да, ты плохо себя чувствуешь, ты устаешь быстрее, чем раньше, тебе все время хочется плакать, и что? Думаешь, ты одна такая? Миллионы женщин через это проходят, и ничего, остаются живы.

— Но если у меня действительно начинается климакс, значит, я старею, — упрямо возразила Настя.

— Ничего подобного. Это означает, что через некоторое время ты полностью утратишь способность родить ребенка, только и всего. Больше ничего в твоей жизни не изменится. Ася, это надо просто перетерпеть, понимаешь? Сорок три года — это прекрасный возраст, когда уже накоплен солидный жизненный опыт, позволяющий избегать грубых ошибок, и когда впереди еще много лет, в течение которых ты можешь делать, что тебе интересно. Сейчас начинается лучшая пора твоей жизни, и она продлится лет тридцать, а может, и дольше. А ты ревешь вместо того, чтобы радоваться. Вот, держи бутерброд.

— Спасибо.

Она откусила хлеб с сыром, но вкуса не почувствовала. С трудом прожевала, еле-еле проглотила. А ведь пять минут назад ей казалось, что она умирает от голода и может одним махом съесть все, что принесла из магазина. Какая-то мысль не давала ей покоя... Что-то связанное с Лешкой... Что-то ее задело, не обидело, нет, а именно задело, зацепило... А, вот оно!

— Леша, ты с таким знанием дела рассуждаешь про климакс, словно ты врач, а не математик. Ты что, литературку почитывал? Или со специалистами консультировался?

— И то, и другое. — Он был совершенно спокоен, пил маленькими глоточками горячий чай и насмешливо смотрел на жену. — А что тебя удивляет?

— Зачем?

— Ася, я не слепой и не бесчувственный. Если я вижу, что с тобой, как ты сама выразилась, что-то не так, я пытаюсь понять, что происходит. Ты помнишь, сколько раз я задавал тебе вопросы? И ни одного внятного ответа не услышал. Это тянется уже несколько месяцев, и ни разу ты не смогла объяснить мне, почему ты такая взвинченная, или почему ты плачешь в подушку, или почему явно неадекватно реагируешь на самую привычную ситуацию, на которую раньше даже внимания не обращала. Тогда я решил поискать объяснения сам.

— И уверен, что нашел? — зло спросила она.

Версия с климаксом ей совершенно не нравилась. Просто она слишком много работает, вымоталась, устала... Она ведь и раньше работала много, всегда была трудоголиком, но это давалось как-то... легче, что ли, проще. Почему же сейчас у нее совсем нет сил? Почему у нее такое ощущение, что мозги заторможены? И экзамен по уголовному праву и криминологии — ярчайший тому пример. Все знать, все понимать и не суметь внятно изложить! Позор. Стыдоба. Если все дело в том, что раньше она была моложе и сильнее, а теперь, с годами... то неизбежно придется признавать, что она все-таки стареет. А чем эта версия лучше версии с климаксом? Ничем. Они обе про одно и то же. Про то, что время идет и невозможно на долгие годы застыть в одном возрасте и в одном состоянии здоровья. Но, может быть, есть еще какое-то объяснение?

— Не уверен, но объяснение вполне правдоподобное. И не надо злиться из-за этого, это нормальное течение жизни. У меня тоже будет климакс, и я стану мрачным, депрессивным и совершенно невыносимым, а тебе придется со мной маяться, утешать меня и терпеть мое плохое настроение. Тебе и в голову не придет, что это проявления мужского климакса, ты начнешь мучиться подозрениями, что ты мне надоела, что я завел себе молодую длинноногую подружку и изменяю тебе в полное свое удовольствие, а я, натурально, буду все отрицать, сердиться, раздражаться и хлопать дверью. И это тоже надо будет пережить. Асенька, кончай разводить трагедию на пустом месте, квартира уже проветрилась, сейчас сделаем вторую влажную уборку и поедем домой.

— А зачем вторую? — не поняла Настя.

— Затем, что с улицы пыль и грязь налетела во все окна.

Да, действительно, об этом она не подумала. Мозги стали совсем неповоротливыми, таких элементарных вещей сообразить не может. А еще диссертацию писать собралась! Куда конь с копытом, туда и рак с клешней...

— В котором часу они завтра прилетают? — спросила Настя двумя часами позже, когда они с Чистяковым подъезжали к своему дому на Щелковском шоссе.

— В девятнадцать с какими-то минутами. Я обещал их встретить.

— Я, наверное, не успею в Шереметьево, — виновато сообщила она.

— Это само собой, — усмехнулся Леша. — Приедешь попозже, когда сумеешь. Дашка все равно спать не уляжется, пока с тобой не повидается. Кроме того, Саша мне сообщил под большим секретом, что маленький Санечка сам лично выбирал в магазине подарок для тебя, и он тоже не успокоится, пока не вручит его и не увидит, как ты удивишься и обрадуешься. Поэтому, Ася, я тебя прошу хотя бы завтра вечером постараться держать себя в руках и не портить людям радость. Не сидеть с кислой миной, не раздражаться по пустякам и не плакать. Сумеешь?

— Постараюсь.

— Это не ответ.

— Сумею, — твердо пообещала она.

Господи, какой кошмар! Оказывается, Лешка все время видит ее раздраженной, с кислой миной и со слезами на глазах! Неужели правда? Неужели ей совсем не удается скрывать от мужа свое состояние, он все видит и все это терпит? Бедный Чистяков! И за что ему такое наказание под названием «Настя Каменская»?

* * *

Сначала все казалось несложным и даже интересным. Неожиданно им позвонил человек, благодаря которому удалось вытащить сына из неприятной истории и спасти от приговора и тюрьмы, и попросил навести справки о писателе Василии Богуславском. Тут никаких особых усилий не требовалось, и непонятно даже было, почему нужно кого-то просить об этом, ведь тот, кто позвонил, мог бы с таким же успехом изучить все материалы, размещенные в Интернете. Наверное, ему это и в голову не пришло. Как бы то ни было, Вячеслав и Елизавета Боровенко, не вдаваясь в ненужные вопросы, включили компьютер и занялись делом.

Оказалось, что никакого Василия Богуславского как физического лица не существует и что «Василий Богуславский» — это название некоего проекта и одновременно коллективный псевдоним трех авторов: Глеба Богданова и Екатерины и Василия Славчиковых. Ни издательство, ни сами авторы никакого секрета из этого не делали, рассказывали о проекте в своих интервью и даже давали совместные пресс-конференции. Суть проекта тоже не была тайной: двадцать детективных романов, сюжеты которых должны быть связаны с искусством, шоу-бизнесом и средствами массовой информации. Иными словами, события в этих романах должны происходить на фоне театрального, кинематографического, телевизионного, газетно-журнального и эстрадного закулисья.

— «Мы хотели, чтобы у читателей этих детективов интерес был бы двойным. Не только «кто и за что убил», но и «как это у них там происходит». Людей всегда интересуют подробности из жизни театра, кино и телевидения, и мы решили сделать на это ставку», — процитировал вслух Вячеслав отрывок из интервью главного редактора издательства. И тут же прокомментировал: — Поразительная открытость! Все знают, что существуют подобные проекты, но никто никогда не раскрывает людей, которые в нем реально участвуют. Ведь сколько раз я натыкался на то, что читаю книги, подписанные одним и тем же именем, и понимаю, что написаны они совершенно разными людьми, но нигде никакой информации об этом не нахожу. А тут — пожалуйста, все карты на стол выложили. Как ты думаешь, почему?

— Я думаю, это тоже элемент рекламы для привлечения внимания, — отозвалась Лиза. — Мы не такие, как все. Все скрывают, а мы действуем совершенно открыто, а раз мы действуем не так, как другие издатели, то и проект у нас не такой, обратите внимание.

— Возможно, — согласился он. — Похоже, что ты права. Ну что ж, можно отчитаться о проделанной работе.

Он потянулся к телефону, чтобы позвонить по межгороду и радостно сообщить, что задание выполнено.

— Трое? — задумчиво протянул в трубке человек, которому супруги Боровенко были обязаны. — Это жаль.

— Почему?

— Это плохо, — собеседник Вячеслава не удостоил его объяснениями. — Соберите мне сведения о каждом из троих. Эти имена мне ничего не говорят. Через три дня я должен знать о них все.

Такая постановка вопроса супругов озадачила, но они помнили, чем обязаны этому человеку, поэтому сочли за благо не возмущаться и сделать все, что смогут.

За три дня они успели не так уж много, ведь никаких

источников информации, кроме Интернета, у них не было. Но, с другой стороны, это не так уж и мало, потому что в сети содержалось огромное количество как интервью и критических статей, так и публикаций, в которых по тому или иному поводу упоминался Василий Богуславский или его отдельные «человеко-части».

Самой известной фигурой среди соавторов был Глеб Борисович Богданов, маститый писатель, член всяческих союзов и лауреат всевозможных премий. Первая его книга была опубликована еще в 1955 году, вторая — в 1958-м, и молодой автор, написавший увлекательнейшую биографию Михаила Фрунзе, был немедленно обласкан властью. Третья книга была посвящена Софье Перовской, а после четвертой, героем которой выступал Муравьев-Апостол, Глеба Богданова официально «назначили» главным биографом страны. Ему было дозволено (читай — заказано) создать высокохудожественные жизнеописания людей, на которых, в соответствии с тогдашней идеологией, должен был равняться советский человек. Богданов писал о Николае Островском, Феликсе Дзержинском, Анне Елизаровой-Ульяновой, Глебе Кржижановском, о Менжинском и Бонч-Бруевиче, о Бабушкине и Красине. А также о Максиме Горьком, Николае Чернышевском и Виссарионе Белинском. Все эти книги выходили в серии «Факел» и имели одну особенность, отличающую их от многих подобных жизнеописаний: они были написаны так, что оторваться от книги было невозможно. Глеб Богданов обладал редким даром рассказчика, умеющего держать читателя в напряжении до самой последней страницы. Как ему это удавалось — никто так и не понял, ни критики-литературоведы, ни сами читатели, но в итоге все оставались довольны: идеологи, преподаватели истории и литературы, школьники и студенты.

С конца восьмидесятых годов прошлого века Богданов писать перестал, вероятно, спрос на жизнеописания резко упал. И вновь Глеб Борисович возник только в 1999 году уже в качестве «человеко-части» проекта «Василий Богуславский».

Богданов был дважды женат и столько же раз разведен, обе его супруги живы и здоровы, от двух браков он имеет двоих детей — сына Илью и дочь Ладу.

В биографии Богданова все было понятным и логичным, кроме одного: почему он в течение десяти лет не написал ни одной книги. Устал? Надоело? Решил больше не браться за перо? Возможно. Тогда как объяснить его участие в проекте? Да, идеологически выверенные биографии стали не нужны, Богданову больше не заказывали жизнеописания, но ведь он мог творить без заказа, по собственному усмотрению, писать романы, повести. Почему же он, обладая уникальным даром рассказчика, этого не сделал? Или все-таки сделал, но рукописи по каким-то причинам не увидели свет? Если так, то каковы эти причины?

Екатерина Славчикова показалась супругам Боровенко фигурой типичной для современности. Экономист по образованию, она работала бухгалтером сначала на госпредприятии, потом в различных мелких фирмах, а потом в один прекрасный день начала писать детективы. Публиковалась под собственным именем, никакими псевдонимами не пользовалась и никаких секретов вокруг себя не разводила. В 1997—1998 годах вышли четыре ее повести, после чего, с 1999 года, она перестала творить самостоятельно и включилась в проект «Василий Богуславский». Состоит во втором браке, от первого брака имеет дочь, от второго — двух сыновей. О своей семейной жизни Екатерина Славчикова рассказывала журналистам много и охотно, так что информации было достаточно, но она не казалась супругам Боровенко интересной.

Василий же Славчиков, третий соавтор проекта, оказался сыном второго мужа Екатерины. Никакого литературного прошлого у него не было, он ничего не писал и не издавался, и зачем его взяли третьим автором в проект, было непонятно.

— Да ясно же, семейственность разводят, — пожала плечами Елизавета. — Всегда стараются своих поближе к кормушке пропихнуть.

— Нет, Лиза, не все так просто, — возразил Вячеслав. — Гонорар за рукопись не зависит от числа соавторов, деньги платят за рукопись, а не за работу каждого. А соавторы делят этот гонорар между собой в определенной пропорции. Какой смысл Екатерине брать в проект парня? Если она хочет дать ему денег, она может сделать это из собственного кармана. Что-то тут не так.

— А что не так-то? Вот смотри, гонорар за книгу составляет, допустим, сто единиц, и если соавторов двое, они делят его пополам, по пятьдесят единиц на каждого. А если их трое, то по тридцать три единицы. Таким образом, у семьи Славчиковых оказывается не пятьдесят единиц, а шестьдесят шесть. Вот тебе и весь расклад.

— И ты полагаешь, что Богданов легко согласился на то, чтобы его доля уменьшилась с пятидесяти единиц до тридцати трех? Вот так просто взял и отдал свои кровные совершенно чужому молодому парню, который не умеет писать книги и от которого толку как от козла молока? Не поверю!

— Вообще-то верно, — согласилась Елизавета. — Надо почитать их интервью повнимательнее.

У них оставалось еще двое суток из отведенных трех, и супруги решили разделиться. Вячеслав оккупировал компьютер, выискивая все новые и новые материалы о Василии Богуславском, а Лиза отправилась в библиотеку и в книжный магазин. Вернулась она с шестью книгами: двумя жизнеописаниями, принадлежащими перу Глеба Богданова, двумя детективами Екатерины Славчиковой и двумя произведениями, подписанными «Василий Богуславский». Читала она быстро, так что для самого поверхностного анализа времени вполне хватило.

О Богданове она ничего нового не узнала, книги действительно были увлекательными и читались на одном дыхании, но это было известно и раньше. Детективы бывшего бухгалтера отличались затейливостью истории, но при этом, как ни странно, читались с огромным трудом. Язык был серым, лишенным какой бы то ни было образности и живости, фабула казалась несбалансированной, и происходящие в романе события то неслись галопом, как взбесившийся конь, то провисали и надолго застывали на одном месте, вызывая ассоциации с задумавшейся черепахой. Лиза то и дело ловила себя на желании бросить книгу недочитанной, но вспоминала, что читает не ради удовольствия, а исключительно ради дела, и снова бралась за работу. Самым интересным для нее было описание быта и нравов женских колоний, а также женских камер в следственных изоляторах. Эти описания присутствовали в обеих прочитанных книгах Славчиковой, а конфликты, возникшие в местах лишения свободы, или сложившиеся там отношения лежали в основе самих детективных сюжетов.

Романы же Василия Богуславского были хороши во всех отношениях: и история интересная, и концовка неожиданная, и стиль замечательный, и действие нигде не провисает, двигается по нарастающей, не давая оторваться от книги.

— Все ясно, — сделала вывод Елизавета, закрывая последнюю из шести книг. — Она сидела.

— Кто? — не понял Вячеслав.

— Да Славчикова эта. Она отсидела какой-то срок, по всей вероятности, небольшой, отсюда и интерес к описанию зоны. Конечно, может оказаться, что она все это выдумала или знает из чьих-то рассказов, но мне кажется, она сама через все это прошла. Теперь дальше. Богданов за всю жизнь не написал ничего такого, что он сам бы придумал, понимаешь? Он только описывал чужие жизни, чужие истории. У него потрясающее чувство текста, он о самых скучных вещах умеет рассказывать интересно и увлекательно, но он не умеет придумывать. А у Славчиковой все наоборот: она великолепная выдумщица, но совершенно не умеет свои истории интересно рассказывать. Вместе с Богдановым у них все получается классно: она придумывает историю, а он ее структурирует, излагает и записывает.

— А третий? Он что делает?

— Понятия не имею, — вздохнула Елизавета. — Его присутствие в книгах Богуславского никак не просматривается. Не понимаю, зачем он им нужен?

Когда миновал трехдневный срок, Вячеслав долго разговаривал по телефону с человеком, обратившимся к ним со столь странной просьбой, а когда повесил трубку, в полном недоумении обернулся к жене:

— Он хочет, чтобы мы приехали к нему. Всего на один день. Но как можно быстрее.

— Зачем?

— Не знаю. Он сказал, что это важно, и в первую очередь для нас самих. Он сказал, чтобы мы приехали вдвоем.

— Господи, — заволновалась Лиза, — что там могло случиться? И какое отношение к этому имеет мифический Богуславский?

— Не знаю, — угрюмо повторил Вячеслав. — Но он просил таким тоном, что это больше похоже на приказание. Придется ехать. Ты сможешь отпроситься на работе?

— Я и так брала три дня, чтобы читать эту муть... Но я что-нибудь придумаю, Славик. Неужели Юрка опять что-то натворил?

На следующий день они уехали в город, где на четвертом курсе автодорожного института учился их сын Юрий. А еще через день вернулись в Москву, получив вполне конкретное, но очень странное задание: установить наблюдение за всеми соавторами, издающимися под псевдонимом «Василий Богуславский». Все дальнейшие инструкции получать от находящегося в Москве человека, который с ними свяжется, вот его имя, он им позвонит. Они должны понимать, что все это, во-первых, очень важно и, во-вторых, в их же собственных интересах, поскольку если выплывет наружу, каким образом их родной сынок избежал уголовной ответственности, то пострадает и мальчик, и они сами.

— Мне ничего не будет, я уже год как на пенсии, — небрежно гудел хорошо поставленным голосом Андрей Степанович, — а в отношении вашего Юры уголовное преследование будет возобновлено, если материалы, которые собрал журналист, попадут не в те руки.

— Но как же нам их искать? — растерянно спросила Лиза Боровенко, у которой при одной только мысли о том, что сын окажется за решеткой, холодело сердце и темнело в глазах. — Мы же не умеем, мы со Славой технари, а не сыщики...

— Сыщиков сюда впутывать нельзя, — строго оборвал ее Андрей Степанович. — Слишком узкий круг профессионалов, понимаете?

— Нет, — признался Вячеслав.

— Это только со стороны кажется, что работников милиции очень много. На самом деле оперативников, следователей и их начальства очень мало, и все друг друга знают. Ну, не в буквальном, конечно, смысле, — поправился Андрей Степанович, поймав недоверчивый взгляд Вячеслава. — Я хочу сказать, что их численность достаточно мала, чтобы информация проходила быстро и попадала не к тем, к кому следует. Если взять наугад двух офицеров МВД из разных регионов нашей страны, то через полчаса окажется, что у них есть общие знакомые. Я понимаю, что вы — люди неопытные и вам будет трудно, поэтому мой человек в Москве окажет вам некоторую помощь. Но — подчеркиваю! — некоторую. Основную работу должны будете сделать вы сами. Материалы, которые когда-то собрал журналист, попали в руки кому-то из этих «Богуславских». Необходимо узнать, к кому именно и от кого. А вот когда эта часть задачи будет решена, тогда посмотрим: может быть, вам придется действовать и дальше, а может быть, мы поручим это специалистам. Так я могу на вас рассчитывать?

— Конечно, — хором заявили супруги, хотя ни Вячеслав, ни Лиза даже отдаленно не представляли себе, что и как они будут делать.

Но делать все равно будут, оба в этом ни секунды не сомневались. Ведь речь идет о сыне, которого с таким трудом, за такие огромные взятки удалось отбить от обвинения в групповом изнасиловании. Юра был виновен, родители это знали, да он и сам не отрицал. Хорошо, что все участники преступления были сильно пьяны и на следствии путались в показаниях и не могли точно сказать, кто из них истязал девчонку, которой не посчастливилось в этот проклятый час идти домой через парк, а кто только смотрел и глумился. Медико-биологическая экспертиза мазков, взятых у потерпевшей, совершенно недвусмысленно доказывала соучастие Юрия Боровенко. И вот тут... В общем, что теперь вспоминать. Андрей Степанович сделал то, что обещал. Но если сегодня выплывет факт фальсификации экспертного заключения, то мальчик обречен.

В течение двух недель Слава и Лиза, оформившие на работе отпуска за свой счет «по семейным обстоятельствам», пытались в меру своих способностей следить за соавторами. Купили на рынке «левый» диск с адресной базой данных и сразу же нашли адрес Глеба Борисовича Богданова. С Екатериной и сыном ее мужа дело оказалось сложнее. В базе данных никакой Екатерины Славчиковой подходящего возраста не оказалось, а по адресу, указанному как место регистрации Василия Славчикова, молодой человек не проживал, но чтобы это установить, потребовалось потратить два дня.

— Ладно, с парнем понятно, он наверняка или снимает квартиру, или живет у бабы, — досадливо морщась, констатировал Слава Боровенко. — А вот почему Екатерины в базе нет?

— Может, база устаревшая, — высказала предположение Лиза. — Она могла после регистрации второго брака еще какое-то время носить прежнюю фамилию, под этой фамилией она и прописана. Или вообще она прописана там, где жила до замужества, и соответственно, под прежней фамилией. Ты же знаешь, какой у нас бардак кругом... Хорошо хоть адрес Богданова есть. Оттуда и начнем.

В одном из интервью Екатерина Славчикова, отвечая на стандартный вопрос о писательской кухне и о том, «как вы это делаете», как-то упомянула, что по средам и субботам они собираются у Богданова. В первую же после начала слежки среду Вячеслав убедился, что это действительно так. Вечером они с женой «провожали» Екатерину и Василия. Лиза на собственной машине марки «СААБ» доехала следом за писательницей до самого дома и даже сумела увидеть, в какой именно почтовый ящик она заглядывала. Слава же на своей «Ауди» сначала вынужден был проехать до клуба «Юпитер», прождать там почти два часа, потом тащиться следом за «Жигулями» Василия еще в одно место ночной тусовки, и только около трех часов ночи ему удалось увидеть дом, в котором живет самый молодой из троих соавторов.

И что делать дальше? Ну, выяснили они, где живут эти «Богуславские», и что теперь? Как узнать, у кого из них те самые материалы? Почти сутки Лиза и Слава ломали головы, ничего не придумали и решили дождаться звонка человека по имени Николай, которого назвал им Андрей Степанович. Николай их вопросам ничуть не удивился, словно ждал их, и не задумываясь ответил:

— Нужно выяснить распорядок их жизни. Когда и где бывают, кто остается в квартире, понимаете?

— Не очень, — признался Слава.

— Ну, это неважно, — отмахнулся Николай. — В общем, надо обрисовать картину их жизни. И не только их самих, но и всех членов семьи.

— Теперь понятно.

Задача казалась супругам Боровенко абсолютно непосильной. Уже через три дня они знали, что Богданов живет один, но в его квартире целыми днями находится старая домработница, а в квартире Екатерины Славчиковой, кроме ее мужа, имеются трое детей и няня. Да еще Василий, который живет-то вроде бы в одиночестве, но гости к нему приходят. Как вдвоем уследить за всеми? Лиза и Слава гоняли по Москве, постоянно созваниваясь, передавая «объекты» друг другу, выбиваясь из сил и опасаясь опоздать и что-то упустить. Работали они непрофессионально, неловко, совершали множество ошибок, но к концу второй недели им все же кое-что удалось.

Василий Славчиков был совершенно непредсказуем. Никакого распорядка в его жизни не было, приходил домой далеко за полночь, уходил в разное время, а случалось, и вовсе целый день квартиру не покидал. Двое суток провел безвылазно в общежитии студентов театрального института. Ездил по каким-то адресам, где проводил от пятнадцати минут до четырех часов, тусовался по клубам. В общем, не «объект», а цепь мучительных кошмаров.

Ничуть не легче дело обстояло с Екатериной. Ее муж-профессор, как и положено профессорам, ходил на работу далеко не каждый день, зато каждый день к восьми утра приходила няня, которая отводила в школу старшего из мальчиков и потом занималась только младшим: гуляла, ходила с ним в поликлинику и еще куда-то. Дочь Екатерины, семнадцатилетняя красоточка, училась в одиннадцатом классе и исправно ходила в школу к первому уроку, но вот возвращалась... когда после второго урока, когда после четвертого, а когда и вовсе часов в восемь вечера. Одним словом, активно прогуливала занятия, преимущественно в те дни, когда матери и ее мужа-профессора не было дома. То есть уходила утром как примерная ученица, а о том, в котором часу она вернулась, никто не знал. Кроме няни, разумеется, которая, судя по всему, девицу покрывала. Или, по крайней мере, прогулам не препятствовала. Сама Екатерина тоже жила не по графику, никаких регулярных посещений фитнес-центров, салонов красоты или клубов за ней замечено не было. Она ходила в магазины за продуктами, носила вещи в химчистку и прачечную, один раз съездила к стоматологу, но в целом предсказать ее времяпрепровождение по часам оказалось невозможным. За одним-единственным исключением: она, как и Василий, по средам и субботам с двенадцати дня до восьми вечера находилась у Глеба Борисовича Богданова.

Глеб же Борисович жил по раз и навсегда установленному распорядку, который нарушался только в случае необходимости. С половины десятого до половины двенадцатого — пешие прогулки. В это время дома обычно находится старуха-домработница, которая либо ночует у Богданова, либо является к семи утра и уходит в десять вечера. За продуктами старуха ходит, как правило, после того, как накормит писателя обедом. Все остальное время они в квартире вдвоем.

По четвергам Глеб Борисович обедает в ресторане «Старая Вена» на Краснопрудной улице, всегда в одно и то же время: с двух до четырех. По воскресеньям к обеду приезжает красивая молодая девушка, судя по внешнему сходству — родственница Богданова, может быть, даже дочь или внучка. Кроме соавторов, молодой красавицы и домработницы, к Богданову за две недели никто не приходил. Сам же маститый автор, помимо ресторана, который он за эти же две недели посетил, соответственно, два раза, один раз побывал на юбилее другого не менее маститого писателя и один раз — в «Останкино», где участвовал в съемках ток-шоу. Понятно, что юбилей и съемки — мероприятия, так сказать, одноразовые, и, если бы их не было, Глеб Борисович сидел бы дома и писал очередной бестселлер.

— Мы сделали все, что могли, — отчитался Слава Боровенко, позвонив в заранее оговоренное время Николаю. — Теперь мы можем возвращаться на работу?

Ответ оказался неожиданным.

— Это решаю не я. Вас подключил к делу Андрей Степанович, и только он может решить, будете ли вы и дальше выполнять его задания. Моя роль состоит только в том, чтобы вас консультировать и при необходимости помогать.

— Что же нам делать теперь? — мрачно спросил Вячеслав.

— Позвоните Андрею Степановичу. Он сам скажет.

Разговор с Андреем Степановичем не внес ясности.

— Я же вам объяснял, Слава, вы должны найти материалы. А вы пока только установили, кто из этих Богуславских где живет и с кем. Этого совершенно недостаточно. Если вы сами не понимаете, спросите у Николая, и он все вам объяснит.

На этот раз Николай был более разговорчив и терпелив, объясняя прописные, как ему казалось, истины этим двум далеким от детективной работы людям. Инструктаж он проводил уже не по телефону, а лично. Слава, разговаривавший с Николаем по телефону, по голосу составил примерный его портрет — эдакого самоуверенного молодого человека, может быть, чуть старше их сына Юры, непременно красивого и модно одетого, и был страшно удивлен, когда увидел невысокого лысоватого мужичка средних лет с простоватым лицом.

Встреча по настоянию Николая происходила поздно вечером. Он велел Боровенко приехать на машине в условленное место, сам подошел и сел на заднее сиденье. Слава и Лиза, сидевшие впереди, слегка повернулись, сели боком, чтобы удобнее было разговаривать, но все равно в темноте разглядеть Николая как следует не смогли.

— Есть два способа выяснить, у кого из троих находятся материалы. Первый — обыскать их жилища. Если с хатой Василия это проделать легко и просто, то со всеми остальными — проблематично. Богданов почти все время сидит дома, да у него еще и старуха там болтается постоянно. У Екатерины тоже проходной двор, муж-домосед, дети, нянька, дочка-прогульщица. Для того чтобы выполнить работу качественно, нужно не менее трех часов. Ни квартира Екатерины, ни квартира Богданова не бывает пустой по три часа. Согласны?

— Не знаю, — растерянно протянул Вячеслав.

Такими категориями он мыслить не умел.

— Ну как же не знаете, когда вы сами час назад мне

об этом рассказывали. Это же результаты ваших наблюдений, а не мои выдумки.

— Да, конечно, вы правы, Николай, — вынужден был признать Слава.

— Второй способ — прослушивать разговоры всех троих, когда они собираются вместе, чтобы понять, кто является автором идей, заимствованных из материалов журналиста. Это понятно?

— Понятно, — послушно повторил Боровенко.

— Значит, нужно поставить «жучок» в квартиру Богданова. Технику я вам дам, а ваша задача — подыскать человека, который ее поставит. Потом будете сидеть в машине неподалеку от дома и слушать, как ваши писаки общаются между собой. Кто-нибудь из них обязательно что-нибудь скажет. Здесь тоже все понятно?

— Нет, — вступила в разговор Лиза. — Зачем нужно искать человека, который поставит прослушку? Вы думаете, Слава сам не сумеет? Он, между прочим, кандидат технических наук.

— Ни капли не сомневаюсь в способностях вашего мужа, — неприятно усмехнулся Николай. — А подобрать ключ и открыть чужую дверь, не повредив замок, чтобы хозяева ничего не заметили, он тоже сумеет? И сигнализацию отключить, если она есть?

Об этом Боровенко не подумали. И в эту секунду им впервые стало по-настоящему страшно. Одно дело — следить, наблюдать, никаких законов не нарушая. Даже подслушивать — это... ну, словом, как-то еще ничего. Но вскрывать дверь чужой квартиры...

— Есть еще немаловажный момент, о котором вы наверняка не подумали, — продолжал Николай как ни в чем не бывало. — Вам нельзя светиться в подъезде, где живет писатель, толочься на площадке перед его квартирой и давать возможность соседям себя увидеть и запомнить.

— Почему?

— Потому что вам может понадобиться вступить в контакт с Богдановым под какой-нибудь легендой, и совсем ни к чему, чтобы кто-то из соседей вспомнил, как вы ковырялись в замке его квартиры. И вообще, что вы бывали уже в этом доме.

Да уж, так далеко замыслы супругов Боровенко не заходили.

— И где нам искать такого человека?

— Это на ваше усмотрение. Можете даже попросить кого-нибудь из своих знакомых. Важно, чтобы вы сами там не показывались. Но я вам могу посоветовать найти хорошего вора-домушника, он с этим справится без проблем.

— Да где же мы его найдем?! — в отчаянии воскликнула Лиза. — Вы же милиция, вы могли бы сами... ну хоть познакомить нас с ним... или я не знаю...

Она окончательно потеряла контроль над собой и готова была расплакаться. Голос Николая между тем внезапно стал холодным и отчужденным.

— Кто вам сказал, что я из милиции? С чего вы это взяли?

— Но ведь Андрей Степанович... Мы думали... — бормотала беспомощно Лиза, вцепившись пальцами в рукав куртки сидящего рядом мужа. — А разве нет?

— Нет. Андрей Степанович просил меня консультировать вас и при необходимости помогать, что я и делаю, — повторил он хорошо знакомую супругам Боровенко фразу. — И на этом все.

На следующий день Николай, как и обещал, передал им технику и оставил Славу и Лизу наедине с новыми проблемами. Супруги, раздавленные свалившейся на них необходимостью искать (неизвестно где!) уголовника, даже не могли разговаривать друг с другом. Слава молча ходил из угла в угол и жалел, что несколько лет назад бросил курить, Лиза так же молча сидела в кресле, поджав под себя ноги, и бессмысленно теребила бахрому шелкового платка, наброшенного на плечи.

— Лилька, во что же мы с тобой вляпались? — наконец негромко произнес Вячеслав. — Это же чистый криминал. А начиналось все так невинно... Писатели, книжки, интервью... Мне и в голову прийти не могло, что этим закончится.

— Славочка, не надо рефлексировать, пожалуйста, — отозвалась жена. — Во что бы мы ни впутались, мы все равно уже впутались. Еще тогда, когда Юрик попал в «обезьянник» за кражу, а мы его вытаскивали и платили ментам. Тогда, в первый раз, когда он еще в десятом классе был, помнишь? Мы с тобой тогда решили: все, что угодно, только не тюрьма для мальчика. И когда он попал уже по-настоящему, за групповое изнасилование, мы пошли этим же путем. И теперь мы не можем отступить. Иначе он сядет. И мы вместе с ним, за дачу взятки. Давай не будем думать, как так получилось, давай думать о том, что делать дальше.

— Что делать, что делать! — внезапно взорвался он. — Уголовника искать, вот что делать! Ты хотя бы представляешь себе как?

— Не кричи. От твоего крика проблема не решится сама собой. Нам не обязательно искать уголовника, вполне подойдет опытный слесарь.

— А сигнализация? Мы даже не знаем, есть ли она у Богданова, и если есть, то какая именно. Как это выяснить?

— Ну, воры же как-то выясняют...

— Вот именно. Значит, ни о каком слесаре не может быть и речи, нужен именно уголовник.

— Хорошо, — согласилась Лиза, — пусть будет уголовник. И все равно мы должны не волосы на голове рвать, а думать.

— Я и думаю, — проворчал Вячеслав.

Снова на некоторое время воцарилось молчание. Лиза решила пойти самым простым путем и начала мысленно перебирать своих знакомых, а также жильцов своего дома. Может, кто-то из них сидел? Или кто-то из их родственников... Черт возьми, так много воров в стране, тюрьмы, говорят, переполнены, а когда нужен всего один, так не знаешь, где его взять!

Решение пришло в голову неожиданно. На рынке. На рынке есть все. Продукты, вещи. Наркотики, оружие, поддельные документы. И воры.

На следующее утро Вячеслав отправился на ближайший к их дому рынок. Сколько лет прошло с тех пор, когда они с Лизой покупали вещи на таких вот рынках? Как посмотреть. Семь лет — это много или мало? Семь лет назад они оба, по образованию инженеры-пищевики, работали на умирающем мясокомбинате и получали зарплату из госбюджета, да и ту нерегулярно. Потом комбинат был перекуплен финнами, весь персонал уволен, но супругам Боровенко удалось прорваться в ряды тех, кого заново приняли на работу. Они и в самом деле были толковыми инженерами, у Вячеслава — около сорока патентов и два изобретения, у Елизаветы — чуть больше двадцати, и новые хозяева это оценили. Теперь они — люди состоятельные, на вещевых рынках ничего не покупают. Хотя вещи здесь попадаются очень даже приличные, спору нет, но статус, статус... Человек, зарабатывающий пять тысяч долларов в месяц, просто не может себе позволить одеваться на рынке. Так считала Лиза, и хотя Слава этой позиции не разделял, но поступал в соответствии с желанием жены. Ему было все равно, что носить, лишь бы было функционально и хорошо сидело, но не спорить же по таким пустякам, есть вещи и поважнее.

Вячеслав огляделся, походил по рядам и быстро вычленил несколько фигур, которые могли бы ему подойти. Для этого нужно было только обратить внимание на возникающие то и дело конфликты и на тех, кто немедленно появлялся, чтобы их «развести» или «разрулить». Понаблюдал еще примерно с полчаса и из этих нескольких выделил одного: если и не смотрящего, то совершенно точно его приближенного, уж больно подобострастно здоровались с ним стоящие за прилавками торговцы, и уж очень много напряжения было в их глазах, когда они смотрели ему вслед.

— Мужик, ты здесь главный? — негромко спросил Слава, подходя к нему.

— Чего надо? — послышался ответ «по существу».

— Нужен хороший инструмент. И к нему — толковый человек. Работа несложная. Тебе — сто баксов за хлопоты, ему — пятьсот за работу. Сговоримся?

Цены, которые называл Боровенко, были им взяты «с потолка», он понятия не имел, сколько стоят такие услуги.

— Ты меня за кого держишь? — надменно цыкнул зубом рыночный начальник.

Слава внутренне дрогнул, но удержался от того, чтобы торопливо извиниться и бежать без оглядки. А очень хотелось.

— За человека, который решает проблемы, — вымученно улыбнулся он. — Ты ведь решаешь проблемы?

— Ну.

— Вот и реши мою. Или твои услуги стоят дороже?

— Ладно, пошли, перетрем базар.

«Базар терли» недолго, и проблема была сформулирована следующим образом: ни о какой квартирной краже речь не идет, просто нужна помощь в поиске человека, хорошо разбирающегося в замках и ключах, даже не сейфовых, а так, дверных, плевое дело. И никакого криминала, боже упаси. Человека Славе пообещали подыскать к завтрашнему дню.

— Это точно, что работа несложная?

— Сто процентов, — покривил душой Боровенко, потому как сам не понимал, сложная ли это работа: войти в квартиру писателя Богданова. Может, и сложная, если там замок навороченный и сигнализация хитрая, а может, и ерундовая совсем.

— И за все про все ты готов отдать шестьсот баксов?

— Точно, — подтвердил он.

— Тогда так. За работу — сотня, остальное мне. За несложную работу сто баксов и то много. И все расчеты через мои руки. С человеком, которого я дам, денежные вопросы не обсуждать. Он — исполнитель, «шестерка».

«А за твои хлопоты полштуки баксов — не много?» — мысленно съехидничал Слава, но вслух произнес, конечно, совсем другое.

Было бы наивным думать, что рыночный «менеджер» окажется порядочным и добросовестным. Слава на это и не рассчитывал. На следующий день к нему подвели человека, готового за сто долларов сделать все, что нужно. При одном взгляде на него Слава понял, что этот выполнил бы работу и за пятьдесят. Наверняка именно столько он и получит в итоге от «менеджера» (Слава догадывался, что в криминальном мире для должности, которую тот занимал в рыночной иерархии, есть какое-то специальное жаргонное название, но слова этого он не знал, поэтому про себя и в разговорах с Лизой называл его именно так: «менеджер»), который прикарманит себе, помимо обещанных пятисот за хлопоты, еще и львиную долю от остальных денег. Но это их дела, пусть сами разбираются. Для Славы Боровенко главное — дело сделать.

Парень по имени Мишаня был хлипким, прыщавым и напрочь отмороженным. Сразу видно, что наркоман. Да бог с ним, лишь бы с дверью управился и глупостей не наделал.

Несмотря на прыщавость, внешнюю хлипкость и отмороженность в суждениях, парень оказался сообразительным. Но, однако же, потребовал объяснений. Как это так, ничего не брать? А на хрена ж тогда хату вскрывать? Прослушку поставить? Это что же, шпионские дела? Не, так дело не пойдет, на фээсбэшные срока он не подписывался, голова дороже.

— Да успокойся ты, Миша, никакого шпионажа. В квартире живет писатель, обыкновенный писатель, старенький. Но понимаешь... как бы тебе объяснить... Ты в политике что-нибудь понимаешь?

— Да нужна она мне! — Мишаня небрежно сплюнул себе под ноги. — Чего с нее толку?

— В общем, я журналист, веду журналистское расследование о связях некоторых партий с якобы независимой прессой. А этот писатель — он со всеми главными редакторами знаком, и есть информация, что деньги от партий к газетчикам идут через него. Он такой благообразный, почтенный, лауреат всяких там премий, короче, на него никто не подумает. А я уверен, что он там всеми делами заправляет. Но мне нужно знать точно. Поэтому я хочу послушать, о чем он разговаривает со своими гостями и по телефону. Ясно тебе?

По Мишаниному виду было понятно, что ни черта ему не ясно и что половину слов он не понял вообще, а другую половину не смог соединить в связную мысль.

— А он точно писатель? Не депутат какой-нибудь там, не генерал?

— Да точно, Миша, точно. Вот, смотри, я специально прихватил с собой, как знал, что ты спросишь. — С этими словами Слава Боровенко вытащил из сумки изрядно зачитанный посетителями библиотеки томик серии «Факел». Роман о жизни Николая Баумана, автор Глеб Богданов, на первой стороне обложки — фотография знаменитого революционера, на четвертой стороне — фото писателя. — Вот его квартиру нужно открыть. Про сигнализацию ничего не скажу — не знаю. Может, ее и вовсе нет. Но я тебе плачу за то, чтобы ты сам это выяснил. Сумеешь?

— А чего там, сделаем. — Миша снова сплюнул и облизал губы. — Не в первый раз замужем. Адресок знаешь?

— Конечно.

— Сколько в хате народу?

— Двое. Писатель и его домработница, совсем дряхлая, на ладан дышит. Писатель по утрам на два часа уходит гулять, но старуха в это время дома, а когда она уходит в магазин, тогда он дома. В общем, нужно ловить момент, когда их обоих не будет.

— Ладно. — Миша вздохнул как-то особенно жалостливо, и Слава понял, что сейчас он начнет просить деньги.

Так оно и случилось.

— Авансик бы, — с деланым равнодушием бросил парень, глядя в сторону.

Слава достал из кармана заготовленную пятисотрублевую купюру.

— Деньги все полностью получишь от него, — он неопределенно махнул рукой в сторону, где находилась будка «менеджера». — Это тебе не аванс, а премиальные. Только между нами.

— Само собой, — Мишаня широко улыбнулся, и купюра мгновенно исчезла из поля зрения. — Говори адрес.

Вечером того же дня хлипкий воришка сообщил, что никакой сигнализации в квартире Богданова нет и что работу он обещает выполнить в первый же момент, как только хата опустеет.

— Квартира наверняка большая, ты сориентируйся, чтобы «жучок» стоял в том месте, откуда все слышно, — напутствовал его Вячеслав.

— Да ясно, что не в сортире его втыкать, — ухмыльнулся Миша.

— И не в спальне, и не на кухне. У писателя наверняка есть кабинет, все деловые разговоры там происходят. И про телефонные аппараты не забудь.

— Да ладно учить-то... Соображу как-нибудь. Чего ты

всего одного «клопа» ставишь? Поставил бы несколько, во всех комнатах, и голова бы не болела.

— Не достал, — вздохнул Слава. — «Клопы» денег стоят, а я не олигарх какой-нибудь. У журналистов зарплата маленькая.

Ждать подходящего момента пришлось четыре дня. С половины десятого утра, когда Богданов уходил для совершения моциона, и до одиннадцати вечера, когда в окнах квартиры гас свет и становилось понятно, что писатель лег спать и уже никуда не уйдет, Слава добросовестно дежурил, сидя в машине в обществе то лениво подремывающего, то потягивающего из банки пиво Мишани. Пил Мишаня неаккуратно, пиво то и дело проливалось, текло по его руке, оставляло следы на куртке и капало на пол. «Машина вонять будет», — с досадой думал Боровенко, брезгливо косясь на грязные Мишанины руки, встречавшиеся с мылом недели две назад, если не больше.

Наконец им повезло, писатель ушел гулять, а через некоторое время из подъезда вышла старуха-домработница и засеменила торопливыми шажками в сторону супермаркета.

— Давай быстро! — Слава сильным тычком разбудил спящего Мишу. — Просыпайся, урод!

Тот сонно потянулся, прихватил сумку с инструментами и вышел из машины. Вернулся он через двадцать минут. Лицо его уже не было сонным и ленивым. Он выполнил работу и знал, что через час — именно столько времени ему потребуется, чтобы добраться до рынка, — получит деньги. Ох и раскумарится же он на такие бабки!

— Ну? — коротко спросил его Слава.

— Все сделал, — так же коротко ответил Мишаня.

— Почему не проверил технику? Мы же договорились, как поставишь «жучок», сразу же начнешь говорить из разных комнат и от разных телефонов, чтобы я мог убедиться, что все слышно, — с досадой упрекнул Вячеслав.

— Да ну... забыл я, — равнодушно бросил парень. — Там телефон всего один на всю хату, в прихожке на столе стоит.

— Как — один? — не поверил Боровенко. — Не может быть.

— Точно говорю. Я все комнаты проверил. Нигде нет аппаратов, только в прихожке. Я еще подумал, как этот старый хрыч по всей хате скачет, когда телефон звонит? И не лень же. Короче, я «клопа» воткнул так, что до телефона и до кабинета совсем близко получилось, там еще столовка есть типа гостиная, что ли, и комната с камином, их тоже будет слышно. А насчет кухни, спальни и еще одной комнаты — не гарантирую. Если двери не закрывать, то услышишь, а если закроют — тогда не знаю. Уж больно хата большая, я и так самое лучшее место нашел.

— Ладно, Мишаня, спасибо тебе за работу. Если что не так — я знаю, как тебя найти, ты это имей в виду, — на всякий случай добавил Слава.

— Ага, ищи, — скривился Миша. — Если что понадобится, ты знаешь, как меня найти. Ну, бывай.

И потрусил к метро. А Слава немедленно перезвонил Лизе и велел приезжать к дому Богданова. Сегодня среда, одиннадцать утра, через полчаса Глеб Борисович вернется с прогулки, а через час придут его соавторы. И будет что послушать. Может быть, уже сегодня они все узнают.

Но им не повезло. В тот день они слушали про умершего мальчика и разговоры его души с богом, про прокисший борщ, про нравы в среде студентов театрального института, про амбиции Глафиры Митрофановны, которую Василий Славчиков называл бабой Глашей и которая считала, что испорченный суп нанес сокрушительный удар по ее репутации и что Глебушка должен немедленно вызвать милицию, про проработку характера какого-то режиссера, поступки которого не укладываются в схему цельного характера, и нужно сначала придумать его биографию и душевный склад, чтобы понимать, как он может поступать и как не должен... В общем, слушали супруги Боровенко в тот день о чем угодно, только не о том единственном, что их интересовало.

Глава 3

Настя неторопливо дочитала последнюю из немногочисленных страничек, закрыла папку и посмотрела на Короткова с нескрываемой скукой.

— И что это?

— Убийство, что же еще, — откликнулся Юра, вгрызаясь в яблоко, которое еще пять минут назад лежало, тщательно вымытое, на блюдечке и дожидалось, пока Настя Каменская съест его вместо обеда. — Сочное какое! Как называется?

— Симиренка. Я теперь буду от голода пухнуть, а ты мне еще эти бумажки подсунул. Зачем мне это?

— Это, мать, не бумажки, а приказ начальства. Если бы ты посещала оперативки...

— Меня Афоня отпустил, я у следователя была, — сказала она быстро, словно оправдываясь, хотя с чего бы это ей оправдываться перед Юркой, с которым она вместе работает вот уже без малого двадцать лет. Цифра показалась ей ошеломляющей, и Настя даже запнулась на мгновение. Да, точно, в следующем году будет ровно двадцать лет, как она пришла на службу в уголовный розыск. Они с Юркой — старожилы, сегодня мало найдется оперов, которые просидели бы на одном месте столько лет. Люди растут, карьеру делают, вон Юра, к примеру, уже заместитель начальника отдела, а она как была старшим оперуполномоченным, так и останется, пока на пенсию не турнут. Она женщина, а женщинам в уголовном розыске, как правило, карьеру сделать не дают, оперативная работа испокон веку считается сугубо мужской, и женщин здесь всего лишь терпят. И все-таки двадцать лет...

— Ты чего? — насторожился Коротков, заметивший, что она думает о чем угодно, только не о деле. — Болит что-нибудь?

— Да нет, просто вспомнила, сколько лет мы с тобой в одном отделе пашем. Ты пришел к Колобку в восьмидесятом, я в восемьдесят четвертом, а из тех, кто с нами вместе начинал, никого ведь не осталось, кроме Доценко, да и тот уже другую работу себе присмотрел, ему семью кормить надо. Мы с тобой уже как реликтовые деревья.

Настины пессимистические пассажи Короткова, однако, не обескуражили и с толку не сбили. Несмотря на веселье в глазах и наполненный энтузиазмом хруст, с которым он жевал твердое сочное яблоко, Юра хорошо помнил, зачем пришел в кабинет Каменской, и твердо знал, чего должен добиться.

— Ну и что? Реликтовые так реликтовые, лишь бы зарплату платили. Так ты не отвлекайся, подруга, ты давай к делу поближе. Афоня на совещании радостно объявил, что мы берем это дело на контроль. И в оперативно-следственную группу включаешься ты для оказания практической помощи.

— Почему я? У меня что, нагрузка меньше, чем у остальных? Я тут без работы штаны просиживаю, что ли? — возмутилась Настя.

— Аська, не вредничай. Это я постарался, Афоню уговорил. Ну ты посмотри, какое дело, а? Конфетка! Предприниматель средней руки убил свою беременную жену. Чего тут делать-то? Ты все концы с концами в два счета сведешь, и у тебя будет раскрытие. Чем плохо-то? Я ж для тебя, дурочки, старался. Никакой экономики, никакой политики, никакой мафии, не к ночи будь она помянута. Сплошное внутрисемейное дело, как раз как ты любишь. Чего ты нос-то воротишь?

— Юра, я все понимаю, кроме одного. Почему это дело оказалось у нас на контроле? Мы что, окружное управление? Или убили члена правительства? Если убита обыкновенная жена обыкновенного предпринимателя, к тому же все уверены, что он сам же ее и замочил, то при чем тут Петровка? Можешь называть меня дурочкой, дурой или полной кретинкой, но я не понимаю.

Коротков аккуратно сгрыз остатки мякоти с того, что еще недавно было круглым зеленым яблоком, и бросил огрызок в мусорную корзину. Вытащил из кармана джинсов платок, тщательно вытер руки и принялся рассматривать его с повышенным интересом, словно найденную на месте преступления улику.

— Юра! — напомнила о себе Настя. — Я вопрос задала. И пока не услышу ответ, дело по существу мы с тобой обсуждать не будем.

Он тяжело вздохнул, неторопливо сложил платок и убрал в карман.

— Тебе дал указание Афоня, наш с тобой общий начальник отдела. Ему дал указание наш любимый генерал, начальник МУРа. Начальнику МУРа дал указание наш еще более любимый генерал — начальник ГУВД. А вот кто дал указание начальнику ГУВД, я не знаю. Возможно, это была его личная инициатива, возможно, его по-дружески попросили, а может быть, и приказали. Но это уже не мой уровень, Ася. Все, что ниже начальника МУРа, я могу отследить достоверно, а то, что выше, — извини.

— Но хотя бы то, что касается нашего генерала и ниже, — это точная информация? Или твои домыслы?

— Точная, — усмехнулся Юра.

— Гарантируешь?

— Ася, я столько лет здесь проработал, что в этих стенах просто не найдется человека, который рискнет чего-то мне не сказать, если я спрашиваю. Ты ж сама говоришь: реликтовое дерево. Кстати, я тут недавно в отдел кадров забегал, ну и ради смеха спросил, сколько еще в розыске оперов с таким стажем, как у меня. Ни одного! Не осталось ни одного сыщика со стажем в двадцать три года. Попробовали бы эти салаги на мои вопросы не ответить!

— То есть ты уверен, что Афоня сам не брал это дело к нам? — на всякий случай уточнила она. — Это не его блажь?

— Нет, Аська, точно не он. Он сам ничего не понимает. Перед оперативкой вызвал меня и спрашивал, не знаю ли я, в чем тут фокус. Но поскольку он подозревает, что фокус какой-то есть, он велел мне самому подключиться и взять дело на контроль. А я уже попросил насчет тебя.

— Ах вот в чем дело! — протянула Настя со смехом. — Так это ты не ради меня старался, а ради себя. Ну ты и пройдоха, Юрик. Ладно, будем считать, что пилюлю ты подсластил, все-таки не одна буду мучиться. Теперь скажи-ка мне, дружочек, почему ты решил, что предприниматель Сафронов сам убил свою жену? Из вот этих вот листочков, — она постучала пальцами по тоненькой папке, — ничего такого не следует.

Из того, что Настя прочитала в материалах, было видно только, что некто Сафронов Егор Витальевич пять дней назад сильно обеспокоился отсутствием своей супруги, прождав ее дома до глубокой ночи, затем принялся обзванивать ее подруг, затем звонил в больницы и справочную о несчастных случаях, а в семь утра догадался наконец съездить на квартиру, в которой означенная супруга проживала до замужества. Открыл дверь имеющимися у него ключами и обнаружил дорогую супругу Елену в вышеупомянутой квартире в виде остывшего тела. И тут же вызвал милицию. Протокола осмотра места преступления не было, поскольку он, как и полагается, находился у следователя в материалах уголовного дела. Сделать ксерокопию и вложить в контрольно-наблюдательное дело почему-то никто не догадался.

— Юр, кто дело заводил, ты?

— Ну, я. А что?

— Документов мало, — вздохнула Настя. — Ленишься? Или не успел?

— Аська, совесть имей, а? Да я вообще гигантскую работу провернул после того, как приказ получил. У тебя и этих бумажек не было бы, если бы я не воспользовался личными связями.

— Это какими же? — с подозрением спросила она.

— Все тебе скажи, — проворчал Коротков. — Стараешься ради нее, стараешься, ноги, можно сказать, до мозолей стираешь, а она вечно недовольна.

— Ты на машине ездишь, а не ногами ходишь, — мрачно заметила Настя, снова открывая папку. — Не дави на жалость.

— Мало того, что вечно недовольная, так ты еще и злая! Ну, Ася, ну в самом деле, чего ты кислая такая? Все тебе не так, все тебе не нравится. Ты прямо на себя не похожа.

— Ну извини, — бросила она, не глядя на Юру. Получилось сухо и как-то невежливо, и Настя даже немного расстроилась из-за того, что так глупо, так по-свински себя ведет. И с кем? С Юркой, с лучшим и давним другом, самым близким ей человеком после мужа.

— Из-за экзамена переживаешь, да? — догадался он.

— И из-за него тоже.

— Ну и зря! Вот честное слово, напрасно ты переживаешь, Аська. Ты просто привыкла всегда быть лучше всех и не можешь смириться с тем, что в чем-то ты не лучше, не отличница. Да наплюй!

Настя почувствовала, что опять готова расплакаться. Да что же это с ней такое-то! Откуда эти слезы? Ведь не обидел никто, не ударил, не унизил, не оскорбил.

— Глупости, Юрочка, — она постаралась говорить ровным тоном, чтобы Коротков ничего не заметил, — я никогда не стремилась быть лучшей. Если получалось быть лучшей, я этому радовалась, но никогда к этому специально не стремилась. Я действительно плохо отвечала на экзамене, это объективно, и это меня расстраивает. Если я хорошо знаю материал, чувствую его, понимаю, но не могу из-за волнения внятно его изложить, значит, у меня есть определенные дефекты, о которых я раньше не знала. Но ведь это не первый экзамен в моей жизни, и такого со мной никогда не случалось. Значит, это дефект новоприобретенный, понимаешь? У меня его не было, а теперь он есть. А какие еще дефекты, которые могут помешать работе, у меня появились? Я о них еще не знаю, а они себя проявят в самый неожиданный и неподходящий момент. Меня это напрягает. Я все время об этом думаю. И все время боюсь.

— Понимаю, — кивнул Коротков. — Когда ты внятно излагаешь, даже я тебя понимаю. Ладно, кончай грустить, посмотри лучше бумажки повнимательнее.

— А что там? Я все прочла.

— Видать, не все, если такая мрачная. Ты обратила внимание на фамилию опера, который занимается этим делом?

— Нет! — Настя снова открыла папочку и пробежала глазами первый же листочек. — Чеботаев.

Она радостно вскинула глаза на Короткова и улыбнулась.

— Андрюша, что ли?

— Он самый. Вместе со своим молодым энтузиазмом и длинными ресницами. Теперь понимаешь, как мне удалось так быстро раздобыть все материалы? Нам с тобой, считай, крупно повезло, Андрюха нормальный парень, одеяло на себя перетягивать не станет и гонором не замучает. Между прочим, он недавно женился.

— Значит, скоро уйдет из розыска, — заметила она. — Ему, как и Доценко, семью кормить надо. Вот так и разбегаются лучшие кадры.

— Да ладно, — возмутился Коротков, — не каркай, я же никуда не ухожу.

Настя скептически приподняла брови.

— А ты что, женился? Вчера вечером ты, по-моему, был еще разведенным холостяком. Неужели за ночь успел?

— Вот представь себе, — он вздохнул, и непонятно было, чего в этом вздохе больше, уныния или тревоги. — Вчера сделал Ирке предложение. Понимал, что надо, что неприлично столько времени тянуть, но втайне надеялся, что она откажется. А она, дурочка, радостно его приняла. Чего теперь делать-то, Аська?

— В ЗАГС идти, больше ничего не остается, — рассмеялась Настя. — Слава богу, наконец-то я тебя дожала. Полтора года все капала тебе на мозги, капала, думала, уж не дождусь результата. Дай я тебя поцелую, жених ты мой ненаглядный.

Она потянулась к Юре и крепко прижалась губами к его щеке.

— Когда-то я был для тебя солнцем незаходящим, — заныл тот, — а теперь что, все? Кончилась малина?

Настя с улыбкой смотрела на него, а мысль, как и все последние недели, соскальзывала на одну и ту же тропу: возраст, старость. Юрка старше ее на четыре года, ему сорок семь, голова почти вся седая, а вот ведь начинает новую жизнь, собирается жениться на красавице-актрисе Ирине Савенич, тридцати трех лет от роду, и ничего, не боится. Ему не кажется, что все позади, что он уже ничего в этой жизни не сможет, что ни на что нет и больше не будет ни сил, ни вдохновения. Может быть, к мужчинам этот страх приходит значительно позже, чем к женщинам? Или не приходит вообще?

* * *

Егор Витальевич Сафронов оказался рослым крепким мужчиной лет около сорока, с хорошо вылепленным красивым лицом, которое не испортило даже выражение неприкрытой неприязни. Был он энергичным, нервным и очень агрессивным, а вовсе не раздавленным горем, как ожидала Настя.

— Почему вы ничего не предпринимаете? — накинулся он на нее, едва Настя переступила порог его квартиры и представилась. — Неужели даже на Петровке работают такие же бездельники, как и всюду? Никто ничего не делает, только время тянете. Что вы сделали, чтобы найти убийцу Лены?

Да, подумала она, похоже, Юра Коротков прав, этот Сафронов ведет себя именно так, как ведут себя убийцы, прикидывающиеся жертвами. В принципе у родственников погибших бывает два типа поведения: или глубокое горе и апатия, или враждебность и агрессия. И то, и другое поведение совершенно нормально, но есть некая едва уловимая грань, за которой начинает чувствоваться притворство. И опытные оперативники переход этой грани обычно улавливают.

Однако вопрос, который поставил Сафронов, был справедлив. Его поведение и в самом деле вызывало подозрения, поэтому все пять дней, прошедшие с момента совершения преступления, ушли на то, чтобы проверить и опровергнуть его алиби и найти мотив, по которому предприниматель мог захотеть убить беременную жену. Никакие другие версии не проверялись.

— Егор Витальевич, — сухо сказала Настя, — в своих действиях мы отчитываемся только перед начальником и перед следователем, а никак не перед вами. Не ставьте меня в неловкое положение. Мне нужно задать вам ряд вопросов...

— Да сколько же можно! — взорвался Сафронов. — Вы все время только и делаете, что задаете мне вопросы, вместо того чтобы искать убийцу. У вас что, других методов работы нет? Когда я звонил вашему замминистра, я рассчитывал, что дело будут вести самые опытные, самые лучшие сотрудники, а мне опять подсовывают любителей поболтать! Женщину прислали! Совсем обнаглели!

Ох ты, мать честная, как интересно-то все получается! Выходит, господин Сафронов сам захотел, чтобы дело взяли на контроль на Петровке, и даже воспользовался для этого личными связями. Интересно, зачем? Ему не понравилось, что Андрей Чеботаев совершенно недвусмысленно копает под него? Вполне логично. А вот мы возьмем и сделаем ход конем: будем требовать самых лучших сыщиков, демонстрируя острую заинтересованность в поиске преступника, а заодно и привлечем к делу других сыщиков, которые, надо надеяться, не пойдут на поводу у настырного опера Чеботаева и станут разрабатывать другие версии. Время будет идти, интенсивность работы постепенно снизится, а там, глядишь, и вовсе сойдет на нет... Белыми нитками шито.

Настя решила на провокации не поддаваться и быть смиренной и терпеливой. И главное: ничего не понимающей.

— Егор Витальевич, если вы сумели добиться, чтобы к расследованию убийства вашей жены подключились сотрудники с Петровки, значит, вы недовольны тем, как работают оперативники в округе. Я допускаю, что у вас для этого есть основания. И я доверяю вашим ощущениям. Вы понимаете, что это означает?

— Ну и что это означает? — злобно буркнул Сафронов.

— Это означает, что я должна проконтролировать, что и как сделали сотрудники криминальной милиции в округе, чтобы выявить их недобросовестность. Иными словами, я должна переделать всю работу заново, чтобы убедиться, что они схалтурили. Понимаете?

— Ну ладно, раз так, — раздраженно произнес муж погибшей. — Спрашивайте.

— Давайте начнем с самого начала, — предложила Настя.

— Снова-здорово... Вы все нервы мне вымотаете. В субботу Лена должна была вернуться домой в десять вечера...

— Да нет, Егор Витальевич, вы меня не так поняли, — мягко прервала его Настя. — С самого начала. С того момента, когда вы познакомились с Еленой.

— Это еще зачем? — непритворно удивился Сафронов.

— Пожалуйста, — настойчиво повторила она, — именно с этого момента. Когда и при каких обстоятельствах вы познакомились?

— Примерно год назад.

— А точнее можете сказать?

— Точнее — в ноябре прошлого года. Лена поступила на работу в мой салон в качестве администратора. Вот тогда мы и познакомились.

Да, припомнила Настя, в материалах есть сведения о том, что Егор Сафронов — владелец салона красоты «Нимфа», а его жена работала там администратором, но Настя отчего-то была уверена, что Егор Витальевич привел на эту должность свою любовницу, на которой впоследствии женился. А оказывается, все было не так. Что ж, послушаем, как же было на самом деле.

— У вас сразу сложились близкие отношения?

— Нет, далеко не сразу. У нас вообще не было никаких отношений до марта, Лена знала, что я — хозяин, я знал, что она — администратор, не более того.

— И что случилось в марте?

— То, что всегда случается, — криво усмехнулся Сафронов. — Видите ли, я открыл новый салон в сентябре прошлого года, там было еще множество недоделок, например, сауну не дооборудовали, солярий, в душевую при зале для аэробики фены не завезли, но я все равно открылся, у меня уже работали кабинеты косметолога, массажа и маникюра. Когда пришла Лена, я сразу понял, что она очень ответственный человек и в ее смену мне нет необходимости торчать в салоне целыми днями, чтобы следить за мастерами и за поставками оборудования, она вполне может справиться и без меня. В конце дня я приезжал, и она показывала, что и как сделано.

— Елена работала через день?

— Администраторы у меня работают два дня через два. Когда работала ее напарница, мне приходилось за всем следить самому. Не знаю, известно ли вам, но у меня, кроме «Нимфы», есть еще две парикмахерские и небольшое кафе, так что я не мог все свое время посвящать только салону, и когда работала Лена, у меня была возможность заниматься другими делами. Ну и вот... однажды в марте я приехал вечером, когда салон уже закрывался, и Лена стала показывать мне бассейн при сауне, его как раз закончили отделывать. Знаете, настроение у меня такое было... Да и у нее тоже. Короче, вы понимаете.

— Понимаю, — кивнула Настя. — И до того дня ничто в ваших отношениях не позволяло предположить такое внезапное сближение?

— Абсолютно, — Егор потряс головой. — Простите, может быть, чаю хотите? Или кофе? Разговор у нас, судя по всему, получится длинным.

— Кофе, если можно, только некрепкий, — попросила она.

Сафронов вышел из комнаты, и Настя наконец смогла осмотреться, не боясь показаться невоспитанной. Квартира у Сафронова была не очень большой для владельца двух парикмахерских, салона красоты и кафе, по крайней мере, Насте казалось, что предприниматели такого пошиба должны жить побогаче. Впрочем, в малом бизнесе она разбиралась не слишком хорошо, если не сказать — совсем не разбиралась. Может быть, Сафронов живет в этой квартире давно и копит на новую, большую, в элитном доме. А может, его бизнес не приносит сногсшибательных доходов. Или приносит, но деньги тратятся на что-то другое. Например, на загородный дом. Кстати, надо бы узнать, что там у семьи Сафроновых с недвижимостью, собственностью и наследованием. Если Егор Витальевич действительно сам убил жену, то должен же быть у него мотив. Возможно, этот мотив лежит в области личных переживаний, а возможно, в области сугубо материальной.

Хозяин вскоре вернулся, неся в обеих руках по дымящейся чашке. Ни блюдечек, ни сахарницы, ни вазочки с печеньем. Не было даже вопроса о том, класть ли сахар и если класть, то сколько. Не угощение гостя, а раздраженное одолжение, дескать, на, пей свой кофе и уматывай побыстрее. Странно, ведь Настя ни о чем его не просила, он сам предложил... Что это, невежливость или полное отсутствие представления о гостеприимстве? Или хорошо продуманная роль внешне активного и агрессивного, но внутренне сломленного горем человека, который даже плохо понимает, что делает? Тоже возможно.

Настя сделала глоток и невольно поморщилась: кофе оказался, несмотря на ее просьбу, крепким, а главное — горьким.

— Простите, у вас сахара не найдется? — спросила она.

— Что? Сахара? — Сафронов словно очнулся. — А, да, конечно, сейчас принесу.

Сахарницу он принес, но зато не подумал о ложке, и ему пришлось выходить на кухню еще раз. Что же это, настоящая растерянность перед лицом внезапно свалившейся утраты, умело разыгрываемый спектакль или отсутствие элементарных навыков в ведении хозяйства?

— Итак, с марта нынешнего года вас с Еленой связывали уже близкие отношения, верно? — продолжила Настя.

— Нет, неверно. После того случая нас по-прежнему ничего не связывало, — ответил Егор довольно резко.

Что ж, и такое бывает, подумала она, и даже чаще, чем некоторые предполагают.

— И тем не менее в августе вы поженились. Егор Витальевич, не заставляйте меня тянуть из вас каждую фразу клещами.

— Но я не понимаю, какое отношение к убийству имеют мои отношения с Леной до брака! Вы просто тянете время, потому что не знаете, как со мной разговаривать, что спрашивать и где искать преступника!

Он снова начал заводиться и повысил голос. Интересно, почему он не хочет говорить на эту тему? Что-то скрывает? Что-то важное для понимания мотива убийства? Ладно, чего он сам не скажет — скажут другие, у чужих интимных отношений всегда почему-то множество свидетелей, но хорошо бы выслушать и его версию событий.

— Егор Витальевич, нам необходимо понять, каким человеком была ваша жена, какой у нее был характер, какой склад мышления. Только после этого мы сможем строить версии о том, что она могла сделать такого, что привело в конце концов к трагедии.

— Так спрашивайте! Спрашивайте меня о ее характере, о ее вкусах, увлечениях, а не о том, как развивались наши с ней отношения! И не пытайтесь меня обмануть или запутать!

Ну вот, приехали. Чего это он так разбушевался? Всего несколько минут назад спокойно рассказывал о том, как познакомился с Еленой и как впервые переспал с ней, кофе предложил, сам сказал, что разговор будет долгим, а тут вдруг... Что ему не понравилось в Настином вопросе? Вопрос-то самый обыкновенный и лежащий на поверхности: что произошло между мартом, когда «никаких отношений еще не было», и августом, когда в паспортах Егора и Елены появились штампы о регистрации брака.

— Егор Витальевич, я не хочу быть грубой, но мне придется попросить вас не повышать на меня голос, — тихо сказала Настя. — Вы сами хотели, чтобы убийством вашей жены занимались оперативники с Петровки, вы сами сказали своему приятелю-замминистра, что недовольны тем, как работают мои коллеги с «земли», вы называли их дармоедами, придурками и обвиняли в непрофессионализме. Ведь так?

Она совершенно не знала, какие именно слова говорил Сафронов, когда звонил своему знакомому в министерство, но поскольку Егор Витальевич был далеко не единственным на этом свете, поступившим подобным образом, то Настя примерно представляла себе, что в таких случаях говорят. Ведь большинство такого рода переговоров рано или поздно доходят до сыщиков почти дословно.

Сафронов не ответил, глотая горький кофе с выражением обиды и гнева на красивом лице.

— То, что делалось до меня, вы сочли неправильным, — спокойно продолжала она. — Я задаю вам другие вопросы, то есть иду по другому пути, а вы все равно сердитесь. Вам опять не нравится, как работают сыщики. Почему? Вы заранее уверены, что мои вопросы неуместны, а ответы на них не дадут мне информацию для поиска убийцы. Не слишком ли много вы знаете, а, Егор Витальевич?

Из его глаз выплеснулась ярость и мгновенно обожгла сидящую напротив за столом Настю.

— Вы что себе позволяете? Вы на что намекаете? На то, что я знаю убийцу и покрываю его?

«Ага, вот именно на это я и намекаю», — подумала Настя, но вслух произнесла:

— Я намекаю вам на то, чтобы вы снова позвонили своему приятелю в наше министерство и попросили поставить дело на контроль в Главном управлении криминальной милиции. Там тоже есть очень опытные оперативники по особо важным делам, специализирующиеся на раскрытии убийств. Только если уж они начнут задавать вам те же вопросы, что и я, вам придется отвечать, потому что других сыщиков, классом получше и рангом повыше, уже не будет. Я понимаю ваше горе, Егор Витальевич, но не понимаю вашей агрессивности. Если у этой агрессивности есть причина, давайте ее обсудим. Если же нет, то попрошу вас все-таки отвечать на мои вопросы.

— Ладно, извините, — пробурчал Сафронов. — Сорвался. Спрашивайте.

— Я уже спросила. Что произошло в ваших отношениях с Еленой между мартом, когда вы впервые стали близки, и августом, когда вы зарегистрировали брак?

— До июня ничего не происходило. Где-то в последних числах июня Лена предупредила меня, что с начала декабря больше не сможет работать и чтобы я искал ей замену. Я очень огорчился, потому что она была действительно хорошим работником, в ее смены выручка в салоне всегда была выше...

— Почему?

— Она умела работать с клиентами. Постоянных знала по именам, записывала их телефоны. Если образовывалось окно, Лена всегда умела его заполнить, чтобы кабинеты не простаивали. Знала, кто близко живет, кому можно позвонить и предложить воспользоваться услугами салона. Она вообще всегда записывала контактные телефоны и с утра обзванивала всех записавшихся на прием, спрашивала, не изменились ли планы, придут ли. Если кто-то отказывался, говорил, что не придет, она тут же звонила другим клиентам и сообщала, что есть свободное время. Лена всегда помнила, кто чего хочет, кто просил поскорее, или хотел другое время, или интересовался возможностью попариться в сауне и все такое... Короче, в ее смену кабинеты не простаивали, поэтому и выручка была больше. Конечно, я ужасно расстроился, когда она предупредила, что с первого декабря будет увольняться. Спросил, почему, может, зарплата не устраивает? Я готов был предложить ей повышение зарплаты, только чтобы она не уходила.

— И что она вам ответила? Как объяснила причину увольнения?

— Лена сказала, что в декабре ей рожать.

Все правильно, судя по заключению судебного медика, у Елены Сафроновой в момент убийства, в середине октября, была беременность сроком тридцать недель. Значит, в конце декабря она должна была родить ребенка. А забеременела она как раз в марте.

— И как вы на это отреагировали? Вам пришло в голову, что Елена беременна от вас?

— Естественно. Я подсчитал сроки, задал ей вопрос и получил прямой ответ.

— И у вас не было сомнений? Может быть, отцом ребенка был кто-то другой?

— Я подумал об этом. И нанял частного детектива, чтобы он выяснил подробности личной жизни Лены. Оказалось, что с того момента, как она пришла работать ко мне в салон, у нее не было ни одного поклонника, не говоря уже о более серьезных отношениях. Ее никто не видел с мужчинами, и на работу ей ни разу мужчины по личным вопросам не звонили.

— Вы даже это выяснили? — удивилась Настя.

— Да это-то как раз было самым простым. У меня в «Нимфе» за стойкой администратора сидит еще и охранник, он все слышит и на ус мотает. Из бывших ваших. Одним словом, у меня не было никаких оснований подозревать, что ребенок не мой.

— И Елена потребовала, чтобы вы на ней женились, так?

— Ничего подобного. Она вообще ничего не требовала, а если бы я не спросил, почему она собирается увольняться, она бы и не сказала, что беременна. Просто, знаете, как-то все сошлось... Не знаю даже, как объяснить...

Вся агрессивность Сафронова куда-то улетучилась, сейчас перед Настей сидел не первой молодости мужчина, пытающийся сам для себя найти объяснение собственным поступкам. Настя с интересом наблюдала за ним, все еще не веря в его искренность и подозревая какую-то игру.

— Я был дважды женат, но не хотел детей, и из-за этого мои браки распадались. Дети казались мне обузой, тяжким бременем, отнимающим силы, время и нервы от...

Он запнулся и беспомощно посмотрел на нее, словно прося подсказать нужное слово.

— От чего?

— От работы.

— Вы хотите сказать: от зарабатывания денег? — жестко уточнила Настя.

— Вы хотите ударить побольнее. — В голосе Сафронова она услышала горький упрек и признала, что он справедлив. — Но в целом вы правы. Я хотел заниматься бизнесом, у меня получалось далеко не все, несколько раз я оказывался в полном провале, потом поднимался и начинал все снова. Мне было интересно только это. И вдруг, когда я узнал, что Лена ждет ребенка, во мне что-то переломилось... Я понял, что хочу этого ребенка. Хочу, чтобы у меня была семья. И Лена тоже этого ребенка хочет, иначе сделала бы аборт. Так почему бы нам не пожениться и не растить нашего общего ребенка вместе?

— Как Елена отнеслась к вашему предложению?

— Она долго колебалась, а я долго уговаривал ее. Все относительно, конечно. Я уговаривал ее почти месяц, но мне казалось, что это очень долго.

Действительно, с усмешкой подумала Настя, ее Чистяков уговаривал зарегистрировать брак больше десяти лет, и ей это вовсе не казалось долгим. А ему?

— Егор Витальевич, простите мне мой вопрос, но я вынуждена его задать. Вы ведь не любили Елену? Вы просто хотели завести семью и иметь ребенка?

— Господи, да я сам не знаю, чего я в тот момент хотел! — Теперь в его голосе слышалось настоящее отчаяние. — Но поверьте, я очень хорошо к ней относился. Она была умной, спокойной, ответственной. И очень красивой. Меня вполне устроило бы прожить рядом с ней многие годы.

— А ее это устроило бы?

— Вы хотите спросить, любила ли она меня? Думаю, что нет. Так же, как и я не любил ее. Если, конечно, под любовью понимать всякие там неземные страсти, невозможность жить друг без друга и готовность все бросить и следовать за любимым на край света. Я за ней на край света не последовал бы, и она за мной тоже. Одним словом, мы прекрасно могли жить друг без друга. Но если уж так случилось... если мы под влиянием минутного настроения пошли на близость и Лена забеременела, то, может быть, это судьба? Для меня немаловажным было то обстоятельство, что Лена явно не гонялась за моими деньгами, она ведь готова была скрыть от меня свою беременность. И я подумал: чем плохой вариант? Уж во всяком случае, это лучше, чем связаться с молоденькой длинноногой свистушкой, которой нужны только мои деньги и которая будет изменять мне на каждом углу.

Красивая история. Егор Витальевич пытается убедить всех, что о мотиве ревности можно забыть сразу. Если не любил, то и не ревновал бы с такой силой, что пошел на убийство. Здесь придется покопаться, вполне вероятно, что именно ревность он и пытается скрыть.

— А Елена? Какие у нее были мотивы принять ваше предложение вступить в брак? Если она вас не любила, то зачем ей создавать с вами семью?

— Но ведь ребенок... Лена была очень разумной, она понимала, что лучше растить ребенка в полной семье и в достатке, чем одной и неизвестно на какие доходы.

— У нее есть родственники? Родители? Сестры или братья?

— Есть, конечно. Но они не в Москве. Лена сама не москвичка, она родом из Новосибирска.

— А квартира, в которой произошло убийство? Это ведь ее квартира?

— Да, конечно. Я понимаю, что вы хотите спросить. Эту квартиру ей купил кто-то из ее бывших... Она, знаете ли, не любила распространяться о своем прошлом, но какие-то мужчины были, это естественно. Она ведь не девочка.

— Егор Витальевич, вы сами сказали, что Елена была умной, спокойной и очень красивой. Вас не смущало, что в течение длительного времени она была одна? Вроде бы у такой женщины должно быть много поклонников, какие-то отношения, чуть более серьезные, чуть менее... А у Елены, по крайней мере с ноября прошлого года, никого не было. Как вы думаете, почему?

Настя была убеждена, что если Сафронов действительно виновен в убийстве жены, то он сейчас попытается представить дело таким образом, будто у Елены все-таки кто-то был, кто и приревновал ее к мужу. Ну, посмотрим.

— Лена ничего не рассказывала... но у меня сложилось впечатление, что у нее какая-то душевная рана, связанная с ее последним мужчиной. Вероятно, она рассталась с ним год назад и сразу после этого пришла работать в мой салон. Я думаю, она очень переживала, поэтому и уделяла работе так много времени. Ей не хотелось идти домой и вообще не хотелось думать об этих отношениях, вот она и забивала себе голову клиентами, выручкой, мастерами и прочим.

Так и есть. Мифический мужчина, с которым она рассталась, мучительно переживала разрыв, а потом этот мужчина возник на горизонте, узнал, что она вышла замуж и ждет ребенка, и не справился с ревностью. Красиво. Главное — трудно проверить. Наверняка ведь никакого такого мужчины на самом деле нет, но достоверно установить, что его нет, практически невозможно. Кто бы что ни говорил, всегда есть вероятность того, что только сама Елена точно знает ответ на этот вопрос. Даже самая близкая подруга иногда не знает всех тайн женщины. Кстати, о подругах...

— Егор Витальевич, когда в субботу вечером Елена не пришла вовремя домой, кому из ее подруг вы звонили?

Эти сведения были в материалах, но сейчас подруги погибшей интересовали Настю в несколько ином аспекте.

— У Лены не было подруг в полном смысле этого слова. У нее были знакомые. Приятельницы. Я звонил Нине Клевцовой, это второй администратор в моем салоне.

— А еще кому?

— Наташе Разгон. И еще Уразовым звонил. Алик Уразов — мой партнер, мы вместе владеем кафе, а Нора, его жена, дружила с Леной.

— Дружила? — уточнила на всякий случай Настя.

— Именно дружила, — сердито повторил Егор. — Нора с Леной дружила, а Лена с Норой — нет. Знаете, как это бывает?

Настя молча кивнула. Еще бы ей не знать! Маша любит Ваню, а вот Ваня Машу совсем не любит, хотя и встречается с ней. А бедная Маша об этом даже не догадывается и считает, что Ванечка относится к ней так же нежно и страстно, как и она к нему. В любви такое встречается сплошь и рядом. А в дружбе? Да точно так же. Чем любовь отличается от дружбы? А ничем. Те же самые глубоко личностные отношения двух людей. И один из них видит эти отношения так, а другой — вовсе даже эдак. И одному эти отношения в радость, а другому — в тягость. Обычное дело.

— Значит, вы звонили Клевцовой, Разгон и Уразовой. Больше некому было позвонить?

Сафронов некоторое время смотрел на Настю молча и как будто оценивающе, потом негромко произнес:

— Знаете, у меня иногда возникало ощущение, что Лена, выйдя за меня замуж, словно начала жизнь с чистого листа. Никаких старых связей, давних знакомых, никаких воспоминаний и рассказов о прошлом. Я ее в шутку называл Инопланетянкой. Вот будто бы в ноябре прошлого года она прилетела на Землю на летающей тарелке и никогда прежде здесь не жила. Вы понимаете, что я хочу сказать?

Чего ж тут непонятного. Господин Сафронов хочет сказать, что в прошлом его покойной жены полным-полно тайн, которые она от него тщательно скрывала. Тайны эти ему неизвестны, но милиции стоит в них покопаться, ибо убийство наверняка связано именно с ними. Хорошая мысль! Богатая. Вполне последовательным будет со стороны Егора Витальевича намекнуть на то, что его супруга могла оказаться иностранной шпионкой, внедренной в российский бизнес, отсюда и нежелание говорить о прошлом. Ну же, Егор Витальевич, давайте, мы готовы и это проглотить.

— Как Елена оказалась в вашем салоне? Ее вам кто-то рекомендовал? Или она просто пришла, как говорится, «с улицы» и попросила взять ее на работу?

— Ее привела Нина Клевцова. Я уже говорил, это наш второй администратор.

— А Нина откуда ее знала? Как давно они были знакомы?

— Какое-то случайное знакомство. Помнится, когда я пытался выяснить, не встречалась ли Лена с другим мужчиной, я первым делом поговорил с Ниной, думал, она мне расскажет что-нибудь о личной жизни Лены. Но оказалось, что они познакомились чуть ли не за неделю до того, как Нина привела ее в салон ко мне на собеседование.

— А Наташа Разгон? Она давно знает вашу жену?

— Давно. Но Лена редко с ней общалась.

— Почему, не знаете?

— Я вам уже сказал: у нее не было подруг. Они были ей не нужны.

— Егор Витальевич, вы сами-то в это верите?

— Верю, — твердо ответил Сафронов.

«Не верит», — подумала Настя. Но вообще-то ситуация странная. Если у Елены Сафроновой были подруги, но ее муж это скрывает от милиции, то здесь есть о чем подумать. Если подруги были, но муж о них не знает, тоже есть о чем поговорить. А вот если их действительно не было, то тут уж впору плотно заниматься прошлым Елены Михайловны Сафроновой, в девичестве Щеткиной. Ибо человек, о прошлом которого никто не может ничего рассказать, вызывает некоторые, мягко говоря, подозрения.

Она сделала очередную пометку в блокноте и перешла к следующему блоку заранее намеченных вопросов.

— Вернемся к квартире, где была убита ваша жена. Почему вам пришло в голову искать Елену именно там?

— Это было последним, о чем я подумал. Уже после приятельниц, после больниц, моргов и милиции. Лена все никак не могла окончательно переехать ко мне. Понимаете, когда мы решили жить вместе, было лето, она собрала свои летние вещи и всякие там мелочи, и я перевез ее к себе. Потом, когда похолодало, она несколько раз привозила со старой квартиры то куртку, то плащ, то осеннюю обувь. Я постоянно предлагал ей: давай потратим один день, поедем к тебе, соберем все вещи, упакуем и перевезем. А Лена все откладывала, мол, не к спеху, успеется... Когда я ее нигде не нашел, я подумал, что она могла поехать на квартиру за чем-нибудь, а там что-то случилось. Упала, сломала ногу, или плохо стало, с ребенком что-нибудь, а она лежит и доползти до телефона не может. Я схватил ключи и помчался туда.

— Сколько комплектов ключей от квартиры вашей жены?

— Два. Один здесь, другой Лена постоянно носила с собой на тот случай, если понадобится что-то взять. Ну и для других целей тоже.

— Для каких? — насторожилась Настя.

— Будто сами не понимаете, — Сафронов неодобрительно фыркнул. — Нина Клевцова вела активную личную жизнь. Лена систематически давала ей ключи от той квартиры.

— Третьего комплекта точно нет? Обычно к любому замку прилагается не меньше трех ключей.

Если Настины подозрения не беспочвенны, сейчас прозвучит песня о том, что третий комплект, наверное, был, только Егор Витальевич никогда его не видел. Тем самым будет подкрепляться версия о таинственном мужчине из таинственного прошлого Елены. О мужчине, разрыв с которым Елена так болезненно переживала и у которого остались эти самые ключи. Дело в том, что Елену Сафронову преступник не только задушил, но и покинул квартиру, аккуратно закрыв дверь на замок. Не захлопнув, а именно закрыв: дверь в квартире Елены имела незахлопывающийся замок сувальдного типа, его ригель полностью утапливался в гнездо, и чтобы закрыть дверь, необходимо было воспользоваться ключом. Без ключа дверь оставалась притворенной, но не запертой, и от малейшего сквозняка распахивалась настежь. Егор же Витальевич, вызвавший на место происшествия милицию, уверял, что открывал дверь при помощи ключа. Значит, ее при помощи ключа и закрывали. Или он лжет?

— Был третий комплект, — кивнул Сафронов. — Но он куда-то делся. Ваши коллеги уже спрашивали меня, я тогда уверенно сказал, что комплектов три, один у Лены и два здесь, а когда они попросили показать ключи, я смог найти только одну связку.

— Обе связки лежали в одном месте?

— Да, в ящике, в стенке.

— Интересно, — протянула Настя. — А когда вы брали ключи в воскресенье рано утром, чтобы проверить, нет ли вашей жены на старой квартире, сколько комплектов было в ящике?

— Я не обратил внимания. Очень волновался, нервничал. Схватил ключи и помчался.

— Припомните, когда в последний раз вы видели обе связки?

— Не могу сказать. В том ящике лежат все запасные ключи: от этой квартиры, от Лениной, от гаража, от квартиры моих родителей. За последние месяцы у меня не было нужды доставать какие-нибудь запасные ключи, и я в ящик не заглядывал.

У нее было еще много вопросов, но почему-то Настя почувствовала, что именно сейчас нужно остановиться. Сделать вид, что заинтересовалась тайнами, сокрытыми в прошлом Елены, и уйти. Она не понимала, откуда взялась эта уверенность, но знала, что так будет правильно.

Выйдя на улицу, Настя посмотрела на часы. Если рейс, которым должен был прилететь Саша с семейством, прибыл вовремя, то сейчас на кухне в квартире Каменских уже жарится мясо, режутся салаты и витают умопомрачительные запахи. В конце концов, как-то глупо возвращаться на работу в девятом часу вечера.

* * *

Владимир Иванович Славчиков давно уже поймал себя на том, что перестал радоваться возвращению домой. Чувство это, сперва слабенькое, едва ощутимое, было поначалу принято им за обыкновенную хандру, которая время от времени посещает любого человека. Просто есть какое-то ощущение, что все неладно, все не в радость... Что ж, бывает, можно и внимания не обращать. Но спустя некоторое время он заметил, что противное ощущение появляется только на пути с работы домой. И никогда — по дороге из дома на службу. Тут было над чем призадуматься.

Профессор Славчиков «прожил» в науке без малого тридцать лет и привык все раскладывать по полочкам, анализировать, классифицировать и логически обосновывать. Это было не потребностью, а привычным стилем мышления. Обдумывание странного графика, по которому просыпалось и засыпало неприятное чувство, довольно быстро привело его к выводу о том, что в семейной его жизни далеко не все в таком уж большом порядке. И дело, оказывается, в Катерине. Вернее, не в ней самой, а в отношении к ней Владимира Ивановича.

Десять лет назад он женился на женщине, которая потеряла все, кроме ребенка от первого брака. Семья, работа, деловая репутация — все было утрачено, потеряно безвозвратно. Владимир Иванович хорошо помнил, как потрясло его то мужество, с которым несчастная Катерина приняла все удары судьбы, то достоинство, с которым она держалась, та сила духа, которая не позволяла ей во всем винить других и проклинать их. Она даже о муже своем, бросившем ее в первую же трудную минуту, не сказала ни единого худого слова, напротив, отзывалась о нем с благодарностью за то, что не бросил их дочь совсем уж на произвол судьбы, какую-никакую помощь оказывал. Восхищение душевными качествами Екатерины Сергеевны было столь сильным, что профессор по ошибке принял их за несколько иное чувство, что и подвигло его сделать ей брачное предложение. Они жили хорошо, дружно, отлично понимали друг друга и никогда не ссорились, в браке родились двое мальчиков...

Катерина открыла в себе способность сочинять детективные романы, и это стало приносить деньги, не сумасшедшие, конечно, но более чем приличные для обеспечения благополучия и достатка в доме. И вдруг Владимир Иванович отчетливо осознал, что не любит свою жену. И вовсе не потому осознал, что встретил другую женщину и получил возможность сравнивать чувства, испытываемые к обеим. Нет, не потому. Просто он перестал радоваться возвращению домой.

Вот и сегодня он поднимался в лифте на седьмой этаж, будучи не в самом лучшем расположении духа. Но, помимо уже ставшего привычным неприятного чувства, душа его маялась еще по одной причине. Владимир Иванович повел себя в служебной ситуации, как ему казалось, некорректно и теперь казнился, то ища оправдания своему поведению, то обвиняя себя во всех смертных грехах. В течение нескольких дней он так и не решил, рассказывать ли об этом жене или промолчать. В принципе, его служебные дела никак ее не касались, но, с другой стороны...

«Надо сказать», — как-то отстраненно подумалось ему в тот момент, когда рука автоматически достала из портфеля ключи от дома.

Квартира встретила Владимира Ивановича почти непереносимым шумом. Из Юлиной комнаты доносился оглушительный рок, Антошка в гостиной смотрел по телевизору мультики, самый младший — Вовчик-второй — носился по всему свободному пространству, весьма достоверно изображая самолет-истребитель и сопутствующие его полету звуки. Няня Евгения Семеновна суетилась между мальчиком сидящим, мальчиком летающим и включенным на кухне телевизором, по которому шла очередная серия чего-то латиноамериканского. Появления Владимира Ивановича в первый момент никто и не заметил, пока юный летчик-истребитель не наткнулся в бреющем полете на ноги отца.

— Папа! Я сбил фесть амеликанских лакет!

— Почему именно шесть? И почему американских? — удивился Владимир Иванович, подхватывая сына на руки и целуя в покрытые румянцем нежные щечки. — Разве у нас война с Соединенными Штатами? Что-то я об этом ничего не слышал.

— Не, у нас нет войны. Это они в Илаке воюют! А я их сбиваю!

— Очень хорошо, — строго произнес профессор. — А ты-то тут при чем? Разве ты житель Ирака?

— Нет, — честно ответил подрастающий воин-интернационалист, — я житель Долголуковской улицы, дом тли, квалтила солок пять.

— Вот видишь, — отец бережно поставил мальчика на пол, — значит, ты вмешиваешься в чужие конфликты, а это нехорошо.

— Почему нехолофо? Я фе помогаю. А лазве помогать нехолофо?

Вопрос показался профессору излишне философским для обсуждения с маленьким ребенком, и от дискуссии он уклонился. Поздоровался с няней, потрепал по затылку Антошку, который так и не оторвался от экрана с мельтешащими на нем и орущими дурными голосами чудищами, и прошел в самую дальнюю комнату, совмещавшую функции одновременно спальни и кабинета. Тесновато у них, что и говорить, Юльке нужна отдельная комната, она уже большая, поэтому мальчики спят в гостиной, а уроки Антоша делает где придется, то на кухне, то в спальне у родителей, благо рабочий столик, хоть и небольшой и почти целиком занятый компьютером, там имеется. Ничего, осталось подождать совсем недолго, во всяком случае, Катерина уверяет, что еще пара книжек в рамках проекта — и денег хватит на новую квартиру, более просторную и удобную. А ведь когда-то эта трехкомнатная квартира, где Владимир Иванович проживал со своей первой женой и сыном Васей, казалась ему огромной, и всем места хватало, и никто друг другу не мешал.

Катерина сидела в спальне-кабинете за столом, склонившись над какими-то бумагами. Если она работала, то обычно на компьютере, но экран не светился, а жена, судя по тому, что успел увидеть Владимир Иванович, чертила какие-то схемы. Зрение у профессора Славчикова было, несмотря на возраст, отменным, и он успел увидеть надписи на схеме:

Нач. УВД

Упр. Минюста

ОВИР — паспорт?

Именно успел увидеть, а не рассмотрел, потому что вошел тихо, и за заполнившим квартиру шумом жена не сразу заметила его появление, а как только заметила, сразу скомкала листок и сердито бросила на пол.

— Работаешь? — улыбнулся Владимир Иванович. — Новое преступление придумываешь?

— Да, — ответила Катерина рассеянно и улыбнулась.

Улыбка показалась Владимиру Ивановичу почему-то виноватой. Или смущенной? Или даже растерянной?

— Может, тебе помочь? — предложил он. — У тебя опыт, конечно, на собственной шкуре пережитый, но зато у меня он обширнее. Все-таки я много лет изучаю преступления.

— Спасибо, Володюшка, я уже все придумала, — Катерина говорила весело, но в голосе ее мужу почудилось непонятное напряжение. — Пойдем ужинать.

Пока он переодевался, снимал костюм и натягивал домашние брюки и куртку от спортивного костюма, жена торопливо собрала бумаги в пластиковую папку, и это тоже показалось ему не то чтобы странным, но... неоправданным, что ли. Зачем, если после ужина она снова сядет за работу? Пусть бы лежали, никто их здесь не тронет, не перепутает и уж тем более не потеряет. Катерина между тем засунула папку в сумку. И это тоже показалось Владимиру Ивановичу необычным. Завтра пятница, а не суббота, завтра не нужно идти к Богданову. Что же, она собирается завтра весь день таскать бумаги с собой? Для чего, бог мой? Это же не документы особой важности, которые всегда должны быть под рукой и которые нельзя оставить без пригляда ни на минуту, это всего лишь наброски, черновые записи о сюжетных ходах, небольшие отрывки чистового текста.

Впрочем, кто ее знает, внезапно подумал Славчиков, может быть, она и в самом деле носит свои записи постоянно с собой, а он просто этого не замечал. Он вообще многого не замечал в своей супруге и лишь недавно понял, что не замечал потому, что особо не присматривался, а не присматривался оттого, что не очень-то интересовался ее работой и ее жизнью за пределами квартиры и семьи. Проще говоря — не любил он ее. Уважал, ценил, беспокоился о ней, но не любил.

Телевизор в гостиной по-прежнему надрывался, озвучивая Антошкины мультики, Вовчик-второй, подбив все «фантомы» на американско-иракском фронте, расстреливал из водяной пушки найденные на территории жилища подозрительные пакеты, которые могли оказаться бомбами. Насмотрелся на телевизору...

— Юля, иди ужинать! — крикнула Катерина.

— Не хочу, мам, — отозвался из-за закрытой двери голос девушки.

— Ну как хочешь, — пробормотала она себе под нос и плотнее прикрыла дверь, отделяющую кухню от остального орущего пространства.

Выключив кухонный телевизор, Катерина поставила на плиту кастрюлю с супом и сковородку.

— Евгения Семеновна, готовьте пацанов к кормежке.

Няня взяла посуду и матерчатые салфетки и понесла в комнату. Кухня такая тесная, что все не могут поместиться в ней одновременно, поэтому мальчиков кормят в гостиной. Владимир Иванович смотрел на жену и думал о том, что вечер для Катерины, наверное, самое трудное время суток. Пять человек, а с няней — шесть, и всех надо накормить, и за всеми проследить, и с каждым поговорить, и при этом не сойти с ума от шума, суеты, беготни, капризов и отчаянного рева. По части рева все дети — чемпионы, что старшая Юленька, что Вовчик-второй, да и Антошка им не уступает. У всех глотки луженые, запасы слез — неистощимые, а главное — непоколебимая уверенность в том, что рыданиями можно добиться чего угодно. И хотя жизнь показывала, что это далеко не так, что Катерина дает слабину крайне редко и чаще всего за ревом никаких благоприятных последствий не следует, дети упорно продолжали надрывать свои нежные организмы в попытках добиться желаемого именно этим, старым как мир, способом.

Катерина сильно располнела, особенно после рождения Вовчика-второго, и теперь мало похожа была и на ту живую, искрящуюся юмором хорошенькую женщину, с которой профессора Славчикова познакомили на банкете лет пятнадцать назад, и на ту исхудавшую посеревшую несчастную бабу, какой увидел ее Владимир Иванович в самые трудные для нее дни. Рано поседевшие волосы она окрашивала в цвет красного дерева и коротко стригла. Прическа ее мужу не очень нравилась, но он не считал для себя возможным высказываться по этому поводу. «А кстати, почему?» — тут же мысленно задал он себе вопрос и с грустью констатировал, что ответ нашелся быстро и легко, ибо логически вытекал из всего, что он передумал и перечувствовал в последние месяцы: «Потому что мне все равно, как она выглядит. Потому что я ее не люблю. Хотя она замечательная женщина, прекрасный друг, превосходная жена и мать, и остаток своей жизни я хотел бы провести рядом с ней. Но все равно я ее не люблю так, как любил когда-то и первую свою жену, и некоторых других женщин. Вот и весь ответ».

— Катюша, — начал Владимир Иванович, когда жена поставила перед ним тарелку с супом, — как ты думаешь, я еще молодой или очень молодой?

— Ты — ребенок, — с улыбкой ответила Катерина. — Сущее дитя. Что ты опять натворил?

— Я повел себя как дурак. Как сопливый пацан.

— Не верю. Ты умный, — рассмеялась она. — Ну-ка рассказывай.

— Да рассказывать-то особенно нечего. Я тут на днях с твоим бывшим мужем виделся. Мы в одной комиссии кандидатский экзамен принимали.

— И ты дал ему в глаз? — поинтересовалась Катерина, кладя в тарелку сметану. — Или в ухо?

— Хуже, — признался Славчиков. — Если бы я дал ему в ухо, пострадал бы только Вадим. А так невинный пострадал. Точнее — невинная.

— А можно в деталях, а не намеками? Сметану размешай.

Владимир Иванович тщательно размешал сметану в супе, попробовал, добавил соли. Суп показался ему слишком горячим, и он решил, что вполне успеет поделиться с женой тем, что его мучает, пока блюдо немного остынет.

— В общем, сдает экзамен одна дамочка из розыска, с Петровки. Толковая такая, и опыт работы огромный, и головка светлая. Но отвечает не по правилам, не так, как мы всю жизнь пишем в учебниках и монографиях. У нее, понимаешь ли, собственное видение проблемы. И вот слушаю я ее и понимаю, что она права. На самом деле права. И Вадим твой это понимает. Когда оценки обсуждали, он настаивал на том, чтобы поставить ей «отлично», говорил, что она гениальная и ее идеи произведут переворот в криминологии. А мне будто шлея под хвост попала. Ну не могу заставить себя согласиться с ним, признать, что он прав. Понимаешь, Катюша? Он для меня на всю оставшуюся жизнь не прав, раз и навсегда. Я считаю его дураком и подонком, и для меня признать, что он хоть в чем-то прав, просто немыслимо. И я начал с ним спорить, доказывать, что дамочка несла полный бред, и что с такими знаниями и представлениями ее нельзя близко к науке подпускать, и все такое. Говорю — и самому противно. Но сделать ничего с собой не могу. И ведь аргументы какие-то нашел, будь я неладен, сумел убедить председателя комиссии, что выше тройки нельзя этой дамочке ставить оценку, а вообще-то я на двойке настаивал. Мерзавец я, да?

— Нет, — вздохнула жена, — ты просто ребенок. Сопливый пацан. И что вы в результате ей поставили?

— «Удовлетворительно», моими молитвами. Слава богу, оценки в ведомость сразу не проставили, а когда объявляли, та дамочка собралась с мыслями, как-то так остроумно что-то сказала, а председатель расхохотался и поставил «хорошо». Но у меня на душе эта история камнем лежит. Получается, два мужика женщину не поделили, а страдает третья сторона. Этой тетке надо было, конечно, «отлично» ставить. А я уперся как осел, меня от одного вида твоего Вадима трясти начинает.

— Володюшка, — мягко сказала она, — Вадим давно уже не мой. И ты меня от него не уводил. Ты меня подобрал, когда я валялась на дороге, брошенная и никому, кроме Юльки, не нужная. Тебе давно следовало бы перестать ненавидеть его.

— Не могу! — Владимир Иванович повысил голос. — Сам знаю, что глупо, недостойно, но не могу. Он ведь не дворник и не слесарь, не безграмотный обыватель, для которого любой сидящий за решеткой — закоренелый преступник, Вадим — такой же профессор, как и я, доктор наук, он криминолог, всю жизнь изучавший экономические преступления и людей, которые эти преступления совершают. Уж он-то лучше кого бы то ни было должен знать, как часто к ответственности привлекаются не настоящие расхитители и мошенники, а стрелочники. Он должен, обязан был понимать, что ты и оказалась таким стрелочником, которого заставили подписать документы под угрозой увольнения, а потом сдали. И он не имел права от тебя отказываться.

— Это было давно, до девяносто первого года, а Вадим, если ты не забыл, был секретарем парторганизации кафедры, — напомнила Катерина. — У него не было выхода. Либо отказаться от меня и немедленно развестись, либо положить на стол партбилет и потерять должность. Подполковник милиции и парторг кафедры не мог в те времена иметь жену с судимостью. Я его понимала и не осуждала, и ты не должен его ненавидеть.

— А я все равно ненавижу, — упрямо возразил он. — И ничего не могу с собой поделать. Он подонок и трус.

— Хорошо, — миролюбиво согласилась жена, убирая свою тарелку. — Ешь суп, пожалуйста, он совсем остыл. Пусть Вадим подонок и трус. Но при чем тут эта женщина с Петровки? Ей-то за что досталось?

— Так в том-то все и дело, что ей досталось за мою ненависть к твоему бывшему. Вот это меня и гнетет. Я сам себя не могу уважать из-за этого.

— Ешь, пожалуйста.

Он быстро съел суп и понял, что сыт и никакой еды больше не хочет. Однако Катерина уже накладывала жаркое. Владимир Иванович открыл было рот, чтобы отказаться от второго блюда, но остановил себя. Катя обидится, она стояла у плиты, готовила, старалась... Как только он понял, что не любит ее и никогда не любил по-настоящему, сразу стал испытывать чувство вины перед женой и опасаться, не приведи господь, это свое отсутствие любви хоть в чем-нибудь проявить.

Владимир Иванович с трудом впихивал в себя картошку с мясом, стараясь не глядеть на жену. Катерина никак не комментировала его рассказ, и было непонятно, осуждает она его или нет и что вообще думает по этому поводу.

— Катя, а может так случиться, что ты меня разлюбишь?

Катерина стояла у плиты и разливала в смешные фигурные чашечки кисель, сваренный для мальчиков. Антошкина чашка — желтая с красным, в форме толстого мышонка с куском сыра в коготках, Вовкина — синяя с белым, изображающая из себя снеговика с ведром на голове и морковкой вместо носа.

— Конечно, — ответила она, не оборачиваясь. — Только не за то, что ты ненавидишь Вадима. За что-нибудь другое.

— Например, за что? За глупость? За упрямство? — допытывался он.

— За жлобство, Владимир Иванович.

— Кать, я серьезно.

Вошла Евгения Семеновна, забрала чашки с киселем и вазочку с печеньем.

— А если серьезно, — Катерина снова присела за стол напротив мужа, — то не имеет ровно никакого значения, люблю я тебя или нет, и если люблю, то не разлюблю ли, и если разлюблю, то за что именно. Понимаешь, Вовчик-первый? Ни-ка-ко-го, — повторила она по слогам.

— Не понимаю. Это что-то новенькое, — озадаченно произнес Славчиков.

— Это действительно новенькое, — кивнула она. — Твой сын придумал. Новая теория.

— Васька?!

— Он самый.

— И что же он такого придумал, господи ты боже мой? Что за теория?

— Теория о том, что не имеет никакого значения, какую жизнь мы проживаем и как, потому что жизнь — это всего лишь один эпизод в длинной цепи разнообразных эпизодов. Если один эпизод не получился, ничего страшного, следующий будет другим, намного лучше. Правда, Василий называет жизнь не эпизодом, а приключением.

— То есть он считает, что у человека много жизней? — уточнил Владимир Иванович, не веря своим ушам. — Он что, свихнулся? Может, он пьяный был, когда говорил это?

— Нет, Володюшка, если следовать теории твоего сына, то у человека жизнь одна, но человек — это единство плоти и души. Плоть тленна, а душа бессмертна. Когда плоть умирает, то умирает данный конкретный человек как единство тела и души, но душа-то продолжает жить. Она находит себе другую плоть и пускается в новые приключения. А любое самоубийство — всего лишь воплощение решения души о том, что в ипостаси данного человека, живущего данной жизнью, ей пребывать больше не хочется, ей надоело, скучно, она устала. Она хочет побыстрее избавиться от плоти, улететь на небо и там высмотреть себе другую жизнь, которой она хотела бы попробовать пожить.

— Она — это кто? — глупо спросил профессор, который уже плохо понимал, о чем толкует его жена-писательница.

— Она — это душа, Володенька, — пряча улыбку, пояснила Катерина. — Вот такую идеологическую конструкцию изобрел наш Васенька. И, кстати, просил меня довести ее до твоего сведения.

— Зачем?

— Он считает, что ты лучше поймешь его, нежели я. Он полагает, что эта конструкция слишком теоретична, чтобы ее могла по достоинству оценить такая приземленная особа, как твоя жена. Ну что, оценил?

— Да бред какой-то! — Владимир Иванович в сердцах махнул рукой и чуть не сбросил на пол плетеную корзинку с нарезанным хлебом. — Где он набрался такой чуши?

Катерина пожала плечами.

— Не знаю. Говорит, у кого-то вычитал, взял за основу и добавил кое-что от себя.

— Ну ладно, допустим. А почему он сам мне все это не изложил? Почему попросил тебя довести до моего сведения?

— Он надеется, что в моем изложении теория прозвучит более связно. Ты же сам знаешь, Вася умный мальчик, но очень плохо излагает и совсем не умеет объяснять.

— Но тебе же он изложил свой бред, и ничего, ты поняла, — недовольно проворчал Славчиков.

В нем внезапно проснулась ревность. Что же, Васька считает Катерину умнее родного отца? Васька счел возможным чем-то поделиться с ней, чем-то таким, о чем ему и в голову не пришло поговорить с отцом?

— Володюшка, я вырастила Юльку и теперь постоянно общаюсь с Антошей и Вовкой. Ясно?

— Нет. Не вижу связи, — сердито откликнулся он.

— У меня большой опыт общения с теми, кто плохо умеет объяснять, вот и все. Зато ты избалован общением с высоколобыми учеными и всякими там аспирантами, кандидатами и докторами, они все ясно мыслят и ясно излагают, а того, кто излагает плохо, вы сразу изгоняете из своих рядов и даже не пытаетесь понять, о чем это он там, собственно говоря, толкует. А я не могу отмахнуться от объяснений малыша, мне приходится обязательно его выслушать и постараться понять. Поэтому я тренированная. Вот Васька и предпочел меня в качестве первого рецензента. Он прекрасно понимает, что если я буду тебе пересказывать его бредни, то сделаю это более внятно и системно.

— Так ты согласна, что это бредни?

— Разумеется.

— Ну слава богу, — с облегчением выдохнул Владимир Иванович, — а то я уж испугался, что ты меня начнешь вербовать в новую веру.

Дверь кухни с грохотом распахнулась, на пороге возник взъерошенный Антошка. Из-за его спины прорывался с боями Вовчик-второй, которого старший братец отпихивал и всеми силами старался не пропустить вперед.

— Мам, а можно я боевик посмотрю с Костнером?

— Мам, — пищал младший, — там «Спокойной ночи, малыфы», там сказка плодолфается, а он не дает смотлеть.

— Уйди, не лезь!

— Ну, мам!...

— Пошел отсюда!

Катерина подскочила к сыновьям и разняла их, пока не дошло до драки. Теперь Вовчик-второй прятался за ее ноги и оттуда глядел победителем.

— Антоша, ты можешь смотреть боевик, но только до девяти часов. В девять Вовчик ляжет спать.

— А я? — пискнул младший.

— А ты посмотришь свою сказку здесь.

— Так уже без пятнадцати девять, — возмутился старший. — Сейчас как раз фильм начнется. И в девять выключать, да?

— Пожалуйста, можешь смотреть фильм на кухне, — согласилась Катерина. — Вовчик посмотрит передачу в комнате и сразу ляжет спать. А ты можешь сидеть здесь, только учти, что мы с папой тоже будем здесь, нам нужно поговорить, а потом я буду мыть посуду и убирать. И решай быстрее, у тебя три минуты.

Ей приходилось быть жесткой, иначе нельзя, когда квартира слишком мала для пятерых. Нельзя делать поблажки одному и ущемлять другого, и приходится все время искать баланс между разными интересами, чтобы никто не обиделся и была соблюдена элементарная справедливость. Хотя только матери знают, как щемит сердце, когда приходится гоняться за этой самой справедливостью, слыша рев маленького ребенка и глядя в его обиженные глазки. «Катерина состоит из одних достоинств, — подумал Владимир Иванович, наблюдая за тем, как жена «разруливает» конфликт интересов. — Господи, ну почему же я не люблю ее?»

* * *

— А что, тебе очень даже идет. Смотри, как здорово!

Даша напялила Насте на голову шерстяную шапочку со смешными длинными заячьими ушами. Уши были расшиты цветочками и свешивались вниз, почти закрывая щеки. Определенно, у маленького Санечки со вкусом проблемы, но с чувством юмора, пожалуй, совсем неплохо.

— Если бы ты видела, как он эту шапочку выбирал! — продолжала щебетать Даша. — Сто магазинов обошел, пока выискал то, что ему хотелось. Вбил себе в голову, что непременно должен подарить тебе шапочку с ушами. Ну что ты сидишь, подойди к зеркалу, посмотри.

Настя нехотя поднялась с дивана и поплелась к зеркалу. Чудовищно. Старая усталая тетка с потухшим взглядом, опущенными уголками рта и подозрительно светлыми волосами — естественный платиновый цвет густо разбавлен сединой. И надо всем этим — яркая дурацкая шапка с заячьими ушами. Гротеск. Пародия. Черт знает что...

Она попыталась улыбнуться, но ничего не получилось, губы натужно скривились, и лицо стало еще старше и печальнее. Настя резким движением сорвала с головы подарок любимого племянника, который стоял здесь же, предвкушая эффект и приоткрыв в радостном ожидании рот.

— Здорово, да, тетя Настя? Тебе нравится?

— Очень, Санечка. Спасибо тебе большое. Просто замечательная шапочка, — ответила она, ненавидя себя за подступившие слезы.

— Ты будешь ее носить на работу?

— На работу, наверное, не получится, у нас там все очень строгие, начальники всякие, генералы. На работе надо форму носить.

— А когда же ты будешь ее одевать?

— Надевать, Санечка, не одевать, а надевать, — тут же поправила сына Даша. — Сколько раз я тебе говорила...

— Надевать, — послушно повторил мальчуган. — Тетя Настя, когда ты будешь носить мою шапочку? В гости?

— Хорошо, в гости, — согласилась она.

— Тогда надевай ее обратно, — потребовал племянник. — Ты же в гостях, вот и надевай. Ты обещала.

Даша укоризненно покачала головой, обняла ребенка, поцеловала в макушку.

— Санечка, здесь очень тепло. Если Настя наденет твою шапочку, а потом снимет и выйдет на улицу, она обязательно простудится. Ты же не хочешь, чтобы Настя заболела?

Мальчик отрицательно покачал головой.

— Да ну вас.

Он махнул рукой и понуро вышел из комнаты.

— Обиделся, — огорченно заметила Настя. — Ты прости меня, Дашуня, я вам всем праздник испортила. И Саня так ждал восторгов с моей стороны, а я не смогла...

По ее щекам потекли слезы, которые она все-таки не сумела сдержать. Ей было жаль племянника, которого она же сама лишила радости, ей было жаль солнечную и счастливую Дашу, которая тоже расстроилась, видя обиженного и такого несчастного сына. И ей было ужасно жаль себя.

Даша прижалась к ее плечу, тихонько поцеловала в щеку.

— Это все из-за того дурацкого экзамена? Я вообще не понимаю, зачем тебе понадобилось его сдавать? Глупость какая-то!

— Это не глупость, Дашуня, а необходимость. Если я хочу написать и защитить диссертацию, я обязана сдать экзамены. Таков порядок.

— Я знаю, что порядок, — продолжала сердиться молодая женщина. — Я не понимаю, на кой тебе сдалась эта диссертация. Тебе Лешкины профессорские лавры спать не дают, что ли? Работаешь ты на своей Петровке столько лет — вот и работай, тебя там ценят, уважают. Чего тебе неймется? Ищешь на свою голову приключения, а потом расстраиваешься.

Настя вздохнула. Конечно, Дашка не понимает. Все вокруг понимают, зачем Насте Каменской нужна кандидатская диссертация, а тридцатилетняя жена ее брата — не понимает. Потому что она не носит погоны. И потому, что ей всего тридцать.

— Дашенька, я — подполковник, а подполковники могут служить только до сорока пяти лет. В сорок пять их отправляют на пенсию. А мне уже сорок три.

— Что, прямо всех-всех отправляют? — не поверила Даша. — И в нашей милиции нет ни одного подполковника старше сорока пяти лет? Не поверю ни за что!

— И правильно, что не поверишь, — усмехнулась Настя. — Можно подать рапорт с просьбой продлить срок службы, и если решение будет положительным, проработаешь еще пять лет.

— А потом?

— А потом еще один рапорт. И еще можешь поработать.

— А потом?

— Потом — все. Два продления, больше нельзя.

— Тогда в чем проблема? Напишешь эти свои рапорты и будешь работать до пятидесяти пяти лет. А за это время и полковником станешь. Не понимаю, зачем эти хлопоты с диссертацией?

— Дашка, Дашка, — Настя сама не ожидала, что рассмеется, — ты неисправимая идеалистка. Рапорт-то я напишу, да только нужно, чтобы мои начальники очень сильно захотели оставить меня на службе. А в этом у меня большие сомнения. Начальники у меня сложные, не все относятся ко мне хорошо, а некоторые — так даже откровенно плохо.

«Особенно мой непосредственный начальник Вячеслав Михайлович Афанасьев, — мысленно продолжила Настя. — Раздражаю я его просто до невозможности. Внешне мы с ним отлично ладим, но я точно знаю, что он меня на дух не выносит. Просто спит и видит, когда же я наконец уйду. Желательно на пенсию, чтобы не было разговоров, что от него ушел такой опытный сотрудник, как я. Когда от начальника уходит хороший работник, это всегда пятно на репутации самого начальника. Кто ж ценными кадрами разбрасывается? Если человек уходит на повышение или на более высокую зарплату — это нормально, это все понимают. Но на повышение меня не двинут: женщина. Более высокая зарплата означает уход в частный сектор, я на это не пойду. В частном секторе навыки раскрытия убийств никому не нужны, там нужно совсем другое: гражданское право, договоры, финансы, обеспечение безопасности, а менять квалификацию я не хочу. Значит, переместиться я могу только на равноценную должность в другом подразделении. И как это будет выглядеть со стороны? Оперативник, девятнадцать лет занимавшийся раскрытием убийств и съевший на этом деле не одну свору собак, вдруг ни с того ни с сего уходит старшим опером в отдел по борьбе с кражами... Ха-ха-ха. Шито белыми нитками, дураков нет, и первый спрос — с начальника. Раз от тебя ушли, значит, не создал условий, не уберег, не пресек развитие конфликтной ситуации. Афоне этого не хочется, он бы предпочел, чтобы все шло тихо-мирно, в соответствии с Положением о прохождении службы. Каменская состарилась и ушла на пенсию. Естественный процесс».

— И на моем рапорте начальник положительную резолюцию не поставит, — продолжала она вслух свои объяснения. — А поскольку уходить на пенсию и сидеть дома мне пока не хочется, я должна постараться за два года написать диссертацию или хотя бы «болванку», чтобы доказать свое умение заниматься научной работой. Тогда у меня будет шанс.

— Какой?

— Перейти на преподавательскую работу. Причем на такую должность, на которой я смогу получить звание полковника. Тогда можно будет служить до пятидесяти лет. А если преподавание будет хорошо получаться, то там и два продления подпишут. Поняла теперь?

— Как у вас все сложно, оказывается, — протянула Даша. — А почему ты думаешь, что твои начальники не захотят, чтобы ты еще поработала?

Почему-почему... Причин много. Вот, к примеру, одна из последних: эта история с новым сотрудником, которого Афоня взял в отдел в конце прошлого года. Насте парень сразу не понравился, она сыщицким чутьем уловила в нем множество сомнительных черт и на свой страх и риск навела справки. Оказалось, парень попал в органы прямиком из криминальной среды и имел высокую квалификацию наперсточника. Однако все попытки ее довести эту информацию до сведения начальника блокировались в зародыше, полковник Афанасьев свои кадровые решения с подчиненными не обсуждал. Ну и каков результат? В июне разразился скандал с «оборотнями в погонах», бывший наперсточник был задержан вместе с «группой товарищей», его распрекрасная биография стала достоянием общественности, и Афоня от службы собственной безопасности узнал наконец то, что ему так безуспешно пыталась втолковать Настя Каменская. Кадровику, который оформлял нового сотрудника и проводил проверку, долго мылили шею и требовали признаться, сколько денег ему заплатили, чтобы результаты проверки оказались положительными, а Афоню таскали по начальственным кабинетам и говорили много неприятных слов. Если бы он вовремя прислушался к предупреждениям подполковника Каменской... Где вы видели начальника, который простит такое своему подчиненному?

Но не рассказывать же все это Дашеньке...

— Долгая история, — уклонилась от прямого ответа Настя. — Просто я знаю — и все. Прими как факт, без всяких объяснений. И хватит об этом. Пошли к мужчинам, а то они там без контроля бог знает чем занимаются.

Мужчины — Леша Чистяков и Саша Каменский — занимались, однако, делом вполне мужским: рассматривали и обсуждали горнолыжное оборудование, при помощи которого состоятельный банкир Александр Павлович Каменский наслаждался альпийским воздухом, снегом и крутыми склонами. Маленький Саня крутился здесь же, постоянно встревая в мужской разговор своим звонким голоском и пытаясь рассказать дяде Леше о собственных успехах в горнолыжном спорте и, главным образом, в преодолении страха перед подъемниками. Настя невольно залюбовалась братом и его женой — такие они молодые, полные энергии, свежие, цветущие, лица покрыты ровным коричневатым загаром, глаза блестят. Не то что она, постаревшая и усталая. Конечно, они год провели в Альпах, после этого немудрено хорошо выглядеть, но ей кажется, что она уже никогда не сможет быть такой же, как они, даже если проживет в тех самых Альпах всю оставшуюся жизнь.

— Ты что, Настюша? — брат перехватил ее взгляд и встревожился. — Что-то не так?

— Все в порядке, — преувеличенно бодро ответила она. — А чай в этом доме наливают или только кормят горячим и раздают подарки?

— Конечно, — тут же захлопотала Даша, — я сейчас, через пять минут будет чай, мы привезли потрясающие конфеты, мы их...

Остаток истории про конфеты растворился где-то в глубине квартиры, в районе кухни, куда мгновенно улетучилась быстроногая Дашенька.

Выпив чаю, Настя с Лешей стали собираться домой — уже поздно, а завтра обоим нужно на работу.

— Настя, — Саша ухватил ее за руку и легонько потянул в сторонку, — на пару слов отойдем. Слушай, я хочу, чтобы у тебя была машина.

— Хоти, — равнодушно ответила она. — Это беспредметный разговор, Саня. Я никогда на это не пойду.

— Ты не пойдешь на то, чтобы принять подарок от

брата? Это что, неприлично? Или, может, преступно? Ну объясни мне свое глупое упрямство, найди аргументы.

— Санечка, — она обняла брата, поцеловала в кончик носа, — я с удовольствием приму подарок от брата. Но я никогда не пойду на то, чтобы обидеть и унизить своего мужа. Если мы с Лешкой не можем заработать на машину для меня, то у меня ее не будет. И я не буду ее хотеть. Кстати, я ее действительно не хочу. Не люблю сидеть за рулем.

— Так, может, подарить тебе машину с водителем? — насмешливо вскинул брови Саша. — И почему ты все решаешь за Алексея? С чего у тебя такая уверенность, что его мой подарок обидит или унизит? Ты его спрашивала?

— Нет, — призналась она, — не спрашивала.

— Так спроси. Или давай я сам спрошу. Леша!

— Ты что, не надо, — испуганно зашептала Настя, дергая брата за рукав и предвидя, чем может закончиться такой разговор.

Но было поздно. Леша аккуратно поставил на пол племянника, изображавшего воздушного гимнаста на длинных руках дядюшки, и подошел к ним.

— Леша, как ты отнесешься к тому, что у твоей жены появится машина?

— Какая машина? — спросил Чистяков вполне миролюбиво.

— Нормальный автомобиль, недорогой, но приличный. Естественно, новый.

Осторожным, но каким-то хирургически точным движением Леша протянул руку и буквально достал жену из-за спины Саши Каменского. Переместил ее поближе, поставил рядом, критически осмотрел ее и поправил завязанный на шее шелковый платок.

— Вот так, — удовлетворенно произнес он. — Теперь совсем красавица. Так что ты там насчет машины спрашивал?

Настя сразу все поняла и мгновенно успокоилась. Саша, однако, не понял ничего, поскольку знал Чистякова не двадцать восемь лет, как его сестра, а всего восемь. А с учетом отсутствия в течение последнего года так и всего семь выходило.

— Я говорю, как ты отнесешься к тому, что...

— Ах ты об этом, — с нескрываемой скукой перебил его Чистяков. — Подари ей книжку какую-нибудь поинтереснее, или сериал на кассетах, только длинненький, серий на тридцать-сорок, чтобы надолго хватило. Она от них хорошо засыпает. Каждый вечер по серии — месяц спокойного сна. Дорогие подарки женщина может принимать только от мужчины, с которым она спит. От мужа или от любовника. В данном конкретном случае, я надеюсь, только от меня.

— Но я же родственник! — возмутился Саша. — Причем близкий родственник. Что ты видишь в этом обидного? Ты — талантливый ученый, но ты же не виноват, что за это сегодня платят копейки. Почему твоя жена должна мотаться целыми днями по Москве на своих двоих, если у нашего государства бюджет такой хреновый?

Чистяков перевел внимательный взгляд на жену.

— Асечка, — в голосе его звучала искренняя забота, — тебе действительно тяжело ездить в разные концы? Ты сильно устаешь? Ты хочешь, чтобы у тебя была машина?

— Нет, что ты, — она исступленно замотала головой, будто интенсивность движений должна была подтвердить чистоту ее помыслов, — мне вовсе не тяжело. То есть, конечно, на самом деле тяжело, но на метро все равно быстрее получается, потому что пробки жуткие. Особенно зимой, когда дороги плохо убирают, снег, обледенение... Никакую машину я не хочу.

— Тогда зачем твой брат морочит мне голову?

Настя улыбнулась.

— Да это он так, для поддержания разговору.

Октябрьская вечерняя Москва была темной, мокрой и блестящей, как черный плащ во время дождя. Едва выйдя из дома, где жил брат, и сев в машину, Настя переключилась мыслями на убийство Елены Сафроновой. Юра Коротков прав, здесь сильно попахивает активной ролью мужа в лишении жизни беременной жены. Конечно, алиби у Егора Витальевича очень хорошее, многократно подтвержденное свидетелями и, что самое главное, поддающееся объективной проверке, но для таких случаев как раз и придуманы заказные убийства. Егор Сафронов решает избавиться от жены, нанимает исполнителя, дает ему комплект ключей от квартиры Елены, и исполнителю остается только дождаться, когда женщина в очередной раз приедет взять что-нибудь из вещей. Войти в квартиру, воспользовавшись ключами и не производя лишнего шума, и убить ее. Ни тебе свидетелей, ни звонков в дверь и громких, на всю лестничную площадку, переговоров на тему «Кто там?» — «Слесарь». — «Я вас не вызывала». — «А вы все равно откройте», ни шумного взлома замка, словом, ничего, что может помешать убийце или впоследствии навести на его след. Ситуация идеальная и до гениальности простая.

А что с мотивом? Да тоже все несложно. Как ни силилась Настя, но не могла она поверить в то, что такой человек, как Егор Витальевич, вдруг ни с того ни с сего женится на женщине только потому, что один раз случайно переспал с ней и от этого она забеременела. Подобных ситуаций в его жизни наверняка было достаточно, но почему-то свадьбой они не заканчивались. Об этом ясно свидетельствует тот факт, что оба предыдущих брака у Сафронова были бездетными, стало быть, заключались они вовсе не в связи с беременностью. Что же случилось в этот раз? Почему Сафронов поступил не так, как поступал раньше? Проснулось желание отцовства? Надо проверять. Но как?

А если никакого желания отцовства не было, а был обыкновенный шантаж со стороны Елены? Она хотела родить ребенка и вырастить его в достатке и при муже. Она заставила Егора жениться. Он сначала растерялся и пошел на поводу, потом поразмыслил и решил избавиться и от шантажистки, и одновременно от постылой жены и совершенно ненужного ему ребенка. Но почему не откупился? Ведь не бедный же человек. Конечно, не олигарх, но если Елена захотела женить его на себе, стало быть, его уровень доходов ее вполне устраивал, значит, он вполне мог откупиться. Зачем же убивать? Не доверял? Боялся, что она получит деньги, а потом все равно сдаст его? При современном устройстве экономической жизни в стране предпринимателя всегда есть чем шантажировать. И это тоже надо проверять: есть ли за господином Сафроновым какие-нибудь грешки и могла ли Елена Щеткина о них узнать.

Господи, куда это ее мысль завела, в какие дебри? Какие у нее основания огульно подозревать Егора Витальевича Сафронова при полном отсутствии улик, свидетельствующих о его виновности? Никаких. Она, Настя Каменская, подозревает его просто потому, что не понимает, зачем он женился на администраторе своего салона красоты. Да мало ли чего она в этой жизни не понимает! Егор Сафронов — мужчина, и уже одно это дает ей все основания не полагаться на собственное понимание, ибо она — женщина, и у нее свои представления о мотивах, по которым мужчины вступают в брак. Не об этом ли несколько дней назад она толковала своим экзаменаторам? Именно что об этом, а теперь распушила хвост и негодующе трясет им, дескать, как это так, женился по непонятным мне мотивам, не может такого быть, мотивы наверняка другие, раз я их не понимаю, то их и нет вовсе...

— Подруга, ты куда так углубилась, что тебя с аквалангом не достанешь?

Настя вздрогнула и очнулась. Батюшки, они уже до дома доехали, а она и не заметила!

— Леш, если я тебе скажу, о чем думаю, ты будешь долго смеяться, — заявила она с улыбкой.

— Уже начал. И о чем же?

Она вышла из машины, потянулась, глубоко вдохнула сырой, пропитанный запахом опавшей листвы воздух.

— О том, почему мужики женятся.

— А о том, почему они разводятся, ты не хочешь подумать? — ехидно осведомился муж.

— Хочу. И про женитьбы, и про разводы, и про убийства вместо разводов. Слушай, давай минут двадцать походим, воздухом подышим, а? А ты заодно изложишь мне свой мужской взгляд на проблемы брака и его расторжения. Солидно так, по-профессорски, системно.

Даже в темноте плохо освещенного двора Настя увидела, как Леша напрягся. Боже мой, они столько лет вместе, а он все еще боится, что она уйдет...

— Это имеет отношение лично к тебе? — глухо спросил он.

— Да боже упаси, Лешенька! Это наш общий дружок Юрочка подсунул мне убийство беременной женщины, и мы все дружно подозреваем, что убил ее, вернее, заказал убийство, родной супруг. И вот я голову ломаю, зачем нужно было ее убивать, если можно было просто развестись. Ну, не развестись, так, на худой конец, бросить. И вообще не понимаю, зачем он на ней женился. Хочешь, расскажу историю, а ты мне ее прокомментируешь с точки зрения мужчины.

— Валяй. — Он не пытался скрыть облегчение, и Насте стало совестно. Ни один нормальный мужчина не станет после двадцати восьми лет близких отношений постоянно опасаться, что женщина его оставит. Если за двадцать восемь лет не ушла, то уже никуда не денется, это же очевидно... Впрочем, наверное, это очевидно только для женщин, потому что они как раз так и относятся к своим мужчинам: коль за двадцать восемь лет не бросил, то уж теперь не бросит. И ошибаются. А мужчины, наоборот, знают, что и через тридцать, и через сорок лет могут уйти, в них никогда не умирает тяга к свободе и к продолжению рода с более молодой самкой. И им кажется, что женщина устроена точно так же и тоже может... Но как же по-свински она должна была себя вести все эти годы, если Лешка до сих пор не успокоился!

Она начала рассказывать, стараясь быть последовательной и не упускать ничего важного, сочетая сведения, полученные от Андрея Чеботаева, и ту информацию, которую ей удалось выудить из сегодняшней беседы с неутешным вдовцом Егором Сафроновым.

Жила-была девушка Лена Щеткина, родилась в Новосибирске, восемь лет назад, в возрасте двадцати трех лет, приехала покорять Москву. Была она очень красивой и очень толковой, но толковость ее проявлялась только тогда, когда она соизволяла где-нибудь поработать, а случалось это нечасто и недолго. В основном она жила при богатых мужчинах. Один из них купил ей квартиру, что позволило девушке Лене Щеткиной прописаться в Москве. С какими именно мужчинами она жила — установить пока не удалось, поскольку девушка Лена имела одну нетипичную для девушек особенность: она не заводила близких подруг, у нее были только приятельницы, с которыми она легко рвала отношения. Вернее, отношения сами рвались, рассасывались, поскольку Лена Щеткина не стремилась их поддерживать. Сама не звонила, от встреч под разными предлогами уклонялась и так далее.

— Леша, вот как это может быть, чтобы у молодой женщины не было подруг, а? Ну хотя бы одной-единственной. Ведь эта Щеткина не москвичка, у нее здесь нет родственников, ей должно было быть очень одиноко. Как ты думаешь?

— Я думаю, что не мешало бы тебе на себя посмотреть, — философски заметил Чистяков, крепко держа жену под руку. — У тебя самой много подруг? Что-то я ни одной не заметил.

— Леш, ты не сравнивай, — горячо возразила Настя. — Во-первых, у меня есть ты, и уже почти тридцать лет ты для меня и муж, и друг, и подружка. Во-вторых, у меня на работе есть Коротков, с которым я тоже могу обсуждать все, что угодно. И в-третьих, у меня есть сама работа, которая занимает не только время, но и голову, и эмоций на нее много требуется, так что на общение с подружками у меня просто не хватило бы ни того, ни другого, ни третьего. А у нашей Лены Щеткиной такой работы не было, и такого Чистякова, как у меня, у нее тоже не было. Как же она удовлетворяла свою потребность в общении?

— У нее могло не быть такой потребности, — пожал плечами Алексей. — Ведь что такое, по сути, личное общение? Обмен информацией, продиктованный, с одной стороны, стремлением рассказать о себе, поделиться своими переживаниями и впечатлениями, и с другой стороны, любопытством: а как у другого? Если нет любопытства, интереса к другим людям, а о себе рассказывать почему-то не хочется или нельзя, то вот тебе и образ классического одиночки. Они, правда, чаще встречаются среди нас, грубых и неотесанных, но и среди вас, нежных и ароматных, изредка попадаются.

Настя поежилась, она вдруг почувствовала, что озябла.

— Пойдем домой, — предложила она. — Что-то холодно.

— А про девушку Лену рассказывать больше не будешь?

— Дома, — пообещала она. — В тепле и уюте.

Она любила такие длинные домашние вечера, разговоры с Лешкой, обсуждения, свои недоуменные вопросы и попытки анализа вслух, его ответы и поправки к ее рассуждениям. Мышление у Чистякова было принципиально иным, и он почти всегда видел факты в совершенно ином свете.

— И последнее, Леш, чего я не понимаю до конца: зачем Егор Сафронов на ней женился.

— Я так чувствую, что его объяснения тебя не удовлетворили?

Настя поплотнее закуталась в одеяло, подтянула колени к животу, подгребла пуховую подушку под подбородок и скорчила рожицу.

— Наверное, я ужасно циничная, но я не верю в эти россказни про внезапное прозрение и неизвестно откуда взявшееся желание отцовства. Я верю, что женщина может в один миг понять, что хочет ребенка. С нами, бабами, это случается, и это нормально, потому что инстинкт материнства никакая цивилизация не отменила. Но чтобы с мужиками... Нет, не верю. Хотя, может быть, я плохо разбираюсь в мужчинах. А ты что скажешь?

— Скажу, что ты не права. Ты действительно плохо разбираешься в мальчиках, но это и естественно, поскольку ты девочка, а даже самая умненькая девочка никогда не сможет полностью перевоплотиться в мальчика. Мужчины никогда до конца не поймут женщин, но точно так же и женщинам не дано до конца понять мужчин. Смирись, сыщица, признай, что и тебе не все под силу, — засмеялся Алексей.

— Ну и ладно, — проворчала Настя, — пусть я не права. Гаси свет.

Она прижалась к мужу, вдохнула знакомый теплый запах его кожи и упрямо подумала: «Все равно, Егор Сафронов, я тебе не верю. Я докажу, что ты сам убил или заказал свою жену. Для этого мне только нужно узнать, почему ты на ней женился. И я узнаю. Может, я действительно не все могу понять, но уж узнать-то я могу все, что захочу. На это у меня опыта хватит».

Глава 4

Что-то, по-видимому, происходило в атмосфере, то ли магнитные бури, то ли смена давления, то ли еще что-нибудь, до конца не познанное, но ощутимо влияющее на самочувствие метеозависимых людей, к каковым как раз и относился Вячеслав Боровенко. С девяти утра он занял свой пост возле дома на Сретенском бульваре, где жил Глеб Борисович Богданов. Надел наушники, развернул газету, положил на соседнее сиденье сигареты, плюнув на то, что бросил курить, а также термос с чаем и пакет с бутербродами и приготовился слушать. Лиза устроилась на заднем сиденье с книжкой в руках. Она тоже чувствовала себя неважно, но не из-за погоды, а из-за бессонницы.

До полудня ничего интересного не происходило. Писатель встал, старуха-домработница подала ему завтрак, и мэтр отправился на прогулку. Лиза выждала несколько секунд, вышла из машины и отправилась следом. А вдруг он во время своих прогулок с кем-то встречается?

Богданов ни с кем не встретился. Неспешным размеренным шагом прошел своим обычным маршрутом вдоль бульваров — по Сретенскому, Рождественскому, Петровскому, Страстному и обратно. За пять минут до его возвращения в квартире Богданова раздался телефонный звонок.

— Але, — послышался в наушниках у Славы голос Глафиры Митрофановны. — Нет его. Минут через двадцать позвоните.

Потом мимо машины прошел сам Богданов, вошел в подъезд, потом Слава увидел приближающуюся Лизу и услышал, как Глеб Борисович звонит в дверь. Шаги старухи, лязганье замка, шелест снимаемой одежды.

— Как погулял, Глебушка?

— Хорошо, Глаша, как обычно.

— А тебе тут звонили. Только что. Давай-ка ботинки сюда, я сразу протру, а то на пол натечет.

— Кто звонил?

— Женщина. Не назвалась. Я велела через двадцать минут перезвонить. Ты что же, без шарфа ходил? Батюшки, Глебушка, да как же можно? Простудишься!

— Ну какой шарф, Глаша? Тепло на улице. Сыро, но тепло.

— И не рассказывай мне! Октябрь кончается, откуда теплу взяться? И я, дура старая, недоглядела! А ты словно дитя малое, за тобой не досмотришь, так ты обязательно не так оденешься. Ах, Глебушка, Глебушка! Семьдесят лет тебя воспитываю-воспитываю, все никак не воспитаю. И в кого ты такой пошел? Мама твоя, Зема-покойница, всегда правильно одевалась, всегда по погоде, зато и не простужалась, берегла здоровье.

— Глаша, ты меня с матерью не сравнивай, — голос Богданова стал глуше, вероятно, он из прихожей прошел в одну из комнат, — она была певицей, для нее горло — рабочий инструмент. Кофе готов?

— Готов, готов, Глебушка, сейчас несу. Может, камин разжечь? Сядешь у огня, ножки погреешь, а то как бы не застудил...

— Разожги. В такую погоду камин — это хорошо.

Слава обернулся и с сочувствием посмотрел на жену, жадно пьющую горячий чай из крышки термоса. Замерзла, бедняжка. И вроде тепло одевалась, знала, что придется два часа гулять, а все равно замерзла. Вот бы ее сейчас к тому самому камину посадить, ножки погреть...

— А у него там камин, — сказал он, сам не зная зачем. — Старуха огонь разводит, причитает, что сезон начался, а дров не запасли, совсем немного осталось.

— Камин? — Лиза вскинула брови. — Хорошо жили писатели в советское время. А что у него там еще есть?

— Трудно сказать, я там не был. Если что и знаю, то только со слов Мишани, а тот ведь и соврет — недорого возьмет. Наркоман, что ты от него хочешь... Говорил, что квартира огромная, шесть комнат, камин, эркер, три входа.

— Три? — удивилась Лиза. — Это как?

— Два с парадной лестницы и один с черной. Я тоже не понял, когда Мишаня мне об этом сказал, потом порылся в справочниках и нашел ответ. Дом-то столетней давности, тысяча девятьсот второго года постройки, представляешь? Оказывается, в таких барских квартирах делали по два парадных входа, один — для всех, он вел в прихожую и оттуда можно попасть в комнаты, а второй вел прямо в одну из комнат. Это делали специально, если хозяин врач, или, к примеру, адвокат, или нотариус, или занимался еще чем-нибудь, требующим конфиденциальности. Тогда посетитель проходил с лестницы прямо в кабинет и таким же манером уходил, и его никто не видел, и он никого из семейства не беспокоил. Удобно, правда?

Лиза собралась было высказать свои суждения на этот счет, но Слава предостерегающе поднял руку:

— Тише... Телефон...

Звонок продребезжал в наушниках раз шесть, пока Богданов не поднял трубку.

— Я вас слушаю, — царственным звучным баритоном произнес он. Но уже следующие слова были сказаны тихо, торопливо и сердито. — Это вы? Вы что, с ума сошли? Я вам категорически запретил звонить мне домой. Срочно? Ладно. Давайте там, где обычно. В три часа. И не смейте больше звонить сюда.

Слава обернулся к жене и торжествующе улыбнулся.

— Кажется, есть! Не зря мы с тобой его караулили. Ему кто-то позвонил, и наш писатель был очень недоволен. Говорил тихо, чтобы старуха не услышала. Произошло что-то незапланированное, и у него сегодня в три часа внеплановая встреча с абонентом.

— Где? В каком месте? — оживилась Лиза.

— Он не назвал. Сказал: там, где обычно. Ничего, мы его от самого дома доведем, никуда он не денется.

— Славик, но мы за ним следили почти две недели, — осторожно заметила она. — У него есть только одно место, которое тянет на категорию «обычно». Это ресторан, где он обедает каждый четверг. Он и вчера там был. Больше ни одного места, которое он посещал бы регулярно, у Богданова нет. Что-то не сходится.

— Лизонька, мы наблюдали за ним всего две недели, а что, если это самое «обычно» у него раз в месяц случается? И потом, что ему мешает сегодня пойти в ресторан?

— Ничего, — вздохнула жена. — Почему-то все получается совсем не так, как в книжках или в кино. Долго, нудно, скучно, ничего не происходит...

— Погоди, — Слава снова жестом остановил ее, — там наш мэтр со старухой разбирается.

— ...да как же, Глебушка, я ведь обед приготовила... Ты же вчера ходил в ресторан. Зачем же сегодня?

— Мне нужно, Глаша. И не спорь со мной.

— Так ведь пропадет же все! И суп, и жаркое, я баранинки свежей на рынке взяла... Господи, выливать, что ли, прикажешь? Ты бы с вечера упредил, что не станешь дома обедать, я бы деньги на продукты не тратила, а то ведь требуешь, чтобы самое дорогое, самое лучшее, самое свежее, а сам... Столько денег на ветер выбрасывать! Не дело ты затеял, Глебушка.

— Не переживай, Глаша, я на ужин все это съем. Ну что ты переполошилась, в самом деле?

— Так на ужин у меня другое сготовлено! Глебушка...

— Ну что еще? Подлей-ка мне кофейку... Спасибо.

— Глебушка, это из-за того борща? Да? Ты теперь не хочешь дома обедать, потому что мне не доверяешь? Думаешь, я совсем старая стала и суп не могу правильно сварить? Ты всю жизнь на обед суп ешь, я тебя так с самого младенчества приучила, и ты теперь моими супами брезгуешь и на обед будешь в рестораны ходить, да?

— Глаша, да побойся бога, что ты такое несешь? Просто у меня изменились планы. Могут у меня планы измениться? Возникли непредвиденные обстоятельства, у меня в ресторане деловой обед.

— Знаю я твои обеды, — в голосе женщины Слава уловил слезы, — раньше всегда, если с кем надо встретиться, так к тебе приходили, и я на всех готовила и подавала, а теперь вон чего выдумал: деловой обед в ресторане. Нет уж, Глебушка, ты скажи прямо: не доверяешь мне? Думаешь, у меня борщ прокис, так теперь все время так будет?

— Да успокойся ты, Глаша! Ну что ты из мухи слона делаешь?

— А я тебе скажу, что не мог у меня борщ прокиснуть за здорово живешь! Не мог!

— Ну хорошо, хорошо, не мог. И что из этого?

— А то из этого, что отравить тебя хотели! И ты прекрасно знаешь, кто и почему. Я тебе еще в среду велела обратиться куда следует, а ты меня не послушал!

— Глаша! Ну сколько можно...

— Сколько нужно, столько и можно! Ты на все глаза закрываешь, ничего знать не хочешь, а люди-то не все такие добренькие, как ты об них думаешь. Ты вот считаешь, что раз мне восемьдесят два года, так я уже и в кухарки не гожусь, и вообще из ума выжила, потому у меня и суп порченый, и мнительная я, и говорю глупости. Ан нет! Нет, Глебушка! Мне восемьдесят два года, поэтому я много чего знаю и понимаю, а чего не понимаю, так то чувствую. Ненавидят они тебя, со свету сжить хотят, пока ты живой, не будет им покоя. Убьют они тебя, Глебушка. Отравить не получилось — что-нибудь другое придумают. Ты поосторожней будь.

— Оставь меня, Глаша, — голос у Богданова усталый и печальный. — И не смей втягивать меня в эти идиотские разговоры. Ты знаешь, как я к этому отношусь. Принеси мне из кабинета папку, она на столе лежит, я над рукописью поработаю. Хорошо тут у камина, тепло... И не мешай мне.

— Не буду, Глебушка, не буду, работай спокойно. А только, может, передумаешь насчет обеда-то? А? Оставайся дома, пригласи своего гостя к нам, я хороший сервиз поставлю, приборы серебряные положу, салфеточки накрахмаленные, хрусталь, стыдно не будет. А, Глебушка?

— Глашенька, — теперь у Богданова голос был хоть и усталый, но не такой печальный, в нем зазвучали нежность и тепло, — я тебя очень люблю. Ты единственный близкий человек, который у меня остался. Я тебя знаю столько, сколько самого себя помню. Меньше всего на свете я хотел бы тебя обидеть. И если я не обедаю сегодня дома, то только потому, что так нужно. Не обижайся на меня, старушка моя дорогая. Иди ко мне, я тебя поцелую.

«Барин — он и есть барин», — с непонятно откуда взявшимся раздражением подумал Слава Боровенко. Хочешь поцеловать старуху, так оторви задницу от кресла, встань, подойди и поцелуй. А то «иди ко мне, я тебя поцелую», как будто одолжение делает. Посиживает себе в мягком креслице, ножки подагрические у камина греет, страницами шелестит, великого мастера пера из себя изображает, а к старухе, несмотря на все ласковые слова, относится как к прислуге. В каком-то интервью Богданов говорил, что Глафира Митрофановна его с трех лет нянчила, то есть он вырос у нее на руках. Если так, то Глеб Борисович должен к ней как к матери относиться, а не как к прислуге.

Слава подумал о своей матери. Да он пылинки с нее сдувать готов! Всю жизнь мама рядом с ним, всегда готова прийти на помощь, приласкать, утешить. Жаль, что нельзя рассказать ей о том, что происходило с ее внуком Юриком и что происходит сейчас с ее сыном и невесткой, мама этого не переживет. Как можно признаться ей, что он, Слава, давал огромную взятку, чтобы вытащить Юрку из тюрьмы? Как сказать, что из-за этого он вынужден нанимать квартирного вора, прослушивать квартиру известного писателя, следить за ним самим и его соавторами? То, что он делает, предосудительно само по себе, но гораздо хуже то, ради чего он это делает. Он ищет материалы, разоблачающие преступников, и вовсе не для того, чтобы восторжествовало правосудие, а для того, чтобы этих самых преступников от правосудия спасти. Разве можно допустить, чтобы мама знала об этом?

Его тяготило, что есть вещи, которые ему приходится скрывать от матери. В ее глазах он — чудесный, порядочный, благородный и честный человек, любящий сын, муж и отец. И каждый раз, глядя в ее полные нежности глаза, он внутренне мертвеет от мысли о том, что он не такой, совсем не такой, и если она узнает, какой он на самом деле, она его разлюбит. Или умрет от горя. Если бы Юрка получил срок и пошел в зону, это стало бы их общим горем, и можно было бы обсуждать его с мамой, и горевать на ее плече, чувствуя, как теплая рука гладит, утешает, вливает в него силы. И Слава по-прежнему не только оставался бы в ее глазах честным и порядочным, но и искренне считал бы себя таковым и не думал бы каждый раз, что получает от матери то, чего не заслужил, чего недостоин. Он при встречах с матерью не чувствовал бы себя вором. На одной чаше весов — любовь матери, на другой — судьба сына. И как тут взвешивать? Заглядывая внутрь самого себя, Слава Боровенко честно признавался, что если бы принимал решение один, то принял бы его в пользу матери. Решение всегда нужно принимать в пользу того, кто слабее. Юрка виноват, вот пусть и отвечает. Молодой, здоровый, сильный балбес. Мать ни в чем не виновата, и отвечать ей не за что. Но решение он принимал не один. Была еще Лиза. Лиза, для которой не было и нет ничего важнее в жизни, чем сын.

Слава хорошо относился к жене и даже почти не изменял ей, во всяком случае, серьезно, с длительными глубокими отношениями. Но в глубине души винил ее в том, что изменились его отношения с матерью. Это она, Лиза, настояла на том, что Юрку надо спасать любыми средствами, чего бы это ни стоило. Это она заставила Славу идти к тому начальнику, Андрею Степановичу, и давать ему деньги. И это из-за нее, из-за Лизы, он теперь старается реже бывать у мамы, потому что невыносимо, о господи, как невыносимо видеть в ее глазах такую безоглядную любовь, которой он уже недостоин.

Маму свою Боровенко боготворил. Поэтому картина, когда он сказал бы ей: «Иди сюда, я тебя поцелую», показалась ему по меньшей мере кощунственной.

* * *

Для поиска ответов на свои вопросы Настя Каменская самым перспективным собеседником сочла жену Алишера Уразова, которая по паспорту именовалась Нурией Салахетдиновной, но в быту звалась Норой Сергеевной или, чаще, просто Норой. Ведь Алишер, он же Алик, Уразов является деловым партнером Егора Витальевича Сафронова, они вместе владеют симпатичным небольшим кафе, и Уразов вполне может знать истинные причины, побудившие Егора жениться на Лене Щеткиной, более того, он мог поделиться своими знаниями с женой. Поэтому жена Уразова стояла у Насти в списке под номером один.

— Расскажи мне о ней, — попросила она Андрея Чеботаева, который в течение пяти дней после убийства Елены занимался опросом свидетелей. — Что собой представляет эта Нора?

Оперативник взмахнул невероятной длины ресницами, служащими постоянным поводом для шуток и даже дружеских издевок, и бросил на Настю лукавый взгляд.

— Ты, конечно, ждешь, что я начну рассказывать тебе, какая она глупая и пустая баба, — заявил он.

— Почему? — удивилась Настя. — Почему ты решил, что я этого жду?

— Потому что о женах «новых русских» принято думать именно так. Стереотип. «Новые русские» обязательно туповатые, хамоватые и обалдевшие от свалившихся на них денег, а их жены непременно круглые дуры, способные думать только о тряпках, цацках, пластических операциях и курортах. Ведь так?

— Стереотип действительно есть, — согласилась она. — Правда, не все ему соответствуют. Так что Нора? Не соответствует?

— В основном нет, — улыбнулся Андрей. — Красивая умная тетка, очень, между прочим, образованная.

— Даже так? И где она училась?

— Да не в том смысле, что у нее высшее образование, — засмеялся Андрей, — образования-то у нее как раз никакого нет. Выскочила замуж сразу после окончания школы и плотно занялась рождением детей. У нее их четверо, мал мала меньше. Это в тридцать-то лет! По-моему, она как раз сейчас в очередной раз беременна.

— Откуда же у нее образованность при такой-то жизни? — усомнилась Настя. — Беременности, роды, пеленки, кормления, стирки, уборки. Образованность сюда как-то не помещается. Да и красоту сохранить вряд ли удастся.

— Нора Сергеевна очень любит читать, — пояснил Чеботаев. — Всю жизнь любила, с самого детства. А поскольку денег в семье более чем достаточно, то у Уразовых наличествуют и няньки числом две, и домработница, а Нора Сергеевна осуществляет общий контроль и предается любимому занятию, то есть читает. А что касаемо до ее неземной красоты, то Нора Сергеевна исправно посещает разнообразные салоны и солярии. Нет, Настасья, я серьезно, Нора Уразова очень приятная тетка, и показания дает толково. У меня, во всяком случае, не было оснований сомневаться в ее искренности. А ты что, засомневалась? Тебе в ее показаниях что-то не понравилось? Или я что-то упустил?

В голосе сыщика явственно зазвучало беспокойство, ведь всегда неприятно, если в твоей работе находят ошибки, особенно явные. И не спасает даже то обстоятельство, что Настю Каменскую Андрей знал давно, она не является его начальником, а всего лишь куратором «от Петровки», и как бы ни сложилось дело, она никогда не повысит на него голос и не позволит себе никаких резких высказываний. Все равно неприятно...

— Андрюша, как тебе показалось, эта Нора в курсе дел своего мужа?

— Абсолютно в курсе, — уверенно ответил тот. — Все знает. Уразов, в отличие от Сафронова, птица покрупнее, это Сафронов у нас мелким бизнесом занят, всего-то навсего один салон, две парикмахерские и одно кафе на паях. А у Уразова это самое кафе — так, тьфу, игрушечка. Уразов — крупный ресторатор, у него целая сеть предприятий восточной кухни. Вот, смотри, я записал, — Андрей полистал блокнот, нашел нужную страницу, — четыре ресторана, таких, знаешь, полномасштабных, на три зала каждый, восемнадцать кафе типа «чайхана», и в каждой точке осуществляется доставка блюд на дом или в офисы по заказам. Все это вместе называется «Звезда Востока». Знаешь, сколько в Москве любителей восточной кухни? Так что доходы у него, сама понимаешь, какие.

«Звезда Востока»... Это название часто попадалось

Насте на глаза, она вспомнила, что видела его и на Тверской, и на Ленинском проспекте, и на проспекте Мира, и даже неподалеку от станции метро «Щелковская», где она жила. Кажется, пару раз она там ужинала, когда Лешка был в командировке, а продуктов дома не было и готовить не хотелось. Да, все верно, теперь она вспомнила точно. Ее тогда поразили цены в меню, настолько низкие, что даже скромная милицейская зарплата не сильно пострадала. Надо же, сидела за столиком, ела и даже не подозревала, что некоторое время спустя ей придется заинтересоваться владельцем и его женой.

— Андрюша, тебе придется еще раз встретиться с Норой Сергеевной.

Ох как надоел ей этот политес! Если бы дело об убийстве Елены Сафроновой было с самого начала на Петровке, Настя просто села бы в метро, поехала к Уразовой и задала бы ей все те вопросы, ответов на которые ей так не хватает. Но дело находится на «земле», в одном из окружных управлений, и работать по нему должны сыщики из округа, в частности, Андрей Чеботаев, а Насте полагается осуществлять контроль и оказывать практическую помощь. Контролировать она не любила, да что там не любила — терпеть не могла. Что же до практической помощи, то это означало делать вместо сыщиков то, что они не умеют, а она, Настя Каменская, умеет. Практически, так сказать, помогать. Если бы речь шла об анализе статистики или сверхобильной информации, то тут все без обид, всем известно, что лучше Каменской с этим действительно никто не справится, так что пусть она это и делает в порядке оказания этой самой практической помощи. Но когда дело касается беседы со свидетелями, нет у нее никаких оснований брать такое мероприятие на себя. С этим отлично справится любой сыщик. Конечно, если этот сыщик сам попросит ее встретиться с человеком и поговорить, тогда да, тогда это будет самая что ни есть практическая помощь. Но ведь надо, чтобы попросил, иначе некрасиво получится. Вот она и бросила пробный камень, сказала, что Чеботаеву нужно еще раз опросить Нурию Салахетдиновну Уразову.

— Раз надо — встречусь, — пожал плечами Чеботаев. — Что ты хочешь, чтобы я у нее спросил?

— Меня интересует, почему Егор Сафронов женился на Елене.

— Чего?! — взревел оперативник. — Ты что, Настасья? Ты же вчера с Сафроновым встречалась, вот у него и спросила бы.

— Я спрашивала, и его ответы меня не удовлетворили. Он врет, Андрюша, я в этом уверена.

— И ты полагаешь, что Нора знает правду?

— Надо пробовать, — вздохнула она. — Кто-то ее знает, эту правду, кроме самого Егора Витальевича, конечно, и надо искать. Начать я хочу с Норы.

— Ага, потому что она жена Уразова, а тот — партнер Сафронова. Настасья, а зачем тебе это, а? Какая разница, почему он на ней женился, если он все равно ее убил? Алиби у него пуленепробиваемое, так что явно был заказ. Нам надо его связи прокачивать, искать, где, как и через кого он мог выйти на убийцу, и доказывать причастность.

— Так мотив тоже нужно доказывать, — вяло возразила Настя. — Следователь все равно потребует.

— Да брось ты! — Андрей снова взмахнул ресницами, как-то по-особенному, вероятно, это мимическое движение заменяло ему традиционный взмах рукой. — Найти убийцу, доказать его связь с заказчиком, и тогда заказчик сам расскажет, зачем ему понадобилось убивать Елену. А ты хочешь телегу впереди лошади воткнуть. Ну узнаешь ты, почему Сафронов женился на этой Тряпкиной...

— На Щеткиной, — поправила его Настя без улыбки.

— Да хоть на Метелкиной! От того, что ты узнаешь, почему он женился, имя убийцы на бумажке не нарисуется. Я понимаю, тебе поручили осуществлять контроль по делу и руководить мной, вот ты и придумываешь какие-то пустые задания, чтобы изобразить руководящий процесс. Настасья, мы свои люди, ты мне прямо скажи, мол, Андрюха, с меня спрашивают, от меня требуют, чтобы я оказывала тебе практическую помощь, давай делить работу. И я с тобой по-братски поделюсь, и все будет тип-топ. Только не надо вешать на меня дурацкие и никому не нужные задания, ладно?

Он говорил спокойно, с улыбкой, но за этой улыбкой Настя ясно видела закипающую ярость. Что ж, он прав.

Во всем прав. Ну, почти во всем. Потому что в главном он все-таки не прав. Что ж делать, молодой он еще, Андрюшка Чеботаев. Опыт работы солидный, а жизненного опыта маловато.

— Андрюшенька, ты не сердись, а послушай меня, — негромко заговорила она. — Представь себе, что ты вместе с кем-то совершил что-то нехорошее. Вроде никто ничего не знает, вроде обошлось. А спустя некоторое время оказалось, что не обошлось и нужно принимать меры. Один ты справиться не можешь, тебе нужна помощь. К кому ты обратишься за этой самой помощью в первую очередь?

— Ну ясно к кому, — пробурчал оперативник. — К тому, с кем вместе нашкодил.

— Вот тебе и ответ. И не надо на меня злиться и обвинять в руководящих амбициях. Если Сафронов организовал убийство жены, то у него был мотив. Какой? Не хотел жену и ребенка? Так мог бы не жениться или развестись. Я исхожу из того, что Щеткина его чем-то шантажировала. Это просто самое первое, что приходит в голову. Если я узнаю, чем именно она его шантажировала, я смогу узнать, кого еще этот шантаж касается, и, соответственно, искать убийцу мы начнем уже с двух сторон. От одной опорной точки — от Сафронова — двигаться можно в любом направлении, и не факт, что мы угадаем. Будем тыкаться в разные стороны путем перебора. Когда точек будет две, направление определится более четко. Поэтому задание мое, Андрюша, не пустое и не надуманное. Если тебе так сильно не хочется ехать к Уразовой, я могу сама с ней поговорить. Но сделать это нужно.

Чеботаев со злостью захлопнул блокнот и ногой отшвырнул стул, попавшийся ему на пути.

— Ты извини, Настасья, я сегодня что-то не в себе... Магнитные бури, наверное. Я не хотел тебя обидеть, честно.

— Не хватало еще, чтобы ты хотел, — примирительно улыбнулась Настя. — Я бы тогда тебя убила без всяких разговоров. У меня самой голова раскалывается с утра. Дать тебе цитрамон?

— Да пил уже, не помогло, — он в отчаянии взмахнул

на этот раз рукой, а не ресницами. — Колбасит меня со страшной силой, как с похмелья.

— Так, может, и вправду с него, родимого?

— Куда там, уже дня три в рот не брал ни грамма. А состояние такое, как будто или сейчас умру, или убью кого-нибудь. Еле-еле себя в руках держу. У тебя так бывает?

— Даже чаще, чем у тебя, — усмехнулась она. — Так что я тебя хорошо понимаю.

Особенно в последнее время, добавила она мысленно. Почти каждый день. Или плакать хочется, или умереть, или убить кого-нибудь. Неужели это признаки старения? Или профессиональная деградация психики и нервной системы? Или тот самый пресловутый климакс, будь он трижды неладен?

— Слушай, — Андрей в нерешительности остановился прямо перед ней, — а ты что, в самом деле готова сама поехать к Уразовой?

— А почему нет? Какая разница, в чем проявляется моя методическая помощь? Может, я тебя учу проводить опрос на конкретном живом примере.

— Тогда мы должны ехать вместе, — неуверенно сказал он.

— Так ты и скажи начальству, что мы поехали вместе. Сказать-то можно все, что угодно. Никто ж не проверит.

— Честно? — Его лицо осветилось улыбкой облегчения.

— Честно, — заверила его Настя, мысленно ставя себе вполне удовлетворительную оценку.

Она добилась того, чего хотела. Она сама поедет к Уразовой и будет разговаривать с ней один на один, без мужчин. И никаких обид со стороны сыщиков из округа.

Ладно, пусть она стареет и уже не может работать так хорошо, как раньше, но кое-что все-таки у нее пока еще получается.

* * *

Лиза оказалась права, Богданов и в самом деле под «там, где обычно» подразумевал ресторан «Старая Вена», где он имел обыкновение обедать каждый четверг.

— Пойди пообедай с ним за компанию, — предложил

жене Слава Боровенко, подъехав к ресторану вслед за машиной писателя. — Ты сегодня нагулялась на месяц вперед, посиди, отдохни, получи удовольствие.

— А ты? — вопросительно глянула Лиза.

— А я поеду поделаю что-нибудь полезное. Например, постою возле дома, где живет Славчикова. Вдруг что да и увижу интересненькое.

— А если мэтр соберется быстро уходить?

— Лизонька, да куда он денется? У него здесь встреча назначена в три часа, а сейчас только половина второго. Он пробудет в ресторане как минимум два часа. Через два часа я как штык буду здесь, и мы посмотрим, куда направится тот, с кем он встречался. Складно я планирую?

Лиза с сомнением покачала головой.

— Я боюсь, ты не успеешь... Тогда все напрасно, мы упустим того, с кем он встречается. Ну что за необходимость уезжать?

— А что мне, в машине торчать? — рассердился Боровенко. — Время идет, а у нас ничего не двигается. Надо же делать что-то, шевелиться...

— Давай вместе пообедаем, — в ее голосе звучала мольба. — Мне страшно одной... И потом, мы с тобой так давно не были в ресторане вдвоем, все в каких-то компаниях, или на корпоративных вечеринках, или дома сидим. Пойдем вместе, а?

— Ты только за удовольствиями гоняешься, а дело кто будет делать? — зло бросил Слава.

Он и сам понимал, что несправедлив, но подслушанная недавно сцена между писателем и старой нянькой совершенно выбила его из колеи. Мысли о матери постоянно лезли в голову, и не столько о матери, сколько о том, что Лиза виновата, виновата, виновата... Да еще эта головная боль, не отпускавшая с самого утра. Он хотел побыть один. Во всяком случае, без жены.

— Иди в ресторан. Если что, позвонишь.

Лиза покорно вышла из машины и перешла на противоположную сторону улицы. Слава смотрел ей вслед и как-то отстраненно, несмотря на раздражение, в который уже раз удивился ее красоте. Словно не прошло двадцати двух лет в замужестве, словно не было Юрки и еще двух беременностей, когда детей не удалось сохранить. Второй мальчик умер через два дня после рождения, а девочку Лиза не доносила, родила мертвой шестимесячной. Никаких фитнес-клубов, никаких массажей и специальных гимнастик, ничего этого Лизе не нужно, она и так хороша от природы, что, казалось, любое усовершенствование этого тела и этого лица могло их только испортить. «И почему я ей изменяю?» — совершенно некстати подумал Слава.

Сквозь широкое окно он видел, как Лиза сняла плащ, отдала высокому юноше в черно-серой униформе и прошла в зал. Слава знал, что она все сделает как надо: и стол выберет такой, чтобы видеть Богданова и его собеседника, но чтобы не бросаться им в глаза, и заказ сделает правильный, у нее большой опыт по этой части. Наверняка в тот момент, когда нужно будет уходить, все окажется съеденным, а счет — оплаченным. Он еще немного посидел, прикрыв глаза и пытаясь утихомирить стучащую в затылке боль, потом включил зажигание и тронулся.

Наблюдение за домом, где жили Славчиковы, ничего нового не принесло. Няня привела из школы старшего из мальчиков, минут через тридцать прискакала дочь Катерины, не прискакала даже, а приплыла в обнимку с длинноволосым, стильно одетым юнцом, вместе с которым вошла в подъезд. Судя по тому, что из подъезда кавалер вышел минут через десять, они там еще и целовались.

А вот и Василий Славчиков, младший соавтор. Не иначе как к мачехе на блины пожаловал, время-то самое что ни есть обеденное. Пешком пришел, машину так и не забрал из сервиса. И как не мерзнет в такой легкой курточке, в свитере и то теплее было бы!

Около трех часов Боровенко решил, что пора выдвигаться в сторону ресторана. Если писатель назначил встречу на три, а сам явился в половине второго, толкуется такой расклад совершенно однозначно: он собирается пообедать в одиночестве, а со своим знакомым, которому не велено домой звонить, только кофе выпьет, стало быть, разговор не предполагает быть долгим. Слава должен быть возле входа в ресторан «Старая Вена» самое позднее в половине четвертого, а лучше — пораньше, чтобы не упустить незнакомца. На всякий случай он позвонил Лизе:

— Ну как там?

— Пока никак, — спокойно ответила она, что-то дожевывая.

Боровенко попытался представить себе, как она ест какое-нибудь изысканное блюдо, и тут же сморщился от нового приступа боли в затылке. Нет, о еде он определенно даже думать пока не может.

— То есть никто пока не пришел? — уточнил он.

— Пока нет.

— Хорошо. Я скоро буду.

И в этот момент из подъезда вышел Василий. Прошел несколько шагов, остановился и вытянул руку, пытаясь остановить машину. Слава потом долго не мог понять, зачем он сделал то, что сделал. Непонятно, какому порыву он поддался, а может, это был не порыв, а инстинкт, но, как бы то ни было, он подъехал к молодому человеку и притормозил.

— До Кудринской площади подбросишь, командир?

— Садись, — кивнул Слава.

Придется сделать крюк, но небольшой, думал он, выруливая из переулка. От Кудринской площади по Садовому до поворота к площади трех вокзалов он доедет минут за пятнадцать, а там до ресторана рукой подать. Он успеет. Зато появляется возможность разговориться с Василием и, вполне вероятно, узнать что-нибудь интересное.

Но надежды не оправдались, пассажир был молчаливым, погруженным в какие-то свои мысли, и ни одна робкая попытка Славы Боровенко завязать разговор успехом не увенчалась. В кармане зажужжал мобильник, звонила Лиза.

— Ты где?

— Еду. Гость пришел?

— Да. Женщина.

— Меню смотрела?

— Нет, заказала сразу. Наверное, только кофе или чай. Слава, приезжай быстрее.

— Еду-еду.

И в этот момент они попали в пробку. В глухую, непробиваемую, какие обычно случаются в час пик, ближе к вечеру. Боровенко занервничал, минуты таяли почему-то быстрее, чем когда в нетерпении ожидаешь чего-то, стрелка на часах, казалось, ускорила темп и несется по циферблату как бешеная, вот уже двадцать минут четвертого, двадцать пять, двадцать семь, а они продвинулись всего метров на сто. Черт! И зачем он затеял эту дурь с Василием? Если бы не нужно было ехать мимо Кудринской площади, он выбрал бы совершенно другой маршрут и уже давно стоял бы у ресторана. И место такое дурное, шесть полос, машина Боровенко стоит на четвертой, и никуда отсюда не денешься, к тротуару не припаркуешься, иначе можно было бы бросить автомобиль, добежать до ближайшей станции метро и доехать до «Красносельской», а там схватить частника и договориться с ним, чтобы повозил. За хорошие деньги найти водилу не проблема. Но до тротуара добраться никак невозможно, машины стоят плотно, и любой маневр создаст только дополнительные трудности.

Стрелка на часах перевалила за половину четвертого и быстро двигалась вверх. Запертые в пробке машины истерически гудели, и от этих надсадных раздражающих звуков головная боль становилась просто невыносимой. А Василий сидел спокойно и молча о чем-то думал, словно и не торопился никуда. Может, и вправду не торопился, и машину поймал не оттого, что спешил, а просто неохота ему было пешком топать да в метро трястись.

Телефон в нагрудном кармане куртки снова зажужжал. В голосе Лизы Слава услышал отчаяние:

— Ты где? Они уже уходят.

— Лиза, я в пробке застрял, — виновато произнес он. — Намертво. Мы вообще не двигаемся.

— Что же делать?

— Выйди на улицу, посмотри, может, она на городском транспорте поедет. Или хотя бы номер машины...

Отбой. Лиза разозлилась, и в этом случае Слава Боровенко не мог не признать, что она права.

— Что, командир, частным сыщиком работаешь? — услышал он насмешливый голос совсем рядом.

О черт, он совсем не взял в расчет, что в машине есть кто-то еще! Разговаривал с женой так, будто он один. Нет, не годится он в разведчики, ничего у него не получается, даже по телефону не умеет говорить так, чтобы никто, кроме собеседника, его не понял. И ведь не кто-то услышал его слова, а Василий Славчиков, человек, непосредственно включенный в ситуацию. Ну дурак, ну и дурак же он! А вдруг Василий догадается?

Да нет же, утешал себя Слава, судорожно втискивая машину в освободившиеся впереди сантиметры дороги, не может парень ни о чем догадаться, это совершенно невозможно. Но чтобы не пробуждать в нем подозрения, надо что-то сказать. Что-то такое... ну, самое обычное, всем понятное.

— Да дочь у нас... совсем сбрендила... — забормотал Слава. — Завела себе кого-то, а кто такой — не говорит, прячет его, в дом не приглашает, тайны какие-то разводит. Понятно, что мы с матерью нервничаем. Вот решили все-таки выяснить, кто же это у нее там завелся.

— Так, может, это я? — внезапно захохотал Василий, некрасиво обнажив десны. — А то я как раз на свидание к девушке еду, и она как раз меня от предков прячет, боится, что я им не понравлюсь. А что, классное было бы совпадение! Прямо в книжку просится, в какой-нибудь бульварный романчик. Ты как считаешь, командир?

— Почему в роман? Ты что, писатель?

— Да так, кручусь в окололитературных кругах.

— Твою девушку как зовут?

— Алла.

— Нет, у нас Таня, — покачал головой Боровенко, радуясь, что так удачно вышел из ситуации. — Ты на свидание-то не опоздаешь, жених? А то мы теперь надолго застряли.

— Подождет, — беспечно махнул рукой Василий. — И вообще у меня еще километр времени, я собирался в один клуб зайти, а уж потом с Алкой встречаться. Так что за меня, командир, не беспокойся, я не опоздаю.

Слава воспрял было духом, решив, что вот сейчас-то разговор и завяжется, и ему удастся кое-что вызнать у Васи, и это хоть в какой-то мере компенсирует его вину и то, что они упустили человека, с которым встречался мэтр Богданов. Но Василий снова замолчал, прикрыл глаза, откинулся в кресле, вытянув вперед длинные ноги, и ушел в свои размышления.

И снова позвонила Лиза. На этот раз она, судя по звуковому фону, уже не сидела в приличном тихом ресторане, а стояла на улице, поэтому не стеснялась и выражений не выбирала.

— Ну и где ты шляешься?

— Я же сказал, попал в пробку. Как там дела?

— Как дела?! — Она почти кричала. — А никак! Они уехали. Каждый на своей машине. Она поставила машину за углом, и пока я надевала плащ, она успела уехать, я даже номер не увидела. Почему ты меня бросил одну? Почему уговорил ехать вдвоем на твоей машине? Я же хотела взять свою, мало ли что, так чтобы мы оба были на колесах и не зависели друг от друга, а ты меня уверял, что это не понадобится и что на двух машинах мы будем только внимание привлекать. Тоже мне, крутой разведчик, Штирлиц, блин! Я просила тебя пойти в ресторан вместе, так нет, ты уперся, у тебя, видишь ли, идеи! Зачем тебе вообще понадобилось уезжать? У тебя шило в одном месте, да?

— Лизочка, солнышко, ты ведь знаешь, что в пробку можно попасть в самом неожиданном месте...

— В пробку можно не попасть, если никуда не ездить! — отрезала она. — Из-за тебя мы упустили самое главное. Она передала ему конверт, а он ей дал деньги. Ты понял?

— Понял, — понуро откликнулся Слава, кляня себя последними словами за свой неоправданный порыв. Ну зачем ему понадобилось подвозить Василия! — Лизочка, я все равно ничего не могу сейчас сделать, мне из этой пробки не вылезти. Ты сейчас где?

— Стою на улице возле метро. Сейчас спущусь вниз и поеду домой. Я тебя ненавижу! Боже мой, как я тебя ненавижу! У нас был единственный шанс все узнать, и ты его профукал, как последний придурок.

Она всхлипнула и отключилась.

— Что, командир, — насмешливо и в то же время сочувственно бросил Василий, — не получилось из твоей жены мисс Марпл? Упустили беглянку?

Вот уж это точно, именно беглянку и именно упустили. Этот парень имел в виду совсем другое, но попал в самую точку. Да еще это дурацкое «командир»... Слава терпеть не мог, когда к водителям обращались «шеф» или «командир», да вдобавок на «ты», считал это неприличным и оскорбительным панибратством и с трудом сдерживался, чтобы не осадить Василия какой-нибудь резкостью.

— Да ладно, не переживай, я тоже представителям вашего поколения не нравлюсь, мои девчонки ко мне на свидания все время тайком бегают, — поделился жизненным опытом Василий. — А я на самом деле ничего себе парнишка, и даже из хорошей семьи, наркотики не употребляю и даже почти не пью. Таких, как вы, мой внешний вид смущает, это я понимаю, пирсинг там, татушка, — он повернулся к Славе и ткнул пальцем в свою бровь, где красовалась маленькая изящная татуировка, потом подергал себя за висящую в ухе серьгу. — И ничего-то вы в людях не понимаете. Ты себя вспомни в двадцать лет, тоже, поди, насчет прически и прикида с предками базарил и считал, что они отсталые и несовременные.

— Но тебе-то не двадцать, — сквозь зубы процедил Слава. — В твоем возрасте пора уже выглядеть прилично.

Парень скривился и полез в карман.

— У, командир, я смотрю, ты меня жизни учить собрался. Вот этого не надо. У меня пока еще папа-мама имеются на такой случай. Я здесь выйду, ножками добегу. Держи.

Пользуясь очередной остановкой, он выскользнул из машины, бросил на сиденье пятидесятирублевую купюру, захлопнул дверь и, ловко лавируя между стоящими автомобилями, быстро пробрался к тротуару.

Нельзя сказать, что настроение у Славы Боровенко испортилось, потому что оно и без того было отвратительным. И голова не стала болеть сильнее, потому что сильнее просто не бывает; если сильнее, то наступает болевой шок и потеря сознания. В общем, все было так плохо, что хуже некуда.

Одно утешало: кажется, из троих соавторов прорисовался тот единственный, который имеет доступ к материалам покойного журналиста. А это уже кое-что. И сейчас Слава поедет не домой, где его ждет злая и расстроенная Лиза, а на Сретенский бульвар и будет слушать, что происходит в квартире писателя. Может быть, ознакомившись с содержимым конверта, переданного незнакомкой, он кому-нибудь позвонит или скажет что-нибудь своей старой нянька. Кроме того, по его голосу можно будет определить, обрадовали его результаты встречи в ресторане или, наоборот, огорчили. Информацию собирают по крупицам, это Слава Боровенко усвоил из детективно-шпионской литературы, которую очень любил в юности.

* * *

— Я сейчас объясню, как к нам доехать. Вы на машине?

— Нет, — ответила Настя и совсем некстати вспомнила недавний разговор с братом. О том, чтобы принять от него в подарок машину, и речи быть не может, но, елкипалки, как же она порой бывает нужна!

Уразовы жили за городом в собственном особняке, и добираться до них на своих двоих долго и сложно.

— Как же вы... — В голосе Норы Уразовой слышалась искренняя озабоченность. — Тогда вам будет сложно. Знаете что, вы не приезжайте к нам. Вам ведь не очень срочно, правда? На пару часов можно отложить наш разговор?

— На пару часов можно, — с готовностью согласилась Настя. — А какие есть варианты?

— Я сегодня еду в город, мне нужно к косметологу к пяти часам. Я могу приехать пораньше, мы с вами где-нибудь встретимся и поговорим. Например, часа в три. Мы можем с вами вместе пообедать, и я отвечу на все ваши вопросы.

Вот так, Анастасия Павловна. Состоятельные предприниматели, из которых каждый третий замаран причастностью к криминалу, проявляют благородство и душевную чуткость и с пониманием относятся к финансовым трудностям милиционеров. У уголовного розыска нет потребного количества служебного транспорта, а у сыщиков нет денег на то, чтобы иметь собственный автомобиль. Ладно уж, так и быть, свидетель сам готов приехать из роскошного загородного особняка в шумный суетливый город и выполнить свой гражданский долг, давая показания в перерыве между массажем и косметической процедурой. Или бросить подачку в виде бесплатного обеда, подкормить голодающего. Что уж с вами, нищими ментами, поделаешь...

Настя так остро почувствовала унижение, что даже удивилась. Ведь не в первый же раз! С чего бы ей так бурно реагировать на самую обычную ситуацию? Это до девяностого года к милиции и особенно к уголовному розыску относились с уважением и благоговейным трепетом, а теперь на протяжении уже больше десяти лет об них только ленивый ноги не вытер. Давно пора было ей привыкнуть к той снисходительной небрежности, с какой обращались с работниками милиции «новые русские», да она и привыкла, только вот в последнее время все наработанные навыки психологической защиты дали сбой.

До трех часов Настя добросовестно занималась текущими делами, которых накопилось ой как немало, и за пятнадцать минут до оговоренного времени подошла к памятнику Высоцкого на бульваре. От обеда в обществе Норы Уразовой она отказалась и место встречи выбрала удобное для себя лично, поближе к месту работы. Если госпожа супруга ресторатора боится холода и сырости и откажется разговаривать, сидя на скамейке, можно поговорить с ней в машине, а нет — так выпить кофе в каком-нибудь недорогом заведении, их тут полно. В этом случае Настя сама за себя заплатит и сумеет избежать еще одного унижения.

Без пяти три на углу бульвара и Петровки остановился белый «Мерседес». Открылась правая передняя дверь, вышел немелких габаритов охранник, огляделся, потом помог выйти сидящей сзади женщине в просторной, отороченной мехом накидке из тончайшей лайки. Пока Уразова в сопровождении телохранителя переходила проезжую часть и шла мимо памятника к скамейке, Настя открыто рассматривала ее. Нурия Салахетдиновна оказалась женщиной очень красивой и очень полной, и Настя, наблюдая за ней, почему-то прикидывала, чего в ней больше, толщины фигуры или красоты лица, и сама же сердилась на себя за эти глупые мысли.

— Здравствуйте, — голос у живой Уразовой был таким же мелодичным, как и по телефону, но еще более звучным и насыщенным. — Вы Анастасия Павловна?

— Да. А вы — Нурия Салахетдиновна? Или вам удобнее, чтобы я называла вас Норой Сергеевной?

— Можно просто Норой, — беззаботно улыбнулась Уразова, — я же намного младше вас.

Так, еще один укол, еще одно напоминание о возрасте. О старости... Да ну же, Каменская, возьми себя в руки, Уразова вовсе не собиралась наносить тебе болезненные уколы, она не хотела быть бестактной и акцентировать внимание на том, что тебе неприятно, хотя бы потому, что понятия не имеет о твоих проблемах и о том, что тебе это неприятно. Она просто дала понять, что ты можешь обращаться к ней запросто, без церемоний. Она пытается помочь тебе, дуре закомплексованной, и сократить дистанцию, чтобы тебе же самой легче было с ней общаться. Что в этом плохого?

Ничего. А если это хитрый ход? Если она располагает тебя к себе, чтобы усыпить твою бдительность, потому что причастна к убийству? Как? Каким боком? Неизвестно. Но это тоже надо проверять...

— Вы хотите спросить меня о Леночке? Я так понимаю, Егор все-таки добился, чтобы ее убийством занимались на Петровке?

— Ну... в целом да, вы правы. Дело поставлено у нас на контроль. Расскажите мне о вашей подруге.

— Я уже говорила, Егор позвонил мне в субботу в одиннадцатом часу вечера и спросил, не у нас ли Лена...

— Это я знаю, — мягко прервала ее Настя. — Ваши показания я читала. Вы мне о самой Елене расскажите. Какая она была, какой характер, какие привычки, какие вкусы. Вы давно с ней знакомы?

— С июля. Егор привез ее к нам, представил как свою невесту, сказал, что они ждут ребенка и что в августе у них свадьба. Одну минутку. Сайпулла, — обратилась Уразова к охраннику, непробиваемой стеной стоящему рядом, — посиди на соседней скамейке.

Тот молча кивнул и отошел.

— Строгая у вас охрана, — с улыбкой заметила Настя.

— Да ну, — Нора пренебрежительно наморщила изящный носик, — фантики.

— Не поняла...

— Я говорю — фантики это все. Охрана-шмохрана. Кому я нужна? Кто будет меня похищать? Кому надо нападать на меня, если я все время дома сижу или езжу с водителем? Таких, как я, грабить бессмысленно.

— Почему? — удивилась Настя.

— А вы не понимаете? — В голосе Норы проступило легкое раздражение, совсем незаметное, но Настя его уловила. — У меня в сумке никогда нет денег, только мелочь, которая серьезного грабителя не заинтересует. Алик мне крупные суммы в руки не дает.

— Почему? — Настя удивилась еще сильнее. — Он боится, что вы все промотаете?

— Да нет, у него денег много, ему не жалко. Но я не имею права сама делать крупные покупки. Только вместе с ним, и чтобы он доставал бумажник и расплачивался. Он — мужчина, глава семьи, понимаете?

— Понимаю. И что, во всем так?

— Абсолютно. Вы думаете, если я живу в Москве и у моего мужа бизнес в Москве, то я стала европейской женщиной и у нас европейская семья? Ничего подобного.

— Все-таки я насчет фантиков не поняла, — призналась Настя.

— Фантиками я называю всякую показуху. Водителя, например, или охранника. Что я, машину водить не смогу? Да, не умею, но не потому, что бестолковая, а потому, что муж мне учиться не разрешает. Зачем, говорит, учиться, если я тебе водителя дам? Для него важно, чтобы у него жена на машине с шофером и охранником разъезжала. Чтобы другие люди видели и говорили: Алишер — большой человек. Вот я и говорю: фантики. Обертка блестящая для дешевой карамельки.

— Это вы себя называете дешевой карамелькой? — поразилась Настя.

Уж чего-чего, а таких слов от жены богатого ресторатора она никак не ожидала.

— Да не себя, — с досадой ответила Нора, — а суету

эту показушную. Запер меня в золотую клетку. Ладно, хватит об этом, давайте о Леночке поговорим.

— Давайте, — с готовностью согласилась Настя. — Вы сказали, что познакомились в июле, незадолго до свадьбы Егора и Елены. Какое впечатление она на вас произвела?

— Я обрадовалась. Я ужасно обрадовалась, что теперь у меня будет нормальная подруга.

— Вот даже как? У вас что, дефицит подруг? — не поверила Настя.

— Я вам объясню...

Уразова вздохнула так горько, что Настя на мгновение забыла и о крупных бриллиантах в ее ушах и на пальцах, и о немыслимой стоимости накидке с отделкой из шиншиллы, и о водителе с охранником. Перед ней сидела несчастная одинокая женщина, хотя совершенно непонятно, как можно быть одинокой, имея мужа и четверых детей. Кажется, Чеботаев что-то такое говорил и насчет пятого ребенка.

— Меня выдали замуж за Алишера, когда он овдовел. Он поздно женился в первый раз, взял совсем молоденькую, она умерла в родах, и ребеночек тоже. В общем, когда он сговорился с моими родителями, ему было уже за сорок, а мне восемнадцать. Меня поставили перед фактом, я никогда Алишера прежде не видела. У нас так принято. Вы не знали?

— Знала, — кивнула Настя, — только я думала, что это все осталось далеко в прошлом. Я про это в книжках читала.

— Да нет, не в прошлом. Мы так живем. Не все, конечно, но многие. Женщина должна сидеть дома и воспитывать детей. Детей должно быть много. Поступать в институт Алишер мне не дал, я сразу начала рожать. Вы только не поймите меня превратно, я своих детей обожаю. Но мне скучно. Мне скучно сидеть дома и строить из себя барыню. Алишер приглашает в гости своих друзей и партнеров с женами, но я с ними не могу найти общий язык, они совсем другие. Они за всю жизнь по три книжки прочитали и теперь всю информацию черпают друг от друга, они даже телевизор не смотрят, я как-то хотела поговорить о новом фильме Альмодовара, так никто из них его не видел, и имени такого они не слышали. Мы, конечно, болтаем о детях, о прислуге, о тряпках, но мне это скучно, понимаете? — с отчаянием воскликнула Нора. — И вот появляется Егор с Леной, моей ровесницей, и у нее в голове нет всех этих глупостей, которые я обычно обсуждаю с другими женщинами. С Леной можно было нормально разговаривать, у нее был острый ум, она много читала и вообще... Господи, я так обрадовалась, что теперь у меня будет настоящая подруга! Я ведь не могу сама выбирать, с кем мне знакомиться и кого в дом приглашать, это решает Алишер, а он знакомит меня только с женами друзей. Вы не подумайте, что восточные семьи все такие, нет, но у нас... В общем, Алишер такой, какой он есть, и семью он держит так, как считает нужным, и людей в дом приводит только таких, как он сам. Егор был единственным исключением.

— Почему? — в третий раз спросила Настя, подивившись тому, что ей приходится задавать один и тот же вопрос.

— Не знаю точно. Алишер принципиально не делает бизнес с русскими партнерами, только со своими. Может быть, он считал, что Егор по своему менталитету похож на него. Не знаю. У Алишера есть русские друзья, они приезжают к нам в гости, но, по сути, они такие же, как Алик, то есть сторонники домостроя, жены у них не работают и все такое. Муж никогда не объяснял мне, почему он сделал исключение для Егора, он вообще ничего мне не объясняет, это не принято.

— Давно у вашего мужа бизнес с Сафроновым?

— Давно. И все это время я мечтала, чтобы Егор наконец женился, тогда его жена могла бы беспрепятственно приезжать ко мне в любое время. Я понимала, что у него жена будет... ну, в общем, европейская, такая... — Нора с трудом подыскивала нужное слово, чтобы не обидеть своих соотечественниц, но так и не нашла, поэтому оставила фразу недосказанной. — У Алишера твердое правило: мужчина может прийти к нему в дом с кем угодно, с женой или с любовницей, но строить отношения и общаться самостоятельно, без него, я могу только с официальными женами. Егор приезжал к нам с разными девушками, они у него часто менялись, и некоторые из них мне очень нравились, мне было интересно с ними, но я знала, что подругами моими им никогда не стать, пока он не женится. И вот наконец появилась Леночка... Меня еще что особенно обрадовало: я тоже беременна, жду пятого малыша, и у нас в тот момент были примерно одинаковые сроки. И вот я, как дура, начала с первого же дня мечтать, как мы будем вынашивать наших детишек, ездить к одному врачу, вместе гулять, делать гимнастику, в общем, все будем делать вместе. Я представляла себе, как каждое утро Егор будет привозить Леночку к нам, у нас же там воздух чистый, сосны, простор, и мы целый день будем вместе, будем разговаривать, разговаривать, а вечером Алик и Егор будут приезжать к нам, мы будем вместе ужинать и расставаться только на ночь. Такую идиллическую картинку себе нарисовала! Вам, наверное, смешно это все и непонятно, но я так истосковалась по нормальному общению! Я плесневела от скуки!

— Но у вас же четверо детей, — осторожно возразила Настя. — Насколько я знаю, у вас две няни. Может быть, если бы вы сами занимались малышами, вам некогда было бы скучать.

— Я просила Алика... Я не хотела никаких нянь, прекрасно справилась бы сама, вы совершенно правы. Но он ничего и слушать не хотел. Если человек богатый, у детей должна быть няня. Это престиж, показатель уровня жизни. Фантики. Эти чертовы фантики. Он вообще хотел, чтобы у каждого ребенка была отдельная няня, представляете? С огромным трудом мне удалось уговорить его, чтобы нянь было только две. На одну он категорически не соглашался. И потом, дети занимают руки и душу, а голова скучает. Я же не виновата, что родилась в Москве и выросла нормальной московской девчонкой, а родители мои — люди восточные и решили мою судьбу так, как было принято у их предков. Они меня предали, продали Алишеру. Молодая, красивая, здоровая, девственница, без высшего образования... они взяли за меня хорошие деньги. Я не могу их осуждать. И я не могла идти против их воли, меня вырастили в убеждении, что родители всегда правы и их надо слушаться. Господи, да что же я все о себе да о себе... Вы же о Леночке хотели поговорить, а я вас своими бедами нагружаю.

Нора зябко повела плечами, и Настя заметила, что ее холеные белые руки покрылись мелкими пупырышками. Замерзла, бедолага. У нее небось в обширном гардеробе и перчаток-то нет, из машины — в помещение, из помещения — в машину.

— Вам холодно? — участливо спросила она. — Может быть, зайдем в кафе?

— Нет-нет, — поспешно откликнулась Уразова, — давайте лучше здесь посидим. Кафе, рестораны — как это все надоело! Знаете, когда я в последний раз сидела вот так на бульваре? После школьного выпускного вечера, с подружками. Так хорошо... Люди мимо ходят, машины проезжают, жизнь какая-то кругом. А я сижу с подружками. Меня после школы в ежовых рукавицах держали, чтобы, не дай бог, не познакомилась с кем-нибудь и беды не наделала, родители меня строго контролировали и все ждали, когда дочь можно будет повыгоднее пристроить. Пристроили...

— Вы хотели рассказать о Елене, — напомнила Настя.

Ей было искренне жаль эту чрезмерно полную женщину с ярким лицом, большими глазами и пышными темными волосами, но время идет, а о Елене Сафроновой она пока ничего важного не услышала.

— Да, о Леночке... В общем, намечтала я тогда себе бог знает что. А вышло все не так.

— А как вышло?

— Я хотела с ней сблизиться, а она со мной — нет. Как ни печально в этом признаваться, я ей не была нужна. Когда ее привозил Егор, мы, конечно, общались, но если я звонила и приглашала приехать, она всегда отказывалась. Несколько раз мне удавалось договориться с ней о встрече, когда я приезжала в город, но я видела, что она этим тяготится.

— Зачем же вы ее приглашали, если видели, что она не стремится к сближению? Вы на что-то надеялись?

— Сначала — да, надеялась. А потом сделала из этого развлечение. От скуки, наверное.

— Как это? — изумилась Настя.

Чем дальше, тем больше жена ресторатора Уразова

поражала ее. Сначала эти рассуждения о фантиках, потом совершенно необъяснимая откровенность в описании своей семейной жизни, а теперь вот развлечение какое-то!

— Леночка была очень скрытной. У меня все время было ощущение, что она — человек одного дня, словно ни вчерашнего дня, ни прошлой недели, ни прошлого месяца, ни тем более прошлой жизни у нее не было. Вы понимаете, о чем я?

Настя понимала. Очень хорошо понимала. Потому что именно такое ощущение появилось и у нее самой после первого знакомства с мужем убитой Елены Сафроновой и прочтения собранных материалов. Она молча кивнула Норе.

— Лена никогда не рассказывала о том, что было в ее жизни. Ни о родителях, ни о школе, ни о поклонниках, ни о своих мужчинах. Даже о своих подругах ни слова не говорила. Ведь ясно же, что до Егора у нее были другие мужчины, так хоть бы заикнулась о них! Хоть бы мельком упомянула! Как будто стерла ластиком все, что прожила до встречи с ним, и начала жизнь с чистого листа. Когда я поняла, что она не хочет быть моей подругой, я сначала переживала очень, мне было обидно как-то. Всегда обидно, когда тебя отвергают. А потом я решила, что попробую вытянуть из нее как можно больше информации. Просто так, для развлечения. Она ведь не отказывалась общаться со мной, поболтать, да не пять-десять минут, а часами — это всегда пожалуйста, Леночка не была молчуньей. Но за этой болтовней стояло все, что угодно, только не она сама. Можно было обсуждать наши беременности, книги, фильмы, спектакли, политику, кухню, мебель, ремонт, можно было даже обсуждать мою жизнь, но только не ее. Понимаете?

Настя снова кивнула.

— Продолжайте, пожалуйста. То, что вы говорите, очень важно для меня. Я должна понять, каким человеком была Елена.

— Думаю, что плохим, — резко ответила Уразова.

— Почему? Вы обиделись на нее за то, что она вас отвергла? — полуутвердительно спросила Настя. — Или она сделала вам что-то плохое?

— Человек, который отвергает свое прошлое, не может быть хорошим, — твердо, без малейшего колебания, ответила Нора.

— Почему?

«Уже пятое «почему?» всего за один разговор, — мысленно отметила Настя. — Что-то меня сегодня заклинило».

— Потому что это означает, что у него в прошлом слишком много плохих поступков. Он причинил слишком много зла, и чувство вины за это зло становится для него невыносимым.

«Логично, хотя и сомнительно, — подумала Настя. — Жизнь знает множество примеров, когда все обстоит совсем не так. Люди молчат о своем прошлом по совершенно иным мотивам, а люди, причинившее много зла, не испытывают никакого чувства вины».

— Вы хотя бы примерно представляете себе, какие именно поступки Елены вызывали у нее чувство вины? — задала она вопрос, словно слова Уразовой не вызвали у нее никаких сомнений. — Может быть, разгадка убийства как раз в этих поступках?

— Не думаю, — голос Норы звучал спокойно и уверенно. — Леночка ничего не боялась. Ничего не опасалась. Ни о чем не тревожилась. Если бы ее прошлое представляло хотя бы малейшую опасность для ее будущего, я бы непременно это заметила.

Самоуверенно. Но, возможно, у Уразовой есть основания полагаться на свою интуицию и наблюдательность.

Они проговорили еще минут двадцать, прежде чем Настя приступила к выяснению самого важного вопроса.

— Скажите, Нора, когда Егор впервые привез к вам в дом Елену, он не просил вас или вашего мужа помочь ему, поддержать?

— Помочь? — Красивые, четко очерченные брови Норы Уразовой изящно шевельнулись, обозначая недоумение. — В чем помочь?

— В том, чтобы уговорить Елену выйти за него замуж. Нет? Не было такого?

— Да бог с вами, — Уразова легко рассмеялась и плотнее закуталась в тонкую накидку. — Зачем нужно было ее уговаривать? Он представил ее уже как невесту, между ними все было решено.

— А когда это было, не помните? Я имею в виду точную дату.

— Помню прекрасно, это было в день рождения Алишера, пятого июля.

Пятого июля. Не сходится. Егор Витальевич утверждал, что узнал о беременности Елены в конце июня, весь июль уговаривал ее зарегистрировать брак, и только в августе якобы сломал ее упорное сопротивление и тут же организовал бракосочетание. Кто-то из двоих лжет, или Егор, или Нора. Впрочем, слова Норы легко проверить у ее мужа. Но она ведь умная женщина, в этом нет никаких сомнений, и если она лжет, то должна понимать, что обман мгновенно обнаружится. Да и зачем ей говорить неправду? Ее ведь никто ни в чем не подозревает. А может, зря? Может, ее-то как раз и нужно подозревать? Ладно, продолжим как ни в чем не бывало.

— Значит, до того момента вы Елену ни разу не видели?

— Нет, это было первое знакомство.

— И вас не удивило, что Егор так долго скрывал от вас свою невесту? Приезжал к вам с разными девушками, но только не с той, на которой в конце концов решил жениться. Разве не странно?

— Ничего странного. Это было скоропалительное решение. Леночка работала в одном из салонов Егора, он долго не обращал на нее внимания, а потом как-то мгновенно все случилось между ними, она забеременела, и Егор сделал ей предложение. Он очень хотел ребенка.

Так, эту песню мы уже слышали. Хотелось бы чего-нибудь новенького.

— А вас это не удивило, Нора? Все-таки Егор Витальевич — человек с устоявшейся жизнью, позади два брака и множество необременительных связей, никаких матримониальных планов он не строил, и вдруг из-за беременности случайной подруги все переменилось.

— Удивило, — усмехнулась Уразова. — Кстати, это тоже сильно стимулировало мой интерес к Леночке. Хотелось понять, что же в ней было такого, чтобы Егор так кардинально изменился в один момент.

— Ну и как? Удалось понять?

— Нет. Ничего мне не удалось, — с горечью ответила Нора. — Леночка была абсолютно закрытой. Как будто блок какой-то поставила, стену выстроила. На мой взгляд, она ничем не отличалась от прежних женщин Егора, они тоже были очень красивыми и очень неглупыми. И она точно такая же. Так почему он женился именно на ней, а не на ком-то из них? Единственный ответ, который приходит в голову, это действительно острое желание отцовства. Ничем другим я это объяснить не могу.

— А ваш муж? Он что думает по этому поводу?

Уразова с недоумением взглянула на Настю.

— Да вы что, Анастасия Павловна? Я ведь вам сказала уже, Алишер такие вещи со мной не обсуждает. Егор — его деловой партнер, а это совершенно невозможно, чтобы делового партнера и особенно его интимные дела обсуждать с домашней курицей. Это я москвичка, Анастасия Павловна, хоть и воспитанная родителями-ортодоксами. А Алишер родился и вырос там, на Востоке.

— А как вы думаете, Нора, если я задам эти же вопросы вашему мужу, он станет мне отвечать? Или мне лучше не тратить зря время?

Она пожала плечами.

— Не знаю. Попробуйте. Может быть, с вами он будет вести себя не так, как со мной. И потом, уж вы-то сами наверняка будете вести себя с ним не так, как я.

Она улыбнулась.

— Не много вам толку с меня было. Я все больше о своих делах говорила, а вам о Леночке интересно послушать. Но вы не сердитесь на меня, пожалуйста, хорошо? Я ведь эти два часа как в другой жизни провела, из клетки вырвалась, с нормальной женщиной разговаривала, да не о хозяйстве, и не в ресторане, а так вот, просто на улице... Вы не представляете, что для меня значили эти два часа. Если нужно, я готова встречаться с вами еще, вы только позвоните, я тут же приеду.

— Спасибо вам, Нора, — искренне поблагодарила Настя. — Мне кажется, нам придется еще не раз встретиться. Я обдумаю все, что вы мне рассказали, и у меня наверняка появятся новые вопросы.

— Звоните обязательно!

Уразова поднялась со скамейки, и тут же рядом с ней вырос огромный Сайпулла. Стражник, препровождающий узницу назад в камеру. «А говорят, богатство — это счастье, — сочувственно подумала Настя, глядя вслед двум удаляющимся фигурам. — Вот попала девчонка! Со школьной скамьи прямо в объятия к мужу-домостроевцу. Из вольного московского детства — да в зиндан взрослой жизни и материнства. У нее ведь и девичества как такового не было. А такая умница. И красавица. Жалко». И тут же одернула себя: рано жалеть Уразову, надо еще разобраться в ее показаниях. Может быть, зря она пытается катить бочку на Егора Сафронова? Может, на самом-то деле тут что-то другое и Нурия Салахетдиновна имеет к этому «другому» самое непосредственное отношение?

Глава 5

Ну вот и суббота, и Вячеслав Боровенко проснулся с радостным предчувствием удачного завершения дела. Голова сегодня не болела, ныла слегка, но по сравнению со вчерашней выматывающей, раскалывающей затылок на множество частей кипящей лавой, наполненной чугунными гирьками, бьющими изнутри по черепной коробке, это было сущей ерундой, малозаметным комариным укусом и могло расцениваться как состояние полного и абсолютного здоровья.

Лиза, конечно, устроила вечером сцену, упрекала его, обвиняла и называла всякими малоприятными словами за то, что по его милости они не смогли выяснить, кем была та дама, с которой встречался в ресторане писатель Богданов и которой он дал деньги в обмен на пухлый конверт. Слава сперва не особенно злился, он понимал, что жена права и в том, что женщину упустили, вина его и только его. Однако по мере продвижения ссоры к стадии скандала в нем начал закипать протест. Против жены. Против ситуации, вынуждающей его заниматься черт знает чем. Против себя самого, не находящего в себе сил противостоять натиску Лизы. Против сына Юрки, по милости которого он оказался втянут в это дерьмо. Против всего. И даже почему-то против погибшего год назад журналиста, за чьими материалами теперь приходится охотиться. Он вяло огрызался в ответ, потом начал повышать голос, в общем, ничем хорошим вечер пятницы не завершился.

Зато утром все было по-другому. Ясная солнечная погода, голова не болит, и — главное! — сегодня соавторы снова соберутся у мэтра, и наверняка Богданов озвучит новую идею, почерпнутую из полученных накануне материалов. Собственно, можно было бы уже сейчас звонить Николаю или даже напрямую Андрею Степановичу и докладывать, что из троих писателей, работающих в проекте «Василий Богуславский», материалы покойного журналиста получает именно Глеб Борисович Богданов. Но хотелось полной уверенности. И кроме того, так и осталось невыясненным, от кого он их получает, материалы эти. И есть надежда, что в разговоре с соавторами он об этом скажет. Например: «Я вчера встречался с...» — или что-нибудь в том же роде. Сегодня. Сегодня все станет окончательно ясным и благополучно закончится.

Поэтому настроение у Славы Боровенко, несмотря на бурно проведенный вечер, было стабильно приподнятым. Лиза хранила угрюмое молчание, и ему с большим трудом удалось втянуть ее в разговор, но постепенно она оттаяла, убедившись, что муж обсуждает план деятельности заинтересованно и конструктивно.

— Нам нужно сегодня подъехать на Сретенку пораньше, — деловито рассуждал он, поедая сладкую рисовую кашу с яблоками и изюмом — свой любимый завтрак, — и послушать, что будет происходить в квартире, пока мэтр прогуливается по бульварам.

— Зачем? — настороженно спросила Лиза. — Что там может происходить? Там одна старуха.

— Она может с кем-нибудь разговаривать по телефону и что-нибудь сболтнет. Вчера вечером я слушал их, пока писатель спать не улегся, и у меня сложилось впечатление, что бабка знает, с кем и зачем он встречался в ресторане. Там такая, знаешь ли, пикантная ситуация, при которой Богданов от старухи что-то скрывает, а она догадывается и все время его этим шпыняет. Ну, вроде того, что он не дело затеял, и что она его не одобряет, и что его матери-покойнице это не понравилось бы.

— А что Богданов? — В голосе Лизы появилась заинтересованность.

— О, мэтр Богданов — само высокомерие, — хмыкнул Слава. — Дескать, не впадай в маразм, Глаша, не говори ерунду, что ты себе вообразила, поменьше детективов читай и так далее, и вообще, как ты смеешь меня подозревать в чем-то эдаком. Они вчера даже поругались, но я ни слова не разобрал, Богданов к старухе на кухню пошел, а оттуда почти совсем ничего не слышно, только понятно было, что они разговаривают на повышенных тонах и очень друг другом недовольны. А потом ему кто-то позвонил, не то одна из бывших жен, не то внучка, я не понял, он имя ни разу не назвал, но глаголы употреблял женского рода. К телефону сначала подошла старуха, голос сразу понизила и принялась нашептывать, мне было плохо слышно, но я разобрал что-то вроде «я тебе потом расскажу, а то он рассердится». А потом уж хозяина подозвала. Вот я и подумал, что у бабки с этой родственницей особо доверительные отношения и, пока мэтр будет прогуливаться, она вполне может ей позвонить и поведать что-нибудь для нас интересное. Кстати, когда она вчера уходила, Богданов ей резко так сказал на прощание: «И прошу тебя, Глаша, перестань соваться в мои дела и морочить мне голову». Ну что, поехали?

Он залпом допил вторую чашку кофе и поднялся. Лиза тоже встала из-за стола, быстро составила в раковину грязную посуду.

— Вечером помою. Только сегодня я возьму свою машину, — с вызовом произнесла она.

— Да конечно, конечно, — примирительно отозвался Боровенко.

К дому на Сретенском бульваре они подъехали в начале десятого. Хотели припарковаться, как и в предыдущие дни, прямо перед подъездом, но субботним утром все места оказались заняты: автовладельцы, к сожалению, не имели порочной привычки в выходной день вставать пораньше и уезжать на работу. Пришлось парковаться чуть дальше вдоль бульвара, но так, чтобы видеть подъезд. Лиза закрыла машину и пересела к мужу, который сразу надел наушники и приготовился слушать.

— ... в сахарнице песку нет, — зазвучал недовольный голос Богданова. — Что-то ты сегодня рассеянная, Глафира Митрофановна.

— Сейчас, Глебушка, сейчас, — старуха говорит торопливо и виновато, — сейчас подсыплю.

Шаги стихли, старая домработница ушла в кухню за сахаром. Вот она возвращается, звук шагов все ближе...

— Ах ты, господи! Прости, Глебушка.

— Да что с тобой сегодня! — вскипел Богданов. — То пустую сахарницу подаешь, то весь песок на пол просыпала.

— Я сейчас, — забормотала старуха, — сейчас приберу. Не сердись. Я и правда сама не своя с самого утра, вот как встала в пять часов, так руки и дрожат.

— Заболела? — Богданов мгновенно сменил гнев на искреннюю заботу. — Может, тебе полежать, отдохнуть?

— Да как же полежать, Глебушка, ведь обед надо готовить, Васенька с Катериной же придут! Я из-за обеда-то и переживаю. А вдруг сегодня опять отраву подсунут?

— Да сколько же можно, Глаша! Не было никакой отравы, понимаешь? Не было!

— А ты почем знаешь? Я тебе еще тогда сказала: пойди в милицию, пусть они проверят, чего там в супе-то было. А ты не послушался. Вот и гадай теперь...

— Ну хорошо, Глашенька, — внезапно смягчился Богданов, — пусть ты права и в супе была отрава. Но сегодня-то ей откуда взяться? Вчера никого постороннего у нас не было, и сегодня не было. И не будет. Так что вари свой суп спокойно и ни о чем не волнуйся. Договорились? Все, я пошел на прогулку.

Тихое звяканье фарфоровой чашки о блюдце, звук отодвигаемого стула, шаги Богданова — тяжелые, уверенные, в отличие от семенящих легких шагов Глафиры, — скрип открывающейся дверцы шкафа в прихожей, шуршание материала, из которого сшито короткое дорогое пальто. В этом месте слышимость была превосходной, видно, писатель одевался где-то совсем рядом с микрофоном.

Дальнейшее ожидание никаких новостей не принесло. Богданов вышел из подъезда и направился в сторону Большой Лубянки, чтобы на перекрестке выйти на центральную часть Рождественского бульвара. Старуха ушла куда-то в дальнюю часть квартиры, вероятнее всего, на кухню, обед готовить, и никаких попыток кому-то позвонить не предпринимала. Телефон, правда, звонил несколько раз, но она, снимая трубку, лишь коротко отвечала: «Нет его, будет после двенадцати».

После очередного звонка Слава сдвинул один наушник и, закрыв книгу, которую читал, повернулся к жене.

— Все-таки странно... Пока бабка дошлепает из кухни до прихожей, телефон успевает прозвонить девять-десять раз. Представляешь, какие расстояния? Почему у него в квартире только один аппарат? Ведь неудобно же страшно!

— Может, экономит? — предположила Лиза, тоже закрывая журнал, который прихватила из дома для чтения.

— Да нет, не похоже, — задумчиво протянул он. — У него машина с водителем, хотя мэтр вполне мог бы сидеть за рулем сам, мы в интервью читали, помнишь? У него права с младых ногтей и водительский стаж — дай бог каждому. А он барствует, водителя нанял. И при этом на телефоне экономит. В ресторане каждую неделю обедает как минимум один раз, а там цены такие, что один счет — целый аппарат, причем из дорогих.

— У богатых свои причуды, — Лиза пожала плечами и снова уткнулась в глянцевый журнал.

Ровно в половине двенадцатого писатель вернулся с прогулки.

— Ну вот, — Слава потянулся, насколько позволяло автомобильное кресло, — еще полчаса, и начнется самое интересное. Кстати, сейчас бабка ему доложит, кто звонил, это тоже может оказаться важным. Ты приготовь ручку и бумагу, я тебе продиктую. Лизонька, я уверен: сегодня все разрешится и закончится. Ну? Гляди веселей!

Он протянул руку и ободряюще погладил жену по обтянутой кожаными узкими брючками коленке.

Лиза молча открыла сумку, достала ручку и принялась рыться в поисках листка бумаги. И в эту минуту стало происходить нечто странное. Въехавший в ворота серебристый джип, не найдя места для парковки вдоль тротуара, остановился прямо посреди двора, из него вышли двое мужчин ярко выраженной кавказской внешности, один постарше, Слава назвал бы его пожилым, другой значительно моложе, лет пятидесяти, оба статные, с прямой осанкой, густыми, хорошо постриженными волосами, в длинных модных плащах. Оба они излучали уверенность в себе, напористость и снисходительное дружелюбие, свойственное некоторым людям, твердо знающим, что они все равно сильнее, поэтому бояться им некого и незачем.

Мужчины вышли из двора на улицу, повернули налево и скрылись за дверью третьего подъезда, того самого, в котором жил Богданов, и через пару минут в наушниках у Боровенко прозвучала трель дверного звонка.

— Смотри-ка, — удивленно обратился он к Лизе, — к нашему мэтру гости пожаловали. А я что-то не слышал, чтобы он с кем-то по телефону договаривался.

— Может, по мобильному звонили, — откликнулась Лиза, не отрываясь от статьи в журнале. — Пока он гулял.

— Нет, — покачал головой Слава, — это что-то важное для нас, я чувствую. Я уверен. Погоди-ка...

Установленный в прихожей микрофон транслировал в наушники осторожные шаги и громкий шепот. Им повезло: писатель Богданов и его домработница-нянька остановились прямо возле дверного косяка, в который наркоман Мишаня воткнул «жучок».

— Кто это?

— Не знаю. Ты ждешь кого, Глебушка?

— Нет, Катерине с Васей рано еще.

— А вдруг Васечка? Он, бывает, пораньше приходит. Может, открою?

— Не смей!

— Так давай я в «глазок» гляну...

— Стой спокойно, я сказал.

Звонок прозвенел снова, долго, настойчиво.

— Кто бы это мог быть? — Даже в шепоте Богданова можно было расслышать не столько удивление, сколько озабоченность.

— Батюшки! — ахнула Глафира. — Это ж, наверное, он!

— Кто — он?

— Который отраву подбросил. Он и сегодня пришел. И тогда приходил, в среду.

— Да кто приходил-то, Глаша?

— Так почем мне знать? Меня ж дома не было, а он и приходил. И борщ попортил. В тот раз не вышло, так он сегодня приперся, снова пробовать хочет. Не открывай, Глебушка, не открывай, Христом-богом прошу.

— Я и не собираюсь. Хотя, может быть, это и в самом деле Василий, а? Или Катерина. Неудобно получается.

— А ты ему позвони. Дай-ка мне трубочку, я на кухню прокрадусь да и позвоню ему потихонечку, спрошу, не он ли за дверью стоит. Ты мне только номер набери, я на память не помню.

В наушнике раздались отрывистые попискивания: Богданов набирал номер на мобильном телефоне. Семенящие шаги Глафиры Митрофановны зашелестели и затихли, а пространство прихожей снова сотряслось от настойчивых длинных звонков. Боровенко казалось, что он слышит тяжелое дыхание Глеба Борисовича. Что ж, вполне может быть, если пожилой писатель разволновался (хотя отчего бы?) и прислонился к дверному косяку. Вот послышались издалека шаги старухи, громче, отчетливее.

— Это не Васенька. Они с Катериной вместе едут, как раз сейчас Политехнический музей проезжают.

— Черт! Кто же это может быть?

— А я тебе говорю: вызывай милицию! Душегубец это! Я точно знаю.

— Уймись, Глаша. Не шуми.

— Вызывай, Глебушка! Ведь погубит он нас!

— Тише... Слышишь? Лифт. Он уходит. Пойду в окно посмотрю, может, увижу, кто из подъезда выйдет.

Звук легких шагов Глафиры и тяжелых — Богданова словно ожил и стал перемещаться в сторону от микрофона. Через некоторое время оба гостя появились на улице, и почти сразу в наушниках послышалось:

— Видала? Оба явились. Так я и знал! Хорошо, что не открыл, мне нечего им сказать.

— Зачем же они приходили, Глебушка? — Голос старой женщины звучал встревоженно.

— А шут их знает! Наверное, опять уговаривать меня собирались. Потому и нагрянули без предупреждения, чтобы застать врасплох. Уф! Даже кофе выпить не дали, сволочи.

— Ой, не то ты говоришь, деточка моя, не то, — запричитала старуха. — Не уговаривать они тебя хотят, а убить. Ты же сам знаешь, Глебушка.

— Я не хочу это обсуждать. Тем более с тобой. Неси кофе.

Боровенко снова сдвинул наушник и, наблюдая за мужчинами, свернувшими во двор, с досадой ударил кулаком по приборной доске. Какой же он идиот! Как только в квартире заговорили о лифте и о том, что незваные гости уходят, нужно было немедленно выскакивать из машины и подойти к подъезду, чтобы, как только незнакомцы появятся на улице, пройти следом за ними вплотную хотя бы те несколько десятков метров до стоящего во дворе джипа и постараться услышать, о чем они говорят. Пусть не все, пусть только обрывочные фразы или даже отдельные слова, но надо было постараться получить хотя бы приблизительное представление о том, кто эти люди и зачем они приходили к Богданову. А он не сообразил. В конце концов, он пищевик-технолог, а не разведчик и не оперативник, у него мозги по-другому устроены. Он занимается не своим делом, и поэтому у него ничего не получается. Он допускает ошибку за ошибкой. Если поделиться своими соображениями с женой, она снова начнет ругать его, как вчера. Нет уж, лучше промолчать.

— Ну что там? — нетерпеливо спросила Лиза. — Он что, так и не впустил их?

— Нет. Но он знает, кто они и зачем приходили. Какая-то темная история. Старуха уверена, что эти кавказцы собираются угробить нашего мэтра. Как ты думаешь, они связаны с той историей, которой мы занимаемся?

— Вряд ли, — покачала головой она. — Ты ведь помнишь, когда вчера позвонила женщина, с которой он встречался в ресторане, он ей выговаривал за то, что она позвонила ему домой. Значит, он свою связь с ней скрывает от старухи. А про дела с этими типами бабка осведомлена. Значит, это разные истории.

Славе стало немного легче. Если Лиза уверена, что двое вальяжных кавказцев никак не связаны с погибшим журналистом и его пропавшими материалами, то она не станет бранить его за нерасторопность и недогадливость.

Без двух минут двенадцать мимо них медленно проехала машина Катерины Славчиковой. Места перед подъездом по-прежнему не было, и ее темно-синий «Опель» остановился далеко, в самом начале Сретенского бульвара, у Тургеневской площади. Оттуда Екатерина Сергеевна и Василий шли пешком, перебрасываясь короткими фразами.

— Удивительно, до какой степени можно не иметь вкуса, — с нескрываемым сарказмом произнесла Лиза, глядя на приближающихся Катерину и Василия. — Неужели никто не может ей сказать, что так одеваться не следует?

Слава не совсем понял, что имеет в виду жена. Да, Катерина Славчикова смотрелась в короткой куртке и длинной широкой юбке немного странновато, тем более что куртка была перламутрово-голубой, а юбка — разноцветной, золотисто-бежево-коричневой, но ему показалось, что одета писательница не то чтобы безвкусно, а просто не по фигуре. Прямого кроя куртка, похожая на квадрат, не прилегала к талии и доходила как раз до того места, где начинались широкие бедра, а спускающаяся из-под нее свободная юбка образовывала некий прямоугольник. Все вместе производило впечатление поставленных друг на друга детских кубиков, над которыми возвышается аккуратно положенный сверху шарик — очень коротко постриженная голова с круглым лицом. В общем, вид, прямо скажем, не особо женственный, но Катерина же не виновата, что у нее такая фигура. Да и трое родов со счетов не скинешь. А цветовая гамма — что ж, она вполне приемлемая, странноватая, прямо скажем, однако глаз не режет.

— Не будь злюкой, — примирительно сказал он, обернувшись к жене, — она одевается как все, но не у всех же такая фигура, как у тебя.

— Какая бы фигура ни была, нельзя носить прямые короткие куртки с прямыми длинными юбками, — безапелляционно заявила Лиза. — У нее что, глаз нету? Да еще походка эта! Хоть бы каблуки не носила, если ходить на них не умеет.

Слава счел за благо промолчать. Когда жена не в настроении, ее критические замечания бывают не только острыми, но и обидными, а подчас и несправедливыми, уж он-то это хорошо знал. Зато к внешнему виду молодого соавтора у нее, судя по всему, претензий не было, и его мятые джинсы и торчащая из-под кожаной куртки теплая клетчатая рубаха Лизу вполне устраивали.

Боровенко нажал на кнопку, опустил стекло, но почти ничего внятного не услышал, видел только, как шевелятся губы собеседников. В тот момент, когда они проходили мимо машины, в их вялом диалоге наступила пауза. И почему в кино и в детективах всегда удается случайно подслушать всего одно слово, но зато ключевое, проливающее свет на разгадку страшной тайны? Вот они, Слава и Лиза, слушают-слушают, третьи сутки слушают, а толку? Где они, роковые признания и неожиданные откровения? Нету их. Так только, кое-какие наблюдения, собираемые по крупицам и складываемые неуверенной и непрофессиональной рукой в довольно шаткую и сомнительную мозаичную картинку.

— Давай мне наушники, — сказала Лиза, — я послушаю, а ты отдохни. Если хочешь, сходи перекуси, ты, наверное, голодный.

Он с удовольствием снял с головы наушники, протянул их жене и вышел из машины. Не спеша прогулялся до метро, подумал, не пересечь ли площадь, на противоположной стороне которой находится «Макдоналдс», потом решил не затягивать время и купил отвратительный на вид и на вкус хот-дог в ближайшем киоске, запил его стаканом тепловатого чая и вернулся к машине. Садиться в салон не хотелось, он предпочел бы еще немного походить, размять ноги, подышать воздухом.

— Я покурю? — спросил он, нагнувшись к открытому окошку.

Лиза молча кивнула. По ее сосредоточенному лицу Слава понял, что она внимательно слушает. Вероятно, в беседе соавторов происходит что-то интересное. Неужели?.. Хоть бы сегодня повезло! Ведь было же у него с самого утра предчувствие, что именно сегодня все встанет на свои места и закончится.

Он выкурил две сигареты, прежде чем снова сел на водительское место.

— Они скоро выйдут, — сказала Лиза чуть громче, чем требовалось, потому что наушники мешали объективно оценивать силу звука. — У них на час дня назначена фотосессия с французским фотографом для какой-то большой статьи в «Фигаро». Сниматься будут на улице, на бульварах.

— А по нашему делу есть что-нибудь?

— Уже совсем близко... — Лиза замолчала, прислушиваясь. — Сегодня они дошли до обсуждения хода расследования, и по их изначальному замыслу должна иметь место фальсификация результатов экспертизы. Они это еще в среду обсуждали, помнишь? Но тогда они до самой экспертизы не дошли, потому что не решили, как именно будет совершено само убийство, а сегодня у них уже все придумано и подошла очередь собственно расследования. Тот из них, кто выдаст сейчас механизм этой фальсификации, и есть тот, кого мы ищем.

Ну вот, интуиция его не обманула, все откроется сегодня, уже через пару часов, а может быть, и через несколько минут. Собственно, Слава Боровенко ни минуты не сомневался, что доступ к материалам погибшего журналиста имеет именно Глеб Богданов, который тщательно скрывает свои контакты с неизвестной женщиной, передающей ему толстые конверты в обмен на деньги, но ведь ему надо убедить в своих выводах сперва Николая, потом Андрея Степановича, а для этого необходимо побольше фактов.

Без пяти час трое соавторов вышли на улицу и остановились перед подъездом, что-то оживленно обсуждая. Через несколько минут появился фотокорреспондент. Вчетвером они дошли до перекрестка, вышли на бульвар, точно так же, как делал это каждое утро Глеб Борисович, и, не прерывая обсуждения, стали под руководством чернявого длинноносого француза образовывать живописные группы то рядом с деревом, то на скамейке, то на фоне старинного дома, в котором жил мэтр, то на самой середине бульвара, чтобы в кадр попала Тургеневская площадь, то, наоборот, отходили в сторону Рождественского бульвара и становились таким образом, чтобы в кадре оказалась табличка с названием улицы «Большая Лубянская». Вероятно, фотограф наслышан был о печальной известности слова «Лубянка» и счел вполне уместным связать его с детективной литературой. По российским меркам, подумал Боровенко, это слишком прямолинейно и даже примитивно, но на Западе так мало, в сущности, знают о России, что у них такой снимок будет считаться весьма выразительным.

В какой-то момент ему показалось, что соавторы недовольны друг другом, видно, что-то в сюжете не складывалось так, как им хотелось. На несколько минут между ними воцарилось молчание. Троица стояла спиной к наблюдающим за ней супругам Боровенко, и кто первым прервал молчание, высказав свежую идею, так и осталось невыясненным. Однако когда писатели в очередной раз переменили позицию, обсуждение снова шло живо, и по их лицам было видно, что все трое вполне удовлетворены друг другом.

Фотосессия длилась ровно два часа, после чего соавторы, пожав руку увешанному аппаратурой французу, вернулись в дом. Слава надел наушники и приготовился, но уже через пять минут понял, что его ждет очередное разочарование.

— Глаша, подавай обед, — услышал он бодрый голос Богданова.

— А классно получается с экспертизой! — это уже Василий. — Красивая история складывается.

— Да, симпатичненько, — согласилась Катерина. — В целом неординарно, но вполне правдоподобно. Мы молодцы.

— Все-все, друзья мои, с этим мы разобрались, — зазвучал в наушниках начальственный баритон Богданова, — надо идти дальше, у нас с вами жесткий график. Все эпизоды, связанные с фальсификацией, я выпишу, а у нас на повестке дня любовная линия.

— А это было домашним заданием для мадемуазель Катрин. — В интонациях Василия слышалось неприкрытое ехидство. — Вы как, любезная Китти, урок выучили? Готовы поведать нам за обедом историю несчастной любви следователя?

— Не следователя, а оперативника, — отозвалась Катерина.

— Мы же в прошлый раз решили, что несчастная любовь будет у следователя.

— Я передумала.

— Почему?

Голоса сместились в сторону и стали чуть тише, но оставались по-прежнему отчетливыми, вероятно, соавторы из прихожей перешли в комнату, которую квартирный вор Мишаня поименовал «столовка типа гостиная».

— Мне кажется, так будет лучше. У следователя и без того достаточно эпизодов, чтобы показать его характер и сделать его ярким, а оперативник у нас получается каким-то серым, для него явно красок не хватает.

— Что я слышу, безумная Катарина! Вы заговорили, как наш уважаемый Глеб Борисович! Вы решили записаться в мэтрессы и оставить свой след в великой русской литературе?

— Помолчи, Василий, — оборвал его Богданов, — Катерина совершенно права, я и сам об этом думал. И то, что она стремится хоть чему-то научиться у меня, достойно уважения. А вот то, что тебе это кажется смешным, достойно порицания.

— Ладно, порицайте меня, я на все согласен, только не оставляйте без обеда. Баба Глаша, а пирожки сегодня будут?

Слава с силой зажмурился, под веками беспорядочно забегали ярко-желтые точки.

— Черт, — пробормотал он. — Они успели договориться, пока были на улице. Кто-то из них обрисовал механизм фальсификации данных экспертизы, сделал вид, что придумал на ходу, а на самом деле взял это из материалов журналиста, и мы опять не знаем, кто именно.

— Но ты же уверен, что это Богданов, — осторожно заметила Лиза. — Или ты сомневаешься?

— Я не сомневаюсь, — с досадой ответил он, — но у нас недостаточно доказательств. Кроме того, Андрей Степанович велел узнать не только от кого из соавторов материалы попадают в книги, но и как и от кого они попадают к самому писателю. Ты помнишь? Он особенно на это нажимал. Я хочу прийти к Андрею Степановичу с такой информацией, выслушав которую он мне скажет: спасибо, вы свое дело сделали и можете считать себя свободными. Понимаешь, Лизонька? Я хочу как можно быстрее покончить с этим, но покончить раз и навсегда. Чтобы снова к этому не возвращаться. Я не могу больше!

Наверное, он почти кричал, потому что Лиза испуганно схватила его за руку и сильно сжала.

— Тише, успокойся. Чего ты распсиховался? Ты не забыл, что речь идет о судьбе нашего сына? Мы с тобой в первую очередь заинтересованы в том, чтобы материалы были найдены и чтобы они никогда больше нигде не всплыли, а вовсе не в том, чтобы побыстрее отделаться от Андрея Степановича. Мы ему, между прочим, жизнью сына обязаны, а ты рассуждаешь так, будто тебя втянули в совершенно ненужную тебе авантюру и ты только и думаешь о том, как бы половчее из нее выскользнуть. И между прочим, если бы ты вчера не повел себя как последний идиот, мы бы уже сегодня знали, кто та женщина, которая передала Богданову конверт. И если бы оказалось, что она каким-то образом была связана с журналистом, например, она его родственница или подруга, то можно было бы считать, что мы все выяснили. И сидим мы здесь только по твоей милости, так что не надо, пожалуйста, никаких истерик. Ты сам виноват в том, что нам приходится тут торчать с наушниками на голове и слушать всякую муть. Но мы будем тут торчать и будем слушать. И не потому, что ты хочешь побыстрее отделаться, а потому, что от этого зависит судьба нашего сына. Ты меня понял?

Конечно, он понял. Еще бы не понять.

* * *

При первом же взгляде на администратора косметического салона «Нимфа» Нину Клевцову Насте Каменской стало понятно, что надежды ее не оправдаются. Она ожидала, что Нина, которая в свое время привела убитую Елену, в те времена еще Щеткину, на работу в салон, окажется более близка с покойной, чем Нора Уразова, знакомая с Еленой всего-то неполных четыре месяца. Все-таки Елена проработала в салоне целый год, и это означает, что целый год она поддерживала если не дружеские, то хотя бы просто приятельские отношения с Ниной, ведь она ей даже ключи от квартиры давала для интимных встреч.

Однако Настю ждало разочарование. Клевцова оказалась совсем молоденькой девицей, и с первых же минут стало понятно, что если Елену не устроила в качестве подруги умная и неординарная Нора, то уж эту юную свистушку она и подавно к себе близко не подпускала. Впрочем, все бывает, и вполне возможно, Елене не нужна была умная и проницательная подруга, а нужна была как раз такая вот глупышка, все принимающая за чистую монету и без всякой критики глядящая в рот своей более красивой и, несомненно, более сильной и опытной подруге. «Будем пробовать», — с тайным вздохом решила Настя, без воодушевления глядя в широко распахнутые голубые глаза сменного администратора.

— Расскажите мне, Нина, где и когда вы познакомились с Еленой.

— Так она к нам в салон пришла, я же рассказывала уже...

— А вы еще разочек повторите, — терпеливо сказала Настя. — С вами ведь мужчина разговаривал, верно? А мужчины ничего в женских делах не понимают, вечно все путают и пропускают самое главное. Значит, Елена пришла к вам в салон. Когда?

— Я точно не помню. В октябре прошлого года, кажется. Или в начале ноября.

— Она пришла наниматься на работу?

— Нет, что вы, она и не знала, что нам нужен второй администратор. Она пришла на маникюр. Мастер был занят, ей пришлось подождать, я предложила ей кофе, мы разговорились.

— И что было дальше? Она сказала, что ищет работу?

— Нет, это я первая пожаловалась, что мне одной трудно, потому что штат еще не набрали полностью, мы только что открылись, и нет сменного администратора, поэтому мне приходится работать каждый день. А она тогда спросила, нельзя ли ей поговорить с хозяином насчет работы. Я тут же позвонила Егору Витальевичу, и он ей назначил время для собеседования.

Первая неудача. Для Насти куда лучше было бы, если бы Нина рассказала, как встретилась с Еленой Щеткиной в каком-нибудь клубе или на какой-нибудь тусовке. Тогда можно было бы начать искать в соответствующих кругах людей, знавших убитую до начала ее работы в салоне. А здесь все снова упирается в тот же самый салон «Нимфа». Впрочем, кроме Нины Клевцовой и охранника, клявшегося, что Елене никто по личным вопросам не звонил и никакие ее знакомые в салон не приходили, здесь есть еще два мастера по маникюру, два парикмахера, два массажиста, два косметолога и два сотрудника, обслуживающих сауну, солярий и бассейн. Итого десять человек. Не нужно обладать большой сообразительностью, достаточно минимального жизненного опыта, чтобы понимать, что иногда косметолог или массажист знают о клиенте такое, чего может не знать и лучшая подруга. Так что вперед, Каменская, переходи к следующему блоку вопросов.

— Скажите, а как Елена оценивала уровень работы салона?

— Я не поняла...

Голубые глаза распахнулись еще шире, и выплеснувшееся из них недоумение выглядело вполне искренним.

— Ну, нравилось ли ей, как работают парикмахеры, например, или косметологи? Что она говорила о качестве их работы?

— А что ей говорить-то? Клиенты не жаловались, значит, все в порядке.

— Клиенты — другое дело. А вот сама Елена довольна была, например, тем, как ее постригли, как маникюр сделали, как косметические процедуры провели? Ей самой нравилось?

— Так она же не пользовалась... А вы почему спрашиваете?

— Ну, мало ли, вдруг она была кем-то из мастеров недовольна, считала, что этот человек плохо работает, не на должном уровне, она могла даже пожаловаться на него хозяину. Хозяин, например, этого человека уволил, вот вам и повод для мести, — туманно разъяснила Настя.

— Нет, — Нина отрицательно покачала головой, —

ничего такого не было. Я же говорю, Ленка не пользовалась нашими услугами.

— Странно, — Настя потихоньку подбиралась к тому, что ее интересовало в данный момент, — работать в салоне красоты и не пользоваться его услугами... Это же так удобно, прямо на рабочем месте, и ехать никуда не нужно. У вас, наверное, и скидки предусмотрены для сотрудников?

— Да, пять процентов. Но Лена у нас ни разу ничего не делала. Девочки даже удивлялись. Я, например, всем пользуюсь, и сауной, и бассейном, и вообще — всем, что здесь есть. И девочки тоже пользуются, если у кого есть время между клиентами. Массажи друг другу делают, головы в порядок приводят, руки-ноги и все такое. А Лена — нет.

— Почему? Она как-то это объясняла?

— Ничего она не объясняла. Просто не пользовалась — и все.

— Так может быть, она посещала какой-то другой салон, где работают мастера, которые ей больше нравятся? — предположила Настя.

— Ой, да ничего она не посещала! Я вообще поражаюсь...

Нина замолчала и прикусила губу. Чего-то недоговаривает? Случайно обмолвилась и испугалась? Может, где-то уже горячо?

— Чему вы поражаетесь, Ниночка? — как можно мягче спросила Настя, чтобы не спугнуть девушку.

— Да так...

— Нет, «да так» меня не устраивает, — она заговорила чуть строже, — я же все-таки из милиции, мне нужно знать все точно. Елену убили, это дело серьезное, и недомолвками мы с вами не обойдемся. Так чему вы поражались?

Нина вздохнула и принялась наматывать на палец прядь длинных, рассыпанных по спине светлых волос.

— Ну... в общем, она же умерла... о покойных нельзя плохо говорить...

«Нужно! — чуть было не закричала Настя. — Об умерших своей смертью действительно лучше говорить только хорошее, но об убитых нужно говорить все, и хорошее, и плохое! Ну давай же, девочка, давай, говори скорей свое «плохое» о Елене Щеткиной-Сафроновой, может быть, здесь как раз и обнаружится кончик ниточки, за который можно будет потянуть. Ну же!»

— Говорите, Нина, не бойтесь, вы же понимаете, что нам важна любая информация, — осторожно подталкивала ее Настя.

— Да ну, чего там, такая информация вам не поможет.

Нина решительно дернула рукой с намотанной на палец прядью и сморщилась от неожиданной боли.

— И все-таки?..

— Она вообще за собой не ухаживала, — выпалила девушка, словно собравшись с духом. — У нас в салоне ничего не делала и в другие салоны не ходила. Я вот не понимаю, как это можно, в таком возрасте и совсем не ухаживать за собой.

— В каком — в таком?

— Ну, ей же тридцатник исполнился, пора уже и за лицом следить, и за фигурой. И маникюр уже неприлично самой делать. Хоть бы раз в солярий сходила, чтобы загарчик... Так нет.

— Погодите, Нина, а почему вы так уверены, что Елена ничего этого не делала? Откуда вы знаете, что она не ходила в другой салон?

— Да что ж я, не вижу, что ли? Когда она в первый раз к нам пришла маникюр делать, так видно было, что и руки ухоженные, и лицо, и голова сделана как надо. И потом до самой свадьбы — ничего! У меня глаз наметанный, я такие вещи сразу замечаю. Вот голова у нее как была тогда пострижена и прокрашена «перьями», так до самой свадьбы к ним парикмахер и не прикасался. Волосы растут, корни другого цвета — прямо в глаза бросается, а ей хоть бы что. Ногти не красила, только длину снимала, даже кутикулы не обрезала, я видела. А сколько раз я ей предлагала в сауну сходить? Я живу здесь рядом, мне в свою смену неудобно надолго отлучаться, я и так то у парикмахера сижу, то на маникюре, то на массаже, а в Ленкину смену я прибегала, чтобы в сауне попариться и в бассейне поплескаться. Так я прибегу, давай, говорю, Лена, вместе попаримся, вдвоем веселее, ты же все равно с места не отлучаешься, так что хоть в сауну-то можно сходить. Нет! Ни разу со мной не пошла.

— Может быть, Елена была равнодушна к своей внешности? Не считала нужным поддерживать красоту?

— Конечно, не считала, — согласно кивнула Нина. — Вот это меня и удивляло. Ведь красота-то есть, так береги ее, лелей, ухаживай, чтобы подольше сохранилась. А сауна?

— А что сауна? — не поняла Настя.

— Сауна — это уже не красота, это здоровье. Что же ей, и на здоровье, выходит, было наплевать?

— Вы не пробовали поговорить с ней об этом? Может быть, ей нельзя было посещать сауну по медицинским показаниям? Она не была больна?

— Да ну что вы, Ленка была как лошадь здоровая... Ой, простите, — Нина снова закусила губу, на глаза навернулись слезы, — все-таки она умерла, а я о ней так... нехорошо.

— Все нормально, Ниночка, — успокоила ее Настя, — мы ведем расследование, а во время расследования всегда так получается, что и человек вроде хороший, а приходится о нем какие-то не совсем красивые детали выяснять. Все в порядке. Вот вы сказали, что Елена совсем не ухаживала за собой до самой свадьбы. А потом?

— Ну, потом-то все переменилось. Только она в наш салон все равно не ходила. То есть не пользовалась. Она продолжала работать, а в свободные дни ездила красоту наводить.

— Куда?

— Не знаю, она не говорила. Но видно, что место какое-то навороченное, и мастера там дорогие. Одни ногти чего стоят: со стразами, с миниатюрной росписью. Работу такого уровня только лауреаты конкурсов делают, а их услуги знаете как оплачиваются?

Настя знала. И если будет нужно, она легко найдет того мастера, который в последние два-три месяца делал Елене Сафроновой маникюр. Только вот нужно ли это? Что о ней может знать такой мастер? То же самое, что знает муж, или Нора Уразова, или та же Ниночка Клевцова. А Насте нужны сведения о жизни убитой в период более ранний.

Ладно, с этим блоком вопросов пока можно закончить и переходить к следующему.

— Нина, вы замужем?

Из материалов дела было известно, что Клевцова в зарегистрированном браке не состоит, но зачем тогда она брала у Елены ключи от квартиры? От кого скрывала свои похождения? От постоянного сожителя? Так не проще ли было бросить его, если он не устраивает ее до такой степени, что она ему изменяет? Мутная какая-то ситуация. Может, Егор Сафронов наврал насчет ключей?

— Нет, а что?

— Егор Витальевич сказал, что вы иногда брали у Елены ключи от ее квартиры. Это правда?

— Конечно, правда. А что? Я и не скрываю. Я и тому милиционеру об этом говорила. А что, нельзя?

Ну вот, уже ощерилась. Прямо ежик какой-то, а не голубоглазая блондиночка, нежненький цветочек.

— Да нет, почему, можно, — улыбнулась Настя. — А зачем вам чужая квартира?

— Так куда ж мне приводить-то? Я с родителями в коммуналке живу. У меня отец вообще... Долбанутый. Если меня с мужиком увидит, убить может. Да и мать такая же. Психи ненормальные.

— Может, не стоит так о родителях говорить? — заметила Настя без всякой, впрочем, нравоучительности.

Забавная девочка эта Ниночка: думает о том, как бы соблюсти приличия, рассказывая о покойной, но, в сущности, совершенно посторонней женщине, и абсолютно не выбирает выражений, говоря о собственных родителях.

— Меня, Ниночка, не интересуют ваши кавалеры, меня интересуют ключи от квартиры Елены. С какой примерно периодичностью вы их брали?

— Как?

Растопыренные ежовые иголки исчезли, уступив место новому витку недоумения. Очевидно, Настя слишком сложно сформулировала свой вопрос. Да, эта юная наяда определенно не годилась в подруги Елене Щеткиной-Сафроновой.

— Как часто вы их брали? Раз в месяц, раз в неделю?

— А что?

Ну вот, опять. Да чего ж она всего боится-то? Запуганная какая-то. Хотя если удается пробить стену настороженности, то речь льется, можно сказать, рекой. Вон как про Еленину неухоженность рассказывала — соловьем пела.

— Ниночка, я повторяю, меня не интересует ваша личная жизнь, меня интересуют ключи.

— А что с ключами?

Господи, а глазки-то у нее забегали... Неужели именно здесь находится то самое «горячо», которое Настя безуспешно пыталась искать в разговорах вокруг массажистов и косметологов?

— С ключами все в порядке, — спокойно сказала Настя. — Вот в вашей семье сколько комплектов ключей?

— До фига.

— Это много или мало? — улыбнулась она.

— Пять, — пояснила Нина, не сдержав ответной улыбки.

— У вас, у отца, у матери... Еще у кого?

— У брата, он отдельно живет. И еще запасные, они у соседей лежат на всякий случай.

— Вы свои ключи от маминых, например, можете отличить?

— Ну конечно.

— Каким образом? Ключ, он и есть ключ. Как вы их различаете?

— Связки разные. Брелоки разные. У мамы еще ключ от почтового ящика висит. А запасные вообще не на кольце, а на синей ленточке. Я не понимаю, к чему вы спрашиваете.

— Да все очень просто, Ниночка. Вот Елена давала вам ключи. Я хочу знать, это были каждый раз одни и те же ключи или разные? Или вы внимания не обращали?

— Ах вот вы о чем...

Ей бы на этом моменте расслабиться, а она еще больше напряглась. Да что ж такое-то! Где-то здесь, в этой теме ключей, сидит большой ржавый гвоздь, который мешает девушке Нине Клевцовой спать спокойно.

— Да, я именно об этом, — жестко произнесла Настя. — Опишите мне ключи, которые вам давала Елена.

— Ну, в общем... Ладно, все равно Егор Витальевич

меня, наверное, уволит... Короче, сначала Ленка мне дала ключи и сказала, чтобы я их не возвращала. Это было еще зимой. Она сказала, что в ее смену, когда она на работе, я могу пользоваться квартирой, только чтобы я обязательно предупреждала, что я туда пошла. Я тогда еще удивилась, что она ключи насовсем отдает, а она сказала, что ситуации всякие бывают, случается, что все складывается неожиданно, и что ж мне каждый раз к ней в салон ехать за ключами? В общем, она мне их дала и сказала, что я могу приходить, когда мне надо. Только чтобы обязательно предупреждала. Так что ключи были все время одни и те же.

— А потом? Вы их потеряли? — подсказала Настя. — Или у вас их украли?

Подсказывала она по наитию, вовсе не будучи уверенной в правильности своей догадки. Но оказалось, что попала в точку.

— Я не знаю, — прошептала девушка. — Сначала я думала, что потеряла. Я сразу Ленке сказала об этом.

— И как она отреагировала? Ругала вас? Была недовольна?

— Да нет вроде бы. Она плечами пожала, мол, с кем не бывает.

— Когда это случилось?

— Недавно совсем. Недели три назад.

— Понятно. Вы с тех пор со своими кавалерами не встречались? Или брали ключи?

— Нет, не брала. Нужно было один раз, такая ситуация... Но я побоялась Ленку просить. Неудобно. Одни ключи потеряла, а вдруг другие тоже потеряю... В общем, я не стала к ней обращаться.

— Припомните, Нина, при каких обстоятельствах вы потеряли ключи.

— Да разве я знаю? Были-были, а потом я хотела... ну, в общем, мы приехали, я в сумочку полезла уже перед дверью, а их нет.

— А вот это «были-были» когда в последний раз случилось? Нина, мне нужно точно знать, в какой момент ключи еще были у вас, а в какой их уже не было. Когда вы были в квартире Елены?

— Я... кажется, числа пятого или шестого.

— А поточнее?

— Я по журналу посмотрю, можно?

Она так робко взглянула на Настю, что той, несмотря на серьезность ситуации, стало смешно. Бедная запуганная птичка. Ей уже известно, что убийца открыл и закрыл квартиру Елены ключами, и поскольку ей и в голову не приходит подозревать самого Сафронова в убийстве жены, то она смертельно боится хозяйского гнева: ну а как же, ключи якобы потеряла, а может, и не потеряла вовсе, а сама будущему убийце отдала, за деньги или там еще за что. Уволит он ее, как пить дать уволит, как только узнает, куда делся третий комплект ключей.

Нина принялась листать журнал предварительной записи посетителей, руки у нее дрожали, и она все время пролистывала нужную страницу. Наконец нашла то, что искала, поводила тоненьким пальчиком по строчкам.

— Вот, это было в тот день, когда клиенты в сауну не пришли. Они на восемь вечера записались, а в полвосьмого позвонили и сказали, что не придут. Больше ни у кого клиентов не было, только у парикмахера тетка на покраске сидела, ну я и ушла пораньше. Шестого октября, в понедельник.

— Значит, шестого октября ключи точно были?

— Точно.

— А потом когда вы их видели?

— Ой, я не помню точно, открываю сумочку — вроде вижу, что они есть, но я же внимания специально не обращаю. Когда вижу, а когда и не вижу. Вот когда дверь надо было открыть, тогда я и поняла, что их нет.

Да, толку от нее немного, жаль, Миши Доценко нет рядом, вот уж у него она вспомнила бы с точностью до минуты, когда ключи еще были, а когда их уже не стало.

— Хорошо. Теперь назовите мне точно дату, когда вы приехали к Елене и обнаружили, что ключей нет.

— На следующей неделе. Это была как раз Ленкина смена, а я выходная. Вот, — она снова полистала журнал, — примерно пятнадцатого или шестнадцатого.

— Так пятнадцатого или шестнадцатого? — Настя начала терять терпение от этой наивной приблизительности.

— Сейчас, — Нина задумалась, так по-детски шевеля губами, что невозможно было на нее сердиться. — Это был первый из двух выходных, мы работаем два дня через два, и я хотела... в общем, мы собирались на два дня осесть у Ленки на хате, продуктов накупили, всякого разного, приехали... Значит, пятнадцатого.

— И когда вы сказали Елене о том, что потеряли ключи?

— Да сразу же!

— А поточнее?

— Ну... мы сперва потоптались у двери, подумали, потом сумку всю перетряхнули, потом он заводиться начал, мол, раскрутила на бабки, заставила пять сумок жратвы и выпивки накупить, а теперь от ворот поворот. Короче, мы поссорились, он сумки забрал и ушел. Сказал, найдет, с кем приятно время провести. А я в салон поехала.

— Зачем надо было ехать? Можно было позвонить, — заметила Настя.

— Нет, что вы, Ленка даже разговаривать не стала бы.

— Это еще почему?

— Ой, она в этом деле строгая была — прямо невозможно! Никаких личных разговоров в рабочее время не допускала. Я поначалу об этом не знала, пару раз позвонила ей в ее смену, ну просто потрепаться, узнать, как дела, так она сразу: перезвони мне домой вечером. И трубку — хлоп! Я даже обиделась. А она мне объяснила, что это неприлично, когда в салоне клиенты в очереди сидят, а администратор по телефону про личные дела болтает. И еще очень плохо, когда клиент дозвониться не может. Два раза наберет номер, а на третий в другой салон позвонит. Не знаю, может, она и права была, — добавила Нина со вздохом, — в ее смены всегда больше народу по телефону записывалось, чем в мои. Она вообще от стойки не отходила, только если в туалет, и то всегда просила охранника, чтобы трубку брал, если кто позвонит, и просил минутку подождать. Короче, если бы я ей позвонила, она бы и слушать меня не стала. Поэтому и поехала.

Понятно. Стало быть, отсутствие личных звонков на работу связано не с отсутствием знакомых, а со строгой служебной дисциплиной. Хоть какая-то ясность, хотя толку от нее...

— Нина, я зачем Елена продолжала работать? Она

удачно вышла замуж, в деньгах не нуждалась. Да и декретный отпуск ей полагался.

— Не знаю. Я ее спрашивала, а она так на меня посмотрела, как будто я совсем дура. Мне даже неприятно стало.

— То есть она совсем ничего не сказала? — уточнила Настя. — Или все-таки что-то объяснила?

— Ну, она сказала, что Егор Витальевич ищет замену и до начала декабря она доработает. Больше ничего. Тоже мне объяснение!

Ну, для тебя, голубушка, это, может, и не объяснение, ты к своей работе относишься наплевательски и постоянно торчишь то в кабинете массажа, то у косметолога, то на маникюре, то в парикмахерской, то на телефоне висишь. О твоих ухажерах знают все охранники, даже по именам их могут перечислить. Поэтому тебе, само собой, непонятно, как это можно в интересах дела не бросить работу, когда для этого есть все возможности, а ждать, пока тебе найдут подходящую замену.

Но теперь Настя плавно подобралась к следующей группе вопросов, и пора было начать их задавать.

* * *

Протокол осмотра места происшествия был составлен практически безупречно, что по нынешним временам является большой редкостью. Копия протокола находилась в оперативно-поисковом деле у Андрея Чеботаева, и Настя читала его, сидя в тесном, заставленном столами, стульями и сейфами кабинете оперативников в окружном управлении.

— Повезло тебе со следователем, — заметила она, не отрываясь от протокола. — Дотошный мужик.

— Ага, — ехидно поддакнул Чеботаев, — дотошный. Если бы у него еще характер был такого же качества, как его профессионализм, так цены б ему не было.

— Андрюша, тебе с ним убийцу искать, а не детей крестить. Отличный протокол, но пустой.

Она закрыла папку и потерла пальцами виски.

— Почему пустой? — обиделся Андрей. — Сама же сказала, что составлен безупречно.

— Это с точки зрения учебников по криминалистике. А с точки зрения жизни в протоколе ничего нет. Это я не в упрек говорю, того, что мне надо, там и не должно быть.

— А чего ж ты там искала? Ты его сегодня уже в третий раз читаешь.

— Я, Андрюша, как все женщины, все время надеюсь на чудо. А вдруг найдется малюсенькая деталька, которая мне поможет?

— И что, не нашлась? — сочувственно спросил он.

— Не-а, не нашлась. Придется тебе идти к следователю и договариваться, чтобы он меня в квартиру убитой пустил.

— Ты что! — испугался оперативник. — Я еще жить хочу. Ты знаешь, что будет, если я предложу ему провести повторный осмотр места происшествия?

— Знаю, — она устало вздохнула. — Он тебе скажет, что у него нет оснований проводить повторный осмотр, а выносить постановление без всяких оснований — значит, признаваться в собственной халтуре, в том, что первый осмотр проведен некачественно, и это свидетельствует о браке в его работе. И на это он, как сказал бы герой известного кинофильма по кличке Лелик, «пойтить никак не могет». Верно?

— Ну вот, сама же все знаешь, Анастасия Пална. Зачем же меня прямо в пасть к леопарду толкаешь? Осмотр проведен хорошо, ты и сама видишь. С чем я к нему пойду?

— С просьбой. С обычной человеческой просьбой. Мне нужно посидеть в этой квартире, походить по ней, посмотреть, какие вещи покупала себе Елена Сафронова, какие книги читала, какой посудой пользовалась, как мебель расставлена. Мне надо посидеть и подумать. Я хочу попробовать почувствовать эту женщину. Мне нужно попытаться понять ее характер. Если бы я могла, я сама пошла бы к твоему следователю, но я не могу, я для него никто. Я не веду розыскную работу по этому делу, я, как ты помнишь, осуществляю контрольно-наблюдательную функцию и оказываю практическую помощь. Ну так как, Андрюша?

— Нет, Пална, и не уговаривай, жизнь дороже. Ты прилетела со своим наблюдательным контролем и улетела, а следователь-то окружной, мне с ним еще работать и работать. И портить отношения как-то, знаешь ли, не хочется.

— Ох, молодой ты еще, — улыбнулась она, вставая изза стола и тут же натыкаясь на стоящий рядом стул. — Черт, ногу ударила! Больно... Но своему-то начальнику ты можешь позвонить?

— Зачем? — насторожился Чеботаев.

— Спроси, может ли он меня принять. Хочу к нему зайти.

— На меня будешь жаловаться?

— А то как же. Обязательно. Скажу, что ты трус и лентяй. Давай звони.

Пока Чеботаев договаривался со своим начальником, Насте в голову пришла неожиданная мысль о преимуществах возраста, близкого к пенсионному. Она в двадцать пять и даже в тридцать лет тоже очень боялась испортить отношения с начальниками и со следователями, боялась показаться глупой, боялась вызвать их гнев или даже простое порицание. А сейчас ей все равно. Будут они сердиться или нет, будут считать ее глупой или нет, не имеет ровно никакого значения. Значение имеет только то, что она сама думает о себе и своей работе. И если она уверена, что сработала честно, без халтуры, на совесть, то никакие сторонние оценки ее не убедят в обратном. Но в двадцать пять и в тридцать лет этого еще не понимаешь, потому и треплешь себе нервы по пустякам. Может, не так уж и плохо быть сорокатрехлетней? Нет молодой свежести и юного задора, маловато перспектив, зато есть мудрость и спокойствие.

«Ой-ой-ой, уж кто бы говорил про спокойствие, — тут же осекла она себя. — У тебя глаза постоянно на мокром месте, все раздражает, все не нравится. И ты еще собираешься молодого опера поучать, как надо к жизни относиться! Постыдилась бы, Каменская».

— Иди, — отвлек ее от размышлений голос Андрея, — он сейчас свободен. Тебя проводить?

— Не потеряюсь, — она помахала рукой. — Пока, до скорой встречи.

Подполковник Недбайло, полный, вальяжный, с редким пухом, покрывающим младенчески-розовый череп, был значительно моложе Насти, и она, войдя в кабинет, снова ощутила легкий укол ревности: этот сделает свою карьеру по всем правилам и звание полковника получит в сорок лет. А она — женщина, и для нее законы писаны совсем другие.

— Олег Александрович, вы не могли бы мне помочь? — начала она.

Игра была понятна и ей, и ему, обычная аппаратная игра в строгих рамках иерархической структуры. Сейчас Недбайло, следуя правилам этой игры, должен будет изобразить понимающего и всемогущего начальника, без ведома и одобрения которого на этой земле не может даже бездомный котенок родиться.

— Слушаю вас, Анастасия Павловна.

Внимательный взгляд, показное дружелюбие, пухлые ручки сложены так, чтобы свидетельствовать о готовности выслушать и помочь. Правила соблюдаются.

— Я оказалась в затруднительном положении. Дело об убийстве Елены Сафроновой взято на контроль на Петровке, но ваши сыщики работают так грамотно, что просто совершенно нечего делать. Вчера меня вызывал мой начальник полковник Афанасьев и спрашивал, какую практическую помощь я оказываю по этому делу, а мне нечем отчитаться.

Она в шутливом отчаянии развела руками. Это как в шахматах, традиционный обмен ходами. Если я пошел пешкой е-два — е-четыре, то я демонстрирую готовность вести простейшую игру, без всяких изысков. И ты, если ты приличный человек, должен сделать ход е-семь — е-пять, иными словами, дать мне понять, что ты все понимаешь, ставить мат в три хода не стремишься, так, подвигаешь фигурами и сведешь все к боевой ничьей. А если ты правилами пренебрегаешь и собираешься играть нечто более изысканное, то можешь начать разыгрывать защиту Нимцовича и пойти конем на эф-шесть.

Настя сделала первый ход пешкой и теперь ждала, чем ответит Недбайло.

— Ну, в нашей семье тоже не без урода, — засмущался подполковник. — Не перехвалите моих ребят, а то зазнаются. Так чем могу помочь?

Ну слава богу, Недбайло оказался нормальным человеком. Во всяком случае, пока. Ход он сделал вполне ожидаемый и предписанный правилами.

— Я вот тут посидела, подумала... За вашими ребятами ничего переделывать не надо, они сработали грамотно, и мне тут делать нечего в смысле практической помощи. А вот за следователем я бы немножко подработала, честно признаться.

Это был пробный камень. А ну как у подполковника Недбайло со следователем самые что ни есть теплые и дружеские отношения? Тогда дело плохо. Но пока еще можно выкрутиться. Однако, судя по тому, как с готовностью закивал подполковник, отношений со следователем Герасимчуком у него не было никаких. Или были, но плохие.

— Вы же понимаете, Олег Александрович, я человек подневольный, мне приказали — я выполняю, хотя вот честное слово, не вижу оснований для того, чтобы это убийство контролировали на уровне ГУВД, — продолжала она. — Мы с вами прекрасно знаем, что сыщики, работающие на Петровке, ничуть не лучше оперов с «земли», а иногда и хуже, и гораздо правильнее, если вы будете оказывать практическую помощь нам, а не мы — вам. Но приказ есть приказ, даже если он нам с вами не нравится. Ваши ребята загружены сверх меры, и заставлять их проверять еще и мои бредовые версии — это неприлично. Вы согласны?

— А у вас есть бредовые версии? — поинтересовался подполковник.

— У меня могут быть только бредовые версии, — Настя улыбнулась как можно обаятельнее, — потому что все нормальные версии уже или отработаны, или отрабатываются вашими операми, и мне совершенно незачем мешаться у них под ногами. Вот я и выдумываю хоть что-нибудь, чтобы отчитаться перед своим начальством.

— Понимаю, очень хорошо вас понимаю, — снова покивал головой Недбайло.

Ну вот, ритуальные танцы окончены, игра проведена по всем правилам, теперь можно переходить непосредственно к делу.

— Мне нужно осмотреть квартиру, в которой произошло убийство. Но мне не хотелось бы, чтобы это выглядело как жест недоверия к добросовестности следователя Герасимчука. Он человек самолюбивый и, судя по тому, что я о нем слышала, очень профессиональный, он не пойдет на повторный осмотр места происшествия без достаточных к тому оснований. А мне нужно просто побывать в квартире, кое-что посмотреть, кое в чем убедиться. Но без разрешения следователя это невозможно. Вы мне поможете?

Недбайло поморщил лобик, словно что-то вспоминая.

— Что вы хотите, чтобы я сделал? Позвонил следователю?

— Ну что вы, Олег Александрович, следователь — это не ваш уровень. Я была бы вам очень благодарна, если бы вы позвонили его начальнику. А тот спустил бы команду Герасимчуку.

— А меня спросят, почему мы пытаемся сразу давить на следователя, вместо того чтобы с ним договориться. Вы пытались с ним поговорить, объяснить свою проблему?

— Нет. Я для следователя — никто, вы же понимаете. Вот если бы вы...

— Ну хорошо, — Недбайло нетерпеливо пожевал губами, — вы действительно не можете обращаться к следователю с подобными просьбами. Но есть же Чеботаев, который непосредственно ведет дело. Почему он не обратился к Герасимчуку?

«Почему, почему... Потому что боится, что тот на него собак спустит. А Андрюшка не хочет с ним ссориться, он вообще такой трепетный, совершенно не выносит, когда на него кричат, хотя в ментовке работает уже не первый год. Нежный он у вас. А я не имею права его заставлять, у меня таких полномочий нет. Я для него не начальник, а всего лишь контролирующая инстанция. Вы этого не понимаете, господин Недбайло, потому что плохо знаете характер своего подчиненного. Ну и что я должна вам ответить?»

— Впрочем, я понимаю, в чем тут дело, — неожиданно произнес подполковник, не дожидаясь Настиного ответа. — Чеботаев у нас мальчик нервный, из-за одного резкого слова удавиться готов. У него с Герасимчуком уже был конфликт, так мы его всем отделом отпаивали.

Конечно, парень не хочет нарываться еще раз. Герасимчук тоже не сахар, должен вам сказать, хотя профессионал хороший, но в гневе выражений не выбирает. Что ж, Анастасия Павловна, рад был оказаться полезным. Думаю, что мне удастся договориться о вашем посещении квартиры убитой. Я сообщу через Чеботаева.

— Спасибо.

На этот раз Настя была совершенно искренней. Зря она подозревала Олега Александровича в том, что он не знает своих подчиненных. Очень даже знает. И все понял с самого начала. Но игра есть игра, и правила требуют, чтобы определенное количество ходов в ней было сделано обязательно. Интересно, кто-нибудь когда-нибудь пытался подсчитать, сколько рабочего времени уходит непосредственно на раскрытие преступлений, а сколько тратится на такие вот игрища? Прогибаться, договариваться, соблюдать пиетет, пить вместе водку, сидеть в приемной начальников...

* * *

В воскресенье рухнули все надежды. Мэтр Богданов ушел на прогулку, а неугомонная Глафира Митрофановна принялась за уборку. Квартира большая, убирала она ее, судя по результатам прослушивания, частями. В воскресенье подошла очередь прихожей и трех выходящих в нее комнат.

Уборку старая домработница производила наитщательнейшим образом. И конечно же, заметила крохотное темное пятнышко на деревянном дверном косяке. Потерла тряпкой, потом поковыряла ногтем, не добившись успеха — принесла столовый нож. В наушниках у Боровенко раздавались душераздирающие скрипы и треск, а потом все стихло. Миниатюрный микрофон был обнаружен и стерт с лица земли как комочек присохшей грязи. Именно так его идентифицировала неискушенная в шпионских штучках Глафира Митрофановна.

Лиза сидела рядом с мужем в машине, бледная от напряжения.

— Надо немедленно звонить Николаю, — твердила она.

Слава не возражал. Никакого другого варианта поведения он не видел. Пусть Николай принимает решение, что им делать дальше: продолжать ли наблюдение за соавторами или пытаться снова найти Мишаню-наркомана и поставить в квартиру Богданова новый микрофон.

Николай молча выслушал сбивчивый рассказ Боровенко, выругался сквозь зубы и велел пока ничего не предпринимать.

— Я доложу Андрею Степановичу, — сказал он и положил трубку.

* * *

В тот же день вечером сам Андрей Степанович на своей даче нежился в объятиях давней подруги, той самой красивой холеной седой женщины, в обществе которой несколько недель назад жарил шашлыки в компании с ее мужем и обсуждал перспективы использования исчезнувших материалов погибшего журналиста. И он сам, и его любовница были уверены, что муж давно все знает и молчит, потому что его все устраивает. Устраивает их тесная дружба, их давние доверительные отношения, их совместный бизнес, приносивший огромные доходы в те времена, когда Андрей Степанович был начальником Управления внутренних дел крупного региона, Алла Евгеньевна занимала должность главного патологоанатома, а ее муж руководил подчиненными, сидя в кресле начальника экспертно-криминалистического управления. У них и сейчас бизнес совместный, только в другой области, в торговле мебелью, но тоже весьма и весьма прибыльный.

После звонка из Москвы Андрей Степанович выполз из-под пухового одеяла, накинул длинный халат, в котором почему-то вызывал ассоциации с Ноздревым, и отправился на кухню варить кофе. Через некоторое время к нему присоединилась Алла Евгеньевна, полностью одетая. Глядя на нее, такую строгую и элегантную, с уложенной — волосок к волоску — прической и с умеренным, но очень умелым макияжем, просто невозможно было представить себе, чем она занималась всего полчаса назад. Даже подумать такое о ней было бы кощунством!

— Ну что, Лялечка, прокололись наши московские друзья, не вышло у них ничего, — спокойно, как бы между прочим, заметил Андрей Степанович, разливая кофе из турки по маленьким изящным чашкам. — Микрофон, который установили в квартире Богданова, был случайно уничтожен. И какой козел его ставил, хотел бы я знать? Неужели не понимал, что нужно выбрать место, недоступное случайностям?

— Андрей, я тебя предупреждала, что дешевизной ты платишь за качество. Ты хотел найти людей, которые сделают для тебя работу бесплатно, за голую идею...

— Не за идею, душечка, не за идею, а за собственного сына, — поправил ее Андрей Степанович.

— Это все равно, — она недовольно тряхнула головой. — У них недостаточно денег и опыта, чтобы нанимать дорогих исполнителей, они нанимают дешевых — и вот результат. Мне кажется, то, что предлагал Сеня...

— Много твой Сеня понимает! — фыркнул он. — Он эксперт, а не сыскарь, вот пусть в своих пробирках и ковыряется. Я сам знаю, что надо делать. Эти московские ребята за своего придурка-сыночка любому глотку перегрызут, я правильно сделал, что поставил на них. Надо только грамотно сформулировать им задание.

— И какое задание ты им теперь дашь? Уже придумал?

— Конечно. Мы пойдем другим путем, сладкая моя. Это будет сложная комбинация, но неординарная и потому элегантная. Ты же знаешь, Ляленька, я люблю элегантность.

Она молча улыбнулась. Уж что-что, а элегантность этот крупный тяжеловесный мужчина с выпуклыми глазами действительно умел ценить. Может быть, именно поэтому она столько лет с ним спит. Нет, она его не любит. Но спит с ним с огромным удовольствием.

Глава 6

Следователь Артем Андреевич Герасимчук оказался маленьким и очень стройным молодым человеком, похожим на выточенную из дерева статуэтку. Именно из дерева, а не из слоновой кости, потому как был черноволос, темноглаз, смугл и вдобавок покрыт ровным темным загаром. Глядя на него, Настя Каменская подумала, что если оставить за рамками обсуждения его совсем не мужской рост, то старшего лейтенанта юстиции Герасимчука можно было бы с полным основанием назвать красивым. Но как же он молод, господи ты боже мой! Лет двадцать пять—двадцать шесть, не больше. А ведь Недбайло на полном серьезе характеризовал его как хорошего профессионала, да и по копиям составленных следователем документов можно было судить о том, что оценка эта не является преувеличением. Понятно и то, почему Чеботаев не может найти с ним общего языка, а подполковник Недбайло утверждает, что характер у следователя отнюдь не сахарный. Всему причина — молодость, плюс хорошие мозги, плюс здоровое честолюбие. Ведь что такое расследование преступлений? Работа, состоящая из действий, строго и детально регламентированных Уголовно-процессуальным кодексом, и действий, только обозначенных в законе и не имеющих четкой и детальной регламентации. Первую часть выполняет собственно следователь, вторую — оперативники, и только от следователя зависит, как будут состыкованы, подогнаны друг к другу и собраны в единую конструкцию результаты обеих составляющих. Для процесса же подгонки необходимы не только и не столько знания процессуального закона, сколько жизненный опыт, и мудрость, и профессиональная хитрость, и умение идти на компромиссы, и умение разбираться в людях и принимать решения о том, кому из оперативников можно и нужно доверять, а кому — не следует.

Знания закона у Артема Герасимчука были крепкими и надежными, а вот всего остального, необходимого для создания гибкой, но устойчивой конструкции, пока не было в связи с недостаточным количеством прожитых лет. Зато были карьерные и честолюбивые устремления стать «крутым профи», которого «на кривой козе не объедешь». Отсюда и постоянные конфликты с операми: следователю все время казалось, что его пытаются уличить в недостаточной грамотности, в нехватке опыта, обмануть, обвести вокруг пальца, поучать, поставить под сомнение результаты его работы. Особенно тяжело складывались отношения у него с теми, кто был старше по возрасту, даже если разница в годах невелика. Дело в том, что маленький Тема рос в семье с неродным старшим братом: мать его вышла замуж за вдовца с ребенком. Разница между мальчиками была всего в пять лет, но брат вовсю использовал свое старшинство, поучал Тему, терроризировал, заставлял выполнять мелкие поручения, применял тайком от родителей силу, пользуясь тем, что гордый малыш не имел привычки жаловаться или ябедничать, одним словом, организовал «давление по всему фронту». А если добавить к этому бессовестные обманы и дурацкие обидные розыгрыши, на которые многие годы ловился доверчивый Тема, то можно себе представить, с каким психологическим и эмоциональным багажом пришел Артем Андреевич Герасимчук к самостоятельной работе в должности следователя.

Ничего этого Настя Каменская, конечно, пока не

знала, но, поймав на себе первый же взгляд Артема Андреевича, многое поняла. Маленький офицер, готовый убить каждого, кто посмеет поставить под сомнение, что рано или поздно он станет Наполеоном. Ну и ладно, не будем ставить под сомнение, будем проявлять вежливость, обращаться исключительно по имени-отчеству и не допускать опрометчивых высказываний. Он моложе почти на двадцать лет... Какой же старухой, наверное, кажется ему Настя! А он, в свою очередь, кажется ей совсем ребенком. Опасное заблуждение, частенько свойственное людям, переступившим сорокалетний рубеж, и приводящее к непоправимым ошибкам: они кажутся сами себе совсем еще молодыми, поэтому тех, кто моложе на пятнадцать-двадцать лет, воспринимают не иначе как деток-несмышленышей, ну а как же иначе, ведь если я молод, то ты — вообще детсад. А потом оказывается, что «детсад» — взрослый самостоятельный индивид, способный на принятие решений и совершение поступков, да при должности, да при полномочиях, да при правах, и начинается сперва болезненное удивление, потом раздражение, потом недоумение: если он уже такой большой, значит, я — старый?

К дому, где до замужества жила убитая Елена Щеткина-Сафронова, следователь приехал на машине вместе с двумя понятыми, и, несмотря на полный настороженности и холодной строгости взгляд старшего лейтенанта, Настя оценила его предусмотрительность. Если следователь давно знает оперативника и полностью ему доверяет, он в подобной ситуации просто дает ему ключи от квартиры и полоску бумаги со своей печатью: дескать, вскрывай, смотри, ищи, потом дверь заново опечатаешь, а ключи вернешь. Если же следователь сыщику не доверяет, он приходит вместе с ним, а если еще и закон хочет соблюсти, то приводит понятых: а ну как сыщик найдет что-то важное, ускользнувшее от внимания во время первого осмотра. Адвокаты нынче расслабиться не дают, не оформленное должным образом изъятие сразу поставит под сомнение и все прочие результаты следствия. Артем Андреевич был готов и к такому повороту, и это свидетельствовало о том, что излишней самоувереннотью он не страдал и вполне допускал, что действительно мог чего-то и не заметить.

— Спасибо вам, Артем Андреевич, что откликнулись на мою просьбу, — сказала Настя, подходя к нему.

Она пришла немного раньше назначенного срока и успела осмотреться. Дом как дом, район как район, магазины, химчистка-прачечная, пункт обмена валюты. Метро, правда, далековато, две остановки на троллейбусе или двадцать минут пешком. Кстати, как Елена передвигалась, на городском транспорте или на машине? В бытность женой Сафронова она ездила на подаренной мужем «Киа Рио», а до того? Надо бы узнать на всякий случай, вдруг пригодится. Хотя зачем? Интересно, Елена сама стирала белье или сдавала в прачечную? За хлебом она, вероятнее всего, ходила вот сюда, в булочную-кондитерскую. А что она покупала в магазине, полуфабрикаты или продукты, из которых нужно самой готовить? И вообще, питалась ли она дома или ходила в кафе и рестораны?

За этими неспешными размышлениями Настя чуть было не проглядела Герасимчука, вышедшего из машины и топтавшегося вместе со своими понятыми возле подъезда, буквально в трех метрах от самой Насти.

— Что вы, собственно, собираетесь обнаружить в квартире? — спросил он делано безразличным тоном, когда они поднимались в лифте на пятый этаж.

— Ничего, — улыбнулась Настя, — я просто хочу посмотреть и попытаться понять, какой образ жизни вела убитая.

— Но она уже несколько месяцев здесь не жила, — возразил следователь. — Она жила у мужа.

— Я знаю, но мне важно понять, как она жила до того, как вышла замуж. Мне ее характер нужен, понимаете?

Это было ошибкой, но Настя спохватилась слишком поздно, слово уже вылетело. Эх, не нужно было произносить это последнее «понимаете?», не нужно. Герасимчук недовольно нахмурился и поджал красиво очерченные губы. Молча сорвал с двери печать, открыл замок, первым вошел в квартиру, за ним втянулись понятые — пожилая пара, люди, судя по всему, выезжающие со следователем не в первый раз и посему знающие свое дело и ничему не удивляющиеся. Все трое сразу расположились в гостиной, понятые уселись на диван, синхронно достали принесенные с собой журналы и углубились в чтение, следователь же устроился в кресле и положил на колени папку. Он, похоже, собирался наблюдать за Настей.

Ей стало неловко, она не привыкла работать под пристальным надзором, тем паче и не знала толком, что и где искать и искать ли вообще. Что ей здесь нужно? Зачем она все это затеяла? Ведь у нее была версия, согласно которой Елена Щеткина заставила Егора Сафронова жениться на ней при помощи шантажа, за что и была убита мужем или его сообщником, так при чем тут ее жилище? Андрей Чеботаев сейчас раскапывает подробности биографии Егора Витальевича в попытках найти то, чем его можно было шантажировать, вот этим и надо заниматься, а не изображать глубокомысленность, разглядывая вещи и обстановку в квартире убитой женщины. Но с другой стороны, ведь сначала был шантаж, а уж потом замужество, и как знать, быть может, какие-то следы, какие-то отпечатки этого шантажа до сих пор находятся здесь. Опомнись, Каменская, какие следы, какие отпечатки? Номера телефонов, записи о встречах в ежедневнике — все это изъято при первом осмотре и находится у следователя. Что еще ты хочешь найти? Компрометирующие Сафронова фотографии или документы? Ну конечно, сейчас, разбежалась. Если они и были, то убийца первым делом их нашел и забрал, для этого он сюда и приходил. И все-таки, все-таки...

Настя взяла себя в руки, постаралась забыть о впившихся в нее темных недобрых глазах следователя Герасимчука и сосредоточиться. Начнем с прихожей, со шкафа-купе, где висит верхняя одежда. Теплая куртка-пуховик фирмы «Богнер», дорогущая, но практичная, ей сноса нет, Настя это точно знает, потому что сама уже шесть лет ходит в подаренной матерью богнеровской куртке, которая и по сей день выглядит как новенькая. Рядом — дешевенькая китайская куртка на синтепоне, торчащем из расходящихся кое-где швов. Такие куртки покупают на вещевых рынках. Как она сюда попала? И чья она? Самой Елены? Странно. Зачем ей такая вещь? А вот английское демисезонное пальто, длинное, теплое, темносерое, очень элегантное. Уж не за ним ли приезжала сюда Елена в тот роковой день? Как раз по сезону, на носу ноябрь, холодает. Да нет, пожалуй, не за ним: пальто узкое и с поясом, вряд ли это подходящая одежда для женщины с семимесячной беременностью, оно в талии не сойдется.

На верхней полке два теплых шарфа и несколько шелковых платков. Шарфы совсем новые, один даже в упаковке, для них еще сезон не наступил, и Елена, наверное, собиралась забрать их позже, ближе к зиме. А вот платки, наоборот, ношеные, сохранившие едва уловимый запах духов, для них сейчас самое время, но хозяйка квартиры оставила их здесь, забирать не стала. Вероятно, она вообще не собиралась их больше носить, купила новые и более модные. И снова такая же картина, как с куртками: два платка с этикетками дорогих фирм, а один — совсем копеечный, даже и не шелк вовсе, а какая-то синтетика. Откуда? Зачем? Кто-то подарил и пришлось взять, отказаться неудобно? Возможно. Но зачем она его носила? Или носила его не Елена? Тогда кто?

Закончив с верхней полкой, Настя наклонилась и стала изучать стоящую в шкафу обувь. Несколько пар сапог и ботиночек с длинными носами и высокими тонкими каблуками, явно неподходящих для беременной. Старые, порвавшиеся с нескольких местах тапочки. Неужели Елена ходила в таких тапках? Наверное, ходила, ведь не сразу у нее появилось благосостояние, квартира и дорогие вещи. Но почему не выбросила? Хранила как память? Или в них ходила опять же не она? Хотя размер такой же, как у остальной обуви. Но это ни о чем не говорит, тридцать седьмой — самый ходовой размер. А это что? Кроссовки. Дорогие, фирменные. Настя достала их, поднесла поближе к свету, внимательно рассмотрела. Да, в этих кроссовках ходили много, даже, наверное, бегали. Занятно. А девушка Ниночка из салона «Нимфа» уверяла, что Елена совершенно не занималась ни своей внешностью, ни своим здоровьем. В сауну не ходила, а в кроссовках, выходит, бегала? Или что там она в них делала? Для того, чтобы внутренняя поверхность подошвы приобрела такой вид, в кроссовках нужно отмахать не один десяток километров. Что это было, прогулки, бег по утрам, целенаправленные походы в загородной местности? Надо обо всем этом спросить у безутешного вдовца... хотя зачем? К шантажу это не имеет никакого отношения. Или имеет? Вопросы, одни вопросы, а ответов пока что-то не видать.

Обнаруженные в прихожей перчатки оказались под стать курткам и платкам: среди дорогих изделий из лайки затесались шерстяные с дырками на кончиках пальцев и дешевые, из плохо выделанной кожи. Размер, как и в случае с обувью, совпадал. Такую же картину Настя обнаружила и в ванной. Разумеется, переезжая к мужу, Елена забрала свою косметику, но баночки, тюбики и флаконы, в которых оставалось еще чуть-чуть содержимого, оставила. Наверное, купила себе новые. Среди этих баночек и флакончиков с названиями дорогих фирм, таких, как «Ля Мер», «Герлен», «Мавала», «Кларанс», нашли себе место и совсем копеечные кремы и лосьоны. Как они здесь оказались? Кто ими пользовался? Елена? Или опять же не она?

Теперь осмотрим кухню. Мебель дорогая, итальянская, деревянная. С посудой — полный разнобой. В одном шкафу стоит веджвудский столовый сервиз на двенадцать персон, такой стоит тысяч семь-восемь, если в условных единицах. А в соседнем шкафчике-сушилке над мойкой — посуда явно повседневного пользования, тарелки и блюдца стояли в «сетке», чтобы стекала вода, чашки — над ними, на сетчатой полке, вверх донышком. Часть тарелок и чашек — из мейсенского чайного сервиза ручной работы, другая же часть являет собой простые «офисные» чашки-бокалы и простенькие тарелочки.

Из кухни Настя перешла в спальню. Она даже не удивилась, найдя в шкафу аккуратно сложенные комплекты постельного белья, среди которых наряду с дорогими английскими и французскими, сатиновыми, с жаккардовой отделкой или ручной вышивкой, лежали дешевые турецкие и китайские. В большом шкафу висели на плечиках несколько блузок и трикотажные костюмы и джемпера, все остальное хозяйка, похоже, успела перевезти в новое жилище. Полки же, помимо постельного белья, оказались заняты теплыми вещами: свитера, кардиганы, шали. До них очередь должна была дойти к концу осени.

Настя аккуратно стала вытаскивать белье и вещи по очереди из каждой полки и складывать на широкую, тщательно застеленную кровать. Почему-то люди любят прятать то, что не предназначено для посторонних глаз, именно на таких полках, под вещами. Она даже не заметила, как следователь подошел к спальне и встал на пороге, наблюдая за ее действиями, просто вынимала очередную вещь, расправляла, ощупывала, складывала на кровать, вынимала следующую... Она делала все это машинально, глубоко задумавшись, и очнулась только тогда, когда поняла, что складывает не свитер и не шаль, а нечто гораздо более тонкое. Майка. Обыкновенная майка, белая, с короткими рукавами и незамысловатым рисунком. Еще одна майка. И еще одна, на этот раз черная. И еще одна, голубая со смешной кошачьей мордочкой на спине. Наверное, Елена, как это делают многие женщины, надевала эти майки под теплые свитера, потому что шерсть «кусает» кожу на спине и груди. А это что? Это уже не майка, это спортивный костюм. Легкий, белый, летний. А вот еще один, яркий, бирюзовый, теплый, явно для холодного сезона. Стало быть, майки, лежащие на одной полке со спортивными костюмами, были предназначены не для ношения со свитерами, а для занятий спортом. Майки, костюмы, кроссовки... А вот и носки, тонкие и толстые, хлопчатобумажные. Полный комплект. Но это еще не все, в глубине полки лежит пакет. Настя быстро вытряхнула на кровать его содержимое: три купальника, закрытые, скорее спортивные, чем пляжные, резиновая шапочка, две пары шлепанцев-«сланцев». Набор для посещения бассейна.

Да, господа хорошие, плохо вы знаете тех, кто рядом с вами. За здоровьем-то своим покойная Елена Щеткина-Сафронова все-таки следила, да еще как! Бег, ходьба, бассейн. Только вы почему-то этого не знали. Впрочем, зря она на всех бочку катит, этого только глупенькая наивная Ниночка Клевцова не знала, а вот муж вполне даже может оказаться в курсе. А если и муж об этом не знает, тогда уже совсем интересно получается...

— Ну как? — вывел ее из задумчивости голос Герасимчука. — Нашли что-нибудь интересное? Нужно что-то изымать? Приглашать понятых?

«А не такой уж ты крутой законник, милый мальчик Тема, — с улыбкой подумала Настя. — Если уж по всем правилам, то ты вместе с понятыми должен был за спиной у меня стоять и за каждым моим движением следить, а вы в гостиной на диванчике да в креслицах отсиживались. Конечно, прихожую вам в открытую дверь было видно, в спальню ты за мной следом притопал, хотя и без понятых, что неправильно, а вот что я в кухне и ванной комнате делала, никто из вас не видел и знать не знает. А ну как я бы туда что-нибудь подбросила? А ты бы потом пеплом голову посыпал и от начальства нагоняй получил за то, что очевидную улику, имеющую отношение к преступлению, вовремя не обнаружил. И тебе бы еще меня в пример ставили. Каково для твоего самолюбия? Но ты не дурак, милый Тема, ты все это предвидишь и в голове держишь. Просто ты лично от меня подвоха не ожидаешь. Я для тебя старая женщина, а потому не опасна. Вот если бы на моем месте был мужчина лет эдак тридцати или чуть старше, ты бы вокруг него аки беркут кружил, глаз бы с него не спускал. Ладно, Тема, я тебя прощаю, я действительно немолодая женщина, подставлять тебя я не собираюсь, опасности никакой не представляю, и спасибо тебе за то, что ты мне доверяешь. И спасибо моему предпенсионному возрасту за то, что благодаря ему я без особых усилий могу вызвать доверие у молоденьких следователей. Короче, всем спасибо! Съемка окончена».

— Пока не знаю, вы сами решайте, Артем Андреевич. Такое впечатление, что в квартире вместе с убитой жила еще одна женщина. Такой же комплекции и, вполне возможно, одного с ней возраста, но с другим финансовым положением. Здесь довольно много вещей, которые вряд ли могли принадлежать Сафроновой.

Красивые глаза Артема Андреевича неприятно сощурились.

— Какие, например?

— Дешевая куртка, дешевая косметика, дешевое постельное белье, перчатки, шейные платки, спортивная одежда и обувь. Вы сами посудите, в этой квартире ремонт, техника и мебель — на многие десятки тысяч долларов, да и та одежда, которая еще осталась, сплошь в бутиках куплена. Такая испанская спальня, как здесь, стоит семнадцать тысяч долларов. Вот этот комплект белья фирмы «Ив Делорм» стоит в ГУМе шестьдесят тысяч рублей. А вот это постельное белье, — она взяла в руки один из турецких комплектов, — куплено на рынке за пятьсот рублей. А вот еще колготки в ящике, без упаковки, они на тех же вещевых рынках продаются в связках, по двадцать пять рублей за пару. Не могу поверить, чтобы их носила женщина, у которой самая недорогая пара обуви стоит восемьсот долларов. Так не бывает. Эти дешевые вещи просто не могли принадлежать хозяйке. Мне так кажется, — осторожно добавила она на всякий случай. — А вы как думаете?

Как думал Артем Андреевич, осталось загадкой, потому что он не удостоил Настю ответом, задав вопрос:

— Вы закончили осмотр?

— Нет, еще осталась гостиная. Я вас задерживаю? Мне поторопиться?

— Если возможно. У меня много дел.

«У меня тоже, — мысленно огрызнулась Настя. — И между прочим, за расследование убийства ответственность несешь ты, следователь, а мое дело — контролировать оперов и при случае им помогать. Я за раскрытие не отвечаю, так что не надо делать вид, что мне этот повторный осмотр нужен больше, чем тебе».

— Я постараюсь побыстрее, — ответила она, стараясь, чтобы охватившее ее раздражение не прорвалось наружу.

В гостиной ее внимание первым делом привлекли книжные полки. Скажи мне, что ты читаешь... и так далее. Но здесь Настю ждало разочарование: никакого хотя бы минимального собрания книг, по которым можно было бы судить о характере Елены Сафроновой, на полках не было. Вместо них стояли видеокассеты, причем в огромном количестве. Видимо, покойная предпочитала не читать, а смотреть телевизор. Ну что ж, видеокассеты — тоже товар, их ведь покупают не абы как, а в соответствии с личным вкусом. Правда, случается, что их дарят, и тогда фильм вовсе не обязательно соответствует тому, что ты предпочитаешь.

Даже беглого прочтения названий оказалось достаточно, чтобы Настя поняла: ни о каком личном вкусе и речи быть не может. На полках стояли только бестселлеры или ленты, о которых много говорили или писали. «Матрица», «Титаник», «Каллас навсегда», американские версии «Анны Карениной» и «Онегина», «Зеленая миля»... Иными словами, Елена Щеткина-Сафронова смотрела фильмы, по поводу которых надо быть «в курсе», чтобы не показаться серой и отсталой и умело поддерживать разговор. Странно, что подобное ее стремление не распространялось на книги, ведь и среди литературных произведений много бестселлеров и предметов критических обсуждений и даже скандалов. Вероятно, в той среде, в которой она вращалась, о книгах не говорили вообще, а может быть, их и не читали вовсе. Или это была среда кинематографистов, где разговоры о новинках кино присутствуют обязательно. Или книги она увезла к Сафронову, что вполне возможно. Настя мысленно пометила еще один вопрос, который надо задать мужу убитой. Про дешевые вещи, про занятия спортом, теперь вот еще про книги.

При более внимательном осмотре полок с кассетами Настя заметила две, выбивающиеся из общего ряда: «Калланетик» и «Стройная фигура». Это уже ближе к кроссовкам и спортивному костюму, то есть либо к неизвестной посторонним людям стороне жизни Елены, либо к той, второй женщине, которая здесь жила. Настя вытащила обе кассеты, чтобы прочитать аннотации, и из картонных коробок выпали два конверта.

Тут же рядом с ней возник Герасимчук, вот уж точно — аки беркут.

— Не трогайте! Я сам. Понятые, подойдите ближе.

Настя молча послушно сделала шаг в сторону. Следователь присел на корточки, осторожно, двумя пальцами взял один из конвертов. Не запечатан. И никаких надписей, обычный белый конверт. Из конверта Артем Андреевич извлек пять листочков плотной бумаги, на каждом из которых жирным черным фломастером было написано:

«Так мне и надо».

Во втором конверте оказались точно такие же листочки, и тоже пять, но надпись была другой:

«Я это заслужила».

* * *

В этот вечер Глафира Митрофановна гостей не ждала, Глебушка уехал на какое-то празднование, вроде он говорил, что издательство отмечает свое десятилетие, и вернуться должен был часов в девять, не раньше. Ужин готовить не велел, сказал, что там будет фуршет и вернется он не голодным. Старая Глафира подумывала, не пойти ли ей домой: квартира прибрана, ужинать Глебушка не будет, продукты для завтрашнего дня куплены, чего ей тут дожидаться? Правда, по телевизору в восемь часов должен был начаться старый фильм, который она в молодости страсть как любила, особенно артист Столяров ей нравился, а дома у нее телевизор хоть и есть, но плохонький, старенький, по нему и не видать толком ничего. И, поразмышляв немного, Глафира Митрофановна решила остаться. А чего? Посмотрит кино, вспомнит молодость, а Глебушка придет — она его чаем напоит, какой бы ни был сытый, а от хорошего чая он сроду не отказывался, особенно ежели с его любимыми плюшками с заварным кремом.

Приняв решение, она устроилась в каминной зале, как с давних еще времен привыкла именовать двадцатиметровую комнату с отделанным изразцовой плиткой камином. Здесь стоял самый большой телевизор, потому как Глебушка любит в холодное время смотреть кино, сидя в кресле подле разожженного камина. Так-то у него и в кабинете телевизор есть, и в столовой, и даже на кухне, но те все поменьше, попроще, а здесь экран огромный, все самые мелкие детальки разобрать можно.

Глафира наслаждалась фильмом, одновременно вспоминая, как впервые видела его в кинотеатре и как потом взахлеб пересказывала хозяйке своей, Земфире Эльхановне, Земе-покойнице, Глебушкиной матери, а та улыбалась тихонько, кивала и обещала в следующий выходной непременно отпустить Глашу в кино, чтобы она еще раз посмотрела понравившуюся картину. Батюшки, как же давно это было-то! Не то что сама Зема жива была, а и муж ее, профессор Богданов, и Глаше-то было лет семнадцать-восемнадцать, а теперь ей уж восемьдесят три...

Артист Столяров как раз должен был, победив всех

злопыхателей и интриганов, прижать к сердцу свою возлюбленную, когда вернулся Глебушка. Своим ключом дверь открыл, звонить не стал, наверное, думал, что домработница давно домой отправилась. Да, видать, не один пришел, больно много шуму возникло в прихожей.

— Глаша, ты не ушла еще? Вот хорошо! Сделай-ка нам чаю с чем там у нас есть.

Глафира подхватилась, кнопку на пульте нажала, телевизор выключила, выскочила в прихожую. Рядом с Глебушкой стояли Катерина и Васенька. Чего это они? Вторник сегодня, не их день. Не иначе что-то случилось.

— Сейчас подам, — засуетилась она. — Глебушка, в столовую подавать или в каминную залу?

— Глафира Митрофановна, давайте как проще, — сказала Катерина. Она выглядела усталой и какой-то измученной, и Глафире, несмотря на стойкую неприязнь, стало даже жалко ее. — Мы буквально на пятнадцать минут зашли, только чайку выпьем и поедем.

— А чего ж всего на пятнадцать? — удивилась старуха. — Посидите, чайку попейте, у меня плюшки с кремом свежие. Там, на фуршете-то вашем, поди, и не накормили толком, голодные пришли. А то давайте я быстренько поесть сготовлю, а, Глебушка?

— Не надо, Глаша, — недовольно поморщился Богданов. — Чаю дай нам — и довольно.

— А что, Глеб Борисович, после таких-то переживаний и поесть не грех, — весело заявил Василий. — Баба Глаша, у вас есть что-нибудь посущественней плюшек?

— Каких таких переживаний? — насторожилась Глафира.

Вот так она и знала, что беда случилась! Не случайно они все втроем заявились.

— Да все в порядке, Глаша, не слушай его, Василий пошутил, — попытался отмахнуться Глеб Борисович, но не таков Васенька, чтобы ему рот затыкать:

— Вы представляете, баба Глаша, пока мы тусовались в клубе и поздравляли наше родное издательство, кто-то разбил два стекла в машине нашего мэтра.

— Батюшки! — ахнула Глафира Митрофановна. — Украли чего?

— Да нет, там красть нечего было. Но в такой холод

как без стекол ездить? Геннадий погнал машину в сервис, стекла вставлять, а наша безотказная Кэт любезно согласилась подвезти Глеба Борисовича, а заодно и меня, безлошадного.

— Господи, да как же это, — забормотала Глафира. — Как же стекла-то побили? А Генька ваш куда смотрел?

— Геннадий отпросился у меня, — пояснил Глеб Борисович, — у его дочки скоро день рождения, и он попросил разрешения оставить машину на стоянке и пойти в магазин за подарком. Вернулся — а два стекла выбиты. Кто это сделал — неизвестно, никто ничего не видел.

— А милицию-то, милицию-то вызывали?

— Да бог с тобой, Глаша, какая милиция? — недовольно покачал головой Глеб Борисович. — Что толку от этой милиции? Что она может? Только время зря потратим. Ну что чай? Почему не несешь?

— А вот это вы напрасно, Глеб Борисович, — встрял Василий. — Я вам и тогда говорил, и сейчас повторяю: милицию надо было вызвать. Машина у вас застрахована, ущерб должны возместить, но нужна бумажка из милиции. А так за свой счет будете стекла вставлять.

— Я уже объяснял тебе, Василий: я терпеть не могу милицию, там все тупые и наглые взяточники, а не взяточники — так алкоголики, я не имею ни малейшего желания с ними связываться. Лучше я заплачу свои деньги, но сберегу время и нервы.

Глеб Борисович начал сердиться, да так явственно, что Глаша почла за благо побыстрей убраться из каминной залы в кухню, где и захлопотала, заваривая чай и нарезая хлеб для бутербродов — подкормить ненаглядного Васечку. Вот хоть и молодой он совсем, может, даже и глупый, а правильно говорит: надо было милицию вызывать, она разберется. Глафира Митрофановна была свято убеждена в том, что милицию надо вызывать вообще по любому поводу, на то она и милиция, чтобы людям волнений и беспокойства не было. А вот Глебушка милицию не жалует. А зря, между прочим. И насчет супа надо было обратиться, а уж когда стекла в машине побили — тем более. Чего ж из своего кармана платить, когда страховка есть? Зачем тогда было машину страховать, если не пользоваться?

Она молча подала чай, бутерброды и плюшки и остановилась в сторонке, послушать хотела. И пусть Глебушка считает, что побитые стекла — это ерунда, а ей сердце подсказывает, что неспроста это. Тем более суп прокис...

— Послушайте, Глеб Борисович, а вам не приходило в голову, что это была акция возмездия со стороны поборников чистоты рядов в большой литературе? — спросил Василий, усиленно двигая челюстями и пережевывая бутерброд с сырокопченой колбасой. — Вы обратили внимание, что на нашем сайте появились некие личности, упрекающие вас в том, что вы предали большую литературу и ударились в коммерческий проект, чтобы хапнуть побольше денежек?

— Впервые слышу, — презрительно отозвался Богданов. — У меня нет компьютера, ты прекрасно это знаешь, и я не имею пагубной привычки часами торчать в Интернете.

— А вы, безмолвная Катарина? — обратился он к Катерине. — Что-то вы сегодня помалкиваете, где ваша обычная разговорчивость? Вы на сайт заходите?

— Да, — коротко ответила она.

— Ну и что вы думаете о моем предположении?

— Думаю, что это полный бред.

— О! Никакой другой оценки результатов моего умственного труда я от вас и не ожидал. Все, что я говорю, вы называете бредом. Иногда, для разнообразия, полным бредом или бредятиной. Вы в самом деле уверены, что вы самая умная и знаете все лучше всех?

— Тебя интересует моя самооценка? Успокойся, она не очень высока.

Катерина говорила спокойно, но глаза ее вспыхнули недобрым огнем, и Глафире Митрофановне на какой-то момент стало по-настоящему страшно. Таких глаз, жестких и одновременно бездонных, она никогда ни у кого не видела.

— Васечка, пойдем со мной на кухню, — заворковала старуха, — помоги мне еще колбаски нарезать, она твердая такая, а у меня силы уже не те.

— Пошли, баба Глаша, — с готовностью поднялся из-за стола Василий, — насчет колбаски — это я всегда в первых рядах.

* * *

«...ты самая умная и знаешь все лучше всех? Я тебе объясню, кто здесь самый умный и кто лучше всех все знает. Я так тебе объясню, что ты не забудешь этого до самой смерти...»

Ничего, ничего, скоро все закончится. Осталось совсем немного. На нужную информацию истрачена уйма денег, но цель уже близка, еще чуть-чуть, еще несколько маленьких шажочков...

И что потом? Чувство глубокого удовлетворения? От чего? От того, что справедливость восторжествовала? Да, наверное. Для этого все и делается.

А может, бросить все это, не доводить до конца, оставить как есть? Может быть, и в самом деле нет никакой разницы, настанет торжество справедливости или нет, потому что жизнь — это опыт, который ты переживаешь, извлекаешь из него уроки и знания и переходишь к другой жизни и к переживанию другого опыта. И если тебе предписано в этой жизни пережить опыт несправедливости, унижения или недооцененности, то и надо его переживать, а не пытаться переломить течение событий, перерисовать картину, переснять фильм. Или наоборот, тебе предписано пережить опыт борьбы за восстановление справедливости, а ты опускаешь руки и, таким образом, не выполняешь свое предназначение. Как правильно? Если бы знать...

* * *

— Обижает тебя Катерина, — сочувственно проговорила Глафира Митрофановна, усадив Василия за стол и поглаживая его по немытым волосам. — Гнобит она тебя. Чего ж отец-то за тебя не вступится? Ты ведь не чужой ему, родная кровиночка, а он Катерину осечь не может.

— Да ладно, баба Глаша, чего там, — вяло ответил он, приваливаясь головой к ее теплому животу, накрытому чистеньким, пахнущим стиральным порошком белоснежным фартуком. — Пусть себе резвится, пока время не подошло.

— Ты это о чем? — насторожилась Глафира. — Какое такое время подойдет?

— Подойдет, — задумчиво повторил Василий, обмякая под ласковой старческой рукой, — подойдет время. И тогда они все узнают... тогда поймут, кто из нас чего стоит... и пожалеют...

Он внезапно встряхнулся, распрямил плечи, взял морщинистую руку старухи, поднес к губам, поцеловал. Улыбнулся, глянул весело.

— Так где там наша колбаска, баба Глаша? Давайте ее сюда, я ее в мелкие кусочки покромсаю.

Глафира достала из холодильника палку колбасы, положила перед Василием деревянную дощечку, дала нож. Он принялся резать, ловкими сильными движениями отделяя ровные тонкие кружочки. Глафира молча любовалась им, потом осторожно спросила:

— Васечка, ты это о чем сейчас говорил? Кто узнает? И о чем пожалеет?

— Ни о чем, — небрежно ответил он. — Так.

Положил нож и, пристально глядя на него, повторил медленно и раздельно:

— Ни. О. Чем.

Старая Глафира ничего не поняла, но в груди у нее похолодело.

* * *

Третьим человеком, которому звонил Егор Витальевич Сафронов в поисках жены, когда та вовремя не явилась домой в субботу, 18 октября, была некая Наталья Разгон. По словам Сафронова, если Нора Уразова и Нина Клевцова ответили ему, что Елены с ними нет и о встрече на тот день они не договаривались, то Наталья Разгон вообще не смогла сказать ничего внятного, потому как домашний телефон ее не отвечал, а дозвонившись по мобильному, Егор Витальевич узнал, что Наталья вот уже почти два месяца находится за границей, посему ни о каких планах его супруги на текущий день не знает и знать не может.

Следователь связывался с Натальей сам и выяснил, что Егор действительно звонил 18 октября примерно в одиннадцать вечера по московскому времени. Сама же Наталья Разгон прибудет в Москву только десятого ноября, а давать подробные показания по телефону для нее слишком дорого. Следователь и не настаивал, никакой «горячей» информацией Разгон обладать не могла, слишком давно ее не было в Москве. А вот Насте эта женщина сейчас очень была нужна. Ну что ж, нет так нет, придется подождать, а пока заняться другими насущными проблемами. Например, поговорить с Егором Витальевичем о тайном пристрастии его жены к занятиям спортом.

На этот раз господин Сафронов был более любезен, договариваясь о встрече, выражал всяческую готовность ответить на вопросы и предложил Насте приехать в кафе, которым владел на паях с Алишером Уразовым.

Против ожиданий, он не предложил сесть в зале, а провел Настю в кабинет, обставленный солидно и дорого, но без излишнего шика. Рабочий стол, в мебельных салонах именуемый «столом руководителя», вращающееся кресло с высокой спинкой, несколько кресел для посетителей, шкафы, полки, аквариум с рыбками. Одним словом, весьма лаконично.

— Егор Витальевич, ваша жена занималась своим здоровьем в какой-нибудь форме? Посещала салоны красоты, фитнес-центры?

— Какой странный вопрос... А зачем это вам? Вы думаете, она там познакомилась с убийцей?

«Вполне возможно. А ты хорошо соображаешь, друг мой Сафронов», — мелькнуло в голове у Насти.

— Я прошу вас ответить.

— Да нет, ничем таким она не увлекалась. То есть я хочу сказать, что до свадьбы Лена ни в какие салоны не ходила, для нее это было дороговато, ведь платил я ей как администратору совсем немного, у меня салон не из дорогих, цены там вполне демократичные, ну и прибыль, соответственно, не очень большая, так что зарплаты у администраторов невысокие. А уж после свадьбы, когда она ко мне переехала и мы начали вести общее хозяйство, тогда, конечно, она стала посещать дорогой салон.

— А фитнес?

— Да ну что вы, Лена — и физкультура? — Он даже

улыбнулся, несмотря на общее выражение траура в лице. — Несовместимо.

— Вы уверены? Конечно, когда вы стали жить вместе, она уже была беременна, поэтому вряд ли могла позволить себе интенсивные нагрузки, но, может быть, она вам рассказывала о том, что раньше...

— Нет, — прервал ее Сафронов, — нет и нет. Более того, я был заинтересован в том, чтобы ее беременность протекала нормально, и настаивал, чтобы она регулярно ходила в бассейн, мне врач сказал, что это очень полезно для будущих матерей. Но мне не удалось ее уговорить.

— Надо же, — протянула Настя. — И чем Елена мотивировала свой отказ?

— Сказала, что ей лень и вообще она не любит ни бассейнов, ни каких бы то ни было физических нагрузок, она даже зарядку никогда в жизни не делала, а от уроков физкультуры отлынивала под любыми предлогами.

Ладно, сказать можно все, что угодно, тем более о своей прошлой жизни. Насчет физкультуры и спорта мы поговорим с родителями Елены. Перейдем ко второй части.

— Елена не говорила вам, что в ее квартире, кроме нее самой, жил кто-то еще?

— Нет, — он так искренне удивился, что Настя даже поверила ему. — А что, там кто-то есть? Кто-то пытается заявить свои права на эту квартиру?

Права на квартиру. Очень хорошо, Егор Витальевич. Вместо того чтобы скорбеть о жене и неродившемся ребенке, вы первым делом думаете о прибыли от продажи квартиры, которая, по всей вероятности, отойдет вам по наследству. Были бы вы менее состоятельным, можно было бы даже выдвинуть версию об убийстве из корыстных побуждений: жену убил, квартиру продал — и порядок. Но вряд ли вам это нужно, в конце концов, если уж у вас возникли финансовые затруднения, вы могли бы просто уговорить Елену продать квартиру или взять под залог той же квартиры кредит. Зачем же убивать-то? Нет, эта версия, пожалуй, не годится, хотя совсем отбрасывать ее не стоит. Я точно знаю, что вы, господин Сафронов, причастны к убийству своей жены, вопрос только в мотиве, который для меня пока не ясен. Но как только я его нащупаю, вы у меня сядете всерьез и надолго. Или не у меня, а у следователя Герасимчука, но сядете все равно.

— Успокойтесь, там никого нет и никто на жилплощадь не претендует. Но в квартире обнаружены вещи, которые вряд ли могут принадлежать Елене.

Сафронов напрягся. Интересно, почему?

— Мужские?

Ах, он ревнует... Или делает вид, что ревнует. Убийство из ревности? Не так уж невероятно, учитывая, что он женился впопыхах и о своей супруге мало что знает. Тоже неплохая версия.

— Женские, — пряча улыбку, ответила Настя. — Вещи женские, но дешевые и явно не соответствующие финансовому положению Елены.

— Да какое там у нее было финансовое положение! — Сафронов махнул рукой, словно пытаясь разогнать ненужные иллюзии, возникшие у подполковника с Петровки. — Я же вам сказал, что зарплата у администраторов маленькая, ее еле-еле на жизнь хватает.

— Но у вашей жены была двухкомнатная квартира, обставленная дорогой мебелью, и очень дорогие одежда и обувь. И она пользовалась дорогой косметикой. Я понимаю, вам неприятно это вспоминать, но ведь уже сейчас понятно, что Елена была дорогой содержанкой, и пока рядом с ней был мужчина, у нее были деньги, а когда они расставались, ей приходилось устраиваться на работу и жить на мизерную зарплату. Вы ведь это имеете в виду?

— Ну да, — он растерянно посмотрел на Настю и потер подбородок.

— А я имею в виду совсем другое. Зачем, имея, например, дорогую и очень высококачественную куртку фирмы «Богнер», покупать на вещевом рынке дешевую китайскую куртку, из которой синтепон вылезает уже в день покупки. Зачем, имея крем для рук стоимостью восемьдесят долларов, покупать крем за тридцать шесть рублей. Я понимала бы, если бы дорогой крем закончился, и Елене в период финансовых трудностей пришлось бы покупать дешевый; тогда все сходилось бы. А так — не сходится. Вот я и подумала, что, может быть, в квартире, кроме вашей жены, жил кто-то еще, какая-то женщина с очень скромным достатком.

— Не знаю, — он покачал головой, — мне ничего об этом не известно. Лена ничего не говорила.

— И последний вопрос на сегодня, Егор Витальевич. Елена перевезла в вашу квартиру какие-нибудь свои книги, может быть, самые любимые?

— Книги... да, какие-то книги она привезла. Немного, правда. Не знаю, были ли это ее любимые книги или просто те, которые имелись в наличии.

— Какие именно, не помните? Названия, авторы? Хотя бы какого жанра?

— Помню, — он посмотрел на Настю грустно и серьезно. — Конечно, помню. Полное собрание Сидни Шелдона.

Хорошее чтение для женщины, которая пытается выстроить свое благополучие, опираясь на собственные силы и интеллект. Одна «Интриганка» чего стоит! Хотя есть еще «Расколотые сны», про раздвоение личности... Две разные личности, живущие бок о бок в московской двухкомнатной квартирке. Любопытно.

— А кроме Шелдона?

— Журналы. Лена была очень умной женщиной и, кроме того, получила экономическое образование, она регулярно читала «Деньги», «Коммерсантъ», «Эксперт», «Итоги». Привезла с собой целую кучу, а когда мы стали жить вместе — регулярно покупала. Это имеет какое-то значение?

— Не знаю, — Настя пожала плечами.

Глаза ее скользнули по медленно двигающейся за аквариумным стеклом рыбке, и она невольно залюбовалась ленивой грацией, с которой крошечное розовое создание шевелило плавниками. Надо же, такая кроха, мозгов, наверное, совсем никаких нет, а ведет себя, будто светская красавица на приеме, осознающая свою ослепительность и дающая окружающим в полной мере насладиться своим совершенством. Сидеть бы вот так, в кресле-качалке с книгой в руке, на коленях — уютный теплый плед, на пледе — уютная теплая кошка, смотреть на рыбок, плавающих в аквариуме, и знать, что впереди у тебя долгий уютный теплый вечер в обществе уютного теплого мужа... И знать, что впереди у тебя уютное теплое будущее, простое, понятное и надежное.

Внезапно она поняла, что больше не хочет задавать вопросы Егору Витальевичу Сафронову, и не хочет работать ни по этому делу, ни по какому-либо другому, и ей совершенно все равно, будет ли выявлен и разоблачен убийца беременной Елены Сафроновой. Пропал кураж. Пропал интерес. Раньше в подобной ситуации Настя бывала напряжена, как дикое животное перед прыжком, она смотрела в глаза человеку, в виновности которого была уверена, задавала ему вопросы, а внутри тугим комком мерно пульсировала мысль: «Я все равно найду, на чем тебя зацепить. Ты у меня на крючке, и очень скоро я тебя выдерну из воды. Я знаю, что это сделал ты, и я придумаю, как можно это доказать». А теперь не было ни тугого упругого комка в груди, ни прежних мыслей. Ей стало все равно.

— Может быть, кофе? Или чай?

Она встряхнулась и перевела глаза на собеседника. Очень хотелось встать, попрощаться и уйти. Настя с трудом преодолела соблазн и перевернула страницу блокнота. У нее еще два вопроса, ответы на которые нужно непременно получить. Впрочем, насчет одного из вопросов она пока еще сомневается, возможно, задавать его не следует, чтобы не спугнуть Сафронова. А вот второй вопрос совершенно безобиден для преступника, но очень важен для оперативника.

— Вы знакомы с родителями Елены? — спросила она, проигнорировав предложение выпить кофе.

— Нет. А что?

— Почему?

— Отец Лены умер, давно уже, а мать с новым мужем живет в Калифорнии.

— Она и на свадьбу не приезжала?

— Нет.

— А на похороны?

— Тоже нет, я не знал, как с ней связаться.

— Как это? — удивилась Настя. — У Елены не было телефонов матери? Они что, не общались?

— Телефон, наверное, был где-то записан, но я не знал, где именно. У матери теперь другая фамилия, но

Лена мне ее не называла. Я посмотрел в Лениной записной книжке, но ни «мамы», ни «Щеткиной» там не было. А на какую другую фамилию смотреть, я представления не имел.

— Но ведь можно было просмотреть все телефоны и найти тот, в котором есть коды США и Калифорнии. Вряд ли у вашей жены было много знакомых в Штатах, с которыми она перезванивалась. Сделать несколько звонков и найти телефон матери — чего ж проще? Почему вы этого не сделали, Егор Витальевич?

— Я не догадался, — равнодушно произнес он. — Я был в таком состоянии, что не мог нормально соображать, не то что придумывать такие сложные комбинации. Неужели вы не понимаете?

— Я понимаю, что родители должны знать о гибели своих детей, — жестко ответила Настя. — Елена часто общалась с матерью?

— Насколько я знаю, они вообще не общались. Елена была обижена на мать.

— За что?

— Она хотела приехать в Штаты на несколько месяцев, пожить, погостить, может быть, найти работу, все-таки экономист с хорошим английским... А мать ей отказала в приглашении.

— Почему?

— Елена думает... думала, что из-за мужа. У матери муж намного моложе и, как говорила Лена, с нескрываемыми замашками кобеля. Это ее собственное выражение. Вероятно, мать опасалась, что присутствие в одном с ней доме взрослой и очень красивой дочери может быть для нее опасным.

— Для кого опасным? Для дочери?

— Да нет же, — усмехнулся Сафронов, — для матери, конечно. У взрослой дочери не может быть молодой матери, это старая истина. А красивая молодая женщина всегда привлекательнее пусть и красивой, но немолодой. Вы же понимаете, если дочери под тридцать, то матери не может быть тридцать пять, ей никак не меньше пятидесяти. В общем, мать Лене отказала, приезжать не разрешила, и Лена очень обиделась.

— И порвала отношения с матерью?

— Она впрямую так не говорила, но я понял, что да, порвала. Во всяком случае, я ни разу не слышал, чтобы Лена ей звонила.

Н-да, насчет поговорить с родителями о детстве и юности Леночки Щеткиной — это придется сильно поломать голову. Отец умер. Мать далеко. Найти ее, конечно, можно, если потратить время и силы, но нужно ли это? Если мать давно не живет в России, а в последнее время не перезванивается с дочерью, то что она может знать о ее жизни и ее нынешних проблемах? Ничего.

Хотя мотив преступления — штука двусторонняя. Если ты завидуешь чьему-то богатству, то объект твоей зависти не может быть бедняком, если ты завидуешь красоте, объект не может быть уродом, если ты мстишь за обиду, то объект твоей мести должен быть способен и иметь возможность эту обиду нанести. В формировании мотива умышленного убийства участвуют две стороны: и убийца, и его жертва. И если хочешь найти мотив, нужно не только искать преступника, но и пытаться понять, каким человеком был тот, кого убили.

Значит, личностью Елены Щеткиной-Сафроновой нужно заниматься. И может быть, даже лучше, если собирать информацию у посторонних людей. Близкие, конечно, знают больше, но далеко не всегда рассказывают то, что знают, а иногда и лгут. Посторонние знают меньше, но зато ничего не скрывают.

— Скажите, Егор Витальевич, кто из знакомых Елены был на вашей свадьбе?

— Только Нина Клевцова и Наташа Разгон, но Нина в равной степени и моя знакомая...

— А на похоронах?

— Нина. Наташа оказалась в отъезде, она где-то за границей.

— И что, никаких подруг из Новосибирска, никаких родственников?

— Нет, никого.

— А с вашей стороны приглашенных было много?

— Достаточно много. На свадьбу я заказывал ресторан на сорок человек.

— Вам это не показалось странным? Тридцатилетняя женщина приглашает на свою первую свадьбу только одну подругу, которая не является вашей общей знакомой. Со стороны жениха — почти четыре десятка знакомых и друзей с женами, а со стороны невесты — один человек.

— Знаете, — он снова потер подбородок, посмотрел в окно, потом перевел взгляд на бумаги, лежащие перед ним на столе, — я в это не вникал. Просто спросил Лену, кого она хотела бы пригласить на свадьбу, она назвала Наташу Разгон и Ниночку из салона, я внес их в список. И все.

— И даже в тот момент не спросили про мать? — уточнила Настя.

— Спросил. Как раз тогда она и рассказала мне, что обижена на нее. По ее тону я понял, что эту тему лучше не поднимать и что в любом случае она не собирается ни приглашать мать на свадьбу, ни вообще сообщать ей о своем замужестве.

— И вы так и сделали... — неопределенно бросила Настя.

— Что сделал? — нахмурился Сафронов.

— Тему больше не поднимали, — пояснила она.

— А... ну да. Я так и сделал. Зачем задавать Лене вопросы, которые ей неприятны? Послушайте, я не понимаю, какое отношение какая-то там мать в какой-то там Калифорнии имеет к тому, что Лену убили? Вы тратите свое время на выяснение фактов, которые вам никак не помогут искать убийцу. Вы просто изображаете видимость активности, чтобы было чем отчитаться перед вышестоящими начальниками, а сами ничего не делаете, чтобы раскрыть преступление. Я думал, если дело будет на контроле на Петровке, то вы начнете шевелиться и работать. Вероятно, я ошибался, и теперь мне нужно добиться, чтобы дело моей жены взяли на контроль в министерстве, может, хоть тогда толк будет.

«Будет, ой будет, — насмешливо подумала Настя, отметив про себя, что Егор Витальевич ни с того ни с сего начал раздражаться, хотя до этого был мил и вполне пушист. — Толку будет — хоть отбавляй. Это он меня так ненавязчиво своими связями запугивает, мол, стоит только трубочку снять — и все наше МВД на уши встанет, как пионерский лагерь по сигналу горниста. Но как вам понравится «какая-то там мать в какой-то там Калифорнии»? Круто! Похоже, дружок ты мой Егор Витальевич, ты был только счастлив, что у твоей новоявленной супруги нет ни друзей, ни родственников, и знакомиться с ними ты никакого желания не испытывал и тихо радовался, что Елена тоже инициативы не проявляет. Как в старом фильме: жениться надо на сироте. А идеальный муж — слепоглухонемой капитан дальнего плавания. Ты ничего не хотел знать о Елене, ты не задавал ей вопросов, а если задавал, но она не отвечала, то ты и не настаивал, ты не был в ее квартире, а если и был, то ухитрился не заметить того, что увидела я, и тебя вполне устраивало, что она не грузила тебя рассказами о своем прошлом. Не было у тебя никакого интереса к той женщине, на которой ты женился и которая должна была вскорости родить тебе ребенка. Зачем же ты женился-то, а? Неужели сам захотел, как ты пытаешься нас всех заверить? Или все-таки тебя заставили? И кто заставил, человек или обстоятельства?»

На гневную тираду она решила не отвечать и задала последний вопрос:

— Но хоть что-нибудь о родителях Елены вам известно? Чем они занимались, где и кем работали?

— Она говорила, что отец был крупным ученым-биохимиком, работал в Новосибирске в академическом институте, а мать была бухгалтером, работала тоже в каком-то НИИ, но не в том, где отец. Они и жили в Академгородке.

А вот о найденных в квартире Елены конвертах с более чем странными бумажками она решила пока не спрашивать. Настя и сама точно не знала почему, интуиция ей ничего такого не подсказывала. Просто решила, и все. И не спросила.

* * *

С Андреем Чеботаевым Настя договорилась встретиться у себя на Петровке и до прихода оперативника успела сделать несколько неотложных вещей, поскольку от работы по другим преступлениям ее никто не освобождал. Подготовив несколько документов, позвонила Короткову:

— Юр, я бумажки приготовила тебе на подпись. Когда зайти?

— Давай сейчас, я через полчаса уеду, у меня встреча.

Голос его показался Насте немного странным. Да и вид у замначальника отдела оказался не вполне обычным — вместо традиционных джинсов и джемпера поверх рубашки Коротков был одет в костюм, причем явно новый и очень неплохой, начинающая редеть шевелюра мастерски пострижена, а такой неуверенности во взгляде Настя вообще за восемнадцать лет знакомства не видела ни разу.

— Что случилось? — в ужасе выпалила она, едва переступив порог.

— А что?

— Да ты на себя не похож. Тебя в министерство, что ли, вызывали? Нагоняй получил от руководства?

— Нет, мы с Иркой заявление ходили подавать. Вот костюмчик прикупил... Жених все-таки... Не знаю, Аська, я как-то растерялся... — невнятно пояснял Коротков, нервно теребя галстук, от ношения которого он отвык много лет назад. — Может, зря я все это затеял, а?

— Ну почему же зря, Юрочка? — Настя обняла его, поцеловала в щеку. — Я тебя поздравляю, и Ирке твоей позвоню сегодня, поздравлю ее. Вы молодцы, вы все делаете правильно. Вы же любите друг друга, Иришка с уважением и пониманием относится к твоей работе, в отличие от Ляльки, которая тебя все время терроризировала, требуя от тебя то денег, то свободного времени, вы живете вместе уже полтора года, притерлись, присмотрелись и приняли осознанное и продуманное решение. Почему же зря? Ничего не зря. Все правильно. Или ты боишься, что тебе будет с ней плохо?

— Да нет, Аська, мне с ней отлично... пока, — осторожно добавил он. — А вот ей каково со мной будет? Пока Лялька невестой была, ее тоже все устраивало, а когда поженились, так через год и началось. У меня все время такое впечатление, что я Ире вместо свежей рыбы тухлое мясо подсовываю. То есть она думает, что я свеженький такой, вкусненький карпик, — Юра сделал плавный жест ладонью, показывая движение рыбьего хвоста, — а я на самом деле — тухлое мясо больного козла. И я все время ей объясняю, что я — старая тухлятина и что никакого обеда она из меня не сварит, а она говорит, что я ничего не понимаю в кулинарии.

— Ну, тут она, положим, права, — рассмеялась Настя, выкладывая из папки документы на стол, — в кулинарии ты и в самом деле мало что понимаешь. Юра, она уже была замужем, причем не за кем-нибудь, а за следователем, если ты не забыл. То есть для нее совершенно не новость муж в погонах, с ненормированным рабочим днем, без большой зарплаты и без гарантированных выходных и отпусков, но зато с ночными звонками, срочными вызовами, постоянной нервотрепкой и плохим настроением. Когда Лялька выходила за тебя замуж, она ничего этого не знала, а Ира это уже проходила. И если она соглашается стать твоей женой, то делает это с открытыми глазами.

Коротков беспомощно посмотрел на нее, отчаянно дернул галстук, ссутулился и как-то жалобно мяукнул:

— Аська, я старый... Ей тридцать три года, у нее все впереди, и жизнь, и карьера, а я? Мне почти пятьдесят. Зачем я ей?

— Дурак ты, — беззлобно сказала Настя.

— Дурак, — с готовностью согласился Юра. — Я вот утром костюм этот надел, галстук повязал, смотрю на себя в зеркало и думаю: дурак ты, Коротков, куда ты лезешь в женихи со своей сомнительной зарплатой и невнятным социальным статусом? Ты же не уважаемый всеми работник правоохранительной системы, а мент поганый, скрытый «оборотень в погонах», на нас ведь люди теперь именно так и смотрят, особенно если ты на Петровке работаешь. Гордиться тебе нечем, предложить молодой жене тоже нечего, содержать ты ее не можешь, так куда тебя несет в этом костюмчике да при галстучке? Надо было сперва бросить к чертовой матери розыск, устроиться в охранную структуру или в службу безопасности в приличную фирму, начать хорошо зарабатывать, приодеться, купить квартиру, сменить мой копеечный драндулет на что-нибудь пристойное, а уж потом делать предложения молодым красивым актрисам. Правильно ты, Аська, говоришь, дурак я. И Ирка глупышка, потому что согласилась.

— Можно подумать, вам жить не на что, — возразила она. — Ира — известная актриса, она много снимается, у нее гонорары хорошие, так что с голоду не помрете.

— Я не альфонс, чтобы на ее гонорары жить, — набычился Коротков.

— Правильно, — согласилась Настя, — ты не альфонс, ты просто дурак, да еще с патриархальными замашками. Какая разница, кто в семье больше зарабатывает? Что от этого меняется? Ты что, претендуешь на то, чтобы быть главой семьи, всех содержать и на этом основании принимать все решения? Артист Баталов в роли Гоши, да?

— Да на фиг мне это надо, — Юра испуганно замахал руками, — я этих решений на работе так напринимаюсь, что дома уже хочу покоя и безответственности. Пусть меня никто не трогает и ничего от меня не требует. Пусть только дадут миску горячей похлебки, чистую постель и душевное тепло. И еще хорошо бы, чтобы меня любили. И чтобы не орали по пять раз в день. А больше мне ничего не нужно.

— Ну так ты все это и получишь. Чего ты дергаешься, Юрик? Ты, кстати, не забывай о том, что Ира любит тебя — сыщика, и совершенно неизвестно, будет ли она так же к тебе относиться, если ты станешь работать в охранной структуре или в службе безопасности. Так что, если надумаешь менять работу, ты сильно рискуешь.

— Да ну тебя, — Коротков наконец улыбнулся, напряжение ушло, и глаза снова стали такими, какими Настя привыкла их видеть, — вечно ты меня запугиваешь. С чем пришла?

— Три плана, два отчета. Прочитай, поставь визу, и я пойду к себе, Чеботаев должен вот-вот подойти. Втравил ты меня...

— Это ты про убийство беременной жены предпринимателя?

Юра быстро просматривал подготовленные Настей документы и не увидел, что она молча кивнула.

— И что там не так?

— Все так, Юрик, и не так одновременно. Если там

все просто, как казалось и продолжает казаться, то совершенно непонятно, с какой радости мы это дело держим на контроле. Округ прекрасно справился бы и без нас. А если там есть скрытые моменты, то опять же совершенно непонятно, как мы вдвоем с Чеботаевым сможем с ними справиться. И даже не вдвоем, а он один, а я так, на подхвате: вроде немножко умные советы даю, немножко делаю что-то за него, и при этом у меня есть основное место службы, где я тоже должна в полную силу работать. Сложные преступления так не раскрывают, Юра, ты сам знаешь. А простые не держат на контроле. В общем, не нравится мне все это.

— Ася, мы с тобой погоны носим именно для того, чтобы начальство имело право не спрашивать нас, нравится нам или нет, — он по-прежнему не поднимал головы от бумаг. — Вот этот пункт плана мне не нравится.

Коротков поставил на полях галочку карандашом и протянул Насте план. Она фыркнула и расхохоталась.

— Не нравится? А как же погоны? — съехидничала Настя.

— А я начальство, — тут же отпарировал он. — Имею право. Вот посмотри...

Он принялся вслух обсуждать план работы по раскрытию одного из убийств, и уже через пару минут для Насти стало очевидным, что Юра абсолютно прав, а сама она написала явную глупость. Господи, и о чем она думала, когда составляла документ? Ведь ясно же, совершенно ясно, что делать то, что она написала, бессмысленно, это ни к чему не приведет, время и силы будут потрачены впустую, и вообще этот пункт плана не работает ни на одну из выдвинутых версий. Что же это с ней? Стареет, глупеет, теряет нюх, совершает ошибки? Или утрачивает интерес к работе, теряет азарт и тоже совершает ошибки, но уже не от глупости, а от скуки? Но какова бы ни была причина, результат один: она работает хуже, чем раньше, и лучше работать она уже не сумеет. Период подъема закончился, начался спад, и с этим уже ничего не поделаешь.

— Эй, — Коротков встревоженно уставился на нее. — Ты чего, ревешь, что ли?

Она помотала головой, судорожно сглатывая слезы.

— Ну как же нет, когда да. Из-за чего? Из-за того, что я в твоем плане один пункт поправил?

— Раньше ты никогда меня не поправлял, — срывающимся голосом выдавила Настя. — А теперь... Сначала экзамен, теперь вот это... Прямо на глазах глупею, да?

— Ну, мать, ты даешь! Я от возмущения чуть дар речи не потерял!

Юра с досадой швырнул на стол карандаш, захлопнул дверцу открытого сейфа, которая мешала ему встать, и подошел к Насте, которая, опустив голову, пальцами вытирала льющиеся по щекам слезы.

— Тебя что, вообще критиковать нельзя, что ли? Тоже мне, девочка-отличница выискалась. Ты мне покажи хоть одного человека, который не сделал за всю жизнь ни единой ошибки.

— Юр, я все понимаю, я и раньше ошибалась, но знаешь, пока я чувствовала себя молодой, мне как-то казалось, что я имею право на ошибки, потому что еще мало работаю, у меня недостаточно опыта, у меня еще все впереди. А когда я поняла, что впереди у меня ничего нет, что мне уже сорок три и через два года мне придется уходить на пенсию, то... Ну, в общем, если тебе идти на пенсию, то ты, стало быть, работаешь уже давно, и времени набраться опыта и всему научиться у тебя было навалом, и если ты все еще совершаешь ошибки, то уже не потому, что ты не успел научиться, а от глупости. Вот.

— Да что ж ты себя хоронишь-то в сорок три года?! Ты на меня посмотри, мне уж полтинник скоро, а я на молодой бабе женюсь и не боюсь ничего, ни импотенции, ни простатита, ни того, что у меня рога могут вырасти.

Он хотел ее рассмешить, но при этих словах Настя заплакала еще горше, уткнувшись в ладони. Коротков подождал немного, неловко погладил ее по плечу, не зная, что сказать и нужно ли что-то говорить или дать ей выплакаться и успокоиться. Наконец она отняла руки от лица и подняла голову. Лицо было красным и опухшим.

— Ну, мать, ну я не знаю... Слов у меня нет, чтобы объяснить тебе, какая ты балда.

— Сама знаю, — вяло огрызнулась она. — Не надо

мне лишний раз напоминать. Дай лучше платок или салфетку какую-нибудь.

Он молча сунул ей платок и с каким-то священным ужасом наблюдал, как Каменская вытирает слезы и сморкается.

— Ну и куда ты теперь с такой, с позволенья сказать, рожицей пойдешь? Взяла, понимаешь, моду реветь на работе, — ворчал он, наливая в подставленные ковшиком Настины ладони воду из графина.

Она наклонилась, плеснула водой в лицо и запрокинула голову.

— Ничего, это быстро пройдет, минут пять — и все. Юр, ты меня прости, я совсем в последнее время расклеилась. Даже не знаю, что это со мной. Я посижу у тебя, пока краснота не сойдет, ладно?

Коротков посмотрел на часы.

— Ладно, сиди. Но через пять минут я уйду, у меня встреча назначена. И твой Чеботаев небось уже по коридору болтается, тебя поджидает. И как я есть твой начальник, то даю тебе три задания: перестать реветь, поправить план и выкинуть всю эту муть насчет старости из головы.

Настя в ответ слабо улыбнулась.

— А не то что?

— А не то на свадьбу не приглашу, и ты салатиков не поешь.

— Народу много собираешься приглашать?

— Даже страшно подумать. — Его лицо снова стало растерянным и беззащитным, стоило ему заговорить о предстоящей женитьбе. — У меня человек тридцать получается, Колобок с женой, ты с Лешкой, Селуянов с Валентиной, Мишка Доценко с женой, Стасов с Татьяной, Афоню тоже нельзя не позвать, все-таки начальник, еще моя сестра с мужем и двумя детьми, Михаил Лесников с очередной дамой сердца — вот уже восемнадцать человек, и это только самый ближний круг, а у Ирки, наверное, еще больше. Где столько денег взять? Прямо кошмар какой-то, хоть не женись.

«Да, вот это нормальная свадьба, — подумала Настя. — Не то что у господина Сафронова. Сорок человек со стороны жениха и один со стороны невесты. Курам на смех! Как будто он марсианку брал в жены, без земного прошлого, без настоящего. И, как теперь выяснилось, без будущего. Странная она тетка, эта Елена. Понятно, что не марсианка и, вероятнее всего, не шпионка. Тогда почему она такая? И вообще: какая она была?»

Пятью минутами дело, конечно, не обошлось, но через десять Настя уже шла по коридору в сторону своего кабинета. Лицо ее снова было бледным, как обычно, но глаза еще носили следы припухлости.

Андрей подпирал стенку возле Настиной двери.

— Привет. Давно пришел?

— Минут пятнадцать. Я уж думал, ты забыла, что мы договорились. Звоню тебе на мобильник — ты не отвечаешь, но он там внутри, — Андрей ткнул пальцем в дверь, — звонит. Ты же не могла без телефона далеко уйти, и я понял, что ты где-то поблизости.

— Шерлок Холмс, — усмехнулась она, открывая дверь. — Проходи.

Предположение о том, что вместе с Еленой Щеткиной в ее квартире проживала еще одна женщина, требовало проверки, и Андрей должен был сегодня пройтись по всему дому и поговорить на эту тему с жильцами. Сведения были не очень-то обширными, Елена ни с кем не контактировала, в близкие отношения не вступала и домой к себе не приглашала, но в лицо ее, конечно, знали: такую красивую женщину трудно было не заметить и не запомнить. Но даже эти скудные сведения не давали оснований сомневаться в том, что Щеткина проживала одна. Правда, был момент, когда Чеботаев обрадовался, услышав рассказ о молодой девушке, которая приходила и уходила, пользуясь ключами, но радость его быстро угасла, ибо, судя по описанию, это была Нина Клевцова. Более того, жильцы дома уверяли, что неоднократно видели Елену в спортивном костюме рано поутру или поздно вечером, а некоторые даже видели ее бегающей по близлежащим улицам. Один юноша, не оставшийся равнодушным к ее яркой красоте, заявил, что Лена периодически ходила в бассейн, расположенный неподалеку, на самый ранний сеанс, в семь пятнадцать утра; он сам посещал этот же бассейн с восьми утра и часто видел ее. Он даже одно время старался прийти пораньше, чтобы застать Елену еще в воде и поглядеть на нее в купальнике. Что касается пресловутой китайской куртки-пуховика, то Елена иногда ее надевала, чем вызывала несказанное изумление некоторых соседок, привыкших видеть ее исключительно в дорогих эксклюзивных шмотках. Кстати, эти же глазастые и разбирающиеся в товарах и ценах соседки сказали, что в изумление их приводила не только куртка, но и другие дешевые вещи, в которых они видели Щеткину.

— Ерунда у нас с тобой получается, Андрюша, — задумчиво сказала Настя, выслушав отчет оперативника. — Клевцова и Сафронов в один голос утверждают, что Елена физическую форму не поддерживала и испытывала отвращение к физическим нагрузкам. Более того, я разговаривала с судмедэкспертом, производившим вскрытие, и он без колебаний заявил, что мышцы у убитой слабоваты и никак не могут принадлежать человеку, тренирующемуся давно и регулярно. Конечно, нужно учитывать, что в последние месяцы она была беременна и нагрузок избегала, но она, во-первых, даже в бассейн отказывалась ходить, мотивируя это тем, что не имеет такой привычки, а во-вторых, даже через несколько месяцев покоя мышцы физкультурника можно отличить от мышц таких лентяек, как я. То есть Щеткина была в той физической форме, которая соответствует ее возрасту и образу жизни, не более того. Как будто речь идет о двух совершенно разных людях, одна Щеткина была дорого одетой красоточкой, другая — бедно одетой спортсменкой. Разве так бывает?

— А вдруг у нее сестра-близнец? — высказал предположение Чеботаев. — Я всю дорогу, пока сюда ехал, об этом думал. Если сестра, то все сходится. Соседи их не различают, думают, что и в дорогой шубе, и в китайской куртке это одна и та же Елена, а их на самом деле двое. Смотри, ведь Сафронов сказал, что дома у Елены до свадьбы ни разу не был, а потом зашел только один раз, когда помогал ей вещи перевозить. А почему? Потому что она ни его, ни кого другого к себе не приглашала, она сестру прятала.

— А Клевцова? — тут же возразила Настя. — Клевцова

регулярно посещала квартиру Щеткиной и что-то никакой сестры там не видела.

— Да, не видела... — Он на мгновение задумался, потом лицо его просияло. — Но помнишь, что Клевцова говорила? Что Елена требовала непременно позвонить заранее, когда квартира будет нужна. Клевцова звонила, и Щеткина тут же предупреждала сестру, чтобы та уходила.

— Возможно, — кивнула Настя. — Но зачем эти сложности? Можно было просто не давать Клевцовой ключей и не разрешать пользоваться своей квартирой. Зачем дергать сестру для того, чтобы устроить личную жизнь коллеги по работе? Интересы несопоставимы. И потом, Клевцова молода и безответственна, у нее ветер в голове, это видно невооруженным глазом. Как можно было отдать ей ключи и полагаться на то, что она непременно позвонит заранее? А если не позвонит? Явится с кавалером, когда Елена на работе, а там — здрасте пожалуйста, вторая Щеткина сидит. От такой ветреной дурочки всего можно ожидать, и Щеткина наверняка это понимала. Зачем ей было так рисковать? В крайнем случае можно было не отдавать ключи насовсем, а просто давать их каждый раз, тогда по меньшей мере была бы гарантия, что Нина не явится в квартиру непрошеной гостьей. А Щеткина ключи именно отдала. Ничего не сходится.

— Ты сказала, что интересы несопоставимы. А если сопоставимы?

— Что ты имеешь в виду? — насторожилась Настя.

— Я имею в виду, что Щеткина была почему-то очень заинтересована в Нине Клевцовой. Ей важно было поддерживать дружбу с ней или видимость дружбы, или быть в курсе ее личной жизни, или еще что-нибудь... У Щеткиной был какой-то интерес, поэтому она не могла отказать Нине и отдала ей ключи.

— Андрюша, — Настя устало вздохнула и помассировала пальцами затылок. После недавних слез у нее моментально разболелась голова, и эта боль, тупая и нудная, нервировала ее и мешала сосредоточиться, — это хорошо в теории. Но на практике... Я тебе назову тысячу причин, по которым Щеткиной могло быть нужно скрывать свою сестру-близнеца. Сестра совершила преступление и находится в розыске, сестра прячется от бандитов, которые на нее наехали, или от любовника, который ее преследует, или они затеяли какую-нибудь преступную или непреступную комбинацию, в которой используется их сходство, поэтому нельзя допустить, чтобы люди знали, что их двое... Тысячу причин я тебе придумаю. Но я не могу придумать ни одной, по которой Щеткина пошла бы на такой риск со взбалмошной девчонкой Ниночкой Клевцовой. Может, у меня бедная фантазия, но я не понимаю, в чем мог состоять такой уж сильный интерес Елены к Нине, ради которого она стала бы рисковать обнаружением сестры-двойника. Ну не могу я. А ты можешь?

— Могу, — храбро ответил Андрей. — Только не сразу. Мне подумать надо.

— Ну подумай, — согласилась она. — Только недолго. А пока думаешь, свяжись с Новосибирском и выясни, не было ли у Елены сестры. Действовать всегда проще, чем думать. А заодно подумай, куда делась эта мифическая сестра после замужества Щеткиной. Ведь соседи уверяют, что с августа месяца она там больше не жила, только изредка появлялась, брала кое-что из вещей.

— Да куда угодно она могла деться, не вопрос, — пожал плечами Чеботаев. — Переехала в другую квартиру, уехала из Москвы. Тоже замуж вышла. Умерла.

— Ага, или убила сестру и скрылась. В общем, идея с сестрой кажется мне плодотворной, но, чтобы мозги понапрасну не амортизировать, ты просто выясни, сколько детей родила мать Щеткиной, только не забудь, что смотреть надо и документы в роддоме, и документы в женской консультации, где наблюдалась беременная. То есть я имею в виду — архивы, потому как было все это давно.

— А в консультации-то зачем? Она же рожала в роддоме, а не в консультации.

— Вырастешь — узнаешь, — загадочно ответила Настя с коротким смешком. — Будет очень хорошо, если ты сможешь выбить командировку в Новосибирск. Нам там, помимо подробностей о рождении Елены, нужно еще много чего узнать. Только для этого тебе придется пережить разговор с Герасимчуком, которого ты почему-то боишься.

— Не боюсь я его, а просто не люблю. Могу себе представить, какую рожу он скорчит, когда я ему скажу про версию о сестрах-близнецах. Он меня со свету сживет.

— А ты не говори. Сведения о потерпевшей собирать все равно надо, и если это не удается сделать в Москве, то так или иначе приходится ехать туда, где она родилась и выросла. А уж в Новосибирске у тебя руки будут развязаны. Короче, не мне тебя учить, сам не маленький. Но есть одна сложность, дружочек. Тебе придется еще пережить разговор со своим начальником. Ты уедешь в Новосибирск, а здесь кто будет работать? Кто будет контакты Сафронова отслеживать? Мы же с тобой договорились, что если со стороны Елены был шантаж и если ее убили именно из-за этого, то нужно устанавливать контакты ее мужа. Кто этим будет заниматься, пока тебя не будет?

— Ясно, что не ты, — с досадой ответил Андрей, взмахнув длиннющими девическими ресницами. — В этом и заключается твоя практическая помощь, чтобы ты мне объясняла, что работать некому?

— И в этом тоже. Если ты боишься, я могу оказать тебе практическую помощь и сходить к твоему начальнику. Хочешь?

— Не хочу, — буркнул Андрей. — Сам не маленький.

— Ну гляди. Если надумаешь — дай знать, я с ним поговорю, мне нетрудно. Или следователю подскажи, пусть он тебя в командировку пошлет, а сам твоему шефу позвонит и потребует выделить людей. Он в своем праве, хоть и ничем не выдающееся убийство, а все равно убийство, преступление тяжкое, по нему нельзя не работать, это тебе не кража и не угон автомобиля.

— Настя, — он посмотрел на нее серьезно и даже немного умоляюще, — ты столько лет в розыске работаешь, ну скажи ты мне, неужели нельзя устроить так, чтобы сыщик только преступления раскрывал и преступников ловил, а больше чтобы ничего не делал? Разговоры эти, объяснения, походы к руководству, закулисные игры, маневры, чтобы следователя не ущемить, чтобы начальника не обидеть, чтобы коллегу не подставить... Это ж повеситься можно! Мы, в конце концов, сыщики, а не менеджеры по организации работы коллектива, почему мы все время должны об этом думать, с этим считаться, к этому подстраиваться, а? Наше дело — сыск, а не политесы. И отчитываемся мы за раскрытие преступлений, а не выстраивание отношений со следователями и с собственными начальниками. Неужели нельзя всю эту глупость как-то перестроить?

— Нельзя, — улыбнулась Настя, вспоминая себя в его возрасте. Тогда в ее голове бродили точно такие же мысли, и точно так же она возмущалась, когда оказывалось, что нужно учитывать в работе не только интересы раскрытия преступления, но и множество других интересов, непосредственного отношения к раскрытию не имеющих. — Сыщик, Андрюша, он тоже человек, понимаешь? А несколько сыщиков — это уже группа. А сыщики плюс начальник — иерархически выстроенный коллектив. В коллективе не может не быть отношений между людьми. Коллектив розыскников и следствие — это так называемая рассредоточенная группа, имеющая разное подчинение и разные функции, но единую цель и общий объект работы. Тут и проблемы взаимодействия внутри этой сложной группы, и проблемы отношений, поскольку следователи, как ты догадываешься, тоже люди. Хочешь быть волком-одиночкой?

— Хочу, — признался Чеботаев.

— Не получится. Многие пытались — ни у кого не получилось. Ты рано или поздно поймешь, что в отношения с людьми вступать все равно придется. Так мир устроен, дружочек, и с этим ничего не поделаешь.

Ей не хотелось выглядеть морализаторствующим учителем, она просто делилась опытом с молодым оперативником. И в эту секунду она поймала себя на мысли, что опытом с молодежью делятся старшие наставники. Старшие — старые? Опять она про это... Но, с другой стороны, если она делится опытом, то, стало быть, есть чем делиться. А это уже плюс.

— Не грусти, Андрюша, все будет хорошо, — с улыбкой произнесла она. — Бери ручку и пиши список мероприятий. Первое: Новосибирск, история родов, условия жизни и воспитания Щеткиной, все истории, легенды, слухи, сплетни и тому подобное об их семье. Всех найти, всех опросить, составить полную картину, воссоздать характер Елены Щеткиной. Второе: Наталья Разгон. Не упустить, встретить, опросить, она возвращается десятого ноября. Третье: изъять у Сафронова все книги и журналы, которые привезла с собой Елена из своей квартиры, и любую письменную и печатную продукцию, которую еще не изъяли — записные книжки, блокноты, ежедневники, записки. Все изъятые материалы тщательно изучить на предмет выделенных мест, отчеркиваний, закладок, наиболее часто читаемых фрагментов, записей на полях. Отработать все телефоны и адреса. Четвертое: установить круглосуточное наблюдение за Сафроновым с целью выявления возможных контактов с сообщниками. Пятое: опросить работников бассейна и постоянных посетителей, найти среди них тех, кто плавал вместе со Щеткиной или сталкивался с ней в душе или раздевалке, провести тщательнейшие беседы с ними на предмет описания внешности Щеткиной и особенно — особых примет на теле. Родинки, шрамы, пятна и так далее. Если такие приметы у живой Щеткиной были, а на теле убитой их не было, то можно с уверенностью говорить о наличии двойника. Кстати, совсем необязательно, чтобы это была родная сестра. Это может быть просто двойник — не такая уж редкость, даже конкурсы среди них проводятся. Горбачевых, помнится, человек пять набралось, если не больше, и Ельциных столько же. Шестое: продолжить отработку записей в трудовой книжке Щеткиной, посетить все места, где она работала, собрать все возможные сведения. Особое внимание уделить информации о мужчинах, с которыми у нее были романы. Там могут впрямую ничего не знать, но догадываться. Все догадки проверять.

Андрей, склонившись над столом, быстро записывал под диктовку, сокращая слова и выражения до одному ему понятных аббревиатур.

— Записал?

— Угу.

— Теперь поезжай к себе, перепиши эти бредни красивым служебным языком, разбей на пункты и подпункты, распечатай на компьютере так, чтобы объем получился побольше, и иди с этой бумажкой к начальнику. А потом к следователю. Если начальник с этим согласится, он просто не сможет отвертеться от того, чтобы выделить дополнительно как минимум двух сотрудников. Нормально получилось?

— Супер! — Андрей поднял большой палец. — Это ты прямо на ходу придумала?

— Почему на ходу? Мне еще до твоего прихода было понятно, как и что нужно делать, на ходу я только про историю родов и бассейн сочиняла.

— Так это что же, если бы не возникла поездка в Новосибирск и не встал бы вопрос о том, кто будет работать вместо меня, я бы сам должен был все это тащить? — с ужасом спросил Чеботаев. Он потыкал пальцем в исписанные страницы блокнота, словно не веря самому себе, и повторил: — Все вот это?

— Все вот это, — подтвердила Настя. — А ты как думал?

— Ты что, смерти моей хочешь?

— Не хочу. Я оказываю тебе практическую помощь, — засмеялась она.

Глава 7

— Глаша, приготовь мне смокинг!

— Куда сегодня, Глебушка?

— Министерство культуры устраивает прием для деятелей искусства — лауреатов Ленинских и Государственных премий.

— Вот и хорошо, вот и ладно, — удовлетворенно пробормотала Глафира Митрофановна, открывая дверь бывшего кабинета, после войны переделанного в гардеробную.

До войны профессор принимал здесь пациентов и разных прочих посетителей, которые не хотели, чтобы их видели домочадцы именитого хирурга. Здесь и входная дверь была, прямо с лестницы, вошел — вышел, никто тебе не помеха, да и ты никого не потревожишь. После гибели старого хозяина дверь эту закрыли на внутренний засов и пользоваться ею перестали, а в бывшем кабинете-приемной народная артистка СССР Земфира Богданова хранила и повседневную одежду, и концертные туалеты, коих было у нее видимо-невидимо: красавица-певица, звезда оперетты, любимица высшего руководства страны, она была непременным участником всех самых лучших концертов, в том числе и правительственных, а позже, с расцветом телевидения — «Голубых огоньков». Выступала Земфира до самых последних своих дней, сохранила и голос, и стать, и яркость лица до семидесяти лет. Теперь тут Глебушкина одежда висит, он порядок любит, чтобы каждая сорочечка, выстиранная и отглаженная, на отдельных плечиках, и чтобы галстуки не кучей на одном крючке болтались или, упаси господи, в ящике лежали гужом, а каждый на своем месте, рядом с сорочкой, по цвету подобранный. И чтобы рядом с каждой парой брюк — отдельный прозрачный мешочек с носками, к этим брюкам подходящими, а внизу — чтобы ботинки стояли начищенные, которые по цвету и фасону годятся.

Глафира любила, когда ее питомец «выходил в свет», она считала светский образ жизни наиболее подходящим для писателя такого масштаба и очень переживала, когда Глебушка «засиживался». При Земе-покойнице жизнь в квартире на Сретенском бульваре искрилась и бурлила, после каждого спектакля певица возвращалась домой в сопровождении артистов, музыкантов и поклонников, пили шампанское, закусывали, шумно обсуждали околотеатральные новости, делились сплетнями; здесь завязывались романы и разбивались вдребезги романтические надежды, выстраивались интриги и частенько решались тонкие вопросы распределения ролей, причем далеко не всегда именно в том театре, в котором служила Земфира.

А вот до войны, еще при жизни профессора Богданова, все было иначе. Профессор шума не любил, гостей «из богемы» не особо привечал, но и к нему частенько приходили посетители, иногда — больные, а иногда — другие какие-то, и тогда профессор звал Глашу и велел подать чаю. Глаша всегда была любопытной, нос, конечно, куда не следовало, не совала, но интересовалась, во всяком случае, если была возможность увидеть или услышать, так не прикидывалась, что у нее глаз и ушей нет. Когда ее только взяли в дом к Богдановым, с ней долго беседовала их бывшая прислуга, Степанида Андроновна, ушедшая на покой по старости лет, признававшая, что в ее годы и с ее больными ногами с младенчиком ей уж не справиться, и, как сказали бы нынче, «передававшая Глаше дела». Степанида Андроновна прослужила у Богдановых тридцать лет с гаком, с того дня, как они вселились в этот дом не то в девятьсот втором году, не то в девятьсот первом. Для нее Борис Саввич Богданов, отец Глебушки, был Борюшкой, «молодым хозяином», а «старым хозяином» она числила Савву Никитича, тоже врача-хирурга и тоже профессора. Сама Глаша Савву Никитича уже не застала, он скончался в тот год, когда Глебушка родился, однако от Степаниды узнала не только много полезного о привычках и требованиях Богдановых, но и о том, как они жили раньше. «Ты не смотри, что тебя вроде только в няньки взяли, — говорила она, — это они так думают, что смогут без прислуги обойтись, навроде теперь советская власть и прислугу иметь негоже. А куда им без таких, как я? Они ж не приучены сами за собой ухаживать, да и не барское это дело — пол мести и тарелки мыть, Борюшка работает как каторжный, оперирует днем и ночью, и по выходным, и в праздники, Зема — артистка, ей тоже некогда, да и не с руки. Все одно ты из нянек через месяц-другой, а то и раньше в полноценную домоправительницу превратишься». Слова старой Степаниды оказались пророческими, только предсказанный ею «месяц-другой» сократился буквально до нескольких дней.

От Степаниды Андроновны Глаша узнала, что Савва Никитич Богданов служил в Солдатенковской больнице, которая теперь называется Боткинской, заведовал отделением хирургии, и Борюшка пошел по его стопам, был врачом-ординатором у самого великого Розанова, однако же судьба так распорядилась, что по роду занятий сын в точности копировал отца, а вот характерами они разнились полностью. Дело в том, что Солдатенковская больница (Степанида так и не приучилась именовать ее Боткинской) находится рядом с ипподромом, прямо через дорогу, и ежели какой наездник получал травму, его немедля доставляли прямиком в хирургическое отделение, где Савва Никитич самолично его оперировал, зашивал и чинил. После смерти отца жизни удалых наездников перешли в руки к сыну, который боролся за них с не меньшим искусством, упорством и самоотверженностью. А поскольку бегами увлекались очень многие состоятельные и известные люди, имевшие и собственных лошадей, и любимых наездников, то понятно, что врач, от таланта которого зависит, сможет ли наездник еще выступать, и если сможет, то как скоро, так вот, такой врач, разумеется, будет окружен вниманием, уважением и почетом. До семнадцатого года вокруг Саввы Никитича толпились богатеи, политики, известные личности, дом постоянно был полон гостей, а сам он с супругой, Борюшкиной матерью, блистал в свете и отдыхать ездил исключительно на заграничные курорты. После переворота все изменилось, супруга Саввы Никитича слегла с сердечным недугом, да так и не оправилась, в девятнадцатом году померла. Бега прекратились, не до того было, голод, разруха, Гражданская война, Борюшка к тому времени еще учебу не закончил, Савва Никитич оперировал сутками напролет, больница-то Солдатенковская была бесплатной, «для всех сословий населения Москвы». Потом, с годами, все наладилось, вошло в свою колею, и война закончилась, и бега вернулись. Квартиру, правда, едва не отобрали, когда начали всех подряд уплотнять и из барских хором кроить коммуналки. В их доме почти все квартиры поделили, стенки построили, и получилось из каждой большой квартиры — по две коммунальные, в одну вход с парадной лестницы, в другую — с черной. Однако же, как оказалось, многие дореволюционные любители бегов и скачек оказались в руководстве послереволюционной Москвы, да и всей России, они-то и не дали в обиду своего знаменитого доктора, тем паче наездники продолжали, как и прежде, разбиваться, лошадям-то все едино: что была революция, что не было. Так что шестикомнатную квартиру, одну из немногих в доме, удалось спасти от раздела и заселения посторонними семьями.

Но сохранение квартиры в целости не помогло сохранению привычного образа жизни. Перестали приходить многочисленные гости, когда нанимали двух кухарок, чтобы приготовить ужин на всех. Савва Никитич больше не надевал ни фрак, ни смокинг, и даже появление юной красавицы Земфиры в качестве Борюшкиной жены не смогло вдохнуть блеск и живость в огромное помещение, словно на глазах наливавшееся мрачностью и тоской. В тридцать первом году старый профессор умер, едва успев порадоваться внуку, и жизнь в квартире на Сретенском бульваре стала еще более серой и скучной. Борис Саввич, Борюшка, общества не любил, был нелюдимым и замкнутым, хотя говорили про него, что если у отца руки были золотые, то у сына — бриллиантовые. В тридцатых годах жизнь постепенно становилась «лучше и веселее», и Степанида Андроновна не теряла надежды, что вскорости все вернется: и приемы, и гости, и вечерние туалеты с открытыми плечами, и строгие смокинги, и галстуки-бабочки. Жаль только, что ей уж не придется это увидеть, снова окунуться в блеск драгоценностей, шуршание шелка и тафты, аромат духов и сладковатый тугой запах трубочного табака, в звон бокалов и переливчатый смех.

— Зема — она радостная, живая, — делилась с Глашей опытом и своими соображениями старая домработница, — она в такой тоске долго жить не сможет. Вот увидишь, скоро она Борюшкину хмурость переломит, преодолеет, и тогда все будет по-старому. Так что ты учись, запоминай, чего я рассказываю, перенимай, пока есть у кого. Пригодится.

Глаша слушала затаив дыхание. Произносимые Степанидой слова казались ей волшебными, хотя значение их она понимала далеко не всегда. Допустим, что такое шелк и тафта, она знала, а вот «вечерний туалет с открытыми плечами» представляла себе весьма приблизительно, что же до сладкого запаха трубочного табака, это и вовсе казалось ей немыслимым. В деревне, где она выросла, мужики делали самокрутки из табачных листьев, и дым от курева пах как угодно — горько, противно, садняще, — но уж никак не сладко. Каждый день своей новой городской жизни она ждала, что наступит тот самый перелом, который пророчила Степанида, и ей удастся увидеть своими глазами то, что до сих пор было известно только из рассказов, книг или немого кино. Хорошо еще, что в деревне Глаша ходила в школу и выучилась грамоте, так что читать, пусть и не особенно бегло, умела и была единственной, кто брал книжки у сельской учительницы, в прошлом — выпускницы Смольного института. И кинопередвижка хоть и изредка, да посещала Глашину деревню. Но книжки и кино про красивую жизнь — это одно, а увидеть ее своими глазами, слушать ее звуки, обонять запахи — совсем, совсем иное...

Однако годы шли, а красивая жизнь все не приходила в просторную квартиру Богдановых. Вместо нее приходили посетители к профессору, порой понятные, а порой и загадочные, и даже страшные... Вот, например, в сороковом году, Глаше было двадцать лет тогда. Посетитель к профессору пришел какой-то чудной, не в ту дверь позвонил, что ведет прямиком в кабинет, а в другую, общую. Глаша, как водится, открыла. Ростом она никогда не отличалась, не маленькая была, но и не высоченная, так, средняя, и привыкла, что большинство мужчин обычно выше ее ростом. А тут в квартиру вошел человек росточка совсем небольшого, но так на нее посмотрел, что ее будто холодом сковало. И смотрел-то как-то непривычно, не в глаза, а сперва на ноги, потом на живот, дальше — вверх, на грудь, на плечи, а уж потом только на лицо. Глаша к месту приросла, от ужаса даже поздороваться забыла. Тут же в прихожую Борис Саввич вышел, Глашу отстранил и молча провел странного человека в свой кабинет. Глаша так и осталась стоять как пришитая. Зема-покойница — она в дверях гостиной стояла — тоже побледнела, губы дрожат, иди, говорит, Глаша, к себе и не выходи пока, чай, если надо, я сама подам. Только уж после, дня через три, Земфира объяснила, что приходил в тот раз сам Берия — большой любитель скачек, узнавать насчет наездника, который накануне сильно расшибся, вот Лаврентий Павлович и решил приватным образом картину прояснить и доктора лично попросить, чтоб повнимательней был. Ну, что такое просьба Берии — девушка уже и тогда понимала, чай, не дурочка, похуже приказа будет. А Глашу с его глаз долой убрали на всякий случай, потому как любовь всемогущего политика к молоденьким девушкам давно известна.

Так что вместо праздничного блеска в квартиру Богдановых вползали страх, недоверие и подозрительность, затопившие в те годы всю страну. И только после войны Глафире удалось наконец увидеть то, о чем она так много слышала и так долго мечтала. Вернувшись из эвакуации, овдовевшая Земфира вернула в старую квартиру радость, смех, разговоры, танцы, словно влила под высокие потолки новую жизненную силу. Такая перемена пришлась по вкусу не только Глаше, Глебушка тоже будто распрямился, повеселел, почувствовал вкус к жизни, а то все букой ходил и мало с кем разговаривал, вся его компания — один только двоюродный брат Гриша, сын Земиной родной сестры. Мальчики родились в один год, а поскольку сестры были очень близки и обе жили в Москве, то двоюродные братья росли настоящими друзьями. С появлением в доме молодых артистов и музыкантов Глебушка начал перенимать не только их манеры, но и отношение к жизни, а веселые красивые молодые артистки дали толчок сперва юношескому вожделению, а потом и стремлению успеть как можно больше. Двадцатилетний Глеб из скромного романтического юноши, пишущего талантливую прозу, буквально на глазах превращался в ловеласа и ветреника. Земфиру это, по-видимому, совершенно не смущало и даже, наоборот, радовало. Вместе с ней радовалась и Глаша, и за саму Зему радовалась, и за Глебушку, и за себя: дожила все-таки, увидела, вдохнула, окунулась.

Повадки светского льва Глебушка пронес через всю жизнь, обожал ходить на банкеты, приемы и прочие мероприятия, любил, чтобы его сопровождали красивые женщины — сначала первая жена, потом вторая, моложе его на двадцать с лишком лет, а после развода со второй женой — восторженные поклонницы, любовницы или просто знакомые. Это уж только в последние годы он все чаще ходит на такие мероприятия один, а прежде его никогда и нигде без красивой спутницы не видали. Ему нравилось приглашать гостей, в числе которых были не только собратья по перу, но и критики, литературоведы, журналисты, а также люди искусства, знающие его с молодости, с тех времен, когда приходили в этот дом к Земе. В девяностых годах гости стали приходить все реже, число их заметно уменьшилось, а потом и вовсе сошло на нет. Писатель, которого любили и ценили в советское время, перестал быть интересным, и Глеба Борисовича сначала стали все меньше замечать, потом все меньше вспоминать, а потом (и очень скоро) и вовсе забыли. Дом снова начал пустеть и наливаться тоской, и Глафира Митрофановна боялась, что эти пустота и тоска овладеют и Глебушкой, поэтому искренне радовалась, когда происходило хоть что-нибудь, напоминающее прошлую жизнь. Ладно, пусть не бывает больше приемов гостей на тридцать человек, пусть приходят по одному—по двое, как Васенька с Катериной, но зато Глебушка надевает смокинг, галстук-бабочку, вызывает машину и едет. Его приглашают, его помнят, уважают. И конечно же, он будет там самым красивым!

Глафира Митрофановна предавалась воспоминаниям и одновременно специальной щеткой смахивала невидимые пылинки с черного смокинга, специальной замшевой тряпочкой наводила блеск на черные лаковые ботинки и раскладывала на специальном столике белоснежную сорочку и коробки с аксессуарами — галстуками и поясами «под смокинг», пусть Глебушка сам выберет, в прошлый раз он надевал вот эти, темно-синие в белый горошек, стало быть, сегодня захочет что-нибудь другое, например, цвета бордо, или серые с черной полоской, или вот эти, в мелкий ромбик.

— Глаша, — Богданов заглянул в гардеробную, — я уеду в половине седьмого, а к шести приготовься подавать кофе на двоих, приедет Катерина.

— Катерина? — удивилась она. — А зачем? Что случилось?

Он пожал плечами.

— Понятия не имею. Хочет о чем-то поговорить.

— Хорошо, Глебушка. К кофе что подавать, бутерброды или сладенького?

— Я думаю, сладкое. Печенье, конфеты, что там у нас есть.

Ну вот, Катерина явится... С чего вдруг? Только вчера среда была, она вместе с Васенькой приходила, вчера, что ли, не могла поговорить? Или до субботы подождала бы. Не терпится ей.

Глебушка уедет в половине седьмого, и она, Глафира Митрофановна, домой отправится. На сегодня все дела переделаны, можно уйти пораньше, в своей комнате прибраться как следует, да плиту на общей кухне отмыть наконец, а то она давно уж собирается, да руки все не доходят. Конечно, кухня общая, и в свою очередь Глафира Митрофановна надраивает все до блеска, а соседки у нее — такие же старухи одинокие, как она сама, только больные и немощные, разве ж они уборку как следует сделают? У одной — хорошо, внучка есть, она приходит и в бабкину очередь убирается, но нынешняя молодежь ничего как следует делать не умеет. А у второй соседки никого нет, она, конечно, старается, да только много ли настараешься с остеохондрозом, артритом и сердечной недостаточностью? Два раза нагнется — и уже голова кружится, полчаса на табуретке в кухне отсиживается, в себя приходит. А ведь обе моложе Глафиры, одной семьдесят восемь, а другой так и вовсе семьдесят два, Глебушке ровесница. Спасибо господи, дал Глафире здоровье недюжинное, и она в свои восемьдесят три года не только за собой, но и за Глебушкой ухаживает, и соседкам помогает, и не болеет почти, и из ума не выжила. Вот что значит детство деревенское и родители из крестьян: привычка к физическому труду в генах заложена да вскормлена на натуральном продукте, без всяких там химических удобрений и консервантов, не то что у городских.

Катерина пришла, как и следовало ожидать, с пятиминутным опозданием. Ну, ей же хуже, Глебушка ровно в полседьмого из дому выйдет, он точность любит, а коли Катерине времени не хватит обсудить, чего там ей надо, так он ради нее задерживаться не станет. Водитель Генька минут за десять до назначенного срока будет у подъезда стоять, и Глебушка его понапрасну ждать не заставит. Да и опаздывать ему нельзя, шутка ли — в Министерство культуры едет.

— Глеб Борисович, я хотела поговорить с вами о Васе.

Глафира Митрофановна насторожилась. Что там эта язва-Катерина удумала? Конечно, Глебушка для нее, для Глафиры, всегда на первом месте, она его еще на горшок сажала и с ложки кормила, однако же и Васечку — любимчика своего — в обиду не даст.

Глебушка — уже одетый, в смокинге и начищенных туфлях, ну и красавчик же он, господи! — пригласил гостью пройти в кабинет. Хорошо, что он двери никогда не закрывает, даже в спальню у него ночью, когда спит, дверь открыта, а со слухом у Глафиры Митрофановны покамест все в большом порядке, не жалуется. Она, как было велено, принесла поднос с кофейником, чашками, сахарницей, молочником и красивым фарфоровым блюдом, на котором бежевой россыпью лежало домашнее печенье, и принялась неторопливо расставлять все это на низком широком журнальном столе. Глеб Борисович и Катерина уже сидели в креслах вокруг стола, и Глафира вся превратилась в два больших настороженных уха.

— Глеб Борисович, я подумала насчет той истории, которую придумал Вася... — начала Катерина.

— Это про мальчика и его душу? — поморщился Богданов. — Совсем никуда не годится. Что вы еще придумали?

— Нет, Глеб Борисович, вы не правы, это хорошая история, но дело не в ней на самом деле.

— А в чем же?

— В том, что Вася наконец придумал что-то неординарное, понимаете? Не банальные ходы для детективного сюжета, не описание драк и погонь, не интриги внутри продюсерской компании, а что-то свое, такое, чего ни у кого нет. Глеб Борисович, вы же знаете, Вася очень хочет, чтобы его признали как самостоятельную творческую личность, не как нашего с вами соавтора, а как полноценного писателя.

— Да какой он писатель, Катюша, господь с вами! — рассмеялся Богданов. — Он — мальчишка, одержимый манией величия, и вы понимаете это не хуже меня.

— Да, я понимаю, но я понимаю и другое. Есть люди, которых чем больше критикуешь, тем они лучше работают. Вы — такой, да и я, в общем-то, тоже. Вася другой, его нельзя без конца критиковать и унижать, мы ему этим крылья подрезаем, и у него руки опускаются. Надо дать ему...

— Шанс? — Глеб Борисович не скрывал сарказма. — Как в американских фильмах? Там, по-моему, на каждом шагу герои просят, чтобы им дали шанс.

— Не шанс, а возможность поверить в себя. Надо его похвалить, дать ему уверенность в своих силах. И чтобы это не было голословным, надо включить его историю в книгу.

— Исключено! В книге, где я являюсь автором, пусть и всего лишь одним из трех, таких чудовищных историй быть не может. Катюша, я вас не узнаю, вы всегда казались мне такой трезвой, такой уравновешенной, и вдруг...

— Глеб Борисович, — в ее голосе зазвучали умоляющие нотки, — я вас прошу. Пожалуйста. У меня сложные отношения с Васей, я чувствую себя в некоторой степени виноватой перед ним, может быть, поэтому я к нему излишне критична. Это вроде самозащиты, понимаете? Я от него защищаюсь, он от меня, я его критикую — он мне хамит. Но это все деревья, за которыми мы можем не увидеть леса. Я не утверждаю, что Васька — талантище, каких свет не видел. Нет, он самый обыкновенный. Но он не бездарь, поверьте мне, Глеб Борисович. И сейчас у него такой период, когда одно слово похвалы, один жест признания могут стать тем фундаментом, на котором он впоследствии вырастет как творческая личность. Пожалуйста, Глеб Борисович, похвалите его, и давайте в каком-нибудь виде вставим его историю в книгу.

Глафира старалась делать все медленно, аккуратно, тщательно, ей хотелось подольше поприсутствовать при разговоре. Но чашек было всего две, и разливать в них кофе до бесконечности невозможно. Ну еще сахару положить Глебушке, она знает, сколько он любит, ну сливок подлить из молочника, ну серебряной лопаточкой разложить по три печеньица с блюда на маленькие плоские тарелочки, а еще что? Пора уходить. Ничего, двери-то настежь, она и из каминной залы услышит. Тем более никакого секрета они из разговора не делают и голос не понижают.

— Ну что же, Катя, ваши аргументы заслуживают внимания, — прогудел низкий баритон Глебушки. — Я всей душой рад буду оказать помощь молодому дарованию, и в этом смысле вы можете на меня рассчитывать. Однако нельзя ли это сделать каким-нибудь другим способом?

— Почему другим? Чем вам не нравится тот способ, который я предложила?

— Потому что мне не нравится история, которую придумал ваш пасынок.

— Он мне не пасынок, я его не усыновляла.

— Ну пусть будет сын вашего мужа, это сути не меняет. Мне история не нравится, кто бы ее ни сочинил.

— Но почему, Глеб Борисович? Вы вдумайтесь, это очень хорошая история.

— Что в ней хорошего? Вы пейте кофе, Катя, он остывает, да и времени у нас осталось немного. Мне через десять минут нужно уходить.

— Я постараюсь покороче... Глеб Борисович, вы смерти боитесь?

— Конечно. Я уже в том возрасте, когда она совсем близко, и было бы просто глупо не думать о ней.

«А чего о ней думать-то? — пронеслось в голове у Глафиры. — Мне лет еще больше, а я вот не думаю. Когда придет — тогда и придет, она сама свое время знает. Тут уж думай — не думай, а ничего не изменишь».

— Люди приучены бояться смерти, — продолжала между тем Катерина, — им с детства внушают, что смерть — это страшно и плохо, что ее нужно бояться, что хуже ее ничего быть не может, а поскольку жить с постоянным страхом невозможно, они научились делать вид, что его нет. И смерти тоже нет. Ни страха, ни смерти. И от этого иногда строят свою жизнь совершенно неправильно. Живут, не думая о смерти, и в то же время постоянно на уровне подсознания помня о ней. Что получается? Скорей успеть, разбогатеть, испытать все мыслимые и немыслимые удовольствия, избегать страданий, заработать все деньги, какие есть на свете, покататься на самой дорогой машине, поносить самые дорогие бриллианты, пожить в комфорте, насладиться славой и так далее. Вы понимаете, о чем я говорю?

— Примерно, — в голосе Глебушки Глафире послышалась усмешка. — И что дальше следует?

— Из-за этих глупых стремлений человеческая жизнь, не каждая, конечно, но жизнь многих людей, становится похожа на судороги. Это, наверное, не очень точный образ, но вы дали мне мало времени... А если вдуматься, какая разница, заработаешь ты миллион или нет? Ну, не будет у тебя виллы, яхты и коллекции дорогих машин. И что? Да, тебя не примут в сообщество людей, которых ты считаешь своей референтной группой. Ну и что? Ну не примут. Не будешь ты миллионером. Или не будет у тебя мировой славы писателя или, допустим, певца. Ну и не будет. От тебя ушла жена и счастлива с другим мужчиной, а ты ревнуешь, сходишь с ума, потому что тебе кажется, что этим самым она как бы на весь свет объявила: он — лучше, а ты — хуже. Ну и хуже, и что с того? Какая разница, если ты все равно умрешь? Разница есть только тогда, когда ты об этом не думаешь. А когда начинаешь думать, то понимаешь, что все это суета. Но чтобы так думать, надо перестать бояться смерти. И для этой цели, как мне кажется, все средства хороши. Историю, которую придумал Вася, можно использовать как раз для этой цели.

— Возможно... — задумчиво ответил Богданов. — Может быть, вы и правы, Катя... А вы сами боитесь смерти?

— Боюсь. У меня дети маленькие, Глеб Борисович, я должна их вырастить, поэтому ранней смерти мне хотелось бы избежать.

— Но если следовать вашей логике, то какая разница, в каких условиях будут расти ваши малыши, ведь они тоже рано или поздно умрут, как ни кощунственно это произносить.

Глафира Митрофановна боязливо оглянулась и быстро перекрестилась. Как можно такие вещи матери говорить? Хоть и любит она Глебушку безоглядно, хоть и не нравится ей Катерина, разлучившая Васенькиных родителей, но уж где он не прав — там не прав, и возразить нечего.

— Я все понимаю, Глеб Борисович, голубчик, я вижу, что Васина история несовершенна, она не дает ответов на множество вопросов, у нее концы с концами не связаны, но мальчик задумался, вы понимаете? Это же очень важно, что он задумался и даже сделал первый шаг: попытался построить теорию, которая избавляет от страха смерти. Эту теорию можно додумывать, достраивать, доводить до логического конца и полного совершенства, но ее нельзя отвергать на корню. Если хотя бы часть его истории войдет в книгу, он поверит в себя и начнет работать уже серьезно. А вдруг он станет тем лекарем, который избавит людей от страха смерти? Подумайте, ведь только от нас с вами сегодня зависит, будет у Васьки такая возможность или нет.

— Ну хорошо, — Глафира услышала звук отодвигаемого кресла, видно, Глебушка встал, — считайте, что вы меня уговорили. Вы хотите, чтобы спектакль состоялся завтра?

— Да, пожалуйста. Только...

— Не надо меня учить, дорогая, уж в чем, в чем, а в этом у меня опыта побольше, чем у вас. И будьте готовы к тому, что вашего Васеньку я как следует повожу мордой об стол. Не возражаете?

— Не возражаю. Так будет даже лучше. И правдоподобнее. Спасибо вам, Глеб Борисович. Я была уверена, что вы меня поймете.

— Не благодарите меня, я пока еще ничего не сделал. Благодарить будете потом, если все получится так, как вы хотите. Глаша!

Глафира пулей выскочила из каминной залы в прихожую.

— Тут я, Глебушка. Можно убирать со стола?

— Можно, можно. Мне пора одеваться. И ты не засиживайся, ты же сегодня пораньше домой собиралась. Жаль, что мне в другую сторону ехать, я бы тебя подвез. Но мне не по пути, а опаздывать нельзя.

— Глафира Митрофановна, вы где живете? — спросила Катерина, зашнуровывая высокие ботинки.

— В Коптеве, — откликнулась та, проворно собирая чашки, тарелки и блюдца на поднос. — От «Войковской» на трамвае пять остановок.

— Михалковская улица там недалеко, кажется?

— Да прямо рядом, Михалковская — это ж Коптево и есть. А тебе зачем?

— Если хотите, я вас отвезу, мне на Михалковскую нужно по делу.

— Так я не готова еще, — растерялась Глафира. — Мне чашки вот помыть надо...

— Ничего, я подожду, время есть. Ну как, поедете со мной?

Глафира заметалась. С одной стороны, на машине после целого дня работы проехаться до дому куда как приятнее, чем давиться в переполненном метро и в битком набитом трамвае, ноги-то хоть и крепкие пока, а все одно не молодые. Но с другой стороны, не любит она Катерину, и ехать с ней вдвоем — мало радости. Хотя справедливости ради надо признать, что сегодня Катерина старую домработницу приятно удивила тем, что так горячо вступилась за Васечку. Может, не такая она и плохая, а что мужа от живой жены увела и семью разбила, так надо еще посмотреть на ту жену и на ту семью, может, она, семья то есть, доброго слова не стоила, на ладан дышала, на корню разваливалась. Васечку только жалко, жил себе поживал при отце с матерью и вдруг в одночасье остался один-одинешенек. Двадцать лет — это что, возраст? Даже Глебушка в двадцать лет еще ребенком был, а нынешние-то — они совсем инфантильные (очень Глафире Митрофановне нравилось это слово). Однако с другой, опять же, стороны если посмотреть, так Васечка и не жаловался, наоборот, только рад был, что ему самостоятельность дали проявить и никто над душой не стоял. Так все-таки ехать или не ехать?

— Поеду, — решилась старуха, — ты меня подожди, я быстро.

Богданов поблагодарил Катерину и ушел, такой немыслимо красивый и статный в своем длинном плаще поверх смокинга, с густой серебряной шевелюрой и ухоженным смуглым лицом, казавшимся рядом с белоснежной сорочкой совсем коричневым, а Глафира помчалась на кухню мыть посуду. Катерина терпеливо ждала, сидя в прихожей на стульчике, на который она присела, надевая ботинки, да так и осталась.

Давно Глафире Митрофановне не приходилось стоять в московских пробках. Это и понятно, ведь она на машине не ездит, все больше пешочком или на городском транспорте передвигается. Конечно, частенько бывает, что Глебушка возвращается домой поздно, водителя не отпускает и отправляет Глафиру домой на машине, если она еще не ушла и не остается ночевать, но вечером дороги не очень загружены, и доезжает она довольно быстро. О пробках она много и часто слышала от Глеба Борисовича, от других людей, приходящих в дом, и по телевизору, а самой испытать как-то не привелось. Ох и муторное это, оказывается, занятие! И как у людей нервов хватает? Катерина вон сидит как ни в чем не бывало, даже не поморщится, думает о чем-то своем.

Ну так и Глафира о своем подумает. О Глебушке, например. Что у нее еще есть своего? Мужья померли, деток бог не дал, в Глебушке вся ее жизнь. Плохо, что один живет, словно бобыль какой, а ведь и двоюродный брат Гриша жив-здоров, и жены были, и сын от первого брака, и дочь от второго, и внуки — сын-то давно женат, уже и развестись успел. Вон родни сколько, а Глебушка все один, все один... Никого не признает, никого не любит. Проницательная и мудрая Глафира Митрофановна подозревает, что Глебушка и себя-то самого не очень любит. И никому, кроме старой няньки-домработницы, не верит. Это ж надо было так свою жизнь искалечить!

До этого места мысли Глафиры Митрофановны доходили каждый день, но дальше не двигались, потому как начиналось в ее душе смятение, похожее на Тяни-Толкая из детской сказки. В одну сторону тянула безусловная преданность и безоглядная любовь к своему питомцу, которого молоденькая Глашенька еще тринадцатилетней девчонкой на руках носила, колыбельные ему пела и в мягкую розовую попку целовала. В другую же сторону тянули сомнения: а прав ли он? Может, все же погорячился Глебушка, дал волю напрасным подозрениям и обездолил себя, хотя мог бы жить, окруженный семьей, детьми, внуками... Всей правды Глафира не знала, но ужас-то в том, что и Глебушка этой самой правды до конца не знает, вот и мучается. И она вместе с ним. Ведь Илюшеньку, первого сына Глеба Борисовича, она тоже вынянчила, и привязалась к мальчонке, и любила его уже за одно то, что был он Глебушкиной кровиночкой. А потом, когда все случилось, Илюшенька перестал бывать у отца. Он бы приходил, он не злопамятный, наверняка давно отца простил, да Глебушка не пускает. Нет, не так, конечно, впрямую от дома не отказывает, но и не приглашает, пускает, но редко и уж тогда, когда совсем нельзя не пустить. На свой день рождения, к примеру, когда все приходят поздравить, или перед Новым годом, когда принято подарки дарить. Но сухо держится отец с сыном, разговаривает коротко, в глаза не глядит. А все из-за чего? Из-за собственной дурости. Как ни любила Глафира Митрофановна Глеба Борисовича, а поступки его оценивала объективно и критично, хотя полусестринская-полуматеринская любовь ее от этого меньше не становилась. Очень ей хотелось оправдать Глебушку, но она понимала, что если в истории с братом Григорием непонятно кто виноват и виноват ли вообще хоть кто-то, то уж в истории с Илюшенькой виноват только сам Глебушка и больше никто. А теперь все это на Ладе отзывается, хотя девочка вообще ничем перед Глебушкой не провинилась. Если бы он спросил у своей старой няньки совета, она бы ему, конечно, много чего сказала, но не таков ее Глебушка, чтобы у кого-то совета спрашивать, всю жизнь был своевольным и упрямым, только своим умом жил.

А теперь вот что? Не жизнь — сплошное мучение. Все пришло к тому, что и брат Григорий, и Илюша, и младшая — Лада, и обе жены Глебушку ненавидят и только и ждут его смерти. А он, будто назло, деньги тратит без оглядки, не считает, когда покупки делает — даже цену не спрашивает, только знай портмоне открывает. И, главное, что покупает-то? Ненужное. Излишнее. Водителю Геньке сумасшедшие деньги платит, а зачем? Будто сам машину водить не умеет. Да и машина тоже не из дешевых, Глафира хорошо помнит, как он сидел, обложившись журналами, картинки смотрел, статьи читал, все подороже да получше выбирал. А к чему она подороже-то? Дешевые тоже хорошо ездят, лишь бы везли. Костюмами, пальто, плащами и обувью полную гардеробную набил, столько нарядов только при Земе-покойнице было, так она артистка была, а тут? Куда ему в них ходить? Столько барахла нормальный мужик за двести лет не сносит, а Глебушке — даже страшно! — восьмой десяток пошел. Ну, с продуктами еще ладно, Глафира и сама любит из хороших продуктов готовить, из натуральных, свежих, без консервантов и всякой прочей химической гадости, не перемороженных и не перестоявшихся. Все-таки кулинарка она первоклассная, кухня — ее гордость, ей самой приятно, когда блюда получаются наивкуснейшими, а такие только из самых лучших и свежих продуктов можно приготовить. Но все остальное просто ни в какие ворота не лезет! Вот, к примеру, шубку к прошлой зиме Глафире справил, норковую, коротенькую — до колен, красивую до невозможности, кремово-бежевую, и легкую, словно пушинка. И шапочку к ней. Мех называется «щипаная норка», на вид на цигейку похожа, а на ощупь шелковистая, как атлас, и веса никакого. Куда ей такую шубку в ее-то годы? Приятно, конечно, слов нет, ей сроду таких дорогих вещей носить не приходилось, она потом специально в магазин зашла да и посмотрела, сколько такие шубки стоят. Так ей чуть плохо с сердцем не сделалось, когда ценник увидала! Вообще в последние годы, когда Глебушка стал с Катериной и Васенькой работать, он много подарков Глафире делал: то часики на золотом браслете купит, то сережки и колье с жемчугом, то одежду, у него глаз точный, без примерки размер угадывает, Глафира теперь модницей ходит, и не скажешь по виду, что домработница. Когда жемчуг принес, Глафира прямо вой подняла, дескать, с ума сошел, куда ей в ее-то возрасте жемчуга носить, ей бы что попроще, бижутерию какую-нибудь, а Глебушка рассмеялся и сказал, что в ее возрасте носить можно только жемчуг, он за границей специально смотрел, во что старушки одеваются, так они все сплошь в туфельках на каблучках, в светлых пиджачках, на шее косыночка или шарфик нарядный — морщины, стало быть, прикрывать, в брючках или в юбочках до колена, а не до земли, ног своих с венозными узлами не стесняются, волосы аккуратно уложены, на пальцах кольца по нескольку штук, на запястьях браслеты, а в ушах непременно жемчуг. И ты, Глаша, говорит, будешь у меня как европейская старушка выглядеть, ты для меня самый близкий и родной человек, мне для тебя никаких денег не жалко. И вправду ведь не жалко! У Глафиры спина прямая, голову высоко держит, ходит быстро, и когда Глебушка ее приодел на европейский манер, она вроде как и помолодела. Во всяком случае, отражение свое в зеркале рассматривает с удовольствием и признает, что выглядит намного лучше тех, кто до ее годов дожил.

Но все равно зря он это, зря! Вот в прошлом году, в феврале, Лада пришла, как обычно, в воскресенье к обеду, увидела в прихожей на вешалке ту норковую шубку и спросила, мол, чья. Глебушка и ответил, что Глафирина. Так Лада прямо с лица вся спала, не знала, говорит, что баба Глаша такая состоятельная дама. А Глебушка нехорошо так усмехнулся и отвечает, что да, зарплату он Глафире платит большую, но шубка эта к зарплате отношения не имеет, это он ей подарил. Девочка аж позеленела.

Она таких подарков от отца не видела. Ну ладно, допустим, Гриша виноват, Илюша виноват, жены Глебушкины провинились, но Лада-то тут при чем? Дитя невинное, недавно только двадцать лет исполнилось. Крут Глебушка, ой крут... Да справедлив ли?

Погруженная в размышления, Глафира Митрофановна и не заметила, что они уже подъехали к улице Матроса Железняка. Тут надо было дорогу показывать, дворами и переулками проезжать. Возле скверика Катерина притормозила.

— Где ваш дом, Глафира Митрофановна?

— Да вон за углом, метров триста осталось.

— Вы простите, но... — Катерина посмотрела на часы, — я и так уже опоздала, человек может подумать, что я вообще не приду, и уйдет.

— Да ничего, ничего, я пешочком дойду, тут близенько. Спасибо, что подвезла.

Глафира торопливо выбралась из машины, расправила складки шелкового светлого плаща (тоже Глебушкин подарок!), подтянула поясок и, гордо вскинув голову, направилась в сторону дома. Ее грызло легкое недовольство Катериной, что не довезла до подъезда, никакого уважения к старости, опаздывает она, видите ли. Да какие такие дела могут у нее здесь быть? Скверик да жилые дома, ни одной организации и близко нет, разве что магазин, так не в магазине же у нее дело... Подумав о магазине, Глафира Митрофановна вспомнила, что собиралась купить домой соль и макароны, а для прихворнувшей соседки захватить баночку меда. Само собой, покупать мед в магазине — это себя не уважать, брать можно только на рынке и только у проверенных продавцов, да и то непременно пробовать, но это для Глебушки, для соседки такой расход не по карману, а молоко с медом — первое средство при бронхите. Кстати, и молочка надо взять.

Купив все необходимое, Глафира вышла на улицу, зачем-то оглянулась и неожиданно для себя обнаружила Катеринину машину прямо в том месте, где она и остановилась. Значит, Катерина никуда дальше не поехала? Где ж тогда у нее эта встреча? А вон она, в скверике, и мужик какой-то с ней. Ни лица, ни даже примерного возраста мужчины Глафира определить не смогла, потому что, во-первых, было уже темновато, а во-вторых, сидели они на скамейке к ней спиной. Волна любопытства поднялась и затопила старую женщину, подталкивая к неосмотрительным поступкам. Стараясь ступать осторожно и не шуршать тканью плаща, Глафира подобралась поближе, заняла позицию, с которой можно было разглядеть Катерининого собеседника, при этом не попадаясь ей на глаза, и прислушалась. Говорили они вполголоса, и Глафира ничего, кроме некоторых отдельных слов, не разобрала.

— ...какая еще... информация... нужна... Чего ты тянешь? — недовольно и даже как-то злобно спрашивал мужчина.

Катерина бормотала в ответ что-то неразборчивое, но Глафире показалось, что она оправдывается.

— ...глотку перегрызу... твой интерес тоже есть... столько времени искали... шалава...

— Я должна быть совершенно уверена, — на радость Глафире отчетливо произнесла Катерина. — Поэтому мне нужно узнать...

Дальше опять не слышно. Вот досада-то! А мужик какого-то бандитского вида, лицо грубое, сразу видно — пьющий. Но не алкоголик. Есть такие, которые как выпьют — в момент звереют. Вот он точно из таких, решила Глафира Митрофановна, потихоньку ретируясь со своего наблюдательного поста. И что у Катерины за дела с ним? Мужняя жена, трое детишек, писательница, в приличные дома вхожа, а надо же, какие у нее знакомцы!

* * *

Лиза Боровенко, наблюдая из своей припаркованной рядом машины за маневрами домработницы Богданова, только тихонько фыркала. Ну старуха! Неуемная. И все-то ей надо знать, и во все-то нос свой сунуть. Но Екатерина Сергеевна тоже не промах, не зря Лиза за ней сегодня весь день таскалась.

После бесславного завершения истории с прослушиванием квартиры Андрей Степанович передал через таинственного Николая новое задание. Оно звучало более чем странно, и Слава попытался взбунтоваться и потребовал от Николая объяснений, но Лиза одернула его: Андрею Степановичу виднее, как и что лучше делать, а в их интересах выполнить все как можно лучше. Слава долго ворчал, но в конце концов смирился. Но для выполнения этого, а потом и следующего задания двое были не нужны, достаточно было одного Славы, и Лиза на свой страх и риск продолжала наблюдать за соавторами. Один день посвящала полностью Василию, другой — Катерине, третий — Богданову, потом снова Василию и так далее. Сегодня была очередь Екатерины Сергеевны Славчиковой.

Лиза с любопытством наблюдала за Катериной и ее собеседником. Встреча на улице, в зачуханном скверике, да еще с таким типом, по которому давно тюрьма плачет, — это совсем не похоже на тайное романтическое свидание и еще меньше похоже на деловые переговоры. Что же это? Уж не то ли самое, что они со Славой ищут вот уже сколько времени? Они были уверены, что все замыкается на мэтре Богданове, но Славу все время что-то смущало, ему недоставало какого-то последнего доказательства, а Лиза сердилась, негодовала и не понимала. Неужели Славка оказался прав? Он не может знать больше, чем сама Лиза, они все делали вместе и постоянно обсуждали все, что видели и слышали, значит, он не знает точно, он чувствует. У него развитая интуиция? Лиза никогда ничего такого в своем муже не замечала. Столько лет они вместе, а вот пожалуйста... История, говорят, полна неожиданностей.

А в самом деле, что у них получается? Василий — любитель поживиться чужими идеями, он вполне годится на роль человека, пользующегося материалами погибшего журналиста. Богданов встречается с некоей дамой и обменивается с ней конвертами; можно предположить, что в одном конверте деньги, в другом документы, но только предположить, потому что содержимого конвертов Лиза не видела. Возможно, там все вполне невинно, но тогда почему Глеб Борисович гневался, когда дама позвонила ему по телефону домой, и говорил, что запретил ей пользоваться его домашним номером? Ответ напрашивается только один: дама должна была либо дожидаться его звонка, и он звонил ей, когда ему удобно, либо звонить на мобильный, поскольку по мобильному отвечает сам Богданов, а не его домработница. Иными словами, этот контакт скрывается от вездесущей Глафиры Митрофановны. Почему? Она знает даму лично и может узнать ее по голосу? Или есть еще какая-то причина? И почему от старухи надо вообще что-то скрывать? Она в делах Богданова вряд ли разбирается. Что же касается Катерины, то до сегодняшнего дня она ни в чем таком подозрительном замечена не была, но эта встреча в скверике все перевернула. Выходит, материалы, которые разыскивает Андрей Степанович, могут с равной степенью вероятности оказаться у любого из соавторов. С чего начали, к тому и вернулись. И все сначала...

Они прощаются. Как показалось Лизе, довольно холодно. Расстаются, недовольные друг другом. Катерина достает из сумки кошелек и дает мужчине деньги. Ему, видимо, мало, потому что он что-то говорит и Катерина дает еще. Взамен, однако, ничего не получает. Что это было, оплата уже полученных материалов или предоплата за будущие? Интересно.

А старая Глафира, судя по всему, что-то слышала, она ведь довольно близко стояла. Вот бы познакомиться с ней, разговориться да выспросить обо всем! Но шансов на это никаких, такое решение уже приходило в голову супругам Боровенко, Слава был первым, кто предпринял попытку заговорить с Глафирой Митрофановной в трамвае, когда та возвращалась домой, у него ничего не вышло, и тогда Лиза постаралась познакомиться со старухой в супермаркете, стоя в очереди в кассу. Ее тоже постигла неудача. Глафира оказалась неразговорчивой, хотя и вежливой, и в контакт вступать категорически не хотела. Видно, от отсутствия общения бабушка не страдает, ей и без случайных собеседников есть с кем поговорить.

Мужчина сунул деньги в карман, и они с Катериной разошлись. Катерина пошла к своей машине, а мужчина прошел вдоль домов и скрылся в проулке. Лиза завела двигатель и тихонько тронулась вслед за ним. В ее голове мгновенно вспыхнул идеальный вариант развития событий: мужчина садится в машину, Лиза запоминает номер, дома по купленной недавно «левой» компьютерной базе данных ГИБДД они устанавливают имя владельца и его адрес, а по такой же «левой» базе данных МТС выясняют номер его телефона. И дело, можно считать, сделано. Конечно, идеальные варианты встречаются в жизни крайне редко, и огромным количеством машин управляют не те, кто зарегистрирован как владелец, а те, кто водит ее по доверенности, да с правом передоверия, не говоря уж о том, что адрес владельца регистрируется в момент постановки автомобиля на учет, а сколько раз он после этого переезжал, менял адрес? Но Лизе так хотелось надеяться...

Надежды, как и следовало, в общем-то, ожидать, не оправдались. Мужчина ни в какую машину не сел, а свернул в подворотню. Выходить из машины и идти за ним Лиза не рискнула. Темно, безлюдно, он обязательно ее заметит, этот уголовник с испитой рожей, и что тогда? Вот был бы рядом Славик, тогда другое дело. Но Славика нет. И все-таки, как он почувствовал, что дело не в Богданове?

Впервые за много лет Лиза Боровенко испытала к мужу что-то похожее на уважение.

* * *

От этого вечера пятницы Настя Каменская не ждала ничего радостного. Если предыдущие несколько дней она чувствовала себя вполне сносно и даже расплакалась всего один раз (но зато как позорно, прямо у Юрки Короткова в кабинете!), то сегодня самочувствие ее решило взять реванш за всю рабочую неделю, словно говоря: я дало тебе поработать, теперь дай мне разгуляться. С утра болела голова и ныла спина, ноги были отечными уже к началу рабочего дня, слезы на глазах не высыхали, и все время почему-то хотелось на кого-нибудь заорать. Громко так, в голос, с повизгиванием и подвыванием. До конца дня Настя доработала с трудом, не сделала и половины того, что запланировала, и побрела домой, понимая, что сегодня от нее все равно никакого толку, и придется завтра ехать на работу и доделывать начатое, встречаться со свидетелями, корпеть над результатами экспертизы по совсем свежему убийству и составлять очередной план очередной работы. Она чувствовала себя старой водовозной клячей, которая просто тащит очередную тележку с очередной партией наполненных водой ведер по одному и тому же осточертевшему маршруту: к колодцу — от колодца, к колодцу — от колодца. И никакого другого маршрута уже не будет, на нее не наденут красивое кожаное седло, и молодой всадник не поскачет на ней в дальние края, где растут тропические деревья, плещется море, пахнет апельсинами и глициниями и где ждет его любимая девушка. То есть будет и седло, и всадник, и тропические деревья, и море с апельсинами, и девушка с любовью, но только не для такой клячи, как она, а для молодой резвой кобылы. Или для жеребца. Но главное — для молодого и резвого. Ничего в ее жизни уже не будет, и она никогда больше не будет хорошо себя чувствовать, и все быстрее начнет уставать, и все чаще раздражаться и плакать, и скоро ее выгонят на пенсию, потому что таким старым и бесполезным клячам срок службы не продлевают, и следующая ее работа будет пресной и скучной, а следующая за ней — еще скучнее, и тогда она осядет дома, будет лежать на диване под пледом и очень быстро превратится в настоящую развалину. Боже мой, ей же всего сорок три года, а впереди ничего нет. Ну почему так, почему?

От этих мыслей хотелось плакать еще сильнее, и Настя гнала их, но они назойливо возвращались, заполняя собой все внутреннее пространство ноющей головы. Она открыла дверь квартиры, вдохнула запах тушеного мяса, и ее затошнило. Говорят, симптомы климакса похожи на симптомы беременности, там что-то такое с гормональным обменом происходит... Тьфу ты, господи, опять она об этом! Не думать, не думать, долой тошноту, забыть про головную боль, раздеться, пойти на кухню, поцеловать Лешку, который к ее приходу приготовил ужин, улыбнуться, поговорить с ним о чем-нибудь, сесть за стол, нет, сперва вымыть руки, потом сесть за стол, выкурить сигарету, выпить чашку зеленого чая... нет, так не получится, сначала придется съесть мясо... нет, только не это... Лешка так старался, готовил, хотел ее накормить повкуснее, а она откажется... придется съесть... нет, она не сможет... Господи, что же ей делать, как же ей жить дальше?

— Привет, — как можно веселее чирикнула она, входя в кухню.

Чистяков, вопреки ожиданиям, не стоял у плиты в фартуке, повязанном поверх спортивного костюма, а сидел за столом и читал. Мясо тихонько булькало в кастрюле на слабом огне.

— Привет, — откликнулся он. — Голодная?

— Ни да, ни нет, а гораздо сложнее, — попыталась отшутиться Настя. — Весь день ничего не ела, по идее, должна быть голодной, но есть почему-то совсем не хочется, вот разве что чайку выпить.

Он отреагировал спокойно, как будто ждал именно такого ответа.

— У меня для тебя подарок.

Леша повернулся к окну, взял с подоконника красивую коробочку, перевязанную красной ленточкой с затейливой розочкой, и протянул ей.

— Что это? — с подозрением спросила она.

— Подарок.

— В честь чего?

— А просто так, для поднятия тонуса. Тебе что, чаю заварить?

— Ага, зелененького, — попросила Настя. — Леш, а что это?

— Я же сказал: подарок. Ты временно оглохла?

— Я понимаю, что подарок, но что это?

— Открой и посмотри.

Ей почему-то стало страшно. Хотя чего ей бояться? Это же не подкинутая под дверь коробка неизвестно от кого, когда не знаешь, бомба там или взятка, это подарок от Лешки, от мужа, что в нем может быть плохого? Но все равно страшно. Надо же, как ее скрутило-то! У нынешней молодежи есть выражение: «меня колбасит», так вот, кажется, как раз это с Настей и происходит.

Она смотрела на коробочку и понимала, что не может к ней прикоснуться.

— Леш, а ты где это взял?

— Господи, да купил я это, купил. Не украл, не нашел на улице, зашел в магазин и купил.

Чистяков достал расписную китайскую чашку с сеточкой и крышкой, чтобы не заваривать чай в чайнике: сам он зеленый чай не пил, Настя, он точно знал, целый чайник не выпьет, а назавтра это будет уже не чай, а помои. Засыпал заварку, налил кипяток, накрыл чашку крышечкой, поставил на стол перед Настей.

— Может быть, ты все-таки откроешь коробку?

Она впала в странное оцепенение. Только что, буквально несколько минут назад, ей хотелось визжать и рыдать, а теперь не хочется вообще ничего, даже двигаться. Даже дышать. Ничего себе перепады!

— Да, конечно, сейчас, — через силу выдавила она.

Ватными непослушными пальцами она пыталась развязать узел, ничего не выходило, ленточка была стянута накрепко. Леша некоторое время молча смотрел на ее бессмысленные потуги, потом протянул ей нож.

— Асенька, это не развязывают, это разрезают.

Она разрезала. Медленно сняла крышку, поковырялась в рыхлой упаковочной бумаге и извлекла на свет божий небольшую, высотой с мизинец, фигурку из темного дерева. Древний морщинистый старик в шапке, с посохом в руке, на поясе болтается сумка. Некрасивый какой-то...

— Это кто? — задала она самый умный вопрос, на который только была способна.

— Твой возраст.

— Кто?!

— Твой возраст, — терпеливо повторил Чистяков.

— Леш, — губы у нее задрожали, — это нечестно. Ты же знаешь, как я переживаю... Как мне все это...

Она не могла подобрать слова, чтобы объяснить свою мысль, и от этого отчего-то становилось еще горше, словно ее одолевали чувства, которые никому, ну никомушеньки в мире не дано понять, и она со своими непонятыми чувствами обречена на вечное одиночество.

— Да, я старею! — выпалила она. — И я не считаю, что это повод для шуток! И тебе должно быть стыдно надо мной издеваться! Зачем ты мне подсунул этого мерзкого старика? Чтобы напомнить о моем возрасте? Ты тоже когда-нибудь начнешь стареть, тебе просто повезло, что с тобой это случится позже, чем со мной, но в этом нет твоей заслуги и моей вины, тебе просто повезло, понимаешь? И подшучивать надо мной по этому поводу нечестно.

Наконец она дала волю слезам. Уткнулась в сложенные на столе руки и тряслась от рыданий. Рыдать было так сладко, что она даже не сразу почувствовала, как Леша обнимает ее, гладит по спине, и не услышала, как он что-то ей говорит.

— Дурочка, Асенька, ну какая же ты дурочка... Такая большая умная девочка, такой настоящий подполковник настоящей милиции, и такая дурочка... Я не шучу и не издеваюсь над тобой, я хочу, чтобы ты вспомнила то, чему тебя год назад учил Паша Дюжин. Помнишь?

Она подвигала головой, что должно было означать «нет».

— Будь благодарна всему, что с тобой происходит и тебя окружает. Будь благодарна своему возрасту. Научись любить его. Вот для этого я тебе и купил эту фигурку. Это не мерзкий старик, не надо его обижать.

— А кто же это, по-твоему? — всхлипнула Настя.

— Твой возраст. Ты сейчас ненавидишь свой возраст, поэтому фигурка кажется тебе мерзким стариком. Ты проецируешься, это элементарный закон психологии, на этом построен знаменитый Тематический апперцептивный тест, вспомни, сколько раз мы с тобой это обсуждали. Постарайся полюбить этого деревянного человечка, найди в нем красоту, только постоянно помни, что он — твой возраст. И увидишь, тебе станет легче, намного легче. Ты сможешь полюбить свой возраст и перестанешь из-за него комплексовать.

— Он морщинистый, — с тоской провыла Настя.

— Да, он морщинистый, — согласился Чистяков. — Ты должна научиться видеть в морщинах красоту, а не уродство. Я мог бы многое рассказать тебе об этом человечке, но я не буду, потому что ты должна сама до всего додуматься, сама все увидеть и все понять. Асенька, я готов облегчать твою жизнь всеми доступными способами, но есть вещи, которые ты должна сделать сама, иначе все без толку. Понимаешь?

Настя постепенно успокаивалась, истерика утихала, убаюканная его теплыми руками и негромким ласковым голосом. Хорошо, что Лешка не хотел ее обидеть, от этой мысли как-то сразу стало легче. Но вот полюбить этого мерзкого старика она все равно не сможет. Никогда!

Глава 8

Всю ночь, а затем и утро следующего дня, субботы, Глафира Митрофановна промаялась, решая вопрос: говорить ли Глебушке про Катерину и ее подозрительного знакомца. Старушка была любопытна и любознательна, но было бы страшной неправдой сказать, что ее, как многих женщин, причем любого возраста, «распирало» желание поделиться информацией. Уж что-что, а молчать Глафира умела.

В свое время еще хозяйка, Зема-покойница, ей, бывало, говорила: ты, Глашенька, для нас как член семьи, и никаких секретов от тебя у нас нету, но ты должна помнить, что я — известная артистка, все время на виду, Глебушка у нас знаменитый писатель, член Союза писателей, лауреат, к нему тоже внимание повышенное, и всегда найдутся люди, которые захотят в нашей грязи покопаться; ты выбросишь — они поднимут, ты сболтнешь — они услышат и дальше понесут, да еще и переврут по дороге, понимаешь? Глаша понимала, очень хорошо понимала и обо всем помалкивала, ни мужьям своим, ни соседкам, с которыми душевно дружила, ни слова про семью Богдановых не проронила, кроме самого необходимого, дескать, все живы, все здоровы, все благополучно, на прошлой неделе день рождения покойного Бориса Саввича был, все вместе на кладбище ездили, цветочки посадили, у Глебушки книжка новая вышла, вот я вам почитать принесла, с дарственной надписью, а Земочка вчера на концерте выступала, ее по телевизору показывали, красивая такая, и в голосе, дай бог ей здоровья. И все. И никаких разговоров со случайными знакомыми, и никаких знакомств со случайными людьми. Глафира смолоду хорошо понимала и место свое, и меру ответственности.

Так что промолчать про случайно увиденное накануне ей было вовсе не трудно. Да и надо ли рассказывать? Глебушка и без ее рассказов имеет о чем поволноваться: сперва суп прокис — не иначе отравить хотели, потом ЭТИ двое приходили, потом стекла в машине побили... Не надо добавлять ему поводов для переживаний, тем паче какие бы у Катерины ни были сомнительные дела, лично к Глебушке они отношения иметь не могут, Глафира Митрофановна это понимает, но Глебушка ведь такой подозрительный, во всем, в самой малой мелочи злой умысел против себя готов увидеть, так что лучше уж промолчать.

С утра, как повелось по средам и субботам, поставила тесто на сладкие булочки и пирожки и взялась за обед, с нетерпением ожидая прихода Васеньки и Катерины. Очень Глафире Митрофановне интересно было, как Глебушка разговор поведет насчет того, о чем вчера Катерина с ним говорила. А вдруг и правда он Васеньку похвалит, ободрит? Вот бы хорошо! Спроси Глафиру Митрофановну, за что она так любит Василия и так не любит Катерину, она бы растерялась, потому как точного ответа не знала. Васю она почему-то жалела, видела его несчастным пасынком при злой мачехе и страшно переживала, когда Глебушка и Катерина делали ему замечания и ехидно критиковали его придумки: мальчик же старается, хочет как лучше, а если вам не нравится, так вы сделайте скидку на то, что он еще молодой и неопытный, поддержите его, направьте на верную дорогу, а не отметайте с ходу все, что он предлагает. Справедливости ради стоит заметить, что на самом деле Богданов и Катерина отвергали далеко не все, что предлагал Василий, иногда (примерно один раз на книгу) у него бывали любопытные и нетривиальные идеи, которые старшие соавторы даже хвалили и с удовольствием принимали, но случалось это, по мнению Глафиры, так редко, что в расчет можно не брать. И потом, похвалить сюжетную схему — это одно, а одобрить и принять сложную философскую идею — это совсем, совсем другое; может, Глафира такими словами и не сформулировала бы свою мысль, но чувствовала она именно так.

Она постаралась закончить с обедом до двенадцати, специально пришла пораньше, к семи утра, и когда в начале первого соавторы собрались в кабинете Богданова, Глафира Митрофановна схватила какое-то старое вязанье — начатую и брошенную полгода назад теплую кофту к зиме — и устроилась в каминной зале, откуда все хорошо слышно, благо Глебушка двери никогда не закрывает. Но до интересующей ее темы дело все никак не доходило, сначала обсуждали оргвопросы.

— Я не смогу написать эпизод с погоней на автомобилях, если не увижу своими глазами, — сказал Глеб Борисович. — Василий, это твоя задача.

— Да я вам расскажу, Глеб Борисович! Вот смотрите...

— Мне не нужны твои рассказы, я должен увидеть сам, тогда смогу это описать, — сурово оборвал его Богданов. — Мы уже сто раз на этом спотыкались, и ты каждый раз предлагаешь мне рассказать, а я тебе объясняю, что мне не нужны слова, мне нужна картинка. Ну сколько можно!

— Только деньги тратить, — проворчал Василий. — Они у вас что, лишние? У меня, например, нет. Каждый раз, как драка какая-нибудь или задержание, так приходится нанимать каскадеров, платить им бабки, чтобы они сцену поставили и сняли на видео. И охота вам возиться? Я бы вам сто тыщ боевиков принес на кассетах, в каждом по сто драк, сидели бы дома, смотрели телевизор и описывали бы.

— Я не пользуюсь чужими материалами, — сухо ответил Богданов, — я считаю это неприличным. Если я получаю гонорар за книгу, то предполагается, что то, что в ней написано, пусть и не гениально, но не украдено у кого-то, а честно придумано. Если когда-нибудь ты напишешь что-нибудь самостоятельно, без соавторов, то имеешь право делать как хочешь, а я своим именем дорожу, поэтому там, где стоит мое имя, ворованных идей не будет. Поэтому я готов платить деньги за то, чтобы в наших с вами книгах были описаны не чужие, кем-то придуманные и использованные драки, а оригинальные эпизоды. Ты меня понял?

— Да понял я, понял, только чушь все это. Все равно все эти мордобои похожи друг на друга, вы хоть три фильма подряд посмотрите и сами убедитесь: у всех одно и то же. Никто и не заметит, если эпизод из хорошего американского боевика описать.

— Молодой человек, вы забываете о таких понятиях, как совесть и самоуважение. Повторяю, когда ты будешь писать сам, делай как знаешь. А если тебе не нравятся мои методы, предупреди заранее — и мы с Катериной будем искать тебе замену.

Это Глафире не понравилось. Как это — замену? Выходит, Васечку побоку, поганой метлой гнать? Да еще Глебушка сейчас так на него разгневается, что и про главное говорить не захочет, а если и заговорит, так все наоборот скажет, не похвалит, а отругает. Ох, знал бы мальчик, о чем Катерина вчера просила, не стал бы нарываться, сидел бы тихонечко, в рот Глебушке заглядывал и соглашался с каждым словом. Может, надо было предупредить его? Ну, не прямо, конечно, не выдавать Катерину, а намекнуть, соврать, что Глебушка, мол, сегодня не в духе и лучше вести себя тише воды ниже травы. Тогда бы и обошлось. А теперь вдруг да не обойдется?

— Глеб Борисович, так вы что, хотите, чтобы мы проплатили оригинальную сцену погони на машинах по городу? — продолжал сопротивляться Василий. — Вы хоть представляете себе, сколько это стоит? Это ж бешеные бабки! Одно дело, мордобой в павильоне, и совсем другая песня, когда снимать на улицах, на это надо на уровне мэрии и ГИБДД разрешения получать, кучу бумажек собрать, за каждую заплатить, потом еще машины — они тоже денег стоят.

— Не усложняй, — наконец подала голос Катерина, — у тебя полно знакомых среди киношников, найди тех, кто участвовал в съемках фильмов с такими погонями, и попроси у них дубли, которые не вошли в картину. Я же знаю, как это бывает, особенно на сериалах: там формат жесткий, пятьдесят минут на серию, если сняли больше — сокращают по живому. Вот такие сокращения тебе и нужно найти. Я думаю, тебе их продадут за вполне разумные деньги. И принципам Глеба Борисовича это не противоречит, ведь мы не будем пользоваться бесплатно результатами чужого творчества, а заплатим за это, то есть купим у авторов идею, которой они сами не воспользовались. Все по-честному.

— Ладно, — вздохнул Вася, — попробую.

Глафира с облегчением перевела дух и снова застучала спицами. Дальше разговор снова пошел не про то, Катерина начала рассказывать биографию кого-то из персонажей, Глеб Борисович все время перебивал ее, задавал уточняющие вопросы, на какие-то из них Катерина отвечала сразу, а на какие-то ответа не знала — видать, не придумала, и Глебушка сердился и выговаривал ей:

— Даже если это не попадет в книгу, я должен знать об этом человеке все: как родился, в какой семье вырос, какие у него были родители, с кем дружил, как учился — все до деталей. Я должен прочувствовать персонажа как живого, реального человека, только тогда я смогу написать, что он подумал в тот или иной момент и почему повел себя так, а не иначе. Если у нас не будет цельного представления о герое, мы можем приписать ему такие мысли и поступки, которые друг с другом не согласуются, и внимательный читатель сразу это заметит и скажет: он не должен был так сделать, это не вяжется с тем характером, который выписан раньше. А вы халтурите, голубушка, не продумываете все до конца.

Старая домработница слушала и млела. Вот и язве-Катерине досталось, не одного Васечку бранят и критикуют. Однако Катька-то ловка, ой ловка, прямо на ходу придумывает, и фигура человека, у которого в прошлую встречу, в среду, были только имя и профессия, на глазах (а точнее — на слуху) у Глафиры обрастала плотью, начинала дышать, у него появлялись привычки, любимые книги и определенные вкусы, сформировавшиеся под влиянием конкретных жизненных событий. А Глебушка между тем ловко подвел разговор к главному:

— Да, это хорошая деталь, яркая... Кстати, здесь было бы уместно добавить что-нибудь нетривиальное, например, обиду на театральную общественность, которая в прошлом не приняла его первую пьесу, и теперь, когда он стал знаменитым и может позволить себе все, что угодно, он специально пишет что-нибудь эдакое... сомнительное, что ли... нет, не так, он в точности повторяет все то, что вызвало когда-то шквал критики, и уверен, что сегодня это пройдет на «ура», и вот тогда он отыграется... Это подчеркнет то главное, что мы закладываем в его характер: он злопамятен и мстителен. Вася, напомни-ка мне твою историю про мальчика. Мне кажется, ее можно было бы использовать, она действительно совершенно идиотская.

Ну вот и слава богу, пусть хоть и идиотская, а получилось гладко, словно невзначай, и Васечка ни о чем не догадается. Дальше Глеб Борисович, как и обещал накануне, начал жестко критиковать Васину задумку и, судя по голосу, брезгливо морщиться. Нет, это просто удивительно, до чего же Васечка необидчив, другой бы на его месте давно вскочил и дверью хлопнул, а этот — ничего, сидит себе, даже отвечает что-то, и голос спокойный такой, равнодушный.

— Ты можешь объяснить людям, которые живут в бараках без электричества и отопления, что они вовсе не страдают, как они, наивные, думают, а просто переживают определенный опыт и должны относиться к этому с исследовательским интересом, потому что в следующей жизни им удастся пережить опыт жизни на вилле за миллион долларов? Ты можешь найти аргументы, чтобы это им объяснить? Это у тебя совершенно не продумано. Одно дело, когда женщина страдает из-за того, что ее мужик бросил, это преходяще, любое горе длится не больше года, даже горе от потери близкого человека, а потом наступает новая жизнь или продолжается старая, и в этой ситуации твои слова про «переживание опыта» могут хоть как-то прозвучать. И совсем другое дело, когда люди годами живут в нечеловеческих условиях, в холоде, темноте и нищете, и совершенно неизвестно, будет ли когда-нибудь просвет в этой чудовищной жизни, и это страдание непреходяще, оно было много лет и через год не закончится. Что ты им скажешь? С какой утешительной идеей к ним придешь?

Глафира Митрофановна не знала, радоваться ей за Васеньку или огорчаться. Конечно, строг Глебушка, суров, и мальчик может обидеться, и тогда ничего не получится, но опять же Глебушка критикует так, что понятно: идею он принял и хочет, чтобы Василий довел ее до ума. Так что по большому счету все хорошо.

Без десяти три Глафира покинула каминную залу и начала накрывать в столовой к обеду. Достала накрахмаленную скатерть и тугие льняные салфетки, поставила на стол тарелки и стаканы для воды и сока, разложила приборы и отправилась на кухню. И в этот момент раздался звонок в дверь.

— Глаша! — крикнул из кабинета Богданов. — Ты откроешь?

Он никого не ждал, в этом Глафира была уверена, и если бы они были, как и в прошлый раз, только вдвоем, ни за что не открыл бы дверь. Однако сейчас не тот момент. В квартире посторонние — Вася и Катерина, и как же не открыть дверь, ежели звонят? Что им сказать? Как объяснить такое странное поведение?

Глафира просеменила легкими шажочками в прихожую, глянула на всякий случай в «глазок», но никого не увидела.

— Там нету никого, Глебушка, — сообщила она озадаченно. — Наверное, мальчишки балуются.

— Ладно, бог с ними, — в голосе Богданова звучало нескрываемое облегчение. — Обед готов? Три часа уже.

— Готов, Глебушка, сейчас подаю. Идите к столу.

До конца обеда ничего интересного не произошло, а после обеда Глафира и слушать больше не стала, нечего с вязаньем рассиживаться, надо прибираться, посуду мыть, ужин готовить. Потом еще в химчистку нужно идти, позавчера она Глебушкин белый джемпер отнесла почистить, стирать он не разрешает, говорит, от стирок трикотаж портится, а он этот джемпер страсть как любит, ну, оно и понятно, он смуглый, ему белое к лицу.

Закончив все дела на кухне, Глафира Митрофановна

собралась в химчистку. Надела в прихожей туфли хоть и на низких, а все ж таки на каблучках, шуршащий светлый плащик, на шею косыночку повязала, с удовольствием глянула на себя в зеркало: нет, что ни говори, а на восемьдесят три года она ну никак не выглядит, и волос у нее до сих пор богатый, пусть и седой, не три волосины, как у некоторых, а пышный, форму стрижки хорошо держит. Раньше, в молодости, она косу носила, в парикмахерскую не ходила, а потом к Земфире начала парикмахерша домой приходить, так Зема — добрая душа — к ней и домработницу свою наладила. Так и повелось с тех пор. Теперь мастер к Глебушке на дом ходит, заодно и Глафиру стрижет. Не бесплатно, само собой, но Глебушка ей расплачиваться не велит, сам за нее платит.

Открыла дверь, сделала шаг на лестничную площадку и споткнулась обо что-то. Посмотрела — сумка стоит. Обычная спортивная, черная с красным. Чья же это? Огляделась по сторонам, но никого не увидела. Вспомнила звонок в дверь. Наверное, что-то принесли Глебушке, решили, что дома никого нет, и оставили. Квартира-то огромная, пока она — в свои-то немолодые годы — с кухни добежала, времени много прошло, а тот, кто принес, мог и не знать, что бежать далеко, вот и решил, что, коль сразу не открыли, стало быть, никого нет. Но почему оставил сумку? Разве так поступают? А вдруг бы ее украли? А вдруг в ней что-то ценное?

Глафира подняла сумку, прикинула на вес — не тяжелая, килограмма два, не больше, внесла в прихожую, заглянула в кабинет, где полным ходом шло обсуждение какого-то милицейского начальника, который брал взятки за то, чтобы истинно виноватых из-под суда выводить, а невиновных вместо них на каторгу отправлять. Это Глафира успела услышать, пока одевалась.

— Глебушка, тут тебе сумку принесли, — осторожно произнесла она, стоя на пороге комнаты.

Богданов недовольно прервал разговор.

— Какую сумку? Кто принес?

— Не знаю, — Глафира просунула находку в кабинет. — Вот, я из квартиры вышла, а она у двери стоит. Наверное, кто в дверь звонил, тот и принес.

— Ага, кто шляпку спер — тот и тетку пришил, — бросил Василий непонятную фразу.

Глафира посмотрела неодобрительно: хоть и любит она Васеньку, а когда шутка не к месту — так не к месту.

— Глебушка, я пошла, мне в химчистку надо. Вася, возьми у меня сумку, а то я уже в туфлях, паркет пачкать не хочу.

Василий вскочил со своего места и взял у нее сумку.

— Ой, баба Глаша, отчаянная вы женщина, — заерничал он, — берете незнамо чьи сумки и в дом тащите. А ну как там расчлененка?

— Тьфу на тебя, — рассердилась Глафира Митрофановна, — какая еще расчлененка? Чего ты мелешь? Небось подарок от поклонников, вот Земфире сколько раз подарки прямо у двери оставляли, и корзины цветов, и вазы хрустальные, один раз даже сервиз целый в коробке принесли. У нас дом приличный, воровать некому, вот и оставляли у двери, если никто не открывал.

Ей было интересно, какой подарок принесли на этот раз, все-таки с Земой-покойницей это было привычным, а вот Глебушке поклонники никогда на дом подарков не присылали, поэтому она хоть и сказала, что ей в химчистку надо, а уходить не торопилась, топталась у входа в кабинет и ждала, что сумку откроют.

— Унесите это! — Богданов уставился на сумку злыми неподвижными глазами. — Что за бред, право слово? Какие еще подарки? Мне никто ничего не должен был приносить. Наверное, ошиблись квартирой, поставили не к той двери. Вася, будь добр, унеси это отсюда.

— Куда унести, Глеб Борисович?

— На лестницу. Поставь к лифту. Кому надо — заберут.

Василий приподнял сумку, покрутил, осмотрел со всех сторон. Боковой карман на «молнии» оказался открыт, и оттуда торчал белый краешек. Без всяких церемоний он потянул за уголок и вытащил маленькую карточку, плотную, глянцевую, размером с визитку.

— Так тут ваш адрес написан, Глеб Борисович, — без всякого удивления сказал Вася. — Сретенский бульвар, дом шесть, и квартира правильно указана, и ваша фамилия. Это точно вам, никакой ошибки. Ну что, открываем?

— Не смей! Это не мне!

— А кому же? Богданов Гэ Бэ — это разве не вы?

— Ничего не...

— Тихо! — внезапно повысил голос Василий.

Все замерли и в изумлении посмотрели на него. Лицо у Васи было каким-то странным, не то напряженным, не то испуганным. Глафира тоже замерла на пороге, ей стало страшно. Вот когда увидела сумку — ничего такого не подумала, и когда в дом внесла, тоже ничего не почувствовала, а теперь вдруг испугалась.

— Там тикает, — севшим голосом сказал Вася.

— Ч-что... т-т-тикает? — шепотом спросила Катерина.

Богданов сидел в своем кресле неподвижно, побледневший так, что смуглая кожа стала казаться желтовато-серой. Вася продолжал задумчиво разглядывать сумку, по-прежнему держа ее на весу.

— Бомба, наверное, что же еще может тикать. Вряд ли уважаемому писателю могут прислать в подарок будильник, — сказал он.

Катерина глубоко вдохнула и улыбнулась, расправила плечи.

— Фу-ты, господи, Вася, напугал-то как! Это же действительно часы, большие часы, настенные или каминные, вполне достойный подарок. Как вы считаете, Глеб Борисович?

Тот тоже вроде бы расслабился немного, задышал ровнее.

— Глупость какая-то! Кому могло прийти в голову прислать мне в подарок часы? Вася, там не написано, от кого это?

— На карточке только ваше имя и адрес, но это, наверное, для курьера. Надо внутри посмотреть, наверняка вместе с подарком и открытка лежит.

Василий поставил сумку на пол, присел на корточки, открыл замок-«молнию» и откинул крышку.

— Точно, тут подарочная коробка. Вот, держите.

Он водрузил коробку на большой стол, за которым сидел Богданов.

— А открытка? — спросил Глеб Борисович настойчиво. — Открытка есть?

Василий заглянул в сумку, пошарил в ней рукой, потом перевернул и потряс.

— Ничего больше нет. Может, открытка в коробке? Да что вы мучаетесь, Глеб Борисович, откройте и посмотрите. Из-за какого-то несчастного подарка целое дело развели. Видите, кровь из коробки не сочится, значит, не расчлененка.

— Вася!

Глафира Митрофановна и Катерина произнесли это одновременно и с одинаковой интонацией, в которой смешались негодование и упрек. Произнесли, удивились, переглянулись и едва заметно улыбнулись друг другу. Впервые за все годы существования проекта «Василий Богуславский» Глафира улыбнулась Катерине не дежурно-вежливо, как полагается в приличных домах, а непроизвольно и искренне.

Глеб Борисович неуверенно потянулся к коробке, взялся за крышку.

— Не заклеена, — дрогнувшим голосом констатировал он. — В магазинах всегда заклеивают.

— Ой, елки-палки, да чего вы боитесь-то? — возмутился Вася. — Человеку нужно было открытку положить, он отклеил крышку, а снова приклеивать не стал. Ну?

Глафира тихонько переминалась с ноги на ногу, стоя в дверном проеме. После улыбок, которыми они обменялись с Катериной, на душе полегчало, словно и вправду зря они так перепугались, и уже выяснилось, что никакая в сумке не бомба и вообще ничего плохого, а действительно подарок, нежданная радость. Открыл бы уже Глебушка эту коробку-то, показал бы часы или что там лежит, все поохали бы, повосхищались, посмеялись над недавним своим испугом, и пошла бы Глафира себе в химчистку, по дороге хлебушка свежего прикупила бы, а то за обедом весь съели.

Глеб Борисович поднял наконец крышку, заглянул в коробку и отшатнулся.

— Ну что там, маэстро? — нетерпеливо спросил Вася. — Вы что там увидели? Жабу?

— Там телефон... — пролепетал Богданов растерянно. — И провода какие-то...

— Бомба! — завопила Глафира Митрофановна не своим голосом. — Милицию вызывайте! Скорее!

Провода, телефон. И тикает. Что еще это может быть, если не бомба? Сколько уж такого она по телевизору и в кино видала, да и в книжках написано.

— Тихо! — крикнул Василий. — Без паники. Дайте я посмотрю.

— Чего ты посмотришь? Чего ты там увидишь, сумасшедший? — сипела Глафира, потому что у нее внезапно перехватило горло и вместо громкого решительного голоса получалось что-то сдавленное и почти беззвучное. — Катерина, что ты молчишь? Скажи ему! Ведь рванет сейчас!

— Спокойно, баба Глаша, я в армии все-таки не писарем был, а в саперных войсках служил. Разберусь.

— Да в чем ты разберешься?! Не подходи!!! Катя, ну скажи же ему, он меня не слушает, так хоть ты скажи!

Но Катерина сидела неподвижно, только на лице ее застыл такой ужас, что Глафира без всяких объяснений поняла: или она сейчас в обморок свалится, или она в нем уже сидит и ничего не слышит и не понимает. Во всяком случае, надежды на нее никакой, беспутного Ваську она не остановит. Придется самой.

Она, забыв про уличную обувь и сверкающий паркет, кинулась к парню и вцепилась в его рукав. Василий молча и аккуратно стряхнул сухую старческую ручонку, отодвинул Глеба Борисовича от стола и склонился над открытой коробкой. Богданов послушно отошел, и по его лицу было видно, что он, как и Катерина, мало что соображает от страха. В сознании были только Вася и старая Глафира.

— Васенька, не трогай ты ее Христа ради, — сиплым шепотом взмолилась Глафира. — Позвони в милицию, пусть пришлют людей. Глебушка, Катя, пошли все отсюда, пошли скорей на улицу, пока не рвануло. Вася!

— Туфта, — неожиданно хмыкнул молодой человек, и лицо его расплылось в улыбке. — Можно было сразу догадаться. Или часовой механизм, или радиоуправляемый. Или телефон, или часы. И то и другое вместе — глупость. Муляж это.

Он сунул руку в коробку.

— Вася!!! — у Глафиры снова прорезался голос. — Не трожь!!!

— Да ладно, — отмахнулся он и достал сначала механический будильник, потом трубку сотового телефона, от которой тянулись провода, присоединенные к металлической коробке и бумажному пакету.

— Что это такое? — каким-то чужим голосом спросил пришедший в себя Богданов.

— Детские игрушки, — весело ответил Василий, вскрывая заднюю крышку трубки. — Телефон отключен, в нем даже сим-карты нет. В пакете скомканная оберточная бумага, видите? Никакой взрывчатки тут нет и не было. Металлический ящичек тоже пустой. И провода бестолковые, просто так прикручены, для виду. Единственное, что здесь есть настоящего, так это будильник.

— Что это такое? — повторил свой вопрос Глеб Борисович.

Глафира заметила, что он снова побледнел, и испугалась, что ему станет плохо с сердцем. Сердце у Глебушки слабое, ему сильные переживания противопоказаны, доктор предупреждал, а уж такие, как сейчас...

— Это кто-то так пошутил, Глеб Борисович, — как ни в чем не бывало пояснил Василий. — Или напугать вас хотели. Признайтесь, вы тайный крестный отец мафиозной группировки? Или у вас есть крупные долги?

— Чего ты мелешь? — взвилась Глафира. — Какая мафия? Какие долги? Глебушка, вызывай милицию, это нельзя так оставлять. Я знаю, кто это сделал, и ты знаешь, что же, им все с рук спускать? Сперва отравить хотели, теперь пугают до смерти, знают, что у тебя сердце слабое, думают, ты перепугаешься и...

Договорить она не смогла, уж очень страшные слова пришлось бы произносить.

— Никакой милиции, — слабеющим голосом произнес Богданов. — Глаша, где лекарство? Неси скорее.

Он обессиленно опустился в кресло, на котором еще недавно сидел Василий, и принялся массировать рукой область сердца. Глафира скинула туфли и босиком метнулась в кухню, принесла лекарство. Очнувшаяся Катерина уже открыла окно, в кабинете было свежо и холодно, и хлопотала над Богдановым, расстегивала верхние пуговицы сорочки, подсовывала ему под голову кожаную диванную подушку.

— Глебушка, «Скорую» вызвать?

— Не надо, мне уже лучше, сейчас пройдет, — пробормотал Глеб Борисович.

— Тогда я милицию вызову. Пусть разберутся и всех их посадят, — заявила Глафира.

— Не смей.

Он сказал это совсем тихо, но так, что Глафира не посмела ослушаться. Однако на помощь ей неожиданно пришел Васенька.

— А по-моему, маэстро, вы не правы. Милицию вызвать надо, даже если это дурацкая шутка. Сначала вам стекла в машине выбили, сегодня муляж бомбы подбросили, а завтра чем вас напугают? Баба Глаша абсолютно права, вам с вашим сердцем такие розыгрыши совершенно ни к чему.

— Вот, Глебушка, слушай, что Вася говорит, — тут же подхватила Глафира, радуясь, что любимчик ее Васечка так удачно про стекла-то вспомнил, она бы сама не догадалась; про скисший суп помнила, а стекла как-то из виду выпустила, а ведь похоже, что правда, одних рук это дело. — Ладно меня, старую, не слушаешь, но он-то молодой, так хоть его послушай.

Она, честно признаться, надеялась, что к ним присоединится и Катерина, тогда втроем они бы Глеба уговорили, уломали бы. Хотя нет, пожалуй, это не помогло бы, Глебушкино упрямство ей хорошо известно еще с детства, коль вбил что-то себе в голову — пиши пропало. У кого-то из классиков она когда-то прочитала замечательные слова: «Мужик что бык: втемяшится в башку какая блажь — колом ее оттудова не вытешешь...» Что-то в таком роде. У Некрасова, что ли... Точь-в-точь про Глебушку написано, словно его портрет. Нет, не добьется от него Глафира никакой милиции.

— Я сказал: никакой милиции, — еще тверже повторил Богданов, будто подслушав ее мысли. — Инцидент исчерпан. Глаша, выброси эту гадость на помойку, и больше чтобы я не слышал ни слова ни про бомбу, ни про милицию.

— А я все-таки позвоню, — Вася, оказывается, был упрям не меньше Глебушки.

— Не сметь! В моем доме никто, кроме меня, распоряжаться никогда не будет. Ты понял, сосунок?

— Понял, — спокойно ответил Вася, пожимая плечами. — Как хотите, воля ваша. Только имейте в виду, Глеб Борисович, такие шутки просто так не шутят. И мне эти приключения не нужны. Сегодня просто муляж, а завтра будет настоящая бомба. Хорошо, если вы в это время будете дома один, ваши проблемы — вам и помирать. А если здесь еще и баба Глаша будет? И мы с Катрин? Нам-то за что страдать, а?

— Вася, попридержи язык, — строго сказала Катерина, неодобрительно глядя на него. — Ты вообще думаешь, что говоришь?

Глафира Митрофановна так и не поняла, почему Катерина не присоединилась к требованиям вызвать милицию. Но факт есть факт: она не только не присоединилась, но вообще мало говорила, впрочем, как всегда, когда дело не касалось непосредственно книги, которую они пишут. Глафира с Васей упорствовали еще минут пятнадцать, пока не поняли всю безнадежность своих попыток. Глеб Борисович неуклонно стоял на своем: о происшествии немедленно забыть, сумку вместе со всем содержимым вынести из дома и выбросить в контейнер для мусора и больше к этой теме не возвращаться.

Василий в конце концов сдался под давлением авторитета хозяина дома. Глафира Митрофановна отступилась потому, что знала, в чем дело. Но вот почему промолчала Катерина, так и осталось для нее загадкой.

* * *

Андрей Чеботаев позвонил из Новосибирска рано утром, впрочем, за Уралом в это время было не так уж рано.

— Настасья Пална, тут очень хорошо помнят семью Щеткиных, так что легенды и сплетни обеспечены. Семейка та еще!

— Родственников нашел?

— Ни одного. Зато соседей, сослуживцев, одноклassников и однокурсников навалом. И все горят желанием поделиться воспоминаниями.

— Это все хорошо, а что с роддомом? — нетерпеливо спросила Настя. — Ты выяснил насчет сестры-близнеца?

— В архивы меня пустят только в понедельник, но люди, с которыми я успел поговорить, в один голос утверждают, что никакой сестры не было, Леночка была единственным ребенком. Правда, у нас в роддомах всякое случается, могли при родах второго ребенка забрать, а матери сказать, что умер, прецеденты были.

Были, это точно. Настя сама с таким сталкивалась.

— Хорошо, Андрюша, давай там побыстрее, ладно? У нас тут все стоит, информации не хватает.

— Что-нибудь одно, или побыстрее, или информации побольше, — отшутился Чеботаев.

— И то и другое, как в шампуне «Хэд энд Шоулдерс», два в одном, — отпарировала она. — Целую страстно, до связи. Если что — я сегодня в конторе, звони туда.

Наспех позавтракав, она поцеловала мужа, натянула куртку и, застегивая «молнию» с болтающейся на язычке металлической буквой В — символом известной фирмы «Богнер», — снова вспомнила одежду, найденную в квартире Елены Щеткиной. Два комплекта вещей. Два разных человека. Или две личины одного? Почему? Психоз и раздвоение личности? Или двойная жизнь, двойное дно?

— Ты чего? — вывел ее из задумчивости голос Алексея.

— А что? — не поняла Настя.

— Стоишь одетая, руки в карманы, глаза внутрь. Уходишь или передумала?

— Ухожу, Леш. Задумалась. Все, пошла.

— Погоди, — остановил ее Чистяков. — Вот возьми, ты забыла.

Он протянул ей свой вчерашний подарок — деревянного морщинистого старичка-странника.

— Поставь на столе на работе и смотри на него. Будешь уходить — положи в сумку. В общем, чтобы он все время был с тобой.

— Зачем?

— Так надо, — строго сказал Леша, и она покорно кивнула и сунула старичка в карман.

Надо так надо. Лешка умный, ему виднее.

Перед отъездом в Новосибирск Чеботаев забрал у Егора Витальевича Сафронова всю печатную и бумажную продукцию, которую после свадьбы перевезла из своей квартиры его жена. Две картонные коробки, набитые книгами, газетами и журналами, стояли теперь у Насти в кабинете и ждали своего часа. Как раз ими она и собиралась сегодня заняться.

На работе она первым делом сделала себе кофе, поставила на стол рядом с телефонным аппаратом Лешкин подарок, который сегодня показался ей еще более отвратительным, чем вчера, и села, задумчиво глядя на коробки. В каком порядке действовать? Вынимать по очереди книгу или журнал, просматривать... и что? Что она собирается в них искать? Откровения, записанные карандашом на полях? Ерунда. Подчеркнутые или помеченные маркером отрывки, свидетельствующие о... о чем? Только о том, что в момент прочтения информация была интересна Елене. Впрочем, из этого тоже можно сделать какие-то выводы.

Настя не спеша допила кофе, достала из шкафа несколько пустых картонных папок, разложила на полу аккуратным квадратиком в два слоя, уселась на них и принялась раскладывать содержимое коробок. Книги — отдельно художественные, справочные и прочие, журналы и газеты — по наименованиям. «Коммерсантъ», «Ведомости», «Эксперт», «Деньги», «Итоги», «Профиль», «Секрет фирмы», «Компания», «Карьера». Особняком стояли несколько толстых журналов разного .наименования — всего по одному, тогда как всех прочих было много. В стопке «Эксперта», например, было около тридцати журналов, в стопке «Компании» и «Денег» — раза в два больше, ежемесячник «Карьера» присутствовал в восьми экземплярах за разные месяцы и годы.

Егор Витальевич не обманул, среди книг действительно было полное собрание романов Сидни Шелдона, вся прочая литература относилась к справочной или учебной: экономика, бизнес, менеджмент, банковское дело, паевые инвестиционные фонды. Своеобразный набор, подумала Настя, женские романы — и серьезная профессиональная литература.

Прежде чем взяться за просмотр каждого издания, Настя, любившая в таких делах упорядоченность, решила составить перечень журналов с указанием дат выхода. «Наверное, я просто оттягиваю момент, когда нужно будет все это пролистывать, а кое-что даже и прочитывать, — самокритично подумала она, включая компьютер. — Мне не хочется читать про бизнес, деньги и компании, я никогда в этом не разбиралась и ничего не понимаю, а особенно не хочется мне читать про карьеру. Потому что моя карьера окончена, а чужие карьеры мне неинтересны. Зависть меня, что ли, гложет?»

Она открыла «окно», написала заголовок «Профиль» и стала быстро вводить номера выпусков и даты: № 35, 18 сентября 2000 г., № 36, 25 сентября 2000 г., № 37, 2 октября 2000 г.; закончив с «Профилем», занялась «Экспертом». Работа шла легко и интеллектуального напряжения не требовала, нужно было только внимание.

Настя уже распечатывала полученный реестр, когда распахнулась дверь и вошел начальник, полковник Афанасьев.

— Работаешь, Каменская?

— Развлекаюсь, — огрызнулась она. — Вашими молитвами.

— Хамишь, Каменская? — миролюбиво задал начальник следующий вопрос, вполне, надо заметить, закономерный. — Я к тебе с лучшими намерениями зашел, а ты мне хамишь.

Он давно привык к тому, что она не может разговаривать с ним спокойно и уважительно. Если в его кабинете, в начальственном, или при ком-то она вела себя, как говорится, «в рамочках», то в своем кабинете и один на один она постоянно помнила о том, что полковник Афанасьев — ее сокурсник, троечник-шпаргалочник, Афоня, и максимум, что Настя могла выжать из себя, так это обращение на «вы». Он давно привык к этому, давно перестал обижаться и нервничать, и однажды Насте добрые люди донесли, что полковник высказался о Каменской: «Толковая баба, но баба. А с бабы какой спрос?»

— Нет, я отвечаю по существу заданного вопроса. То, что я сейчас делаю, я делаю исключительно для очистки совести, потому что надо же что-то делать, если преступление взято на контроль. А по сути, мне там делать совершенно нечего.

— Так это ты по жене Сафронова работаешь? — догадался полковник. — Так бы и сказала, а то сразу хамить. Ну и как там дела?

Насте надоело огрызаться, в конце концов, как бы она ни относилась к Афанасьеву, он не виноват в том, что ему позвонили и приказали взять дело на контроль. Он такая же пешка в чьей-то игре, как и она сама.

— Плохи дела, если честно, — призналась она. — Вы просто так спросили или вам доложить?

Афанасьев пододвинул стул, уселся, вытащил сигареты, закурил.

— Ты ж сама сказала: дело на контроле. Причем не по нашей инициативе, а по звонку сверху. Значит, меня в любой момент могут дернуть и спросить. Так что докладывай.

Докладывай... А что докладывать-то? Нечего. Три дня назад, когда следователь Герасимчук согласился с необходимостью командировки в Новосибирск, Настя для подстраховки ходила к Афанасьеву, рассказала все как есть, после чего он звонил начальнику Андрея Чеботаева, подполковнику Недбайло, и строгим голосом спрашивал, сколько человек работает по убийству Елены Сафроновой. Тот с ходу соврал, что трое, один как раз в командировку уехал, а двое работают, вкалывают, как ломовые лошади. На следующий день эти «двое» действительно появились, Чеботаев ввел их в курс дела, оставил им утвержденный начальником план работы и улетел в Сибирь.

За минувшие три дня ничего не изменилось, а про то, что было по состоянию на «три дня назад», Афоня и так знал.

— Ничего нового, — сказала она негромко, глядя в сторону. — Стоим на том же месте.

Ей почему-то было неприятно, что Афанасьев курит у нее в кабинете. Вот ведь гадкий у нее характер, а? Ну что ей, жалко? Сама ведь курит, и, кстати сказать, у него в кабинете тоже.

— А сейчас ты что делаешь? Что это за макулатура у тебя по всей комнате валяется?

— Это книги и журналы, которые покупала и читала убитая. Более того, она не оставила их в своей квартире, а перевезла к мужу. Я хочу понять почему.

— Зачем? Зачем тебе это понимать, Каменская? Ты мне в двух словах объясни.

— Я уже объясняла. Вы забыли.

— Да, я забыл. У тебя сколько дел в работе? Семь? Восемь? А вас, оперов, у меня в отделе сколько? И у каждого по семь-восемь дел. Могу я, по-твоему, помнить информацию по каждому делу?

— Не можете, — улыбнулась Настя.

Злость сама собой прошла. Ну в самом деле, чего она выпендривается? Каким бы ни был Афоня, но он — начальник, и у него ответственности больше, и с него спрос строже. То есть жизнь у него в любом случае тяжелее, чем у Насти, и надо не злиться, а посочувствовать.

— Значит, напоминаю. Главная версия, которая отрабатывается, это версия о причастности мужа к убийству жены. История их отношений и скоропалительной женитьбы заставляет думать, что Сафронов женился на Елене по принуждению, она его шантажировала. Поэтому он ее в конце концов и убил. Но не сам. У него подтвержденное алиби. Мы пытаемся выяснить, что такого было в биографии Сафронова, чем его можно было бы шантажировать. Если он действительно что-то натворил, то, возможно, не в одиночку, и когда возникла Щеткина со своим шантажом, он мог обратиться к тому, второму, и через него найти исполнителя. Это первое. Теперь второе. Если Сафронов что-то натворил, то откуда об этом могла узнать Щеткина? У них, как утверждает сам Сафронов, не было никаких общих знакомых, и они никогда в жизни раньше не встречались. Так откуда она узнала? Сафронов наверняка врет, потому что если скажет правду, то вылезет история с шантажом, вот мы и пытаемся раскопать жизненные пути Егора Витальевича и Елены и посмотреть, где и когда они пересекались. Именно для этого Чеботаев полетел в Новосибирск, а здесь ребята выясняют подноготную Сафронова, поскольку он коренной москвич и в других городах никогда не жил. Но тут могут быть два варианта: Щеткина шантажировала его чем-то из области прошлого, тогда непременно нужно раскапывать биографии до самого рождения, или она узнала что-то о его настоящем, например, о финансовых нарушениях в салоне, где она работала. Для проработки этой версии следователь задействовал ОБЭП и налоговиков, они пока работают. Результата еще нет.

Она ничего не говорила Афанасьеву о загадках, загаданных ей квартирой Елены, и о том, что предпринималось для поиска разгадок. Ни про кропотливую работу с посетителями бассейна, ни про версию о сестре. Зачем? Пусть полежит в загашнике, пригодится еще, когда совсем нечем будет отчитываться.

— Понятно, — Афанасьев сильным движением потушил окурок в пепельнице. — А макулатура здесь каким боком?

— Это то, что регулярно читала убитая. Я хочу понять, каков был уровень ее подготовки в области финансового дела, бухгалтерии и всего прочего. Если меня, например, взять на работу в салон красоты, я никогда в жизни никаких нарушений не увижу, потому что у меня нет специальных знаний. Нужно понять, были ли они у Елены, то есть могла ли она в действительности нарыть что-то серьезное, что-то такое, за что и убить могут, — ловко выкрутилась Настя. — Кроме того, в этих журналах и газетах могут быть пометки и отчеркивания, по ним можно будет установить, какая проблематика в наибольшей степени интересовала убитую, и если обэповцы и налоговики что-нибудь нароют и это по тематике совпадет с выделенными фрагментами, можно будет считать, что это и было предметом шантажа.

— Изящно, — похвалил полковник.

«Еще бы не изящно. Умение врать начальству — высший показатель профессионализма сыщика. Господи, до чего я дожила?! Как хорошо было при Гордееве, не нужно было врать и выкручиваться, все было честно и открыто. А сейчас?!»

— А список зачем составляла на компьютере? — тут же загнал он ее в угол.

«Не поверил, что ли? Ай да Афоня, тебя не так легко обмануть, как я думала. Или ты умнее, или я утратила сноровку и стала допускать ошибки. Опять ошибки... Старость... Профнепригодность... И дедок этот страшненький стоит прямо передо мной и смотрит на меня усталыми глазами. Напоминает. О чем? Не отвлекайся, Каменская, тебе задали вопрос, и надо быстро отвечать».

— Для порядка, — сказала она как можно равнодушнее. — Во всем должен быть порядок.

— Н-да, порядок — это хорошо, — сказал Афанасьев, но как-то так неопределенно, что Настя не поняла, одобряет он ее стремление к порядку или порицает. — Ладно, Каменская, спасибо за доклад. Ничем ты меня не порадовала.

«Впрочем, ничего особенного я от тебя и не ждал», — было написано на его лице.

Дверь за начальником закрылась, Настя вытащила из принтера распечатанный реестр изъятой прессы, положила перед собой на стол. Долго смотрела невидящими глазами на белые листы с мелкими черными буквами и цифрами и пыталась что-то в них увидеть, а на самом деле думала совершенно о другом. О своем возрасте, о грядущей пенсии, которая непременно обрушится на нее, если не удастся за два года написать диссертацию и как минимум пройти обсуждение на кафедре. Если удастся — есть надежда, что ее возьмут преподавателем в один из вузов МВД, хорошо бы на должность, которая позволит получить звание полковника, тогда у нее будет резерв времени до пятидесяти лет, но это никак не ниже должности доцента, а для этого нужно иметь не обсужденную, а защищенную диссертацию. С обсужденной диссертацией можно претендовать самое большее на старшего преподавателя, и, стало быть, снова встает вопрос о продлении срока службы. Ничего невозможного, но надо, чтобы начальник кафедры очень хотел взять ее на работу. Для этого нужно или показать себя в научной и педагогической деятельности, или иметь крепкие связи и хорошие личные отношения. Напишет ли она диссертацию за два года без отрыва от основной работы? Маловероятно. Истории, конечно, известны такие случаи, но они ох как редки... А если поднапрячься? Может, пора перестать тратить время на слезы и переживания и заняться делом наконец? Нет, она не сможет, у нее нет сил, нет вдохновения, нет таланта. Дорога закончилась, идти дальше некуда, впереди тупик.

А дедок-то с палкой, значит — идет куда-то. Для него дорога не закончилась. Почему? Повезло? Или он специально выбрал такую дорогу, которая не заканчивается?

Фу, глупость какая в голову лезет! Она встряхнулась и прошлась по распечатанным страницам более осмысленным взглядом. Увиденное ей понравилось, в реестре, оказывается, была определенная система. Журналы и газеты покупались не постоянно, из месяца в месяц, из недели в неделю, а с четкой периодичностью. В 1998 году — с мая по декабрь и еще немножко в январе. Потом перерыв до августа 2000 года, с августа 2000-го по март 2001-го снова всплеск интереса с печатному слову, потом опять затишье. И новый всплеск с октября 2002-го по июль 2003 года. После этого — ни одного журнала, ни одной газеты. Дама в августе 2003 года вышла замуж, готовилась к рождению ребенка, зачем ей эти бизнес-карьерные глупости?

Хорошо, а раньше? В феврале 1999 года она что, тоже замуж выходила? А в августе 2000 года развелась и на досуге предалась любимому занятию — чтению бизнес-прессы? Потом в апреле 2001 года снова вышла замуж, а в октябре 2002-го развелась? Лихо. Не очень правдоподобно, конечно, но чего в жизни не бывает. А как же паспорт? Он совершенно чистый, в нем нет ни одной отметки о заключении и расторжении браков, кроме единственной, сделанной в августе этого года. И паспорт Щеткина не меняла, как получила в 1997 году, когда ей исполнилось 25 лет и ей выдали паспорт нового образца, так и ходила с ним, несмотря на то что при вступлении в брак с Егором Сафроновым взяла его фамилию. Не спешила, видимо, менять документ, или руки не доходили.

Ладно, предположим, она вступала не в зарегистрированные браки, а в гражданские или становилась на довольствие к состоятельным мужчинам, то есть была содержанкой, как, собственно говоря, оперативники и предполагали. В квартире, купленной непонятно на какие деньги, скорее всего на «спонсорские», Елена Щеткина проживала и была прописана с января 1998 года, то есть в тот момент у нее был кто-то, кто давал ей деньги. В апреле или мае того же года они расстаются, и период одиночества тянется у молодой женщины до начала следующего года. Похоже? Похоже. Но может оказаться, что дело вовсе не в личной жизни и не в мужчинах, а периодичность приобретения прессы зависела от совсем других причин.

Насте стало интересно. Она достала из сейфа папку с контрольно-наблюдательным делом, полистала, нашла нужные страницы, достала из ящика стола старые библиографические карточки, которые любила использовать в работе, выписала некоторые сведения. Положила карточки рядом с реестром, поглядела, склонив голову сначала к правому плечу, затем к левому. Получилось любопытно. Даже очень.

Потянулась к телефону, позвонила одному из оперативников, подключенных к работе после отъезда Чеботаева.

— Витя, посмотри в материалах, когда в бассейне народ опрашивали, выясняли, как Щеткина оплачивала сеансы? Я имею в виду, она покупала разовые билеты или абонементы?

— Абонементы, — почти сразу ответил Виктор, — я хорошо помню, позавчера все материалы читал от корки до корки. Там и копии квитанций есть, Чеботаев постарался. Хотя фиг его знает, зачем они нужны.

— Я его обожаю! — искренне сказала Настя. — И тебя тоже. Скажи-ка мне быстренько, за какие месяцы и годы эти квитанции.

— Так разве ж я помню, — возмутился оперативник. — Это надо в деле смотреть, а я сейчас не на работе. То есть на работе, но не в конторе.

— А когда ты там будешь?

— Часа через два, не раньше.

— А Паша где? — Павлом звали второго сыщика. — Не в конторе, случайно?

— Не, Пашка сегодня в тюрьме, следователь на рыбалку поехал, а Пашке — поручение в зубы и наладил его подследственного допрашивать, захребетник чертов. Как будто следакам выходные нужны, а мы и так перебьемся, — дежурно пожаловался Виктор.

— Сразу же позвони мне, как на работу приедешь, ладно? — попросила она. — Только сразу же. Не забудь.

Виктор пообещал не забыть. Почему-то про копии квитанций Чеботаев Насте не сказал, и про абонементы тоже. По рассеянности? Или не посчитал важным? Может быть, но тогда зачем он не только изъял сами финансовые документы, но и сделал с них копии и вложил в дело? Господи, какая же она дура! Ведь изъять квитанции можно было, только имея постановление следователя, значит, это его идея, Герасимчука Артема Андреевича. Какая-то у него была хитрая мысль, если он вынес постановление и послал сыщика в бухгалтерию, да еще и в архиве заставил рыться, искать квитанции за прошлые годы. А Чеботаев, как правильный мальчик, все материалы, которые есть у следователя, копирует и в свое дело складывает. Мало ли, когда и зачем пригодятся. Зачем могут пригодиться квитанции из бассейна, кроме как для отчета о проделанной работе, он и не представлял, потому и Насте ничего не сказал. Посчитал, видно, блажью молодого следователя, которого, мягко говоря, недолюбливал.

А вот и пригодились! Спасибо тебе, маленький черноглазый Артем, за твою непримиримую дотошность, я даже готова простить тебе твою враждебную скрытность: иметь версию и не поделиться с сыщиком — это, прямо скажем, не совсем обычно, но я тебя понимаю, ведь не только Андрюха тебя не любит, но и ты тоже к нему любовью не пылаешь. А меня вообще в расчет не берешь, я для твоих расчетов слишком стара.

Настя сложила в аккуратную стопку листы реестра, сверху такой же аккуратной стопочкой поместила карточки, еще немного подумала и снова разложила на столе, только уже в другом порядке. Раскрыла и пролистала первый журнал, за ним второй, третий. Она даже удивилась тому, что ее ожидания сбылись и в журналах действительно были пометки и отчеркивания. Но, помимо отчеркнутых вертикальной линией на полях целых абзацев, все страницы пестрели выделенными маркером отдельными словами — названиями фирм и чьими-то фамилиями. Причем названия фирм выделялись зеленым маркером, а фамилии — розовым. Во всем этом был какой-то смысл, какая-то система, и в любом случае видна была любовь к порядку.

Виктор объявился не через два часа, как обещал, а через три с половиной, но Настя этого даже не заметила — настолько увлек ее поиск закономерностей, совершенно неожиданно обнаруженных благодаря набитым старыми журналами коробкам.

— Вот они, копии квитанций, передо мной лежат, — скучно сообщил Виктор. — Диктовать? Или на Петровку везти?

— Не надо везти, диктуй.

Настя, прижав трубку плечом, достала из стола очередную партию чистых карточек и стала записывать. Ничего нового, все так, как она и предполагала. То есть ее предположения подтверждались. Но имеют ли они хоть какое-то отношение к убийству Елены? Похоже, что нет. Зачем же тогда она этим так упорно занимается? Потому что пытается для себя самой создать видимость работы? Потому что она действительно не знает, что делать дальше, и просто изображает активность? Ей нужно выяснить, на чем был построен шантаж, при помощи которого Елена Щеткина женила на себе Егора Сафронова, тогда она сможет найти доказательства причастности мужа к убийству жены. Но это можно будет сделать только тогда, когда перед ней будут лежать полные и детальные описания жизни обоих. А она чем занимается?

«А я занимаюсь тем, что пытаюсь составить детальное описание жизни убитой за последние пять лет, — ответила она сама себе. — У нас остался последний неиспользованный источник информации о Елене — Наталья Разгон, но она приедет в Москву только послезавтра, десятого ноября, а время идет, убийца разгуливает на свободе, и нужно использовать любую возможность получить дополнительные сведения о потерпевшей. И каждому, кто мне скажет, что делать этого не надо, я готова выцарапать глаза».

Она улыбнулась своим мыслям, а заодно и хитроглазому дедку, стоящему на краю стола. Ей показалось, что дедок подмигнул в ответ.

* * *

Владимир Иванович Славчиков был уверен, что жена придет домой, как обычно по средам и субботам, не раньше девяти вечера, и когда она появилась около шести часов, был не столько удивлен, сколько раздосадован. И сам тут же устыдился своей досады. Ну почему так, почему? Ведь она такая хорошая, умная, сильная, она прекрасная жена и прекрасная мать. Почему он ее не любит? Почему не радуется ее приходу?

И кстати, почему она сегодня так рано?

— Что-то случилось? — с тревогой спросил Владимир Иванович, глядя, как Катерина раздевается в прихожей.

Попутно он успел подумать о том, что ему не нравится не только ее новая прическа, но и ее одежда. Неужели у них настолько разные вкусы?

— Володя, мне нужно с тобой поговорить, — вместо ответа заявила Катерина. — Где у нас дети?

— Вовка гуляет с Евгенией Семеновной, Антошка играет на компьютере, Юля ушла к подружке, — доложил Славчиков. — А что случилось, Катя? Почему ты так рано вернулась?

И снова она не ответила, вместо этого попросила:

— Поставь чайник, пожалуйста. Я сейчас к Антошке загляну и приду. Чаю очень хочется.

«Как быстро мы отдаляемся друг от друга, — подумал Владимир Иванович. — Катерина уже считает возможным не отвечать на мои вопросы, это первый звоночек. Потом она перестанет обсуждать со мной мелкие проблемы, потом серьезные, а потом вообще перестанет разговаривать. Она чувствует, что я избегаю общения, избегаю ее присутствия, без радости иду домой, и защищается от этого как умеет. Не злобой и агрессией, не жалобами и претензиями, а молчанием».

Он включил на кухне электрический чайник, достал чашки, на всякий случай поставил на стол деревянную дощечку с нарезанным толстыми ломтями мягким адыгейским сыром. Катерины не было долго, она вообще всегда застревала возле детей, и вода в чайнике уже начала остывать, поэтому Владимир Иванович включил его снова. Наконец она появилась, уже переодетая в домашние свободные брюки и тонкий просторный джемпер. Налила чай мужу и себе, села, медленно, словно нехотя, сунула в рот кусочек сыра.

— Володенька, у меня возникли проблемы. Вернее, одна проблема. И мне нужна твоя помощь.

Очень коротко, по-деловому, без подробностей рассказала она про разбитые стекла в машине и про муляж взрывного устройства. Рассказала и о явно неадекватной реакции Глафиры Митрофановны на прокисший борщ.

— Я далека от мысли, что Богданова, а заодно и всех нас хотели отравить, это, конечно же, глупость полная. Суп просто скис, это бывает у каждой хозяйки. Но Глафира-то кричала, что хотели отравить, а Богданов только ее затыкал, понимаешь? Не удивлялся, не спрашивал, кто да почему, а велел ей замолчать. То есть основания беспокоиться у них были. Наш Глеб Борисович влез в какие-то темные дела, и меня это не волновало бы, если бы не было угрозы для нас с Васей. А она есть. Кто-то хочет свести с Глебом счеты, но пострадать при этом может и Вася, и я. Значит, в конечном итоге, — и ты, и дети. Меня это, как ты догадываешься, не устраивает.

— Почему твой Богданов не хочет обращаться в милицию? — спросил Славчиков.

— Откуда я знаю? Не хочет категорически, и все.

— Тогда обратись ты сама. Василий прав, стекла — ерунда, а вот муляж бомбы оставлять просто так нельзя.

— Я не могу, Володенька. Ты пойми, Богданов против милиции. И если я пойду ему наперекор, мы рассоримся насмерть. А как же проект?

— Да и черт с ним! — в сердцах бросил Владимир Иванович. — Жизнь дороже.

— А деньги, Володя? — тихо спросила Катерина. — Книги Василия Богуславского — лидеры продаж, и если меня выкинут из проекта, я нигде больше не смогу столько заработать. Ты же помнишь, сколько мне платили, когда я писала одна. А сейчас будут платить еще меньше, потому что спрос на то, что я умею делать, стал ниже. Для меня важно сохранить и проект, и свое участие в нем. А если с Глебом что-нибудь случится, то проект сойдет на ноль, потому что писать так, как он, не умеет больше никто, и кого бы ни взяли вместо Богданова, книги уже будут не такими, хуже, слабее. И продажи постепенно упадут.

— Ну хорошо, если в милицию обращаться нельзя, то что можно сделать? Что ты предлагаешь?

— Я хочу, чтобы за это взялся толковый человек и все выяснил. Может быть, там и нет ничего серьезного, и никто Богданову не угрожает, стекла побил неудачливый воришка, а муляж — просто глупая шутка, злая. Мало ли какие недоброжелатели могут быть у Глеба. Но тогда я по крайней мере буду знать, что ни для Васи, ни для меня нет никакой опасности. И успокоюсь.

— А если опасность есть?

Владимир Иванович разволновался не на шутку. Одно дело не любить жену и избегать общения с ней, и совсем другое — допустить, что она может погибнуть. Нет, нет и нет!

— Катя, по-моему, ты валяешь дурака, — строго произнес он. — Надо не толкового человека искать, а идти в милицию и писать заявление.

— О чем?

— О том, что... Да, ты права, — грустно усмехнулся Славчиков, — юридические нормы у нас чудо как хороши. Тебя не признают потерпевшей, ведь сумка с муляжом была адресована конкретно Богданову. А он заявлять отказывается. Но Васька-то каков молодец, а? — оживился он. — Не побоялся сумку открыть, в коробку залезть! Молодец!

— Молодец, — согласилась Катерина. — Я тоже от него такого мужества не ожидала. Так как, Володенька? Ты сможешь мне помочь? Ты же столько лет общаешься с милиционерами, наверняка у тебя есть на примете грамотные оперативники или следователи, которые смогли бы в этом разобраться.

— На примете есть, — кивнул он, — только уговорить их будет непросто.

— За деньги, — уточнила жена. — Не за просто так. И еще я хотела бы, если возможно, чтобы это была женщина.

— Женщина? — изумился он. — Почему?

— Потому, — весьма аргументированно ответила Катерина. — С мужчиной мне будет трудно. Дело такое... скользкое, деликатное, не совсем понятное, и ощущения у меня смутные, фактов мало, эмоций и подозрений много. Мужчина не поймет меня так хорошо, как женщина.

— С чего ты взяла?

— Ну... вот ты же меня не понял, — слегка улыбнулась она.

Владимир Иванович нахмурился. Где-то он уже слышал эти слова, или не эти, но похожие, с таким же смыслом. Совсем недавно слышал, недели две-три назад... Может, это сама Катерина и говорила? Нет, не Катерина. Тогда кто же? Ах да, эта женщина с Петровки, которая сдавала экзамен. Как раз тогда Славчиков сидел в комиссии вместе с первым мужем Катерины, разозлился, утратил здравый смысл, вступил с ним в никому не нужную полемику, чуть было не настоял, чтобы той женщине поставили «неудовлетворительно», хотя отвечала она более чем прилично, и этот подонок, Катин бывший супруг, вообще считал, что нужно ставить «отлично», а он, Славчиков, упирался просто назло ему. И кто-то из членов комиссии, помнится, говорил, что она дочь... Чья же она дочь, господи ты боже мой? Вылетело из головы. Вспомнить бы, кто именно это говорил, можно было бы позвонить ему и спросить... Кажется, Городецкий. Нет, не Городецкий, а Яковлев. Точно, Яковлев из Московского университета МВД. Кажется, он даже упоминал, что отец той женщины работает вместе с ним, но на другой кафедре.

— Во-первых, я не согласен с тем, что я тебя не понял, — сердито ответил жене Владимир Иванович. — Я все прекрасно понял.

— Но не сразу, — заметила Катерина. — А во-вторых?

— Во-вторых, я попробую тебе помочь. Мне нужно сделать несколько звонков. Но я ничего не гарантирую, — предупредил он.

Славчиков был уверен, что «та женщина с Петровки» и понятия не имеет о том, как разворачивалась дискуссия, когда обсуждали, какую оценку ставить ей на кандидатском экзамене. Она не знает и не может знать, что именно Владимир Иванович требовал поставить ей двойку и именно его аргументы сыграли решающую роль в том, что первоначально ей собирались ставить «удовлетворительно». Но сам-то он помнил, как было дело, и ему было неприятно.

* * *

Однако Славчиков жестоко заблуждался. Настя Каменская отлично все знала, потому что на следующий же день после злополучного экзамена ей позвонил отчим и, давясь смехом, спросил, что она такого отчебучила на экзамене. Двое из членов комиссии, лично знакомых с Леонидом Петровичем, а также знающих о матримониальном конфликте между некоторыми присутствующими, не преминули сообщить ему детали и поделиться впечатлениями. Так что имена главного своего защитника и главного противника для Насти секретом не были. Поэтому она страшно удивилась, а потом и возмутилась, когда в воскресенье Леонид Петрович позвонил и сказал, что у профессора Славчикова есть к ней просьба.

— Да ты что, пап, с ума сошел? Он меня чуть на экзамене не завалил, ты же сам мне рассказывал.

— Асечка, ребенок, но я ведь тебе объяснял, почему это произошло. Славчиков ничего не имеет против твоих взглядов, но у него сложные отношения с первым мужем своей жены...

— Первый муж, вторая жена, — с раздражением перебила отчима Настя. — Эти два козла бабу не поделили, а я оказалась крайней.

— Ребенок, выбирай выражения!

— Ага, ты еще скажи свое сакраментальное: «Ты же девочка». Пап, мне сорок три года, мне через два года на пенсию уходить, я даже на работе уже давно выражений не выбираю, а уж дома — тем паче.

— Это тебе для твоего дружка Короткова сорок три года, а для меня ты была и остаешься ребенком. И не угрожай мне своей пенсией, не на такого напала.

Почему-то слова о том, что она была и остается ребенком, Настю обезоружили, и способность к вырабатыванию праведного гнева резко упала.

— А что ему нужно, твоему профессору? — вяло поинтересовалась она.

— Я так понял, что ему нужна консультация. Вернее, не ему, а его жене.

— Это из-за которой весь сыр-бор, что ли?

— Ну да, наверное.

— Прелестно, — фыркнула Настя. — Я из-за ее прекрасных глаз чуть было пару не схватила, а теперь я еще и консультировать ее должна. По какому вопросу?

— Не знаю, ребенок. Честное слово, не знаю. Там какая-то мутная история, в которой она не может разобраться. Просит помочь.

— Мутная, мутная... — пробурчала она. — Чем она хоть занимается, эта красотка? Из какой области история?

— Она — писатель...

— Так это насчет издательской деятельности? — радостно перебила отчима Настя. — К Татьяне пусть обращается, к Тане Образцовой, Танюшка у нас писатель и одновременно милиционер, она ей все расскажет. А я — пас. Я в этом ничего не понимаю.

— Ты меня не дослушала, — голос Леонида Петровича зазвучал недовольно и обиженно. — У нее нет никаких проблем с издателями, у нее проблема с соавторами.

— Ах, у нее и соавторы есть?

— Ребенок, держи себя в руках. Есть личные переживания, а есть дело.

— Хорошо бы твой профессор об этом вспомнил, когда мою оценку обсуждали. И как у него наглости хватает обращаться ко мне? Он что, думает, что я ничего не знаю?

— Конечно, — рассмеялся Леонид Петрович, — именно так он и думает. Асечка, он очень раскаивается, ему страшно неудобно за то, что он дал волю эмоциям, а в результате пострадала ты. Яковлев мне полчаса об этом говорил по телефону. Славчиков хороший мужик, правда. И если есть возможность ему помочь, то почему надо отказывать? Тем более ты в конце концов получила четверку, а вовсе не двойку.

— Пап, но почему я? Почему именно я должна ему помогать? На мне что, свет клином сошелся? В Москве оперов не осталось, кончились все?

— Ребенок, не вредничай. Дело в том, что жена Славчикова просила найти не просто оперативника, а женщину. С женщиной ей проще.

«Тогда у нее проблемы не с соавторами, а с любовником», — мысленно заметила Настя.

— И есть еще одно немаловажное обстоятельство, — продолжал между тем отчим. — Научная милицейская юридическая общественность — это очень узкий круг, и в рамках одной специальности все друг друга знают. А Владимир Иванович — известный и уважаемый специалист. Тебе нужно писать и защищать диссертацию. Я не призываю тебя с ним дружить, но и ссориться с ним не следует.

— Пап, ты что? — ошеломленно произнесла Настя. — Ты меня на что толкаешь? Я буду оказывать услуги его жене, а он за это будет пропихивать мою диссертацию? Это называется взяточничество.

— Ничего подобного, — возразил тот. — Славчиков не должностное лицо. Это первое. И он, вернее, его жена собирается оплатить твои услуги, если, конечно, ты эти услуги окажешь. И пропихивать, как ты выражаешься, твою пока еще не написанную диссертацию он никуда не будет, потому что не будет тебе должен. А вот зарубить твои научные начинания ему вполне по силам. Поэтому я и призываю тебя по возможности не ссориться с ним, раз уж так случилось, что он обращается именно к тебе. Короче, ребенок, что мне сказать Яковлеву?

— Пусть даст жене Славчикова мой номер телефона, — обреченно сказала она. — Куда ж мне теперь деваться. Хоть посмотрю своими глазами, за чью неземную красоту я так страдаю.

* * *

Екатерина Сергеевна Славчикова приехала к Насте домой в тот же день ближе к вечеру. Не так, совсем не так представляла себе Настя женщину, из-за которой поссорились два уважаемых профессора. Она ожидала увидеть длинноногую красотку с густыми кудрями до лопаток, с огромными, ярко подведенными глазами, модно одетую и с нескрываемыми амбициями автора бестселлеров. Екатерина же Сергеевна оказалась полной дамой Настиного примерно возраста, с невыразительным, каким-то смазанным лицом, плохо прокрашенными волосами, одетая, на Настин взгляд, совершенно нелепо. Но у нее были умные глаза, хорошая улыбка и сдержанная манера говорить. Одним словом, Насте она понравилась с первых же минут.

— Ничего, если мы на кухне поговорим? — спросила Настя извиняющимся тоном. — В комнате муж работает.

— Конечно, конечно, — торопливо ответила Славчикова.

Они уселись на кухне, Настя предложила чай или кофе, Катерина попросила кофе.

— Анастасия Павловна, мой муж... — начала было Славчикова, но Настя перебила ее:

— Просто Настя. И не нужно извиняться за вашего мужа, я все понимаю. Вы ведь хотели мне сказать, что он корит себя и ему ужасно неудобно, правда?

— Вы умеете читать мысли? — усмехнулась Катерина.

Настя про себя отметила, что гостья не смутилась и не растерялась. Умеет держать удар.

— Нет, — засмеялась она, — мысли читать я не умею, но я умею слушать, что мне говорят, и не забывать. Вы хотите, чтобы я называла вас Екатериной Сергеевной, или можно просто по имени?

— Конечно, по имени. Я могу начать рассказывать?

— Да, Катя, я вас внимательно слушаю.

Рассказ Славчиковой занял примерно полчаса, за это время они успели выпить по две чашки кофе. Настя оценила умение собеседницы не углубляться в детали и не уходить в сторону, только факты, последовательно, в хронологическом порядке, и никаких эмоций. История с прокисшим супом. Неадекватная реакция старой домработницы и отсутствие интереса к этой неадекватности со стороны хозяина дома. История с выбитыми стеклами. История с муляжом взрывного устройства. Отказ Богданова обращаться в милицию. Все.

— Значит, по поводу милиции мнения вчера разделились, — констатировала Настя. — Глафира и Василий настаивали на том, чтобы ее вызвать, а Богданов был против. Так?

— Так, — подтвердила Катерина.

— А вы? На чьей вы были стороне?

— Я молчала, — помедлив, ответила гостья.

— Почему? Вы ведь обратились ко мне, значит, вы

оцениваете ситуацию как серьезную. Так почему ко мне, а не в милицию, официальным путем?

— Я не знаю, как оценивать ситуацию, я не понимаю, серьезная она или нет, может быть, все это выеденного яйца не стоит. Но я — мать, у меня трое детей, двое младших совсем еще маленькие. Я боюсь навредить Богданову, потому что он выгонит меня из проекта и я останусь без хорошего заработка. И в то же время я боюсь, что мои дети могут остаться без матери. Я не хочу ни того, ни другого, понимаете?

— Понимаю, — кивнула Настя. — И вы почему-то очень не любите милицию. Интересно, почему?

— Разве вы не знаете? — удивилась Славчикова. — По-моему, все знают.

— Я — не все, — сухо ответила Настя. — Так почему?

— Я отбывала срок, — вздохнув, сказала Катерина. — Четыре года. За экономическое преступление.

— В котором вы не были виноваты, — насмешливо подхватила Настя.

Ну конечно, злые милиционеры подкинули липовые улики и сляпали фальшивое уголовное дело, либо для отчетности, либо для того, чтобы вывести из-под удара истинного виновника. Плавали, знаем. То, что работники следствия, розыска и прокуратуры действительно так поступают, причем достаточно часто, — ни для кого не секрет. Но точно так же не секрет, что девяносто пять процентов людей, отбывающих наказание, клянутся и божатся, что «сидят ни за что».

— Почему? Была. Была виновата. В том, что не сумела в нужный момент сказать «нет» руководству, побоялась потерять работу, за которую хорошо платили, и подписала документы, которые не должна была подписывать. Не заработала на этом ни копейки. А когда вскрылось, никто не взял на себя ответственность за то, что отдал мне приказ, и по статье я пошла одна. Следователь у меня был хороший, очень мне сочувствовал, понимал, как все было на самом деле, у него таких дел каждый месяц с десяток, он сам так говорил. Но сделать ничего не мог. Моя подпись на документах стоит, а приказы начальников были устными, нигде не зафиксированы, и свидетели против них показаний не давали.

Катерина говорила грустно и устало, как о чем-то привычном и давно надоевшем. Так жены рассказывают о многолетнем пьянстве мужей. Скрывать — бессмысленно, стесняться — сил нет больше.

— А почему вы решили, что я должна непременно об этом знать? — не поняла Настя.

— Потому, что я этого не скрываю. Иногда говорю об этом в интервью, если спрашивают. И эта информация есть на сайте издательства в Интернете. Никаких тайн, все совершенно открыто.

— Простите, я не читала... И книг Василия Богуславского я тоже не читала, вы уж не обессудьте. Давайте пройдемся по фактам с самого начала, только с деталями. Вот есть три соавтора: Богданов, вы и сын вашего мужа. Как построена ваша совместная работа?

— Я придумываю, Глеб пишет, Вася собирает фактуру.

— Но вы же сами можете писать, разве нет? Зачем вам соавторы?

— Я могу, но плохо. А так, как пишет Глеб Борисович, вообще никто не умеет. Вы его книги читали?

— Да, конечно, они у меня на полке стоят. Мне просто в голову не приходило, что Василий Богуславский, которого читают в метро все пассажиры, это тот Богданов, чьими жизнеописаниями я когда-то зачитывалась. А зачем этот проект Богданову, если он сам превосходный писатель?

— Он — жизнеописатель, вы очень точно подметили, — объяснила Катерина. — Ему можно рассказать чью-то биографию, и он напишет так, что не оторвешься. Но придумать историю, не пересказать, а самому сотворить, он не в состоянии. Не умеет. Поэтому придумываю я, у меня это, кажется, неплохо получается. Мы собираемся два раза в неделю, я уже говорила, и я рассказываю сюжетную схему, мы вместе ее обсуждаем, поправляем, утрясаем, а Глеб потом пишет текст.

— Вы придумываете, Богданов пишет. А сын вашего мужа что делает?

— Он... как бы это объяснить... на подхвате, что ли. Нет, я неправильно говорю, у него и сюжетные ходы иногда придумываются, но редко. Понимаете, Вася у нас тусовщик, у него миллион знакомых в самых разных кругах и сферах. Хотел учиться на сценарном отделении ВГИКа — таланта не хватило. Но он уверен, что талант у него есть, просто все кругом такие недалекие, что не могут его оценить. И я чувствую себя отчасти виноватой в том, что у него ничего не складывается.

— Почему? Насколько я поняла из вашего рассказа, его отец женился на вас, когда Василий уже был совершеннолетним. Более того, вы привлекли его к работе, порекомендовали в проект, то есть дали ему шанс. В чем же ваша вина?

— Видите ли, Настя, любое творчество — это не только вдохновение и талант, это еще и тяжкий труд, и строжайшая самодисциплина. Ничего не бывает легко, и ничего не делается само по себе. Если бы родители Васи не развелись, он продолжал бы жить с ними и, вполне возможно, из него вышел бы толк, потому что пришлось бы работать, трудиться, а не просто заявлять о своей гениальности. Пока человек продолжает жить с родителями, он непроизвольно чувствует себя маленьким и зависимым, и пусть не во всем, но слушается их. А Вася сразу после развода родителей ушел служить в армию, после возвращения жил один, снимал квартиру. У отца новая семья, у нас к тому времени уже Антошка родился, у матери тоже личная жизнь интенсивно развивается, никому до парня, по существу, дела нет, надзора никакого, бояться некого, стесняться тоже некого, можно никого не слушать и жить так, как хочется. Вы много видели молодых людей, которым хочется трудиться больше, чем развлекаться?

— Да, понимаю, — согласилась Настя. — Еще кофе сварить?

— Если можно, чаю, — попросила Катерина.

Настя встала, чтобы заварить чай, и поняла, что проголодалась. Да и Лешка небось есть хочет, но проявляет деликатность и терпит. Интересно, удобно предложить ей вместе поужинать? Наверное, нет.

Она извинилась и вышла в комнату. Лешка работал за компьютером, погрызая орехи, которые брал сразу по нескольку штук из глубокой металлической конфетницы.

— Леш, ты голодный? Принести тебе какой-нибудь еды?

Он помотал головой и ткнул пальцем в конфетницу.

— Не надо, я орехами объелся. Если только чайку, погорячее и побольше.

— Сейчас заварится, я принесу. А может, бутербродик сделать?

— Лопну, — уверенно спрогнозировал Чистяков. — Только чаю. И не отвлекай меня, я и так ничего не успеваю.

Катерине она все-таки предложила бутерброды, но та отказалась, а есть в одиночку Насте отчего-то было неудобно.

— Но если Василий такой, как вы описали, то есть больше любит развлекаться, чем трудиться, то это как-то не вяжется с его поведением вчера, когда принесли сумку с муляжом, — продолжила она, отпивая свежезаваренный чай. — Смотрите, он проявил завидный здравый смысл, когда предлагал вызвать милицию, и аргументы нашел достаточно весомые. А ведь тусующаяся молодежь милицию не признает и, соответственно, не любит к ней обращаться.

— Ой, Настя, да это белыми нитками шито! — усмехнулась Славчикова. — Он так гордился собой, тем, что не побоялся коробку открыть и что сумел отличить муляж, а не впал в панику, как все остальные. Он вчера был героем, и ему хотелось это продлить. Пусть бы приехала милиция, и его допрашивали бы, да не один раз, а он каждый раз рассказывал бы, как все было, и как он открыл коробку, и как догадался, а все восхищались бы и говорили: надо же, какой молодец! А потом, это паблисити. Он же соавтор, один из «Богуславских», у него тоже часто берут интервью, как и у нас с Богдановым, а после такой истории от журналистов отбоя не было бы. Но ваши вопросы... — Она внимательно посмотрела на Настю, и ее смазанное лицо на миг стало чуть более четким. — Василий вас чем-то заинтересовал? Вас что-то насторожило?

— Нет, просто я подумала, что ведь он сам мог организовать эту сумку с муляжом. А почему нет? Именно из тех соображений, которые вы мне только что изложили. Ему надоело быть одним из трех, стоящим на третьем месте, он захотел выделиться из троицы или хотя бы подняться в списке на более высокую ступень. Вы сказали, что у него бывают любопытные сюжетные придумки, значит, он в принципе в состоянии придумать что-то интересное. Он единственный настаивал на том, чтобы Богданов открыл сумку и посмотрел подарок. Он уговаривал его обратиться в милицию. Вам это кажется невозможным?

Катерина долго смотрела в чашку, и непонятно было, то ли она оценивает крепость заварки на глазок, ориентируясь на цвет напитка, то ли считает просочившиеся сквозь ситечко чаинки, то ли думает.

— Я думаю, Настя, что это вполне возможно. Мне это в голову не приходило, но... Вполне возможно. Вполне в Васькином стиле и характере. А как же Глафирины вопли насчет отравления? И стекла в машине?

— Побитые стекла в машине — рядовое преступление, их ежедневно в Москве десятки, сотни. Заявляют только те, кому нужно получать страховку, а остальные даже и не сообщают в милицию, если из машины ничего не украли. Что касается вашей Глафиры, то она — старая женщина, что вы от нее хотите? Многим в ее возрасте уже инопланетяне в комнате мерещатся.

— Вы не правы, — горячо возразила Катерина, — Глафира Митрофановна интеллектуально абсолютно сохранна, у нее прекрасный слух, хорошее зрение, она бодра и очень активна. Никакого старческого маразма там и в помине нет.

«Бодра, активна, есть хорошее зрение и нет маразма... Сколько ей, восемьдесят три? — подумала Настя. — А мне всего сорок три, и я уже считаю, что моя жизнь кончена и впереди ничего нет. Я пассивна и вовсе даже не бодра, у меня плохое зрение, истрепанные нервы и все признаки приближающегося маразма. А что со мной будет, когда я доживу до возраста Глафиры? И доживу ли?»

— Значит, есть люди, которые по тем или иным причинам недолюбливают Глеба Борисовича, и его домработнице это известно, — она пожала плечами. — И она полагает, что эти люди могут сделать ему какую-нибудь пакость. Она просто полагает, понимаете, Катя? Она так думает. Это совершенно необязательно должно оказаться правдой. Вот и все. Вы же сами меня уверяли, что в суп отраву не подбрасывали, что он просто скис сам по себе. А если суп скис самостоятельно, стекла выбили воришки, которым нечем оказалось поживиться, а бомбу организовал Василий, то вам совершенно не о чем беспокоиться. Ни вам, ни вашим детям ничего не угрожает.

— Вы думаете? — недоверчиво спросила Славчикова.

— А вы думаете иначе?

— Нет, если все так, как вы говорите, то конечно... А если это не Васька муляж бомбы организовал?

Настя вздохнула. Ей давно уже все было ясно. Все именно так, как она сказала. Сверхподозрительная бабка, которая во всем готова видеть злой умысел. Наркоманы-молокососы, углядевшие на неохраняемой стоянке дорогую иномарку, оставленную без присмотра, и решившие, что в ней непременно можно найти что-нибудь стоящее. Неоцененный гений, измаявшийся в ожидании всеобщего признания и мировой славы и попытавшийся хоть таким образом привлечь к себе внимание. И запутавшаяся в комплексе вины писательница Славчикова, которая боится посмотреть правде в глаза и признать очевидное, потому что не смеет, запрещает себе думать плохо о Васеньке, перед которым она так виновата... Ничего себе консультация получилась. За такое даже денег приличные люди не берут.

— Я так понимаю, что вы хотите знать точно, причастен ли сын вашего мужа к истории с бомбой, — уныло сказала она.

— Да. Я хочу знать точно, — твердо ответила Катерина. — Иначе я не смогу быть спокойна.

— Это потребует определенной работы. Нужно наблюдать за Василием, опрашивать его знакомых, отслеживать контакты.

— Я заплачу сколько надо. Только сделайте, пожалуйста.

— Катя, поймите меня правильно... Я не могу всем этим заниматься. У меня нет ни времени, ни сил. Я могу встречаться с вами, обсуждать что-то, рассуждать вместе с вами, но я не могу и не буду следить за Василием, разыскивать его знакомых и проводить разведопросы и прочие оперативные мероприятия. Для такой работы вам нужен другой оперативник. Или частный детектив.

Частного детектива могу порекомендовать прямо сейчас, а насчет действующего сотрудника милиции надо подумать, поговорить с людьми. На это потребуется как минимум несколько дней. Если хотите знать мое мнение, то я считаю, что вам нужен именно частный детектив.

Катерина покорно записала координаты Владика Стасова, которые продиктовала ей Настя, и попросила разрешения звонить — советоваться. Настя дала ей номера своих телефонов, служебного и мобильного, домашний у Катерины уже был. Видно было, что все получилось не совсем так, и даже совсем не так, как она рассчитывала, и женщина огорчена, что Настя не будет ею заниматься, но пытается изо всех сил это скрыть.

Они попрощались. Закрыв за гостьей дверь, Настя вприпрыжку побежала на кухню разогревать ужин. От голода уже в глазах темнело.

— Ты чего скачешь, как молодая? — крикнул из комнаты Чистяков.

— А что, старая, что ли? — звонко откликнулась она.

И осеклась. На холодильнике стоял деревянный дедок и смотрел на нее, ехидно усмехаясь. Жилистые ноги, стоптанные башмаки; видно, немалый путь он в этих башмаках оттоптал. В его-то годы... А ведь он раза в два старше Насти.

Глава 9

С Леной Щеткиной журналистка Наталья Разгон познакомилась несколько лет назад при обстоятельствах не столько печальных, сколько нервотрепочных. Ее ограбили. Да-да, вот так банально, грубо и очень противно. Поздним зимним вечером, когда она садилась в свою машину, ее из этой машины выкинули и оставили не только без транспортного средства, но и без денег, и без теплой меховой куртки, и без мобильника. Спасибо, что хоть паспорт и ключи от квартиры из сумки не вытащили, удовлетворились кошельком и документами на машину. Наталья, которая вообще-то никогда кисейной барышней не была, от страха, холода и обиды растерялась и не нашла ничего лучше, чем зайти в ближайший не запертый на кодовый замок подъезд погреться, успокоиться и взять себя в руки. Она понимала, что надо бы обратиться в милицию, но без верхней одежды да по морозу дойти до нее будет непросто, а позвонить неоткуда: мобильник сперли, в первом часу ночи ломиться в квартиры с просьбой разрешить позвонить — сомнительно, телефона-автомата поблизости тоже не видно. Пока она, дрожа от озноба и прижимаясь к батарее, предавалась этим грустным размышлениям, в подъезд вошла красивая молодая женщина в дорогой шубе.

Лена без долгих разговоров предложила подняться к ней в квартиру, позвонить куда надо и согреться. Наталья предложение с благодарностью приняла, вызвонила приятеля-полуночника с машиной, который приехал и отвез ее сначала в милицию, потом домой. Она искренне считала Лену Щеткину своим ангелом-спасителем, и, когда на следующий день приехала к ней, чтобы вернуть короткую шубку, которую Лена заставила ее надеть, чтобы не простыть окончательно, Наталья прихватила с собой коробку конфет, бутылку хорошего вина и огромный букет цветов. Они тогда очень мило посидели, выпили по бокалу вина и по три чашки кофе, поболтали о том о сем, журналистка рассказывала о себе и своей работе, хозяйка же квартиры разговор охотно поддерживала, но Наталья с удивлением констатировала, что говорила она о чем угодно, только не о себе. Спрашивать впрямую было неловко, и к концу визита так и осталось непонятным, чем занимается Лена, где и кем работает и на какие деньги живет. Уходя, Наталья оставила новой знакомой все свои телефоны со словами о том, что будет счастлива оказаться полезной или помочь, поелику такая надобность возникнет. Она была уверена, что благополучная и холеная красавица никогда ей не позвонит. У таких, как она, всегда на подхвате сотня толковых и денежных мужиков, готовых прийти на помощь по первому зову.

Каково же было ее удивление, когда спустя несколько месяцев раздался звонок от Лены.

— У тебя что-то случилось? — обеспокоенно спросила Наталья. — Нужна помощь?

— Нет, просто захотелось встретиться, пообщаться. У тебя есть время?

Свободного времени у Натальи, как и у любого пишущего журналиста, было маловато, но она хорошо помнила, что Елена пришла ей на помощь, не посчитавшись с личными удобствами, поэтому и время нашла, и повидаться согласилась. Она не верила в то, что Лене действительно захотелось «встретиться и пообщаться». С чего бы вдруг? Они почти незнакомы, не то что подругами, а даже и приятельницами не стали за две встречи. Значит, возникли какие-то проблемы и Лене нужно выговориться перед малознакомым человеком. В такой ситуации уклоняться от встречи было бы просто бессовестно.

Они встретились в тот же день. Да, судя по всему, проблемы у Лены были, потому что одета она была просто и недорого, никаких украшений, ногти не накрашены, прическа наглядно свидетельствовала о том, что у парикмахера девушка была явно не вчера и даже не на прошлой неделе. Однако ни одного слова об этих самых «проблемах» произнесено не было. Обычный треп обо всем и ни о чем: как испортилась косметика одной фирмы и какие новинки появились в другой, как трудно в такую жару (а встреча состоялась в июне) одеваться по погоде и при этом соблюдать приличия, как плохо стала выглядеть одна телеведущая и как похорошела другая, какая муть этот фильм, которому присудили «Оскара», и как глупо принимать тайские таблетки для похудения. Проболтали часа три и разошлись. Наталья так и не поняла, зачем Лене нужна была эта встреча. Ни о проблемах, ни о трудностях, ни о переменах в жизни не было произнесено ни слова.

Через неделю Лена снова позвонила. На этот раз они выбрались на пляж, разговаривали мало, больше молчали или лениво мурлыкали. Наталья была благодарна мне за то, что вытащила на природу, на воздух, оторвала от компьютера, сигарет и крепкого кофе. И снова никаких жалоб, просьб дать совет или помочь. В течение лета они встречались еще несколько раз, все так же «бессодержательно», но не без приятности.

А потом Лена исчезла. Ну, не то чтобы совсем исчезла, она никуда не пропала, была в Москве, Наталья пару раз позвонила узнать, как дела, на всякий случай предложила встретиться — пропадали билеты в Дом кино, — но натолкнулась на мягкий и очень вежливый отказ. Даже обиделась немного: она-то сама Лене не отказала ни разу.

Почти через год та снова объявилась. Потом опять пропала. Наталья пораскинула мозгами и сообразила, что ее новая знакомая появляется тогда, когда расстается с очередным любовником. Наверное, таким нехитрым способом она заполняет образовавшуюся пустоту. То одной приятельнице позвонит, то другой, вроде как при деле. Начинается новый роман, и Лена перестает нуждаться в подругах.

— Ее последний роман был очень тяжелым, — сказала Наталья, закуривая очередную сигарету. — Вернее, не сам роман, а его окончание.

— Почему? — насторожилась Настя, припомнив, что нечто подобное говорил и Егор Сафронов. — Она рассказывала что-то конкретное?

— Нет, что вы, она не рассказывала ничего, но я же видела... Там что-то серьезное произошло, что-то из ряда вон выходящее. А может быть, она действительно любила своего последнего мужчину сильнее, чем всех предыдущих. В последний раз она просто истязала себя физическими нагрузками, у нее, по-моему, даже сердце не справлялось. Все время бледная, под глазами круги, губы синюшные.

— Какими нагрузками истязала себя Елена?

— Бегала, то по утрам, то вечером, в бассейн ходила, какими-то гимнастиками занималась, покупала специальные кассеты. У нее была такая, знаете ли, периодичность: сперва, после очередного разрыва, нагрузки большие, и выглядела она обычно в это время плохо, жаловалась, что мышцы болят и все время спать хочется, потом постепенно нагрузки снижались или она к ним адаптировалась, потому что начинала выглядеть и чувствовать себя все лучше и лучше.

— А потом?

— Потом пропадала. А когда появлялась, все начиналось сначала.

— То есть можно сделать вывод, что, пока у Лены был любовник, она ни бегом, ни плаванием, ни гимнастикой не занималась? — уточнила Настя, проверяя собственные гипотезы.

— Наверняка, — быстро откликнулась Наталья. — Она за время нового романа совершенно теряла форму.

Журналистка была очень удивлена, когда Лена пригласила ее на свадьбу. Наталье отчего-то казалось, что такие, как Лена Щеткина, замуж не выходят, а если и выходят, то за мужчин, организующих такие свадьбы, на которых случайным знакомым, тем более не из олигархического круга, делать просто нечего. И еще больше удивил ее выбор Елены, ибо Егор хоть и был обеспеченным человеком, но все-таки не миллионером. А Наталья не сомневалась, что ее знакомая ищет себе в мужья именно миллионера. Иначе почему при такой красоте, несомненном уме и хорошей деловой хватке она так долго была не замужем? Она легко могла бы оторвать от семьи любого мужика. И тем не менее любовники у нее были, причем подолгу, а мужа не было.

— Когда вы узнали, что Лена беременна?

— Когда получила приглашение на свадьбу.

— Она вам сказала об этом или вы сами увидели?

— Да что вы, там было месяца четыре, может, пять, еще не видно ничего. Лена сказала. Я тогда удивилась, что свадьба так скоро, ведь мы в июне с ней встречались и ни о каком замужестве и речи не было. А в конце июля она меня пригласила на свадьбу.

— Получается, у Елены был роман по крайней мере с начала весны, она забеременела, собиралась замуж и продолжала вести себя так, как будто она по-прежнему одна? — задала Настя коварный вопрос. — И на работу ходила, и с вами встречалась.

Она не пыталась специально поймать Наталью Разгон на противоречиях, подозревать журналистку в причастности к убийству не было на тот момент никаких оснований, но Настя была убеждена, что в деле Елены Щеткиной врут все. Во всяком случае, ни один из свидетелей не давал таких показаний, в которых все было бы понятным и логичным.

— Да? — Казалось, Наталью такая постановка вопроса озадачила. Она немного подумала, прежде чем отвечать. — Мне кажется, это было не совсем так.

— А как?

— Либо это был какой-то не такой роман, как обычно, либо его не было вообще, — уверенно сказала Разгон. — Последний период самоистязаний начался у Ленки где-то осенью, в сентябре, что ли, или в конце лета прошлого года. Это было что-то ужасное... На нее страшно было смотреть. К началу весны она, как бы это сказать... выправилась, что ли. Словом, все шло как обычно, она начала снижать нагрузки, повеселела, и я думала, что она вот-вот исчезнет опять. Но она все не исчезала, мы встречались примерно раз в две-три недели, и Лена ничем не отличалась от той Лены, которую я наблюдала раньше в такие же периоды. Понимаете? Она ни словом не обмолвилась о том, что ждет ребенка. И глаза у нее не сияли, как бывает, когда женщина влюблена или ждет важных перемен в жизни. И мужа своего, Егора, она, как мне кажется, совсем не любила.

— Это ваши наблюдения? Или Елена сказала?

— Анастасия Павловна, Лена никогда ничего мне не говорила, я вам уже объясняла. Я вообще не понимала, зачем она со мной общается. Во всяком случае, ни в качестве советчицы, ни в качестве жилетки для слез она меня не использовала.

— А вы, Наташа? Вы сами-то зачем с ней общались?

— Не знаю, — журналистка вдруг улыбнулась как-то беззащитно, — наверное, по инерции. В первые несколько раз неудобно было отказать, ведь она меня выручила в трудную минуту, и я считала себя обязанной. А потом уже отступать стало некуда, ведь не скажешь же: все, дорогая, я свой долг перед тобой отработала, и больше мне не звони. Ну, и кроме того, она была, безусловно, интересной собеседницей, мне было любопытно наблюдать за ней. Я надеялась, что рано или поздно она мне все расскажет.

— Все — это что? Тайны? Секреты?

— Свою жизнь. Я пишу для женского журнала и давно уже хочу сделать цикл материалов о женщинах, приезжающих в Москву устраивать свою жизнь. О Ленке любопытно было бы написать, все-таки характер нетривиальный.

— Да, — согласилась Настя вполне искренне, — характер действительно нетривиальный. А о своем конфликте с матерью она ничего не рассказывала?

— Нет, но я поняла, что конфликт был, и очень серьезный. Уж не знаю, в чем там дело, но Лена наотрез отказалась давать мне координаты своей матери. Понимаете, я только что закончила собирать материал для очередного цикла — о женщинах, уехавших искать счастье за границу. Месяц проторчала в Штатах и Канаде, еще месяц — в Европе. И когда уезжала, спросила у Лены, не могу ли я встретиться с ее матерью, это же как раз по теме.

— И что Елена? Отказала вам?

— Еще как! Разозлилась так, что аж руки затряслись. Я не стала настаивать, зачем, если ей так неприятно...

— Кто был на свадьбе из ее знакомых? — Настя свернула на следующую тропинку.

— По-моему, только девочка из салона, Ленкина сменщица. Больше вроде бы никого.

— Кстати, об этой сменщице. — Настя лицемерно сделала вид, что вспомнила только сейчас. — Вы знали о том, что Елена разрешала ей пользоваться своей квартирой для интимных свиданий?

— Конечно! Вот этого Лена как раз совершенно не скрывала. Несколько раз даже, помнится, когда мы встречались, она говорила, что Нина сейчас у нее и ей нужно как-то убить время, чтобы не помешать. Потом Нина звонила, и Ленка ехала домой.

— А зачем она это делала? Ведь они не были близкими подругами, а это же так неудобно: гулять где-то после работы, выжидать, пока квартира освободится. На это обычно идут ради близких друзей, а Нина была для Елены фактически посторонней.

— Анастасия Павловна, Лена была очень доброй. То есть... — Наталья замялась, подыскивая более точное определение, — ей ничего ни для кого не было жалко. Она не была доброй в смысле отношения к людям, наоборот, она была очень критичной, язвительной, злой, особенно по отношению к мужчинам. Вы бы слышали, что она говорила про эту Ниночку! Но при этом если она могла кому-то хоть чем-то помочь, она не задумывалась ни на минуту. Ведь когда мы познакомились, она меня, первую встречную, ночью привела к себе, не побоялась, более того, отдала мне шубку просто под честное слово, у нее даже телефона моего не было. А если бы я ее не вернула?

— Может, ей в голову не приходило, что вы можете не вернуть шубу? У вас такая располагающая внешность, и Елена вам верила, — предположила Настя.

— Да нет же, она все понимала. У воров и мошенников внешность всегда располагающая. Я уверена, что Ленка понимала. Но при этом ей не было жалко этой шубы.

— И еще вопрос, Наташа. В квартире у Елены мы нашли листки с напечатанным текстом. На одних написано «Так мне и надо», на других — «Я этого достойна». Ничего по этому поводу не скажете?

Наталья снова задумалась. Закурила.

— Я была у Ленки дома всего два раза: когда меня ограбили и на другой день, когда шубу возвращала. После этого мы встречались в городе, или гуляли, или в кафе сидели, или на пляж ездили. Так что о предметах в ее квартире я мало что могу сказать. Но слова «Так мне и надо» Ленка повторяла часто, это точно.

— А «Я этого достойна»?

— Ни разу не слышала.

Разговор с Натальей Разгон занял несколько часов, Насте нравилось, что наблюдения журналистки были точны, а выводы основывались на фактах, а не на ощущениях.

И теперь, обложившись листками и карточками, на которые она выписала все, что показалось интересным и важным, и из материалов дела, и из расшифровок диктофонных записей бесед Андрея Чеботаева с людьми в Новосибирске, Настя почувствовала, что Елена Щеткина ожила, стала понятней. Она перестала быть загадочной.

«Жила-была девочка Лена...» — начала она рассказывать сама себе, заглядывая в записи.

* * *

Профессор Щеткин был известным ученым-биохимиком, помешанным на науке и готовым закрывать глаза на все, что помешало бы ему заниматься любимым делом. Его жена Лариса Петровна работала бухгалтером в одном из НИИ новосибирского Академгородка. Супруги трудились в разных институтах, но Академгородок — все-таки не Москва, и там все про всех знали, тем паче что и жили компактно. Щеткин был одним из немногих, кто в советское время считался и был выездным, и его жена и дочь щеголяли в наимоднейших заграничных тряпках.

Леночка, которая всегда была красивым ребенком, училась только на «отлично» и с самого первого класса прочно удерживала позицию лидера. Мальчики влюблялись в нее, девочки восхищались или завидовали. И вот в пятом классе произошло ужасное: к Щеткиным на несколько дней приехала родственница из деревни, и Лена заразилась от нее вшами. Ничего страшного, несколько дней посидеть дома, два-три раза вымыть голову керосином — и проблемы как не бывало. Лариса Петровна запаслась справкой из детской поликлиники о том, что у Лены острое респираторное заболевание, и принялась за лечение ревевшей от горя дочери.

— Никто не узнает, — убеждала ее мама, — у тебя справка о том, что ты простыла. Ты только сама никому не говори, и все будет хорошо.

На второй день к Лене зашла подружка-одноклассница, проведать больную. Лена встретила ее с тюрбаном на голове.

— Привет! Что с тобой? Грипп?

— Простыла, — заученно ответила Лена. — Насморк. И кашляю.

Для убедительности она даже кашлянула пару раз.

— А почему голова завязана?

— А... это мама мне голову помыла, — не растерялась девочка.

— Как это — голову помыла? — возмутилась подружка. — Ты же простужена. Мне моя мама говорит, что нельзя мыть голову, когда болеешь.

Лена молча пожала плечами, против слов чужой мамы аргументов у нее не нашлось, а авторитет взрослых был пока еще достаточно высок.

— Слушай, а откуда так керосином воняет? — спросила настырная подружка, сморщив носик. — От тебя, что ли? Ну точно, от тебя.

К этому Лена готова не была, растерялась и выложила задушевной подружке все как есть.

— Только никому не говори, ладно? — попросила она. — Дай слово, что не скажешь.

— Клянусь! Честное пионерское под салютом всех вождей! — торжественно произнесла та.

Но многого ли стоили «честные пионерские слова», данные двенадцатилетней девочкой, в начале восьмидесятых? Вероятно, немного, потому что когда через три дня Леночка Щеткина появилась в классе, ее встретили улюлюканьем. «Вшивая! Вшивая!» — радостно кричали те, кто еще недавно считал Лену первой умницей и красавицей класса. «Я не буду с ней сидеть, от нее керосином воняет, я от нее вшами заражусь!» — горланили мальчики, мстя ей за то, что не обращала на них внимания.

Лена убежала из школы и прорыдала дома до самого возвращения матери с работы.

— А я тебе говорила, нельзя никому доверять, нельзя никому ничего рассказывать, — сердито выговаривала ей Лариса Петровна. — Так тебе и надо, болтать меньше будешь.

Мать действительно частенько повторяла девочке о том, что язык надо держать за зубами и никому ничего лишнего не говорить. Папа выездной, его постоянно проверяют и милиция, и КГБ, и не нужно, чтобы люди знали, чего и сколько у них в семье есть. Лариса Петровна ходила, к примеру, уже три года в одной и той же шубе, и зачем кому-то знать, что муж на самом деле привез ей из-за границы еще две, которые она с большой выгодой продала приятельницам в Новосибирске. Люди завистливы, поучала мама дочку, они не любят, когда другие живут лучше, чем они сами, и из зависти делают другим всякие пакости. Могут анонимку написать и еще что-нибудь придумать. А папа постоянно под контролем органов, потому что часто ездит за границу, к нему — внимание особое, и что бы в семье ни происходило, за порог квартиры этого выносить нельзя. «Если тебе очень хочется чем-то поделиться, поделись со мной, — говорила Лариса Петровна Леночке. — Зачем тебе эти глупые подружки, которые не только все разболтают, но еще и переврут?»

«Чего и сколько» на самом деле означало «всего и много», но распространяться об этом не следовало. Времена такие были... Лена маму слушалась, девочек в гости не приглашала, благосостоянием семьи не хвасталась, но, оказывается, совет держать язык за зубами и никому ничего не рассказывать относился не только к вещам, деньгам и разговорам между родителями. Это был первый урок, настолько болезненный, что хватило его надолго.

Шли годы, Леночка росла-росла и выросла в красивую девушку, самую красивую и самую умную на своем курсе, поскольку училась она в экономическом вузе опять-таки на одни пятерки. Память о позоре «вшивости» стерлась, но выводы, сделанные из той печальной истории, осели в ее прелестной головке накрепко. Никаких задушевных подружек, никаких откровений. Лена давно привыкла не дружить, а только делать вид, что дружит. Не делиться сокровенным, а умело поддерживать разговоры, создавая иллюзию тесного общения. И постепенно она привыкла не нуждаться ни в ком.

Но и тут выстроенная защитная стена оказалась недостаточно надежной. Была у Леночки проблема интимного свойства: на ее стройных, чудесной формы ножках росли волосы, густые и длинные. Это сейчас, в наше время, волосатые ноги перестали восприниматься как катастрофа, и в каждом салоне красоты на каждом углу вам предлагают различные по стоимости, болезненности и устойчивости эффекта процедуры эпиляции. А тогда, на рубеже девяностых, приходилось либо постоянно брить ноги и потом подолгу бороться с раздражением и сыпью, либо скрывать дефект одеждой — брюками или плотными черными колготками. Опасность таилась и в занятиях по физподготовке, когда пришлось бы снимать одежду на глазах у всех однокурсниц в общей раздевалке, но тут Леночка пошла по испытанному пути: мама, как и прежде, добыла ей справку о заболевании глаз, при котором запрещается заниматься физкультурой. Физкультуру Лена терпеть не могла всю жизнь, и если до восьмого класса школы ей приходилось посещать ненавистные уроки, то, когда волосы на ногах обрели зримость, Лариса Петровна согласилась помочь дочери: проблема была чисто женской, и мать ее поняла.

Двадцатилетняя Леночка Щеткина сексом в полном объеме пока не занималась, посему предпочитала колготки, а не бритье. Но когда рядом с ней появился молодой человек, в которого она влюбилась без памяти, и дело явно шло к тому, чтобы улечься с ним в постель, девушка поняла, что надо что-то делать. Остаться в колготках не удастся никак. Поэтому она рискнула и воспользовалась бритвой, надеясь, что все обойдется и ни раздражения, ни сыпи не будет. Ведь не у всех же они были, у некоторых как-то обходилось.

Но у нее не обошлось. Ноги покраснели, их обнесло отвратительными прыщами, и все это мало того, что было совершенно неэстетично, но еще и ужасно чесалось. А тут, как назло, во время лекции Лена неловко повернулась, задела ногой выщербленный край стола, и на колготках образовалась дыра с длинной, до самой пятки, широкой стрелкой. Девушка была предусмотрительной и всегда носила с собой запасную пару, поэтому в перерыве помчалась в туалет переодеваться. И тут... То ли она плохо закрыла защелку на двери кабинки, то ли сама защелка была слабо прикручена, но кто-то дернул снаружи дверь, и она распахнулась.

— Ой, извини, — пробормотала Ленина однокурсница, — я думала, здесь свободно.

Она уже собралась было закрыть дверь, но взгляд ее упал на покрытые прыщами, воспаленные ноги.

— Господи, Щеткина! Что это у тебя? Псориаз, что ли?

Ужас сменился сочувствием, сочувствие — догадкой.

— Или ты ноги бреешь? У тебя что, ноги волосатые?

Никакого объяснения у Лены заготовлено не было, ей ведь казалось, что она все предусмотрела, даже физкультуру, и больше ей ничто не угрожает. В этой дурацкой ситуации она оказалась безоружной, когда выбирать приходилось из того, что предлагала однокурсница: либо псориаз, либо волосатые ноги. И то и другое было для Леночки неприемлемым, сделать выбор она не смогла, а посему промолчала.

Однокурсница ее молчание расценила по-своему.

— Да ты не переживай, я никому не скажу.

Надо ли говорить, что на следующий день весь курс знал, какие на самом деле ноги у первой красавицы Лены Щеткиной. Информация распространилась достаточно далеко за пределы курса, потому что молодой человек, в которого девушка была страстно влюблена, больше к ней и близко не подходил. Вряд ли его смутили бы волосы на ногах, но предположение о кожном заболевании свое дело сделало.

Из случившегося был сделан вывод о том, что нельзя не только рассказывать о себе никому, но и допускать, чтобы о тебе помимо твоей воли узнавали то, что ты хотела бы скрыть. К моменту окончания института Елена Щеткина мастерски овладела умением жить так, чтобы никто ничего о ней не знал, и при этом у всех складывалось бы впечатление, что она вся на виду и всем про нее все известно.

Однако борьба с распространением информации о самой себе была лишь одним из факторов формирования характера Леночки Щеткиной. Другим фактором были ее родители, вернее, отдельно — мать, отдельно — отец, и отдельно — их взаимоотношения.

Научные достижения своего мужа Лариса Петровна в грош не ставила, они представляли для нее ценность ровно настолько, насколько позволяли ему ездить в загранкомандировки, а также получать премии, имеющие денежное выражение, и звания и должности, к которым прилагались какие бы то ни было блага и льготы. Михаил Аркадьевич был старше жены лет на пятнадцать, и когда он женился, то был уже и доктором наук, и профессором, и закоренелым холостяком. Изменять ему Ларочка начала года через три после рождения дочери; о ее похождениях знал весь Академгородок, за исключением самого Щеткина.

Лариса Петровна была женщиной чрезвычайно привлекательной и на удивление моложавой, в тридцать пять выглядела самое большее на двадцать семь, а когда ей стукнуло сорок пять, никто не давал больше тридцати шести. Когда Леночка подросла, незнакомые люди принимали их за сестер: обе красавицы, очень похожи друг на друга, да и разница в возрасте, как кажется, невелика. Ведь если старшей лет двадцать семь, то младшая, которой лет двенадцать, вряд ли может быть ее дочерью. Конечно, в Академгородке-то все знали, что это мать и дочь, а вот в двадцати километрах от дома, в центре Новосибирска (как говорила Лариса Петровна — в городе), этого не знал почти никто, поэтому многие ошибались. Обеим льстила такая ошибка, мать сама себе казалась моложе, дочь — старше. Стараясь создать и укрепить в себе иллюзию незначительности разницы в возрасте, Лариса Петровна как-то незаметно и плавно стала приближать к себе дочь, играя роль старшей подружки.

Игра эта, как показывает история, требует большой осторожности и деликатности, а Лариса Петровна этого не учла или не сумела сделать, и в результате перешла запретную грань. Лена оказалась в курсе не только ее супружеских измен, но и ее истинного отношения к мужу.

— Ты с ума сошла, — шипела на нее пятнадцатилетняя дочь, когда Лариса Петровна возвращалась домой в два часа ночи. — Папа тебя до половины двенадцатого ждал, потом уснул прямо в кабинете.

— Вот мы ему и скажем, что я вернулась без четверти двенадцать, — беспечно улыбалась Лариса Петровна, якобы ездившая в город к подруге. — Как раз на последней маршрутке вернулась.

— Мам, ты доиграешься, — предупреждала ее семнадцатилетняя Лена после очередного опрометчивого поступка. — Что будет, если отец узнает?

— Ой, я тебя умоляю! — отмахивалась мать. — Да что он сделает? Пусть вообще спасибо скажет, что я за него замуж вышла, тебя, такую умницу и красавицу, ему родила и вырастила, да еще и жить с ним продолжаю, хотя он уже ни на что не годится. Он мне должен ноги мыть и воду пить. И потом, я тебя уверяю, детка, что даже если он что-то узнает, он тут же забудет. Из головы выкинет. Ему удобнее не знать.

Лена это понимала. Отцу действительно удобнее не знать, потому что если признаться, что знаешь, то с этим надо же что-то делать: выяснять отношения, устраивать скандал, разводиться, делить имущество. И потом, за границу отпускают только женатых, потому что холостой мужчина может заявить, что он влюбился, собирается жениться и остаться за бугром, и не будет никаких видимых причин ему в этом препятствовать. А ведь такие командировки на симпозиумы и конференции были для ученого важным источником информации, столь необходимой для научной работы, и переход в категорию невыездных сделал бы невозможным знакомство с новыми достижениями науки, новыми разработками и новыми направлениями. Ничего этого Михаилу Аркадьевичу не хотелось, ему хотелось заниматься только наукой, и чтобы никто ему в этом не мешал.

В детстве девочка отца побаивалась, он был требователен безмерно, хотел видеть в дочери только отличницу и планку своих притязаний поднимал слишком высоко. Не ленился регулярно проверять, как Лена сделала уроки, и если уровень ее знаний не соответствовал его представлениям о желаемом, строго наказывал. Наказания у Михаила Аркадьевича сводились к тому, что он заставлял дочь делать все то, что она не любит. Есть творог и геркулесовую кашу, пить отвар шиповника, вставать по утрам на час раньше, чтобы успеть сделать зарядку и пробежку, а потом принять душ с холодным обливанием. Наказание устанавливалось, как правило, на неделю и включало в себя, помимо описанного, ежедневную натирку паркета и мытье в прохладной воде с содой многочисленного хрусталя (а Лена уже класса с седьмого так берегла руки и ногти!), а также запрет смотреть телевизор и читать любые книги, кроме учебников.

— Трудности закаляют характер, — повторял отец в ответ на жалобные просьбы дочери смилостивиться и отменить наказание. — А особенно закаляет преодоление. Делая то, что тебе не нравится, ты преодолеваешь себя и становишься сильнее. Сейчас тебе кажется, что это наказание, а когда вырастешь, поймешь, что это тебе только во благо. Еще спасибо мне скажешь.

Мать же, вместо того чтобы заступиться, только повторяла:

— Так тебе и надо. Ты должна хорошо учиться, а у тебя ветер в голове. Папа тобой недоволен.

— Но я же получила пятерку, — в отчаянии ныла Лена. — Меня сегодня спросили по географии, как раз то, что папа вчера проверял, и поставили «пять».

— Это для твоей безмозглой учительницы ответ на «пять», а папа считает, что ты знаешь недостаточно. Ты должна учить не по учебнику, а по книгам, в доме огромная библиотека, папа столько книжек для тебя покупает, а ты ленишься прочитать лишние десять страниц. Так тебе и надо.

На самом деле Лариса Петровна была строгой только в присутствии мужа. Когда Михаил Аркадьевич не видел, она разрешала немножко почитать или посмотреть телевизор, подсовывала наказанной дочери кусочки повкуснее и поила компотом, а ненавистный отвар шиповника выливала в раковину. Но все равно значительную часть наказания Лене отбывать приходилось. И если с едой, мытьем хрусталя и запретом на чтение можно было смухлевать, то избежать раннего подъема, пробежки, зарядки и обливания ледяной водой не удавалось никак: отец лично за этим следил.

Когда Лена была на первом курсе, отец начал жаловаться на самочувствие. Дважды в течение одного месяца приходилось вызывать «неотложку», во второй раз Михаила Аркадьевича забрали в больницу и продержали две с лишним недели. Сердце. Рекомендован покой, режим и отсутствие перегрузок, как физических, так и эмоциональных. А впереди маячила очередная поездка в Париж на симпозиум, где профессор Щеткин должен был делать доклад.

— Я, наверное, не поеду, — сказал отец. — Побаиваюсь.

— Как это не поедешь? — несказанно удивилась Лариса Петровна. — А доклад? Ты же должен выступать.

— Ничего, с таким же успехом может выступить мой зам. Доклад написан по результатам коллективной работы, и докладывать может любой член авторского коллектива. А я дома побуду.

— Как это дома?! — взвилась жена. — Ты соображаешь, что несешь? Как это твой зам поедет в Париж? Ты посмотри, как я обносилась, мне совсем нечего надеть! А Леночка? Она уже студентка, совсем взрослая, ей нужно прилично выглядеть! Косметика хорошая нужна! И думать не смей о том, чтобы не поехать.

— Но, Ларочка, я только что из больницы. Мне за границей может стать плохо, и что я тогда буду делать? И врач сказал, что мне нельзя лететь самолетом, это слишком большая нагрузка на сосуды, я могу не перенести полет.

Лена, слышавшая разговор из своей комнаты, вдруг поняла, что отец маму уговаривает. Не мама его, а он — ее. Кошмар!

— Ничего, ничего, возьмешь лекарств побольше. И вообще, что ты трусишь? Все будет хорошо. Вот смотри, я тебе уже заранее список составила, пойдешь в Париже по магазинам и все купишь. И не вздумай отказываться от командировки, не делай глупости.

Отец, конечно, поехал. И все привез. Но после того подслушанного разговора Лена перестала бояться отца и начала отчаянно жалеть его. Когда он улетел в Париж, она, сделав вид, что ничего не слышала, сказала матери:

— Может, не надо было разрешать папе ехать? Он нездоров, плохо себя чувствует. Наверное, мы с тобой должны были уговорить его не ехать, а мы его отпустили.

— Ничего, не переломится, — жестко ответила Лариса Петровна. — Должен же от него быть хоть какой-нибудь прок. Спать со мной он уже давно не может, в театр со мной в город не ездит, в гости не ходит, одна наука на уме. Если не будет ездить за границу и возить шмотки, зачем он вообще тогда нужен?

Лене стало страшно. Она не могла не любить маму. Но как же ее любить, когда она так относится к папе?

Лена была на третьем курсе, когда отец слег окончательно. Мать первое время не верила, что он больше не встанет, не будет ходить на работу и, самое главное, не поедет за границу. Когда его положили в больницу и врач, не скрывая, нарисовал ей перспективы, Лариса Петровна поняла, что здесь все закончилось и надо искать нового спутника для красивой жизни. Мужа она в больнице ни разу не навестила, а свободное от работы время посвящала новому любовнику — молодому предпринимателю. В тот год, когда Михаил Аркадьевич умер, как раз открыли границу и можно было уезжать куда угодно. Задачей Ларисы Петровны стало уговорить своего сердечного друга сначала жениться на ней, а потом увезти куда-нибудь, например, в Штаты или в Европу. Задача решалась почти два года. Наконец она объявила дочери, только-только закончившей институт:

— Я продаю нашу квартиру и уезжаю. Деньги делим с тобой пополам, купишь себе что-нибудь поменьше.

— А я? — глупо спросила Леночка. — Ты меня с собой не берешь?

— С ума сошла! — фыркнула мать. — Пока тебя нет рядом, я еще молодая женщина. Я буду устраивать свою жизнь сама, а ты давай пробивайся. Образование у тебя есть, красотой и умом тоже не обижена, не пропадешь.

На полученные от продажи квартиры деньги Лена ничего покупать в Новосибирске не стала, а собралась и уехала в Москву. На собственную квартиру в столице, даже самую маленькую, средств, конечно же, не хватило, но их было достаточно, чтобы снимать вполне приличное жилье и даже приобрести недорогую машину. Ей без труда удалось найти работу секретаря в какой-то фирме, не бог весть как оплачиваемую, но для начала и это было неплохо.

Елена трудилась добросовестно, служебными обязанностями не пренебрегала, внимательно присматривалась ко всем посетителям фирмы, выделяя из них тех, кто являлся мелкой сошкой, и тех, кто был рыбкой покрупнее. Ее образования было более чем достаточно, чтобы быстро разобраться в деятельности фирмы, и очень скоро из просто секретаря, которого просят отвечать на звонки, переключать телефоны и подавать кофе и напитки, Лена превратилась в секретаря-референта. Ее все чаще стали приглашать в кабинет руководителя, она присутствовала при переговорах, готовила документы и давала советы. Одновременно высматривала что-нибудь подходящее для себя. Вернее, не что-нибудь, а кого-нибудь. И высмотрела.

Он был не очень красив, не очень молод, но вполне состоятелен. Заставить его обратить на себя внимание труда не составило. Лена уволилась, выслушав искренние сожаления директора фирмы и получив от него заверения, что, если она надумает снова поработать, он будет рад взять ее или дать самые лучшие рекомендации. Об истинной причине увольнения сотрудницы он и не догадывался, свое близкое знакомство с одним из деловых партнеров начальника Лена тщательно скрывала.

Сперва все шло так, как она хотела. Наряды, украшения, деньги на карманные расходы, поездки на европейские курорты. Потом он купил ей квартиру. Потом, вероятно, решил, что Леночка принадлежит ему полностью и со всеми потрохами. А как может быть иначе, если он за нее платит? Кто барышню ужинает, тот ее и танцует.

— Сними это барахло, — сказал он, когда однажды Лена встретила его в только что купленном черном пеньюаре, — я терпеть не могу черный цвет. Пойди надень тот розовый, который я люблю.

Розовый пеньюар ей не нравился, она вообще не любила розовый цвет. В другой раз он позвонил и сказал, что придет к ужину. Лена приготовила еду, накрыла на стол и ждала. Он явился в третьем часу ночи, нетрезвый, злой и, что самое обидное, не голодный.

— Убери это, — грубо сказал он, смахивая со стола на пол плетеную корзинку с нарезанным хлебом. — Я так обожрался, что смотреть на еду не могу.

— Ты сам сказал, что придешь к ужину, — возразила Лена. — Я тебя ждала. Мог бы позвонить, я бы не ждала.

— Ты должна ждать меня всегда, — самоуверенно заявил спонсор, — я тебе за это плачу.

К такому развитию событий она не была готова. Ей казалось, что все должно быть по-другому, что она будет позволять себя любить, а мужчина, не очень молодой и не очень красивый, будет ей за это платить, да еще и восхищаться ею, и благодарить за счастье быть с ней. Именно так представляла она себе жизнь содержанки, опираясь на мировоззрение Ларисы Петровны. Первые несколько эпизодов, шедшие вразрез с ее представлениями, Лена встретила с удивлением и недоумением, а потом в ней проснулась мать. Проснулась резко и в полном объеме.

Мужчину нельзя, да и не нужно уважать. Его нужно использовать. А если он не позволяет использовать себя так, как хочет женщина, его можно и нужно унижать, растаптывая его достоинство. Просто бросить — глупо, из него нужно выжать все до конца, но при этом не позволять ему манипулировать собой. Как держать в узде мужика, который считает, что ему все можно, потому что он тебя купил?

Ответ пришел сам собой. Во время следующего свидания Лена со вздохом заметила, что в последнее время что-то слабоват стал ее возлюбленный.

— Да? — озабоченно переспросил тот. — Наверное, я сегодня на банкете виски перебрал.

— Да нет, милый, это не только сегодня, это уже давно. Я молчала, не хотела тебя расстраивать, тоже надеялась, что это случайно, что ты устал. Но количество случайностей переросло в закономерность.

— Так тебе что, было плохо? — все еще не веря, спросил спонсор.

— Плохо, — снова вздохнула она. — Вернее, мне было никак. Я ничего почувствовать не успела.

Она лгала, она много чего успела почувствовать, но ведь не проверишь...

Давление было организовано планомерное и продуманное. Спонсор давал все больше денег, чтобы компенсировать сексуальные неудачи, которые почему-то не сменялись удачами, а становились все глубже и очевиднее, и через три месяца превратился в полного импотента с расстроенной нервной системой и опустошенным кошельком.

Они расстались. Лена перевела дыхание, поняв, что больше не нужно притворяться и играть, не нужно никому угождать и ни под кого подстраиваться, не нужно ждать его с остывшим ужином, корячиться в постели и потом изображать неудовлетворенность. Свобода!

Через два дня в ее душе мать уступила место отцу. Лена чувствовала себя мерзкой, подлой, гадкой сволочью. За что она растоптала мужика? За то, что он вел себя так, как ведут себя все в его кругу? За то, что играл по общепринятым правилам? Он ведь предлагал жениться, а она отказалась. Так чего же она хотела?

Она дрянь и должна понести за это наказание. Лена нашла работу, воспользовалась любезным обещанием предыдущего начальника и получила от него блестящие рекомендации. Вставала в шесть утра, бегала по улицам в любую погоду, начала ходить в бассейн, перестала носить дорогие тряпки. И по всей квартире развесила бумажки с надписью: «Так мне и надо». Она видела себя в зеркале, осунувшуюся, с кругами под глазами, с отросшей и потерявшей форму стрижкой, с неухоженным лицом, и повторяла про себя: «Так мне и надо».

Постепенно муки совести стихали, Елена начала снижать физические нагрузки и готовиться к тому, чтобы заниматься карьерой. Новая работа была такой же, как и предыдущая, и, крутясь среди деловых людей, Лена имела возможность начать разбираться в московском бизнесе. Она регулярно покупала журналы, из которых черпала интересную информацию не только о фирмах, но и о персоналиях. Она искренне полагала, что, как и прежде, начав с должности секретаря, сможет пойти дальше, но только на этот раз она не остановится, встретив подходящего спонсора, а будет работать дальше, поднимаясь по иерархической лестнице все выше. Она снова начала следить за собой, убрала подальше в шкафчик дешевую косметику, которой пользовалась в рамках назначенного самой себе наказания, и постепенно вернулась к своему прежнему облику.

Но благие намерения не выдержали испытания соблазнами.

Он был существенно красивее и несколько моложе первого, и денег у него было больше. Его имя Лена то и дело встречала в тех самых журналах, которые столь тщательно изучала; в деловом мире он был видной фигурой, и она похвалила себя за предусмотрительность: во-первых, не нужно наводить справки, чтобы узнать, что он собой представляет, а во-вторых, она оказалась вполне в курсе проблем, о которых с ним можно поговорить, привлекая к себе интерес. «Еще один, — давала себе слово Елена, — только еще один, и потом я займусь карьерой. Надо воспользоваться случаем, пока есть возможность». То, что было куплено на деньги первого спонсора, уже вышло из моды, и нужно было обновлять гардероб. И хотелось еще кое-что приобрести для квартиры. Ей так хотелось купить веджвудский сервиз, и еще мейсенский, с ручной росписью... И осталось еще много стран, в которых Леночка не успела побывать.

Живший в памяти отец настоятельно требовал, чтобы все зарабатывалось собственным трудом и чтобы человек, желающий себя уважать, занимался делом, которое нравится и приносит удовлетворение. Уроки же материнские заставляли Елену верить в то, что она умница, красавица и достойна всего самого лучшего, и это самое «лучшее» должны предоставить в ее распоряжение мужчины. Листки с надписью «Так мне и надо» исчезли со стен, и на их месте появились другие, со словами «Я этого достойна». Через месяц Лена Щеткина уволилась с работы и перешла на содержание нового претендента.

Все повторилось с поразительной точностью. И месяцев через десять настал момент, когда Лена почувствовала себя униженной и второсортной и начала действовать по отработанной схеме. Этот мужчина, вероятно, из-за того, что всегда был любимцем женщин, сломался куда быстрее, нежели предыдущий: для него положение несостоятельного самца оказалось совершенно невыносимым.

И снова последовали физические нагрузки, дешевая одежда и угрызения совести, новая работа, изучение литературы и твердое намерение на этот раз довести дело построения карьеры до логического завершения. И снова очередной соблазн, борьба с ним и позорное поражение.

И только в ситуации с Егором Сафроновым все развивалось как-то не так.

* * *

Многих деталей этой истории Настя Каменская не знала, но общий костяк, опираясь на собранную информацию, она выстроила правильно. Нет никакой сестры-близнеца и преступных замыслов, нет двойной жизни и страшных тайн, есть просто молодая красивая женщина, искалеченная родительским воспитанием. Но эту женщину убили, и пока непонятно, за что.

Версия первая: ее убил кто-то из бывших любовников, не простивших того, что она с ними сотворила.

Задача: установить их поименно. Для этого нужно еще раз вернуться на те фирмы, где в разное время работала Щеткина, разыскать всех, кто работал в этих фирмах одновременно с ней, и как следует порасспрашивать. Наверняка что-то выплывет. Ведь одного спонсора разыскать удалось, значит, и остальные отыщутся. У этого единственного, который хоть и через силу, но дал понять, как развивались их отношения с Еленой, полное алиби, а у остальных?

Версия вторая: Елену убили с целью ограбления, при этом преступник точно знал, где лежит то, что он ищет, поэтому в квартире после убийства не осталось никакого беспорядка и ни малейших следов лихорадочных поисков. Но что именно взял убийца? Все ее драгоценности находились в квартире Сафронова. Одежда? Возможно, но маловероятно. В шкафах висит достаточно много дорогих вещей, в том числе и шубы, и если преступник брал именно одежду, то почему не взял всю? Беда в том, что невозможно установить, какие предметы пропали из квартиры: спросить не у кого. Сафронов здесь не бывал, Наталья Разгон — тоже, приходится опираться только на показания Ниночки Клевцовой, которая из любопытства регулярно инспектировала содержимое шкафов и шкафчиков Щеткиной и утверждает, что не пропало ничего и все вещи, которые она видела в последний раз, находятся на месте. Но Ниночка — источник ненадежный, потому что, кроме шкафов и шкафчиков с одеждой и косметикой, в квартире существует огромное число других мест, где могло лежать что-то, для Ниночки интереса не представляющее, но зато важное и нужное для убийцы.

Задача все та же: найти всех любовников Щеткиной, поскольку уж они-то бывали в этой квартире множество раз и на протяжении длительного времени. Возможно, кто-то из них оставлял что-то на хранение и не забрал, оставил за ненадобностью, забыл? Или думал, что потерял? А может быть, Лена им что-то показывала и при этом упоминала, что это имеет большую ценность? Или Лена ничего не показывала и не говорила, а они сами случайно нашли?

И версия третья, она же первоначальная: Елену убили за то, что она шантажировала Егора Сафронова.

И если история жизни Лены Щеткиной была на сегодняшний день более или менее известной, то сведения о жизни ее мужа пока не собраны, и снова придется ждать.

Правда, после возвращения Чеботаева из Новосибирска сыщиков, работающих по делу, стало трое, и есть надежда, что жизнеописание Егора Витальевича вот-вот ляжет на стол Насти Каменской.

Заниматься анализом информации — это то единственное, что ей нравится, и если уж ей предписано оказывать оперативникам практическую и методическую помощь, то делать она будет именно это.

О Екатерине Сергеевне Славчиковой Настя почти не вспоминала. Они встречались в воскресенье, а во вторник позвонил Владик Стасов.

— Настюха, это ты мне из ненависти так удружила? — ехидно спросил он. — Она на тебя сослалась.

— Кто, писательница? А что тебе не нравится? — удивилась Настя. — Нормальная тетка с нормальной проблемой. Ты же можешь ей помочь?

— Да могу, конечно, не вопрос. Но как это выглядит, если я работаю на Танюшкину конкурентку? Меня как верного мужа совесть изгрызла.

— Так ты же не книжки писать ей помогаешь, а с родственником разбираться, — возразила она. — И вообще, Владик, у нашей Татьяны конкурентов нет и быть не может, она все равно лучше всех.

— Это ты не права, — очень серьезно ответил Стасов. — Танюшка, например, считает, что романы Василия Богуславского написаны лучше. Они ей очень нравятся.

Настя рассердилась.

— Слушай, Стасов, не морочь мне голову! Я этого Богуславского не читала и читать не собираюсь, поэтому не втягивай меня в дискуссию о том, кто пишет лучше, а кто хуже. У Тани тиражи падают?

— Да нет, растут. Но...

— Тогда все, обсуждение закрыто. А если наша Танюшка считает, что Богуславский пишет лучше, так пусть гордится тем, что тиражи у нее не падают, стало быть, она достойно выдерживает конкуренцию с прекрасным автором. Вернее, с соавторами. Их аж трое, и даже втроем они не могут написать так, чтобы вытеснить ее книги с рынка. Ну что, принимаешь аргумент?

— Умная ты до противного, — вздохнул Владислав, — с тобой даже спорить неинтересно.

Она рассмеялась.

— С женщиной не надо спорить, Владик, женщину нужно холить, лелеять и любить.

Поняв, что жена профессора Славчикова в надежных

руках и ею будут добросовестно заниматься, Настя благополучно забыла о Екатерине Сергеевне. И не вспоминала до самой субботы.

* * *

В субботу в Настиной маленькой квартирке на Щелковском шоссе состоялся большой совет под руководством Чистякова. Сюда приехали Юра Коротков с невестой Ириной и Коля Селуянов с женой Валечкой. На повестке дня стоял один-единственный вопрос: как организовать свадьбу, чтобы никого не обидеть и при этом не провалиться в финансовую пропасть. Проблема же состояла не в отсутствии денег как таковых, а в бесконечных комплексах Юры Короткова, который не желал сидеть на шее у жены-актрисы.

— Я не позволю, чтобы Ирка тратила на свадьбу больше денег, чем я. Если у меня заныкано две штуки баксов, которые я скопил за длительное время путем неимоверных самоограничений, то пусть Ирка даст столько же, и мы будем жениться за четыре тысячи. И не потратим на свадьбу ни копейки сверх этого. Иначе я вообще жениться не буду.

— Здрасте, приехали, — развела руками Ирина. — Я только на последней картине двенадцать тысяч заработала, а еще от прошлых гонораров остатки есть, куда их, солить, что ли? Алексей Михайлович, вы из них всех самый умный, убедите Юрку, он вас послушает.

— Не могу, Ириша, не могу, — улыбался Леша. — Не могу, потому что Юра прав. Пусть только отчасти, но он прав.

— Да в чем он прав?!

— У него есть собственная позиция, и он ее отстаивает. Имеет на это полное право.

— А у меня? Я что, не имею права на позицию? — возмущалась Ира.

— И ты имеешь, солнышко. Ваши позиции правомерны, но непримиримы, поэтому что?

— Что? — послушно повторила вслед за ним Ира.

— Надо искать компромисс, а не требовать, чтобы

один из вас полностью разделил и принял мнение другого.

Коротков сидел набычившись, а Настя, Селуянов и Валя тихонько давились от хохота, глядя на Чистякова и Ирочку. Она сидела за столом, сложив перед собой руки и завороженно глядя на вещающего Лешу, а тот, высоченный, с всклокоченными волосами, в очках — типичный безумный профессор из комиксов, — ходил взад-вперед, заложив руки за спину, и читал молодой актрисе лекцию о принципах построения взаимоотношений в коллективе, состоящем из двух человек. Глаза его смеялись, но голос был размеренным и даже слегка суровым.

— ...Ты имеешь право на любые желания, но не имеешь права требовать, чтобы другие люди исполняли их в полном объеме...

Селуянов ткнул Настю локтем в бок.

— Слушай, как ты с ним живешь? — прошептал он ей на ухо. — Он же тебя угнетает, как дон Леонсио рабыню Изауру. Только рабыню угнетали силой, а Лешка — своей правильностью.

Настя прыснула и закрыла рот ладонью. Чистяков неодобрительно посмотрел на нее:

— Каменская, покиньте аудиторию, вы мешаете своим товарищам слушать лекцию.

— Леша, а ты когда в Стэнфорде лекции читал, тоже студентов выгонял за болтовню? — спросила Валентина, сделав невинные глазки.

— Там студенты не болтают, там обучение платное, не интересно — не плати и не ходи на лекции, — пояснил Чистяков. — Но если уж пришел, то слушает внимательно, чтобы за свои денежки получить максимум знаний. Все, теоретическое занятие окончено, переходим к практической части. Кто хочет высказаться в свете изложенной теории?

Высказаться первым захотел Коля Селуянов, которого хлебом не корми — дай посмеяться. Ему удалось пошутить так удачно, что даже мрачный Коротков заулыбался. Отхохотав, собравшиеся перешли на серьезный тон, дружно встав на сторону коллеги: надо уважать его мужское достоинство, и Ирине следует пойти ему навстречу. Ира грустнела на глазах, и тут Коротков, глядя на ее печальное личико, сделал шаг ей навстречу:

— Ладно, если ты так хочешь, то пусть будет не четыре тысячи, а пять. Так и быть.

— А на шесть не сговоримся? — тут же воспряла Ира.

— Ребята, вы не с того начали, — Лешка снова взял бразды правления в свои руки. — Сначала надо составить список приглашенных, потом обсудить его, почистить, сократить, потом прикинуть, сколько будет стоить ресторан для такого количества людей, и только потом обсуждать необходимость и возможность дополнительных расходов. Мы сейчас начнем считать, и окажется, что четырех тысяч хватит за глаза, тогда и спорить не о чем. Или окажется, что даже с минимальным количеством приглашенных вам потребуется больше четырех тысяч, тогда придется либо увеличивать смету, либо вообще отказаться от ресторана. Сперва решаются принципиальные вопросы, а уже потом финансовые, а не наоборот. Пусть каждый возьмет бумагу и ручку и напишет свои предложения по гостям. Людей, которые окажутся во всех списках, будем считать безусловно приглашенными, а всех остальных обсудим.

В комнате воцарилась тишина, шесть человек склонились над листками бумаги. Насте показалось, что тишина эта какая-то неполная, несовершенная, что-то мешало, какой-то назойливый и неуместный звук.

— Ася, — Чистяков поднял голову и прислушался, — по-моему, твой мобильник жужжит. Он у тебя где?

— В сумке.

Настя вскочила и выбежала в прихожую. На мониторе высветился номер, с которого звонят. Номер был незнакомым. Кто бы это мог быть?

— Анастасия Павловна?

Голос показался смутно знакомым.

— Это Славчикова. Вы меня помните?

— Да, конечно, — рассеянно ответила Настя, сожалея о том, что ответила на звонок. Они важным делом занимаются, Короткова женят, а Катерина сейчас начнет рассказывать, как плохо ей помогает Стасов, и просить, чтобы Настя взялась за дело сама. — Я вас слушаю.

— Анастасия Павловна... у нас... несчастье. Я не знаю, что делать... Глафира Митрофановна...

— Это домработница Богданова? — вспомнила Настя. — И что с ней на этот раз?

— Ее убили.

Настя все еще никак не могла вернуться в статус подполковника милиции с Петровки, сейчас она была обыкновенной женщиной, мужней женой, окруженной друзьями и решающей такой интересный вопрос, как свадьба коллеги. Поэтому следующие ее слова были словами не оперативника, а самой обыкновенной женщины.

— Как убили? Когда?

— Только что.

— Где?

— Здесь.

— Где — здесь?

— У Глеба Борисовича. Анастасия Павловна... что делать-то?!

Последние слова Екатерина Сергеевна почти выкрикнула, и было в этом крике столько отчаяния и страха, что подполковник милиции тут же вернулся на положенное место.

— Вы в милицию звонили?

— Нет. Я сразу вам... Глебу Борисовичу плохо... Вася «Скорую» вызвал, а я вам звоню...

— Адрес диктуйте.

Настя быстро прошла в комнату и на листке, на котором только что с удовольствием писала имена приятных ей людей, записала адрес.

— Никуда пока не звоните, я сама все сделаю. И отойдите подальше от тела, не топчитесь рядом и тело не трогайте. Вы абсолютно уверены, что она уже... не живая? Первую помощь оказывали?

— Ее убили, — тупо повторила Славчикова.

— Тогда делайте, как я сказала. И держите меня в курсе.

Ирина смотрела на Настю с ужасом. Она привыкла к тому, что Короткову могли позвонить и сообщить об убийстве в любой момент, но ей казалось невозможным что-либо подобное, когда они не просто в гостях, а еще и свадьбу обсуждают. Свадьба — и чья-то смерть. Нет, невозможно.

— Юра, звони быстро дежурному, пусть высылает группу, вот адрес. И мы сейчас подъедем туда.

— Какой округ? — спросил Селуянов.

— Центральный.

— Слава богу, не мой.

— Аська, ты хорошо подумала? — подал голос Коротков, держа телефонную трубку в руках. — Может, не надо? Пусть местные занимаются. А то наши приедут, потом на них же и повесят. Точнее, на нас. А еще точнее — на тебя лично. Тебе это надо?

— Юра, я уже в теме. Звони, пожалуйста, а я тебе по дороге все объясню.

Коротков вздохнул и начал набирать номер дежурного по городу. Настя схватила брюки и свитер и побежала в ванную переодеваться.

— Коль! — крикнула она через дверь. — Ты прикинь пока, как быстрее добраться.

— Куда?

— Сретенский бульвар.

— Какая сторона Бульварного кольца, внутренняя или внешняя?

— Ой, я этого не понимаю. Дом шесть.

— Ни фига себе! — присвистнул Селуянов. — Знатный домишко. Там в свое время Крупская с Цурюпой заседали, во времена Наркомпроса. Ребята, я с вами поеду.

— Зачем?

— Всю жизнь мечтал в этом доме побывать, но не везло. То ли там преступления не совершались, то ли меня на них не посылали.

Настя выскочила из ванной и заметалась по кухне.

— Леш, где мой блокнот?

— Не видел.

— Ну, Леш, он вчера здесь лежал, на холодильнике, рядом с дедком. А теперь дедок есть, а блокнота нет.

— Ты из него странички вырывала, чтобы мы списки составляли, — напомнил Чистяков.

— Правильно. — Она сунула фигурку дедка в сумку, зашла в комнату и обнаружила свой блокнот на самом видном месте. — Какой ты умный, это что-то! Юра, ты дозвонился?

— Слушай, не командуй, а? — попросил Коротков. — И без твоих команд трудностей в жизни достаточно.

— Не груби. Давай одевайся, и вперед. Ириша, извини. Так получилось.

— Ничего, — обреченно пробормотала Ирина. — Я понимаю. Юра, а мне что делать? Ты же машину возьмешь. А мне домой ехать или как?

Коротков растерянно оглянулся на Настю. В самом деле, уехать на Иркиной машине означало заставить невесту возвращаться на другой конец города на городском транспорте. Но если оставить машину ей, то на чем добираться? На машине Чистякова? Чтобы уговорить Настю сесть за руль, нужны были не дай бог какие обстоятельства, а никому, кроме жены, Чистяков свой автомобиль не доверит, проверено многократно. Ах да, Селуянов что-то такое говорил...

— Коляныч, ты серьезно говорил насчет того, что с нами поедешь?

— Абсолютно. Возьмете?

— Тогда ты нас и отвезешь.

— А я? — тут же подала голос Валентина.

— Слушайте, вы меня совсем заморочили своими транспортными средствами! — разозлилась Настя, резким движением застегивая «молнию» на куртке. — Буржуи несчастные, разучились на метро ездить. Ириша, отвезешь Валю?

— Конечно, — откликнулась Ирина.

Чистяков подошел к жене, обнял легонько, потерся подбородком о ее макушку.

— Асенька, поезжай и ни о чем не беспокойся, мы тут с девушками сами разберемся, кого куда везти.

Коля Селуянов знал Москву так, что мог проехать по ней с закрытыми глазами. Город, в котором он родился и прожил всю жизнь, был его главной, давней и непреходящей любовью, он помнил не только расположение улиц, переулков, проездов и дорожных знаков, но и историю многих зданий.

— Этот дом строило страховое общество «Россия», строительство закончилось в тысяча девятьсот втором году, — увлеченно рассказывал он, гоня машину по Щелковскому шоссе в сторону Садового кольца. — В нем была собственная электростанция и восемь паровых котлов для горячего водоснабжения и отопления. Сто лет назад! Вы можете себе представить?

— Не могу, — буркнул Юра. — У них, наверное, воду не отключали каждый год на два месяца, как у нас.

— А водой дом снабжался из артезианского колодца, а не из городской системы, — продолжал Селуянов.

— Ага, и хлорки и ржавчины не было, как сейчас. Ирка через день ванну надраивает, от воды стенки уже оранжевые.

— Коротков, перестань бухтеть, — попросила Настя. — Да, признаю, я испортила тебе выходной...

— Первый за два месяца, — вставил он.

— Ну и что, ты меня теперь будешь ненавидеть за это всю оставшуюся жизнь? Я же не считаю, сколько выходных ты мне испортил, когда передал на контроль дело Щеткиной. Хотя мог бы передать любому другому сотруднику.

— Ребята, кончайте цапаться, а? — попросил Селуянов. — Лучше послушайте. В этом доме жил один очень известный доктор, Савва Никитич Богданов. Он знаете чем прославился? Мастерски штопал разбившихся жокеев. И все крупные ипподромные деятели, в особенности имевшие собственные конюшни, на руках его носили и пылинки сдували. А потом эстафету принял его сынок, Борис Саввич, и в этот дом сам Лаврентий Палыч Берия, случалось, захаживал, потому как большим был любителем бегов. Так что место, можно сказать, историческое. А уж сын Бориса Саввича вообще прославился на всю страну, он книжки писал про разных пламенных борцов, и все мы эти книжки в школьные годы читали. Серия «Факел», помните?

— Не помню, — огрызнулся все еще дувшийся Коротков.

— Ну, с тебя какой спрос, ты вообще за всю жизнь две с половиной книжки прочитал, из которых одна — букварь, а вторая — Уголовный кодекс. А ты-то, Настюха, неужели тоже не помнишь?

— Помню, — усмехнулась Настя. — Везунчик ты, Коленька.

— Это почему?

— Да потому, что мы как раз к этому Богданову и едем. Так что осуществится твоя заветная мечта, и ты собственными ногами пройдешь по половицам, по которым ступала нога Берии.

— Иди ты! — восхитился Селуянов. — Вот это удача. Погоди, а Богданов-то разве жив?

— Да пока вроде жив, правда, полчаса назад к нему «Скорую» вызывали, но будем надеяться...

— Я не в том смысле, — перебил ее Селуянов. — Я думал, он умер давно. Книжек новых лет пятнадцать не появляется. Ему уже лет до фига должно быть.

— Нет, не до фига, гораздо меньше, — улыбнулась она. — Всего семьдесят два, если я не ошибаюсь. Совсем пацан.

— Так это его хотели убить, но не убили?

— Нет, Коля, убили его домработницу. Коротков, ты все еще злишься или уже можешь слушать?

— Ладно, рассказывай, — смилостивился Юра. — Все равно уже едем.

* * *

Из троих свидетелей двое мало на что были пригодны: Глеб Борисович благодаря усилиям врача «Скорой помощи» чувствовал себя уже прилично, но при малейшей попытке заговорить о случившемся снова хватался за лекарство; Екатерина Сергеевна впала в некое подобие ступора и отвечала на вопросы добросовестно, но бестолково. Только Василий сохранял самообладание и рассказывал относительно внятно.

Отвечая по телефону на Настин вопрос о том, когда убили Глафиру Митрофановну, Славчикова ответила «только что», но оказалось, что на самом деле ее убили непонятно когда. Соавторы собрались на очередное совещание, в три часа, как обычно, пообедали, после чего продолжили литературные дебаты, а Глафира ушла на кухню мыть посуду. Около половины пятого Глеб Борисович позвал домработницу — он хотел чаю, но Глафира на его зов не пришла, тогда он попросил Василия пойти на кухню и передать ей просьбу хозяина. На кухне молодой человек и обнаружил тело старой женщины, задушенной кожаным мужским ремнем. Поднялся переполох, Глебу Борисовичу стало плохо, Василий вызвал врача, а Катерина между тем позвонила Каменской, так что слова «только что» относились не к смерти Глафиры, а к моменту обнаружения тела.

Обедать закончили без четверти четыре, с тех пор Глафиру не видели, и можно полагать, что убили ее в промежутке между этим временем и половиной пятого. Убийца вошел через выходящую в кухню дверь черной лестницы, следов взлома наружным осмотром не обнаруживалось, то есть либо у него был ключ, либо Глафира сама открыла дверь. Зачем? С кем-то договорилась о встрече и ждала гостя? Или услышала за дверью подозрительную возню и выглянула посмотреть, что происходит?

Селуянов, похмыкивая, ходил по квартире, заглядывал в комнаты, мерил шагами длину коридора. Коридор был длинный, метров двенадцать, и разделен посередине дверью. От входа до двери — гостевая часть квартиры: по одну сторону коридора — комната с камином, по другую — кабинет Богданова, просторная столовая с эркером и гардеробная, которая в былые времена выполняла функцию приемной деда и отца Богдановых. За дверью следовала «хозяйская» часть жилья: две спальни, ванная, туалет, кухня и маленькая комнатка для прислуги, в которой когда-то жила, а сейчас иногда оставалась ночевать Глафира Митрофановна.

Василий вспомнил, что, когда пошел звать Глафиру, дверь между первой и второй частями коридора была закрыта, и дверь в кухню тоже притворена.

— Коля, я пойду на кухню, закрою обе двери, а ты меня позови из кабинета, — попросила Настя.

Она отправилась к месту убийства (слава богу, медики и эксперты работу закончили и тело унесли), машинально считая шаги от кресла, в котором во время встречи соавторов сидел Богданов. Получилось шестнадцать шагов до входа в кухню и двадцать два — до места, где лежал труп. Расстояние более чем достаточное, чтобы при двух закрытых дверях ничего не услышать: ни звука открываемой двери на черную лестницу, ни шума борьбы, ни стука падающего тела.

— Страшно, да? — послышался у нее за спиной голос.

Она вздрогнула и обернулась. Василий. Вошел следом и аккуратно прикрыл за собой дверь. Это Насте не понравилось.

— Почему страшно? — дежурно спросила она, чтобы что-нибудь сказать и не выдать охватившего ее смятения.

— Посуда грязная в раковине, а вот здесь, на полотенчике, чистая. Я воду выключил, а когда... ну, вы понимаете... вода текла из крана, наверное, баба Глаша как раз посуду мыла, а он... Хлеб в хлебницу не убран, масло на столе, а не в холодильнике. Словно она в разгар уборки на минутку вышла из кухни и сейчас вернется. А она не вернется... никогда...

Внезапно он заплакал, закрыв лицо руками, тихо и как-то очень по-детски. Издалека послышался голос Селуянова, он громко звал: «Каменская! Настя!» Слышно было не очень хорошо, все-таки двери добротные, толстые, а стены вдоль коридора сплошь увешаны картинами и фотографиями в рамках — какая уж тут акустика.

— Не надо, Вася, — ласково сказала Настя, — теперь ничего не поделаешь. Остается надеяться на то, что она не успела по-настоящему испугаться и не очень мучилась. Она хорошо к вам относилась?

Он молча кивнул, вытер глаза и посмотрел на нее. Глаза были мокрыми и несчастными, но одновременно в них стояли вызов и неприязнь. «Ему неприятно, что расплакался при посторонней женщине», — поняла Настя.

— Баба Глаша? Да, хорошо. Вообще-то она, кроме своего Глебушки, никого не жаловала, он для нее светом в окошке был. Семьдесят лет вместе. Но ко мне она относилась действительно хорошо.

— А к Екатерине Сергеевне?

Настя спрашивала просто так, она понимала, что к расследованию убийства это не имеет никакого отношения. Какими бы ни были взаимные чувства писателей и старой домработницы, никто из них ее не убивал, они все время были на глазах друг у друга. Если только не убили ее все втроем. Но это бывает у Агаты Кристи, а не в сегодняшней московской жизни.

— О, Катерину она не любила и даже не скрывала этого. Правда, баба Глаша всегда с ней вежливо обращалась, обходительно, но кого это могло обмануть?

— Почему? Чем Екатерина Сергеевна ей не угодила?

— Понятия не имею. А чем я ей угодил? Тоже неизвестно.

— Василий, вы падать умеете?

— Падать? — удивился он. — В каком смысле?

— В самом прямом. Как спортсмены падают или каскадеры. Вы можете упасть на пол, рухнуть?

— Могу. Но больно будет.

— Я понимаю, — Настя подавила неуместную улыбку. — Если бы было не больно, я бы сама упала.

— Вы хотите, чтобы я упал, как баба Глаша?

— Хочу. Если можно, — добавила она.

Василий упал, надо заметить, довольно ловко. Полежал несколько секунд, поднялся, вопросительно взглянул на Настю.

— Хватит? Или еще?

— Еще. Если не трудно, подойдите к двери на черную лестницу, потом от двери быстро пройдите сюда и упадите. Сможете?

— Чего ж не смочь? — пожал он плечами.

Тут Настя сообразила, что у Василия на ногах тапки, а ведь убийца вряд ли был в тапочках или босиком, он скорее всего был в ботинках.

— Погодите, Василий, — остановила она его. — Вы не могли бы надеть ботинки?

Василий ушел в прихожую за ботинками. Когда вернулся, лицо его снова было напряженным, и он старался не встречаться с Настей глазами.

— Баба Глаша... она не разрешала в уличной обуви... а теперь, значит, можно... Теперь ее нет, и все можно...

«Господи, какой же он нежный, — подумала она с неожиданным сочувствием. — Послушать Катерину, так он строит из себя крутого супермена, а на самом деле он совсем ребенок. Его слишком рано оторвали от родителей, и он привязался к старухе, которая выбрала его в любимчики. Баловала, наверное, кусочек послаще старалась подсунуть, Васенькой называла. И теперь он горюет, как будто потерял бабушку».

— Ну что, идти и падать?

— Идите и падайте, — кивнула она. — Да, чуть не забыла, еще дверь на лестницу откройте, потом закройте, потом идите и падайте. Только идите быстро, напористо.

— Да понял я, понял.

Он проделал все, что просила Настя, потом, также по ее просьбе, поднялся с пола, сделал несколько быстрых шагов к двери, открыл, вышел на лестницу.

Вдвоем они вернулись в кабинет. Следователь и два оперативника, приехавшие с Петровки, в комнате с эркером пытались разговаривать с Богдановым и Катериной, а в кабинете сидели Коротков и Селуянов.

— Ну что? Слышали что-нибудь? — спросила Настя.

— Ничего. Но мы не прислушивались, мы разговаривали, — ответил Селуянов.

— Так мы тоже разговаривали, — встрял Василий. — И тоже специально не прислушивались.

— А я тебя звал, как ты просила, — доложил Коля.

— Громко кричал? — поинтересовалась она.

— В рамках разумного. Не вопил, конечно, но громко звал. А ты не слышала?

— Слышала.

Значит, если бы Глафира Митрофановна громко вопила и звала на помощь, ее скорее всего услышали бы. Но она не кричала. Вероятно, нападение было таким внезапным, что она сумела только сделать несколько шагов назад, на большее ее не хватило. От страха горло перехватило, и она не смогла выдавить из себя ни звука. Или не так? Она ждала гостя, открыла ему дверь, разговаривала с ним, а потом он ее задушил. Обычный разговор в кабинете точно не слышен, это она только что проверяла.

— Пошли на кухню, осмотримся повнимательнее, — предложил Коротков. — Чего тут отсиживать? Место преступления-то не здесь.

Они вернулись в кухню, за ними следом увязался Василий. Настя попыталась посмотреть на обстановку его глазами: недомытая посуда, неубранные продукты, кастрюля со снятой крышкой, полотенце брошено на пол.

Наверное, Василию действительно больно было на это смотреть. «Словно вышла на минутку и сейчас вернется...»

— Аська, смотри, какие фигурки классные, — Селуянов стоял перед застекленной витриной, где на полках разместились многочисленные вазочки, сувенирные кружки, статуэтки и прочие «ценные подарки».

На одной из полок в глубине стояли оловянные фигурки, часть из них изображала работников ВЧК—МГБ—НКВД—МВД, другие были похожи на военных, третьи вообще остались Настей не опознанными, но относились явно к Средневековью.

— Что это? — спросила она Селуянова.

— Это коллекция, которую МВД заказывало к своему двухсотлетию. Я про нее много слышал, даже купить хотел, она в академии продавалась, но дорого. Их всего несколько комплектов сделали, не то три, не то четыре, чтобы дарить особо дорогим гостям. Интересно, Богданову подарили или он сам купил?

— Подарили, — подал голос Василий. — Я помню, в прошлом году он рассказывал, что его приглашали в МВД на торжественное заседание и вручили коллекцию как автору книги о Дзержинском. Он ее на полку подальше запихнул.

— Почему? Не уважает наше министерство? — обиделся Коротков. — Наши подарки в дальний угол запихивает?

— Ну, это уж вы у него сами спросите, — неопределенно бросил Василий.

— Правда, Юра, давай поговорим с Богдановым, может, он уже в состоянии рассказывать. А то время идет, а мы с места не двигаемся. Позови его сюда, начни с коллекции, он расслабится. А там как пойдет.

Через несколько минут в кухне появился Глеб Борисович. Он шагал не очень уверенно и все время потирал левую сторону груди, глаза у него были затравленные, и Настя мгновенно раскаялась в своем решении поговорить с ним. Куда с ним разговаривать? Ему бы полежать, да чтобы рядом самые близкие были, поддержали. Кстати, где они, эти близкие? Тело Глафиры обнаружено в половине пятого, в пять здесь уже работала опергруппа, а сейчас десятый час — и никого. И даже ни одного телефонного звонка. Неужели Богданов так одинок?

Селуянов с видом знатока начал расспрашивать о коллекции. Глеб Борисович немного успокоился, видно, боялся, что снова начнут про то, как тело лежало, да в какой позе, да кто что сказал...

— Я, знаете ли, этим не интересуюсь, никогда солдатиков не коллекционировал, но ведь подарок, нехорошо выбрасывать. Мне сказали, что это представители правоохранительных органов со времен чуть ли не Ивана Грозного. Даже описание дали. Оно где-то здесь в ящике должно лежать.

Богданов начал выдвигать ящики кухонных шкафов и действительно обнаружил описание среди тетрадок, в которых Глафира Митрофановна записывала рецепты. Селуянов открыл витрину и с горящими глазами начал рассматривать фигурки, читая описание.

— Представитель охраны личного поезда Троцкого, — он вытащил фигурку красноармейца, затянутого с ног до головы в кожу цвета бордо. — Обалдеть можно. А это подьячий Разбойного приказа. Во где кошмар-то! Ты только посмотри. Представляешь, как он пойманных разбойников истязал?

Он протянул Насте оловянного человечка с жутким бородатым лицом и кандалами в руках. Да, попасться такому в лапы никому не захочется.

— Рында. Рында, рында, рында, — успокаивающе замурлыкал Селуянов, — непосредственный и постоянный телохранитель царя в шестнадцатом веке, а во время похода — оруженосец и эскорт. Ну надо же, какое слово. Я почему-то всегда думал, что рында — это судовой колокол, а это, оказывается, человек был... Глеб Борисович, а который из них рында?

— Не знаю, не интересовался. Там на подставках номера стоят, они совпадают с номером в описании, можете посмотреть.

Селуянов начал по очереди вынимать фигурки и заглядывать на дно подставки.

— Коля, брось, — поморщился Коротков, — давай делом заниматься.

— Ну мне же интересно! Можно, Глеб Борисович?

— Делайте что хотите, — устало махнул рукой Богданов.

В описании «рында» шел под номером один. Через некоторое время Селуянов озадаченно заявил, что этой фигурки здесь нет.

— Николай, прекращай детский сад разводить, — Настя тоже начала сердиться.

— А вы работайте, работайте, — как ни в чем не бывало отозвался Коля, — вы сами по себе, я сам по себе. Я вам не мешаю. Я вообще не с вами, это не мой округ.

Он вытащил все до единой фигурки, расставил их на большом деревянном столе, сдвинув неубранные продукты и грязную посуду, и углубился в описание.

— Граждане, — негромко сказал он спустя минут десять, — а коллекция-то неполная. В описании рында есть, а среди фигурок его нет.

— Он был. — Василий почему-то всегда возникал неожиданно, когда о его присутствии все успевали забыть. Интересно, почему он до сих пор молчал? Странный парень. — Я точно помню. Это была самая красивая фигурка, голубая с белым. Когда вы, Глеб Борисович, принесли коллекцию, вы ее бросили, а я помогал бабе Глаше ее расставлять. Ей тоже рында больше всех понравился, остальные фигурки мрачные, темные, а та была такая нарядная... Баба Глаша назвала его Иваном-царевичем. Только у него на плече еще секира была, длинный такой топор. И шапка высокая.

— Когда вы видели фигурку в последний раз? — быстро спросил Коротков, сделав стойку.

— Не помню. Давно, наверное. Я на кухне не часто бывал, а в витрину еще реже смотрел.

Коротков выразительно посмотрел на Настю.

— Эксперты витрину обрабатывали?

— Обрабатывали, — кивнула она. — Я сама видела. Да вот и следы порошка остались.

Что же это получается, господа хорошие? Старуху убили, чтобы забрать фигурку рынды? Кому она нужна? Кому-то для полноты коллекции? Ерунда, не так велика стоимость, чтобы из-за нее человека убивать, это же не почтовая марка ценой в миллион долларов, выпущенная пару веков назад и оставшаяся на планете в единственном экземпляре. За такую марку настоящие филателисты ничего не пожалеют и ни перед чем не остановятся. Но оловянный телохранитель? Коллекция современная, мастер наверняка жив-здоров, его можно найти и заказать недостающие экземпляры за вполне доступные деньги. Нет, не в коллекции дело. А в чем? В том, что фигурка рынды какая-то особенная? В ней сделан тайник, а в тайнике — редкой красоты и высокой стоимости бриллиант? Или микропленка с секретными сведениями для шпионов?

Очень похоже на бред. Или на плохой детектив.

Глава 10

— Ну и зачем ты это сделала?

Полковник Афанасьев смотрел на Настю с каким-то брезгливым любопытством. В воскресенье он, как и положено начальнику, отдыхал, а в понедельник, явившись на службу, узнал приятную новость: стараниями Каменской на отдел повесили очередное убийство, с которым прекрасно справились бы и на «земле»: ничего выдающегося, старая домработница, не депутат и не министр, и не новое преступление в серии деяний кровавого маньяка, и не разборка между двумя серьезными группировками.

Коротков, настоящий мужик и преданный друг, попытался прикрыть грудью амбразуру.

— Вячеслав Михайлович, это я принял решение. Каменская только поделилась со мной своими соображениями, а решение принимал я.

— И каковы же эти соображения, я могу узнать?

Юра покосился на Настю. Она набрала в грудь побольше воздуха и нырнула в омут неизбежного объяснения с начальником.

— Убитая была домработницей очень известного человека...

Она знала, чем брать Афоню. Полковник был тщеславен до неприличия и всеми силами стремился обеспечить раскрытие любого убийства, привлекающего хотя бы маломальское внимание прессы. Была бы его воля, он бы работал только по тем делам, о которых пишут в газетах и рассказывают по телевидению. Несколько раз у него брали интервью, и однажды ему даже удалось мелькнуть на телеэкране. То были звездные часы в служебной деятельности полковника Афанасьева.

О происшествии в квартире одного из «Богуславских» напишут обязательно, и к гадалке не ходи. К тому же, как выяснилось в процессе разговора, Афанасьев, в отличие от Насти и Короткова, книги Василия Богуславского в свободное время почитывал, и не без удовольствия, а уж о степени популярности и раскрученности проекта был осведомлен в полной мере. Настя не стала скрывать от начальника и свою встречу с Екатериной Сергеевной, и ее опасения по поводу того, что у Богданова есть и тайны, и враги, так что убийство домработницы известного писателя может привести к громким разоблачениям неблаговидного поведения самого писателя.

— Ох, Каменская, — покачал головой полковник, — сколько ж с тобой проблем... Вроде ты и умная баба, и дело знаешь, а рядом с тобой чувствуешь себя как на пороховой бочке. Скорее бы ты на пенсию ушла.

— Потерпите, уже недолго осталось, — зло бросила Настя, выходя из кабинета вслед за Коротковым.

У себя в кабинете она, как и во все предыдущие дни, поставила на стол рядом с телефоном деревянного дедка, прищурилась, скептически посмотрела на него:

— Что, старый, все идешь? И меня с собой зовешь? Куда зовешь-то? В старческое безделье? Это тебя Афоня подговорил меня побыстрее на пенсию выпроводить? Не дождетесь!

Вот именно: не дождетесь! Афоня мечтает поскорее избавиться от нее? Ничего, у нее еще есть время, и за это время нервы Настя ему успеет потрепать. Не специально, конечно, не нарочно, просто она будет делать то, что считает нужным и правильным, и отчаянно отстаивать свою точку зрения, а Афоня пусть как хочет. Уволить ее он не может, никто не позволит ему увольнять оперативника с таким стажем, как у Каменской, если этот оперативник не алкоголик и не совершил преступления. Не нравится работать с бывшей однокурсницей — никто не держит, пусть сам уходит.

* * *

Настя Каменская никогда не была романтичной барышней и не жила в ожидании чуда. Она по опыту знала, что есть три варианта процесса раскрытия преступления. Вариант первый: преступление раскрывается сразу же, по горячим следам. Вариант второй: преступление раскрывается долго, идет постепенное накопление информации, и внешне все выглядит так, будто дело стоит на месте, но это впечатление обманчивое; в какой-то момент количество собранной информации и проведенных оперативных мероприятий переходит, по законам диалектики, в качество, и тогда события начинают происходить одно за другим, пока не приводят к поимке преступника. И вариант третий: преступление почему-то совсем не раскрывается, пока вдруг не происходит божественная случайность.

Других вариантов не бывает. Имеющиеся три могут сочетаться в разных комбинациях, но четвертого не будет. И чуда не будет, это Настя знала точно.

И все равно частенько ловила себя на том, что ждет его, этого чуда, пусть подсознательно, но ждет. Ждала, как оказалось, и сегодня, когда Чеботаев позвонил и сказал, что готов показать материалы по Сафронову. Вот сейчас она положит перед собой эти материалы, достанет свои записи, сравнит жизнеописания Егора Витальевича и его покойной супруги и найдет-таки ту точку, в которой их пути когда-то пересекались. От этой точки можно будет двигаться дальше с большой скоростью, ибо именно в ней лежит тайна инструмента, при помощи которого Елена Щеткина так быстро вышла замуж. Именно в этой точке лежит начало шантажа.

Но чуда, как ни печально, не произошло. У Егора

Сафронова была самая обычная биография, каких тысячи. Родился, учился, женился, сначала в первый раз, потом во второй. Не судим, не привлекался. В качестве потерпевшего не выступал, то есть жертвой преступлений не бывал. Закончил экономико-статистический институт, некоторое время работал бухгалтером в крупной строительной организации, потом решил уйти на вольные хлеба и заняться собственным бизнесом. На первый бизнес-проект получил кредит, дело пошло более чем успешно, с банком Сафронов рассчитался вовремя и начал понемногу расширяться. Были взлеты, были и провалы, особенно в приснопамятном девяносто восьмом, но он удержался на ногах, хоть и с трудом, целый год зализывал раны и снова приподнялся. И если крупным его бизнес назвать никак нельзя, то и совсем уж мелким он не был, все-таки две парикмахерские, обе в центре Москвы, с постоянной клиентурой и высокими ценами, салон красоты, правда, попроще, и кафе на паях с Уразовым, весьма и весьма прибыльное.

Обе бывших жены Сафронова вышли замуж после развода с ним, о Егоре Витальевиче отзываются сдержанно, но не враждебно. Да, характер не сахарный, он много работал и потому не всегда был нежен, ласков и внимателен, но он не подонок, нет. И ничего совсем уж плохого они о нем сказать не могут.

Андрей Чеботаев и двое его коллег-оперативников проделали огромную работу, вплоть до того, что проверили, не посещала ли Елена Щеткина принадлежащие Сафронову парикмахерские до того, как пришла работать в салон «Нимфа». Но даже и таким случайным образом их пути не пересекались; никто из мастеров-парикмахеров Елену не помнил. Все они видели ее либо на свадьбе, либо позже, и никому ее лицо не показалось знакомым.

Все, тупик. Линия, казавшаяся такой перспективной, отработана, а результата как не было, так и нет.

Но этого не может быть... Почему не может? Потому что она, Настя Каменская, такая умница-разумница, что никогда не ошибается? Оперативники ищут любовников Щеткиной, чтобы проверить две версии: мести и кражи чего-то ценного из квартиры, третья версия — шантаж — осталась за Настей, просто потому что Чеботаев и его ребята в эту версию не верят и работать по ней не хотят. А ей что, обидно? Она так классно придумала, а они не верят... Да и пусть не верят, не ей же преступление раскрывать, ее задача — контролировать и помогать, она и помогает по мере собственного разумения, а если им эта помощь не нужна, так и ладно. Баба с возу, как говорится...

Она с ненавистью посмотрела на бесчисленные листки, карточки и схемы, которыми завален ее рабочий стол. Такая огромная работа — и все впустую. Двенадцатый час ночи, ей давно пора быть дома, а она как дура сидит над этими листками, все выискивает неизвестно что, чего там и в помине нет.

Наплевав на приличия, она набрала номер телефона Андрея Чеботаева. Если спит — ему же хуже.

— Андрюша, ты уверен, что собрал на Сафронова все, что можно?

— Господи, Настя... Ну что тебе еще от меня надо, а? Ты из меня всю кровь высосала! Я даже выяснил, что Сафронов в пионерском лагере три года подряд становился чемпионом по прыжкам в длину. А тебе все мало. Мне что теперь, узнавать, какой марки памперсы ему мамаша покупала, когда он еще писался?

Почему-то именно эти памперсы вывели ее из себя.

— А знаешь, почему я из тебя кровь высасываю? — заорала она в трубку. — Потому что ты и твои коллеги повели себя на первоначальном этапе как полные козлы, как недоумки! Сафронов смотрел, как вы работаете, и понимал, что толку от вас не будет! Потому он и позвонил своим дружкам в министерство, чтобы дело взяли на контроль! Если бы он не сомневался в вашей добросовестности и компетентности, он бы никуда не звонил, и никакого контроля не было бы, и ты бы сейчас даже не вспоминал обо мне! Ты понял, кретин?

Она слушала свой крик словно со стороны и ужасалась: неужели это она, Настя Каменская, орет как базарная торговка? Да что это с ней? Какое право она имеет кричать на Андрея? Да, и он, и другие сыщики, и маленький следователь Герасимчук, и эксперты — все они повели себя не так и делали не то, Настя это выяснила и теперь знает точно, но это же не означает, что можно орать на них за это спустя почти месяц. Орать вообще нельзя, никогда, ни на кого и ни за что. Обычно на такое тяжкое преступление, как убийство, выезжает кто-нибудь из начальства, но Сафронов вызвал милицию около восьми утра в воскресенье, а уж какой дежурная группа бывает после суток, пришедшихся на субботу, знает любой милиционер. Пьющий народ начинает гулять в пятницу вечером, в субботу идут добавление и опохмел, сопровождающиеся драками, выяснением отношений и поисками зазевавшихся прохожих, у которых можно позаимствовать недостающую для полного алкогольного удовлетворения сумму. В воскресенье, за два часа до окончания веселенького дежурства, все члены группы были измотаны до предела, небо им казалось с овчинку, а оставшиеся до смены два часа не сулили никакого напряга, потому как в воскресенье утром все спят, и пьющие, и непьющие, и преступники, и их жертвы. Они устали и расслабились, мечтая о том, как придут домой, поедят, помоются и завалятся в постель. А тут на тебе — труп. И начальник с ними не поехал, потому как больше других хотел отдыхать и начал осуществлять задуманное часов с шести утра. До шести он нес бремя руководства в компании приехавшего из другого города приятеля, с которым не виделся несколько лет, поэтому понятно, что до конца смены не дотянул.

Конечно, все эти обстоятельства не означают, что работать на месте происшествия можно спустя рукава и кое-как, но Насте все равно было стыдно и за свои слова, и за свой тон. Да что там тон — крик. Позорище! Стыдоба! Совсем распустилась, дает волю внезапному раздражению, теряет контроль над собой. Старая развалина с истрепавшимися нервами, истеричка.

К тому же она сама себе противоречит. Если Сафронов виновен в убийстве своей жены, то он должен быть заинтересован в том, чтобы над раскрытием преступления работали нерадивые сыщики. Если же это его не устроило, если он позвонил приятелю в МВД, то, стало быть, он к убийству отношения не имеет. Тогда ради чего она тут сидит и занимается черт знает чем в поисках предмета шантажа? Чем она вообще занимается?

У нее уже ум за разум заскочил, работа не получается, а она на Андрея кричит как оглашенная. Ей на пенсию пора уходить, а не молодых оперов поучать.

В трубке уже давно пищали короткие гудки, а она все смотрела на нее, оцепенев от страха перед собственным поведением. Осторожно положила трубку на аппарат. Рядом с аппаратом стоял дедок и укоризненно качал головой...

Распахнулась дверь, в кабинет ворвался взъерошенный Коротков. Надо же, Настя даже не думала, что он до сих пор здесь.

— Что случилось? Ты почему орешь как резаная?

— Неужели так громко? — перепугалась она. — В коридоре слышно, да?

— Да ничего там не слышно. Мне Чеботаев только что позвонил, сказал, что у тебя кризис жанра и ты на него наорала. Ты чего, подруга? Случилось что-нибудь?

— А он, значит, на меня нажаловался, — зло процедила она сквозь зубы, чувствуя, что сейчас расплачется от стыда.

— Он не жаловался, он испугался.

Коротков придвинул стул, уселся на него, как обычно, верхом и внимательно посмотрел на нее.

— Он, Асенька, испугался, потому что ты вообще никогда не кричишь, и Андрюха, который знает тебя не один год, подумал, что у тебя истерика и тебе нужна помощь. Поэтому он мне и позвонил. Так что, нужна помощь или как?

Настя сделала глубокий вдох, подождала, пока высохнут слезы, растерянно обвела глазами заваленный бумагами стол.

— Юр, скажи мне, зачем я это делаю?

— Что именно?

— Ну, вот это вот, — она с раздражением и отчаянием смахнула бумаги со стола.

Карточки рассыпались, листки разлетелись по полу, тихонько и сухо стукнули упавшие цветные карандаши, которыми Настя размечала информацию.

— Вот это все... Зачем я это делаю, а? Кому это все нужно?

— Ну, если ты это делала, то, наверное, в этом был

какой-то смысл, какая-то идея, — спокойно предположил Коротков.

— Это не имеет никакого смысла, и в этом нет никакой идеи. Это просто жалкие потуги изобразить профессионализм, понимаешь? Я загрузила ребят работой, они угрохали на сбор информации кучу времени, потом еще я над этим сидела и мозги ломала, и все впустую. Потому что я — старая, никому не нужная кляча, которая уже никогда не придумает ничего толкового.

— Так. Начинается, — протянул он. — Опять, да?

— Ничего не опять. Если я выдвинула ошибочную версию и вся работа по ее проверке не дала результата — это еще ладно, это нормально, без этого вообще раскрытия не бывает. Но если ребята принесли мне информацию, в которой есть то, что нужно, а я этого не вижу, не могу найти, не чувствую, значит, все, конец. Мне действительно пора уходить.

— Тебе спать пора ложиться, а не уходить на пенсию. Давай собирайся, одевайся и выходи, я через десять минут спущусь и отвезу тебя. И чтобы я больше ничего такого не слышал, ты поняла? Горе ты мое, — обреченно вздохнул Юра. И добавил: — Не луковое, а истерическое.

Настя молча проводила его глазами до двери, протянула руку к телефону и позвонила Чеботаеву. Нужно извиниться. Потом методично собрала рассыпанные по полу бумаги и разложила по папкам. Десять минут давно прошли, но это ничего, она знает, что Юркины десять минут — это в обычном исчислении полчаса. Надела куртку, взяла деревянного дедка, покрутила в руках, поднесла поближе к глазам. Мать честная, да у него под крестьянской рубахой такие мускулы! Как же она раньше-то не заметила? С такой мускулатурой он многим молодым фору даст. А она: дедок, дедочек...

Улыбнувшись дедку и своим мыслям, она погасила свет, заперла дверь и не торопясь пошла по длинному казенному коридору в сторону лестницы.

* * *

В день похорон Глафиры Митрофановны шел дождь, мелкий, холодный и бесконечный. Народу на кладбище было немного: Богданов, Катерина с Василием, две соседки Глафиры, жившие с ней в одной квартире, да еще несколько человек. Настя стояла в сторонке и тихонько переговаривалась с Сережей Зарубиным, которого Афанасьев включил в группу, работающую по делу об убийстве.

— Вон тот пожилой дядька — это кто?

— Двоюродный брат Богданова, Черевнин Григорий Александрович, — тут же ответил Зарубин, заглянув в крошечный — в пол-ладони — блокнотик. — Гляди, как далеко он от нашего писателя встал и не подходит. Видать, там отношения-то не очень...

— Надо же, двоюродные, а как похожи, — пробормотала Настя, разглядывая высокого седовласого мужчину. — Будто родные.

— Так у них матери — близнецы, — пояснил Сережа, который, как всегда, уже успел со всеми познакомиться и все разнюхать. И как это у него получается? — Глянь, рядом с братом мужик стоит. Видишь? Ну вот же он, в черном пальто.

— Вижу, — кивнула она. — Он кто?

— Сын Богданова, Илья Глебович. А стоит рядом с дядькой, а не с отцом. И с ними еще девица. Это Лада, дочка Богданова от второго брака. Живописная группка, да? Это ж каким характером надо обладать, чтобы всю родню разогнать! Все они пришли Глафиру проводить, а к писателю не подходят.

— А из-за чего сыр-бор, не знаешь?

— Понятия не имею. Но факт налицо: брат, сын и дочь — отдельно, Богданов с соавторами — отдельно, как будто роднее этих бумагомарак у него никого на свете нет. Я тебе больше скажу: я же квартиру убитой обыскивал, вернее, комнату, в которой она жила. Ну, записки там какие-нибудь с угрозами или еще что... Так там целая пачка семейных фотографий Богдановых, причем явно выдранных из альбома. Ты же помнишь, раньше, при царе Горохе еще, фотки на клей сажали, это уж потом прорези появились, а потом прозрачные кармашки. Я к дочке Богданова подкатился насчет убиенной порасспрашивать, заодно и фотографии ей показал, она мне всех и назвала. И братец Григорий Александрович там, и первая жена, и сын от первого брака, и вторая жена, и дочка от второго брака. Кое-где даже сама Глафира Митрофановна мелькает, она, судя по всему, не только Глеба вырастила, но и детей его нянчила. Жены у Богданова были — супер, одна другой краше. И вот голову даю на отсечение, у самого Богданова таких фоток нет, он, видно, со всеми рассорился и даже фотографии не хотел дома держать, из альбома выдрал и выбросить хотел, а Глафира сохранила. И правильно сделала. Память разве выбросишь? Она все равно в тебе сидит, хоть выбрасывай фотографии, хоть храни.

Он помолчал немного и негромко заметил:

— Какие тихие похороны, да? Редко такие бывают. Никто не рыдает, не бьется, за гроб не хватается. По-моему, никто и не плачет.

Сережа ошибался. Плакали старушки-соседки, но так тихо и сдавленно, что было почти незаметно. И еще плакал Василий Славчиков. Но это было словно бы не в счет, потому что молодой человек был нетрезв.

* * *

Кладбищенские рабочие забросали могилу землей, поставили два венка — от Богданова и от его сына, старушки-соседки положили цветочки — заказывать венок им не по карману. Последним к свежей могиле подошел Василий с охапкой разноцветных хризантем, от себя и от Катерины.

Втроем они двинулись к выходу.

— Я всегда был уверен, что Глафира меня похоронит, — сказал Богданов. — А вышло, что я ее хороню.

— Но ведь она намного старше вас, — осторожно заметила Катерина. — Она должна была уйти раньше.

— Глаша была всегда. Сколько я помню себя, столько я помню Глашу. Отец погиб, мама умерла, а она была рядом со мной. Мне казалось, так будет вечно. Ах, Глаша, Глаша... Как вы думаете, Катя, она боялась смерти? Думала о ней?

Катерина молча шла, глядя под ноги. Ответа у нее не было. Зато он, как оказалось, был у Василия.

— Баба Глаша не хотела умирать раньше вас, она часто говорила об этом. Боялась, что у вас хлопот будет много с ее похоронами. Не хотела вам беспокойство доставлять.

— Она что, обсуждала это с тобой? — ревниво спросил Богданов.

— Ну да. А что такого? Нельзя? — тут же окрысился Василий.

— Не в этом дело. Почему с тобой, а не со мной?

— Не знаю. Да и какие у нас разговоры были, ну вы сами подумайте, Глеб Борисович? Загляну к ней на кухню, присяду на пять минут, она мне чаю нальет, пирожок даст, три слова скажем друг другу — и все.

Катерина бросила на Василия благодарный взгляд. Может, зря она его считает глупым и поверхностным? Вот ведь уловил же ревность Богданова и спешит его успокоить. А мэтр тоже хорош: человека уже нет, похоронили только что, а он вздумал ревновать, мол, почему сокровенными мыслями с ним не поделилась, а с каким-то там Васей обсуждала. Господи, да разве имеет это хоть какое-нибудь значение?

* * *

Ничто не имеет значения. Смерть Глафиры почему-то подчеркивает это особенно ярко. Какая разница, настанет торжество справедливости или нет? Что изменится, если оно настанет? Ничего. Люди как жили, так и будут жить. Машины будут ездить, птицы будут летать, будет идти дождь, потом выпадет снег, потом станет тепло и придет лето. А потом снова будет идти холодный бесконечный дождь. А потом ты умрешь, и тебя положат в деревянный ящик и будут закапывать в мокрую глубокую яму. Или сожгут в печке. Других вариантов не будет. Нельзя жить всегда, рано или поздно придется уходить. И в момент ухода все наши мысли о справедливости вдруг предстанут в совершенно другом свете, и мы поймем, что принимали за справедливость наши личные амбиции и всю жизнь занимались тем, что пытались отомстить или расквитаться за обиды, которые нам наносили. Зачем? Зачем мы тратили на это время и силы, вместо того чтобы радоваться, любить, растить детей, получать удовольствие от работы? Наши скудные, убогие представления о мифической справедливости заставляли нас совершать поступки, которые отравили нашу и без того недолгую жизнь.

Надо отступить, пока не поздно. Надо перестать думать об этом, перестать стремиться кому-то что-то доказать.

Но ведь раны так болят... Раны, оставленные унижением, обманом, несправедливостью. Как быть с ними? Наплевать и забыть? Пусть себе болят? А кто сказал, что они перестанут болеть, если сделать то, что ты считаешь восстановлением справедливости? Раны останутся, и память об обмане и унижении тоже останется, только ко всему этому прибавится еще понимание того, что в ответ на причиненную тебе боль ты тоже причинил кому-то боль. Вот и все. И никакого облегчения. Только появляется лишний груз.

Отступить. Больше ничего не делать. Пусть все останется как есть. И не имеет никакого значения, хорошо или плохо живет тот, кто причинил тебе боль. Потому что эта боль — твоя, она живет в тебе, и это твоя проблема, а не того, кто тебе ее причинил. А если это не его проблема, то ничего и не изменится, что бы ты ни предпринимал. Обидчику, возможно, станет плохо, но твоя проблема останется с тобой, она никуда не уйдет. Если тебя когда-то унизили, то никакие твои действия этого не отменят, это уже случилось, рана уже нанесена, и она болит. И не имеет значения, унизишь ты обидчика в ответ или забудешь о нем. Все равно рано или поздно ты умрешь, и ответное унижение не прибавит тебе ни одного дня жизни. И он, твой обидчик, тоже умрет.

Ничто не имеет значения.

* * *

Владислав Стасов всегда вызывал у Насти ощущение надежности и незыблемости. Огромный, почти двухметровый и никогда не унывающий, он в любое помещение, даже самое тесное и прокуренное, вносил на своих широких плечах освежающую энергию собственной убежденности в том, что все хорошо и будет еще лучше. И стены словно раздвигались вокруг него, и воздух становился свежим и бодрящим, и неразрешимые проблемы начинали выглядеть вполне доступными и вообще пустяковыми. Правда, энергия собственной убежденности была у Стасова настолько сильна, что в те редкие дни, когда он все-таки падал духом, окружающим казалось, что наступил конец света.

Он ввалился в маленький Настин кабинетик, отряхиваясь и отфыркиваясь, как большой лохматый сенбернар.

— В такой дождь надо сидеть дома и наслаждаться хорошим боевиком, а не мотаться по улицам, — пожаловался он.

— Тебе не боевики надо смотреть в свободное время, а маленькому сыну книжки читать, — отшутилась Настя. — Тоже мне, отец называется. Давай рассказывай.

Стасов хитро прищурился, прицелился и щелкнул ее по лбу.

— А ты меня не критикуй, ненаглядная, у меня для этого жена есть. Расскажу, если ты мне объяснишь, почему ты присылаешь ко мне эту писательницу, а потом интересуешься подробностями. Взяла бы сама и сделала. Так нет, всю грязную работу на меня спихнула, а я теперь отчитывайся. Так, да?

— Не так, Владик. Когда Славчикова была у меня, ничего еще не случилось. А потом в ее присутствии убивают человека. И в присутствии ее родственника. Там еще третий свидетель был. И все трое утверждают, что ничего не видели и не слышали. Может, правда. А может, все трое врут и друг друга покрывают. К Славчиковой у меня подходы есть: она ко мне обращалась, мы с ней встречались, поэтому с ней я разберусь сама. А вот с Василием все непонятно, особенно в свете рассказов Екатерины Сергеевны об игрушечной бомбе. И прежде чем к мальчику подступаться, я хочу поднабрать информацию. Убедительно?

— Вполне, — кивнул Стасов. — Значитца, так, Анастасия Павловна. За неделю, которая прошла после обращения ко мне Екатерины Сергеевны Славчиковой, объект по имени Василий Владимирович Славчиков вел образ жизни беспорядочный и никакому графику не подчиненный. Ложился поздно, вставал еще позднее, в среду и субботу посещал писателя Богданова, в среду же, а потом в четверг и пятницу встречался с дамами разного возраста и калибра. Одна из них работает в ночном клубе, вторая трудится на «Мосфильме» в качестве гримера в творческом объединении «Панорама», третья, самая старшая, служит редактором в издательстве, которое публикует романы Василия Богуславского. Все три встречи носили сексуальную окраску.

— Откуда знаешь? — насмешливо спросила Настя, делая на листке пометки по ходу рассказа Стасова. — Свечку держал?

— Обижаешь, любимая, — надулся Владислав. — Свечка — это прошлый век. Техника шагает быстро. И вообще, будешь издеваться — перестану рассказывать.

— Не буду, не буду, — улыбнулась она. — Давай дальше.

— Про субботу ты, как я понимаю, все знаешь, а то тут у меня справочка припасена, ребята мои не знали, почему к дому на Сретенском бульваре милиции понаехало... Ладно, это оставим, ты и так все знаешь.

Он перелистнул несколько страниц, подшитых в папку.

— После субботы все скучно. Мальчик, видимо, сильно расстроился и вплоть до сегодняшних похорон все время то пил, то выходил на улицу прогуляться в одиночестве. Никаких клубов, никаких девочек и тетенек. Вот тебе список всех его контактов за отчетную неделю. Это копия, можешь пользоваться.

— Спасибо. — Настя быстро пробежала глазами длинный список и отложила в сторону. — А еще что интересного?

— Я не знаю, интересно ли это, но в четверг, например, он полдня проторчал на «Мосфильме» и встречался с массой людей. Потом притащил домой хорошенькую гримершу. А в пятницу общался с каким-то совсем странным типом и совершил акт купли-продажи. Тип дал Васе толстый конверт, а Вася ему — деньги.

— Много денег-то?

— Прости, родная, пересчитать не успели. Несколько бумажек приятного североамериканского цвета, но достоинство разглядеть не удалось. Похоже на стольники, но гарантии нет. Может, полтинники.

— А кто таков этот тип, установили?

— Ну а то. Он там в списке есть, фамилию не помню, третий от конца. Не то Воробьев, не то Сорокин, короче, что-то птичье.

Настя взяла в руки список, нашла третью от конца фамилию. Галкин Аркадий Михайлович, пенсионер. Очень любопытно. И за какие такие конверты молодой человек Вася Славчиков отваливает пенсионеру доллары? И особенно любопытно это в свете рассказов Екатерины Сергеевны.

— Стасов, — робко начала она.

— И не проси, — замотал головой Владислав. — Это неэтично.

— Но почему? Тебя наняла Славчикова, чтобы собрать информацию о сыне своего мужа, ведь так? Вот ты ее и собираешь.

— Драгоценная моя, Екатерине Сергеевне пенсионер Галкин неинтересен, ибо он не несет в себе опасности лично для нее. А она оплачивает из своего кармана информацию о поведении Василия, которое может представлять угрозу ей или детям. Какая угроза от пенсионера? Никакой. Значит, работать с ним за деньги заказчика мы не должны.

— Стасов, не выпендривайся, — устало сказала Настя. — Ты не имеешь ни малейшего представления о том, опасен этот пенсионер или нет. Откуда тебе знать? Ты же, кроме имени, ничего о нем не знаешь.

— Опять обидеть норовишь, да? На, почитай справку, которую составил мой сотрудник, лично наблюдавший за контактом. Ты почитай, почитай, а потом сама скажешь, исходит от Галкина хоть какая-нибудь опасность или нет.

Справка была составлена толково и грамотно, человек, ее писавший, явно имел четкое представление о том, что важно, а что неважно. На встречу с Галкиным Василий Славчиков пришел не один, вернее, приехал на автомобиле желтого цвета марки «Жигули», модель... госномер... Вместе с Василием была дама, она же редактор издательства, с которой Славчиков после встречи с Галкиным провел у себя дома несколько часов. Контакт состоялся в людном месте, редактор и пенсионер не только видели друг друга, но и познакомились, разговаривали втроем, при этом ни Славчиков, ни Галкин не оглядывались по сторонам, не проверялись и вообще не проявляли никакой нервозности. Разошлись, пожав друг другу руки. Галкин пошел к метро, Славчиков и его дама сели в машину, через несколько шагов Галкин обернулся, и все трое помахали руками.

Да, Владик прав, криминальные контакты выглядят совсем иначе. Особенно если они хоть каким-то боком касаются убийства.

— Все равно нужно выяснить, что их связывает и что у них за денежные дела, — упрямо сказала Настя.

Стасов пожал могучими плечами.

— Выясняй. За свою зарплату, а не деньги моей клиентки.

— Владик, хочешь историю расскажу? — коварно спросила она. — Интересную.

— Валяй, — с готовностью согласился Стасов. — Люблю интересные истории.

— Жила-была тетенька, хорошая такая, но невезучая, и попала эта тетенька в тюрьму. Муж испугался и бросил ее, чтобы не портить себе репутацию. У тетеньки осталась дочка, которую на время маминой отсидки пристроили к бабушке. Тетенька отсидела свое, вышла, встретила хорошего человека, который на ней женился. Но чтобы жениться на тетеньке, ему нужно было развестись с женой, что он и проделал. А у него еще сын был, представляешь? Почти совсем взрослый. Ну, тетенька живет себе с новым мужем, рожает ему детишек, растит старшую дочку, пишет интересные книжки, зарабатывает хорошие деньги, короче, в полном шоколаде. А мальчик, который после развода папы с мамой остался предоставлен сам себе, никаких денег не зарабатывает, и хотя свободы у него навалом, удовольствия от жизни никакого. А все почему? Тетенька виновата, семью разрушила, сына с мамой-папой разлучила. А тут еще тетенька масла в огонь подлила, к делу мальчика пристроила, и стал он зарабатывать, меньше, правда, чем сама тетенька, но вполне прилично. То есть он теперь ей как бы обязан. Ну-ка встань на место мальчика и скажи мне все, что ты думаешь.

Владислав с интересом посмотрел на нее.

— Ты хочешь сказать, что мальчик собирается...

— Вот именно, Владичек, вот именно. Мальчик хочет тетеньку извести на корню. А поскольку у тетеньки есть судимость, то задача упрощается, ибо наша правоохранительная система обожает спихивать вину за любое преступление на ранее судимых. Достаточно по-умному скомпрометировать папину новую жену — и дело в шляпе, она снова загремит под фанфары. И тогда все ее заработанные гонорары достанутся папе, поскольку что бы ни случилось, но они получены за честный труд и никакой конфискации не подлежат. А папа, убитый горем, примет в отцовские объятия несправедливо обиженного и отлученного от семьи сыночка. И поделится с ним деньгами. Как тебе история?

— Хороша! — восхитился Стасов. — Сама придумала?

— Сама.

— Давно?

— Только что. И если следовать логике этой истории, опасность для Екатерины Сергеевны может представлять любой поступок Василия и любой его контакт, даже самый невинный и открытый. Так что пенсионера Галкина тебе придется проверять.

— Слушай, ты сама-то веришь в эту историю? — озадаченно спросил Владислав.

— Какая разница, Владик? Важно, чтобы ты в нее поверил.

Стасов подумал пару минут, допил чай, с сомнением поглядел на последнюю конфету, сиротливо лежащую на блюдечке, потом мужественно пододвинул блюдечко поближе к Насте.

— Значит, так, прекраснейшая. Давай договоримся. Ты в эту историю не веришь. Я в нее тоже не верю. Но я могу сделать так, что в нее поверит, хотя бы на уровне допущения, Екатерина Сергеевна и даст мне задание отработать контакт Василия с Галкиным. Если она сама примет такое решение и добровольно согласится оплатить эту часть работы, мои ребята ее сделают. Но уговаривать Славчикову и давить на нее я не стану. Вот тебе мое последнее слово.

Такой вариант ее вполне устраивал.

* * *

В конце дня ее вызвал полковник Афанасьев. Вместе с ним в кабинете Настя увидела Петю Ильина, нового сотрудника, всего месяц назад пришедшего на работу в отдел. Петя был симпатичным малым двадцати пяти лет от роду, правда, он пока мало что умел, но, похоже, старался.

— Каменская, я перевожу Ильина в ваше отделение, с Доценко вопрос согласован. Пусть вместе с тобой и Зарубиным работает по делу писателя. Лишние руки вам не помешают.

Это верно, лишние руки лишними не бывают. Правда, хорошо бы, чтобы к рукам еще голова прилагалась, но это уж, как говорится... Короче, дареному коню в зубы не смотрят.

— Хорошо, Вячеслав Михайлович. Ильин приступает прямо сейчас?

— А чего тянуть? Веди его к себе, вводи в курс дела, нагружай заданиями.

Ей очень хотелось узнать, почему Афоня принял такое решение. Хочет, чтобы по делу об убийстве в квартире Богданова работало побольше народу? Похвально, но ведь в их отделении, возглавляемом Мишей Доценко, есть и другие сотрудники. Хочет, чтобы новичок поработал рядом со старожилами, которых в его отделении нет, и поучился, поднабрался опыта? Тоже похвально. Только почему он не подумал об этом, когда Петя только-только пришел в отдел? Назначил бы его сразу в отделение к Доценко, и никаких хлопот. Что должно было произойти, чтобы начальник перевел сотрудника из одного подразделения в другое? Да что угодно. Но Насте хотелось знать точно, что именно.

Она попросила Ильина зайти к ней через полчаса и отправилась к Короткову. Юрка наверняка знает, все-таки заместитель начальника.

— Так он сам попросился, — объяснил Коротков. — Сперва ко мне пришел, ныл тут два часа, дескать, ему бы вместе с Каменской поработать, а то в своем отделении он ничему не научится, там один молодняк, а у тебя, мол, такая репутация, такая слава и все прочее. Я его к Афоне послал, он начальник, ему и решать, этот вопрос не в моей компетенции.

Объяснение показалось Насте сомнительным, хотя если бы речь шла о ком-то постороннем, она бы приняла его безоговорочно. Но то о постороннем, а то — о ней самой. У нее, видите ли, репутация, слава, с ней, понимаете ли, молодые за честь почитают работать, уму-разуму от нее набираться. Ерунда! Так не бывает.

С момента совершения преступления прошло всего три дня, материалов набралось пока немного, и ввод нового сотрудника в курс дела занял всего-то часа полтора.

— Одна из рабочих версий состоит в том, что убийство Глафиры Лаптевой совершено ради похищения оловянной фигурки из коллекции. Зарубин нашел мастера, который изготовил коллекцию; мастер утверждает, что фигурка была самой обыкновенной, без секретов и тайников. Но с момента, когда она появилась в доме Богданова, прошел год, и ее могли как угодно переделать. У версии есть вариант: убийство совершено по другим мотивам, но убийца увидел коллекцию и украл фигурку, соблазнился. Зарубин посмотрел у мастера эскизы и цветные фотографии — этот рында действительно самый яркий, голубой с белым, очень красивый. Так что Сергей сейчас отрабатывает эту линию, ездит по местам, где тусуются коллекционеры, и выясняет, может, кто-то пытался продать или обменять рынду.

— Но если фигурку переделывали под тайник, то Богданов не может об этом не знать, — вполне резонно заметил Ильин. — Кому же еще отдавать ее в переделку, если не ему.

— Могла сама Лаптева.

— А ей зачем? — удивился Петя. — У нее что, было что прятать?

— А вот этого мы как раз и не знаем. Богданов уверяет, что прятать ей было нечего, во всяком случае, от него, они жили дружно и друг другу доверяли. Но Богданов может, во-первых, лгать, а во-вторых, чего-то не знать. Обыск в квартире Лаптевой ничего не дал, там нет никаких следов того, что у старушки было двойное дно: ни непонятных записей, ни подозрительных телефонных номеров, ни неуместных предметов. Но окончательные выводы делать пока рано. Поэтому твоя часть работы: найти в Москве мастеров, которые взялись бы за переделку оловянной фигурки под тайник. Возможно, окажется, что такую работу им заказывали либо Лаптева, либо даже сам Богданов. Задача понятна?

— Угу. Анастасия Павловна, а вы их книжки читали?

— Чьи книжки? — не сразу сообразила Настя. — Богданова и компании?

— Ну да, Василия Богуславского.

— Нет, не читала. А что?

— Я читал. Классные! А вот интересно, где они сюжеты берут? Из головы выдумывают, или им знакомые из следствия и розыска истории подбрасывают?

— Не знаю, — улыбнулась она. — Меня это как-то мало волнует. Еще вопросы есть?

— Нет. То есть... А можно мне с ними побеседовать? У вас же наверняка к ним куча вопросов все время появляется, давайте я буду с ними разговаривать.

— Давай, — согласилась Настя. — Нет проблем. А что, неужели так интересно?

— Конечно! Никогда в жизни живого писателя не видел, а тут сразу трое, да каких! Я бы у них и про сюжеты спросил.

— Уж само собой, — усмехнулась она, — ты бы изобразил фанатичного поклонника, наговорил им с три короба комплиментов, а потом предложил бы им свои услуги по поставке страшных историй, и, разумеется, не безвозмездно. Хочешь заработать таким оригинальным способом?

Ей стало скучно. И немножко противно. Неужели мальчишка именно для этого попросился к ним в отделение?

Наверное, выражение лица у нее стало в этот момент соответствующим, потому что Петя посерьезнел и вроде бы даже смутился. А в голосе для прикрытия смущения зазвучал вызов

— Я об этом не подумал, но спасибо, что подсказали.

Ну да, не подумал он... Пусть кому другому рассказывает. Где они, бескорыстные-то? Ау-у! Наищешься.

* * *

Глаза у Насти слипались, голова то и дело падала прямо на раскрытую книгу, которую она читала, лежа в постели, а Лешка все не шел спать, сидел на кухне с какими-то бумагами и работал.

— Леша, — жалобно проныла она, — ну ты скоро, а?

— Ты не жди меня, выключай свет и спи, — крикнул он.

— Я не хочу без тебя... Что я, жаба какая-нибудь — при живом муже одной засыпать?

Послышался скрип отодвигаемого стула и Лешкины шаги. Чистяков заглянул в комнату, потом подошел и присел на краешек дивана, забрал у Насти книжку, положил на стол и заботливо укутал жену одеялом.

— Асечка, мне завтра оппонировать на ученом совете в Верещагинском институте по очень спорной докторской. Академический институт, там все серьезно, сама понимаешь. Нужно как следует подготовиться.

Что-то щелкнуло и замкнуло у нее в голове, как будто даже заискрило.

— Ты хочешь сказать, что институт имени Верещагина входит в систему Академии наук? — осторожно спросила она, тщательно подбирая слова. Почему-то эта тщательность казалась ей сейчас совершенно необходимой.

— Ну да, — кивнул Чистяков. — А в чем дело?

— Погоди, Леш... И он всегда был академическим?

— С самого начала, с пятьдесят девятого, что ли, года, или с пятьдесят восьмого.

Она села в постели и откинула одеяло, чтобы убаюкивающее пуховое тепло не мешало думать. Голова уже приготовилась спать, мысли текли медленно, и нужно было как-то придать им ускорение. Хотя бы холодом.

— То есть Верещагинский институт и новосибирский Академгородок входили в одну систему? — уточнила она для большей верности.

— Ася, я не понимаю...

— Нет, ты ответь!

— Ну да, да, конечно же, они входили в одну систему. Чего ты так взбудоражилась?

— Сейчас объясню.

Она потрясла головой, чтобы окончательно разогнать вялость. Что там говорил Андрей Чеботаев? Что Егор Сафронов был неоднократным чемпионом пионерского лагеря по каким-то прыжкам, не то в длину, не то в высоту...

— Помнишь историю про девушку Лену Щеткину?

— Это которая непонятно каким образом женила на себе предпринимателя? Помню. И что?

— Девушка Лена выросла в новосибирском Академгородке, у нее папа и мама работали в академических институтах. А у ее мужа отец работал заместителем директора Верещагинского института по административно-хозяйственной части. Я все голову ломала, где и когда Щеткина могла раньше пересекаться с человеком, за которого так быстро и удачно вышла замуж. Леш, как ты думаешь, у Академии наук были собственные пионерские лагеря?

— Я не думаю, Асенька, я точно знаю, потому что сам ездил в такой лагерь, когда еще комсомольцем был. Помнишь, меня туда вожатым отправили? А я не хотел ехать и сопротивлялся изо всех сил, у меня защита кандидатской на носу, так меня тогда застращали, что, если я не поеду, мне комитет комсомола плохую характеристику напишет, а в те времена для защиты диссертации это было существенным моментом. И я поехал.

— Точно! Я вспомнила. Ты ездил куда-то на Байкал. И вернулся такой красивый, загорелый, отдохнувший. Я тогда тебя страшно ревновала, мне казалось, что ты там завел какой-то роман. Как же это я забыла? Старая курица!

Настя спустила на пол босые ноги и уперлась ступнями в холодный пол. Озноб подстегнул ее, думать стало легче.

— Как ты думаешь, звонить еще прилично или уже поздно?

Чистяков посмотрел на часы.

— Да нормально, по-моему. Без четверти десять.

— Как — без четверти десять?! А чего же я так спать хочу? Я думала, уже час ночи.

— Ты просто устала, — он ласково погладил ее по волосам. — И не надо никому звонить, ладно? Ложись, выключай свет и засыпай. Тебе надо хоть один раз в месяц как следует выспаться. Пионерский лагерь от тебя не убежит.

— Убежит.

Она упрямо мотнула головой и потянулась к телефону. Чеботаев ответил сразу, но в голосе его энтузиазма Настя не услышала. И вообще, ей показалось, что она оторвала его от какого-то серьезного занятия, вероятнее всего, интимного плана. «Ну и черт с ним, — быстро сказала она сама себе, преодолевая неловкость. — У нас рабочий день ненормированный». Нужно выяснить, в какие именно пионерские лагеря ездил Егор Сафронов. Потом узнать, ездила ли в лагеря Лена Щеткина. И если окажется, что они в одни и те же годы проводили каникулы в одном и том же лагере, а скорее всего это был пионерлагерь системы Академии наук, то необходимо немедленно разыскать их друзей по лагерю. Наверняка Егор и Лена были в разных отрядах, разница в возрасте у них — семь лет. И обязательно разыскать вожатых: если в лагере произошло ЧП или вообще что-нибудь необычное, вожатые скорее всего это помнят.

— Ну, ты успокоилась наконец? — Чистяков отобрал у нее телефонную трубку и почти насильно уложил в постель. — Все, подруга, заканчивай этот оперативно-розыскной цирк, не надо никому доказывать, что ты умная, все и так это знают.

— Я — не знаю, — обиженно промычала Настя, сворачиваясь в клубочек. — Мне нужно подтверждение. А ты надо мной все время насмехаешься и развиваешь у меня комплекс неполноценности.

— Господи, Аська, ты как ребенок, ей-богу.

— Я не ребенок, я — старая, — пробормотала она и поглубже зарылась в пуховое одеяло.

— Ты — маленькая и глупая. Но я никому об этом не скажу. Пусть все думают, что ты старая и умная, и только я буду знать о тебе страшную правду. Все, спи.

Он поцеловал ее, выключил свет и плотно прикрыл за собой дверь.

* * *

Сергей Зарубин обладал удивительной способностью входить в контакт с людьми из любых социальных слоев и профессиональных групп. Он не пытался перевоплощаться и вообще особыми актерскими данными не блистал, мог, конечно, если надо, изобразить что-нибудь эдакое, но не это было его главным козырем. Главным козырем Сережи была потрясающая искренность, доходящая временами до уровня наивности и простоватости, и ему до того ловко удавалось корчить из себя дурачка, что его мало кто воспринимал серьезно. А в человеке, которого не принимаешь всерьез, трудно увидеть врага или хотя бы достойного противника.

Два дня он толкался среди фалеристов и прочих коллекционеров, вступал в разговоры, внимательно слушал объяснения и подслушивал сказанные кем-то обрывки фраз, мотался по известным ему местам сбыта краденого, показывал взятый у мастера эскиз рынды и рассказывал душераздирающую историю о том, как его несуществующий маленький сын спер фигурку из чужой коллекции, а потом потерял, и теперь владелец этой коллекции от горя чуть не при смерти лежит. У истинных собирателей история удивления не вызывала, они по себе знали, что такое утрата одного экспоната из полной, годами собираемой коллекции. Сереже сочувствовали и выражали готовность помочь, записывали его телефон и обещали позвонить, если что. Некоторые намекали на вознаграждение, и Сережа согласно кивал, мол, много заплатить не смогу, но по мере сил, разумеется...

Но ему не помогли ни коллекционеры, ни барыги. Удача ждала Зарубина возле Большого театра, куда он приехал в десять вечера: на спектакли ходит много иностранных туристов, и к моменту окончания театрального действа к портику здания подгребают те, кто может предложить пользующийся у туристов спросом товар. В большинстве своем это художники, рисующие виды Москвы и ее достопримечательности, но встречаются и те, кто продает сувениры — матрешек, расписанных шаржами известных политиков, знаки отличия военизированных структур советского времени, оловянных солдатиков, шкатулки «под палех» и ложки «под хохлому». Сергей очень рассчитывал на то, что продавцы сувениров подскажут ему что-нибудь дельное.

Рынду он увидел сразу. И даже ни секунды не сомневался, что это именно он. Действительно, Иван-царевич, голубой с белым, и шапка высокая, и на плече длинный топор, похожий на секиру. Рында вместе с другими оловянными фигурками — гусарами, драгунами, казаками, солдатиками, матросиками и милиционерами — стоял на деревянном подносе, а сам поднос висел на ремнях, охватывающих тощую шею продавца — интеллигентного вида юноши в тонких очках, с длинными волосами и прыщами на лбу.

— Почем Иван-царевич? — спросил Зарубин, беря в руки фигурку рынды.

— Для вас двадцать, — вежливо ответил продавец чуть надтреснутым голосом.

— А для них? — Сережа мотнул головой в сторону дверей театра, из которых как раз начали выходить зрители.

— Полтинник.

Пятьдесят долларов за фигурку. Ничего себе. Или здесь берут в евро? Тогда получается еще дороже. Но Зарубин обратил внимание, что продавец не поправил его, когда Сережа назвал рынду Иваном-царевичем, и не начал блистать эрудицией, объясняя про непосредственного и постоянного телохранителя государя. Не счел невысокого и некрасивого мужичка достойным слушателем? Или действительно не знает? Принесли ему очередного оловянного солдатика, толкнули за бесценок, продавец выставил его на лоток, назначил свою цену, в детали не вникал.

— Вообще-то это рында, мне как раз для коллекции его не хватает, — начал Зарубин, надеясь вызвать в продавце интерес и втянуть его в разговор.

Но тот интереса не проявлял, потому что из театра толпами выходили потенциальные покупатели и надо было предлагать товар, а этот невзрачный тип стоит тут и весь лоток загораживает.

— Так вы берете или нет? — нетерпеливо спросил

продавец, делая шаг в сторону, чтобы Сережина спина не мешала обзору.

— Я бы взял, но для меня двадцать долларов — дорого. А подешевле не отдашь?

— Я лучше туристам за полтинник отдам, — выдвинул весомый аргумент прыщавый очкарик.

— Не возьмут, — авторитетно заявил Сережа. — Он нужен только для коллекции, сам по себе он гроша не стоит. А у иностранцев таких коллекций нет.

— Откуда вы знаете? — парень метнул в Зарубина подозрительный взгляд.

— Так они же наши, российские, к двухсотлетию МВД специально сделаны. Их всего несколько штук, министр особо почетным личностям вручал, и еще пару коллекций через магазины продали. Мой тесть купил, он в ментуре до генерала дослужился, вот и взял себе на память перед тем, как на пенсию выйти. А собака взяла и сожрала. Ищу вот теперь.

— Какая собака? Кого сожрала?

Продавец наконец отвлекся от толпы зрителей и обратил внимание на Зарубина. Сережа больше всего боялся, что сейчас подойдет какой-нибудь развеселый туристишка, увидит красивую фигурку и купит ее быстренько за полсотни баксов. Помешать покупке невозможно, не вызывая скандала, а зачем Сереже скандал? Совершенно он ему не нужен. А если не помешать, то фигурка уплывет, и ищи ее потом... А продавец от всего отопрется, покупка документально не зафиксирована, и скажет этот прыщавый гений лоточной торговли, что никакого рынды он в глаза не видел. И разрешение на торговлю у него наверняка есть, а если и нет, то, значит, местные менты прикормлены и на растерзание его не отдадут.

— Да моя собака, ротвейлер, свирепая до жути. Схватила фигурку зубами, хрясь — и пополам, — вдохновенно врал Сергей, даже не пытаясь сообразить, можно ли перекусить оловянное изделие самыми крепкими собачьими клыками. — Тесть в обмороке, теща в истерике, а жена мне и говорит, мол, ищи фигурку где хочешь и без нее не возвращайся. Вот и ищу уже второй месяц.

Теоретически, можно было бы придумать легенду и попроще, без собачье-обморочных страстей, но для Сережи самым главным было не говорить, что рынду украли. Потому что продавец тогда испугается, что тот, кто ему толкнул фигурку, сам ее украл, и может возникнуть перспектива уголовного дела о сбыте краденого. Пугать продавца нельзя, иначе он вообще откажется разговаривать. И того, кто принес ему рынду, ни за что не сдаст, будет упираться до последнего и говорить, что нашел фигурку на улице. А потом звякнет кому надо, да и предупредит, что кое-кто насчет кражи интересуется. И вполне возможно, что милиция. Вот этого уж совсем не хотелось бы.

— Слушай, семейная жизнь рушится... Нет, друг, я все понимаю, у тебя свой бизнес, тебе задешево отдавать невыгодно, ты и так мне навстречу идешь, все-таки двадцать — не пятьдесят, но у меня и двадцати нет. То есть шестьсот рублей у меня, конечно, есть, но тогда мне до зарплаты впроголодь жить придется. Чего ж мне делать-то, а? Может, посоветуешь что-нибудь?

— Да что же я могу вам посоветовать? — растерянно произнес тощий коробейник, раздавленный тяжестью свалившегося на Зарубина горя. — Я не знаю, где можно взять дешевле.

— А в том месте, где ты рынду взял? Это магазин или, может, склад какой-нибудь? Вдруг там еще есть? Я бы смотался, поговорил, может, отдали бы подешевле.

— Я не в магазине брал, мне знакомый один принес.

Ну слава богу, сдвинулись с мертвой точки. Надо давить дальше, пока торговец не опомнился.

— А у него нету больше? Или, может, он места знает?

— Не знаю, я у него не спрашивал.

— Так давай спросим. Телефон знаешь?

Зарубин с готовностью вытащил из кармана мобильник и сделал вид, что собирается звонить.

— Не, телефона не знаю. Он сам приходит иногда, предлагает кое-что, я беру, если мне подходит.

— Слушай, друг, как бы мне его разыскать, а? — Сергей скроил самую жалобную физиономию, какую сумел. — Сам понимаешь, такое дело... За любую соломинку хватаюсь, жена каждый день плешь проедает, прямо никакой жизни не стало. Еще и собаку грозится в ветлечебницу отвести и усыпить, если рынду не найду. Она с самого начала моего пса не любила, а теперь совсем озверела.

Видно, парень был неравнодушен к собакам, и упоминание об усыплении ротвейлера свое дело сделало.

Отойдя от коробейника на несколько метров, Зарубин слился с толпой и позвонил по мобильнику Пете Ильину, которому велел ждать в машине и не высовываться. Через пять минут Петя подошел к прыщавому распространителю сувениров и купил рынду. Правда, уже за тысячу рублей, но все равно это было дешевле, чем для иностранцев.

* * *

Мишаню-наркомана по фамилии Шарыло и по кличке Рыло нашли легко, он постоянно терся на рынке и ни от кого особенно не прятался. Оперативники задержали его и привели в ближайшее к рынку отделение, чтобы побеседовать о бренности жизни. Ребята они были опытные и понимали, что Мишаня — вор и наркоман, но никак не убийца. Поэтому задерживали его без помпы и лишнего шума, просто подошли, взяли под ручки и попросили пройти в сторонку поговорить. Мишаня и не думал упираться: «дури» с собой, к счастью, не было, в последнее время ничего серьезного он за собой не числил, а по старым делам все давно быльем поросло, украденное сбыто, деньги потрачены, так чего бы с ментами не побазарить? Риска никакого, а вдруг да удовольствие получит.

Но насчет удовольствия он обломался. Настроение у него было хорошее, недавно принял дозу и готов был всех любить, поэтому способность к сопротивлению как-то подутратил и уже через два часа непринужденной беседы начал колоться. А чего напрягаться-то зазря? Кражи по той хате за ним нет, ну, спер фигурку, прихватил по привычке, уж больно красивая, так ей цена — три копейки, такой размер ущерба даже малозначительным назвать стыдно, а по статье за незаконное проникновение в жилище много не дают и даже на зону не отправляют, ограничиваются условным сроком. И вообще он сейчас под кайфом, его допрашивать нельзя, любой адвокат потом вцепится, да его и не допрашивают вовсе, так просто беседуют, а под протокол да по трезвянке он ничего не скажет, грамотный уже, ученый.

Поэтому он поломался пару часов и рассказал про мужика, который нанял его проникнуть в квартиру и установить прослушку. Нет, фамилии его Мишаня не знает, назвался Анатолием, но соврал, наверное. И адреса не знает. А вот машину запомнил, потому как видел неоднократно и даже сидел в ней какое-то время. И номер запомнил, даже не запомнил, какая там у наркомана память, а записал на бумажку на всякий случай, вдруг мужик слиняет и денег не заплатит.

Он подробно и с известной долей юмора поведал, как «выпасал» хозяина квартиры и бабку-домработницу, выясняя их режим и выбирая наиболее удобное для проникновения время; как проверял наличие сигнализации; как прикидывал, через какую дверь удобнее проникать, с парадной лестницы или с черной, и почему остановил свой выбор на двери черного хода.

— Я гляжу — бабка черным ходом совсем не пользуется, и хозяин тоже, я и подумал, что если подбором ключей работать, так никто потом не заметит, если замок чуть-чуть заедать станет. Правда, была опасность, что дверь изнутри на щеколду закрыта, но попытка не пытка, времени было достаточно, чтобы в случае чего потом с парадной лестницы войти. Но ключ легко подобрался, там никаких хитростей с замками не было.

Рыло так вошел во вкус повествования, что даже рассказал, как обследовал кухню, через которую пришлось проходить: очень есть хотелось, а на плите стояла кастрюля, он крышку снял — там борщ; залез грязными руками, вытащил кусок мяса на косточке и съел тут же, а косточку в карман сунул, чтоб следов не оставлять. Остановился возле витрины, углядел фигурки, одну украл. А чего? Красивенькая. Деньги понадобились — толкнул за сто рублей, все навар.

— Следов не оставлять, — проворчал Сергей Зарубин. — Тоже мне, гений преступного мира. Ты на руки свои посмотри. Ты их когда мыл-то в последний раз? На них грязи больше, чем в помойном ведре. Борщ-то прокис. Ты грязными руками в него залез, он и прокис. Знаешь, какой хай бабка та подняла? Милицию вызывать хотела, боялась, что кто-то их отравить собрался. Кому ключ от черного хода давал?

— Никому, — быстро ответил Мишаня. — Вот ей-крест, никому.

— Да брось ты, — махнул рукой Сергей, — и так уже все рассказал. За ключ-то тебе точно ничего не будет, ты ж его не украл, так только, знанием поделился, мол, вот этот ключ к этому замку подходит.

— Да не давал я его никому, ты чего, начальник!

— Слушай, Рыло, я с тобой утомился донельзя. Если ты молчишь про ключ, значит, подозреваешь, что дело нечисто, а может, и про готовящееся убийство знал. Это плохо, тут можно неприятности схлопотать. А ежели ты мне все как на духу выкладываешь, стало быть, ни о чем не догадывался, и совесть твоя чиста, и ты вообще не понимаешь, почему это надо скрывать. Ну? Понимаешь, почему надо от милиции скрывать, что у тебя попросили ключ от той квартиры?

— Не, — честно признался Рыло, который в такой длинной фразе почти сразу запутался и действительно ничего не понял.

— Тогда рассказывай.

Выходило, что надо рассказывать. Правда, как-то непонятно выходило, но ведь так сложилось, что он, Рыло, ответил на вопрос — и сразу получилось, что придется рассказывать. Под кайфом логика, которая никогда не была его коньком, давалась Мишане совсем туго.

— Да все тот же мужик и попросил. Вернее, не попросил, а денег дал в обмен на ключ. Типа купил, что ли.

— Много денег-то? — поинтересовался Зарубин.

— Да ну... На две дозы.

В сопровождении все тех же оперативников Мишаня Шарыло съездил домой и среди кучи беспорядочно набросанного барахла вперемешку с мусором нашел-таки бумажку, а точнее — пустую пачку из-под сигарет «R1», на которой записал номер машины. Имя и адрес владельца стали известны минут через десять после этого, а еще через час Вячеслав и Елизавета Боровенко сидели в кабинете у следователя. Вернее, у следователя сидел муж, а с его женой беседовал в соседней комнате Зарубин.

Супруги Боровенко не ожидали, что все закончится так скоро и так бесславно. Оба прочли в своей жизни немало книг, в том числе и детективных, и каждый раз недоумевали, когда преступники начинали признаваться в содеянном. Зачем? Глупость какая-то. Сиди себе, молчи или твердо стой на заранее заготовленной легенде, не отступай ни на шаг, и никто никогда твою вину не докажет.

Они думали, что это легко. Как же они ошибались...

* * *

Уголовное дело по факту обнаружения трупа журналиста Игоря Нестерова было возбуждено больше года назад и через несколько месяцев приостановлено. С одной стороны, вроде бы никаких сомнений в его самоубийстве не было, и записка предсмертная наличествовала, и заключение судебно-медицинской экспертизы свидетельствовало о том, что Игорь Нестеров ушел из жизни добровольно. Выбросился из окна одиннадцатого этажа. Но в самоубийство журналистов общественность, особенно пишущая, верит неохотно, и пухлый том уголовного дела был забит письмами, обращениями и протоколами допросов коллег по перу, в которых утверждалось: Нестерова убили, не сам он выбросился, помогли ему. Не простили громких разоблачений, хотели воспрепятствовать дальнейшей публикации уже собранных материалов.

Свидетельства и ходатайства звучали убедительно, ведь Нестеров вел в еженедельной газете рубрику под названием «Неоконченная пьеса для механического правосудия», в которой писал о злоупотреблениях работников правоохранительных органов — милицейских, прокурорских, судейских. Не обходил вниманием таможенников и налоговиков. В общем, всем досталось. Никаких фамилий и городов не называл, подавал материалы в виде пьесы с продолжением, то есть произведения художественного и никого ни к чему не обязывающего, но реакция на его сочинения порой была самая что ни есть серьезная. Пусть фамилии другие, пусть город не назван, но описание внешности, манера говорить, а главное —

сами злоупотребления, частенько переходящие в преступления, были самыми настоящими и — для кого надо — узнаваемыми. В ряде случаев ушлые и догадливые местные начальники проводили проверки и выводили подонков на чистую воду, после чего следовало либо увольнение, либо — что хуже — уголовное дело. В других случаях обходилось, но непонятно было, насовсем ли или только до поры до времени.

Короче говоря, причин для убийства Нестерова было более чем достаточно, а вот причин для самоубийства никто не видел. Кроме, пожалуй, жены погибшего, которая никаких петиций не подписывала, жалоб на недобросовестную работу следствия не посылала и на версии об убийстве вовсе не настаивала. Ну так ведь жена... Муж погиб, на следующий день ребенка потеряла — недоносила, психика оказалась неустойчивой, преждевременные роды на двадцать второй неделе беременности. До жалоб ли ей?

Следователь работал честно и пришел к выводу о том, что дело надо прекращать за отсутствием события преступления. Однако у надзирающего прокурора мнение было другим, сформированным под влиянием внешнего воздействия, он с прессой и телевидением дружил и ссориться с ними не хотел, посему дело не прекратили, а приостановили «за неустановлением лица, подлежащего привлечению к уголовной ответственности». Как только такое лицо появится или хотя бы мелькнет на горизонте, производство по делу будет тут же возобновлено.

И вот собранные, но не опубликованные материалы Игоря Нестерова каким-то хитрым образом попали к «Василию Богуславскому». И нашлись люди, которые по этому поводу сильно забеспокоились. Людей этих супруги Боровенко назвали, вернее, не всех, а только одного, Андрея Степановича Погодина, того самого начальника, которому они когда-то давали большую взятку за то, чтобы их ненаглядный сыночек не сел в тюрьму за изнасилование. Но показания Боровенко особого доверия не вызывали, ибо после наведения некоторых справок стало совершенно непонятно, чего, собственно говоря, Погодину беспокоиться. Материалы на него, а также на главного патологоанатома и начальника экспертно-криминалистического центра и еще на ряд сотрудников давно опубликованы, все свое получили, с должности уволены, а кое-кто и срок заработал. Чего ж больше-то?

— И вообще, Юра, я ничего не понимаю, — пожаловалась Короткову Настя, целый день изучавшая дело о самоубийстве Нестерова. — Куски какие-то, фрагменты, каждый в отдельности вроде бы логичен, а сложишь вместе — ничего не получается, нет цельной картины.

— Ладно, — покладисто согласился Коротков, — давай по фрагментам пройдемся, глядишь — вслух-то оно ловчее выйдет.

— Смотри, что получается. У нас есть Андрей Степанович Погодин, и нам сообщили из города, где он живет, что он вполне процветает в своем бизнесе и поддерживает давние дружеские и деловые отношения с Семеном Львовичем Иваницким и его супругой Аллой Евгеньевной. Дружат, так сказать, семьями. Более того, злые языки утверждают, что у Андрея Степановича уже много лет роман с Аллой Евгеньевной, но это, как говорится, к делу не пришьешь, это так, для информации. Погодин и супруги Иваницкие занимались фальсификацией уголовных дел, о чем и написал Игорь Нестеров в очередном выпуске своей рубрики. Начальник управления собственной безопасности областного УВД на материал отреагировал правильно, но силы и мужества довести дело до конца у него не хватило, вследствие чего Погодин и Иваницкие были просто уволены, но уголовной ответственности избежали. До этого места все понятно.

— Понятно, — согласился Коротков. — Давай дальше.

— Проходит довольно много времени, почти два года после их увольнения, и вдруг они проявляют интерес к материалам, оставшимся от журналиста. Зачем им эти материалы? Это первая дырка в моих рассуждениях.

— А вторая где?

— Не перебивай, у меня и так мозги в разные стороны разбежались. Погодин вступает в контакт с Боровенко, запугивает их тем, что если материалы выплывут, а в черновиках Нестерова названы настоящие фамилии, то их сынку несдобровать. Боровенко верят и берутся помочь. Они же правовых тонкостей не понимают и не догадываются, что если бы на основании этих материалов можно было привлечь кого-то к ответственности за фальсификацию конкретно того дела, по которому проходил их сын, так сын давно бы уже сидел, потому что фальсификацию доказали бы и дело направили по вновь открывшимся обстоятельствам или в порядке надзора на пересмотр. А раз пока все тихо, стало быть, именно по этому делу ничего доказать невозможно. По другим эпизодам что-то доказали и кому-то вменили, а здесь все обошлось. Но Боровенко ничего этого не понимают и слепо верят Погодину: надо найти материалы, не то сыночку придется идти под суд. Они получают первое задание: установить подслушивающее устройство в квартире Богданова, где соавторы собираются два раза в неделю и обсуждают сюжеты для очередной книги. Это разумно. Потом, как показывает Боровенко, Глафира Митрофановна случайно ломает аппарат, и прослушивание квартиры делается невозможным. Тогда Погодин через некоего Николая, которого мы до сих пор не установили, передает супругам Боровенко следующее задание: разбить стекла в машине Богданова, причем не в любой удобный момент, не когда-нибудь вообще, а конкретно в тот момент, когда все Богуславские находятся вместе. Например, на пресс-конференции, на презентации, на вечеринке. Потом им велят изготовить муляж бомбы и подкинуть Богданову. И опять: сделать это тогда, когда у него соберутся соавторы. Почему? Зачем? Это у меня вторая дыра.

— Согласен, — снова кивнул Юра, — действительно дыра какая-то. Не могу придумать объяснения. А третья есть?

— А как же. Третья, и самая главная, — зачем убили Лаптеву? А в том, что убийство Глафиры Митрофановны лежит в этой же плоскости, сомнений нет никаких: убийца вошел через дверь черного хода, и ключ именно от этой двери за два дня до убийства Рыло продал Вячеславу Боровенко. Боровенко же передал ключ все тому же Николаю, не к ночи будь он помянут. Понятно, что Николай — человек Погодина, но где его искать, вот вопрос.

— А как Боровенко с ним связывались? Они же ему звонили, наверное. Значит, есть номер телефона.

— Юра, неужели ты думаешь, что мы не проверили?

Настя с досадой швырнула шариковую ручку на бумаги, лежащие на столе. Ручка покатилась через весь стол и с противоположной стороны благополучно свалилась на пол с легким пластмассовым стуком.

— Имуществом разбрасываешься, — Коротков укоризненно посмотрел на нее. — И что получилось в результате проверки?

— Да ничего не получилось! Телефон стоит в квартире, в которой никто не живет, хозяева купили дом за городом и проживают там, из квартиры вывезли всю мебель, вещи — короче, все до последнего гвоздя. Они там не появляются, квартира стоит пустая, владельцы ее пока не продают, ждут, наверное, когда цены вырастут. А поскольку продавать квартиру с телефоном всегда лучше, чем без телефона, они продолжают за него платить, чтобы номер не отключили.

— Живут же люди, — с завистью протянул Коротков. — Одни маются годами, потому что им жить негде, а у других квартиры простаивают. Ну а ключи они кому-нибудь оставляли? Соседям, например? В таких случаях всегда ключи оставляют, мало ли что, протечка или батарея лопнет.

— Проверили, — Настя безнадежно вздохнула. — Ключ есть у соседки, но она никому его не давала. Клянется и божится. А как проверишь?

— Никак. Может, она слышала, как к соседям дверь открывают?

— Во-первых, Юра, она ничего не слышала, потому что живет этажом ниже. Если речь идет о протечках и лопнувших батареях, то имеет смысл оставлять ключи только соседям снизу, потому что никакие другие соседи о протечке не узнают. Во-вторых — ты только не умирай от зависти, — квартира двухэтажная, имеет две входные двери, одну на восьмом этаже, вторую на девятом. На восьмом этаже есть еще одна квартира, а на девятом — только эта, и кто бы там ни входил, его не увидят и не услышат. И наш таинственный Николай ходил в пустую квартиру именно через девятый этаж. Приходил в строго оговоренное время, приносил свой аппарат, дожидался звонка и уходил. Или вообще сидел там несколько дней безвылазно, когда должен быть постоянно доступен контакту, но при этом не хотел давать свои настоящие телефоны. Вот, посмотри, что записано со слов Боровенко: Николай чаще всего звонил сам, но в тот период, когда мы плотно слушали квартиру Богданова, я мог позвонить ему в любой момент, он оставил свой телефон и велел немедленно звонить, как только станет известно, у кого находятся материалы.

Коротков задумчиво почесал висок, обдумывая услышанное.

— Аська, я чего-то не догоняю. Зачем искать Николая, если Погодин нам его сдаст с потрохами?

— Ой, Юрочка, боюсь, что так красиво не получится. Погодин — опытная крыса, его голыми руками не взять. С чем мы придем к нему? С показаниями Боровенко? А он знаешь что ответит?

— Угу, — ухмыльнулся Коротков. — Догадываюсь. Боровенко сами все это затеяли, потому что боятся за судьбу сына. А на него, бедненького, сваливают. Разговоры следов не оставляют. Кстати, наша славная история знает множество примеров, когда следов навалом, а сделать все равно ничего нельзя, потому что адвокаты опытные, а процессуальный кодекс хреновый. Самое главное сейчас — не спугнуть ни Погодина с его компанией, ни этого Николая.

— Ну да, а для этого нужно, чтобы Боровенко сидели дома и отвечали на телефонные звонки невинными голосами. А они у нас в камере сидят, и следователь ни за что не хочет их выпускать. А знаешь, Юр, что самое неприятное?

— Знаю. Доллар падает, а евро растет. И все наши сбережения в долларах постепенно обесцениваются.

— Самое неприятное, Юрик, это если окажется, что убийство Глафиры Митрофановны Лаптевой вообще не из этой оперы.

— Это как же? — встрепенулся Коротков.

— А вот так же. Боровенко купил у Шарыло ключ и передал Николаю. Это с его слов, проверить пока невозможно. То есть то, что он купил ключ, подтверждает и Шарыло, и это можно считать установленным, по их показаниям и обстоятельства сходятся, и время, и сумма, а вот то, что ключ оказался у Николая, — не факт. Ничем не подтверждается, кроме показаний Боровенко. И через два дня убивают Лаптеву. А вдруг одно с другим не связано? Ключ сам по себе, убийство — само по себе.

— А зачем же тогда ключ покупать? — возразил Коротков. — Для чего он нужен? И потом, убийца вошел через черный ход, то есть воспользовался именно этим ключом. Что тебе не нравится?

— Мне, Юр, все не нравится, — Настя поморщилась, словно понюхала протухшую капусту. — Во-первых, мы не знаем точно, этим ли ключом открыли дверь или другим каким-то. И во-вторых, мы, то есть конкретно я не понимаю, зачем Погодину убивать старую Глафиру Митрофановну. Ну не понимаю я! Не понимаю!!! Каким образом смерть старухи Лаптевой может помочь ему найти материалы?!

Она сорвалась на крик, сама того не заметив, и осеклась только тогда, когда увидела изумленные глаза Короткова.

— Прости, Юрик, — пробормотала она виновато. — Что-то у меня с нервами... не того...

— Да ладно, проехали. Я ж понимаю, ты не на меня кричишь, а на обстоятельства.

Коротков давно ушел, а Настя все сидела за столом, обхватив голову руками, и думала о том, что ей перестало быть важным, кто убил, для нее на первое место выходит вопрос: почему убил? За что? Неужели это профессиональная деформация, в результате которой притупляется стремление найти и покарать виновного, появляется равнодушие к справедливости, а такое страшное преступление, как убийство, вызывает чисто исследовательский интерес: из-за чего нынче убивают? По каким мотивам?

Нет, это не так, это не может быть так. Просто совпали два преступления, два убийства — Елены Щеткиной и Глафиры Митрофановны Лаптевой, и по обоим преступлениям совершенно неясен мотив. И если по делу Щеткиной есть хотя бы предположения, пусть и бездоказательные пока, то по делу Лаптевой нет вообще ничего.

Кстати, что там происходит по делу Щеткиной? Сделал Чеботаев что-нибудь или манкирует? Где информация про пионерские лагеря? Где последний любовник Щеткиной, который до сих пор не установлен?

Она набрала номер мобильного телефона Андрея.

— Погоди три минуты, я сейчас, — торопливо произнес он в трубку.

— Что — сейчас? — не поняла она. — Перезвонишь?

— Да нет, я уже по коридору иду. Мне только к ребятам из разбойного нужно на два слова, и потом сразу к тебе.

Вероятно, два слова превратились в двести, потому что Чеботаев появился только через полчаса. Но Настя, погруженная в размышления, этого не заметила.

— Вот, — он положил перед ней прозрачную папку, — все, что смог. А чего не смог — за то извини.

— А если не выпендриваться? — предложила она. — Если так, по-человечески?

— Короче, Сафронов и Щеткина три года подряд были в одном и том же пионерском лагере. Лагерь действительно от Академии наук, расположен на Волге, под Астраханью. Тут ты в точку попала. В папке списки детей за все три года с разбивкой по отрядам. Отдельно — списки вожатых, и отдельно — персонал: воспитатели, ведущие занятия в кружках, педагоги, повара, врачи, медсестры, техники, слесари, электрики и прочая публика.

— А люди? Живые люди? — нетерпеливо спросила Настя. — Ты нашел хоть кого-нибудь, кто был в лагере одновременно с Сафроновым и Щеткиной?

— Да не искал я пока, Настя, времени не было. Мне что, на части разорваться? Пока я в архиве этих профсоюзов академических штаны протирал и списки искал, знаешь сколько времени прошло? И сколько преступлений у меня на территории совершено за это время? Вы к себе на Петровку одно дело в неделю берете, себе по вкусу выбираете, а у нас на «земле» что произошло — все наше, берите, что дают.

— Ладно, не злись, — миролюбиво сказала она. — Я просто так спросила. Не мне же преступление раскрывать, не у меня «висяк».

— Ты тоже не злись. — Он устало улыбнулся и пошел к двери. — Замотался я совсем, ни на что времени не хватает. Я списки тебе оставлю.

— Зачем? — она посмотрела невинно, сделав круглые глаза.

— Ну перестань, Пална, не делай больно. Ты же все понимаешь.

— Ладно, — она рассмеялась, — вали отсюда. Но будь готов к тому, что я могу скоро позвонить.

— Я отключу телефон, — пообещал Андрей уже от двери.

Оставшись одна, Настя заварила кофе, взяла сигарету и вытащила из прозрачной папочки длинные многостраничные списки. Фамилии, фамилии, фамилии... Щеткина Елена, 8 лет, отряд 14... Щеткина Елена, 9 лет, отряд 13... Щеткина Елена, 10 лет, отряд 11... Сафронов Егор, 15 лет, отряд 1...

Списки были старыми, отпечатанными еще на пишущей машинке, и экземпляр был третий или даже четвертый, то есть почти слепой. Очень скоро у Насти начали болеть глаза, и она снизила темп чтения, чтобы от усталости не пропустить что-нибудь важное.

И не пропустила. Сперва она даже не поверила сама себе, полезла в сейф за своими записями, потом включила компьютер и еще раз перепроверила. Нет, никакой ошибки. Все правильно.

Боясь поверить в удачу, на всякий случай вышла в Интернет, набрала нужное имя и посмотрела, что есть на этого человека. Информации нашлось немало, ничего негативного, все очень прилично.

Что же связывало всех троих?

Глава 11

Следователя удалось-таки уговорить выпустить Вячеслава и Елизавету Боровенко под подписку о невыезде, более того, полковник Афанасьев лично пообещал, что в их квартире постоянно будет находиться работник уголовного розыска, который головой отвечает за то, чтобы супруги не просто не скрылись от следствия, а вообще из дома не выходили.

Первым вахту нес Петя Ильин. В его задачу входило не только стеречь Боровенко, но и ждать выхода на связь загадочного Николая или даже самого Андрея Степановича Погодина. Вся аппаратура подключена, технические службы готовы в любой момент зафиксировать звонок и установить местонахождение абонента, и осталось лишь дождаться звонка. Андрея Степановича, в отличие от Николая, искать не нужно, его местонахождение известно, но очень неплохо было бы послушать, что он скажет Владиславу и Лизе и упомянет ли Николая. Для суда это, конечно, не доказательство, поскольку санкции на прослушивание нет, но для допроса — неплохое подспорье.

А звонка все не было. Ни от Погодина, ни от Николая, ни от кого бы то ни было мало-мальски подозрительного.

— Может быть, они успели как-то предупредить сообщников, что их задержали, и те ушли в тину насовсем? — спросил Ильин, позвонив Насте к концу первого дня дежурства. — Зря я тут торчу, лучше бы мне писателями заняться. Я уже придумал, как построить разговор с каждым из них, чтобы вытянуть...

— Петя, не суетись, — оборвала его Каменская. — Писателей оставь в покое, ими и без тебя есть кому заниматься.

— Но я же придумал...

— Петя! — повторила она строже. — Твоя работа — Боровенко. Через них ключ от квартиры Богданова каким-то путем попал к убийце, понимаешь? И только их контакты позволят нам этот путь отследить. А у кого находятся материалы журналиста Нестерова, значения не имеет.

— Да как же не имеет, Анастасия Павловна? — возмутился Ильин. — Ведь все из-за них, и убийство, и...

— Не доказано, — сухо оборвала она оперативника. — Где доказательства того, что убийство Лаптевой связано с поисками материалов?

— А как же стекла в машине и бомба?

— Стекла и бомба — да, связаны, хотя и непонятно, зачем это было нужно. Но эти два эпизода имели место строго по указанию Николая, вернее, по указанию Погодина, переданному через Николая. А убийство?

— Так логично же, Анастасия Павловна.

— Может быть. Но не доказано. Чтобы доказать, необходимо найти Николая, этим ты и занимаешься. А что толку от того, что мы узнаем, у кого из Богуславских эти материалы? Имя убийцы известным не станет. И еще одно, дружочек. Убийство Глафиры Лаптевой может быть связано совсем с другими вещами, и подозрения в адрес писателей не сняты. Не исключено, что они все трое были заинтересованы в устранении старушки. Поэтому лишний раз их дергать не нужно, пусть думают, что все спокойно, пусть расслабляются. И не смей к ним даже близко подходить.

— Понял, — уныло ответил Петя.

Настя понимала, что мальчик заскучал. Он добросовестно отчитывался обо всем, что происходит между супругами Боровенко, и выходило, что ничего, кроме бесконечных семейных сцен, не происходит. Вячеслав во всем, что случилось, винил в первую очередь жену и во вторую — собственную слабость, не позволившую ему настоять на своем. Елизавета же упрекала мужа в том, что ему безразлична судьба сына и что он готов променять интересы семьи на свою репутацию в глазах мамочки. Он называл ее безумной матерью, готовой ради спасения сына-подонка пожертвовать не только собой, но и другими людьми. Она же называла его маменькиным сынком, который с легкостью отдаст на растерзание единственного сына, только чтобы можно было честно смотреть мамочке в глаза. И так с утра до поздней ночи. В общем, ничего интересного.

И все-таки, за что убили Глафиру Митрофановну? Выясни мотив — найдешь убийцу. Ну хорошо, допустим, ее убили из-за материалов. Допустим. Эта линия замыкается на Боровенко — Николае — Погодине, и здесь сделано все необходимое: Боровенко сидят дома, сотрудник розыска контролирует контакты. А если ее убили по другой причине? Надо же что-то делать, выдвигать другие версии, проводить оперативные мероприятия.

Вот Сережа Зарубин, к примеру, говорил, что у Богданова сложная семейная ситуация, он рассорился со своими близкими и не общается ни с кем, кроме дочери Лады, которой дозволяется раз в неделю, в воскресенье, прийти к папе на обед. Лада папу не любит, более того, побаивается, но на обеды приходит. Сережка со смехом рассказывал, как Лада с нескрываемой обидой говорила о шубе, которую папа-Богданов подарил своей домработнице. Понятное дело, девочка страдает оттого, что отец, будучи человеком весьма состоятельным, не балует ее и не делает дорогих подарков. Может, она и на обеды эти ходит только в надежде на то, что отец сменит гнев на милость и приблизит чадо к финансовому источнику. Могло ей все это надоесть в конце концов? Могло. Куда проще нанять убийцу, похоронить папочку и получить наследство. Слишком прямолинейно? Конечно. Гораздо изящнее убрать настырную старуху, без которой папочка не может обходиться и которой дарит норковые шубки, погоревать вместе с ним, помочь по хозяйству, подставить плечо, приблизиться и... Далее по тексту. Ключ? Еще проще. Пришла на очередной обед, улучила момент, взяла ключи и сделала слепок — дел на две минуты, если не меньше.

А супруги Боровенко в свою очередь рассказывали о некоей даме, связь с которой Богданов тщательно скрывал от своей домработницы. С этой дамой он встречался в ресторане и давал ей деньги в обмен на что-то в конверте. Боровенко даже предположили, что это и были материалы покойного Нестерова. Может, и так. А если не так? Если у Богданова есть какие-то тайны даже от Глафиры, которая его вырастила? А Глафира все-таки узнала, за что и поплатилась. Тоже версия.

Кроме того, были, как показывают Боровенко, еще какие-то мужчины весьма подозрительного вида, приходившие к Богданову. Глеб Борисович явно боялся то ли этих двоих, то ли кого другого, но дверь не открыл, хотя и был дома. Эта ситуация с женщиной в ресторане не связана, потому как про женщину Глафира знать не должна была, а про двоих мужчин оказалась полностью в курсе. Понимала, кто это, зачем пришли и почему Богданов не открывает. Более того, заслуживают внимания и реплики, которыми обменивались старушка и ее хозяин по поводу прокисшего борща. Лаптева уверяла, что их хотят отравить, а Богданов велел ей не говорить глупостей. Однако он, похоже, отлично понимал, кто именно и за что мог бы захотеть подсунуть ему отраву, просто не хотел обсуждать это в присутствии Василия и Катерины. Или вообще не хотел обсуждать. Может быть, мотив убийства Глафиры Митрофановны лежит в этой области?

Богданов и его соавторы пока не знают ни о супругах Боровенко, ни о Погодине, ни о подслушивании. В голове у Насти Каменской не было четкого понимания ситуации, все казалось ей размытым и запутанным, концы с концами не сходились, логические построения, вначале выглядевшие стройными и последовательными, вдруг представлялись ей несвязными и нелепыми, упирающимися даже не в тупик, а в вязкую топь, в которой ясные и твердо очерченные факты и аргументы становятся мутными и бесформенными. Из-за этого Настя боялась сделать неосторожное движение, ведь когда под ногами болото, любое усилие ведет к тому, что ты проваливаешься еще глубже. Она не могла принять решение: нужно ли говорить соавторам о том, что за ними следили и прослушивали их разговоры в квартире Богданова? Так говорить или нет?

Следователь Анисимова, в производстве у которой находилось дело об убийстве Глафиры Лаптевой, считала, что говорить пока ничего не нужно. У нее, как и у Насти, не было аргументов ни «за», ни «против», потому что не было понимания, но зато у нее была твердая, годами выработанная позиция: чем меньше знают участники процесса, в том числе и свидетели, тем лучше. Любую утечку информации, содержащейся в уголовном деле, она воспринимала как личную катастрофу и устраивала выволочки сыщикам, если ей казалось, что они где-то что-то сболтнули. А уж когда речь шла о свидетелях, которые, не ровен час, могут превратиться в подозреваемых, то в этой ситуации любое лишнее слово было для Анисимовой категорически недопустимым.

Насте уже приходилось пару раз с ней работать. Анисимова, худая, с ранними морщинами и плохо сделанной химией, но в идеально сидящем на тонкой фигуре кителе, казалась ей жесткой, неуступчивой и хамоватой. Это верно, следователь в выражениях не особо стеснялась и вовсе не стремилась к тому, чтобы ее все любили, поэтому обижала людей без разбора. При этом в ведении следствия она была осторожной и чрезвычайно осмотрительной, и поэтому Настя, не склонная к резким прямолинейным движениям и постоянно во всем сомневающаяся, легко находила с ней общий язык. Обе сошлись на том, что свидетелям по делу об убийстве Лаптевой вовсе не обязательно пока знать о поиске материалов журналиста, хотя убедительных доводов в пользу такого решения не было ни у той, ни у другой. И это означало, что писателям пока нельзя задавать никаких вопросов ни об этих материалах, ни о фактах, которые стали известны благодаря действиям супругов Боровенко.

Таким образом, копаться в секретах загадочного поведения Глеба Борисовича Богданова предстояло вслепую. И делать это нужно было чрезвычайно осторожно, потому что вполне могло оказаться, что из-за этих секретов как раз и убили старую Глафиру.

* * *

Андрей Чеботаев смеялся над собой и радостно потирал руки. Как же он злился на Каменскую, из-за которой в деле Щеткиной появлялись бесконечные и все новые и новые фамилии и имена, расследование обрастало информацией, тратились время и силы, а сдвига никакого не было. Зато теперь, когда нужно было разыскать кого-нибудь, с кем дружила в детстве Лена Щеткина, когда ездила в пионерский лагерь, все оказалось проще простого. С кем быстрее всего сходятся дети, когда их отправляют из дома куда-нибудь далеко? Ответ очевиден: с теми, с кем вместе едут. И в списке детей, собранных по возрастному признаку в один отряд, нужно быстренько найти тех, кто мог быть знаком с Леночкой еще до лагеря, дома. Для этого достаточно положить рядом списки из архива и перечень тех, с кем Чеботаев общался в Новосибирске. Результат не заставил себя ждать. Вот, пожалуйста: в лагере в одном отряде с Леной Щеткиной отдыхала Кира Юдина, а в Новосибирске Чеботаев долго разговаривал с Павлом Васильевичем Юдиным и его супругой, которые жили в одном доме со Щеткиными и рассказали много интересного об их семье. Таким же путем была найдена еще одна кандидатура — Вика Смолкина, мать которой работала вместе с Ларисой Петровной Щеткиной в бухгалтерии и с удовольствием вспоминала о многочисленных романах своей коллеги. Вику Смолкину, правда, достать оказалось сложновато, она стала археологом и в настоящий момент находилась в экспедиции где-то на юго-востоке. А вот с Кирой Юдиной повезло, она вышла замуж и переехала в Москву.

На звонок Чеботаева Кира отреагировала спокойно и ничему не удивилась.

— Да, мне мама говорила, что к ним приходили из милиции, спрашивали про Лену и ее семью. Неужели правда, что ее убили?

— Правда, — подтвердил Андрей, — к сожалению, правда. Вы не могли бы ответить на несколько вопросов?

Кира без колебаний согласилась встретиться в тот же день. У нее был приятный голос, и Андрею почему-то показалось неприличным приглашать женщину с таким голосом в казенный дом с плохо покрашенными стенами и драным линолеумом на полу. Он предложил побеседовать на нейтральной территории, например, прогуляться по парку, благо дожди прекратились и уже третий день светило холодное осеннее солнце. Оно, конечно, не греет, но все равно приятно.

С Леночкой Щеткиной Кира дружила только в пионерлагере, они два года подряд были в одном отряде, но по возвращении домой, в Академгородок, девочки совсем не общались, хотя и здоровались, поскольку жили рядом и часто встречались. Учились они в одной школе, но в параллельных классах, и отношения, такие тесные во время летнего отдыха, во время учебного года не поддерживались. Не поддерживались они и в последующие годы, в подростковом возрасте Лена от всех отдалилась, и эти слова Киры только подтвердили то, что Чеботаев уже знал. Кира даже не знала, что Лена Щеткина вот уже несколько лет живет в Москве. Жила...

— Вы помните по пионерлагерю такого мальчика — Егора Сафронова? — начал Андрей подбираться к тому, что его интересовало.

— Егора? — вскинула брови Кира. — Егора помню очень хорошо, только я не знала, что он Сафронов. Для нас он был просто самым красивым мальчиком из старшего отряда. Ленка была в него по уши влюблена.

— Когда? — опешил Андрей.

— Ну, тогда, в лагере.

— Ей же было всего восемь лет. Вы ничего не путаете, Кира?

— А вы что, полагаете, что девочки начинают влюбляться в двадцать лет, что ли? — усмехнулась она. — Я, например, впервые влюбилась в мальчика еще в детском саду. Я была в средней группе, а он — в старшей. У него были такие красивые разноцветные шаровары... Короче, Ленке этот Егор очень нравился, она глаз с него не спускала, следила за каждым его шагом, старалась ему на глаза попадаться. В общем, делала все то, что обычно делают маленькие девочки, когда им нравятся мальчики постарше. И целыми днями верещала, дескать, он на нее посмотрел, она поздоровалась, а он кивнул, она лучше всех спела песенку на концерте художественной самодеятельности, а он сидел в первом ряду, аплодировал и улыбался ей... ну, сами понимаете, вся эта детская дребедень. А уж когда мы на следующий год приехали, Ленка решила, что если она стала старше на год, то теперь уж вообще взрослая, и когда снова увидела Егора, то возомнила бог знает что.

— Что, например? — поинтересовался Чеботаев, хотя уже приблизительно представлял, что именно могла в такой ситуации возомнить девятилетняя девочка, которой с рождения внушали, что она самая умная и красивая на свете.

— Она решила, что теперь-то уж Егор обратит на нее внимание. А я ей говорила, что если эта мымра снова здесь, то шансов у Ленки никаких не будет.

— Мымра? Это кто?

— Да вожатая одна. У нее с Егором любовь была. Или не любовь, а так... Не знаю. Но они каждый вечер после отбоя уходили из лагеря. А мы, соответственно, за ними крались. Дисциплины никакой, все вожатые и воспитатели пили, как лошади, детей уложат — и в загул. А детям только того и надо. Мы с Ленкой из корпуса выберемся, затаимся и ждем, когда Егор с вожатой мимо пройдут. А потом подглядывали.

— Да ну? И что видели?

— Ну что-что... то и видели. Сами не понимаете?

— Ну, в общем... — неопределенно кивнул Чеботаев.

Кира, по-видимому, стеснялась называть такие вещи своими именами, и Андрей решил молодую женщину не смущать.

— Видели, значит... — повторил он. — И что, в полном, так сказать, объеме?

— В полном, — подтвердила Кира. — Полнее не бывает. С ахами и стонами. Для нас с Ленкой эти вечера были настоящим приключением, от страха трясемся, а любопытство-то разбирает. Мы же знали, откуда дети берутся. Ленка, правда, от ревности с ума сходила, но любопытство было сильнее, и потом, знаете, в таком возрасте не понимаешь соперничества, и кажется, что если ты чудесная, то тебе отдадут предпочтение рано или поздно. А Ленка, конечно, была уверена, что она чудесная.

— Погодите, Кира, но ведь Егору тогда было... сколько? Лет четырнадцать? Пятнадцать?

— Наверное, — она пожала плечами. — Он был в старшем отряде. Высокий такой, широкоплечий, он казался нам совсем-совсем взрослым. А сейчас как подумаю — смех берет, ведь подросток, школьник, сопливый пацаненок.

— А вожатой сколько лет было?

— Не знаю. В то время она нам с Ленкой казалась чуть ли не старухой, а теперь я понимаю, что лет двадцать пять, наверное. Может, чуть меньше.

— Имя ее не помните?

— Имя... Тамара, кажется.

— А фамилия?

— Да что вы, Андрей, мы своего-то вожатого только по имени знали, фамилией интересоваться как-то в голову не приходило. А уж вожатых в других отрядах — только в лицо, редко по имени. Да, я точно вспомнила, ее звали Тамарой, мы с Ленкой специально интересовались, поскольку это касалось ее ненаглядного Егора.

— Дело-то подсудное, — негромко протянул Чеботаев. — Она взрослая, а он — малолетка. Неужели никто не узнал?

— Вот уж не знаю. Во всяком случае, на следующий год мы с Ленкой в лагерь приехали и увидели Егора, а потом и Тамару. И снова бегали за ними в лесочек, подсматривали. А на третий год его уже не было, школу, наверное, закончил.

— А Тамара была?

— Нет, ее тоже не было.

По спискам выходило, что Лена Щеткина и Егор Сафронов три раза попадали в одну смену, но при этом Егор приезжал в лагерь каждый год, начиная с третьего класса, а Леночка — только четыре раза. В последний раз она Егора уже не застала, а в первый, вероятно, просто не заметила, слишком мала была, первоклашка.

— Кроме вас двоих, кто-нибудь знал о том, что Егор с вожатой в лесочке уединяется?

— Мы никому не говорили, это была наша с Ленкой страшная тайна, — Кира округлила глаза и рассмеялась. — Я думаю, что из взрослых никто не знал, потому что иначе Тамару не пустили бы больше в лагерь. Наверное, даже из комсомола исключили бы. Тогда ведь с этим было строго.

Да, похоже, о сексуальных развлечениях Тамары Ефремовой и в самом деле никто, кроме двух маленьких девочек, не узнал, потому что ей удалось сделать блестящую карьеру и встать во главе совета директоров крупного банка. Интервью с ней были напечатаны в толстых глянцевых журналах, именно в тех, которые были привезены в коробках из квартиры Егора Сафронова и лежали теперь в кабинете у Каменской.

И именно в том банке, который возглавляет Ефремова, получил в свое время кредит Егор Сафронов. Кредит очень хороший, на невероятно льготных условиях. Как ему это удалось? Пришел к Ефремовой и пригрозил рассказать о том, как она его растлевала полтора десятка лет назад? Или они встретились как старые добрые знакомые, тепло повспоминали прошлое, и Тамара с удовольствием пошла навстречу своему давнему любовнику, которого обучала когда-то премудростям секса? Скорее второе, нежели первое. Если бы он добился своего при помощи шантажа, ему было бы совершенно безразлично, что будет делать Щеткина. А вот если он продолжает относиться к Ефремовой по-доброму, с нежностью вспоминая свой первый сексуальный опыт, то вполне мог испугаться огласки. Собственно, ему-то эта огласка ничем не грозит, наоборот, даже лестно: в пятнадцать лет да со взрослой теткой... А вот у Ефремовой к этому отношение должно быть совсем иным. Ей есть чего бояться и есть что терять. И убийство Елены Щеткиной могла организовать как раз она, не без ведома и помощи Егора Витальевича.

Ах, черт возьми, Настя Павна, как же ты оказалась права насчет причин скоропалительной женитьбы господина Сафронова! Да, он испугался, побежал к Ефремовой, та посоветовала ему, а может, попросила выполнить требования Щеткиной, чтобы выиграть время и подумать. Он женился. Щеткина успокоилась. А они, бывшие любовники, продолжали вынашивать планы избавления от шантажистки. Нужно было успеть быстрее, пока Елена не родила ребенка, потому что ребенок этот был Сафронову совсем не нужен. Наблюдение за контактами Сафронова после убийства жены показало, что Егор регулярно встречался с Ефремовой, но подозрений это ни у кого не вызывало: предприниматель и банкир, что может быть естественней? А они обсуждали вовсе не финансы, а жизнь Елены. Вот, значит, как...

* * *

— Ты чего не звонишь-то?

Голос Стасова по телефону звучал обиженно, и Настя машинально начала перебирать в голове даты и события: наверное, она должна была позвонить, потому что у кого-то в семье Стасова день рождения, у него, или у Татьяны, или у маленького Гришеньки... Или годовщина свадьбы? Или что?

Ничего не вспоминалось, и она виновато промямлила:

— Я как раз собиралась... Честно, Владик, вот только что от начальства пришла и собиралась позвонить.

— Врешь ты все, — беззлобно отозвался Владислав. — Нагрузила меня работой, а сама в кусты. Вот ты всегда так.

Господи, как же она забыла?! Пенсионер Галкин. Или Воробьев? Нет, кажется, все-таки Галкин. Совсем недавно она, сидя вот на этом самом месте, уговаривала Стасова отработать фигуранта. И уже забыла. А ведь она всегда так гордилась своей памятью... Возраст, годы идут, ничего не поделаешь.

— Ну так что, забывчивая ты моя, отчет по телефону примешь или приехать велишь? — продолжал Стасов.

— А там что-то сложное? — опасливо спросила Настя.

— Да нет, проще пареной репы.

— Тогда по телефону.

— Как скажешь, — согласился он. — Аркадий Михайлович Галкин имеет множество знакомств с людьми, чьи родственники или друзья в свое время эмигрировали по тем или иным причинам. В далеком прошлом он промышлял тем, что помогал отъезжающим быстро и не без выгоды для себя продавать имущество. Было, если ты помнишь, такое время, когда людей годами держали на привязи, не выдавали разрешения на выезд, а потом — хоп! — и трое суток на все про все. А то и двадцать четыре часа. Не успеешь уехать — все разрешения аннулируются. И в таких ситуациях Аркадий Михайлович был просто незаменим. Его, как хорошего и даже почти честного маклера, передавали из рук в руки, в результате чего круг знакомых расширился до невозможности. У него сохранились хорошие отношения с родственниками и друзьями уехавших, и на сегодняшний день он активно этот факт использует для зарабатывания денежек на кефирчик.

— Каким образом?

— Скупает по просьбе Василия Славчикова письма эмигрантов. Как тебе такой поворотец?

— Ничего себе, — растерянно произнесла Настя. — И зачем это нужно? Зачем Василию письма эмигрантов?

— Вот, нетерпеливая ты моя, не захотела с Екатериной Сергеевной общаться, выперла ее по-быстрому, переадресовала ко мне, теперь мучайся. А поговорила бы с ней подольше, так не задавала бы таких вопросов.

— Ну Стасов же! — взмолилась она. — Не терзай меня.

— Васенька у нас роман пишет. Тайком от всех. Букера хочет получить, не меньше. Екатерина Сергеевна об этом, натурально, ничего не знает, но когда я ей доложил...

— А ты уже доложил?

— Ну а как же. Она — клиент, имеет право знать, она деньги за это платит. Короче, когда я ей об этом сказал, она так хохотала — ты бы слышала! Оказывается, Васенька давно уже пытается навалять мировой бестселлер, но все, что он писал, Екатерина Сергеевна раскритиковывала в пух и прах. Основной ее претензией было отсутствие жизненного опыта, из-за чего мысли, чувства и поступки персонажей зрелого возраста выглядели надуманными и неправдоподобными. Она советовала Василию писать о людях его поколения, но его почему-то тянуло в другую сторону, молодежная тематика его как-то не будоражит. И когда я рассказал ей о письмах, она подумала немножко и предположила, что Вася, вероятнее всего, затеял роман из жизни эмигрантов, но поскольку сам за границей не жил, а только ездил несколько раз на недельку в качестве туриста, то ему понадобилась живая фактура и настоящие мысли и чувства. И еще она сказала, что роман должен быть об эмигрантах семидесятых годов, потому что об этом вообще мало написано, тема неизъезженная, а для Васи важна конъюнктура. Он както об этом заговаривал с Екатериной Сергеевной, и они обсуждали, что про эмигрантов постперестроечного периода романов — завались, а про ту волну ничего и нет. В те времена Интернета не было, контактировать с уехавшими было опасно, и письма передавались с оказиями, а поскольку оказии случались нечасто, то и письма писались редко, но зато длинные и подробные. Вот эту-то переписку пенсионер Галкин и выкупает для Василия. Или просит в подарок, или даже ворует, как я подозреваю. Владельцы этих писем в большинстве своем люди уже немолодые, многие из них бедствуют и с удовольствием меняют старые письма на новые деньги, тем более платит Аркадий Михайлович щедро. Подполковник милиции в отставке Стасов доклад окончил.

— Подполковник милиции Каменская доклад приняла. Спасибо тебе, Владик. Ты не представляешь, как ты мне помог.

— Почему же? Представляю. У тебя стало одним подозреваемым меньше. Баба с возу — и кобыла бежит налегке. Так ведь?

Так, конечно. Только на убийство Лаптевой это света не проливает. Ничего непонятного и неразъясненного в поведении Василия Славчикова не осталось. И мотивов убивать старушку у него нет. Или все-таки есть? Ну елкипалки, не дело, а болото какое-то! Делаешь шаг, надеешься, что там твердая почва, а там снова трясина. И никакой опоры. Оттолкнуться не от чего.

Ладно, у Василия нет мотива убивать Глафиру Митрофановну. Но, может быть, он был у Славчиковой или у Богданова? Или у них обоих. И они заставили Васю составить им алиби. Возможно? Маловероятно, но чего на свете не бывает.

Начнем с Екатерины Сергеевны. Чем ей могла помешать старуха? Неизвестно. Фактов нет. Будем исходить из того, что ничем она ей не мешала. А Богданов? Его с Глафирой Митрофановной связывает многое, в том числе и общие тайны, они вместе всю жизнь, так что здесь может быть все, что угодно. Для того, чтобы рискнуть убить Глафиру в присутствии двоих свидетелей, нужно обладать мощными рычагами воздействия на них. Такие рычаги у Богданова есть: проект «Василий Богуславский» приносит им очень большие деньги, и для продолжения доходного предприятия необходимо сохранить авторский коллектив. Без Глеба Борисовича им не обойтись, сама Славчикова утверждает, что так, как Богданов, сегодня не умеет писать никто. Замена Богданова на другого автора неизбежно приведет к изменению качества романов и к снижению продаж, а следовательно, к уменьшению гонораров. А расстаться с Богдановым придется, если сдать его милиции. Значит, что? Не сдавать. Помочь уйти от ответственности. Составить ему ложное алиби. Замести следы.

Уф-ф! Ну и мысли в голову лезут... И сквозь толпу этих бредовых изысканий пытается пробиться какая-то мыслишка, крохотная, слабенькая, но силенок у нее не хватает, и она отступает под натиском построений — одно чудовищней другого. Нет, ну это ж надо было додуматься до того, что Богданов убил свою домработницу, а Василий и Катерина ему в этом помогали. Ты уж совсем, Каменская, умом тронулась.

* * *

Вовчика-второго давно уложили, а Антошка все никак не мог успокоиться и через каждые десять минут вскакивал то попить, то пописать, то ему становилось страшно, и он просил отца посидеть с ним и подержать за ручку.

— Я же говорила, не надо было ему позволять смотреть этот фильм, — сердито выговаривала мужу Катерина. — Я ведь тебя предупреждала.

Это верно, она предупреждала, увидев в телепрограмме название фильма — «Пурпурные реки». Но Владимир Иванович как-то не прислушался, потому что Катерина сама этого фильма не видела, показ был премьерным, название — вполне нейтральным, и он решил, что жена перестраховывается, прочитав устрашающий заголовок. Он бегло просмотрел аннотацию, решил, что ничего страшного — университетский городок, преподаватели, студенты, замкнутый мирок, — и благополучно забыл о словах супруги. Катерины весь день не было, они с Василием, как обычно, работали у Богданова, Владимир Иванович ушел к приятелю, прихватив с собой младшего сына — у приятеля внук такого же возраста, и мальчишки увлеченно играют вдвоем, Антошка остался с няней Евгенией Семеновной, никаких инструкций по кинопоказу не получившей, а фильм начался часов в шесть, когда никого из родителей дома не оказалось. Евгения же Семеновна как-то ухитрилась ничего не заметить. Вероятно, обрадовалась, что мальчик прилип к экрану, и у нее есть полтора-два часа времени, чтобы спокойно почитать или посмотреть бразильский сериал на кухне. Очень Евгения Семеновна почитать любит и сериалы уважает.

— Но, Катюша, разве я мог предполагать? — слабо сопротивлялся Владимир Иванович. — И ты не могла точно знать, ты же этого фильма не видела.

— Я книжку читала! Она так и называется — «Пурпурные реки». Даже взрослым читать тяжело, а уж смотреть, и тем более детям... И я утром тебе об этом сказала. Володенька, ты, по-моему, в последнее время вообще не слышишь меня. Я говорю — как будто в пустоту.

Она была права, и Славчиков это понимал. Нет, их брак не разрушится, ни за что, он души не чает в сыновьях, и как бы ни раздражала его Катерина, он не уйдет от нее. Она хорошая, добрая, умная, и она не виновата в том, что он ее разлюбил. Или вообще никогда не любил? Поддался порыву, захотел поиграть в ценителя высоких душевных качеств и в спасителя обиженных.

В последнее время он все чаще задумывался о том, почему женился на Катерине. Думал он об этом и сейчас, сидя на краю диванчика и держа в руке маленькую теплую, чуть влажную ладошку сына.

Дверь комнаты приоткрылась, заглянула Катерина и поманила его пальцем. Владимир Иванович осторожно положил ручку Антоши поверх одеяла и на цыпочках вышел в коридор.

— Мне нужно выйти минут на двадцать, — шепотом сообщила жена.

— Что случилось?

Спросил дежурно, потому что так положено. Ему было совсем неинтересно, куда это она собралась в двенадцатом часу ночи «на двадцать минут». Нужно — значит, нужно.

— Приятельница позвонила, у нее что-то стряслось, хочет посоветоваться. Она уже к дому подъехала, но я просила ее не подниматься, потому что Антошка никак не уснет. Лучше я сама к ней выйду.

Объяснение Владимир Иванович, как обычно, пропустил мимо ушей. Зачем слушать, если неинтересно?

Катерина накинула пальто и тихонько выскользнула из квартиры. Владимир Иванович заглянул к сыновьям — кажется, оба спят — и пошел на кухню пить чай. Внезапно ему стало тревожно, и почему-то вспомнилось, что Катерина взяла с собой сумочку. Зачем ей сумочка, если она идет на двадцать минут поговорить с подругой? Что обычно носят женщины в своих сумках? Кошелек, документы, косметику, сигареты. Катя не курит, и вообще ничего из перечисленного ей не нужно, если она идет к подруге... А если нет? А вдруг это не подруга, а мужчина? Любовник. И она собралась куда-то поехать с ним. Но куда уедешь за двадцать минут? Ладно, где двадцать, там и сорок, а то и весь час, Катерина слишком хорошо знает своего мужа и уверена: он с пониманием отнесется к тому, что разговор с подружкой затянулся. Неужели она его обманывает? Он тут мучается, переживает, винит сам себя за то, что больше ее не любит, а она изменяет ему. Она тоже его не любит, но совершенно не страдает из-за этого и не казнится, а пошло и подло изменяет.

Все эти мысли промелькнули в одно мгновение, и Владимир Иванович даже не успел их оценить и взвесить, а вместо этого отодвинул штору и шагнул на балкон. Зачем? Что он хотел увидеть в половине двенадцатого ночи, в ноябре, с высоты седьмого этажа? Он не думал об этом, просто сделал то, что сделал.

Катерины не видно. И никаких двух женщин, стоящих и разговаривающих. Катя сказала, что подруга подъехала... На машине? Но машин вдоль Долгоруковской улицы стоит множество, иди пойми, в которой из них сидит его жена и кто там за рулем, мужчина или женщина. Габаритные огни у всех машин выключены, так что с высоты и не разберешь ничего. Где же Катя? Внизу, в одной из машин, или уехала?

«Ерунда, — успокоил себя отрезвевший на холоде Славчиков, — надо взять себя в руки и перестать психовать. Катерина со своей подругой стоит в подъезде, там тепло и светло. Чего им в такое позднее время торчать на улице? Ну конечно, она в подъезде. Точно».

В этот момент задняя дверь одной из машин открылась, из нее выпало что-то большое и округлое. Дверь захлопнулась, машина резко подалась назад, вывернула на полосу движения и уехала. Большое и округлое осталось лежать на асфальте, и только спустя несколько секунд оцепеневший от ужаса Владимир Иванович понял, что это лежит, скрючившись, его жена.

Он мчался вниз по лестнице, не видя ступеней и забыв о лифте. Ему было больно дышать, ему было страшно думать, и в эту минуту Владимир Иванович Славчиков был просто двигающимся механизмом, конгломератом молекул, вырванных из привычной среды и несущихся в неизвестность. В пустоту.

Пальто Катерины было в крови, больше Славчиков ничего не разобрал в темноте. Он опустился на колени, подсунул руку под ее затылок, приподнял, приблизил лицо. Жена дышала часто и неглубоко, глаза ее были открыты, но смотрели куда-то в сторону.

— Катя, что?.. Кто?

Ее губы шевельнулись, но слов не получилось. Где ее сумочка? Там должен быть мобильник, сейчас он вызовет милицию и «Скорую»... Или нет, сначала «Скорую», потом милицию... Нет, не так, надо звонить «02», теперь это единая диспетчерская, они сами пришлют кого надо. Сумочка валялась рядом, Славчиков с трудом справился с элементарным замком, вытряхнул содержимое прямо на асфальт. Вот он, телефон. Но почему же пальцы совсем не слушаются? Он никак не может попасть на нужную кнопку... Наконец-то получилось!

— Потерпи, Катюша, сейчас все приедут, и «Скорая», и милиция, тебе помогут, — успокаивающе заговорил он, продолжая поддерживать одной рукой голову жены, а другой гладя ее по холодной щеке. — Все будет хорошо, вот увидишь, я тебе обещаю.

Губы ее снова шевельнулись, и Славчиков замолчал, пристально глядя в лицо Катерины и напряженно прислушиваясь.

— Что, Катюша? Ты хочешь что-то сказать? Помолчи, побереги силы, потом все скажешь...

— Не нужно тратить жизнь на возмездие, — произнесла она очень тихо, но очень внятно. — Я отказалась. Ничто не имеет значения. Только любовь...

Он ничего не понял. Слова были знакомыми, но он все равно ничего не понял. И очень испугался.

— Что? — переспросил Владимир Иванович.

Но Катерина не ответила. Она потеряла сознание.

* * *

Поспать Насте не удалось. Около полуночи ей позвонили из дежурной части и сообщили о нападении на Екатерину Славчикову.

— Ты же вроде делом этих писателей занимаешься, — лениво позевывая, сказал дежурный. — Сегодня кто-то из ваших в опергруппе, они поехали на вызов, просили тебе позвонить.

Следующие три часа Настя провела в больнице, куда доставили Екатерину Сергеевну. Потерпевшую забрали в операционную, а она сидела в длинном коридоре на узкой банкетке, обтянутой прорвавшимся в нескольких местах дерматином, рядом со Славчиковым и пыталась не дать ему сорваться в истерику. Владимир Иванович уже несколько раз — сначала для приехавшей опергруппы, потом для Насти, потом снова для следователя, уже под протокол, — рассказывал о том, что произошло. Жене кто-то позвонил, кто конкретно — он не слышал, потому что сидел с сыном. Она сказала, что всего на двадцать минут, что приятельница... Он вышел на балкон и увидел... Нет, номера машины не рассмотрел, далеко и темно. Марка? Кажется, «Дэу», но он не уверен. Модель? Нет, не может сказать, он не очень хорошо разбирается. Цвет? Темный. Точнее сказать не может, было темно. Не белый, не серебристый, не голубой — это точно. Какой-то темный. Вишневый? Может быть.

Расспрашивать Славчикова снова было бессмысленным, понятно, что он рассказал все, что мог, и действительно в темноте и с высоты седьмого этажа особо много-то и не углядишь. Настя пыталась отвлечь его разговорами, спрашивала о сыновьях, о том, как они с женой познакомились.

— Я специально поставил в план командировку в ту колонию, где отбывала наказание Катерина. Мне по нировской теме нужно было собрать кое-какой материал в женской колонии, и я поехал именно туда. Мне хотелось повидаться с ней, ведь я был с ней знаком, и когда стало известно, что ее посадили и муж заочно оформил развод, я перестал с ним разговаривать. Мне было необыкновенно противно, даже смотреть в его сторону не мог. Он же столько работ написал и по экономическим преступлениям, и по проблемам реабилитации ранее судимых, он так клеймил позором всю систему, которая человека, отбывшего срок, не считает человеком и не дает ему возможности снова подняться. И особенно напирал на то, что люди, осужденные за экономические преступления, зачастую становятся жертвами не собственной жадности, а несовершенства законодательства, и их вообще нельзя ставить в один ряд с уголовниками, и на их прошлые судимости нужно не обращать внимания при последующем трудоустройстве... В общем, много красивых слов написал, в том числе и о человечности, и о морали. А сам что сделал? Жену бросил в трудный момент, от ребенка фактически отказался, отправил к бабке, вместо того чтобы оставить у себя хотя бы до освобождения Катерины. Так нет же, побоялся, что если оставит девочку, то потом Катерина к нему же и вернется после отбытия наказания и он не сможет от нее отделаться. Мерзко, некрасиво... Мне захотелось повидаться с ней, утешить как-то, подбодрить, что ли. Как вы думаете, почему они так долго? — он тревожно посмотрел на Настю.

— Доктор сказал, что задеты жизненно важные органы, так что все непросто. И потом, двенадцать ножевых ран — тоже не пустяк, каждую надо обработать и зашить.

Настя старалась казаться уверенной и молола всякую чушь, хотя в медицине и особенно в хирургии не разбиралась. Но нужно же было что-то отвечать, чтобы поддержать душевные силы Славчикова.

Ее слегка подташнивало, как бывало в последнее время всегда, когда она не спала ночью. Раньше она легко переносила бессонные ночи, а теперь организм не позволяет обходиться с собой так беспардонно. Он хочет отдыхать и без отдыха не желает работать. Годы, возраст...

— Вы извините, Владимир Иванович, мне нужно позвонить.

Он с испугом посмотрел на нее, словно, если Настя отойдет хотя бы на три метра, немедленно случится непоправимое.

— Я быстро, — успокоила она Славчикова. — Это по делу.

Она торопливо прошла в конец коридора и вытащила из кармана телефон. Сегодня у Боровенко дежурит Сережа Зарубин. Это хорошо, Сережка легко просыпается и сразу приходит в рабочее состояние, и спит он чутко, звонок мобильника наверняка услышит.

Зарубин ответил после первого же гудка.

— Сережа, надо будить Боровенко.

— Зачем? Аська, время — полчетвертого ночи, ты что?

— У нас ЧП, нападение на Славчикову, двенадцать ножевых. Буди обоих и тряси их, пока голова не отвалится, пусть вспоминают каждую деталь, каждую мелочь, они же не только слушали квартиру, они таскались за фигурантами. Буди их к чертовой матери и не думай о приличиях.

— Понял, — коротко ответил Сергей и отключился.

Из дверей в противоположном конце коридора вышел врач-хирург. Он медленно шел по направлению к одиноко сидящему Славчикову, и Настя поняла, что все плохо. Совсем плохо. Екатерину Сергеевну спасти не удалось.

* * *

Владимира Ивановича отвезли домой на служебной машине, на этой же машине Настя приехала на Петровку. Она не совсем отчетливо понимала, почему поехала на работу, а не вернулась домой, к Лешке, к пуховому одеялу и привычному уюту. Начало пятого, все спят, какая сейчас работа? Разве что сосредоточиться и подумать, попытаться встроить убийство Славчиковой в уже придуманные схемы. Да разве сосредоточишься, когда тошнит и голова кружится? Кофе, что ли, выпить? Нет, лучше чаю.

Пока закипала вода в чайнике, Настя вытащила из сумки деревянного дедушку и стала разгребать на столе бумаги, чтобы освободить для него место. И как она ухитряется так захламлять стол? Ведь только сегодня утром все разбирала. Или это уже считается вчера?

— Что, дедок, не дали нам с тобой поспать сегодня? Ты вообще как к бессонным ночам относишься? Легко переносишь? Счастливый, — тихонько приговаривала она, аккуратно складывая бумаги в папки. — А я вот пока не очень. Говорят, в старости люди спят совсем мало, потребность в сне уменьшается. Вот когда надо работать, правда? Тогда и бессонные ночи нипочем. А в молодости мы разве годимся для работы? Ума мало, опыта никакого, да еще и спать все время хочется. А тебе в молодости хотелось поспать подольше? Мне, например, ужасно хотелось. Если бы меня не будили, я бы вставала часов в одиннадцать, а то и до обеда спала бы. Скорей бы мне стать такой, как ты, я бы ух сколько всего наработала.

Она замолчала и в изумлении уставилась на коричневого морщинистого дедка. Что это она только что произнесла? Какие слова? «Скорей бы мне стать такой, как ты». Ничего себе, однако!

Стол относительно освободился, Настя пристроила дедка на ставшее привычным место рядом с телефоном, поставила перед собой большую кружку с зеленым чаем и снова посмотрела на фигурку.

— Слушай, дед, ты на меня положительно влияешь. Еще немного, и я перестану комплексовать из-за возраста и начну прибавлять себе годы.

Она хотела добавить еще какие-то слова, но в кармане заерзал виброзвонком мобильник. Звонил Зарубин, спокойный, бодрый и почему-то злой.

— Ты угадала, Настя Пална, Елизавета видела, как Славчикова встречалась с каким-то уголовным типом. Она его хорошо разглядела и описала и даже примерно определила, где он живет. Это в Коптеве, недалеко от дома, где жила Лаптева.

— Думаешь, есть связь? — оживилась Настя.

— Это вряд ли. Боровенко видела, что Екатерина Сергеевна привезла Глафиру и пошла в скверик к этому типу, который ее уже ждал. Вероятно, им было просто по пути, и так совпало, что Славчиковой нужно было в район, где жила старушка. Я сейчас еду в ОВД «Коптево», пусть найдут мне участкового, Боровенко покажет дом, и будем отрабатывать жилой сектор. Пока по учетам, а как народ проснется, начнем искать вживую.

Насте показалось, что дедок ей подмигнул. Она зажмурилась, чтобы прогнать наваждение.

— Сережа, я когда в последний раз говорила, что я тебя обожаю?

— В прошлом году, — хмыкнул Зарубин. — Ты при муже-то поосторожней в любви признавайся, а то я маленький, он меня враз пришибет.

— При чем тут муж? Муж дома, а я в конторе.

В телефонной трубке повисла пауза, после чего Сергей выразительно произнес:

— Сумасшедшая. Ты очень умная, но абсолютно сумасшедшая.

* * *

Найти дважды судимого за хулиганство гражданина Неженкина по кличке Сазан большого труда не составило. Он, как ни странно, был не только прописан в Москве, но и проживал по месту прописки, что в последние годы встречается все реже и реже. Как только поднятый с постели участковый услышал от Лизы Боровенко описание мужчины, с которым встречалась Славчикова, он сразу буркнул:

— Сазан это, голову даю...

А уж когда та же Лиза указала на двор, в который свернул тот мужчина, все сомнения участкового улетучились. Он тут же поделился с Зарубиным всем, что знал о Неженкине и его жене Верке Титовой, которая приобрела статус законной супруги всего-то год назад, а до того числилась у Сазана в сожительницах.

— Верка — оторва, каких поискать, — монотонно гудел участковый.

Он никак не мог по-настоящему проснуться, и потому голос его был лишен всяческих модуляций, на которые у служителя порядка просто не хватало сил.

— Она ребенка своего новорожденного убила, отсидела за это, освободилась лет десять назад и с тех пор пьет беспробудно. Меня в то время тут не было, я только два года как участок принял, но прежний участковый меня проинформировал. Особенно насчет Сазана предупреждал, потому как у него по пьяному делу мозги иногда прямо наизнанку выворачивает. Верка — она тихая, от нее вреда никакого, напьется и спит, а от Сазана всего можно ожидать. Работала Верка то дворничихой, то уборщицей, а в последний год вообще отовсюду поувольнялась, и на какие шиши пьянствует — одному богу известно.

— А Неженкин работает где-нибудь? — спросил Зарубин.

— Да прям! — фыркнул участковый. — На Веркиной шее сидит.

— На какой зоне Верка чалилась?

— Сейчас гляну.

Участковый покопался в своей картотеке, полистал журнал учета, а Зарубин тем временем достал свой блокнот и быстро нашел нужную страницу. Интересно, совпадет или нет? Он был уверен процентов на восемьдесят, что совпадет.

И оказался прав.

Сергей посмотрел на часы и решил, что если Каменская захочет приехать, то доберется сюда с Петровки минут за пятнадцать. Еще совсем рано, дороги пустые.

— Пална, мы его нашли, — сказал он, когда Настя ответила на звонок. — Сам он дважды судимый за хулиганку, а его жена отбывала срок в одной колонии и в одно время со Славчиковой. В последний год появились деньги, откуда — непонятно.

— Супер! — выдохнула Настя. — Когда-нибудь должно было повезти. Где сейчас эта сладкая парочка?

— Дома, спят. Сержант сбегал, проверил, у них квартира на первом этаже, он через окно глянул. Мы с участковым сейчас чайку попьем для бодрости и через полчасика пойдем их будить. Как семь часов стукнет, так и отправимся. Сама приедешь или нам доверишь?

— Приеду, Сереж. Машины только нет... ну ничего, я частника поймаю.

— Не доверяешь, значит? — поддел ее Зарубин.

— Доверяю. Тебе — доверяю. Но я же баба, Сержик, я умру от любопытства. Буду сидеть в кабинете и терзаться мыслью, что вот ты уже знаешь, а я еще нет. Ни одна нормальная женщина этого не вынесет.

— Да была б ты нормальной женщиной — и разговора бы не было. Ты же не нормальная, ты сумасшедшая.

— Ты повторяешься. Диктуй точный адрес, я приеду.

* * *

В машине она чуть не заснула. Владельцы дорогих иномарок редко подрабатывают частным извозом, и машины, которые можно остановить при помощи поднятой руки, чаще всего бывают дешевыми и простенькими, с оглушительно работающим движком и маленьким салоном, в котором невозможно вытянуть ноги. Водитель, согласившийся отвезти Настю в Коптево, был владельцем именно таких раздолбанных «Жигулей», к тому же еще и разговорчивым, но она все равно в какой-то момент провалилась в сон. Ей казалось, что она просто за секунду прикрыла глаза, и непонятно, как это могло случиться, чтобы вот только что они проезжали станцию «Новослободская» — и за окном уже мелькают красные строения Тимирязевской академии.

Зарубин с участковым и молоденьким розовощеким сержантом ждали ее в условленном месте.

— Зря торопитесь, — участковый неодобрительно качал головой, видно, все еще не мог простить Зарубину раннего подъема, — пьющие люди в семь утра к даче показаний непригодны. Они небось пили часов до трех-четырех, только-только уснули.

— Ничего, разбудим, — невозмутимо ответил Сергей, — и не таких будили.

Вопреки ожиданиям, звонить в дверь слишком долго им не пришлось, уже минут через пять им открыла заспанная неопрятная женщина. Испитое лицо было некрасивым, свисающие лохмами волосы — немытыми, а вот халат на ней надет вполне чистый и даже почти нарядный. «Деньги, — мелькнуло в голове у Насти, — в последний год появились деньги. За что же Славчикова ей платила? Или ни за что, просто оказывала по старой дружбе финансовую поддержку?»

— Ну чего опять? — неожиданным басом провыла Верка. — Недавно же только проверяли, мы сами тут прописанные, посторонних нету. Спать людям не даете, паразиты!

Она не была пьяной, если и выпила накануне, то не сильно.

— Верка, — негромко сказал участковый, — ты, это... не голоси, а то мужика своего разбудишь. Пусть поспит, отдохнет, небось умаялся вчера.

Настя оценила точный ход участкового. В одной фразе было все: и успокоение — мол, не волнуйся, никакой проверки и вообще ничего плохого, и уважение к мужу и к семейной жизни в целом, и небольшой подвох в форме предложения ответить на вопрос, дома ли муж, чем он вчера занимался и поздно ли пришел. На подвох Верка попалась легко.

— С чего это он умаялся, скажи-ка мне? — В басовитом голосе зазвучало негодование, но тон она все-таки снизила. — Ни одного дня не работал. Нажрался вчера в одиночку, сволочь, и в кровать завалился.

— В одиночку? — участковый ловко разыграл изумление. — Да как же так? Чего ж он с тобой не поделился?

— А, — Верка махнула рукой и сделала попытку изобразить кокетку, поправляющую прическу, — я рано легла, голова разболелась. Он в последние дни злой ходит, как цепной пес, так я уж к нему не лезу, а то опять всю морду разворотит. А чего надо-то?

— Ты, Вера, дверь-то прикрой, чтобы мужик твой не проснулся, и проводи-ка нас на кухню, что ли. Разговор есть.

На кухне было грязно, здесь мало того что давно не делали уборку, так еще и тараканы бегали. Один из них с душераздирающим хрустом пал смертью храбрых под Настиным ботинком. Снова подступила тошнота, ей захотелось присесть, но, оглядев замызганные колченогие табуретки, Настя передумала и осталась стоять. Участковый не был таким брезгливым и уселся за покрытый клеенкой стол напротив Верки. Зарубин подумал и тоже присел. Молоденький сержант остался в тесной прихожей.

— Слышь, Вера, — начал Зарубин ласково, — а какие у тебя дела с Катериной?

— Это с которой?

Спросила спокойно, ни напряжения, ни нервозности не было ни в голосе ее, ни в лице.

— Из шестой квартиры, что ли? Да ладно, я ее давно простила, пусть носит этот платок, если ей нравится. Я себе лучше купила. Показать?

— Потом покажешь, — сурово встрял участковый. — Ты ее так запугала, что она до сих пор боится мимо твоей двери проходить.

— А чего, жалуется, да? — Верка оглядела присутствующих победным взглядом. — И правильно, пусть боится. Как платок стырить — так не боялась, а теперь чего ж...

— Вера, а правда, покажите платок, — попросила Настя. — Они мужчины, им неинтересно, но мы-то с вами женщины.

Верка шмыгнула в прихожую и вернулась, держа в руках красивый яркий платок. Настя быстро прикинула цену — около полутора тысяч рублей. Для неработающей пьянчужки при неработающем муже дороговато, пожалуй. Она поймала быстрый благодарный взгляд Зарубина. Они друг друга поняли.

— И в самом деле красивый, — одобрительно сказала она. — Дорогой, наверное? Я бы себе такой тоже купила.

— Тыща триста, — гордо объявила Верка. — А тот, который Катерина стырила, я за двести пятьдесят брала. Бог с ней, пусть носит.

— Откуда такие деньжищи-то, а, Вер? — Зарубин старательно играл доброго дядюшку. — Ты, я знаю, женщина честная, порядочная, ни в чем таком замечена не была. Может, мужик твой за старое взялся? Хотя он вроде бы вором не был никогда, вот ежели морду кому расквасить — так это он в первых рядах, а чужого отродясь не брал. Ведь так, Вера?

— Не, у нас деньги правильные... — ее припухшие глаза округлились. — Так ты про Катьку, что ли, спрашивал? Про бухгалтершу?

— Ну да, — подтвердил Сергей, — про нее. От нее деньги?

— От нее. А что, нельзя?

— Да можно, Вера, можно. Только интересно, за что она тебе деньги дает?

— А тебе не все равно? Дает — и дает, и спасибо ей за это. Мы на зоне равные были, все одинаковые, а потом кому повезло, как вот Катьке, а у кого не сложилось. Катька нашу дружбу помнит и от всей души помогает. Вы у нее самой спросите, она вам скажет.

— Да я бы спросил, Вера, если б мог. Убили Катерину-то. Сегодня ночью. Зарезали.

Верка замерла, некрасиво приоткрыв рот, глаза на миг стали какими-то белесыми, потом охнула, подскочила и побежала в комнату.

— Ты что наделал, паразит?! Ты зачем это сделал, скотина?!! — послышался ее истошный вопль.

Зарубин и сержант метнулись вслед за ней в комнату. Верка изо всех сил трясла лежащего на раздвинутом диване мужика, который вяло отпихивал ее, не открывая глаз. Сержант ловко схватил женщину за плечи, оторвал от сонного тела и притащил назад, в кухню. Верка шлепнулась на табуретку и зарыдала в голос. Зарубин осторожно прикрыл дверь в комнату, убедившись, что пьяный Неженкин так и не проснулся.

— Ты, Вера, не голоси, ничего уже не исправишь,

умерла твоя подружка, — снова монотонно загудел участковый, — ты лучше расскажи-ка нам все по порядку. Может, ничего такого твой Сазан и не сделал, так мы разберемся. Если б мы точно знали, что он виноват, так мы б его уже под белы ручки и в обезьянник засунули, а мы тут сидим и с тобой разговариваем, значит, есть шанс, что он и не виноват ни в чем. Но чтобы разобраться, надо, чтобы ты все рассказала. Поняла? Рассказывай все как есть, может, и спасем твоего мужика от тюрьмы.

— Ой, Дмитрий Иваныч, миленький, спаси его, — Вера, размазывая одной рукой по лицу слезы, другой вцепилась в рукав участкового. — Как же я одна-то останусь, если ты его посадишь? У меня ж никого, кроме него, нет. Не виноватый он, он дурак, до денег жадный, вот жадность-то его и погубила. Это Манька, сука, она это...

«Ну вот уже и Манька какая-то появилась, — подумала Настя. — Хорошо, что я приехала. Даже спать расхотелось».

* * *

Мария Владимировна Гусарова работала в исправительно-трудовой колонии для женщин в должности начальника отряда. Сказать, что она была страшным человеком, означало бы не сказать ничего, в лучшем случае это могло бы считаться комплиментом. Гусарова была настоящим чудовищем. Она ненавидела весь мир и всех населяющих этот мир людей. Она ухитрялась ненавидеть не только тех, кто жил лучше или был успешнее, но и тех, кому было намного хуже, чем ей самой. О том, как она измывалась над зэчками из своего отряда, ходили легенды, которые, как выяснилось, были совсем недалеки от истины. Более того, истина порой эти легенды даже превосходила.

В принципе коротконогая, с квадратным торсом и вполне миловидным лицом, Мария Гусарова, которую осужденные за глаза называли просто Манькой, ненавидела в равной степени и алкоголичек-бомжих, и воровок, и интеллигентных дамочек, севших «по экономическим вопросам» или за взяточничество, и нельзя утверждать, что Екатерину Сергеевну она невзлюбила только за то, что та была «из чистеньких». Причина ее особенной, специфической нелюбви к Катерине лежала в какой-то другой области. Скорее всего она не могла простить ей высоко поднятой головы, уравновешенного характера и отсутствия заискивающих интонаций при общении с «гражданкой начальницей».

— Умнее всех, да? — брызгая слюной, цедила Манька. — Я тебе покажу, кто здесь самый умный, до смерти не забудешь.

Она цеплялась к Катерине, налагала на нее взыскания за малейшую неточность в соблюдении правил внутреннего распорядка, лишала свиданий, посылок, права пользоваться лагерным ларьком, публично издевалась над ней на утренних и вечерних построениях, короче, делала все, что могла придумать. Катерина терпела и только выше вскидывала голову. У нее хватало ума и выдержки не поддаваться на провокации. Одно неверное движение, одно неосторожное слово в ответ на Манькины придирки — и загремишь в штрафной изолятор, а туда дозволяется определять провинившегося осужденного на срок до тридцати суток. Тридцать суток в одиночной камере на хлебе и похлебке, денег у ведомства не хватало, и осужденных кормили плохо, а в изоляторе и без того небогатый рацион урезали еще больше.

Катерина вытерпела все, у нее достало сил не сорваться даже тогда, когда Манька отняла у нее нательный крестик, чудом уцелевший при этапировании. Крестик много лет назад надела ей на шею бабушка и сказала при этом такие слова, что расстаться с крестиком при жизни казалось Катерине совершенно невозможным. Она очень любила свою бабушку, и хотя набожной не была — воспитание не то, — но подарок берегла и верила, что, пока он у нее, бабушкина любовь и забота ее хранят и оберегают. Бабушка давно умерла, но вера в ее слова осталась.

А Манька крестик сорвала и забрала себе. Более того, надела его на шею и носила. Он был дорогим, красивым, золотым, с двумя маленькими бриллиантиками, но для Катерины дело-то было не в цене, а в том, что он — бабушкин, а бабушке достался тоже от бабушки. Семейная реликвия, родовая память. И висит теперь на шее у мерзавки Гусаровой.

Мария Владимировна, по-видимому, рассчитывала, что за свой крестик непокорная Катерина будет драться, а поднять руку на начальника отряда — это ого-го! Тут уже не одним штрафным изолятором пахнет, а новым сроком за хулиганство или даже — если повезет — за телесные повреждения. Расчет ее не оправдался, и Манька озверела еще больше. Она то и дело расстегивала верхнюю пуговку форменной рубашки и вызывающе глядела на Катерину — пусть полюбуется на свой крестик, висящий на чужой груди. Шея у Гусаровой была толстой, а цепочка — короткой, и крестик сиял, посверкивал бриллиантиками под самым горлом.

При таком количестве взысканий ни о каком досрочном освобождении речь идти не могла, и Катерина отбыла весь срок от звонка до звонка. За время отсидки сблизилась с Веркой Титовой, обе москвички, да и койки рядом стоят. Верка сидела давно и освободилась раньше Катерины на несколько месяцев.

— Кать, ты держись, — говорила она на прощание. — Тебе уже недолго осталось. Не дай этой гниде себя урыть. У тебя сейчас самое трудное время настанет, я по себе знаю, последние несколько месяцев до звонка самые тяжелые, так ты держись, ладно? Манька — беспредельщица, она будет стараться тебе новый срок навесить, особенно теперь начнет стараться, потому что в последние месяцы перед освобождением у всех нервы на пределе, сорваться легко. Ты ж столько вытерпела, потерпи еще немножко.

— Я не сорвусь, — обещала Катерина не столько Верке, сколько самой себе.

Обещание она сдержала, не сорвалась, несмотря на то что Верка напророчила правильно и Гусарова в попытках спровоцировать Катерину превзошла самое себя. Выйдя за ворота колонии, где ее никто не встречал, Катерина поклялась себе, что крестик непременно вернет, а Маньке Гусаровой небо с овчинку покажется.

Но высокий накал не может держаться постоянно — система перегорает. Пока Катерина добралась до матери, пока утоляла голод по маленькой Юльке, не отпуская девочку от себя и вдыхая жадными ноздрями ее нежный теплый запах, пока устраивала свою жизнь в поисках работы, прошло время. А тут еще Владимир Иванович Славчиков нарисовался, после той встречи в колонии он написал ей несколько писем, Катерина ответила, и в мыслях не держа возможность какого-то продолжения. Продолжение, однако, наступило, внеся некоторое смятение в ее мысли и чувства, и идеи возмездия как-то отступили на второй план.

До рождения сына Антошки Катерина если и вспоминала о Гусаровой, то как-то вяло, без прежней горячности. После тяжелейшей беременности и сопряженного с опасностью для жизни рождения Вовчика-второго ей пришло в голову, что бабушка там, на небесах, все видит и все равно помогает ей, независимо от того, у кого находится их фамильный крестик, потому что знает, что крестик попал в чужие руки не по вине Катерины. Может, не надо ничего предпринимать, мстить Маньке, искать и возвращать этот крестик? Она счастлива, у нее трое детей, прекрасный муж, у нее проявилась способность писать книги, пусть не самые лучшие, но за них платят, так надо ли от добра добра искать?

Все изменилось в тот день, когда Катерина случайно столкнулась на улице с Веркой Титовой, с которой не общалась с того самого дня, как они расстались в колонии. Верка встрече обрадовалась, чего нельзя было сказать о Катерине: Титова выглядела плохо, следы постоянного пьянства отпечатались на всем ее облике, и благополучной и счастливой Екатерине Сергеевне Славчиковой совсем не хотелось напоминаний и воспоминаний о не самых веселых днях своей жизни.

Верка, в отличие от нее, не чуралась общения с теми, с кем вместе мотала срок.

— Я тут с Инкой-Синюхой виделась, она в Подольске живет, — сообщила Верка. — Она знаешь что мне сказала? Что Танька Беленькая повесилась. Сука Манька ее до петли довела. Где-то через год примерно, как ты откинулась.

Таня по прозвищу Беленькая была хрупкой, очень молодой и очень нежной девочкой, ей только-только стукнуло восемнадцать. Срок она получила за распространение наркотиков, но это был как раз тот случай, когда девочку из благополучной семьи обманом втягивают сначала в употребление «дури», а потом, когда собственных денег на дозу перестает хватать, и в распространение. Ее использовали, потому что на такую хорошую девочку из такой хорошей семьи никто никогда не подумает. Она сделала несколько неумелых попыток вырваться из паутины, но в результате увязла еще глубже.

В колонии на Таню сразу положила глаз Манькина приспешница и подпевала Жанка-Дылда. Ее любовь к хрупким блондинкам была всем известна, и весь отряд был уверен, что девушке не увернуться от жадных до плотских наслаждений лапищ Дылды. Таню многие жалели, но молча: ссориться с Жанкой было опасно, можно легко навлечь на себя гнев Гусаровой. Дылда не хотела насилия, она жаждала любви, нежности, чувств, она обхаживала Танюшку долго и со всех сторон, а когда не получила желаемого, посчитала, что ей нанесли оскорбление, и натравила на девочку Маньку. Вряд ли просто пожаловалась, скорее всего наплела с три короба небылиц. Манька выпустила когти, и Таня не выдержала.

Катерина, услышав от Верки, что Таня Беленькая покончила с собой, почувствовала, как все оживает. Проснулась и зашевелилась ненависть к Гусаровой, следом за ней очнулась жажда мести и пронзительно захотелось снова надеть на шею цепочку с бабушкиным крестиком. Отобрать его у Маньки, сходить в церковь — пусть священник очистит его от скверны — и носить. Чтобы потом, через много лет, передать его внучке. Или внуку, тут уж как сложится... Пусть хранит их, пусть оберегает, чтобы не случилось в их жизни того, что случилось с нежной хрупкой Таней.

Та же Верка сообщила, что Гусарова некоторое время назад исчезла из колонии, и поговаривают, что не уволилась и не на другую зону перевелась, а ударилась в бега. Среди бывших зэчек ходили разговоры о том, что Манька закрутила с каким-то бандитом, приехавшим в колонию на свидание к сестре, помогла ему, используя свои связи в местном УВД, организовать налет на инкассаторскую машину, после чего исчезла. И даже прошел слух о том, что она поменяла документы и теперь носит совершенно другое имя, а живет прямо-таки в самой столице вместе со своим бандюком.

Это было время, когда проект «Василий Богуславский» уже набирал обороты, и денег у Екатерины Сергеевны было достаточно, чтобы оплатить поиски Гусаровой, или как там теперь ее зовут. Она поехала в город, где отбывала наказание, сунула конверт с купюрами женщине, работающей в паспортной службе, но не узнала ничего в дополнение к тому, что рассказала Верка Титова. Гусарова из города выбыла, и неизвестно, где она находится.

Уж какие действия предпринимала Славчикова, чтобы разыскать Марию Владимировну, Верка не знала. Знала только, что Катерина платила всем и всюду, ездила куда-то, с кем-то встречалась, и в результате выяснила, что Гусарова под новой фамилией проживает вовсе даже не в столице, а в Калужской области, но, правда, в той ее части, которая граничит с областью Московской. С этого момента, примерно год назад, ей потребовалась помощь Верки и ее дружка Сазана—Неженкина. Нужно было уточнить данные, убедиться в том, что женщина, которую вроде бы узнала (но не точно) бывшая Катеринина товарка по отряду, — действительно Мария Владимировна Гусарова, вызнать все про ее жизнь. Этим и занялся Сазан, получавший за хлопоты и на расходы хорошие деньги от Катерины. Славчикова своих планов не скрывала, разумеется, ни о каком убийстве и разговора не было, она не собиралась брать грех на душу и лишать жизни свою обидчицу, ей хотелось отомстить и вернуть крестик. Вернуть крестик — дело нехитрое, правда, нужны люди, ведь Манька так просто украшение не отдаст, да и муженек у нее бандит-уголовник, но это всего лишь вопрос денег и организации. А вот с местью все не так просто. Легко сказать — отомстить, а как сделать? И — главное — что сделать? Чтобы ей было так же больно, так же страшно, так же безысходно, как тем, над кем она издевалась в колонии в бытность начальником отряда.

Месть нужно было придумать. И для этого нужно было собрать как можно больше информации. Сазан старался в меру своих сил и разумения, а ненасытной Катерине было все мало, все мало, и про то ей выведай, и про это, и про другое-третье... Правда, это был постоянный и хороший заработок, и у них с Веркой поначалу появилась мысль зажить как все люди, а чего ж не зажить, если деньги есть? Даже расписались. Но Сазан хотел, чтобы все быстрее закончилось, потому как Катерина пообещала: как только дело будет сделано, она заплатит им с Веркой большую сумму. В качестве, так сказать, премиальных. Ведь в самом акте осуществления возмездия ей нужны будут помощники, одной ей не справиться, и Сазан за эту помощь получит уже совсем другие денежки, не такие, как за сбор сведений. И очень было соблазнительно получить одним махом эти деньги и больше уж ничего не делать, только исключительно кайф ловить, вместо того чтобы таскаться чуть не каждый день на электричке по три часа в один конец.

И вдруг Катерина заявила, что все отменяется. Что ничего больше не нужно делать. Что она передумала. Поблагодарила за помощь и отвалила. Сазан пришел в бешенство: он-то уже губы раскатал на спокойную, пьяную и безбедную жизнь, а тут все обламывается! Пытался уговорить Катерину одуматься, не отступаться от выношенных и выстраданных планов, но той как шлея под хвост попала: нет — и все.

А денег Сазану хотелось. Столько, сколько платила Катерина, у него сроду не было, а ведь должно было стать еще больше. Своего негодования он от Верки не прятал, даже уговаривал позвонить Катерине, поговорить, уломать. Верка и позвонила. Но все без толку. Уперлась Екатерина Сергеевна — и ни в какую.

И тогда Сазан пошел ва-банк. Поехал снова в Калужскую губернию, да прямиходом к бывшей Гусаровой Марии Владимировне, так, мол, и так, нашла вас Катерина, у которой вы крестик позаимствовали, не простила она ваших издевательств, так что жизни вашей сладкой да спокойной пришел конец. Спокойной жизнь-то у экс-Маньки не была, это многоопытный Сазан давно уже понял, потому как муженек ее, уголовничек, в полную силу развернулся, какой уж тут покой. Но что была эта жизнь сладкой, в том Неженкин не сомневался. Короче, предложил он бартерный обмен: я вам скажу, какую фамилию теперь носит Катерина и где она живет, а вы мне за это — деньги. Не захотите — дело, конечно, ваше, только имейте в виду, что Катерина и про ваше прошлое, и про инкассаторскую машину, и про фальшивые ваши документы все знает и, не ровен час, сообщит куда надо. Меня вы, само собой, можете убить хоть прям щас, ежели я вам так уж сильно не нравлюсь, а вот с Катериной что будете делать? Без меня вам ее сроду не найти, так и будете жить в вечном ожидании приятного визита милиционеров, которые вас в розыск объявили.

Переговоры были недолгими и плодотворными. Сазану заплатили, но с условием, что он поможет: позвонит, когда будет нужно, Катерине и попросит выйти на пару минут. Славчикова ему доверяет и выйдет без разговоров. Сазану даже не обязательно самому приезжать к ее дому, пусть сидит в своей квартире, ему дадут знать, когда нужно будет позвонить и сказать, что, дескать, у него проблемы, нужно посоветоваться срочно, он тут подъехал с одним знакомым на машине... Выйдет Катерина, никуда не денется. Главное, чтобы она сама села в машину, крик не поднимала и внимания к себе не привлекала. А там уж они разберутся с ней.

Сазан уговор выполнил, позвонил — хорошо, что Верка хлопнула вечером пару стаканов и спать завалилась, не слыхала ничего, — и начал праздновать начало новой жизни, богатой и беспроблемной. Жене о своем подвиге и гонораре за него, натурально, не сказал, сидел полночи с бутылкой, сперва с одной, потом со второй, и обдумывал планы на будущее. Может, ну ее на хрен, эту Верку-пьянь? С такими деньгами он себе получше найдет. Но, с другой стороны, которая получше, на ту денег больше придется тратить, и они быстрее закончатся, Сазан еще свою первую цистерну водки выпить не успеет, а в кармане уже пусто. Так что надо подумать...

Додумать он решил утром, на свежую голову. Но както не получилось. Проснулся, а в доме ментов полно, Верка ревет белугой, баба какая-то по телефону разговаривает. В общем, такое у него впечатление сложилось, что погорячился он денежную сытую жизнь планировать. Ох погорячился.

* * *

В машине Настю снова укачало, к тому же и тахикардия началась. Зарубин вел бесконечные переговоры по телефону, она не вслушивалась, потому что знала: он доложил руководству, руководство связалось с УВД Калужской области, и теперь идет согласование — кто поедет задерживать бывшую Гусарову и ее мужа, да когда поедет, да кто будет главным, а кто на подхвате. Обычная процедура, можно в детали не вникать, Сережка все сделает как надо и сообщит ей конечный результат. В полусне Настя вспоминала то, что рассказали Титова и Неженкин, и искренне горевала, сопоставляя их рассказ с последними словами Екатерины Сергеевны: «Не нужно тратить жизнь на возмездие. Ничто не имеет значения». Как печально все закончилось... как поздно она спохватилась... как обидно становиться жертвой не собственных ошибок, а чужой жадности...

— Я спрашиваю, ты поедешь с нами или тебя в контору забросить?

Она стряхнула вызванную тошнотой одурь. Ехать на задержание? Нет уж, увольте, не в том она возрасте, чтобы упиваться стрелялками и мордобоем. Задержание авральное, не подготовленное, стало быть, тихим и красивым ему не быть. И спать так хочется — ужас прямо!

— Домой поеду, — вяло пробормотала она. — Всю ночь не спала.

Она мечтала о горячем душе, горячем чае и теплом одеяле. Сквозь дремоту ей показалось, что деревянный дедок в кармане куртки зашевелился, заерзал и что-то сказал. Раздраженно сунув руку в карман с твердым намерением переложить неугомонного старца в сумку, чтобы не мешал спать, она наткнулась на вибрирующий телефон. «Ничего не знаю, — мысленно произнесла она заклинание. — Ничего не слышу. Ничего не хочу делать. Если это Афоня, скажу, что еду домой, — и пусть как хочет. Пусть увольняет. На работу не пойду, все равно уже почти три часа». Но это оказался не Афанасьев, а следователь Герасимчук.

— Анастасия Павловна, у меня к вам просьба.

Это интересно. Но так не нужно, так не вовремя! А голос у него холодный, как замерзшая дорога, и такой же опасный. Выговаривать, что ли, собрался? «У меня к вам просьба прекратить самодеятельность». Или, как вариант: «У меня к вам просьба работать более добросовестно и результативно».

— Слушаю вас, Артем Андреевич, — безразлично произнесла она.

Никакие выговоры ей не страшны в принципе, а сейчас, когда она так устала, в особенности.

— Я хочу попросить вас приехать и допросить Сафронова. Поручение я уже написал. Его примерно через полчаса привезут.

— Кого привезут? Поручение?

— Нет, — ей показалось, что Герасимчук слегка улыбнулся, — Сафронова привезут. Я вынес постановление о задержании, но я хочу, чтобы его допрашивали вы.

— Но почему я?

— Анастасия Павловна, я — человек трезвый, если вы успели заметить. На допросе речь пойдет о вещах, мягко говоря, достаточно интимных. Сафронов значительно старше меня, и я боюсь, что разговора у нас с ним не получится. Вы меня понимаете?

Она понимала. Маленький следователь Тема боится, что Сафронов не сможет не просто опровергать обвинения, а вообще говорить на тему своего сексуального опыта, приобретенного в несовершеннолетнем возрасте со взрослой женщиной. Он слова из себя выдавить не сможет, если с ним будет разговаривать этот красивенький мальчик, который, если снять с него китель с погонами, как раз и выглядит пятнадцатилетним подростком. Сафронову тридцать восемь лет, он — взрослый и давно состоявшийся мужчина, и не станет он ни о чем говорить с пацаном. Но каков Артем Андреевич, а? Мужества и самокритичности ему не занимать. В интересах дела он готов забыть о самолюбии и собственных комплексах. Если не сломается, станет настоящим следователем-волкодавом.

— Да, я понимаю. Вы правы, Артем Андреевич. Но разве некому больше допросить его?

— Все оперативники, работающие по делу, младше тридцати лет. Ничего не получится.

— А что, других оперативников, постарше, в московской милиции нет? И следователей тоже? Вы один на белом свете остались? — Она начала сердиться. — Артем Андреевич, я вчера вообще спать не ложилась, меня в двенадцать ночи вызвали на убийство, и я только сейчас возвращаюсь домой. Я никакая, вы это можете понять?

— Могу, — охотно согласился маленький Герасимчук. — Но я хотел бы, чтобы и вы поняли меня. Сафронова нужно не просто допросить по факту, его нужно колоть, мы его подозреваем в убийстве. Допросить по факту может кто угодно, раскалывать может только человек, полностью владеющий материалами дела. То есть вы. Все остальные — значительно моложе.

— Вы хотите сказать, что я — глубокая старуха? — усмехнулась Настя. — Не боитесь, что я обижусь?

— Если вы обидитесь, я направлю отдельное поручение в порядке статьи тридцать восьмой УПК официальным путем, и оно все равно придет к вам, только мы потеряем два-три дня, — ледяным тоном отчеканил следователь. — Мне придется сегодня отпустить Сафронова, чтобы снова задержать, когда вы выспитесь, и за это время он успеет поработать с доказательствами и со свидетелями. Пока он даже не догадывается, что мы знаем о шантаже, и ничего не предпринимает, но это легко можно изменить, если вы настаиваете.

Вот чертенок! Такой маленький, такой красивый, такой молоденький — и уже такой вредный.

— Вы меня убедили, Артем Андреевич, — она с трудом сдерживала смех. — Я сейчас приеду.

Она сунула телефон в карман и пожаловалась Зарубину:

— Опять поспать не дали. Вот выйду на пенсию — буду спать целыми днями.

* * *

Увидев в кабинете следователя Каменскую, Егор Сафронов не скрывал сердитого удивления.

— Опять вы? Я думал, вы уже перестали держать дело на контроле.

— Почему это вы так подумали? — спросила Настя.

— Ну... вы перестали работать, вас не видно, вокруг меня только молодняк крутится... А почему меня доставили с милицией? Раньше следователь звонил — и я приезжал по первому требованию. Или вы сами ко мне приходили.

— Егор Витальевич, вас не просто доставили, вас задержали. Вы не поняли?

Она смотрела на него с любопытством, он на нее — с искренним недоумением. Надо было начинать допрос, но Насте мешало осознание того, что к допросу задержанного она не готова. У нее не было ни плана, ни домашних заготовок, ни понимания того, в какие моменты лучше всего доставать козыри из рукава. К таким допросам она привыкла готовиться хотя бы час-полтора, и желательно — на свежую голову, а не после бессонной ночи, наполненной переживаниями и стрессами.

С чего же начать? Как лучше повести разговор? Она смотрела на Сафронова, пытаясь найти единственно правильное решение, и вдруг поняла... Поняла, как все было.

— Вы очень ее любите? — тихо спросила она.

Сафронов не ответил, уставившись на Настю в полном изумлении. Ну конечно, он вообще не понял, о чем это она.

— Вы очень любите Тамару Леонидовну, вы любили ее все эти годы, вы с ней не расставались, в ваших отношениях не было перерыва. И оба ваших брака оказались бездетными и распались, потому что вы не могли не думать о Тамаре и не встречаться с ней. Когда у вас все началось, она была уже замужем, и ей в голову не приходило, что смешной летний роман с мальчиком может перерасти во что-то более серьезное. Для вас, Егор Витальевич, это было серьезным с самого начала, для нее катастрофа наступила позже. Сколько вам тогда было? Двадцать? Двадцать пять? Наступил момент, когда она поняла, что заигралась с вами, что она не просто развлекается на стороне, а любит вас. Наверное, это случилось, когда вы собрались в первый раз жениться. Тамара Леонидовна почувствовала, что ей это неприятно, и испугалась. Почему вы не женились на ней? Что вам помешало? Разница в возрасте? Когда вам пятнадцать, а ей двадцать три, это равносильно пропасти. Но когда вам двадцать семь, а ей тридцать пять, это практически незаметно. Так почему же?

— Я не буду это обсуждать.

Сафронов застыл на своем стуле, только желваки играли.

— Вам придется, Егор Витальевич, — мягко возразила Настя. — Без этого нам с вами не обойтись. Деньги, да? У мужа Тамары Леонидовны были большие деньги, он довольно ловко сделал их в начале девяностых и на эти деньги создал банк, в котором руководит его жена. Впрочем, не имеет значения, почему вы не женились на Ефремовой. Важно другое: все эти годы вы были вместе, хотя у вас были свои семьи. Вы любили друг друга. Когда вы захотели открыть собственное дело и вам понадобился кредит, Тамара Леонидовна устроила вам его с такими мизерными процентами, что на них можно было не обращать внимания. Ни в одном другом банке вы бы такой кредит не получили. И все шло хорошо до тех пор, пока в вашем салоне не появилась Елена. Вы знаете, как она к вам попала?

— Я не буду говорить на эту тему, — повторил сквозь зубы Егор Витальевич.

— Хорошо, я сама скажу. Она случайно увидела в журнале интервью с Ефремовой, узнала ее и вспомнила. Она и вас помнила, Егор Витальевич, ведь свои детские влюбленности женщины не забывают. Узнать Ефремову было несложно, Елена видела ее, когда той было уже двадцать три года, к этому времени черты внешности уже полностью определяются и в дальнейшем меняются незначительно. Потом еще одно интервью, уже в другом журнале. Елена интересовалась деловой жизнью Москвы, она хотела сделать здесь карьеру, и то, что руководитель крупного банка может оказаться у нее в руках, ее порадовало. Она начала присматриваться к Тамаре Леонидовне, приезжала на своей машине, ставила ее неподалеку от банка и наблюдала: когда приходит, когда уходит, во что одевается, на каких автомобилях и с какими водителями ездит, где бывает. Каково же было ее удивление, когда она увидела рядом с Ефремовой вас! Елена выяснила, кто вы теперь и чем занимаетесь, и пришла в ваш салон. К счастью, вы недавно открылись, и вам нужен был второй администратор. Но если бы все вакансии были заняты, Елена все равно добилась бы того, чтобы вы взяли ее на работу. Она знала, как это сделать. О том, что было дальше, вы рассказали мне сами. Только насчет неожиданного стремления к отцовству вы солгали. Не могло у вас быть такого стремления, потому что для вас существует только Тамара Леонидовна, а на всех остальных женщинах вы женитесь, потому что так принято, потому что уважаемый бизнесмен должен быть женатым, иначе партнеры подумают, что с ним что-то не в порядке, но вы всегда оставляли себе путь к отступлению, вы хотели иметь возможность порвать с женой, как только брак станет совсем уж тягостным, а ребенок мешает такой свободе маневра. Не хотели вы ребенка, которого собиралась родить Лена Щеткина. А вот Лена этого ребенка очень хотела. Забеременела она случайно, ничего такого она не планировала, но, когда выяснилось, что у нее будет ребенок, она приняла решение непременно его родить. Тем более вы ей очень нравились как мужчина, ведь детские влюбленности не забываются и легко оживают. И она приняла решение не трогать Тамару, а шантажировать вас, чтобы обеспечить своему будущему ребенку жизнь в полноценной семье и в достатке. Елена понимала, что вам самому этот шантаж не страшен, вы лично не сделали ничего плохого, но она отдавала себе отчет в том, как сильны ваши чувства к Тамаре. Она точно знала, что ради нее вы сделаете все, что угодно. Она заставила вас жениться под угрозой разглашения того, что сделала ваша любимая женщина много лет назад. В Уголовном кодексе для этого есть название, и срок предусмотрен. Правда, давность истекла, так что суд Тамаре Леонидовне не угрожал, но огласка, позор, разрыв с мужем... И сыну семнадцать лет. Ведь так, Егор Витальевич? Так все было?

— Я не убивал Елену. Причины, по которым я женился на ней, я обсуждать с вами не намерен, но я ее не убивал. Зачем мне это? Я уже женился на ней. Если следовать вашей логике, я якобы испугался шантажа. Допустим. Но я же мог убить ее сразу, не доводя дело до женитьбы. Зачем мне было жениться?

— Чтобы взять тайм-аут, передышку, подумать и организовать все так, чтобы вас никто не заподозрил. Вы знали, что Елена собирается заехать на старую квартиру за теплыми вещами. И у вас были запасные ключи. Вы понимали, что в той квартире вам никто не помешает, никто туда не придет, вы убьете Елену, вернетесь домой и будете спокойно изображать мужа, ждущего жену с работы. Потом придет черед мужа, беспокоящегося и обзванивающего знакомых. И так далее. А если в квартире обнаружатся ваши следы, то это никого не удивит, ведь вы прибежали туда рано утром, обнаружили убитую жену и ждали милицию. У вас есть что возразить мне?

— Есть. Вы проверяли мое алиби, каждая минута того дня у меня подтверждена свидетелями. Как я мог поехать на квартиру Лены и ждать ее там, если меня все время кто-то где-то видел? Вы же не станете утверждать, что я подкупил свидетелей?

— Почему не стану? Что в этом невозможного? И потом, вам необязательно было ехать и убивать Елену самому, для этого существуют наемники. Вы никогда об этом не слышали?

— Чушь. Полная чушь. Я не понял, вы что, серьезно подозреваете меня в убийстве Лены?

— Ну а что мне остается, Егор Витальевич? — Настя развела руками. — Что бы я вам ни сказала, вы мне отвечаете, что не хотите это обсуждать. Попытайтесь меня опровергнуть, и я изменю свое мнение, если вы будете достаточно убедительны.

— Да вы что, обалдели совсем, что ли?! — заорал Сафронов. — Что вы несете? Как вы смеете?!

Ну слава богу, сдвинулись, подумала Настя. А то сидел как каменный, ни тпру, ни ну. Теперь с ним хотя бы можно разговаривать.

Она начала последовательно давить его вопросами: как давно вы знакомы с Тамарой Леонидовной Ефремовой? Как часто вы с ней встречались? Когда виделись в последний раз? В какой форме Елена выдвинула свои требования? Каковы были ее финансовые условия при вступлении в брак, настаивала ли она на брачном договоре, оговаривала ли содержание ребенка в случае последующего расторжения брака? Когда и при каких обстоятельствах вы рассказали Ефремовой о том, что ваша сотрудница вас шантажирует? Что ответила Ефремова?

Предложила ли она какой-нибудь выход из ситуации? Какой именно?

Через два с половиной часа Настя полностью выдохлась и вынуждена была признать, что у нее ничего не получилось. Связь с Ефремовой Егор Витальевич в конце концов отрицать перестал и даже согласился, правда, сквозь зубы, с тем, что в целом Каменская восстановила всю историю правильно. Кроме одного: он жену не убивал.

«Зря мальчик Тема на меня понадеялся, — расстроенно думала Настя, когда Сафронова увели в камеру. — Не оправдала я его надежд. Вот что значит неподготовленный допрос на замороченную голову. Но, с другой стороны, Сафронов хотя бы разговаривал со мной и ответил на множество вопросов, касающихся его контактов с Ефремовой в последние месяцы. Герасимчуку он на эти вопросы ни за что не ответил бы, потому что не счел бы возможным обсуждать свою связь с Тамарой, так что какая-никакая польза от меня все-таки есть. Теперь пусть кто-нибудь допросит Тамару Леонидовну по тем же самым пунктам, и можно будет ловить их на противоречиях. Темочка их дожмет, он зубастенький. Ой елки-палки, а кто же будет Тамару допрашивать? Неужели опять я? Сколько ей сейчас? Сорок пять? Артемчик точно не возьмется, по тем же самым причинам, по которым не стал допрашивать Сафронова, и будет прав на сто тридцать процентов. Жаль, что следователь Анисимова работает не в этом округе, вот кого бы на Ефремову натравить, и хватка железная, и возраст подходящий. Куда вы, мальчики, без нас, старушек, денетесь?»

Она сделала уже вторую за день попытку вернуться домой, тем более и время для этого было вполне приличным, без четверти семь, но Герасимчук, провожая ее, сказал:

— Кстати, Анастасия Павловна, пока вы допрашивали Сафронова, звонил ваш начальник несколько раз. Он пытался дозвониться вам на мобильный, но вы не отвечали, и ему кто-то сказал, что вы у меня. Он просил вас обязательно позвонить.

Пришлось звонить. И потом ехать на Петровку. И заниматься текучкой, писаниной и прочими скучными, но необходимыми делами.

Наконец около десяти вечера Настя, плохо соображающая от усталости, решила, что теперь-то уж ничто и никто не помешает ей осуществить свой план в части душа, чая и постели. Она уже закрывала и опечатывала сейф, когда зазвонил городской телефон.

— Анастасия Павловна? Это Богданов.

Так. Ну, что еще? Неужели ей снова не удастся пойти домой? Говорят, бог троицу любит. Значит, третья попытка закончить на сегодня с работой тоже бесславно провалится.

— Я, собственно, ищу вашего коллегу Ильина, но у него служебный телефон не отвечает, а никакого другого номера он мне не оставил. Не подскажете, как с ним связаться?

Она не подскажет. Оперативник оставляет свидетелям только тот номер телефона, который считает нужным, и никто не вправе самовольно расширять круг знаний посторонних лиц.

— Он на задании, Глеб Борисович, — осторожно ответила Настя. — Может быть, я могу быть вам полезной?

Интересно, знает Богданов о том, что Славчикова погибла? Если не знает, то говорить ему или нет? Распереживается старик, с сердцем плохо станет... Нет, не рискнет Настя, не возьмет на себя ответственность. Плохие вести нужно приносить лично, чтобы в случае чего помочь, поддержать, просто побыть рядом.

— Дело в том, что Петр был сегодня у меня, и по ходу беседы речь зашла о моей книге о Бонч-Бруевиче. Он очень хотел ее прочесть, сказал, что в свое время не смог достать, и спрашивал, нет ли у меня лишнего экземпляра. Я посмотрел у себя и не нашел. А вечером обнаружил целых две книги, они почему-то стояли в другом месте. Я, собственно, хотел ему сказать, что он может подъехать и взять книгу, если хочет. Вы ему не передадите?

Книга о Бонч-Бруевиче... И Петя Ильин. Он что, с ума сошел? Какая книга? Когда ему читать? Да еще о Бонч-Бруевиче. Дурдом на колесах. А Богданов спокоен, не похоже, чтобы он знал о Катерине. Неужели даже Василий ему не позвонил? Впрочем, Василию не до него, он, наверное, с отцом, с братьями. Как бы он ни относился к Екатерине Сергеевне, но ведь у родного отца горе... Сказать или не сказать по телефону? Или плюнуть на все и поехать сейчас к Богданову? Сил нет. Ни на что нет сил, тем паче на то, чтобы сидеть со стариком-сердечником, капать ему лекарство, вызывать «неотложку» и утешать. Ладно, завтра. Все завтра.

— Конечно, Глеб Борисович, я передам.

Черт возьми, а если гибель Славчиковой попала в телевизионные выпуски новостей? Богданов услышит. Он дома один. Кошмар. Что же делать?

Она никак не могла принять решение, поэтому стала думать, как бы потянуть время. Что бы такое сказать? Или спросить?

— А для чего к вам приезжал Ильин? Что-нибудь случилось?

— Он интересовался, как мы придумываем детективные сюжеты и откуда так хорошо знаем работу милиции. Почему-то его это очень интересует. Вообще ваш коллега Ильин производит хорошее впечатление, начитанный, всем интересуется. Спрашивал, кто из работников милиции нас консультирует.

— И что вы ему ответили? — напряженно спросила Настя.

— Что мы ничьими консультациями не пользуемся.

— А Ильин не предложил вам свои услуги в качестве консультанта?

— Нет, — голос Богданова звучит ровно и чуть удивленно. — Какой странный вопрос. А что, он должен был мне это предложить?

— Нет-нет, я просто так спросила. Вы не беспокойтесь, я передам Петру насчет книги.

— Всего доброго, Анастасия Павловна.

— До свидания, — пробормотала она.

Петя Ильин. Какого черта он сунулся к Богданову со своими вопросами? Ведь решено же было не трогать соавторов до поры до времени, не пугать их разговорами о материалах журналиста Нестерова. Конечно, Петька про материалы впрямую не спрашивал, действовал с подходцем, дескать, откуда вы так хорошо знаете нашу работу, да как ловко вы все это придумываете, в надежде услышать в ответ, что есть материалы, в которых много чего написано... Или хотя бы слова о том, что вот Катерина у нас все это придумывает... Или Вася... В общем, любой намек годится, от него можно отталкиваться.

Но зачем, зачем Петька это сделал? Какие лавры ему покоя не дают? Чего он хочет добиться? Мог же все испортить. А может, и испортил уже.

Он пришел проситься в группу, работающую по делу об убийстве Лаптевой. Сам пришел. И не месяц назад, а именно сейчас, когда убили Глафиру Митрофановну, и не где-нибудь, а в квартире знаменитого писателя Богданова. Он проявлял повышенный интерес к писателям, просил Настю дать ему возможность побеседовать с ними и даже открыто говорил о том, что ему интересно, откуда они берут хитрые сюжеты о махинациях в милиции и прокуратуре. Он все сказал, а она не услышала.

Сколько ему заплатили, гаденышу? Или не заплатили, а запугали? Нет, скорее заплатили, уж больно он жизнерадостный. Ожидание обещанных денег создает хорошее настроение, а шантаж — никогда.

Погодин и его люди велели Боровенко разбить стекла в машине Богданова, когда все соавторы будут вместе. Глеб Борисович должен был обратиться в милицию, ведь машина застрахована, а без справки из милиции страховку не выплатят. Но он не обратился.

Тогда прислали игрушечную бомбу. И снова — тогда, когда они все вместе. Они должны были испугаться и вызвать милицию. И вызвали бы, если бы не Богданов, который был категорически против, а ссориться с ним никто не захотел.

И в том, и в другом случае все трое попадают в руки как минимум дознавателей, и можно завязывать с ними контакты и задавать любые вопросы. Найти среди работников милиции человека, который за деньги возьмется выудить у соавторов нужную информацию, — раз плюнуть. Главное, чтобы все было естественно и не вызывало подозрений. Можно было бы просто разыграть спектакль и познакомиться со всеми троими, но какая разница? Что так спектакль, что эдак. А работник милиции — это человек, на вопросы которого как-то неловко и опасно не отвечать, даже если они не относятся к делу. Так что вариант получался беспроигрышный.

Но не складывалось. Богданов не хочет связываться с милицией. Значит, надо его заставить. Надо сделать что-то такое, после чего появление милиционеров станет совершенно неизбежным.

Господи, до какого же цинизма надо дойти, чтобы ради такого дела убить старуху? Можно было бы обокрасть квартиру, ведь ключ у них был. Правда, поняв крутой нрав Глеба Борисовича, они не могли быть уверены, что он заявит о краже. И скорее всего он не заявил бы. А убийство — это наверняка. Слишком большую ценность представляют для Погодина материалы Нестерова. Что он собирается с ними делать? Понятно что — шантажировать тех, кто является героями этих материалов и пока уцелел. Вымогать у них деньги. Или выгодно продать материалы каким-нибудь предвыборным штабам, ведь совсем скоро выборы в Госдуму, а через четыре месяца — президентские. На такие материалы спрос будет огромным, и, умело торгуя ими, можно стать миллионером, да не рублевым, а условно-единичным, евро-долларовым.

Что же делать с Петькой? Надо срочно что-то придумывать, надо как-то отслеживать его разговоры, передвижения, контакты, надо выяснить, кто дал ему поручение и обещал заплатить, перед кем он отчитывается. Но она так устала, что уже не в состоянии ничего толкового придумать. Пусть думают те, у кого голова лучше работает.

Настя сняла трубку и позвонила Короткову на мобильный.

— Ты где, Юр? Где я тебя застала?

— В дороге, подъезжаю к дому.

— Ты мне срочно нужен.

— Ася...

— Это правда очень срочно. И очень важно. Без шуток. Если ты устал и не хочешь никуда ехать, я сама приеду.

— Да ладно, ты же ночь не спала, куда тебе ехать, — безнадежно ответил Коротков. — Выходи через полчаса, я подъеду, отвезу тебя, заодно и поговорим.

Еще полчаса на работе. И потом долгий и трудный

разговор с Коротковым. Да, с третьей попытки попасть домой тоже не удалось. Но уж четвертая-то наверняка окажется успешной.

— Слушай, дед, а мы с тобой молодцы, а? Сломались бы раньше времени, ушли бы домой до того, как позвонил Богданов, так ничего и не узнали бы, — сказала она, обращаясь к дедку и ловя себя на том, что разговоры с фигуркой вслух стали входить в привычку. Может быть, это признаки начинающегося старческого маразма? — Мы с тобой еще ничего, еще могем.

Глава 12

Разговор с полковником Афанасьевым Юра Коротков взял на себя. Если начальник согласится с доводами Каменской, он свяжется с управлением собственной безопасности и отдаст Петю Ильина им на съедение. Пусть сами устанавливают наблюдение за шустрым любителем литературы.

— Только, Аська, они должны знать, кого искать. Что у нас есть по этому Николаю?

— Мало что, — призналась она. — С супругами Боровенко Николай встречался всего три раза. В первый раз они беседовали поздно вечером в машине, встреча продлилась всего несколько минут. Во второй раз он передал аппаратуру для прослушивания, в третий — взял ключ, выкупленный у Шарыло. Вторая и третья встречи состоялись тоже в темное время в малоосвещенных местах и были очень краткими, не дольше минуты. Осторожный, сволочь! Остальные контакты были по телефону. Они его толком и не рассмотрели. Возраст — между сорока и сорока пятью, как им показалось. Волосы прямые, коротко стриженные, на лбу высокие залысины.

Вот, собственно, и все. Много ли разглядишь в темноте и в машине?

— Да уж, приметы богатые, — усмехнулся Юра. — А как насчет идей?

— Еще беднее, чем с приметами, — уныло сказала Настя. — Но я знаешь о чем подумала? Все, что придумал Погодин, это, конечно, оригинально, нестандартно, но это слишком сложно. Почему он сразу пошел по такому сложному пути?

— Откуда ты знаешь, что сразу? Может, он сперва простые пути попробовал, а уж потом...

— Вот! Юрка, ты зришь в корень. Он должен был попробовать найти материалы тем способом, который сразу приходит в голову. А что в таких случаях приходит в голову? Место работы и место жительства, то есть коллеги и вдова. Что проще, как ты думаешь?

— Для меня — вдова, само собой, — ответил Коротков, не задумываясь. — Я — мужчина, она — женщина, познакомиться, втереться в доверие, то да се... А если уж с ней не получится, тогда искать подходы к месту работы, но это труднее.

— Значит, завтра прямо с утра я поеду к вдове Нестерова, — решила Настя. — Тот, кто ищет материалы, обязательно должен был у нее побывать.

Вдова журналиста Игоря Нестерова Светлана оказалась симпатичной женщиной чуть за тридцать. Она жила одна в небольшой двухкомнатной квартире, обставленной красиво и добротно, но без роскоши.

— Вы хотите поговорить о смерти Игоря? — спросила она, нахмурившись. — Учтите, мне нечего вам рассказать сверх того, что я уже говорила. Я точно знаю, что Игорь сам принял решение уйти из жизни, и все ваши старания доказать, что его убили, мне неприятны.

Настя перебрала в уме все то, что сумела запомнить из материалов дела. Да, на допросах Светлана ни разу не высказала сомнений в самоубийстве мужа, но о причинах принятого им страшного решения не было сказано ни слова. Вдова утверждала, что Игорь в последние недели перед смертью был подавлен, нервозен и вообще не похож на себя прежнего, но с чем это связано — он не говорил.

Вообще-то Настя пришла выяснять вовсе не подробности смерти Нестерова, дело давно приостановлено, и никаких новых решений следствие по нему не принимало.

— Нет, Светлана, я не занимаюсь причиной гибели вашего мужа, — сказала она. — Но с его смертью связано еще несколько преступлений, которыми я как раз и занимаюсь сейчас.

— Вы говорите неправду. Мне, конечно, все равно, что вы там пытаетесь раскрыть и кого найти, но мне неприятно, когда меня обманывают.

Вот и приехали. С чего это Светлана Нестерова решила, что Настя ее обманывает?

— Вы сказали, что закрыли дело, а сами продолжаете копаться в нем, все выведываете, выспрашиваете, потихоньку, за моей спиной... Как же вам не стыдно?!

— Погодите, Светлана, — мягко прервала ее Настя, — кто это «вы»? Мы с вами встречаемся впервые, я ничего вам не говорила о том, что дело закрыто...

— Ну, не вы, а следователь. Какая разница? Вы все из одной конторы. Милиция, — в ее голосе зазвучало нескрываемое презрение.

Н-да, не любит народ органы внутренних дел. Печально, но факт. Но любопытно, что она имела в виду, когда сказала, что по делу продолжается работа? Никто никакой работы после приостановления дела не вел, Настя это выясняла. Конечно, по приостановленному делу сыщики все равно должны продолжать работу, но это делается от случая к случаю и в основном тогда, когда неожиданно появляются какие-то зацепки в ходе работы по другим делам. В деле же о самоубийстве журналиста Нестерова никаких подвижек не было, и все оставалось в том же состоянии, в каком и было на момент приостановления следствия.

— Следователь — это не милиция, а органы юстиции, и конторы у нас разные, — спокойно объяснила Настя. — А сыщики должны работать до тех пор, пока не будет полной ясности. Мне жаль, если кто-то из них был неделикатным и доставил вам неприятные минуты.

Нестерова слегка смутилась. По-видимому, поняла, что переборщила с претензиями.

— Ну... я не хотела сказать, что он был неделикатным. Просто...

Так, понятно. Николай, или как там его зовут на самом деле, был у Светланы, представился оперативником и сказал, что продолжает раскрывать тайну смерти журналиста. Интересно, какие документы он показывал Нестеровой, и показывал ли их вообще? Значит, легенду он выбрал милицейскую, а не романтическую.

— Вы говорите о Николае? — как можно увереннее спросила Настя. — Или к вам приходил другой сотрудник?

— О Николае, о ком же еще.

И снова Насте показалось, что Нестерова как-то напряжена. Да что ж такое-то? Чем ей досадил этот Николай? Или он все-таки решил совместить обе легенды, начал с роли сыщика, а закончил ролью любовника? И Светлана боится, что он рассказал об этом коллегам. Но, с другой стороны, что в этом страшного? Светлана вдовствует уже больше года. Все естественно.

— Он вам не понравился? — невинно осведомилась Настя. — Чем-то вас обидел? Сделал что-то не так? Вы скажите, не стесняйтесь. Если он допустил какую-то ошибку и сделал вам больно, я должна об этом знать, чтобы не повторить его промах.

— Он... он воспользовался моей растерянностью, слабостью и заставил рассказать об Игоре... — с трудом произнесла Светлана. — Я никому не рассказывала этого, мне было стыдно... Любой женщине стыдно признаваться в том, что она делает, чтобы удержать мужа. А он както разговорил меня, и я подумала, что могу ему доверять...

Ну да, конечно, она подумала, что это любовь, и что Николай никогда ее не предаст, и с ним можно поделиться. А он выяснил все, что его интересовало, и слинял. Ни ответа — ни привета.

— Светлана, то, что вы говорите, очень важно для следствия. Николай оценил ваше доверие и ничего никому не рассказал, и мы так и не знаем, из-за чего ваш муж покончил с собой. Может быть, вы мне расскажете? Я, конечно, могу заставить Николая передать ваш рассказ, но лучше всегда слышать из первых уст. И потом, ему будет неприятно это пересказывать, получится, как будто он вас предает, ведь вы ему доверились.

— Да ладно, чего там, — горько вздохнула Нестерова. — Трудно только в первый раз решиться. Потом уже легче.

Нестеров жене изменял, но не особенно регулярно и не очень серьезно. Она, конечно, кое о чем догадывалась, но Игорь умел вести себя пристойно, все его отлучки, поздние возвращения и ночевки вне дома имели вполне надежные оправдания, и Светлана понимала, что, даже если муж на самом деле проводит время с женщиной, он в любом случае хочет сохранить их брак и не хочет оскорблять жену. Игорь всегда, независимо от наличия романов на стороне, был внимательным, заботливым и веселым, проявлял к Светлане мужской интерес и периодически делал внезапные милые подарки, украшающие супружескую жизнь минутами неожиданной радости.

А потом все изменилось. Он встретил женщину, от которой потерял рассудок. Перестал быть внимательным, перестал интересоваться женой, перестал придумывать хотя бы минимально достоверные оправдания своему отсутствию. Брак рушился на глазах. Какое-то время Светлана надеялась, что все пройдет, Игорь одумается и расстанется с новой возлюбленной. Потом она обнаружила, что из дома и с банковских счетов исчезли все деньги, которые они скопили. Потом узнала, что он залез в долги — на новую пассию нужны были большие суммы. Потом стало происходить что-то непонятное, и Светлана заподозрила, что Игорь приторговывает собранными на некоторых должностных лиц материалами. Куда выгоднее продать компру заинтересованным в ее сокрытии лицам, нежели делать очередной материал для рубрики. Она пыталась поговорить с мужем, но Игорь от разговоров уклонялся и, разумеется, не признался в ненадлежащем использовании сведений, добытых в результате журналистского расследования.

Тогда Светлана решилась на последнее средство. У них не было детей — врачи не рекомендовали ей рожать из-за серьезных проблем с почками. Уж каких унизительных усилий ей стоило затащить неверного мужа в постель — можно только догадываться, но зато все получилось с первого раза, она забеременела. Игоря, однако, это не обрадовало и не остановило, он продолжал сходить с ума по своей возлюбленной, только к проблемам с изменой, деньгами, долгами и журналистской нечистоплотностью прибавилось и чувство вины перед женой: она так хотела ребенка, а он ему не радовался. Более того, он, по-видимому, понимал, что теперь уже не сможет бросить Светлану. Но и бросить свою любовь у него сил не было. Ситуация зашла для него в тупик, и выход Игорю виделся только один. Им он и воспользовался.

Через день после его смерти Светлана потеряла ребенка — ослабленный болезнью организм не справился со стрессом.

— Наверное, я виновата в его смерти. Если бы я не забеременела, он бы справился. В конце концов, бросил бы либо меня, либо ее, но остался жив.

Светлана опустила голову, чтобы скрыть выражение лица, но Настя понимала, что ей до сих пор больно. Что тут скажешь?

— Я одного не понимаю, — продолжала Нестерова, не поднимая головы, — неужели эта тварь не видела, что с ним происходит? Неужели не понимала, чего ему стоят эти отношения? Зачем она позволяла ему тратить столько денег? Он же не миллионер, не банкир, он журналист, откуда у него столько денег, чтобы удовлетворять ее аппетиты? Я ведь понимала, что ему приходится ради этих денег быть нечестным, а она? Совсем дура, да? Ничего не видела, ничего не слышала? Но если она такая дура, то что Игорь в ней нашел? Как мог так влюбиться, что разрушил и свою жизнь, и мою?

— Наверное, у нее были другие достоинства, — осторожно подала голос Настя.

— Ну конечно, — грустно усмехнулась Светлана. — Она очень красивая. Обалденно красивая дура.

— Вы ее видели? Или вам Игорь говорил?

— Нет, что вы, Игорь о ней ни слова не сказал, он ни разу не признался мне, что у него есть другая женщина. Я не давала ему возможности признаться, потому что понимала, что после этого ему ничего не останется, как уйти. А я не хотела, чтобы он уходил. Я фотографию видела. После его смерти мне из редакции принесли его вещи, бумаги, дискеты, короче, все, что было у него в столе. Среди всего прочего были и фотографии. Хотите, покажу?

Смотреть Насте не хотелось, ей было неинтересно, как выглядит женщина, из-за отношений с которой журналист Нестеров разрушил две жизни. Но фотографии — это мостик к разговору о бумагах и дискетах, иными словами, о материалах, к которым проявлял интерес мифический Николай. Так что придется смотреть.

Женщина, запечатленная на двух фотографиях вместе с Игорем Нестеровым, была действительно очень красивой. И очень знакомой.

Это была Елена Щеткина.

Вот, значит, кто был ее последним любовником, после разрыва с которым Елена долго не могла прийти в себя. Да и не разрыв это был, как думала раньше Настя, а трагическая смерть. Вот почему ему нужны были деньги: Елена не умела строить отношений с мужчинами иначе, как по отработанной схеме. Как только ее стало что-то не устраивать в том, как Нестеров к ней относится, она прибегла к испытанному оружию — намекам на сексуальную несостоятельность. Наверное, его, в отличие от своих предыдущих спонсоров, она все-таки любила, потому что ничего такого, что она привыкла получать от своих любовников, он ей предложить не мог. Да, он тратил на нее деньги, но это были совсем не те деньги, которые Елена получала раньше. Значит, тут была не корысть, а настоящее чувство. Разумеется, только в той мере, в какой Елена Щеткина вообще была способна на чувства по отношению к мужчине. Любовь любовью, но мужчины существуют для того, чтобы женщины их использовали, это она с молоком матери впитала и накрепко усвоила.

— Вы что-нибудь знаете об этой женщине? — спросила она Светлану.

Нестерова снова взяла в руки фотографии и яростно теребила их, словно не могла решить, порвать их наконец и перестать вспоминать о любовнице покойного мужа или же положить назад.

— Почти ничего. Только имя, мне девочки из редакции сказали, они же все слышат и все про всех знают, кто кому звонит, кто с кем ушел, кто с кем пришел, кто куда уехал. Они принесли вещи Игоря, я стала смотреть, увидела фотографии и спросила, кто это. Они и сказали. И еще сказали, что она живет где-то в районе метро «Проспект Вернадского», потому что слышали много раз, как Игорь договаривался с ней встретиться у метро. Больше ничего не знаю. Николай тоже спрашивал о ней.

Это уж само собой. Если материалов нет у жены, то они могут оказаться у любовницы, и ее надо непременно найти.

Стоп! Николай ее нашел. И что сделал? Познакомился? Пытался завязать отношения? Может быть, но вряд ли у него что-то получилось: Елена вышла замуж, ждала ребенка, рисковать отношениями с мужем в тот момент ей было никак нельзя. И что он сделал, когда знакомство и сближение не состоялось? Он начал искать возможность проникнуть в квартиру Елены, чтобы поискать материалы. Вряд ли она взяла их с собой, когда переезжала к мужу, они для нее никакой ценности не представляют. Он следил за квартирой и обнаружил Ниночку Клевцову, приходящую туда с молодым человеком.

Что происходит дальше? А дальше Ниночка очень удачно теряет ключи. Сама теряет? Или Николай ей помог? Скорее всего помог, но не сам, он же не вор-карманник, у него опыта нет. Нанял кого-нибудь. И отправился искать бумаги и дискеты, оставшиеся от Нестерова.

И надо же, какая незадача! В самый разгар поисков в квартиру является Щеткина. Объяснить свое присутствие в квартире Николай никак не может. Остается одно: убрать неожиданного и такого ненужного свидетеля. Впрочем, очень может быть, что в квартире был не сам Николай, а кто-то другой. Тоже нанятый. Но сути это не меняет. Есть результаты экспертизы по кое-каким следам, оставленным в квартире Елены, и когда будет, к кому их примерить, тогда и выяснится достоверно, кто там был, а кто не был.

А Егор Витальевич Сафронов сидит в камере. Печальный рыцарь, всеми доступными способами защищающий свою любовь от стервы-шантажистки. Несправедливо заподозренный и обвиненный ею, Настей Каменской.

Черт, как плохо... Как все плохо... Настя носилась с идеей шантажа как с писаной торбой, а она лопнула — осколки во все стороны полетели. То есть шантаж, конечно, был, а вот убийство-то совершено совсем по другим причинам.

Однако же, судя по тому, что после убийства Щеткиной начались проблемы у писателей, материалы так и не нашлись. У убийцы было достаточно времени, чтобы тщательно обыскать всю квартиру, он до такой степени не торопился, что оставил после себя все в идеальном порядке. А может быть, он и не искал? Елена могла прийти сразу вслед за ним, он еще и искать-то не начал, а после убийства нервы сдали — и он убежал, так и не сделав того, за чем пришел.

Нет, не похоже. Если бы все было так, он предпринял бы новую попытку обыскать квартиру, и тогда все шло бы по той же схеме, что в деле об убийстве Лаптевой. Какой-нибудь работник следствия или уголовного розыска начал бы проявлять интерес к делу, как это сделал Петя Ильин. Но ничего подобного в деле Щеткиной не было.

Значит, он все-таки остался в квартире и прошерстил ее. Но ничего не нашел. И тогда в ход пошли супруги Боровенко с заданием выяснить судьбу материалов через писателей. Боровенко были подключены к делу еще раньше, пока Николай выслеживал Лену Щеткину; им поручили, пока суд да дело, собрать сведения о Василии Богуславском. А уж когда у Щеткиной материалов не нашли, тогда началась история с прослушиванием.

Так где же, в конце концов, эти материалы? Совершенно очевидно, что у кого-то из соавторов, коль эти материалы появляются в их книгах. Но у кого? И как они к нему попали?

— Скажите, Светлана, Николай смотрел бумаги вашего мужа? Дискеты? Вообще интересовался его вещами?

Вопрос был сформулирован неаккуратно, но Настя слишком увлеклась умопостроениями, чтобы тщательно следить за формулировками. Если Николай — ее сотрудник, то почему она не знает, что он тут делал и чем интересовался? Однако Светлана, погрузившись в переживания, похоже, не заметила этой ошибки.

— Да, он просил показать материалы, которые остались, сказал, что если Игоря убили, то, возможно, из-за этих материалов.

— Что-нибудь показалось ему интересным? Привлекло внимание?

— Нет, — Нестерова отрицательно покачала головой. — Мы с ним вместе все перебрали, и он сказал, что здесь ничего нет.

— А раньше вы эти материалы смотрели? Я имею в виду — в тот момент, когда вам их принесли из редакции?

— Знаете, мне не до того было... Я попала в больницу, меня даже на похороны не отпустили, а когда вышла — принесли его вещи... Я стала просматривать, что они принесли, наткнулась на фотографии, девчонки сказали мне про Щеткину... мне так противно стало, и стыдно, и горько... На какое-то время я оставила все как есть, вот как принесли в коробках, так они и стояли в комнате, я не могла к ним прикоснуться. Потом, конечно, пришла в себя немного и разобрала их. Спасибо Ольге, она мне помогла. Одна бы я не решилась, с духом не собралась.

— Кто такая Ольга?

— Не знаю, — Нестерова пожала плечами.

— То есть как — не знаете?

— А вот так. Случайная знакомая.

— И где вы с ней случайно познакомились?

— В очереди к врачу, в женской консультации. После того, что случилось... ну, с ребенком... мне нужно было несколько раз показаться врачу. Мы сидели рядом, очередь была длинная, ждали долго и разговорились. Я, помню, расплакалась... Сказала, что не могу смириться со смертью Игоря, даже коробки с его вещами не могу разобрать. Она предложила помочь, мы вместе пришли ко мне домой. Вот и все.

— И больше вы с ней не встречались? Не перезванивались?

— Нет. Она оставила свой номер телефона, но я его потеряла. Засунула куда-то или выбросила... Он мне не был нужен.

Ну совсем отлично. Кто такая Ольга? Охотница за материалами, познакомившаяся с вдовой журналиста и нашедшая повод прийти к ней домой? Или действительно случайная сердобольная знакомая? Если действительно случайная и действительно сердобольная, то ее вполне можно найти, для этого надо пойти в женскую консультацию и собрать полный список женщин, посещавших врачей в тот период. Вряд ли Нестерова точно помнит дату, но месяц-то можно установить. Из этого списка выбрать всех дамочек по имени Ольга, отсеять не подходящих по возрасту, остальных отработать. Дело технически несложное, но жутко трудоемкое и требующее времени и скрупулезности. Но зачем это делать? Если она действительно случайная знакомая, то материалы Нестерова ей не нужны, и она их не брала. А если она все-таки подсадная, то ни по каким врачебным учетам мы ее не найдем, она в этой консультации не наблюдается.

— С чем Ольга приходила в консультацию? Наблюдалась как беременная? Или у нее было какое-то заболевание? Не помните?

— Она не сказала. А я не спросила. Мне не до того было.

— А Николаю вы про эту Ольгу рассказывали?

— Да, конечно. Он тоже спрашивал, смотрела ли я материалы раньше.

Так. Значит, Николай, будь он неладен, тоже мог пойти в своих поисках через женскую консультацию. Нашел ли он Ольгу? Неизвестно. Можно только предполагать, что если нашел, то материалов у нее, судя по всему, нет, если дело дошло до убийства Глафиры Митрофановны. Или он не смог ее найти. Не додумался, как это сделать. Или додумался, но не сумел осуществить. Тоже возможно...

Одним словом, надо запускать сыщиков к врачам-гинекологам. Шансы на успех мизерные, потому что есть три варианта: либо Ольга случайно обнаружила материалы и потихоньку их изъяла (бог ее ведает, за какой надобностью), либо она ничего не брала и материалов у Нестеровой не было с самого начала, либо она взяла материалы, потому что целенаправленно пришла за ними. Во втором случае тратить время на поиски этой женщины через консультацию бессмысленно, в третьем — бесполезно. Проворачивать такую работу при вероятности успеха в тридцать три процента? Сомнительно.

Но есть одно обстоятельство: если Николай пытался

ее найти, то в консультации оставил свой след. Он там был, он что-то говорил, что-то объяснял, может быть, показывал какие-то документы. Одним словом, его там помнят, ведь это все было совсем недавно. В таком деле любая зацепка пригодится, пусть не для раскрытия, так для доказывания вины или даже просто как лишний козырь при допросе. Если, конечно, будет кого допрашивать.

— Светлана, припомните точно, когда Николай был у вас?

— А разве вы сами не знаете?

Спохватилась. Ладно, отступать некуда, невозможно задавать вопросы о Николае до бесконечности, делая вид, что все про него знаешь. Придется сказать правду.

— Нет, я не знаю. Дело в том, что он у нас не работает. Я ввела вас в заблуждение, вы уж меня простите. Николай — преступник, который охотится за материалами вашего мужа.

Нестерова отвернулась к окну, спина ее закаменела.

— Так я и знала... Слишком уж все было хорошо...

Значит, сыщик-любовник. Сволочь. Ладно бы еще с легкомысленной девицей такое проделывать, но со вдовой... Убить за это мало.

— В сентябре. Он в первый раз пришел в сентябре, пятого числа.

— А в последний?

— Двадцать первого. Это было в воскресенье. Он сказал, что у него выдалось свободное от работы воскресенье, а это бывает так редко... Уходите, пожалуйста. Я уже все вам рассказала. Больше я все равно ничего не знаю.

С Нестеровой он закончил двадцать первого сентября. А Щеткину убили почти через месяц, восемнадцатого октября. Времени достаточно, чтобы и Ольгу поискать, и Щеткину найти. Да, надо отдать должное Николаю и его заказчику Погодину, все традиционные методы они исчерпали. Потому и начали действовать через Боровенко. А когда не вышло, придумали хитрую комбинацию с милицией.

Что еще они придумают? Что-нибудь еще более страшное и циничное, нежели убийство ни в чем не повинной Глафиры Лаптевой? Надо как можно скорее найти материалы и прекратить этот театр абсурда.

* * *

— Вот, любуйся, — Коротков бросил на Настин стол пачку фотографий. — Первые поступления. Наш Петюня ведет активную жизнь. Преступления бы он так активно раскрывал — цены б ему не было.

Фотографии прилагались к отчету о первом дне работы оперативников из управления собственной безопасности. Девушки, женщины, молодые мужчины, мужчины постарше... Есть ли среди них Николай?

— Давай отложим вот эту, — Настя взяла одну фотографию, подумала немного, — и вот эту. Вроде подходят по возрасту. Как ты считаешь?

— Подходят, — согласился Коротков. — Только кому их предъявлять? Боровенко его все равно фиг опознают, они его практически не помнят. Они так нервничали и так боялись этого Николая, что опасались лишний раз глаза поднять и в лицо ему посмотреть.

— Есть кому, не волнуйся. Его опознает вдова Нестерова. А если повезет, то и еще одна свидетельница. Николай у нее, кажется, ключи спер.

— Какие еще ключи? — нахмурился Коротков. — И при чем тут вдова Нестерова?

Настя не виделась с Коротковым со вчерашнего вечера — почти сутки, и он еще ничего не знал о том, что ей удалось сделать.

— Ну ты, мать, наворотила, — восхищенно присвистнул он, выслушав Настин рассказ. — У тебя что, пропеллер в одном месте? Как ты за один день столько успела?

— Сама не знаю, — искренне призналась она. — И кстати, в женской консультации он тоже побывал, не дурак, видать, так что его и там опознают. Если, конечно, у него нет помощников и он всюду ходил сам. Мужчина, приходивший в женскую консультацию, побоялся прикрываться милицейской легендой, там тетки не такие доверчивые, как Светлана Нестерова, и он им напел про любовь с первого взгляда к дамочке по имени Ольга, которую он там видел. Слезно умолял помочь. Ну, его, конечно, оттуда погнали, но запомнили хорошо. Как ты думаешь, Юрик, эти две фотографии уже можно предъявлять, или подождем, пока побольше фигурантов наберется?

Он почесал висок, потом всей пятерней поскреб затылок.

— Я бы предъявил. А чего тянуть-то? Надо к нему с двух сторон подбираться, со стороны материалов и со стороны следов, которые он своими действиями оставил. Посмотрим, где быстрее выйдет. Кстати, насчет материалов... Ты выяснила, у кого они?

— Пока нет.

— Почему? В чем проблема?

— Юра, если бы это было так просто...

— Не вижу ничего сложного, — сердито сказал Коротков. — Приходишь к писателям и спрашиваешь, кто из них пользуется материалами журналиста Нестерова. Потом спрашиваешь, как они к нему попали. Тебе что, спросить трудно?

— Спросить не трудно, ответ получить трудно. Ты что же, думаешь, они так и кинутся тебе признаваться? Знаменитые писатели, мастера интриги — и вдруг признаются, что часть сюжетов у них ворованная. Размечтался! И не просто ворованная, а украденная у покойника. Это знаешь как называется? Мародерство! Они будут делать круглые глаза и отвечать, что не понимают, о чем речь. Фамилии в книжках выдуманные, названия городов тоже, а то, что ситуации похожие, так похожих ситуаций в жизни пруд пруди, любую книжку открой — и обязательно то, что там написано, когда-нибудь где-нибудь с кем-нибудь происходило. И никогда в жизни ты ничего не докажешь, если у тебя в руках улик не будет. Фактов. Свидетельских показаний.

— Думаешь, эти писатели такие... м-м-м... тонкие натуры?

В его словах звучало сомнение. Похоже, он считал, что люди, зарабатывающие большие деньги, тонкими натурами быть не могут по определению.

Она не успела ответить, потому что распахнулась дверь и в кабинет влетел взъерошенный Сережа Зарубин.

— О, на ловца и зверь! — радостно встретил его Коротков. — Мы тут с Аськой совещание проводим насчет того, надо или не надо спрашивать у писателей напрямик насчет материалов Нестерова. Я лично считаю, что надо пойти и спросить, а лучше даже вызвать сюда, а Пална считает, что пока рано, что, пока у нас нет твердых доказательств, разговаривать с ними бесполезно. Мне кажется, Богданов расколется сразу, он такой холеный барин, что сразу видно: жизнь его не била. Он к трудностям не приучен, и сопротивляемость неприятностям у него низкая. Сразу все выложит. Славчикову убили, у нее теперь не спросишь, у Василия был подозрительный момент, но Стасов нам его прояснил, остался один Богданов — темная лошадка. Вот с него и надо начать. А, Серега? Ты как считаешь?

Зарубин переводил глаза с Насти на Короткова и обратно. И почему-то молчал.

— Ты что, Сережа? — обеспокоенно спросила Настя. — Что-то случилось?

— У Богданова инфаркт. Ему вчера поздно вечером сообщили об убийстве Славчиковой. Ему стало плохо.

— Он в больнице? — быстро спросила Настя, поднимаясь из-за стола.

— В больнице, — кивнул Сережа. — В морге он. Сегодня днем скончался, в четырнадцать тридцать две.

А ведь она думала вчера о том, что нельзя оставлять Богданова одного, думала, думала... боялась, что он узнает о смерти Катерины и ему станет плохо... даже прикидывала, не поехать ли к нему самой... И не поехала. Устала. Двое суток на ногах. Кто для нее Глеб Борисович? Свидетель, не более того. У него полно родственников, которые могли бы побыть рядом с ним после гибели старой Глафиры, и не ее, не Настина, вина, что их не оказалось рядом. Она не обязана была... И она так устала... Но разве это ее извиняет?

* * *

Похороны Екатерины Славчиковой состоялись одновременно с похоронами Глеба Борисовича, несмотря на то что погибла она двумя днями раньше: судебно-медицинская экспертиза требует времени. Хоронили их на разных кладбищах, Катерину — на Хованском, а Богданова — на Пятницком, рядом с дедом, матерью и Глафирой. Настя с Сергеем Зарубиным долго рядились, кому куда ехать, взвешивали все «за» и «против», пока Сергей не предложил поистине соломоново решение.

— А давай мы с тобой поедем хоронить Богданова, возьмем чету Боровенко и поедем вместе. А к Славчиковой пусть Петюня едет.

— Почему? — не поняла Настя.

— Ой, Пална, нет в тебе оперативной хитрости. Мы уже сколько фотографий Нестеровой показали, а Николая на них все нет и нет. Нам Петькины контакты нужны? Нужны. А какие у него могут быть контакты, если рядом с ним будет кто-то из нас? Никаких. Он должен чувствовать себя свободным и бесконтрольным. А ребята из УСБ пусть делают свою черную работу.

В этом был резон. На похороны Славчиковой ехать все равно кому-то надо. Убийство раскрыто, преступники задержаны, но ведь остается открытым вопрос о материалах. А если они были у нее? И вполне может так случиться, что человек, который ей эти материалы отдал, придет проститься с ней. Чего в жизни не бывает? Поэтому одно из обязательных правил работы по убийствам — фиксировать всех, кто приходит на похороны. Такие порой неожиданности случаются...

И вот теперь Настя, Зарубин и супруги Боровенко медленно шли вместе с толпой провожающих Глеба Борисовича. Писатели, издатели, литературоведы и критики. Родственники.

— Смотрите внимательно, — тихонько повторял то и дело Сергей, — может быть, вы увидите тех, кто приезжал тогда к Богданову, а он дверь не открыл.

— Вот она! — внезапно воскликнула Лиза и схватила Сергея за руку.

— Тише, тише, — зашептал он, осторожно высвобождая руку, — похороны же. Кто — она?

— Женщина, с которой Богданов в ресторане встречался. Она ему конверт отдала, а он ей — деньги.

— Хорошо, спасибо, — вполголоса пробормотал он. — Смотрите еще.

Через две секунды его уже не было рядом, а еще через полминуты Настя заметила его куртку, мелькающую в непосредственной близости от женщины, на которую указала Лиза.

— А вон эти двое, — взволнованно проговорил Вячеслав. — Точно, они. И опять вместе, как тогда.

Он указывал на двоюродного брата Богданова, Григория Александровича Черевнина, рядом с которым, как и на похоронах Глафиры, стоял сын Глеба Борисовича — Илья Глебович. Н-да, Глеб Борисович, до какого же катастрофического состояния вы довели свои семейные дела, если двоюродному брату и родному сыну дверь не открываете?

— Хорошо. Еще кого-нибудь узнаете?

К концу траурной церемонии, часть которой проходила в ритуальном зале, а часть — под открытым небом, Настя так продрогла, что с трудом смогла разжать стиснутые в кулаки и засунутые поглубже в карманы руки. Перчатки взять она забыла. Боровенко очень старались, но больше никого из присутствующих не опознали, кроме младшей дочери Богданова Лады, которую видели, когда она приходила к отцу на воскресный обед.

Зарубин совсем затерялся в толпе, и Насте пришлось ждать его у ворот кладбища.

— Ну что? — спросила она, когда Сережа появился.

— Это сестра второй жены Богданова. Зовут Валентиной, фамилию выяснить не удалось, обстановка специфическая. Но зато я узнал, чем она занимается.

— И чем? — Настю разбирало нетерпеливое любопытство.

— Торгует модной одеждой. Судя по тому, как она одета, она не столько торгует, сколько носит эту одежду. Жалко, да?

— Чего жалко?

— Ну, что она вторая жена сестры... тьфу ты, сестра второй жены. Было бы классно, если бы она оказалась, например, сестрой Нестерова или его коллегой по редакции. Тогда бы все сошлось и можно было бы вздохнуть свободно.

— Не ищи легких путей, Сержик, — ее передернуло от холода, и Настя машинально прижала локти к бокам. — Легкие пути знаешь куда ведут?

— Знаю, в мышеловку, — уныло ответил Зарубин. — Когда велишь побеседовать с мадам Валентиной?

— Сегодня у нее поминки, а завтра можно.

— Слушай, мы, конечно, должны быть деликатными, человечными и все такое, но ты же сама сказала, что Погодин и его компания могут еще что-нибудь сотворить. Причем в любой момент. Пока мы тут миндальничаем, они небось уже новое убийство задумали.

— И что ты предлагаешь? — поморщилась Настя. — Выдернуть ее сейчас и вместо поминок отвезти на Петровку? Ты считаешь, что это прилично?

— Зачем же так круто, — усмехнулся он. — Я поеду вместе со всеми на поминки, там с ней и поговорю.

— Ты с ума сошел! Это совершенно неприлично.

— Ничего подобного. Вряд ли она убивается по Глебу Борисовичу, если посмотреть, что он сделал со своими семейными отношениями. Да и кто она ему? Вторая сестра жены, то есть... ну, понятно кто. Отношения у них были сугубо деловые, товарно-денежные, и признаков глубокой скорби на лице Валентины я не заметил. А пролезть в ресторан и примкнуть к толпе поминающих — как нечего делать. Опер я или где?

— Или там, — улыбнулась она. — Ты как поедешь, на служебной машине или вместе со всеми, на автобусе?

— Я — с народом, — гордо объявил Зарубин.

— Тогда я возьму машину, ладно? Мне в женскую консультацию надо.

— Палнa, ты чего? — Он в ужасе посмотрел на нее. — Тебе ж на пенсию скоро.

— Балда ты. Я за списками. Они обещали к сегодняшнему дню подготовить.

* * *

Списки и в самом деле были готовы. При их виде Насте чуть дурно не стало. Три с половиной тысячи посещений за месяц. Женщин, приходивших в консультацию в течение этого месяца, было, конечно, не три с половиной тысячи, а меньше, просто многие приходили больше одного раза. Но это не спасало положения. Сперва нужно выбрать из списка всех, кто носит имя Ольга, потом выверить и убрать повторы, потом пройтись по возрасту, отсекая совсем молоденьких и тех, кому за сорок, поскольку точного возраста своей случайной знакомой Нестерова не знала и сказала, что на глазок ей было между тридцатью и тридцатью семью. Но Настя знала, что такое этот самый «женский глазок», всегда, пусть и подсознательно, готовый прибавить другой женщине пару-тройку годиков. Значит, брать нужно «вилку» от двадцати шести до сорока, чтобы не ошибиться.

И вот тех, кто в конце концов останется, нужно будет отрабатывать. Интересно, сколько их будет? Сто? Двести? Или повезет, и их будет только двадцать? Ну почему ее зовут Ольгой, а не Аэлитой или Виолеттой? Ну почему Нестерова не облегчила работу сыщикам, сказав, что у Ольги было, к примеру, редкое заболевание или большой срок беременности? Ну почему всегда все так трудно и, что самое главное, малоперспективно? Такая прорва работы — и все ради каких-то жалких тридцати трех процентов удачи. А остальные шестьдесят семь процентов расселись тут на полу в Настином кабинете, забрались на стол, на шкаф, на сейф, на подоконник, в чайник и в горшок с цветком, свесили ножки и гадко подхихикивают над ее никчемными усилиями, потому что точно знают: эта партия — за ними, и Насте ее ни за что не выиграть.

Но Настя пока что исхода игры не знает, и сидеть ей над этими списками до морковкиного заговенья, чтобы потом признать в конце концов свое поражение.

* * *

Глебушка Богданов начал подавать литературные надежды еще в юном возрасте. В тринадцать лет школьные учителя зачитывались его сочинениями, в пятнадцать — вся школа сбегалась к стенгазете, где был очередной Глебушкин опус из жизни одноклассников, в шестнадцать его рассказ был напечатан в «Комсомольской правде», при этом редактор очень его хвалил и велел приносить новые творения. К моменту поступления в Литературный институт у него было уже десяток публикаций и куча хвалебных отзывов. Первую книгу он начал писать еще в институте, избрав в качестве тематики жизнь Козьмы Терентьевича Солдатенкова — книгоиздателя, коллекционера и текстильного фабриканта, на деньги которого и была построена в Москве больница, носившая его имя, а впоследствии переименованная в Боткинскую.

В этой больнице служили дед и отец Глебушки, и выбор темы никого не удивил. Книга получилась замечательная, и Глеб Богданов удостоился славы, почестей и премий.

Вторую книгу он задумал написать о Михаиле Васильевиче Фрунзе, подал заявку в издательство, опасаясь, что ему, такому молодому, могут не доверить (читай — не разрешить) жизнеописание выдающегося полководца. Но опасения не подтвердились, редакция согласовала вопрос с высшим партийным руководством и заявку приняла. Более того, Богданову даже выдали деньги для поездки в Туркмению, чтобы он на месте мог собирать материал о том периоде жизни Фрунзе, когда он командовал Туркестанским фронтом.

К этому времени у Глебушки появилась невеста, красавица Зоя, и они собирались пожениться, как только он вернется в Москву. Богданов отсутствовал почти три месяца. Это была первая за его двадцатипятилетнюю жизнь столь длительная отлучка из дома, и свобода совершенно опьянила его. Он чувствовал себя вне опеки, вне контроля и вообще вне всего, в том числе и вне семьи. Нет, он не ударился в загулы, не пьянствовал и не валял дурака, он добросовестно собирал материал, обдумывал его и чувствовал себя настоящим писателем. Совсем настоящим. Большим. А большие писатели, когда работают над рукописью, не отвлекаются на такие глупости, как семья и девушка, пусть хоть и невеста. Он не хотел, чтобы ему писали, и не давал своего адреса, потому что на письма ведь надо отвечать. Он не звонил домой, а слал телеграммы: у меня все в порядке, здоров, работаю.

Через три месяца он вернулся. Прямо с вокзала, ранним утром, поехал не домой, а к Зое и был неприятно удивлен, когда дверь ему открыл двоюродный брат Гриша.

— Это что такое? Как это понимать? — загремел с порога Глеб. — Ты что здесь делаешь? Ты что, ночевал здесь?

— Тише, — Гриша схватил его за плечо и сильно сдавил, — Зоя спит. Еле-еле уснула. Мы вчера ее мать похоронили.

Мать Зои, как выяснилось, заболела недавно, но серьезно, и рак легких унес ее буквально за месяц. Все это время рядом с Зоей был Гриша, ведь Глеб далеко, и вызвать его в Москву, чтобы помог, поддержал, не было никакой возможности: он не оставил адреса и не звонил в Москву. Глеб и Гриша дружны с самого раннего детства, и совершенно естественно, что Богданов познакомил Зою с братом, как только начал с ней встречаться. К кому же, как не к брату и близкому другу жениха, ей было обратиться в трудную минуту? Ведь они с матерью одни, отец на войне погиб, старший брат тоже, а больше никого у них нет.

Глеб и Зоя поженились, родился ребенок, сын Илюша. Он был так похож на отца! Такой же смуглый, темноглазый, черноволосый. Но ведь и Гриша точно такой же, они с Глебом — на одно лицо, как родные братья, ведь их матери — близнецы. Глеб никак не мог забыть, что застал Гришу рано утром в квартире Зои, где, кроме него и девушки, никого не было. Гриша был рядом с ней все время, пока болела мать. Как сложились их отношения? Как они проводили время? О чем разговаривали? Мать Зои последние две недели перед кончиной провела в больнице, а где ночевал в это время Гриша? Ревность и подозрения точили Глеба, он пристально всматривался в сынишку и с каждым днем находил в нем все больше фамильных черт, доставшихся от матери, красавицы-брюнетки Земфиры. Или от ее сестры? На кого похож мальчик, на отца или на двоюродного дядю?

Он устраивал Зое сцены, требовал от нее ответа и признаний в неверности, он пытался выпытать правду у брата, но так ничего и не добился, кроме того, что порвал отношения с братом, а Зоя в конце концов от него ушла. Не к Грише, нет. Просто ушла. Замуж во второй раз она вышла гораздо позже и за совсем другого человека.

Она не препятствовала общению Глеба с сыном, и тот периодически пытался изображать хорошего отца, но получалось это у него плохо. Каждый взгляд на Илюшу пробуждал новый всплеск ревности и подозрений. Он не страдал от потери жены, поскольку юношеская страсть давно угасла, довольно быстро примирился с разводом и удачно устраивал свою личную жизнь, но мысль о том, что его обманули, была непереносимой. Его сочли дураком. Над ним посмеялись. Его надули.

Со временем он стал ненавидеть сына, который с годами стал внешне точной копией не то Глеба, не то Григория: тот же нос с горбинкой, те же густые брови вразлет. Но Глеб Борисович продолжал встречаться с ним и общаться. Когда сын вырос, Богданов был уже признанным мастером пера и мэтром отечественной литературы, классиком, книги которого входили в обязательную школьную программу. Он был обласкан властями, увешан лауреатскими медалями и имел более чем солидную сумму на сберкнижке. Женщины всех возрастов и типов внешности роились вокруг знаменитого и богатого красавца, но Глеб Борисович по-прежнему жил холостяком.

Однажды Илья познакомил отца со своей девушкой. Любочка восхищенно смотрела на Глеба Борисовича красивыми большими глазами, взмахивала ресницами, умно молчала и элегантно курила. Она очень старалась, а Глеб Борисович не возражал, мысль увести девушку у собственного сына, который, кстати сказать, неизвестно еще, чей сын, казалась ему привлекательной. Эта мысль будоражила его, в том числе и в интимных ситуациях, с Любой он чувствовал себя секс-героем, который в свои пятьдесят даст фору многим молодым.

Кончилось все тем, что Люба забеременела, и Богданов женился на ней. Когда родилась дочь Лада, смуглая, темноглазая и черноволосая, Глеб Борисович пришел в смятение. И как-то сразу вспомнилось, что Любочка ведь была подружкой Ильи, и когда они стали близки, она, наверное, все еще продолжала встречаться с сыном... А может быть, и не переставала с ним встречаться вплоть до свадьбы, после которой молодая жена переехала к Богданову. Так что это за ребенок, которого он держит на руках? Его, Глеба Борисовича, дочь? Или его внучка? Или вообще внучка Григория? Кто обманул его на этот раз, сын или брат? Кто теперь будет над ним насмехаться?

Богданов снова попал в ту же ловушку и снова начал истязать ревностью и подозрениями сначала себя одного, потом жену. Но теперь ему было не двадцать пять, а пятьдесят два, мышление стало вязким, он надолго застревал на одних и тех же мыслях и эмоциях, и в конце концов жизнь рядом с ним стала для Любы невыносимой. Они развелись.

В шестьдесят пять у Богданова случился первый инфаркт. После этого что-то произошло с его психикой, он стал маниакально подозрительным, считая, что все вокруг только и ждут его смерти, чтобы завладеть наследством. А кто это наследство получит? Сын, который не сын? Дочь, которая не дочь, а внучка, да еще и не факт, что его собственная? Никто ничего не получит, он все растратит, проживет сам, будет швыряться деньгами, сколько хватит сил. На его век достанет с лихвой.

Он и Глафиру заразил своими мыслями, и хотя старуха считала, что он сам во многом виноват, но подозрения его разделяла в полной мере. Богданов распорядился убрать из квартиры все телефонные аппараты, оставить только один — в прихожей, и всегда держать двери комнат открытыми, чтобы он мог видеть, где что происходит, и слышать все разговоры. Он, по сути, и Глафире не доверял, потому что знал, что она, нянчившая и Илюшу, и Ладу, может не совладать со своими чувствами и пойти у них на поводу, если они задумают как-то облапошить отца. Он сторонился Григория, который на склоне лет стремился восстановить отношения с братом: ведь немного им осталось на этом свете пробыть, и старики должны держаться друг друга. Он прекратил общаться с сыном, несмотря на все его попытки сблизиться. Все хотят наследства. Все хотят денег. Вот и лезут со своей любовью и дружбой к Богданову, притворяются, актерствуют. Но не на такого напали. Никто ничего не получит!

Примерно год назад ему пришло в голову, что брат, сын, дочь и бывшие жены могут сплести заговор против него. Что-нибудь эдакое, что позволит им добиться своего и завладеть деньгами. Кроме того, он хочет знать наконец, есть у него родные дети или нет. И тогда он позвонил Любиной сестре Валентине. Он хотел знать о каждом шаге своих родственников. И хотел, чтобы Валентина выпытала у Любы и Зои, с которой была хорошо знакома, правду об отцах их детей. Он предложил хорошие деньги, и Валентина легко согласилась. Звонить в квартиру Глеба Борисовича по городскому телефону ей было запрещено, трубку могла взять Глафира, которая голос Валентины может узнать. Хоть Глафира Митрофановна и разделяла подозрения и опасения Глебушки, но признаваться в том, что он оплачивает слежку за родственниками, ему было совестно. Не к лицу известному писателю такое поведение.

В тот день, когда Валентина нарушила запрет и вызвала Богданова на срочную встречу, она собиралась сообщить ему, что у Лады завелся молодой человек с подозрительными связями, который очень интересовался благосостоянием ее отца, передала фотографии нового претендента на наследство и письменный отчет о его визите в дом к Любови и Ладе Богдановым...

* * *

— Вот такая, Настя Пална, история, — закончил Сережа Зарубин. — Жалко мужика. Сам себе жизнь испоганил. Но ответа на главный вопрос мы с тобой так и не получили. У кого материалы-то? Я, честно говоря, так надеялся на эту Валентину, думал, окажется, что она передавала их порциями Богданову, а оно вон как обернулось... Опять пустышку вытянули.

Они сидели дома у Насти, Зарубин приехал после затянувшихся поминок в двенадцатом часу ночи. Чистяков тоже был здесь и с интересом слушал Сережин рассказ.

— Ну и муторная же у вас работа, — сочувственно заметил он. — Ковыряетесь, ковыряетесь, копаетесь в чужих жизнях, в каких-то списках, вон Аська все глаза себе сломала, то в бумажки смотрит, то в компьютер, из-под себя выпрыгиваете, а толку — ноль. Вас прямо слушать больно. А где красивости, как в кино? Погони, перестрелки, внезапные озарения? Сплошная серость.

— Не скажи, — возмущенно возразила Настя. — А убийство Славчиковой как мы с Сережкой размотали? Суток не прошло, а преступники задержаны. У нас тоже праздники бывают.

Зарубин уехал домой, а она достала принесенные с работы списки женщин, посещавших гинекологов в консультации, и разложила их на кухонном столе.

— Ты иди спать, Лешенька, а я еще поковыряюсь в бумажках.

— Давай помогу, — предложил Алексей. — А то ты с устатку ошибок наваляешь.

— Давай, — с готовностью согласилась она.

К двум часам ночи у нее от постоянно произносимых вслух имен и фамилий сел голос, а от букв и цифр начали слезиться глаза, а на зрачки все время наползала какая-то пленка, которую Настя пыталась сморгнуть.

— Может, оставим на утро? — спросил Чистяков. — Ты уже выдохлась.

Настя сняла очки, потерла пальцами покрасневшие глаза.

— Да ладно, Леш, чуть-чуть осталось, давай уж доделаем. Сейчас покурю, десять минут передохнем — и вперед.

— Как скажешь, — вздохнул он. — Мне-то завтра вставать не надо, я на работу не поеду. А вот ты как проснешься?

— Проснусь как-нибудь, — ответила она, весьма слабо представляя себе, как будет чувствовать себя в семь утра, когда прозвенит будильник. Наверное, как использованная половая тряпка. И глаза будут такие красные, что можно прятаться в помидорах, никто не найдет. И голос будет сиплым и скрипучим.

Ну и ладно. Она не кинозвезда и не оперная дива, ей лицом и голосом не торговать. Зато работа будет сделана, и можно двигаться дальше, даже если результата у этой работы не окажется никакого.

Без четверти три она нашла то, что искала. Ольга Витрук, посещала консультацию три раза в течение месяца. Эту фамилию она слышала совсем недавно. Только вот где?

— Леш, мне нужен последний рывок. Последнее интеллектуальное усилие. Что бы мне такое сделать, чтобы мозги запустить?

— Хочешь, я тебя поколочу? — предложил Леша.

— В каком смысле? — опешила Настя.

— В самом прямом. Я тебя побью. По голове. По затылку или по темечку. Хочешь?

Он сладко зевнул и потянулся.

— А что-нибудь поприятнее в твоем убогом репертуаре найдется? — с надеждой спросила она.

— Из «поприятнее» могу предложить душ, физические упражнения или прогулку по ночной Москве. Можем закатиться в ночной клуб. Ты там была когда-нибудь не по работе, а для развлечения?

— Леш, я уже в том возрасте, когда по ночам хочется не развлекаться, а спать.

— Угу, или работать, — добавил он. — Ну так что ты выбираешь?

— Спать, Лешенька, — радостно сказала Настя и чмокнула мужа в шею. — Теперь уже можно спать. Я вспомнила.

Он сказал про ночной клуб, и Настя автоматически подумала о Василии Славчикове, который, судя по словам Боровенко и отчетам Стасова, любил посещать подобные заведения. Ольга Витрук — та самая женщина, с которой он встречался, которая у него ночевала и которая была вместе с ним, когда Василий контактировал с пенсионером Галкиным. Ольга Витрук, редактор издательства, осуществляющего проект «Василий Богуславский». Она случайно, в самом деле случайно, набрела на материалы Нестерова и украла их прямо из-под носа у Светланы. Она понятия не имела, что это за материалы, откуда взялись, кто и зачем их собирал. Она просто увидела истории, которые теперь, после смерти журналиста, никому не нужны, но которые помогут ее ненаглядному Васеньке не выглядеть совсем уж беспомощным в глазах своих соавторов. Она любила его и искренне хотела помочь.

* * *

Утром Настя поняла, что не может встать с постели. Вернее, встать она может, ноги не отказываются ее держать, но все это очень условно, потому что глаза ничего не видят. Они просто отекли, опухли и не открываются. А когда открываются при помощи пальцев, то есть насильственно, в них начинается такая болезненная резь, что кричать впору. Насте казалось, что под веки ей напихали битое стекло и ходят по нему ногами, втаптывая в глазное яблоко.

Чистяков позвонил в глазное отделение поликлиники, там ему сказали, что больную нужно привезти, потому что окулист на дом не выезжает.

— Да как же я ее привезу! — орал в трубку Леша. —

Я что, под мышкой ее нести должен? Это взрослая женщина, в ней семьдесят килограммов живого веса.

— Помогите ей дойти до машины, — невозмутимо посоветовали ему.

— Она не может идти, она кричит от боли!

— Привозите, — последовал краткий ответ. — Иначе мы не сможем вам помочь.

Рассвирепевший Чистяков швырнул трубку и принялся листать толстый справочник «Желтые страницы», где было много всякой рекламы, в том числе и по медицинским услугам. Он сделал несколько звонков, и уже через полчаса в квартиру входил врач, услуги которого стоили весьма недешево, но зато он не требовал от Чистякова невозможного.

Окулист посмотрел на тот кошмар, который еще вчера был светло-серыми и даже довольно красивыми глазами, чем-то промыл, что-то закапал, выписал рецепт и велел лежать, задернув в комнате шторы и положив на глаза толстое полотенце.

— Покой и темнота, — строго произнес он, — капли закапывать, раствором промывать, никакого телевизора и никаких книг.

— А когда это пройдет? — прошелестела обессиленная болью Настя.

— Резь пройдет минут через тридцать, отечность продержится несколько дней. Примерно с недельку вам придется носить темные очки, свет вам категорически противопоказан. И никакого напряжения глаз, это вы, надеюсь, понимаете. Ни читать, ни писать нельзя.

— Когда я смогу встать?

— Завтра. И не раньше. А лучше всего полежать пару дней. Вы же не сможете ходить и чем-то заниматься с закрытыми глазами, так уж лежите. Покой и темнота, — повторил он уже от порога.

— Слыхала? — строго сказал Чистяков, проводив врача. — Будешь лежать с полотенцем на лице и полностью от меня зависеть. А я буду читать тебе вслух и охранять твой покой. И имей в виду, если тебе будут звонить, я трубку не дам.

— Ладно, — провыла она. — Леш, а когда полчаса пройдут, а? Я больше не могу терпеть.

— Еще минут двадцать, Асечка.

— Я не вынесу! Я умру. Господи, как больно...

Он держал ее за руку, гладил по голове, уговаривал, пытался чем-то отвлечь, и наконец полчаса прошли, и обещанное врачом облегчение от лекарства наступило. Резь стала утихать. Настя оживилась.

— Леш, надо на работу позвонить.

— Перебьются на твоей работе.

— Ну, Леш, это же прогул называется. Уже без пятнадцати десять, через пятнадцать минут начнется рабочий день, а меня нет. И больничного у меня нет. Надо хотя бы предупредить.

— Я сам позвоню, лежи.

— Только ты Короткову позвони, ладно?

— Не руководи, пожалуйста. Кому надо, тому и позвоню.

Он ушел на кухню, плотно закрыл дверь, и Настя, как ни силилась, не могла услышать, кому он звонил и что говорил.

— Леш, набери мне Зарубина и дай трубку, мне надо ему сказать кое-что, — снова начала она ныть, когда обрела способность думать о чем-нибудь, кроме боли в глазах.

— Я сам все скажу. Лежи спокойно и не поднимай голову.

— Ты ему скажи, что это Ольга Витрук, редактор из издательства...

— Ася, у меня нет маразма, я помню все, что ты мне вчера сказала. Не нужно повторять. Помолчи, пожалуйста, ладно?

Он снова ушел на кухню. Настя лежала в постели, закрыв глаза под толстым махровым полотенцем, сложенным в четыре слоя, и злилась на свою беспомощность. Столько труда потрачено, такая работа проделана, и надо же было на последнем этапе свалиться с такой глупостью, как... Она как ни напрягалась, не смогла вспомнить название болезни, которую диагностировал окулист. Скорее всего ей было так больно, что она ничего и не слышала.

Теперь понятно, у кого находятся материалы. Нужно немедленно их найти и изъять и предать это огласке, чтобы Погодин и его люди поняли, что дальнейшие усилия бессмысленны. Нужно их остановить, пока они еще кого-нибудь не убили.

Осталось найти Николая. Это может произойти в любую минуту, в любую секунду, и дальше уже работа сыщиков будет не нужна. Дальше — дело следователей в Москве и в том городе, где живет Погодин.

Осталось совсем чуть-чуть, и можно будет поздравить себя с очередной пусть маленькой, но победой. А она лежит тут, как колода, слепая и никому не нужная...

На глазах закипели слезы. Ох, как это приятно — думать, что ты никому не нужна, и никто тебя не любит, и ты всеми позабыта-позаброшена, такая несчастная и одинокая, и так горько-сладко плачется, и так жалко себя!

Лешка все еще был на кухне, наверное, опять кому-то звонил, а может, завтракал, он с самого начала, с семи утра, не отходил от Насти и даже чаю не попил. Она осторожно вытянула руку в том направлении, где должна была быть тумбочка. Надо достать капли для носа, от слез нос заложило и нечем дышать. Вместо флакона с назалом пальцы нащупали дедка. Настя зажала его в руке, а руку спрятала под одеяло.

— Ну ладно, дед, не сердись, это я так всплакнула, понарошку, — пробормотала она. — Я ничего такого на самом деле не думаю. Как это я никому не нужна? Я всем нужна. Лешке нужна. Папе с мамой нужна. Короткову нужна, кому он будет плакаться в жилетку, если меня не будет? Зарубину нужна, он ко мне все время за советом бегает. Я даже маленькому следователю Темочке нужна, как выяснилось. И вообще... Правда же, дед?

Скрипнула дверь, и Настя испуганно закрыла рот и затаилась. Слышал Лешка ее придурочное бормотанье или нет?

— Ну что там? — преувеличенно бодрым голосом спросила она.

— Зарубин передает тебе большое спасибо за информацию. Говорит, что с него торт и три кило конфет. А Коротков велел передать, что Нестерова опознала Николая по фотографии.

— Ну да?! — Она чуть не подпрыгнула в постели, но Чистяков вовремя успел ухватить ее и уложить обратно. — Честно?

— Ася, я не смог бы такое придумать. Передаю, что Юрка сказал. Хотя он мог и наврать, я этого жука знаю. Не дергайся, пожалуйста, хорошо? Я сейчас принесу тебе поесть и буду кормить с ложечки.

— Нет, погоди, — она нащупала Лешкин палец и крепко ухватилась за него. — Что еще Коротков сказал?

— Чтобы ты лежала и болела, чтобы ты слушалась мужа, капала капельки и была умницей. А еще он сказал, что Николая возьмут при первом же контакте с Ильиным. Кто такой Николай, я понял, ты про него уже несколько дней талдычишь. А кто такой Ильин?

— Да так, тип один... Барахло. Давай будем меня кормить, а?

Леша снова ушел на кухню. Настя прислушалась: на этот раз Чистяков не стал закрывать дверь, из-за стены доносились звуки льющейся из крана воды и стук ножа о деревянную разделочную доску. Она опасливо вытащила из-под одеяла руку с зажатым в ней дедком, поднесла фигурку к лицу, прижалась губами к теплому дереву.

— Ладно, дедок, пусть этот праздник пройдет мимо нас, но он же не последний в нашей жизни, правда? Мы еще попразднуем с тобой. У нас с тобой столько всего впереди!

Она засунула дедка под подушку и улыбнулась.

* * *

Прошло два месяца. На Крещенье ударили морозы, и Василию пришлось вместо привычной куртки надеть дубленку.

Перед Новым годом он сдал в издательство рукопись своего романа об эмигрантах семидесятых и с нетерпением ждал звонка. Это будет настоящая бомба! Букеровская премия, не меньше. Никто еще не писал на эту тему так достоверно и глубоко, как Василий Славчиков. И тогда все они узнают, кто такой Василий и как он может писать. Узнают и оценят. И пожалеют, что не оценили раньше, что критиковали, насмехались, не понимали. Ничего. Теперь зато поймут.

Он ждал, что позвонит кто-нибудь из редакции современной прозы и будет взахлеб хвалить, восторгаться и требовать, чтобы Василий немедленно приехал для заключения договора. Однако вчера ему позвонил сам главный редактор издательства. Сам! Ничего не сказал по поводу романа, но голос у него был радостный, веселый, энергичный, одним словом, позитивный такой голос был. Позвонил и спросил, не сможет ли Василий Владимирович подъехать сегодня в издательство часикам к двенадцати. Василий Владимирович, во как!

Он тщательно побрился, надел свежую сорочку под джемпер, погладил брюки. Посмотрел на себя в зеркало, подумал немного и вынул из уха серьгу: несолидно, он теперь настоящий писатель и будет держаться барином, как мэтр Богданов, царствие ему небесное. С сегодняшнего дня начинается новая жизнь, совсем другая. И в ней будут совсем другие деньги, потому что Букер... ну и все такое. И будет совсем другое отношение к нему.

В кабинет главного редактора Василий вошел в пять минут первого, он счел, что будет правильно, если немного опоздать. Совсем чуть-чуть, но опоздать. Чтобы его ждали.

Главный оказался занят, в кабинете у него сидели какая-то разбитного вида девица в узких замшевых брючках и в модных маленьких очочках и мужичок лет пятидесяти с сальными волосами и лицом непризнанного гения.

— Добрый день, — степенно произнес Василий, заходя в кабинет. — Прошу прощения, мне в приемной не сказали, что вы заняты.

— Нет-нет, заходите, Василий Владимирович, — приветливо замахал рукой главный редактор. — Присаживайтесь. Чай, кофе?

— Кофе, — милостиво согласился Василий.

Дальше пошел какой-то невразумительный общий треп о конъюнктуре рынка, о тиражах, о телевизионной передаче про пиратство в области интеллектуальной собственности. О том, как жаль, что трагическая смерть унесла двух талантливых писателей, и проект «Василий Богуславский» придется закрыть, и нужно думать о новых проектах, таких же перспективных и высокотиражных, и издательство очень надеется, что Василий Владимирович, имеющий большой опыт работы в подобных проектах, этим опытом поделится... Уже минут через десять Василий изнемог от напряжения, он ждал высокой оценки романа, а ее все не было и не было. И он решил спросить.

— Вы прочли мою рукопись?

— Что? Рукопись? — На лице главного редактора отразилось недоумение, сменившееся пониманием: он вспомнил, зачем пригласил Славчикова. — Ах рукопись! Да ну что вы, Вася, это полная ерунда, это же невозможно читать. Это совершенно беспомощно, ни композиции, ни стиля... Одним словом, ерунда. Выбросьте и забудьте.

Он сидел оглушенный, не в силах поверить в то, что услышал.

— Василий Владимирович! Да очнитесь же! — Голос главного редактора настойчиво пробивался сквозь каменную стену невозможных слов, которые только что были произнесены. — Познакомьтесь, это ваши новые соавторы... Вместе с ними мы начинаем новый проект.

Ноябрь 2003 — январь 2004 г.

Литературно-художественное издание

Маринина Александра Борисовна
СОАВТОРЫ

Издано в авторской редакции
Ответственный редактор *О. Рубис*
Художественный редактор *Д. Сазонов*
Технический редактор *Н. Носова*
Компьютерная верстка *И. Ковалева*
Корректоры *Е. Дмитриева, Н. Хасаия*

ООО «Издательство «Эксмо»
127299, Москва, ул. Клары Цеткин, д. 18, корп. 5. Тел.: 411-68-86, 956-39-21.
Интернет/Home page — www.eksmo.ru
Электронная почта (E-mail) — **info@ eksmo.ru**

Подписано в печать с готовых диапозитивов 12.02.2004.
Формат 84×108 $^1/_{32}$. Гарнитура «Гарамонд». Печать офсетная.
Бум. тип. Усл. печ. л. 23,52. Уч.-изд. л. 23,1.
Тираж 300 100 экз. Заказ № 2492

Отпечатано в полном соответствии
с качеством предоставленных диапозитивов
в ОАО «Можайский полиграфический комбинат».
143200, г. Можайск, ул. Мира, 93.

лучшее средство от скуки!